BASTEI
LÜBBE

Über die Autorin

Corinna Kastner, geboren 1965, arbeitete nach einer Ausbildung zur Wirtschaftsassistentin für Fremdsprachen und Korrespondenz am Institut für Journalistik und Kommunikationsforschung in Hannover. Zusammen mit ihrem Mann, dem erfolgreichen Autor Jörg Kastner, hat sie bereits einen Fantasyroman für Jugendliche geschrieben. »Eileens Geheimnis« ist ihr erster eigenständiger Roman.
Besuchen Sie Corinna Kastners Homepage unter www.kastnerswelten.de

Corinna KASTNER

Eileens Geheimnis

Roman

BASTEI LÜBBE

BASTEI LÜBBE TASCHENBUCH
Band 15310

1. Auflage: Mai 2005

Vollständige Taschenbuchausgabe

Bastei Lübbe Taschenbücher in
der Verlagsgruppe Lübbe

Umschlaggestaltung: Atelier Versen, Bad Aibling
Titelbild: Photonica/Hobermann Collection
Satz: hanseatenSatz-bremen, Bremen
Druck und Verarbeitung: GGP Media GmbH, Pößneck
Printed in Germany
ISBN 3-404-15310-3

Für Jörg und für Guernsey
– zwei meiner Leidenschaften

PROLOG

Die Mistinguette, eine zweimastrige Ketsch, schaukelte ruhig auf dem Meer im Golf von St. Malo. Nichts war zu hören außer dem leisen Klatschen der Wellen, wenn sie auf das Segelboot trafen, und Nathalie genoss die Stille und die wärmenden Sonnenstrahlen auf ihrem Körper. Eine ganze Weile hatte sie sich schon diesem absoluten Nichtstun hingegeben, jetzt richtete sie sich träge blinzelnd gerade weit genug auf, um an die Thermoskanne mit dem Eistee zu kommen und sich ein Glas davon einzuschenken. Zwei Meter von ihr entfernt saß Philippe und blätterte in einem dünnen Büchlein, das er nach eigenem Bekunden schon immer mal hatte lesen wollen: *Der alte Mann und das Meer.*

Nathalie ließ sich wieder zurücksinken und schaute hinauf in den Himmel, an dem bizarre Wolkenformationen vorbeizogen. Die da zum Beispiel hatte Ähnlichkeit mit einem Drachen, aber noch während Nathalie hinschaute, veränderten sich die Konturen und glichen plötzlich denen einer Frau in einem langen weißen Kleid, die den Arm nach ihr auszustrecken und zu winken schien. Ganz langsam breitete sich das Kleid der Frau aus und wurde transparent, sodass man das Blau des Himmels dahinter erahnen konnte, doch der Arm blieb erhoben in der winkenden Geste.

Fasziniert und ohne jedes Zeitgefühl starrte Nathalie nach oben, bis der Hintergrund nachtdunkel und dadurch beinah bedrohlich wurde. Sturm kam auf und riss den Arm der Frau vom Rest des Körpers, zerfetzte das Kleid. In Nathalies Ohren dröhnte es überlaut, jemand rief ihren Namen und berührte ihre Schulter. Erschrocken schüttelte sie die Hand ab, die Hand der Frau in dem weißen Kleid.

»Jetzt wach schon auf, Nathalie«, sagte eine ungeduldige Stimme.

Verwirrt öffnete Nathalie die Augen und sah Philippe über sich gebeugt. »Na endlich.« Er richtete sich auf und zeigte zum Himmel. »Das da gefällt mir überhaupt nicht. Wir sollten zusehen, dass wir hier wegkommen.«

Es bereitete Nathalie Mühe, seinen Worten zu folgen, zu sehr war sie noch in ihrem Traum verhaftet und wusste dabei nicht mal, wie lange sie eigentlich geschlafen hatte. Doch als sie schließlich wahrnahm, was Philippe meinte, bemühte sie sich, schnell auf die Beine zu kommen. Das war recht schwierig, weil die Mistinguette keineswegs mehr so ruhig auf dem Wasser schaukelte wie vorhin, sondern hin und her geworfen wurde. Nathalie stand kaum, als ein Ruck durch das Boot ging und sie fast wieder zu Boden schickte. Eilig streifte sie ihre Jeans und ihr T-Shirt über, durch das der Wind jedoch hindurchblies. Sie begann zu frösteln.

»Wird das ein Sturm?«, fragte sie.

»Will ich nicht hoffen, aber es ist besser, wir segeln so schnell wie möglich zurück. Der Wind weht in die falsche Richtung, wir werden eine Zeit lang brauchen, bis wir in St. Malo sind. Stell dich ans Steuerrad, ich hol die Segel ein.«

Nathalie kannte sich nicht besonders gut mit Segelbooten aus und hatte nur ein-, zweimal das Steuer bedient, mehr aus Spaß. Jetzt blieb ihr keine Wahl, vom Einholen der Segel wusste sie überhaupt nichts.

»Halt das Steuer genau so, mehr musst du nicht tun«, gab Philippe Anweisungen.

Das allerdings gestaltete sich schwer genug, je stärker Wind und Wellen wurden. Die Küste vor St. Malo war am Horizont zu sehen. Nathalie kam das nicht sehr weit vor, aber Philippe hatte mehr Ahnung und war mit Sicherheit nicht umsonst besorgt. Ein Windstoß, auf den sie nicht vorbereitet gewesen war, erfasste Nathalie, und sie ließ kurz das Steuerrad los. Die Mistinguette reagierte prompt und machte eine plötzliche Bewegung nach Backbord, wodurch Philippe den Halt verlor. Fluchend rappelte er sich wieder auf.

»Halt das Ding fest!«, brüllte er zu ihr herüber. Jedenfalls klang es in etwa so, sie konnte seine Worte kaum noch verstehen, weil der Wind tatsächlich atemberaubend schnell in Sturm umgeschlagen war. Während ihr die ersten Regentropfen aufs Gesicht fielen, griff sie wieder nach dem Steuer und hielt es krampfhaft fest, aber offensichtlich auf dem falschen Kurs. Philippes Stimme waren nicht mehr als ein paar unartikulierte Töne zu entnehmen, seinen Gesten nach sollte sie das Steuerrad herumreißen. Nach einer Weile, die wie eine Ewigkeit schien, hatte er die Segel eingeholt und kam zu ihr herübergeschlittert.

»Das Besansegel hat's nicht ganz überstanden«, schrie er Nathalie über den Sturm zu, dann nahm er ihr das Ruder ab und deutete in die Kajüte. »Unter der Sitzbank da drin sind die Rettungswesten. Schaffst du es, die zu holen?«

Bisher war Nathalie ein bisschen mulmig zu Mute gewesen, doch wirklich Angst hatte sie nicht gehabt. Jetzt aber machte sie sich ernsthaft Sorgen. Sie nickte widerspruchslos und hangelte sich die Reling entlang langsam zur Kajüte vor. Der Regen hatte zugenommen, Philippe und Nathalie waren durchnässt, und selbst wenn keine große Gefahr bestehen sollte, über Bord zu gehen, boten die Westen wenigstens Schutz vor der Kälte.

In der Kajüte stolperte Nathalie über einen Haufen Zeug, das durch den Sturm aus Regalen und sogar dem kleinen Einbauschrank gefallen war, dessen Türen sperrangelweit offen standen. Sie fand die Westen und streifte eine schnell über, nahm sich jedoch nicht die Zeit, sie ordentlich festzuzurren, bevor sie sich mit der zweiten auf den Weg zu Philippe machte. Nur zwei, höchstens drei Minuten war sie in der Kajüte gewesen, doch draußen hatte sich die Welt verändert. Es war noch dunkler geworden, der Regen peitschte ihr entgegen, und sie erkannte Philippe nur noch schemenhaft, der mit aller Anstrengung das Ruder umklammert hielt.

Die Mistinguette konnte sich nicht entscheiden, ob sie nach Steuerbord oder Backbord geschleudert werden wollte, und riss Nathalie mit sich mal in die eine, dann wieder in die andere Richtung. Bis zu Philippe waren es nur wenige Schritte, doch die schienen beinah unüberwindlich. Philippe rief ihr irgendetwas entgegen, von dem sie kein Wort verstand, auch nicht, als er es wiederholte. Um sie herum brodelte es, der Sturm blies ihr die klatschnassen Haare wild um das Gesicht und brüllte in ihren Ohren. Dann plötzlich sah sie von rechts einen Schatten auf sich zukommen. Bevor sie sich fragen konnte, was dieser Schatten war, duckte sie sich instinktiv, aber nicht früh genug. Etwas traf sie hart am Kopf, und selbst die dunkelste Umgebung auf dem Meer wäre ihr wie helllichter Tag vorgekommen, verglichen mit dem Schwarz, das sie von einer Sekunde auf die andere umgab.

Als Nathalie wieder zu sich kam, wurde sie von einer Welle der Übelkeit erfasst. Sie rollte sich auf die linke Seite und übergab sich. Erschöpft blieb sie mit geschlossenen Augen liegen und lauschte nur den Geräuschen um sich herum. Der Sturm musste nachgelassen haben, die Mistinguette schaukelte genauso sanft auf dem Meer wie vor dem Unwetter. Nathalie war nicht mal besonders kalt, obwohl ihre Jeans und das T-Shirt immer noch an ihr klebten. Es dauerte eine Weile, bis sie begriff, dass die Sachen nicht mehr nass, sondern nur noch feucht waren und sie von Sonnenstrahlen gewärmt wurden.

Leise stöhnend setzte Nathalie sich auf. Ihr Schädel brummte furchtbar, und sie erinnerte sich, dass irgendwas sie am Kopf erwischt hatte, bevor sie ohnmächtig wurde, vielleicht der Besanbaum, der aus seiner Verankerung gerissen war. Sie saß da mit geschlossenen Augen, weil sie sich vor der plötzlichen Helligkeit fürchtete, und hielt sie wie zum doppelten Schutz mit den Händen bedeckt.

»Philippe?«, brachte Nathalie schließlich krächzend heraus, bekam aber keine Antwort. Sie versuchte es noch einmal, doch wieder blieb alles still. Nur das leichte Rauschen der Wellen war zu hören und irgendwo hinter ihr ein Klong-Klong, hervorgerufen von einem Stück Metall, das in unregelmäßigen Abständen gegen einen Mast klapperte.

Es kostete Nathalie Überwindung, die Augen zu öffnen, aber vielleicht lag Philippe irgendwo verletzt an Bord, und wenn sie einfach so hier sitzen blieb, würde sie ihm kaum helfen können. Zögernd blinzelte sie ein wenig. Aus irgendwelchen Gründen drang keinerlei Licht zwischen ihren Fingern hindurch, dabei konnte unmöglich schon Nacht sein, schließlich hatte sie gerade die Sonnenstrahlen gespürt.

Nathalie nahm die Hände herunter und starrte geradeaus. In grenzenlose Dunkelheit.

Dann begann sie zu schreien, bis der Himmel und das Meer von diesem einzigen Ton ausgefüllt waren und die ganze Welt nur noch aus ihrem Schrei zu bestehen schien.

TEIL 1

1.

Mit einem Ruck fuhr Nathalie hoch, ihr Herz raste, Schweißperlen standen auf ihrer Stirn. Von irgendwoher drang ein Geräusch wie durch Nebel in ihren Verstand.

»Nathalie! Was hast du denn?«

Sie brauchte ein, zwei Sekunden, bis sie einordnen konnte, dass das Geräusch zu einer Tür gehört hatte, die aufgerissen worden war, und dass sie nicht mehr auf der Mistinguette lag, sondern im Gästebett bei ihrer Freundin Florence. Das hieß, eigentlich lag sie nicht in diesem Bett, sie saß aufrecht, wie damals auf dem Segelboot. Wie damals, vor drei Jahren, als sie zum ersten Mal die Augen aufschlug und nichts mehr sehen konnte. Und ebenso wie damals musste sie geschrien haben.

Nathalie holte tief Luft, versuchte, die Erinnerung abzuschütteln und wieder regelmäßig zu atmen. Eigentlich sollte sie sich allmählich daran gewöhnt haben, dass sie von Zeit zu Zeit nachts gezwungen wurde, den Unfall von neuem zu durchleben. Aber davon konnte keine Rede sein. Jedes Mal war der Traum genauso schlimm wie die Realität, in nichts wich er vom tatsächlichen Geschehen ab. Jedenfalls nicht bis zu der Stelle, an der sie diesmal aufgewacht war.

»Geht's wieder?«, erkundigte sich Florence, die mittlerweile neben ihr auf der Bettkante saß.

Nicht wirklich, war Nathalie versucht zu antworten. Sie würde noch ein paar Minuten brauchen, bis sie sich beruhigt hatte. Dennoch nickte sie. »Schon okay. Entschuldige, dass ich euch geweckt habe.«

»Hast du nicht. Stéphane steht unter der Dusche, ich hätte dich sowieso gleich aus dem Bett geworfen. Wir haben schließlich noch was vor heute.«

Mit einer Mischung aus Angst und Hoffnung dachte Nathalie an den Umzug in ihre kleine Dachwohnung, der in den nächsten Stunden über die Bühne gehen sollte. Zum ersten Mal seit dem Tag X würde sie in einer eigenen Wohnung leben, um herauszufinden, wie sie damit zurechtkam, für sich selbst zu sorgen. Zum ersten Mal seit drei dunklen Jahren würde niemand da sein, der sie fragte, ob sie irgendwas brauche oder ob er ihr helfen könne. Weil sie blind war. Blind. Auch nach all der Zeit klang das Wort noch fremd, als würde es nicht zu ihr gehören, sondern zu jemand anderem, zu dem Mann auf der Straße mit dem weißen Stock, zu der Frau im Fernsehfilm – obwohl allein der Begriff Fern*sehen* für Nathalie eine ganz neue Bedeutung bekommen hatte.

Jetzt also kam es drauf an. Sie musste ihr Leben wieder in den Griff kriegen und es selbst meistern. Natürlich hoffte sie, dass ihr das gelang, andererseits hatte sie auch Angst zu scheitern. Es gab nur einen Weg herauszufinden, was zutraf: es anpacken. Entschlossen schwang sie die Beine aus dem Bett, nachdem Florence grünes Licht für das Badezimmer gegeben hatte, und bereitete sich geistig auf den Umzug vor.

Tatsächlich lastete ein Großteil der Arbeit auf Florence, ihrem Freund Stéphane und einem seiner Kollegen aus dem Krankenhaus, in dem er als Assistenzarzt arbeitete. Trotzdem spürte auch Nathalie am Abend jeden einzelnen Muskel in ihren Armen und Beinen und konnte nicht mehr mit Bestimmtheit sagen, wie oft sie die Treppen rauf- und runtergelaufen war. Das hatte immerhin den eindeutigen Vorteil, dass sie die Stufen jetzt schon ziemlich gut kannte. Sie brauchte sie wahrscheinlich nicht mal mehr zu zählen, obwohl sie genau wusste, dass es bis zum ersten Stockwerk zweiundzwanzig, bis zum zweiten vierundzwanzig, bis zum dritten wieder zweiundzwanzig und bis zu ihrer Mansarde noch einmal zwanzig Stufen waren. Was sich der Architekt dieses Hauses dabei gedacht haben mochte, die Stockwerke in unterschiedlicher Höhe zu bauen, konnte sie nicht ahnen, und es war ihr im Augenblick auch vollkommen egal. Das Schlimmste war überstanden.

»Danke!«, sagte Nathalie. »Ihr wart absolut großartig. Ich weiß gar nicht, wie ich das ohne euch geschafft hätte!«

»Du hättest statt uns auch vier kräftige Möbelpacker engagieren können, mit Muskeln wie Jean-Claude van Damme ...«, lachte Florence und knuffte Nathalie freundschaftlich in die Seite.

Nathalie fiel in das Lachen ein. »Ich mach das wieder gut, Ehrenwort. Vielleicht nicht unbedingt bei eurem nächsten Umzug, aber mir wird schon was einfallen.«

»Nicht nötig«, sagte Stéphane großzügig. »Es reicht, wenn ich das nächste halbe Jahr keine Treppen mehr steigen brauche. Warum musstest du unbedingt unters Dach ziehen?«

»Weil die Miete günstig ist«, gab Nathalie zurück. »Und weil ich was für eure Fitness tun wollte!«

»Besten Dank auch. Also, wir sehen uns«, verabschiedete sich Florence mit einer Umarmung, dann zog sie Stéphane ins Treppenhaus. »Komm, mein Lieber, einmal runter musst du noch.«

Nathalie hörte die leiser werdenden Schritte ihrer Freunde und schließlich die zufallende Haustür. Erst dann trat sie ganz in ihre Wohnung zurück, lehnte sich für einen Augenblick gegen die Wand und schloss die Augen. Kurz darauf öffnete sie sie wieder, es machte schließlich keinen Unterschied. Sie stieß sich von der Wand ab und ging vorsichtig den Flur entlang zum Wohnzimmer. Immer geradeaus, kein Problem, die Schritte zählen: acht. Stopp. Hier musste die Tür sein. Sie tastete nach dem Türrahmen, fand ihn – und stolperte über die Schwelle. Leise fluchte sie. So etwas kannte sie nicht, sie würde sich aber ziemlich schnell darauf einstellen. Nach drei weiteren Schritten stieß sie gegen das Sofa, auf das sie sich erleichtert fallen ließ.

Sie war hier, ganz allein. Bevor sie anfing, darüber nachzugrübeln, wie sie das in Zukunft bewältigen sollte, schob sie den Gedanken energisch von sich, zog ihre Beine aufs Sofa und massierte stöhnend ihre Fußsohlen. Dabei überlegte sie, ob sie noch ein paar Kleinigkeiten erledigen konnte, bevor sie schlafen ging. Auf jeden Fall hatte sie Durst, aber wenn sie etwas trinken wollte, musste sie aufstehen, und davon rieten ihr ihre Füße dringend ab. Die trockene Kehle gewann allerdings nach kurzer Zeit die Oberhand, deshalb begann sie wieder, Schritte zu zählen, bis sie im Flur stand. Dabei hätte sie fast den größten von mehreren Bilderrahmen umgestoßen, die an der Garderobe lehnten. Gerade noch rechtzeitig griff sie danach. Bilder waren für Nathalie eigentlich unwichtig geworden, trotzdem würde sie sie vielleicht irgendwann aufhängen. Für heute allerdings hatte sie genug Nägel in die Wände schlagen lassen.

Nachdem Nathalie schnell im Stehen ein Glas Wasser getrunken hatte, nahm sie das Bild vorsichtig hoch und brachte es hinüber ins Wohnzimmer, hinter der Tür würde es relativ sicher stehen. Die kleineren ließ sie im Flur, sie würde nicht dagegen laufen. Normalerweise hätte sie sich jetzt umgesehen und in Ruhe ihre neue Umgebung erkundet. Stattdessen ließ sie sich wieder auf das Sofa sinken. Um sie herum war Stille und Dunkelheit. Da sie nicht sehen konnte, musste sie die Zimmer ihrer Wohnung eben anders kennen lernen.

Nathalie lauschte. Ihr Wohnzimmer grenzte an das Apartment einer gewissen Cécilie Lecomte. Von drüben drang ein dumpfes Geräusch zu ihr, das nach irgendeinem Fernsehprogramm klang. Eine Weile blieb sie sitzen und versuchte sich auszumalen, wie das Zimmer aussah. Sie wusste, das Sofa, auf dem sie saß, und die zwei dazugehörigen Sessel waren blau, die Bücherregale aus Kiefer. Sie standen neben dem kleinen Sekretär, den Florence und Stéphane zusammengebaut und aufgestellt hatten, links von ihr. Ihr Verhältnis zu Büchern war ebenso gespalten wie das zu Bildern, denn natürlich würde sie keines lesen können. Aber ein Wohnzimmer ohne Bücher kam nicht infrage. Vor dem Fenster sollte der Benjamin aus ihrer alten Wohnung stehen, die sie vor drei Jahren gegen den kleinen ausgebauten Dachboden im Haus ihrer Eltern tauschen musste. In der Zeit nach ihrer Erblindung war sie wieder dort eingezogen, zurück in das Dorf etwas außerhalb von St. Malo. Es war ihr schwer gefallen, weil sie erstens wusste, dass sie ihren Eltern zur Last fiel, und weil sie es zweitens hasste, abhängig zu sein. Sie war jedoch vollkommen hilflos gewesen, und besonders an die ersten Monate dachte sie nur ungern und mit Grauen zurück, auch wenn sie dafür dankbar war, zu Hause Unterschlupf gefunden zu haben. Wenigstens hatte sie dort auch einen Teil ihrer Möbel unterstellen können und jetzt nur noch wenig neu kaufen müssen.

Als sie sich an ihr ehemaliges winziges, aber gemütliches eigenes Schlafzimmer erinnerte, erhob sie sich und setzte erneut vorsichtig einen Fuß vor den nächsten, um den zweiten Raum der neuen Wohnung in sich aufzunehmen. Florence hatte das Bett auf Nathalies Bitte hin mit der dunkelblauen Satinbettwäsche bezogen. Noch immer war da diese Schwäche für die Farbe Blau, obwohl sie sie nicht sehen konnte – und obwohl sie seit ihrem Unfall eigentlich gedacht hätte, sie könne die Farbe nicht mehr ertragen, weil sie sie an das Wasser erinnern würde. Andererseits: Nathalie sah sie ja auch nicht. Am Kleiderschrank entlang tastete sie sich zum Fenster und zog die schweren Gardinen vor. Zwar war das unnötig, sie musste kein Licht anknipsen, also würde auch niemand sie beobachten können, aber manche Dinge tat man einfach automatisch. Nur wenige Geräusche von der Straße drangen bis hier herauf in den vierten Stock.

Langsam tastete sich Nathalie in das dritte und gleichzeitig kleinste und am spärlichsten möblierte Zimmer vor. Bis auf den großen Tisch und einen Stuhl davor gab es nur noch ein Regal, das fast die gesamte linke Wand einnahm. Mit den Fingern fuhr sie über die Bretter, bis sie ihr Werkzeug fand. Leise klirrten die Feilen aneinander, eine fiel herunter. Nathalie bückte sich und legte sie an ihren Platz zurück. Dann griff sie nach einem kleinen Stück Speckstein daneben, das sie zwischen ihren Händen hin und her drehte. Er hatte die richtige Größe für ein kleines Schmuckkästchen.

Gedankenversunken bewegte sie sich zurück ins Wohnzimmer, wobei sie nur unbewusst die Schritte zählte und die Schwelle völlig vergaß. Sie stolperte, fiel gegen die Tür und hörte das Klirren, als der Bilderrahmen dahinter zerbrach. Erschrocken hangelte sich Nathalie am Erstbesten hoch, was ihr unter die Finger kam. Unglücklicherweise war das eine kleine offene Vitrine, in der etwa zehn Gläser standen. Die Gläser wackelten, kippten um und fielen laut krachend auf den Parkettboden. Einen Moment lang stand Nathalie wie erstarrt daneben und versuchte, sich das Bild der Scherben auf dem Boden auszumalen. Dann traten Tränen in ihre Augen. Sie würde es nie schaffen! Wie hatte sie nur annehmen können, dass ... Sie hob den Kopf und lauschte. War das die Klingel gewesen? Ja, da war sie nochmal. Ausgerechnet jetzt. Wahrscheinlich fühlte sich die Nachbarin durch den Lärm gestört und wollte sich beschweren.

Nathalie wischte sich kurz mit dem Ärmel übers Gesicht und fand den Weg zur Wohnungstür diesmal ohne über die blöde Schwelle zu stolpern. Sie öffnete sie und wünschte, sie wüsste, wo genau diese Cécilie Lecomte stand, damit sie sie wenigstens halbwegs ansehen konnte.

»Ja?«, fragte sie unsicher.

»Alles klar bei Ihnen? Wir haben den Knall gehört ...«, sagte eine männliche Stimme.

Überrascht wandte sich Nathalie in die Richtung, aus der der Mann gesprochen hatte, und versuchte ein Lächeln. »Entschuldigung. Ich weiß, es ist schon spät, und ich werde mich bemühen, leiser zu sein. Außerdem hoffe ich sehr, dass heute nichts mehr zu Bruch geht.«

Der Mann zögerte ein bisschen, wahrscheinlich war er durch Nathalies Blindheit irritiert. Viele Leute hatten anfangs Schwierigkeiten damit, einer Blinden gegenüberzustehen, und wussten nicht, wie sie darauf reagieren sollten.

»Das meinte ich nicht«, sagte er dann freundlich. »Sie haben uns nicht gestört, wir dachten nur, dass wir Ihnen vielleicht helfen können.«

Da war also wieder jemand, der ihr Hilfe anbot. Aber immerhin hatte er das nicht getan, weil sie blind war. Das konnte er kaum gewusst haben, als er klingelte. Nathalie schüttelte den Kopf. »Danke, es ist nett, dass Sie fragen, aber das ist wirklich nicht nötig.« Sie würde es schon hinkriegen, die Scherben allein aufzusaugen.

»Sicher?«, fragte der Mann.

Nathalie hätte gern gewusst, wie er aussah. Seine Stimme, aufgrund derer sie ihn auf Mitte dreißig schätzte, klang sympathisch. »Ja, bestimmt.«

»Na, dann ...«

»Dann wollen wir Sie nicht weiter aufhalten«, mischte sich plötzlich eine Frau ein.

Etwas aus der Fassung gebracht, wandte sich Nathalie um. Sie hatte überhaupt nicht bemerkt, dass da noch jemand war. Vermutlich Cécilie Lecomte. Die Frau schien ziemlich genervt. Aber Nathalie dachte nicht daran, sich nochmal zu entschuldigen.

»Sie müssen Cécilie Lecomte sein«, sagte sie stattdessen. »Meine Nachbarin. Ich habe ihren Namen auf dem Türschild gelesen. Das heißt, meine Freundin hat ihn mir vorgelesen, sollte ich wohl besser sagen. Ich bin Nathalie Vincent.« Sie streckte ihre Hand in die Richtung aus, aus der Cécilies Stimme gekommen war.

Cécilie ergriff sie. »Willkommen im Tollhaus.«

Zum ersten Mal lachte Nathalie. »Tollhaus? Ich fürchte, die Einzige, die hier heute für Chaos gesorgt hat, war ich.«

»Warten Sie's ab«, warnte Cécilie.

»Und wer sind Sie?«, fragte Nathalie und drehte ihren Kopf wieder zurück zu dem Mann. »Auch ein Nachbar?«

Cécilie machte ein undefinierbares Geräusch, das sowohl ja als auch nein bedeuten mochte. Nathalie konnte mittlerweile Geräusche fast so gut interpretieren wie Worte und dachte sich ihren Teil.

»Raymond Lasserre«, stellte der Mann sich vor. »Meistens Nachbar.«

»Aha«, sagte Nathalie belustigt. Ob da wohl zwischen den beiden der Haussegen schief hing? Anscheinend hatte sie auf diesem Stockwerk nicht das Monopol auf Probleme. Sie streckte auch ihm ihre Hand hin. »Freut mich. Vielleicht sehen wir uns ja gelegentlich.«

Wieder herrschte einen Augenblick lang Schweigen, es dauerte eine Weile, bis Raymond Lasserre sich dazu entschloss, Nathalies Hand zu nehmen. Sie konnte sich in etwa vorstellen, woran das lag. Offenbar fragte er sich, wie er auf ihre Art von Humor reagieren sollte. Dann spürte sie Raymonds Berührung und hörte ihn gleichzeitig sagen: »Sie werden mich schon nicht übersehen, versprochen!«

Diesmal war es an ihr, nicht sofort zu antworten. Das lag weniger an seinen Worten, mit denen er auf ihren Scherz einging. Es musste etwas anderes sein, etwas, das Nathalie nicht recht definieren konnte. Unsinnigerweise kam ihr der Gedanke, dass diese Begegnung mit Raymond Lasserre noch Folgen haben würde, welche auch immer. Doch sie glaubte weder an Vorahnungen noch an das Schicksal, deshalb schüttelte sie das Gefühl ab und sagte nur: »Das beruhigt mich. Wenn ich die Unordnung beseitigt habe und es hier etwas wohnlicher aussieht, müssen Sie mal vorbeikommen und mit mir Einweihung feiern.«

»Gern«, sagte Raymond diesmal ganz spontan und ohne jedes Zögern. »Dann weiterhin viel Erfolg beim Einziehen.«

»Danke«, erwiderte Nathalie und schloss langsam die Tür. Die Scherben in ihrem Wohnzimmer fielen ihr wieder ein, aber diesmal traten deswegen keine Tränen mehr in ihre Augen. Sie hatte genug geweint.

Aus der Küche holte sie den Staubsauger und lauschte dem leisen Klirren, mit dem die Scherben durch das Rohr in den Beutel glitten. Danach suchte sie mit der

Hand vorsichtig den Boden nach größeren Stücken ab, die der Staubsauger nicht geschluckt hatte. Sie fand vier Scherben und ließ sie in den Mülleimer fallen. Der Deckel fiel zu – über den zerbrochenen Gläsern und über den verlorenen letzten drei Jahren. Nathalie tastete nach ihrer Armbanduhr, klappte das Glas über dem Zifferblatt hoch und las mit den Fingerspitzen die Zeit ab: kurz vor Mitternacht. In ein paar Minuten würde das neue Leben beginnen.

2.

Müde fuhr sich Daniel durch die Haare. Er setzte sich aufrecht auf seinen Schreibtischstuhl, streckte den Rücken und spürte seinen völlig verspannten Nacken. Sein Blick fiel auf die goldene Miniaturausgabe von Big Ben. In einem anderen Teil der Stadt würde das Original gleich Mitternacht schlagen. Der Tag war anstrengend gewesen und außerdem noch ärgerlich. Daniel hatte keine Lust, nach Hause zu fahren, weil er ziemlich sicher war, ungeachtet der späten Stunde seinem Vater zu begegnen. Ein Streit mit Richard Blake innerhalb von vierundzwanzig Stunden reichte ihm. Er könnte natürlich auch hier im Büro übernachten, im Nebenzimmer stand für solche Zwecke eine unbequeme Liege. Andererseits musste er morgen für den Termin mit Keith Harding topfit sein, schließlich ging es um das Kensington-Projekt. Er wollte lieber nicht wissen, was sein Vater sagte, wenn er das wegen Übermüdung in den Sand setzte. Er hielt seinen Sohn aus unerfindlichen Gründen ohnehin schon für unfähig, die Firma zu leiten, mischte sich – wie heute Mittag – ständig in Daniels Entscheidungen ein und forderte ihn heraus.

Daniel stand auf und streckte seinen Körper noch einmal. Sein Vater war achtundachtzig Jahre, ein Alter, in dem sich jeder andere Mann längst aus dem Geschäftsleben zurückgezogen hatte und die Arbeit anderen überließ. Aber Richard Blake *war* eben kein anderer Mann, es fiel ihm schwer, die Verantwortung für die Firma, für sein Lebenswerk, seinem Sohn zu überlassen. Daniel hatte sich nie um den Job gerissen, aber es gab sonst niemanden, der seinem Vater recht gewesen wäre. Daniel war sein einziger Sohn, und auch wenn er nicht aufhörte, ihm Vorschriften zu machen, wollte er doch, dass Daniel die Firma eines Tages ganz übernahm. Eines sehr fernen Tages, wenn es nach Richard ging.

Unten auf der Cork Street war alles ruhig um diese Zeit. Daniel blickte an der Fassade des schmalen Gebäudes aus rotem Backstein hoch, an dessen Haustür zwei Messingschilder hingen. Eins trug den ausladenden Schriftzug Mayfair Estates, das zweite wies kleiner und bescheidener auf Homes for the Homeless hin. Beide verzichteten aus gutem Grund auf jeglichen Namenszusatz. In London wusste ohnehin jeder, dass derselbe Mann sowohl hinter einer der wichtigsten Immobilienfirmen der Stadt als auch hinter dem gemeinnützigen Verband stand, dessen Anliegen es war, für Bedürftige erschwinglichen und annehmbaren Wohnraum zu schaffen: Richard Blake.

Daniel lief die paar Schritte zu seinem Aston Martin. Bevor er losfuhr, rieb er sich noch einmal die Augen. Er durfte gar nicht daran denken, wo er vor ein paar Jahren in einer Samstagnacht gewesen wäre. Keinesfalls in einem Büro, sondern in irgendeinem Tanzschuppen mit irgendeiner hübschen Frau an seiner Seite. Die einzigen Frauen, die er derzeit zu sehen kriegte, waren seine Assistentin Anne und seine Schwester Susan.

Mochte es in der Cork Street noch ruhig gewesen sein, so sah es an der Kreuzung zur Regent Street schon anders aus. Daniel fädelte sich in den Strom der Fahrzeuge ein und bemühte sich, auf der Fahrt Richtung Norden abzuschalten und die Geschäfte zu vergessen. Als er aus der City heraus war, konnte er schneller fahren und erreichte bald die kieselbedeckte breite Einfahrt des zweistöckigen, klotzigen Hauses in Hampstead unweit des Heath, einem riesigen, naturbelassenen Park.

Kurz blieb Daniel in der Eingangshalle stehen, die bisher noch jeden Besucher beeindruckt hatte. Der dezente Prunk, die geschwungene Treppe und vor allem diese grässlichen Familienporträts waren nicht gerade sein Geschmack. Manchmal fragte er sich, warum er eigentlich noch hier lebte, und die Antwort lautete schlicht: Familientradition.

Alle Blakes waren in diesem Haus aus dem frühen neunzehnten Jahrhundert geboren, angefangen von Daniels Ururgroßvater bis hin zu ihm selbst. Finanziell ging es ihnen dabei nicht immer so gut wie jetzt, aber das Haus hatte trotzdem alles überstanden. Daniels Großvater hatte schließlich Mayfair Estates gegründet, die Leitung dann aber einem Stellvertreter überlassen, als er selbst sich freiwillig zum Großen Krieg meldete, aus dem er, von Senfgas gezeichnet, 1917 nach London zurückgeschickt wurde. Danach übernahm er die Geschäfte wieder, allerdings nicht sehr erfolgreich. Eigentlich hätte man glauben sollen, das hätte Richard Blake davon abgehalten, bei der nächsten Gelegenheit allzu erpicht auf Kriegsgetümmel zu sein. Aber seine Orden, die er im Zweiten Weltkrieg sammelte, waren kaum zu zählen. Ein paar Jahre später starben seine Mutter und sein Vater kurz hintereinander, und nachdem Richard zunächst eher zögerlich und lustlos die Firma übernommen hatte, gab er sich schließlich einen Ruck und setzte sich ein ehrgeiziges Ziel, nämlich die Ehre an der Firmenfront wiederherzustellen. Entschlossen spuckte er in die Hände und gründete sogar fast zeitgleich einen neuen Verband für das Allgemeinwohl, den er Homes for the Homeless nannte.

Durch die ausgezeichnete Arbeit, für die Mayfair Estates schließlich bekannt wurde, verfügte Richard über weit verzweigte Kontakte im ganzen Land, die er auch geschickt für seinen Verband einsetzte. Er vergaß dabei niemals, den Investoren gegenüber den Imagegewinn zu betonen, den eine Kooperation bei diesen Projekten in der Öffentlichkeit bedeutete. Richard verstand es meisterhaft, beide Unternehmen zu verzahnen, Synergieeffekte zu erkennen und bestmöglich zu nutzen.

Jetzt drang seine Stimme aus der Bibliothek herüber. »Daniel? Bist du das?«

Daniel rollte mit den Augen, die zurzeit vermutlich blutunterlaufen waren, wenn er das sandige Gefühl darin richtig deutete. Genau diese Situation hatte er befürchtet. Wieso konnte sein Vater nicht einfach schlafen gehen? Er tat so, als habe er nichts gehört, und lief leise die Treppe hinauf. In seinem Zimmer legte er die Kensington-Papiere auf den Schreibtisch und schälte sich aus seinem Anzug. Nach einer kurzen Dusche wollte er eigentlich ins Bett fallen, aber seltsamerweise war er überhaupt nicht mehr müde. Sein Blick fiel auf die Unterlagen, und er seufzte. Statt Löcher in die Luft zu starren, konnte er sich ebenso gut auf den Termin vorbereiten.

Von den vier nebeneinander stehenden Häusern in Kensington waren nur noch die Fassaden zu gebrauchen. Innen benötigten sie eine komplette Sanierung, bevor man an eine weitere Nutzung auch nur denken konnte. Mayfair Estates setzte alles daran, die Häuser aufzukaufen, nach der Sanierung ihre besten Architekten zum Einsatz zu bringen und daraus einen beispiellosen Luxuskomplex zu gestalten, wie es sich für den Stadtteil Kensington gehörte. Die mit dem Verkauf der Apartments zu erzielenden Gewinne waren nicht hoch genug einzuschätzen.

Daniel vertiefte sich in die Papiere und sah erst eine Stunde später wieder auf die Uhr, als er feststellte, dass sein Magen knurrte. Entschlossen klappte er die Mappe zu. Schluss für diese Nacht. Stattdessen würde er nachsehen, was es in der Küche noch zu essen gab, und anschließend ins Bett gehen. Unten war kein Laut zu hören. Aus der Bibliothek, in der vorhin sein Vater gesessen hatte, drang jedoch noch ein Lichtschimmer. War Richard immer noch wach? Daniel zuckte in Gedanken mit den Schultern, doch dann überlegte er es sich anders. Er machte kehrt, öffnete die Tür zur Bibliothek und fand seinen Vater in einem der wuchtigen Ledersessel sitzend. Offensichtlich schlief er. Daniel runzelte die Stirn. Das war ungewöhnlich, Richard schlief nicht einfach irgendwo ein. Vorsichtig trat er näher und berührte ihn leicht an der Schulter.

»Vater?«

Richard Blake gab ein leises Geräusch von sich, eine Mischung aus Schnarchen und Stöhnen, als wäre er in einen tiefen Traum versunken, aus dem er erst langsam auftauchte.

»Vater, ist alles in Ordnung mit dir?«, fragte Daniel.

Richard Blake schlug die Augen auf und war sofort da. Eine andere Beschreibung fiel Daniel nicht ein. Die Präsenz, die Persönlichkeit seines Vaters schien alles andere und jeden anderen zu Nichtigkeiten zu degradieren.

»Natürlich ist alles in Ordnung!«, sagte Richard mit fester Stimme. »Ich muss eingeschlafen sein, das ist alles.«

»Na, dann kann ich ja wieder nach oben gehen.«

»Wieder?«, echote Richard. »Soll das heißen, *du* warst das vorhin?«

»Vorhin?«, tat Daniel ahnungslos.

»Du weißt ganz genau, was ich meine, Junge. Ich wünschte, du würdest ein bisschen mehr Mumm in den Knochen haben und nicht dauernd vor mir weglaufen!«

»Wie bitte?« Daniel hätte wütend sein müssen, seinen Vater anbrüllen sollen, egal, ob er damit möglicherweise Susan oder ihre Hausangestellte Mrs Marshall weckte. Stattdessen fühlte er sich mit einem Mal ganz ruhig. Richard hatte das Fass zum Überlaufen gebracht, aber Daniel explodierte nicht, im Gegenteil. Zum ersten Mal seit langer Zeit wusste er ganz genau, was er zu tun hatte.

»Weglaufen?«, wiederholte er gefährlich leise. »Ich laufe nicht weg, ich hab's nur satt, ständig mit dir aneinander zu geraten, weil du mich offenbar für einen Idioten hältst. Mach also mit deiner Firma, was du willst, aber rechne nicht mehr mit mir. Ich kündige nämlich hiermit. Oben in meinem Zimmer liegen die Unterlagen für das Kensington-Projekt, die kannst du dir abholen, heute Vormittag um zehn ist Termin. Und zwar ohne mich!«

Damit drehte Daniel sich um und verließ mit festen Schritten das Zimmer. Das war überfällig gewesen, und er fühlte sich erleichtert, als wäre ihm ein Felsbrocken von den Schultern gefallen. Ab morgen würde ein neues Leben beginnen ohne die ständigen Streitereien mit seinem Vater.

»Komm zurück!«

Daniel kümmerte sich nicht darum. Es gab nichts mehr, was er mit Richard noch zu besprechen hatte.

»Komm zurück, hab ich gesagt!«, forderte sein Vater hinter ihm, doch Daniel war schon auf der Treppe angelangt. Plötzlich hörte er ein merkwürdig polterndes Geräusch, die Stille danach schien fast gespenstisch. Daniel blieb einen Augenblick lang stehen und wartete. Nichts. Und dann rannte er los, wäre fast über die letzte Stufe gestolpert, der Teppich in der Halle verrutschte unter seinen Schritten. In der Tür zur Bibliothek hielt er abrupt inne. Sein Vater saß nicht länger im Sessel. Er lag leichenblass davor auf dem Boden.

»Vater?« Daniel drohte die Stimme zu versagen. Zögernd trat er in den Raum, erst einen Schritt, noch einen, ganz langsam, bis er über seinem Vater stand. Er ging in die Knie und hockte sich neben ihn, sein Blick pendelte zwischen dessen Gesicht und Brustkorb. Sein Vater atmete. Schwach zwar, aber er lebte noch. Daniels Handy lag oben in seinem Zimmer, aber auf dem Schreibtisch der Bibliothek stand ein Telefon. Er wollte Hilfe rufen, doch in dem Moment spürte er einen Griff um sein Fußgelenk.

Daniel sah hinunter auf seinen Vater, der die Augen aufgeschlagen hatte. In seinem Gesicht arbeitete es.

»Ich muss einen Arzt rufen, Vater«, sagte Daniel. Er hoffte, dass er ihn verstand, und bemühte sich, seinen Fuß frei zu bekommen. Doch der Griff seines Vaters war stark, und Daniel wagte nicht, ihn mit Gewalt abzuschütteln, weil er nicht wusste, was das bei Richard auslösen mochte.

Er bückte sich und fasste vorsichtig nach der Hand um sein Gelenk. Erleichtert spürte er, dass der Druck nachließ, aber nur, wie er kurz darauf merkte, um sich zu verlagern. Sein Vater hielt ihn fest, als wolle er ihn mit aller Macht daran hindern, ihn noch einmal zu verlassen.

»Vater, bitte«, sagte Daniel und begriff zugleich, dass es hoffnungslos war. Er kam hier nicht weg, also würde er nach Susan rufen müssen. Daniel brüllte den Namen seiner Schwester so laut er konnte und anschließend den von Mrs Marshall. Natürlich hatte er keine medizinische Ausbildung, vermutete aber einen Herzinfarkt oder einen Schlaganfall. Wie brachte Richard also trotzdem so viel Kraft auf? Jetzt schien es, als wolle er Daniel ganz zu sich hinunterziehen. Zum ersten Mal fragte er sich, ob sein Vater ihn nicht einfach nur festhalten, sondern ihm etwas sagen wollte. Er wehrte sich nicht mehr, sondern kniete sich neben ihm nieder. Im selben Moment, in dem Daniel kapitulierte, lockerte sein Vater den Griff. Die rechte Hälfte seines Mundes verzog sich zu einem grotesk wirkenden Lächeln.

Daniel wandte sich noch einmal um und rief erneut nach Susan und nach Mrs Marshall. Theoretisch hätte er jetzt ans Telefon gehen können, aber praktisch sah er sich nicht dazu in der Lage. Die braunen Augen seines Vaters, zu denen ihm immer nur der unpassende Begriff »kalt« eingefallen war, fixierten ihn. Merkwürdigerweise schienen sie sich plötzlich zu verändern und wärmer zu werden. Der Mund öffnete sich, die Zunge bewegte sich unkontrolliert, aber sein Vater brachte kein Wort heraus.

»Es ist gut, Vater«, sagte Daniel beruhigend. »Es kommt bald Hilfe.«

Richard schüttelte stumm den Kopf.

»Ich ...«, fing Daniel an. Wahrscheinlich war es nicht gerade das, was er sagen sollte, aber ihm fiel nichts Besseres ein. »Mach dir keine Gedanken wegen des Termins. Wir werden das Kensington-Projekt schon kriegen, verlass dich auf mich!« Wenigstens einmal, hätte er beinah hinzugefügt, schwieg jedoch.

Wieder schüttelte Richard den Kopf, öffnete erneut den Mund, aus dem jetzt tatsächlich ein Laut herauskam. Daniel beugte sich tief über seinen Vater, und der wiederholte, was er gesagt hatte. Unsicher und zweifelnd schaute Daniel in die braunen Augen, die jetzt anfingen zu strahlen. Sie machten Daniel Angst.

»Verzeih«, sagte sein Vater ein drittes Mal, diesmal so klar, als säße er wie gewohnt hinter seinem Schreibtisch in der Firma.

»Es gibt nichts, was ich dir verzeihen müsste«, sagte Daniel leise. Natürlich gab es in Wirklichkeit eine Menge, doch gerade jetzt schien das alles so unwichtig. Hier lag sein Vater und würde sterben, wenn nicht jemand einen Arzt rief.

»Susan! Verdammt nochmal! Mrs Marshall, wir brauchen Hilfe!«, brüllte er erneut, obwohl ihm bereits klar war, dass weder seine Schwester noch die Hausangestellte hier sein konnten, sonst hätten sie ihn längst gehört.

Wieder lenkte sein Vater Daniels Aufmerksamkeit auf sich. Er lächelte mit schiefem Mund und drehte den Kopf nach links, wie um zu sagen, es sei sowieso zu spät. Er sah seinen Sohn an, und seine Augen veränderten sich erneut. Wenn Daniel sich später erinnerte, kam es ihm immer vor, als habe sich ein weißer Film vor die Iris gelegt, ein Schleier, der die Gegenwart bedeckte, sodass die Augen entweder schon in eine unbekannte Zukunft sahen oder in eine längst vergangene Zeit.

Zum letzten Mal öffneten sich Richard Blakes Lippen, denen ein Wort entwich, ein Flüstern nur, das Daniel dennoch deutlich hörte, wenn er auch den Sinn nicht verstand.

Ein leichtes Zittern ging durch Richards Körper, dann war es vorbei. Daniel hockte am Boden und starrte auf seinen Vater. Er konnte sich nicht bewegen. Er hörte die Uhr auf dem Kaminsims ticken, er wusste, dass über dem

Mahagoni-Schreibtisch das Gemälde hing, das seinen Vater zeigte. Er wusste auch, dass er in den nächsten Wochen nicht fähig sein würde, es anzusehen. Noch vor einer Viertelstunde war Richard Blake so lebendig und agil gewesen wie er selbst, bereit, nicht nur für Mayfair Estates, sondern auch für Homes for the Homeless in den Kampf zu ziehen wie vor fünfzig Jahren. Jetzt war er tot.

Und es war Daniels Schuld.

Daniel bettete den Kopf seines Vaters in seinen Schoß und blieb lange reglos sitzen. Während dieser Zeit drehte und wendete er jeden Gedanken hundertmal, betrachtete alles, was an diesem Tag geschehen war, aus jeder möglichen Perspektive. Ging wieder und wieder den allerletzten Streit durch und wünschte verzweifelt, er könne die Zeit zurückdrehen und ungeschehen machen, was er gesagt hatte. Vielleicht würde sein Vater dann noch leben. Unterschwellig ahnte Daniel, dass das, was passiert war, nicht seine Schuld war. Aber das half nichts. Er fühlte sich schuldig. Und hätte Daniel nicht seines Vaters Bitte um Verzeihung gehört, wäre ihm zweifellos der Gedanke gekommen, dass dieser Tod Richards letzten Triumph über seinen Sohn darstellte.

Schließlich erhob sich Daniel schwerfällig und ging hinüber zum Telefon. Er rief den Arzt und wählte dann die Handynummer seiner Schwester. Susan und Doktor Hawtrey trafen fast zeitgleich ein. Als Daniel genauestens Bericht erstattete, kam ihm seine Stimme kalt und unpersönlich vor, und er fragte sich, ob der Arzt und Susan das ebenso wahrnahmen. Dabei hatte er die ganze Zeit das Gefühl, neben sich zu stehen.

In den frühen Morgenstunden war das Haus wieder ruhig. Der Arzt war fort, und Richard Blake ebenso. Daniel saß allein in der Bibliothek, in jenem Sessel, aus dem sein Vater das letzte Mal aufgestanden war, bevor er zusammenbrach, und starrte zu Boden. Gleich würde er nach oben gehen, duschen, sich anziehen und dann ins Büro fahren. Keith Harding hasste Unpünktlichkeit, und er konnte es sich nicht leisten, das Kensington-Projekt sausen zu lassen.

»Daniel?«

In der Tür stand Susan. Sie sah mitgenommen aus, aber da sie ihrem Vater genauso wenig nahe gestanden hatte wie Daniel, lag das vermutlich einfach nur an zu wenig Schlaf.

»Hm?«, fragte er. Er hatte keine Lust auf eine Unterhaltung, sondern wollte lieber die Kensington-Papiere noch ein letztes Mal durchgehen.

»Es tut mir Leid, dass ich nicht da war.«

»Muss es nicht. Es konnte schließlich keiner wissen, dass so was passiert.«

»Nein. Trotzdem ... Es war ... Na ja ...«

»Was?«, fragte Daniel fast ein wenig belustigt. »Seit wann fehlen dir die Worte?«

»Was ich meinte, war, dass es ziemlich heftig gewesen sein muss, als Vater plötzlich vor dir lag. Einfach so. Tot.«

Daniel erwiderte nichts. Dem Arzt und Susan hatte er erzählt, dass Richard bereits tot gewesen war, als er ihn fand. Es schien ihm richtig so, die letzte Bitte seines Vaters war für ihn bestimmt gewesen, für niemanden sonst.

Susan sah aus, als könne sie sich nicht entscheiden, ob sie zu Daniel herüberkommen oder bleiben sollte, wo sie war. Das Verhältnis zwischen ihnen war immer etwas distanziert gewesen – charakteristisch für die Atmosphäre in diesem Haus, in dem persönliche Nähe nie eine Rolle gespielt hatte. Was die geschäftliche Seite anging, legte ihr Vater dagegen sehr viel Wert auf Zusammenhalt, und er war ziemlich wütend gewesen, als Susan bei Mayfair Estates ausstieg und ausgerechnet in die Rechtsabteilung einer anderen Immobilienfirma wechselte. Wenigstens war es ein Unternehmen, mit dem er schon mehrfach gut zusammengearbeitet hatte, und außerdem musste es ihm imponiert haben, dass sie ihren eigenen Kopf durchsetzte. So war nach einer Weile Gras über die Sache gewachsen.

»Ich geh schlafen«, sagte Susan schließlich. »Und du solltest das auch tun. Sag deine Termine ab, bestimmt hat jeder dafür Verständnis.«

Wieder schwieg Daniel. Vielleicht hatte Susan Recht. Sicher hätte sogar ein Keith Harding unter diesen Umständen noch einen Tag länger gewartet. Aber sein Vater hätte kein Verständnis gehabt. The show must go on. Es gab keine Ausnahmen.

Daniel hörte, wie Susans Schritte leiser wurden und starrte wieder zu Boden. Nach einer Weile hatte er das seltsame Gefühl, beobachtet zu werden. Ganz langsam, fast wie unter Zwang, hob Daniel den Blick zum Porträt über dem Schreibtisch und sah sich mit seinem Vater konfrontiert. Einen Augenblick lang glaubte Daniel, Richard säße leibhaftig da. Er zuckte zusammen, und plötzlich war es wieder da, das Wispern, das Flüstern, das allerletzte Wort, das nicht Daniel gegolten hatte.

Er lauschte in die Stille, und in seiner Einbildung hallte der unbekannte Name von den Wänden der Bibliothek wider: »Eileen ...«

3.

Nathalie hatte den Tag damit zugebracht, die Ecken und Kanten ihrer neuen Wohnung besser kennen zu lernen. Allmählich bekam sie ein Gefühl dafür, und auch auf die Schwellen begann sie sich einzustellen. Sie musste nicht mehr jeden einzelnen Schritt zählen, um von einem Zimmer unbeschadet ins nächste zu gelangen.

Jetzt saß sie auf ihrem Sofa, das kleine Stück Speckstein in ihren Händen, das sie am Abend vorher dazu auserkoren hatte, zu einem Schmuckkästchen zu werden. Der Stein war rau und gleichzeitig auf merkwürdige Art geschmeidig. Nathalie spürte jede einzelne Furche, jede kleine Unebenheit, während ihre Finger darüber hinwegglitten, und malte sich aus, welches Muster sie in den Deckel des Kästchens feilen würde. Dabei lauschte sie halb bewusst, halb unbewusst der Musik, die aus den Lautsprechern drang. Musik hatte in ihrem anderen Leben als Sehende schon eine wichtige Rolle gespielt. Es gab Menschen, die sich mit irgendwelchem Gedudel im Hintergrund nicht auf ihre Arbeit konzentrieren konnten, aber Nathalie ging es genau umgekehrt. Sie hätte nicht ohne Musik arbeiten können. Unterwegs war ihr Walkman ihr ständiger Begleiter gewesen. Jetzt – wo sie nichts mehr sehen konnte – war Musik noch wichtiger für sie geworden. Sie vertrieb die Stille und sogar ein wenig die Dunkelheit.

Im Augenblick besang Jacques Brel seine *Marieke.* Nathalie lehnte sich zurück, wartete auf das Crescendo und bewegte dazu rhythmisch ihren rechten Fuß. Als das sehr viel ruhigere *Mon père disait* lief, dachte sie schon daran, vielleicht etwas weniger Sentimentales zu hören, doch bevor sie sich entschließen konnte, das Chanson zu überspringen, schreckte sie hoch. Ihre Nachbarin war nach Hause gekommen und hatte die Tür ins Schloss fallen lassen – oder eher mit voller Absicht und sehr viel Schwung zugeknallt.

Die Wände waren nicht gerade besonders dick, Cécilie rumorte drüben herum. Anscheinend öffnete sie Schränke und donnerte sie kurz darauf wieder zu. Seltsam, wie schnell Nathalie gelernt hatte, sich auf ihre Ohren zu verlassen, und Dinge hörte, die andere nicht wahrnahmen. Cécilies lauten Fluch allerdings hätten bestimmt auch weniger sensibilisierte Menschen nicht überhört.

Ganz offensichtlich hatte Nathalie sich nicht getäuscht, als sie unterdrückte Spannungen bei Cécilie und Raymond ausgemacht zu haben glaubte. Selbstverständlich konnte Cécilies Wut auch andere Gründe haben, aber besonders der zweite, nur geringfügig leisere Fluch, der ganz eindeutig nach »Scheißkerl« klang, ließ keinen Zweifel offen.

Langsam erhob sich Natalie und ging einigermaßen sicher hinüber in ihre Werkstatt. Der Raum war klein, kaum sechs Quadratmeter, aber es würde reichen. Sie legte das Stück Speckstein an seinen Platz zurück.

Wieder in ihrem Wohnzimmer tastete sie sich zuerst am Bücherschrank, dann an der Vitrine entlang zu ihrer Stereoanlage und schaltete die CD aus. Mit sicheren Händen drückte sie sie zurück in die Hülle und fuhr mit den Fingern an ihrem CD-Ständer entlang, bis sie die richtige Lücke fand. Beim Umzug hatte Stéphane die CDs nach Nathalies Liste einsortiert, sodass sie ohne Schwierigkeiten genau die finden würde, die sie suchte.

Die Anlage war auch mit den Lautsprechern in ihrem Schlafzimmer verkabelt, und so hörte sie zum Einschlafen leises Saxofonspiel. Irgendwo hatte sie mal gelesen, dass das beruhigend wirken sollte. Ob das nun stimmte oder ob sie einfach nur erschöpft war – sie schlief schon fast, noch bevor ihr Kopf das Kissen berührte.

Nathalie hatte den Wecker nicht gestellt, weil sie an diesem Morgen ausschlafen wollte. Als sie im Bett hochschreckte, ohne zu wissen, wovon, tastete sie die Zifferblätter ihrer Uhr ab. Halb elf schon. Trotzdem stand sie nur schwerfällig auf. Sie fühlte sich wie gerädert, aber irgendwann musste sie mit ihrer Arbeit weitermachen. Während des Umzugs waren zu viele Aufträge liegen geblieben.

Nach einer nur lauwarmen Dusche und einem Kaffee machte sich Nathalie an die Arbeit. Das kleine Stück Speckstein verwandelte sich in ihren Händen mithilfe einer kleinen Säge und der gröbsten Feile zuerst in zwei Hälften, denen sie eine runde Form verlieh und die sie anschließend sorgfältig aushöhlte. Das Arbeiten mit Speckstein war in der ersten Zeit ihrer Blindheit nur eine Art Beschäftigungstherapie gewesen, die Nathalie recht widerwillig begonnen hatte. Mit Sicherheit war sie vielen Menschen in ihrer Umgebung auf die Nerven gefallen mit ihrem Gejammer. Sich mit ihrem Schicksal abzufinden, gehörte nicht zu ihren Stärken. Nach und nach jedoch fing sie an, die vielen Gestaltungsmöglichkeiten des weichen Steins schätzen zu lernen. Was sie nie für möglich gehalten hätte, geschah: Nathalie hatte wieder Spaß daran, etwas zu tun. Sogar etwas, das ähnlich kreativ war wie ihr Job in ihrem Leben als Sehende, wenn auch auf andere Weise. Zudem stellte sie fest, dass sie recht geschickt im Umgang mit den unterschiedlichen Feilen war. Wenn sie zuerst nur glaubte, Freunde und Familie wollten sie bei Laune halten, indem sie ihre Stücke lobten, wurde sie bald eines Besseren belehrt. Offenbar empfahlen sie Nathalie weiter, und so konnte sie anfangen, ihr eigenes Geld mit dem erlernten Handwerk zu verdienen. Das wiederum gab ihr neues Selbstbewusstsein, und beinah nichts war zu diesem Zeitpunkt wichtiger für sie. Mittlerweile bekam sie regelmäßige Aufträge, mal kleinere, mal größere, und konnte ganz gut von der Kunst leben.

Nathalie arbeitete ohne Pause, bis das Schmuckkästchen, das sie sich vorgestellt hatte, fast fertig war. Ein grobes keltisches Muster schmückte den Deckel, der perfekt mit der unteren Hälfte abschloss. Zufrieden streckte sie ihren Rücken. Das war der einzige Nachteil dieser Arbeit. Selbst nach anderthalb Jahren hatte sie nicht gelernt, einigermaßen entspannt zu sitzen. Noch immer verkrampften sich ihre Muskeln, aber auf eine gewisse Weise genoss sie selbst diese Schmerzen. Sie bedeuteten jedes Mal wieder einen kleinen Sieg. Sie bedeuteten auch, dass Nathalie etwas geschaffen hatte. Nichts Großes, Überwältigendes vielleicht, nur eine Kleinigkeit, aber diese Kleinigkeit gab ihr ein bisschen von ihrem Leben und ihrer Freiheit zurück.

Seit dem Frühstück war sie so beschäftigt gewesen, dass sie nicht mal das Loch in ihrem Magen bemerkte. Ein lautes Rumoren erinnerte Nathalie allerdings jetzt daran, dass es bereits Abend sein musste. Sie stand auf, räumte die Werkzeuge an ihren Platz zurück, was etwas länger als gewöhnlich dauerte, weil sie sich auch hier noch nicht so auskannte wie in ihrer alten Umgebung. Das Kästchen stellte sie auf das Regal, dem sie in Gedanken die Beschriftung »Feinarbeiten und Polieren« verpasst hatte, und wischte anschließend den Tisch mit einem feuchten Tuch sauber. Ihre Schürze, die sie wegen des anfallenden Staubes tragen musste, hängte sie in den Schrank zurück und ging sich schließlich die Hände waschen.

Den Kühlschrank fand Nathalie schon ohne große Probleme. Noch bevor sie ihn öffnete, wurde ihr klar, dass sie sich die Mühe ebenso gut sparen konnte. Es herrschte gähnende Leere darin, abgesehen vielleicht von einem letzten Rest Käse und einer verschrumpelten Tomate.

Ihre Armbanduhr sagte ihr, dass sie sich beeilen musste, wenn sie noch einkaufen wollte. Im Haus nebenan gab es einen kleinen Laden, der den Supermärkten bisher noch nicht gewichen war. Für Nathalie der ideale Ort, die Dinge des täglichen Lebens zu bekommen, ohne sich durch den Dschungel eines riesigen Supermarktes kämpfen zu müssen. Nie hätte sie geglaubt, dass sie sich einmal eine Wohnung nach einem kleinen Laden aussuchen würde, aber tatsächlich war es so gewesen. Schon vor ihrem Umzug hatte Nathalie mit Monsieur Valet, der hinter dem Tresen stand, ein bisschen geschwatzt. Er war gerne bereit, ihr in Zukunft bei ihren Einkäufen zu helfen.

In ihrer Wohnungstür steckte der Schlüssel – der beste Platz, um nicht ständig danach suchen zu müssen. Hastig schlüpfte sie in ihre Sandalen und lief so schnell sie konnte die Treppe hinunter.

»Vorsicht!«, hörte sie auf der Straße jemanden in ihre Richtung rufen. Natürlich konnte Nathalie nicht sicher sein, dass sie gemeint war, blieb aber trotzdem augenblicklich stehen, weil sie Monsieur Valets Stimme erkannte.

»Das war knapp«, seufzte er. Nathalie spürte, wie er ihre Hand nahm und sie um etwas herumführte.

»Hab ich was umlaufen wollen?«, fragte sie.

»Kann man wohl sagen!« Monsieur Valet klang erleichtert und amüsiert zugleich. »Wenn ich Sie nicht aufgehalten hätte, wäre ich bis morgen Früh damit beschäftigt gewesen, die Pfirsiche aus zehn Kisten einzusammeln ...«

»Tut mir Leid. Und danke für die Warnung.«

»Kein Grund zur Entschuldigung. War mein Fehler, ich

hab die Dinger mitten auf den Bürgersteig gestellt. Sind ja auch eigentlich nicht zu übersehen, was?«

Nathalie lachte. Sie mochte es, dass Monsieur Valet sich diese kleinen Freiheiten herausnahm, besonders weil es ihrem eigenen Humor so sehr entsprach. »Vermutlich nicht! Sind sie gut?«

»Probieren Sie!« Mit diesen Worten hielt er ihr einen Pfirsich erst unter die Nase, dann drückte er ihn in ihre Hand. »Aber passen Sie auf, die sind saftig, und Pfirsich macht unschöne Flecke.«

Nathalie beugte ihren Kopf etwas vor, als sie hineinbiss. Ein kleines Rinnsal Saft lief an ihrem Kinn entlang. »Wirklich gut. Ich hätte gern zwei – und natürlich diesen hier.«

»Dieser da geht auf Kosten des Hauses.« Monsieur Valet raschelte mit einer Papiertüte, in die er die beiden anderen Pfirsiche steckte. »Darf's sonst noch was sein?«

»Deshalb hab ich überhaupt fast Ihre Kisten umgerannt. In meinem Kühlschrank herrscht Ebbe.«

»Na, dann schießen Sie mal los: Was brauchen Sie?«

Es wurde ein ziemlich großer Einkauf, und Nathalie stieg mit zwei Tüten beladen langsam wieder die Treppen zu ihrer Wohnung hinauf. Als sie im ersten Stock angelangt war, hörte sie, wie hinter ihr jemand ins Haus kam, und blieb auf dem Absatz stehen, um ihn an sich vorbeizulassen.

»Hallo! Kann ich Ihnen das abnehmen?«

»Hallo, Monsieur Lasserre! Gern, danke.« Obwohl Nathalie normalerweise auf ihre Selbstständigkeit pochte, hatte sie heute Abend nichts gegen ein bisschen Hilfe einzuwenden. Raymond nahm Nathalie die Tüten aus der Hand.

»Können alle blinden Menschen andere so schnell an der Stimme erkennen?«, fragte er dabei.

»Die meisten, ja.«

»Trotzdem erstaunlich, wenn man bedenkt, dass Sie meine erst einmal gehört haben. Wie lange sind Sie schon blind?«

Gerade als Nathalie antworten wollte, redete er weiter. »Entschuldigen Sie! Ich hätte das nicht fragen sollen, es geht mich wirklich nichts an.«

Augenscheinlich zeigte Raymond mehr Hemmungen als Monsieur Valet, wenn es um Nathalies Blindheit ging.

»Schon in Ordnung«, beruhigte sie ihn. »Es ist nicht mehr so schlimm wie zu Anfang, und ich kann durchaus drüber reden. Seit drei Jahren ungefähr.«

Halb erwartete Nathalie, dass er sich erkundigte, wie es passiert war, aber inzwischen waren sie vor ihrer Tür angekommen. Er stellte die Tüten ab und wollte sich von ihr verabschieden, als er innehielt.

»Mist«, fluchte er. »Wie spät ist es?«

»Etwa sieben«, schätzte Nathalie. Sie hatte schon den Wohnungsschlüssel in der Hand und konnte ihre Uhr nicht gleichzeitig abtasten. »Haben Sie was vergessen?«

»Die Zeit«, gab er zynisch zurück. Er entfernte sich drei Schritte und bewegte einen Gegenstand, der auf dem Flur gestanden haben musste. Dann klingelte er bei Cécilie.

Nathalie zuckte mit den Schultern. Offenbar hatte er sie ebenso vergessen wie die Zeit und war mit den Gedanken bereits ganz woanders. Nach einem »Danke für Ihre Hilfe« schloss sie ihre Tür auf.

»Cécilie, um Himmels willen, mach schon auf!«, rief Raymond.

Also hatte sie Recht gehabt. Dicke Luft bei ihren Nachbarn. Raymond klingelte ein zweites Mal.

Kurz bevor Nathalie eingefallen war, dass nichts mehr zu Essen im Haus war, hatte sie eine Tür zuschlagen hören. »Ich glaube, Ihre Freundin ist vorhin weggegangen«, sagte sie in Raymonds Richtung.

Obwohl es ihr inzwischen weniger ausmachte, Reaktionen anderer Menschen nicht sehen zu können, hätte Nathalie zu gern gewusst, welcher Gesichtsausdruck Raymonds kurzes »Ach so« begleitete.

»Vor zwanzig Minuten. Ich hab's zufällig gehört,« fügte sie erklärend hinzu.

Raymond seufzte. Es klang, als würde er sich irgendwo hinsetzen, auf etwas, das jetzt unter seinem Gewicht nachgab. Nathalie hörte einen überraschten Ausruf.

»Ist Ihnen was passiert?«

Nach einem kurzen Stöhnen kam ein leises Glucksen. »Nein. Ich schätze, ich bin nur einfach zu schwer für diesen Karton.«

Allmählich begann sich Nathalie ein Bild von dem zu machen, was sich hier auf dem Flur abspielte. Wenn der Karton nachgegeben hatte, konnte er nicht gerade mit sehr widerstandsfähigen Dingen gefüllt sein. Kleidung gab zum Beispiel sehr leicht nach. Und nach allem, was sie von Cécilie durch die Wand gehört hatte, konnte sie ganz leicht daraus ableiten, dass Raymond Lasserre von seiner Freundin rausgeworfen worden war.

»Haben Sie's verdient?«, fragte sie, bevor ihr bewusst wurde, was sie da eigentlich sagte. Am liebsten wäre sie im Boden versunken, aber sie kam nicht dazu, mehr hervorzubringen als »Verzeihen Sie, ich hätte nicht ...«, als er sie mit einem Lächeln in der Stimme unterbrach.

»... fragen sollen? Doch, schon okay. Und, ja, ich hab's verdient, kein Zweifel.« Er machte eine kurze Pause, in der er wahrscheinlich den Karton hochhob. Während er an Nathalie vorbei zur Treppe ging, sagte er bedauernd: »Tja, da werden wir uns wohl doch nicht mehr sehen.«

»Wer weiß das schon?«, antwortete sie, wobei sie sich gleichzeitig fragte, warum sie das tat.

Es dauerte ein, zwei Sekunden, bis er reagierte. »Stimmt, das kann man nie wissen. Dann also, Wiedersehen!«

Nathalie nickte ihm zu und hoffte, wenigstens dieses eine Mal mit ihrem Blick die Augen ihres Gegenübers zu treffen. Bald darauf klappte unten die Haustür zu, und sie kam endlich zu ihrem Abendessen, mit dem sie es sich auf dem Sofa gemütlich machte. Trotzdem spukte ihr Raymond Lasserre weiter durch den Kopf. Obwohl sie nicht wusste, was zwischen Cécilie und ihm vorgefallen war, galt ihre Sympathie seit ihrer ersten Begegnung eher Raymond. Dabei spielte auch keine Rolle, dass er zugegeben hatte, an seinem Rausschmiss selbst schuld zu sein. Am Abend ihres Einzugs hatte Nathalie gespürt, dass Raymond sich aus wirklichem Interesse erkundigt hatte, ob bei ihr alles in Ordnung war, während Cécilies Widerstreben genauso deutlich gewesen war. Nachdenklich biss Nathalie in ihr Käsebaguette. Aber vielleicht wollte sich Cécilie auch einfach nicht in fremde Angelegenheiten mischen.

4.

Die kleine Kapelle war brechend voll. Richard Blakes Trauerfeier hatte nicht nur die wenigen Verwandten, sondern vor allem die zahlreichen Geschäftsfreunde auf den Plan gerufen. Dazu kamen noch ein paar Journalisten, die ihren Lesern und Zuschauern haarklein darüber berichten wollten, wie der langjährige Boss von zwei so bedeutenden Unternehmen der Stadt verabschiedet wurde. Richard Blake war eine Person des öffentlichen Lebens gewesen, vielleicht nicht unbedingt beliebt, aber geschätzt und respektiert. Er stand für die alten Werte, für Traditionen, für Ehre und Moral. Das Gleiche galt für seine Geschäfte, besonders natürlich für die von Homes for the Homeless, und mit Sicherheit fragte sich so mancher, der hier andächtig auf den Eichensarg mit den Bergen von Kränzen und Blumen schaute und sich bemühte, gebührend betroffen auszusehen, was nun daraus wurde. Genauer gesagt, ob Daniel Blake wirklich ein würdiger Nachfolger seines Vaters war.

Auch Daniel selbst dachte in diesem Augenblick darüber nach, obwohl er besser wusste als die meisten anderen Anwesenden, dass er das Schiff genauso ruhig und gut steuern konnte wie Richard. Er würde ein paar Dinge ändern, der Zeit anpassen und möglicherweise mit einigen Traditionen brechen – aber nur dort, wo es wirklich notwendig war. Das Kensington-Projekt zum Beispiel ließ sich gut an und konnte nach zwei, drei weiteren Treffen mit Harding zum Abschluss kommen. Um Homes for the Homeless hatte sich Daniel bisher weniger gekümmert, er würde sich dort einarbeiten und sich zunächst mal auf die bewährten Mitarbeiter seines Vaters verlassen müssen.

Der Pfarrer hielt eine salbungsvolle Predigt, der Daniel jedoch nur mit einem Ohr zuhörte. Neben ihm scharrte Susan etwas unruhig mit den Füßen. Sie hasste Volksversammlungen jeglicher Art und konnte es kaum erwarten, dass dieses Tamtam hier vorbei war. Sie seufzte verhalten, und Daniel sah sie kurz von der Seite an. Sie war älter als er, aber wie viel älter, sah man ihr nicht an. Schwarz stand seiner Schwester. Viele Menschen machte diese Farbe alt, Susan verlieh sie ein geradezu jugendliches Aussehen.

Eine Stunde später hatten Daniel und Susan unzählige

Hände geschüttelt, dankend zu den Beileidsbekundungen genickt und Nichtssagendes geantwortet. Etwas anderes wurde auch nicht von ihnen verlangt. Danach stiegen beide in die dunkle Limousine, die vor der Kapelle gewartet hatte. Die Urnenbeisetzung würde erst ein paar Tage später stattfinden.

Susan streifte ihre Schuhe ab und streckte ihre Zehen. »Nach Hause, James«, flüsterte sie und kicherte unangemessenerweise.

Daniel verzog nur kurz das Gesicht. Die Limousine gehörte nicht zum Standardfuhrpark der Familie Blake, ebenso wenig wie der Chauffeur, beides war nur gemietet für den heutigen Tag.

»Wohin darf ich Sie fahren?«, fragte der Mann mit der grauen Mütze.

»Cork Street«, sagte Daniel, bevor Susan dazu kam, den Mund aufzumachen.

»Wie bitte?«, fragte sie, nachdem der Motor des Mercedes kaum hörbar angesprungen war. »Willst du ins Büro? Jetzt? Nach der Trauerfeier?«

»Wieso nicht? Es gibt eine Menge zu tun. Du kannst dich anschließend nach Hampstead bringen lassen. Der Umweg wird nicht allzu lange dauern.«

Susan zuckte mit den Schultern und lehnte sich im Sitz zurück. »Bitte, wenn du meinst.«

Daniel löste seine Krawatte und stopfte sie in seine Jackentasche. »Was, glaubst du, hätte Vater getan?«

»Dasselbe vermutlich«, stimmte Susan zu.

Susan war nicht die Einzige, die Daniels Auftauchen im Büro unpassend oder doch zumindest merkwürdig fand. Auch Anne, Daniels Assistentin, schaute erstaunt hoch, als er den Flur betrat.

»Was machst du denn hier?«

»Wonach sieht's denn aus?«, fragte Daniel zurück, lächelte aber dabei. Anne war eine überaus fähige Assistentin. Sollte sie je auf den Gedanken kommen zu kündigen oder schwanger zu werden, würde sie schwer zu ersetzen sein. »Schick doch bitte Mrs Willard zu mir rein, ja?«

»Mrs Willard? Ich fürchte, das geht nicht.«

»Wieso nicht?«

»Sie war auf der Trauerfeier und hat sich den Nachmittag freigenommen.«

»Oh.« Natürlich. Vermutlich gab es nur wenige Menschen, deren Tränen in der Kapelle vorhin echt waren, Mrs Willard, die Sekretärin seines Vaters seit über zwanzig Jahren, gehörte dazu.

»War nicht besonders feinfühlig, das zu vergessen, was?«, fragte Daniel.

»Verzeihlich an so einem Tag, denke ich«, lächelte Anne.

Daniel zog sein schwarzes Jackett aus, warf es über den Besuchersessel und betrat dann durch die Verbindungstür das Büro seines Vaters, das demnächst dann wohl seines sein würde. Er musste sich Gedanken machen, wer seinen eigenen Posten übernahm, wenn er auf Richards Platz saß.

Richard Blakes Büro strahlte noch immer dessen Persönlichkeit aus, fast schien es, als würde der Seniorchef jeden Augenblick hereinkommen. Daniel war nicht über alle Immobilienprojekte informiert, die sein Vater betreut hatte, und ein unbestimmtes Gefühl sagte ihm, es könnte die eine oder andere wirklich wichtige Sache geben, über die er Bescheid wissen sollte. Deswegen hatte er nach Mrs Willard gefragt, aber nun musste er wohl bis morgen warten. Bis dahin konnte er sich so weit wie möglich selbst behelfen. Daniels Blick fiel auf das Bild mit van Goghs Sonnenblumen, hinter dem sich der Tresor befand. Er kannte die Kombination, hätte ihn aber niemals ohne seinen Vater geöffnet. Nun ließ sich das nicht vermeiden, mit irgendwas musste er anfangen. Seufzend drehte er das Rädchen dreimal, dann schwang die Tür auf.

Unerwartet wenige Akten bildeten einen kleinen, fein säuberlich sortierten Stapel. Daniel nahm sie, legte sie auf den Schreibtisch und setzte sich auf den unbequemen Stuhl seines Vaters. Ein, zwei Minuten verharrte er, bevor er die erste Akte öffnete, die sich mit einem Bauprojekt beschäftigte, über das seit Monaten die Gerüchteküche brodelte. Mehrere große Firmen konkurrierten um den Zuschlag vom Ministerium, ein ehemaliges Armeegelände mit maroden Kasernen übernehmen und umbauen zu dürfen. Die Gebäude standen jedoch teilweise unter Denkmalschutz, weshalb der Staat gewisse Auflagen zur Bedingung gemacht hatte, die den Wettbewerb noch mehr anheizten. Jeder der beteiligten Firmenchefs, die sich von ihren geplanten Lofts, Penthäusern und Büros größtmöglichen Profit erhofften, hätte die Pläne der jeweils anderen zu gern in die Finger gekriegt, doch die verschiedenen Entwürfe wurden bis zur Bekanntgabe der Entscheidung gehütet wie ein Staatsgeheimnis. Seltsam, dass genau diese Entwürfe hier im Tresor seines Vaters lagen. Mayfair Estates hielt sich nach Daniels Wissen aus der Sache heraus und widmete sich stattdessen ganz dem Kensington-Projekt.

Aus der zweiten Akte förderte er eine ganze Reihe ausgearbeiteter Zeichnungen eines neuen Homes for the Homeless Vorhabens zutage, die er schon zur Seite legen wollte, als ihm etwas auffiel. Er schaute sich die Unterlagen genauer an, holte anschließend nochmal die erste Akte hervor und verglich das Ministeriums-Projekt mit den Zeichnungen für Homes for the Homeless. Tatsächlich: Richard

Blake besaß exakt auf die Bedürfnisse seines Verbandes zugeschnittene Pläne für das ehemalige Militärgelände, die nicht nur alle Auflagen erfüllten, sondern in denen man die Schwächen der anderen Entwürfe gekonnt ausgemerzt und deren Stärken noch herausgearbeitet hatte. Und sie waren abgezeichnet mit der Unterschrift eines Mitarbeiters aus dem Ministerium.

Daniel lehnte sich zurück und stieß die angehaltene Luft aus. Was zum Teufel ging da vor sich? Fassungslos wünschte er, er hätte seinen Vater fragen können. Vor allem auch danach, wie er jetzt als sein Nachfolger damit umgehen sollte.

Um erst mal an etwas anderes zu denken, widmete er sich als Nächstes einer dünnen Umlaufmappe. Die war allerdings nicht zur Ablenkung geeignet, denn sie beinhaltete einen kurzen Schriftverkehr über jenen Ministeriumsbeamten, der die Homes-for-the-Homeless-Pläne abgezeichnet und damit so gut wie genehmigt hatte. Als Daniel sich darin vertiefte, runzelte er die Stirn. Hatte er nicht vorhin noch gedacht, sein Vater stünde für Ehre und Moral? Was sich ihm hier erschloss, sah anders aus. Offensichtlich hatte sein Vater den Beamten unter Druck gesetzt. Warum sonst sollten diese belastenden Papiere in seinem Safe liegen?

Daniel schloss die Augen, stützte den Kopf in die Hände und massierte dabei seine Schläfen. Er musste etwas falsch verstanden haben, auch wenn er sich nicht recht vorstellen konnte, wie er das, was da stand, fehlinterpretiert haben sollte. Zögernd nahm er sich alle drei Akten ein zweites Mal sorgfältig vor. Dann stand er auf, trat ans Fenster und öffnete es, um frische Luft hereinzulassen. Vielleicht gab es ja eine ganz einfache Erklärung für das alles. Das Dumme war nur, dass Daniel keine einfiel.

Lieber Himmel, er hatte geglaubt, seinen Vater zu kennen. Er drehte sich um und starrte auf den Schreibtisch, auf dem sich das oberste Blatt im Luftzug leicht bewegte, und wusste, dass er mit dieser Sache nichts zu tun haben wollte. Kurz entschlossen griff er nach den Papieren, ging schnellen Schrittes damit hinüber in sein eigenes Büro und wollte sie in den Reißwolf stecken, zögerte jedoch. Die Pläne für das Homes-for-the-Homeless-Projekt waren ausgezeichnet, auch wenn bei deren Zustandekommen nicht alles mit rechten Dingen zugegangen sein sollte. Vielleicht konnte er selbst es schaffen, zumindest die nötigen Genehmigungen dafür auf legale Weise an Land zu ziehen.

Schließlich entschloss er sich dazu, nur die den Beamten belastenden Unterlagen zu vernichten. Daniel beobachtete, wie Seite für Seite zu kleinen Schnipseln zerschreddert wurde, wie das Bild, das er sich bisher von seinem Vater gemacht hatte.

Danach kehrte er in dessen Büro zurück und hob nur sehr widerwillig den Deckel der letzten Umlaufmappe. Er musste nicht sehr weit lesen, um zu erkennen, dass es sich hier um etwas Ähnliches handelte. Diesmal ging es ausgerechnet um Keith Harding, doch offenbar waren diese Papiere noch nicht zum Einsatz gekommen.

Daniel verfuhr damit genauso wie mit den anderen. Immer noch grübelnd packte er die übrig gebliebenen Akten wieder zusammen und räumte sie in das obere Fach des Safes.

»Brauchst du noch was?«, kam in diesem Moment eine Stimme von der Tür.

Es dauerte eine Weile, bis Daniel registrierte, dass Anne dort stand, bereit für den Feierabend. Fragend sah sie ihn an, und da er nicht sofort antwortete, machte sie ein paar Schritte in den Raum.

»Fühlst du dich nicht gut? Du siehst schrecklich blass aus. Es wäre bestimmt besser gewesen, wenn du dich nicht gleich nach der Trauerfeier wieder in die Arbeit gestürzt hättest.«

Unwillkürlich trat Daniel einen Schritt nach links, sodass Anne der Einblick in den Safe verwehrt blieb. Er wusste, dass das idiotisch war, schließlich würde sie nur ein paar belanglose Aktendeckel sehen. »Kann schon sein«, stimmte er ihr zu. »Aber ich hätte zu Hause auch keine Ruhe gefunden.«

Anne nickte und schälte sich aus ihrer dünnen Jacke. »Dann mach ich dir wenigstens noch einen Kaffee. Den Rest von heute Morgen habe ich gerade weggeschüttet.« Ohne Daniels Protest abzuwarten, legte sie die Jacke über die Lehne des Besuchersessels und verschwand.

Erleichtert atmete Daniel auf und wollte endgültig den Tresor schließen. Dabei fiel sein Blick auf ein einzelnes Blatt, das ganz unten lag und das er vorhin übersehen hatte. Er nahm es heraus und musste verwundert feststellen, dass es sich um einen Ausschnitt handelte, der aus einer Zeitschrift herausgerissen worden war.

Auf einem Schwarzweißfoto, oben und unten mit rotem Filzstift markiert, war ein Grab mit einem typisch keltischen Kreuz zu sehen: Ein Kreis durchzog die Vertikale und die Horizontale so, dass links und rechts sowie oben ein Stückchen herausragte. Der untere lange Teil verbreiterte sich leicht und endete auf einem rechteckigen Sockel, auf dem etwas geschrieben stand, vermutlich der Name des Toten. Das Kreuz war reich verziert mit steinernen Ornamenten und Blumen. Nur undeutlich zu sehen war in Höhe des Sockels ein umlaufendes Gitter mit stilisierten französischen Lilien.

Jemandem musste dieses Foto wichtig gewesen sein,

wichtig genug für die filzstiftdicke rote Markierung. Nur ausschnittweise konnte Daniel einzelne Wörter des dazugehörigen Artikels lesen, kein Satz war vollständig. Das Wenige, was zu entziffern war, war nicht in englischer Sprache abgefasst, sondern in Französisch.

Daniel runzelte die Stirn. Was sollte das jetzt wieder? Die Baupläne hatten ihn erstaunt, bei den übrigen dubiosen Dokumenten fand er es sehr schwierig, deren Bedeutung zu akzeptieren, konnte aber ihre Existenz zumindest nachvollziehen. Das hier dagegen war mehr als merkwürdig. Sein Vater schien ein größerer Geheimniskrämer gewesen zu sein, als er je für möglich gehalten hätte.

Irgendwo im Schreibtisch musste ein Lupe liegen. Daniel fand sie, hielt sie dicht über das Foto mit dem Grab und versuchte, die Inschrift zu entziffern, doch ohne Erfolg. Dann wandte er sich dem Artikel zu oder zumindest dem, was davon zu lesen war. Aber auch daraus konnte er nicht entnehmen, worum es eigentlich ging. Sein Französisch war nur mittelmäßig, doch um zu erkennen, dass im Text auch kein Name auftauchte, reichte es allemal. Erneut nahm er die Lupe zur Hand. Es gab zwei Buchstabenblöcke auf dem Grabstein, einer sicher der Vor-, der andere der Nachname. Der Nachname war kürzer, also versuchte es Daniel damit zuerst. Er fing mit D an. Dann ein u oder ein o. Die Inschrift war nicht nur klein, sondern auch ziemlich verwittert, deshalb ließ sich das nicht mit Bestimmtheit sagen. Der dritte Buchstabe mochte ein r oder ein n sein, dann folgten relativ eindeutig ein a und ein s. Donas. Klang nicht sehr französisch. Doras. Auch nicht. Duras. Schon eher. Also Duras. Jetzt der Vorname. Der erste Buchstabe war ein B oder ein E, danach eindeutig ein i und ein l. Dann ... Daniel stutzte, und mit einem Mal erfasste ihn ein Schwindelgefühl. Er sah noch einmal auf das

Foto. Der Name sprang ihn geradezu an: Eileen Duras. Mein Gott. Eileen!

Wer um alles in der Welt war diese Frau? Gewesen, fügte er hinzu. Sie musste seit langer Zeit tot sein, wenn man dem Zustand des Grabsteins glauben wollte.

Vom Flur drang das Geräusch von klapperndem Geschirr an seine Ohren, und Daniel beeilte sich, den Tresor zu schließen, an seinen Schreibtisch zurückzukehren und irgendein Schriftstück über das Blatt mit dem Grab zu legen, bevor Anne hereinkam.

»Meine Güte, kann es sein, dass du noch schlechter aussiehst als eben?«, sagte sie mitfühlend, während sie eine Tasse und eine Thermoskanne vor ihn stellte. »Ich sollte mich weigern, deine Arbeitswut auch noch mit Kaffee zu unterstützen!«

»Vielen Dank für das reizende Kompliment«, gab Daniel zurück. Er hoffte, dass Anne seine zitternden Hände nicht bemerkte, und bemühte sich, ihr ein einigermaßen glaubwürdiges Lächeln zu schenken, mit dem er sie endgültig verabschieden konnte. »Und für den Kaffee natürlich. Ich mache hier auch bald Schluss, geh ruhig nach Hause.«

Als Anne fort war, nahm Daniel die Stille in diesem Gebäude stärker wahr als sonst. Er arbeitete oft bis tief in die Nacht, aber nie zuvor war ihm diese geradezu gespenstische Ruhe aufgefallen. Gespenstisch? Er musste über sich selbst lächeln. Vermutlich war ihm das nur durch den Kopf gegangen, weil er die ganze Zeit auf dieses Grab gesehen hatte. Doch das Rätsel blieb. Wie sollte er etwas über diese Eileen herausfinden? Wie über das Grab?

Vor vielen, vielen Jahren hatte er mal Kommunikationswissenschaft studiert mit dem Ziel, Journalist zu werden. Dann war alles ganz anders gekommen, trotzdem sollte er eigentlich wissen, wie man recherchiert. Aber das war so lange her, dass er sich kaum noch daran erinnern konnte. Gedankenversunken malte er Kringel auf die Schreibtischunterlage. Auch das hatte er seit Jahren nicht mehr getan. Als Erstes müsste man wohl wissen, woher dieser Artikel stammte. Vielleicht ging daraus auch hervor, wer Eileen Duras war. Oder zumindest, wo das Foto gemacht worden war. Oder wenigstens der Name des Fotografen.

Seufzend musste Daniel einsehen, dass es vermutlich eine Million französische Zeitschriften gab. Er hatte nicht die Zeit, das zu recherchieren, sondern musste eine Immobilienfirma und einen gemeinnützigen Verband führen und sich dabei noch auf einige Überraschungen gefasst machen.

Mayfair Estates hatte einige wenige Kontakte zu französischen Unternehmen, aber dort um Unterstützung bei eher merkwürdig anmutenden Recherchen zu bitten war absurd. Er würde Gründe dafür angeben müssen, und das ging nicht. Wer wusste schließlich, was hinter dem Namen Eileen steckte? Vielleicht war es besser, das nie herauszufinden. Vielleicht hatte sein Vater noch mehr unangenehme Dinge zu verbergen, die Daniel gar nicht wissen wollte. Aber die Neugier packte ihn.

Die Neugier auf Eileen Duras – und vor allem die Neugier auf seinen Vater, der weiß Gott ein ganz anderer Mensch gewesen zu sein schien, als Daniel all die Jahre geglaubt hatte.

Frankreich, dachte er. Soweit er sich erinnerte, hatte sein Vater nie französischen Boden betreten, aber was bewies das schon? Daniel selbst war mal in Frankreich Austauschstudent gewesen, als er tatsächlich noch Journalist werden wollte. Obwohl er zugeben musste, dass er die Zeit in Paris mit allem Möglichen verbracht hatte, nur allzu selten mit dem Studium.

Für einen Moment waren sein Vater, Eileen Duras und ihr Grab vergessen. Daniel versank in Erinnerungen an damals, an ein anderes Leben. Eins, in dem er noch geglaubt hatte, die kommenden Jahre hielten nichts als Aufregung und Spaß für ihn bereit. In Paris jedenfalls gab es jede Menge Spaß mit den Mädchen und den französischen Kommilitonen. Lächelnd erinnerte er sich an diese kleine Rothaarige mit der Stupsnase. Wie hatte sie geheißen? Germaine? Oder Jacqueline? Und dann war da sein Kumpel gewesen, mit dem er eine Zeit lang durch das Pariser Nachtleben getourt war. Der hatte sein Studium etwas ernster genommen und irgendwann das Nächtedurchmachen aufgegeben, weil er mit Daniels Tempo nicht mehr Schritt halten konnte. Raymond war sein Name gewesen. Raymond ... irgendwas. Vermutlich war der heute wirklich Journalist.

Mit einem Mal saß Daniel kerzengerade im Schreibtischsessel. Raymond Lasserre. Der einzige verdammte französische Journalist, den er kannte. Und wenn er sich nicht sehr verändert hatte, wahrscheinlich gleichzeitig der akribischste, penibelste und ehrgeizigste französische Journalist.

Daniel verstaute den Zeitschriftenausriss wieder im Safe und verließ das Büro seines Vaters. In seinem eigenen schaltete er den PC ein und klickte sich im Internet auf die Seite der Google-Suchmaschine. Er tippte den Namen Raymond Lasserre ein und wartete eine Sekunde, dann tauchten die Ergebnisse auf. Dreizehn Nennungen, das war ja nicht gerade viel und mochte ein gutes oder ein schlechtes Zeichen sein. Entweder bedeutete es, dass er sehr schnell fündig wurde, oder es hieß, dass er genauso schnell aufgeben musste, weil »sein« Raymond nicht darunter war.

Schließlich schaute er sich die Einträge genauer an.

Ein Mediziner, der gleich mehrmals erwähnt wurde. Eine Hochzeitsanzeige, aber das Alter stimmte nicht. Ein Rechtsanwalt. Da: ein Artikel über eine Konferenz zu Verkehrssicherheit in Toulouse, der von einem Raymond Lasserre vor etwa drei Jahren verfasst worden war. Eine ganze Artikelserie über einen Giftmüllskandal in der Bretagne aus dem Jahr zuvor. Als Letztes einer über ein Popkonzert in Rennes. Sah ganz so aus, als würde sich Raymond mit einer breiten Palette an Themen beschäftigen. Daniel druckte sich alle Artikel aus.

Jetzt galt es allerdings, ihn nicht nur im Internet, sondern auch persönlich ausfindig zu machen. Aber wozu gab es schließlich diese praktischen internationalen Telefonbücher? Daniel fragte sich, was die Menschheit wohl vor zwanzig Jahren gemacht hatte – ohne Internet. Wahrscheinlich einen Privatdetektiv engagiert, dachte er amüsiert. Was letztlich nichts anderes war, als was er zu tun gedachte. Nur dass er zum Nachforschen einen Journalisten engagieren wollte.

Plötzlich stutzte er. Wenn er hier schon nach allen Regeln der Kunst nach Raymond Lasserre suchte, wieso tat er dasselbe nicht mit Eileen Duras? Er klickte sich zurück zu Google und gab ihren Namen ein. Sein Mittelfinger schwebte sekundenlang über der Enter-Taste, bevor er sie drückte. Er spürte die Innenflächen seiner Hand feucht werden, während er darauf wartete, dass sich die Seite mit den Suchergebnissen aufbaute. Es gab nur zwei Einträge, einer davon so alt, dass der Link nicht mehr funktionierte. Der zweite Link brachte ihn auf eine Seite mit wenigen Absätzen. Er konnte nur ab und zu ein englisches Wort identifizieren, noch dazu konnte er »Eileen Duras« darin nirgends entdecken.

Auf seltsame Weise erleichtert seufzte Daniel auf und

wusste selbst nicht so genau, warum. Vielleicht wollte er gar nicht sofort ein Ergebnis. Vielleicht brauchte er einfach noch mehr Zeit, um sich mit dem ihm zunehmend fremd werdenden Menschen Richard Blake auseinander zu setzen, bevor er weitere überraschende Tatsachen aufdeckte.

Auf jeden Fall hieß es jetzt: Zurück zu Plan A. Daniel gab Raymonds Namen in den »Pages Blanches« ein, dem Telefonbuch Frankreichs, und bekam siebenunddreißig Resultate. Wenn er die alle durchtelefonieren wollte, würde er morgen eine Menge zu tun haben. Er überlegte, wie er die Suche eingrenzen konnte, und sah nochmal die drei Artikel durch, die er sich ausgedruckt hatte. Die Serie über den Giftmüllskandal und der Beitrag über das Konzert waren am neuesten, und beides hatte in Nordfrankreich stattgefunden. Er überprüfte die Einträge im Telefonbuch und stellte fest, dass es in der Normandie und in der Bretagne nur fünf Raymond Lasserres gab. Ein Blick auf die Uhr sagte ihm, dass es eigentlich schon zu spät war, überhaupt jemanden anzurufen. Erst recht eine vollkommen fremde Person, und das würden im schlimmsten Fall vier sein. Das ließ sich nicht ändern, er wollte einfach nicht bis morgen warten.

Die ersten drei Versuche endeten in einer Entschuldigung. Beim vierten Mal, bei einem Kandidaten aus St. Malo, sprang ein Anrufbeantworter an: »Raymond Lasserre. Leider bin ich zurzeit nicht zu Hause. Hinterlassen Sie Ihren Namen und Ihre Rufnummer, ich rufe zurück.«

Daniel hatte keinerlei Erinnerungen mehr an Raymonds Stimme, aber dieser Typ klang einigermaßen professionell und vor allem nicht so alt wie die drei anderen Männer, vielleicht war er also der Richtige. Daniel meldete sich auf Englisch.

»Hallo, Raymond, hier ist Daniel Blake. Ich hoffe, du

erinnerst dich noch an mich. Außerdem hoffe ich, ich bin überhaupt bei dem richtigen Raymond Lasserre gelandet. Falls nicht, entschuldigen Sie die Störung. Falls doch: Wenn's geht, ruf mich mal zurück. Kann sein, dass ich was für dich habe. Meine Nummer ist: 00 ...«

In diesem Moment wurde er unterbrochen.

»Daniel? Daniel Blake aus England?«, fragte jemand auf Englisch mit französischem Akzent.

Damit hatte Daniel nicht gerechnet. Er war so auf den Anrufbeantworter fixiert gewesen, dass er anfing zu stottern. »Äh, ja. Raymond? Bist du das, Junge?«

»Tja, ich denke doch! Und du bist der Daniel, der vor – ich will lieber nicht drüber nachdenken, wie lange das her ist – versucht hat, mich mit dieser blonden Frau aus dem Les Souris Dansent zu verkuppeln?«

Wie aufs Stichwort erschienen sowohl das Mädchen als auch die kleine verräucherte Kneipe vor Daniels innerem Auge. Er grinste in sich hinein. »Genau der! Was hat dich in dieses Kaff in der Pampa Nordfrankreichs verschlagen?«

»Ich arbeite hier!«, gab Raymond zurück. »Und wie geht's *dir* so?«

Daniel lachte. »Kommt ein bisschen plötzlich, dieser Anruf aus der Vergangenheit, was? Aber hör mal, ich bin da auf was gestoßen. Bei der Sache brauche ich Hilfe, und du bist der Einzige, der mir eingefallen ist. Können wir uns demnächst mal treffen?«

»Sicher«, stimmte Raymond zu. »Allerdings musst du dich dazu nach St. Malo bemühen. Ich komme hier nicht so einfach weg, fürchte ich.«

Daniel schwieg zwei Sekunden. »Du ... könntest nicht nach London kommen? Ich bin im Moment reichlich, hm, beschäftigt. Mein Vater ist letzte Woche gestorben, ich muss unglaublich viel Zeug regeln, heute war die Trauerfeier, die Urnenbeisetzung ist in zwei Tagen und all das ...«

»Das tut mir Leid, ehrlich«, sagte Raymond betroffen.

»Schon gut. War natürlich ein großer Verlust, aber das Leben geht weiter.« Meine Güte, dachte Daniel. Was musste Raymond von ihm denken bei dieser dahingesagten Floskel, die nicht gerade nach übermäßiger Trauer klang? Aber es war auch keine Trauer, was Daniel empfand. Es war von Anfang an mehr wie ein Schlag in den Nacken gewesen, und was er heute entdeckt hatte, verstärkte dieses Gefühl.

Raymond murmelte ein paar undeutliche Worte in den Hörer, das Übliche, was man in so einer Situation eben sagt. Daniel beschloss, die Sache abzukürzen. »Jedenfalls kann ich deshalb nicht einfach abhauen. – Hör zu, ich schick dir ein Ticket für nächstes Wochenende, du brauchst nur noch in den Flieger steigen, in London holt dich jemand vom Flughafen ab. Einverstanden?«

Zweifellos fühlte sich Raymond überrumpelt. Aber Daniel hatte seine Neugier geweckt, die Berufskrankheit eines jeden Vollblutjournalisten. »Was bleibt mir anderes übrig, du Geheimniskrämer?«, fragte Raymond in gespielt leidendem Tonfall.

»Großartig! Wir sehen uns dann in ein paar Tagen!« Daniel legte den Hörer auf, bevor Raymond es sich anders überlegen konnte. Morgen würde er Anne bitten, sich um eine Flugreservierung zu kümmern. Oder nein, er sollte das lieber selbst tun. Niemand musste wissen, dass er Besuch aus Frankreich bekam, und erst recht nicht, warum.

5.

Eine Woche und zwei Tage hatte Nathalie überlebt in ihrem neuen kleinen Reich. Ihre Arme und Beine zierte allerdings eine ganze Reihe blauer Flecken, die davon zeugten, dass sie sich hier noch nicht so gut auskannte wie im Haus ihrer Eltern. Aber den letzten dieser Flecke hatte sie sich vor drei Tagen geholt, seitdem war sie nicht mehr gegen Schränke oder offen stehende Türen gelaufen.

Außerdem waren bereits einige Kunden bei ihr gewesen, die zwei Kerzenhalter, eine Schale, einen pyramidenförmigen Briefbeschwerer und eine etwas größere moderne Skulptur in Auftrag gegeben hatten. Obwohl Nathalie auch telefonisch Aufträge entgegennahm, kamen doch die meisten Kunden selbst vorbei, um sich ein Bild von den Steinen, ihrer Farbe und der Maserung zu machen und auszuwählen, was ihnen am besten gefiel. Die moderne Skulptur hatte eine ältere Dame bestellt, die offensichtlich mit ihrem Auftrag etwas überfordert war. Sie sei für ihren Sohn, der sich für moderne Kunst interessiere, stellte sie fest. Nathalie konnte förmlich ihre Schultern dabei ratlos zucken sehen, sodass es sie Mühe kostete, ernst zu bleiben. Sie würde Stéphane oder Florence bitten müssen, mit ihr einkaufen zu fahren, für die Skulptur reichte ihr Specksteinvorrat nicht mehr.

Mit sicheren Fingern tippte sie Florences Nummer ins Telefon. Es dauerte einen Moment, bevor sich am anderen Ende jemand meldete.

»Hallo?«, erklang eine etwas verschlafene Stimme.

»Stéphane? Tut mir Leid, dass ich dich geweckt habe. Ich fürchte, ich hab vergessen, dass du Nachtschicht hattest«, entschuldigte sich Nathalie. Als Assistenzarzt war

Stéphane im Centre Hospitalier häufig zu Nacht- und Notdiensten eingeteilt, was bei Florence auf wenig Begeisterung stieß, aber wenn ihr Freund auf der Karriereleiter weiter nach oben wollte, blieb ihm nichts anderes übrig.

»Bist du das, Nathalie? Eine Sekunde«, sagte Stéphane, der jetzt schon etwas munterer klang.

Nathalie seufzte, sie hatte sich mal wieder nicht mit ihrem Namen gemeldet, sondern einfach drauflosgeredet. Mittlerweile war es ihr so selbstverständlich, sich auf Stimmen zu konzentrieren, dass sie unbewusst davon ausging, jeder könne sofort jeden daran erkennen. Nathalie hörte ein Rascheln, dann eine entfernte Stimme, die Florences Namen rief. Kurz darauf hatte sie ihre Freundin am Telefon, die sich einverstanden erklärte, nach Feierabend Nathalies Arbeitsmaterial zu besorgen.

»Was hältst du von einer Pizza anschließend? Dieser neue Italiener in der Altstadt soll ziemlich gut sein«, schlug Florence vor.

»Gern! Ich hab mich in den letzten Tagen sowieso nur von Brot, Käse und Obst ernährt.« Die Lust am Kochen war Nathalie fremd und wurde außerdem noch von der ständigen Angst überschattet, was dabei alles schief gehen mochte. Zwar schaffte sie schon einfache Dinge wie Spagetti, trotzdem war meistens jemand dabei gewesen, wenn sie in der Küche gewerkelt hatte.

Während sie die nächsten Stunden mit Kopfhörern in ihrer Werkstatt saß und gegen Mittag ihren knurrenden Magen zu ignorieren versuchte, gingen Nathalie die groben Schleifarbeiten problemlos von der Hand. Schließlich nahm sie ein Stück Schmirgelpapier und bearbeitete eine fast fertige Kante, für die eine Feile zu grob gewesen wäre. Prüfend fuhr sie mit den Fingern immer wieder über die Stelle, bis sie glatt und vollkommen ohne Schleifspuren war. Die kleine Schale war noch nicht fertig, aber Nathalies rechter Arm begann langsam zu schmerzen, also machte sie für heute Feierabend. Sorgfältig legte sie die Schale ins Regal, säuberte zuerst die Werkzeuge und wusch zum Schluss ihre Hände.

Es musste etwa halb sechs sein, schätzte sie, bald würde Florence kommen. Nathalie freute sich auf ihre Freundin, die sie seit dem Umzug nicht mehr gesehen hatte. Sie war Bibliothekarin und erzählte manchmal reichlich ausgefallene Geschichten von den Menschen, mit denen sie täglich zu tun hatte. Da Nathalie bei aller Selbstständigkeit wenig Kontakt zu anderen bekam, betrachtete sie Florences Schilderungen als eine Art Ersatz für ihr früheres Leben, in dem sie viel rumgekommen war und jede Menge Leute kennen gelernt hatte. Florence war sozusagen noch ein Überbleibsel aus der alten Clique, einer der wenigen Menschen, die sich nicht von Nathalies Launen während ihrer schlimmsten Zeit hatten abschrecken lassen.

Heute allerdings schien Florence nicht so gut drauf zu sein wie gewöhnlich. »Wirklich ein bescheuerter Tag«, schimpfte sie, kaum dass sie sich in einen Sessel hatte fallen lassen.

»Was war denn los?« Aus der Küche holte Nathalie eine Flasche Wasser und ein Glas und stellte beides auf den Tisch. Sie hörte das Zischen, als die Kohlensäure aus der Flasche entwich, und das Gluckern, als Florence sich einschenkte.

»Ach, vergiss es, es war einfach nur Stress.« Nathalie hatte ein Bild vor ihren Augen, wie Florence mit einer typischen Handbewegung abwinkte. »Ich reg mich nur wieder auf, wenn ich jetzt darauf rumreite. Lass uns lieber losfahren, sonst schließt der Laden, bevor wir ankommen.«

Nathalie hob die Brauen, widersprach aber nicht. Wenn

Florence nicht darüber reden wollte, bedeutete das wahrscheinlich weniger beruflichen als vielmehr privaten Stress, und es war ihr gutes Recht, das für sich zu behalten. Während sie mit Florence in deren klapprigem VW saß, hörte sie dem Verkehr zu, neben sich das Klingeln eines Fahrradfahrers, hinter sich gelegentlich das Hupen eines anderen Autos, das laute Brummen eines Lastwagens auf der Gegenfahrbahn. Nathalie saß mit geschlossenen Augen da und versuchte, sich die Straßen vorzustellen. Florence ließ sie in Ruhe oder war vielleicht einfach mit den Gedanken noch bei ihrem eigenen Problem.

Es dauerte zwanzig Minuten, bis Florence auf den Hinterhof des Baumarktes fuhr. Das Angebot an Specksteinen war das größte in St. Malo, und Nathalie war mittlerweile recht gut bekannt dort. Auch dass sie blind war und deswegen immer in Begleitung kam, versetzte inzwischen niemanden mehr in Erstaunen. Sie wurden von einem jungen Mädchen in einen etwas abgetrennten Raum geführt, in dem ganze Säcke voller Specksteine in allen erdenklichen Größen lagerten. »Viel Erfolg«, wünschte das Mädchen und ließ sie allein.

»Dann mal los«, hörte Nathalie ihre Freundin murmeln, während sie zwei Leinenbeutel aus der Tasche holte und Florence ein feuchtes Tuch reichte.

Nathalie hockte sich hin und suchte im ersten Sack herum, bis sie zwischen den meist sehr großen Steinen ein etwa faustgroßes Stück fand und es herauszog. Sie nahm es in beide Hände und fuhr mit den Fingern die Form nach. Es erinnerte sie flüchtig an eine Pyramide, genau das, was sie brauchte. Beim Auswählen der Steine war es am einfachsten, sich schon zu Beginn von den Formen inspirieren zu lassen, damit man beim Arbeiten möglichst wenig Abfall erzeugte. Wenn also ein Stein schon eine gewisse

Form hatte, aus der sich etwas machen ließ, war das perfekt. Nathalie hielt den Stein Florence hin, die eine Stelle mit dem feuchten Tuch bearbeitete.

»Sandfarben«, stellte sie fest.

»Dunkel oder hell?«

»Mittel!« Nathalie konnte förmlich sehen, wie Florence grinste.

Es ging eine ganze Weile so weiter, Nathalie fand mehrere geeignete kleinere und größere Stücke, die Florence der Reihe nach auf ihre Farbe untersuchte. Specksteine waren immer mit einer Schicht Staub überzogen, sodass man Farbe und Maserung erst wirklich erkannte, wenn man mit einem feuchten Tuch darüber rieb. Über ein Stück freute sich Nathalie besonders. Es war recht flach und besaß die Form eines Fisches mit großen Flossen. Sie musste fast nichts damit tun, als die Kanten zu schleifen und den Mittelteil ein bisschen auszuhölen, um eine Schale daraus zu machen.

»Grün«, stellte Florence fest. »Das passt toll. Hab ich eine Option auf die Schale?«

»Abgesehen von den Teilen, die ich auf Bestellung mache, hast du Optionen auf so ziemlich alles. Ohne deine Hilfe könnte ich überhaupt nicht arbeiten.«

»Übertreib nicht«, meinte Florence verlegen. Aber was Nathalie gesagt hatte, war durchaus richtig.

Beladen mit zwei Beuteln voller Steine und drei Flaschen Steinpolitur verließen sie eine halbe Stunde später den Laden.

»Was ist mit der Pizza? Hast du noch Lust drauf, oder willst du lieber nach Hause?«, erkundigte sich Nathalie.

»Stéphane hat die ganze Woche Nachtschicht. Was soll ich also zu Hause? Das leere Bett mit meinem Frust teilen? Nein, danke. Außerdem hab ich heute Mittag nichts zu essen gehabt und bin jetzt am Verhungern, du nicht?«

Die neue Pizzeria, von der Florence erzählt hatte, befand sich innerhalb der Festungsmauern im historischen Teil St. Malos, der wie jeden Sommer von Touristen übervölkert war. Nathalie hörte die Glocken der Kathedrale St. Vincent sieben schlagen und dachte wohl zum hundertsten Mal daran, dass diese Kirche und sie denselben Namen trugen. Kam man vom Meer auf St. Malo zu, überragte der hohe, spitze Turm alle anderen Häuser des alten Stadtkerns. Früher war sie oft da gewesen, allerdings mehr, um die Fenster im Chor zu bewundern, als dem Gottesdienst zuzuhören. Ihr letzter Besuch lag sehr lange zurück.

Trotz der frühen Stunde bekamen Nathalie und Florence gerade noch einen von zwei freien kleinen Tischen und bestellten die Getränke. Der Kellner brachte mit dem Wein auch die Speisekarte.

»Worauf hast du Lust? Pizza oder Pasta? Oder Salat?«, fragte Florence.

Nathalie überlegte nur einen kurzen Augenblick. Eigentlich sollte sie einen gesunden Salat essen, aber Appetit hatte sie eindeutig mehr auf Nudeln. Florence blätterte, dann begann sie, ihr die Pasta-Gerichte der Reihe nach vorzulesen, bis Nathalie »Stopp« sagen würde. Was sie beim Stichwort »Spagetti mit Öl und Knoblauch« tat.

»Oha«, stellte Florence fest. »Bist du sicher? Ich meine, kann doch sein, dass du heute Abend noch den Typ fürs Leben triffst. Und da willst du wirklich Knoblauch essen?«

»Guck doch bitte mal für mich«, gab Nathalie zurück. »Ist was da, was mich interessieren könnte? Dann entscheide ich mich um, ansonsten bleibt's dabei.«

Eine kleine Pause folgte, in der Florence ihren Blick über die anwesenden Gäste schweifen ließ. Sie zögerte ein bisschen zu lange, Nathalie wurde ungeduldig.

»Und?«

»Kommt drauf an. Auf was stehst du heute? Blond? Dunkel?«

»Ist einer mit grauen Haaren da?«

»Nein. Das heißt, doch: der Kellner. Bisschen klein vielleicht, aber das ist ja typisch italienisch, oder? Jedenfalls sehr attraktiv, wenn man auf ältere Herren steht.«

»Im Prinzip hätte ich nichts dagegen. Aber ein Kellner, der hat doch an jedem Abend einen neuen Flirt ...«

Florence lachte. »Das heißt, du bleibst bei deinen Spagetti?«

»Auf jeden Fall!«

Bis die Pasta kam, erzählte Nathalie ausführlich über ihre Erfahrungen des Alleinlebens in ihrer Mansarde, was Florence ein ums andere Mal zum Lachen brachte. Im Nachhinein erschien Nathalie selbst vieles recht komisch, aber in der jeweiligen Situation hatte sie es nicht immer witzig gefunden. Eine Weile aßen sie schweigend. Ausgerechnet als Florence dann anfing, eine seltsame Begebenheit in der Bibliothek zum Besten zu geben, bemerkte Nathalie, dass ihr eine Stimme am Nebentisch bekannt vorkam. Sie versuchte gleichzeitig Florence zuzuhören und herauszufinden, wer inzwischen am Tisch hinter ihnen Platz genommen hatte. Offenbar war es ein einzelner Gast, jedenfalls fand kein Gespräch statt, nachdem der Kellner die Bestellung aufgenommen hatte, also widmete Nathalie ihre Aufmerksamkeit wieder Florences Geschichte. Doch offensichtlich hatte sie die Pointe verpasst.

»Kann es sein, teuerste Nathalie, dass du etwas abgelenkt warst?«, fragte Florence. »Ich hätte eine von deinen kleinen sarkastischen Bemerkungen erwartet. Mindestens.«

»Stimmt, tut mir Leid. Der Grund sitzt hinter mir«, sagte sie leise.

»Mmm, nicht schlecht«, stellte Florence nach einer kurzen Pause fest. »Keine Schönheit wie unser süßer Kellner hier, aber der Typ hat was. Hast du schon viel vom Knoblauch gegessen?«

Nathalie gluckste vor sich hin. »Dafür sicher *zu* viel, fürchte ich.« Gerade wollte sie sich spaßeshalber erkundigen, wie der Mann aussah, als Florence stutzte.

»Kannst du plötzlich wieder sehen? Oder ist das weibliche Intuition gewesen?«

»Letzteres wahrscheinlich. Nein, im Ernst, ich glaub, ich hab seine Stimme schon mal irgendwo gehört, ich kann mich bloß nicht mehr erinnern, wo das war.«

»Du bist doch sonst so sicher im Stimmenerkennen«, widersprach Florence.

»Schon, aber ich habe deine und seine gleichzeitig gehört, das war selbst für meine Ohren etwas zu viel. Vielleicht sagt er ja noch was, wenn der Ober wiederkommt.«

»Das war eine Beschwörungsformel«, murmelte Florence. »Er bringt die Vorspeise.« Dann schwieg sie, und Nathalie spitzte die Ohren.

»Danke.« Der Mann hatte eine angenehme Stimme, die allerdings ein wenig klang, als hätte der Kellner ihn bei tief schürfenden Gedanken gestört. »Könnten Sie mir bitte noch einen Lambrusco bringen? Und wissen Sie zufällig, wie spät es ist?«

Auf die Antwort achtete Nathalie nicht mehr. Diese Frage hatte sie selbst schon mal von ihm gehört. Es schien ganz so, als sei Raymond Lasserre ständig unter Zeitdruck und dabei ebenso ständig ohne Uhr.

»Ich sterbe sofort, wenn du mir den Mann nicht haarklein beschreibst«, flüsterte Nathalie Florence zu.

»Na, der muss dich aber mächtig beeindruckt haben. Ist dir eingefallen, woher du ihn kennst?«

»Der Freund meiner Nachbarin. Oder eher der Ex-Freund, wenn ich das richtig mitbekommen habe.«

»Vor dir kann man nichts geheim halten, was?«

»Ich glaube kaum, dass Cécilie sonderlich viel Wert darauf gelegt hat, das geheim zu halten. Auf jeden Fall hat sie laut genug ihre Wände angeschimpft und ihm dann seine Klamotten vor die Tür gestellt.«

»Warum wohne ich in einem so langweiligen Haus?«, seufzte Florence. Sie schwieg eine Weile, in der sie, wie Nathalie vermutete, Raymond musterte. »Versteh nicht, wieso diese Frau den hat gehen lassen.«

»Würdest du Unpünktlichkeit als Grund gelten lassen?«

»Nicht wirklich«, beschied Florence. »Also: Ende dreißig, Größe schätzungsweise eins achtzig, Haare dunkelblond, ein Kamm könnte nicht schaden, obwohl, nein, das ist schon ganz gut so.«

»Lang oder kurz?«

»Eher kurz. Augen blau oder grau, so genau kann ich das nicht erkennen, nicht hinter der Brille. Randlos, achteckig. Die Nase ein bisschen gebogen, Mund, hm ...«

»Was damit nicht in Ordnung?«

»Wirkt etwas verkniffen. Aber vielleicht wälzt er auch nur ein Problem im Kopf herum, was zu den Falten auf der Stirn passen würde. Ha!«

»Was?«, fragte Nathalie ungeduldig.

»Der Kellner kommt wieder mit dem Wein. Doch, jetzt lächelt er. Sieht nett aus, wirklich.« Florence lehnte sich mit einem Seufzer zurück. »Zufrieden?«

Eine Sekunde lang dachte Nathalie nach und nickte dann. Erst jetzt bemerkte sie, wie angespannt sie dagesessen hatte. Sie griff wieder zu Gabel und Löffel und aß weiter.

»Und?«, wollte Florence wissen.

Nathalie tat so, als wisse sie nicht, was ihre Freundin meinte, und hob nur kurz den Kopf.

»Willst du hier tatenlos sitzen bleiben?«, hakte Florence nach.

»Was denkst du denn?«

»Weiß nicht. Du könntest ihn an unseren Tisch bitten.«

Daran hätte Nathalie nun wirklich nicht gedacht. »So gut kenn ich ihn auch wieder nicht.«

»Dann lernst du ihn eben kennen. Vielleicht mag er Knoblauch!«

Nathalie hörte, wie Florence ihren Stuhl zurückschob, als wolle sie tatsächlich aufstehen. In einem Anflug von Panik ließ Nathalie ihr Besteck fallen und wollte Florence zurückhalten. Leider landeten Gabel und Löffel nicht wie vorgesehen auf dem Teller, sondern auf dem Fußboden. Leise fluchend bückte sie sich und tastete mit den Händen auf dem Boden herum. Dann trafen ihre Finger auf ein anderes Paar Hände.

»Musstest du so ein Theater veranstalten?«, fauchte sie wütend. Nathalie blamierte sich ungern und bot in diesem Augenblick sicher nicht gerade ein vornehm zurückhaltendes Bild.

»Das kann doch jedem passieren«, versuchte Raymond Lasserres Stimme sie zu beruhigen. Inzwischen hatte er offenbar das Besteck gefunden und auf den Tisch zurückgelegt. Nathalie blieb nichts anderes übrig, als aus dem sicheren Dunkel unter dem Tisch wieder aufzutauchen.

»Oh«, hörte sie Raymonds überraschten Ausruf.

Er konnte wirklich nichts dafür, nicht mal Florence konnte etwas für diese idiotische Situation, es war allein Nathalies Schuld gewesen. Aber Raymonds nächste Worte klangen überhaupt nicht verlegen oder ratlos, wie sie erwartet hatte. »Da laufen wir uns ja schneller wieder über den Weg, als ich gedacht habe. Im Gegensatz zu Ihnen. Sie müssen irgendwie hellseherisch begabt sein!«

Seine lockere Reaktion ließ Nathalie die Peinlichkeit vergessen.

»Sieht ganz so aus«, stellte sie fest. Erklärend fügte sie an Florence gewandt hinzu: »Monsieur Lasserre hat das letzte Mal, als wir uns begegnet sind, nicht geglaubt, dass wir uns wiedersehen.« Wieso hab ich es eigentlich geahnt?, fragte sie sich im Stillen. Schon bei ihrem ersten Zusammentreffen war da dieses merkwürdige Gefühl gewesen, das sie eine Sekunde lang an Schicksal hatte denken lassen.

»Stimmt. Aber da hatte ich wohl vergessen, wie klein St. Malo ist«, lachte Raymond.

Sie standen immer noch vor dem kleinen Tisch, an dem Florence und Nathalie gesessen hatten. »Möchten Sie sich nicht zu uns setzen?«, fragte Florence nun tatsächlich.

»Eigentlich erwarte ich noch einen Freund, aber er scheint mich versetzt zu haben. Also nehme ich das Angebot gern an.«

»Ich dachte, *er* ist derjenige, der unpünktlich ist?«, sagte Florence zwischen den Zähnen hindurch, als Raymond seinen Teller und sein Glas holen ging.

»Vielleicht gehört das zum guten Ton in seinem Freundeskreis«, antwortete Nathalie und hörte Florence verhalten kichern.

Da lag sie gar nicht so falsch, denn kaum hatte Raymond Platz genommen, klingelte ein Handy direkt neben ihr.

»Eric! Wo steckst du denn?«, fragte Raymond. Er lauschte zwei, drei Sekunden. »Nein, ist nicht so wichtig. Mach dir keinen Stress, ist überhaupt nicht eilig.« Er lauschte wieder. »Ach, mir ist da was Merkwürdiges passiert. Eine Stimme aus der Vergangenheit sozusagen. Irgendwas ist da im Busch, ich komm nur nicht drauf, was es sein könnte. Bevor ich mich zu Tode grübele, wollte ich einfach ein bisschen quatschen. Melde dich irgendwann, wenn du Zeit hast, okay? Bis dann.«

Florence war nicht neugieriger als Nathalie. Sie war nur direkter.

»Probleme?«, fragte sie.

Raymond verstaute sein Handy wieder, bevor er antwortete. »Nur mein Job.« Mehr sagte er nicht, eine deutliche Absage, aber Florence ließ sich nicht abhalten.

»Klingt interessant, Ihr Job. Darf ich fragen, was Sie machen?«

»Ich bin Journalist.«

»Und einer rätselhaften Sache auf der Spur?«

Jetzt lachte Raymond doch. »Stimmt. Sie können gut zuhören!«

»Hab ich von Nathalie gelernt«, gab Florence schlagfertig zurück. Nathalie hätte schwören können, dass sie dabei fröhlich lächelte. Das durfte nicht wahr sein! Florence fing tatsächlich an, mit Raymond zu flirten! Aber entweder nahm er das überhaupt nicht wahr, oder er beschloss, es zu ignorieren. Seine nächsten Worte jedenfalls galten Nathalie.

»Das Hören ist bestimmt sehr wichtig für Sie. Verzeihen Sie, wenn ich schon wieder so viel frage, aber wie ist das, wenn man seine Sinne vollständig umstellen muss?«

Nathalie zögerte, entschied sich dann aber für die Wahrheit, ohne jedes Schönreden. »Ziemlich grauenvoll zu Anfang. Man fühlt sich hoffnungslos verloren. Man läuft gegen alles und jedes. Man glaubt, andere Leute würden einem absichtlich etwas in den Weg stellen. Man wird schnell ungeduldig und noch schneller wütend. Dann, mit der Zeit, gewöhnt man sich daran.« Nach einer sehr kurzen Pause, in der Raymond nichts erwiderte, fuhr sie fort: »Nein, das ist gelogen. Ich habe mich nie daran gewöhnt. Ich habe nur gelernt, damit umzugehen und damit zu leben, so gut es geht. Irgendwann habe ich begonnen, mein Gehör bewusst zu trainieren, das zum Glück schon immer ganz gut war. Nach einer Mittelohrentzündung hat ein Ohrenarzt mal mein Gehör überprüft. Er war beeindruckt vom Ergebnis, offenbar kann ich noch hören, was andere kaum mehr erahnen.« Wieder hielt sie inne. Sie hatte eine Menge geredet, und plötzlich kam ihr der Gedanke, dass Raymond das alles vielleicht gar nicht wirklich interessierte, sondern dass er nur aus Höflichkeit gefragt hatte.

»Ich hab das schon immer ein bisschen unheimlich gefunden, wenn du das erzählst«, warf Florence ein.

»Wieso unheimlich?«, fragte Raymond.

»Na klar!«, erklärte Florence. »Das sieht doch fast so aus, als hätte das Schicksal Nathalie mit einem besonderen Gehör ausgestattet, weil es schon wusste, was ihr mal passieren würde, oder?«

In Nathalies Fantasie rollte Raymond amüsiert mit den Augen, als er sagte: »Das ist aber reichlich weit hergeholt.«

»Wieso?«, widersprach Florence. »Glauben Sie nicht an das Schicksal?«

Das gibt's doch nicht, dachte Nathalie. Lief denn in Raymonds Gegenwart alles auf dieses Thema hinaus? Sie weigerte sich einfach, das so hinzunehmen. »Also, ich glaub auch nicht dran«, sagte sie deshalb. »Das hieße ja, alles im Leben ist vorherbestimmt, man könnte sich anstrengen, wie man will, es würde doch nichts dabei rauskommen, wenn es das Schicksal anders will. Da kann man sich ja gleich begraben lassen. Nein, danke!«

Nathalie hörte Raymond lachen, doch kurz darauf wurde er wieder ernst. »Sie haben eben sehr eindringlich geschildert, was in Ihnen vorging. Ich würde gern mal was darüber schreiben, hätten Sie daran Interesse?«

Im ersten Moment wollte sie ablehnen, doch dann hörte sie plötzlich ein ungewohntes Stimmchen in ihrem Kopf. Ein berechnendes Stimmchen, das für gewöhnlich schwieg. Jetzt sagte es ihr, dass so ein Artikel gut für ihr Geschäft sein könnte, wenn Raymond in seinem Artikel auch erwähnte, womit sie ihre Brötchen verdiente.

»Meinen Sie denn, das wollen Ihre Leser wissen?«

»Herzschmerz interessiert immer!«, stellte Florence fest.

Daran hatte Nathalie nicht gedacht. Wenn Raymond das auf diese Weise aufziehen wollte, sollte sie lieber auf ein paar Aufträge mehr verzichten. Neben sich nahm sie eine Bewegung wahr, konnte sie aber nicht deuten. Erst als Raymond wieder sprach, interpretierte sie sie als Geste der Verärgerung. Seine Stimme jedenfalls war deutlich abgekühlt. »Ich habe nicht vor, eine Herzschmerz-Story daraus zu machen. Wenn es Sie beruhigt, kann ich Ihnen gern gelegentlich ein paar meiner Artikel zu lesen geben, dann können Sie sich von meinem Stil überzeugen.«

»Ich fürchte, das wird etwas schwierig.« Nathalie musste wider Willen lächeln. »Es sei denn, Sie lesen mir Ihre Artikel vor.«

Es verwirrte sie, wie oft sie sich an diesem Abend schon gewünscht hatte, Raymond nicht nur zu *hören*. Dennoch spürte sie, wie er sich zu ihr umdrehte, ihr vermutlich genau ins Gesicht sah und etwas sagen wollte. Sie kam ihm zuvor. »Keine Sorge, ich glaube Ihnen auch so. Und wenn Sie wirklich meinen, dass es irgendjemanden interessiert, wie man sich fühlt, wenn man erblindet, erzähl ich Ihnen gern von meinen Erfahrungen.«

»Danke für Ihr Vertrauen!«, sagte Raymond lächelnd.

Jedenfalls bildete sich Nathalie das Lächeln ein. »Ich würde Sie ...«

In diesem Augenblick wurde er unsanft unterbrochen. Jemand war an den Tisch getreten und polterte mit lauter Stimme los. »Na, da hast du dich ja schnell getröstet, ich muss schon sagen! Dir darf man aber auch nicht den Rücken kehren!«

»Eric! Was machst du denn hier? Ich dachte, ...«

»Ich auch, ich auch. Aber dann habe ich Juliette auf morgen verschoben, als sich mein Magen protestierend meldete.«

Raymond wandte sich an Nathalie und Florence. »Das ist mein Freund, auf den ich vorhin gewartet habe, Eric Gosselin. Und bevor Sie auf falsche Gedanken kommen: Juliette ist ein Boot, keine Dame.«

Eric Gosselin lachte. Von irgendwoher griff er sich einen Stuhl, Nathalie hörte ein Quietschen auf dem Fußboden, als er ihn geräuschvoll an den Tisch stellte.

Später dachte sie, wie lange es her war, dass sie sich einen ganzen Abend lang so amüsiert hatte. Gosselin hatte eine unübertroffene Art, sie mit Geschichten zu unterhalten, von denen mindestens die Hälfte unmöglich stimmen konnte. Er betrieb einen Bootsverleih – was Nathalie im ersten Moment einen kalten Schauer über den Rücken laufen ließ –, und es sprach für Gosselin, dass er sie das bald vergessen ließ.

Worüber auch immer Raymond mit ihm hatte reden wollen, bis Nathalie und Florence nach einigen Stunden das Restaurant verließen, erwähnte er es mit keinem Wort.

»Netter Typ«, sagte Florence, als sie in ihrem Wagen saßen.

»Eric Gosselin?« Eigentlich hatte Nathalie erwartet, dass Florence lachen und sie korrigieren würde. Ihre Freundin schwieg jedoch eine ganze Weile, und das machte sie sehr nachdenklich. »Sag mal, ist eigentlich alles okay mit dir und Stéphane?«, erkundigte sie sich vorsichtig. Nie zuvor hatte Nathalie erlebt, dass ihre Freundin so eindeutig versucht hatte, mit einem anderen Mann zu flirten. Sie hätte gleich hellhörig werden sollen.

Florence seufzte leise. »Nicht heute Abend, ja?«

Nathalie nickte.

Ganz gegen ihre Gewohnheit redete Florence auf der Heimfahrt nicht sehr viel. Wahrscheinlich dachte sie über einiges nach. Zu Hause half sie Nathalie noch, die Taschen mit den Specksteinen nach oben zu tragen. Dabei stieß sie versehentlich mit einer Tasche an einen der Bilderrahmen, die noch immer an der Wand im Flur lehnten.

»Willst du die Bilder nicht aufhängen?«, erkundigte sich Florence.

Zögernd hielt Nathalie mitten in der Bewegung inne. Gerade hatte sie einen Speckstein in ihrem Regal unterbringen wollen. Sie hielt ihn noch in der Hand, ließ sie wieder sinken und biss sich nachdenklich auf die Lippen. »Ich weiß nicht. Wozu?«, fragte sie mehr sich selbst als Florence.

»Zum Beispiel, damit man nicht ständig dagegen läuft. Abgesehen davon sind sie wirklich gut. Gelegentlich besuchen dich Leute, die sie ansehen können ...« Mit ihrer Tasche voller Specksteine trat Florence neben sie. »Wohin damit?«

»Die grünen links, die braunen in die Mitte, und die beiden rosafarbenen rechts«, erklärte Nathalie abwesend. Mit den Gedanken war sie noch bei Florences Bemerkung. Natürlich kamen sie wesentlich mehr sehende Leute besuchen, eigentlich hatte sie so gut wie überhaupt keine Freunde unter all den blinden Menschen, denen sie bei unzähligen Krankenhausaufenthalten, Arztbesuchen oder therapeutischen Kursen begegnet war. Irgendwie wollte sie das nie, sie wollte es einfach ignorieren und so normal es eben ging ihr Leben leben. Dabei lebten viele andere blinde Menschen nicht anders als sie selbst.

»Vielleicht tu ich's gelegentlich«, murmelte sie vor sich hin.

»Ich helf dir gern dabei, kein Problem.«

»Danke, ich weiß.« Auf Florence hatte sich Nathalie immer verlassen können.

»Soll ich sie der Größe nach sortieren?«, fragte Florence in ihre Gedanken hinein.

Verwirrt sah sie auf. »Die Bilder?«

»Die Steine, Nathalie!«

Bald war alles so verstaut, dass Nathalie ihr Arbeitsmaterial ohne Schwierigkeiten wiederfinden würde, und Florence hatte sich verabschiedet. Noch immer nachdenklich strich Nathalie an den Bilderrahmen entlang. Sie musste nicht sehen können, um sich an die Motive zu erinnern. Und sie wusste sehr genau, dass sie wirklich gut waren.

Am nächsten Tag rief sie Florence an und bat sie, ihr beim Aufhängen zu helfen. Eine knappe Woche später sah die Wand des Flurs aus wie ein merkwürdig schwarzweißer Teil einer Vernissage. Jedenfalls hatte Florence das gesagt.

6.

Raymond stand an der großen gläsernen Terrassentür der Bibliothek und schaute ins Grüne hinaus. Daniel, der ihn dabei beobachtete, kannte diese Aussicht sein Leben lang und wusste, dass sie sich durchaus lohnte. Der Preis dafür war allerdings, in diesem Haus zu leben, und er hatte sich oft gefragt, ob es das wert war. Dann raffte er sich auf, er konnte nicht ewig hier stehen und die persönliche Begegnung hinauszögern. Schließlich hatte er Raymond hier haben wollen, damit er ihm half, das Geheimnis seines Vaters zu lüften.

»Raymond! Entschuldige, dass ich dich nicht selbst abholen konnte! Ich musste dringend auf dieses Meeting.« Schnellen Schrittes ging Daniel auf Raymond zu und umarmte ihn, wobei er ihm links und rechts einen angedeuteten Kuss auf die Wangen hauchte. »Du siehst, *mon vieux,* ich hab nicht vergessen, wie man sich drüben standesgemäß begrüßt! Schön, dass du da bist!«

Raymond grinste zurück. »Und wie ich höre, ist deine französische Aussprache nach wie vor grauenvoll!«

»Na, für meine Zwecke hat's immer gereicht!«

Daniel bediente sich an der Bar, was Raymond auch schon getan hatte, der ein Glas in der Hand hielt. Dann deutete er auf eine Sitzgruppe daneben und ließ sich in einen der tiefen Sessel fallen. »Hast du eigentlich noch Kontakt zu dieser Rothaarigen ... Wie hieß sie gleich? Geneviève?«

Raymond schüttelte belustigt den Kopf. »Das ist fünfzehn Jahre her, Daniel! Und du hattest unzählige Mädchen am Hals, keine Ahnung, ob irgendeine dabei war, die ich heute noch kenne.«

»Man muss das Leben genießen, so lange man kann, glaub's mir!« Einen Augenblick lang zog ein Schatten über Daniels Gesicht, doch gleich darauf lächelte er wieder. »Was machst du so? Erzähl mal!«

»Wo soll ich anfangen? Nach dem Studium, das ich vermutlich etwas früher beendet habe als du«, begann Raymond mit süffisantem Unterton, was von Daniel lachend kommentiert wurde.

»Streber!«

»Hab ich Recht oder hab ich Recht?«, fragte Raymond.

»Schätze schon«, seufzte Daniel. »Was hast du also danach angestellt?«

»Ich war ein Jahr in New York.«

»New York? Hey, das hätte ich dir gar nicht zugetraut. Raymond Lasserre und die große weite Welt?«

»Du siehst, ich kann auch anders! Allerdings hab ich schon relativ früh festgestellt, dass mir die große weite Welt nicht besonders am Herzen liegt. Ich mag's lieber klein und überschaubar. Außerdem muss ich keine Mafia-Enthüllungsreportagen schreiben. Die kleinen Storys sind manchmal viel interessanter. Da geht's um wirkliche Menschen mit wirklichen Geschichten, nicht nur ums große Geld oder um Riesenskandale.«

»Klingt aber nicht so spannend, das musst du zugeben.«

»Kommt auf den Blickwinkel an«, widersprach Raymond. »Nach der Zeit in New York bin ich erst mal in Nizza hängen geblieben. Ich habe nacheinander für mehrere Zeitungen in der ganzen Gegend geschrieben, über alles, was sich da abgespielt hat.«

»Hört sich schon mehr nach meinem Geschmack an. Nizza, Cannes, Filmfestspiele, Monaco ... Prinzessinnen ...«, stellte Daniel fest.

»Davon hatte ich die Nase nach ein paar Jahren voll. Mich hat's in den Norden gezogen. In St. Malo bin ich jetzt seit vier Jahren, und da könnte ich es bis zur Rente aushalten.«

Daniel rümpfte die Nase. »Nicht ein bisschen langweilig?«

Lächelnd schüttelte Raymond den Kopf. »Du würdest es sicher langweilig finden. Mir gefällt's. Ich bin außerdem nicht fest angestellt, sondern kann mir aussuchen, was ich mache, das ist genau, was ich wollte.« Nach einer kurzen Pause sagte er schließlich: »Jetzt bist du aber mal dran. Was ist mit dir passiert? Ich hätte nie erwartete, dass aus dem Daniel Blake, den ich mal kannte, ausgerechnet ein Immobilienhai wird.«

Daniel zog eine Grimasse. »Ich hasse dieses Wort. Und ich dachte mir, dass du nicht nach London kommst, ohne dich schlau zu machen, mit wem du es nach all den Jahren eigentlich zu tun hast. Raymond, der Vollblutjournalist.«

»Man tut, was man kann.« Raymond deutete im Sitzen eine Verbeugung an. »Jedenfalls macht eure Firmenchronik wirklich was her. Mayfair Estates ist ordentlich im Geschäft, und dein Vater hat bis zuletzt mitgemischt.« Er sah hinüber zur Wand, zu Richard Blakes Porträt. »Ist er das?«

Daniel nickte, vermied aber, Raymonds Blick zu folgen, der das Bild jetzt genauer in Augenschein nahm. So wie die Aussicht auf den parkähnlichen Garten kannte Daniel das Porträt des damals etwa Fünfundsechzigjährigen, der an dem beeindruckenden Mahagoni-Schreibtisch saß, nur zu gut. Er fragte sich, ob Raymond hinter die Fassade dieses Mannes sehen konnte, der es meisterhaft verstanden hatte, nichts von sich preiszugeben. Die zurückgekämmten Haare betonten die hohe Stirn und waren trotz des Alters noch erstaunlich voll und dunkel, die Nase unter den braunen Augen gerade und schmal, der Mund zu einem kaum wahrnehmbaren, ironischen Lächeln verzogen, das Kinn kräftig und markant. Richard Blake saß betont aufrecht an seinem Schreibtisch, die Schultern gestrafft, in einer Hand einen Füllfederhalter, die andere locker daneben liegend.

»Beindruckendes Gemälde«, stellte Raymond fest.

»Sag ruhig, was du wirklich denkst«, spöttelte Daniel.

»Ich dachte nicht, dass man heute noch so was malen lässt«, gab Raymond zu.

»*Man* vielleicht nicht, mein Vater schon. Er hat das Ding vor etwa zwanzig Jahren in Auftrag gegeben. Als er starb, war er achtundachtzig und sah kein bisschen älter aus als auf dem Bild. Ich hab immer überlegt, ob es seine Meetings waren, die ihn so fit gehalten haben.«

»Die, in denen du jetzt sitzt?«

»Richtig. Ich hoffe, auf mich hat das dieselbe Wirkung und ich werde mindestens so alt wie er. Mein Vater wäre jedenfalls eher gestorben, als eine Konferenz zu verpassen.« Ein trockenes Lachen begleitete Daniels Worte. »Nicht, dass du auf falsche Gedanken kommst: Natürlich sind mir diese Sitzungen vertraut, ich habe auch vor seinem Tod schon eine Menge zu tun gehabt. Aber seitdem hetze ich nur noch von einer in die nächste.«

»Du klingst wenig enthusiastisch. Warum verkaufst du die Firma nicht und machst was anderes?«, schlug Raymond vor.

»Verkaufen? Ich dachte, du hast so umfassend recherchiert! Mayfair Estates kann man nicht einfach verkaufen, mein lieber Raymond. Das ist eine Institution.«

»Aber wenn du keine Lust hast, die gute Tradition fortzuführen, was schert dich das? Mayfair Estates läuft, ihr macht dicke Kohle, jemand würde dir doch sicher mit Kusshand den Laden abkaufen.«

»Garantiert.« Daniel verzog keine Miene, während er daran dachte, was ein potenzieller Käufer in irgendwelchen Safes vorfinden mochte. »Allerdings ist Mayfair Estates nicht das Einzige, was mich beschäftigt. Wahrscheinlich hast du von Homes for the Homeless gehört, und damit ist zwar viel Ehre, aber wenig Verdienst zu machen. Beides gehört untrennbar zusammen.« Wenn du wüsstest, wie untrennbar, fügte Daniel in Gedanken hinzu.

»Wenn damit so viel Ehre verbunden ist, findet sich bestimmt jemand, der das weiterführt«, meinte Raymond.

»Ja, schon möglich. Aber das ist alles ein bisschen komplizierter. Traditionen kann man nicht einfach so wegwischen, wie du dir das vorstellst. Ich kann es nicht. Dafür stecke ich zu tief drin, als dass mir die Zukunft dessen, was mein Vater aufgebaut hat, egal wäre.« Daniel umriss kurz die Geschichte der Blakes. Dabei betonte er besonders, wie sein Vater 1952 begonnen hatte, sich mit aller Kraft in das heruntergewirtschaftete Unternehmen zu stürzen und zu dem zu machen, was es heute war. Raymond nickte ab und zu, weil er das meiste schon wusste. Homes for the Homeless streifte Daniel nur kurz. Dabei fiel ihm auf, dass Raymond mit diesem Thema kaum vertraut war. Vermutlich hatte er sich mehr auf das lukrative Mayfair Estates eingeschossen.

»Sein Job war immer das Wichtigste für meinen Vater«, schloss Daniel. »Er hat erst spät geheiratet, und bis meine Mutter mit Susan schwanger war, hat es eine Weile gedauert. Manchmal glaube ich, wenn Susan ein Junge gewesen wäre, gäb's mich gar nicht. Richard Blake wollte einen männlichen Erben, deshalb hat er sich nochmal ins Zeug gelegt.«

»Und deshalb hast du also auch deine Abschlussurkunde eingemottet und bist stattdessen in die Firma eingestiegen«, mutmaßte Raymond.

»Vor zwölf Jahren etwa«, nickte Daniel. »Ich hab das zu Anfang nicht ernst genommen und geglaubt, ich geh bald wieder. Mein Vater hat das natürlich gesehen und mich ziemlich schnell spüren lassen, dass er mir sowieso nichts zutraut – oder zumindest wollte er, dass ich das denke. Sein Plan ging auf, denn genau das hat meinen Ehrgeiz angestachelt. Dabei ist mir nichts geschenkt worden, bloß weil ich der Sohn vom Boss war, ich musste mich hocharbeiten wie jeder andere.« Mit einem einzigen Schluck stürzte Daniel den Rest seines Brandys hinunter. »Verstehst du jetzt, was ich meine?«

Langsam wurde es dunkel im Raum, draußen versank die Sonne hinter den Bäumen und tauchte die Kronen in diffuses Licht. Daniel stand auf, um sich noch etwas einzuschenken. Fragend hob er die Flasche, doch Raymond schüttelte den Kopf. Daraufhin warf Daniel einen zweifelnden Blick auf sein Glas, dann stellte er es auf der Bar ab, ohne daraus zu trinken. »Hilft auch nichts, hm?«

»Nein. Bis jetzt hast du übrigens eine Menge von deinem Vater und von eurer Firma erzählt und nichts von deinem Privatleben. Bei dir ist doch damals jede Frau schwach geworden. Sag nicht, dass du ausgerechnet mit dieser Tradition gebrochen hast!« Offenbar beabsichtigte Raymond damit, die düster gewordene Stimmung zu heben und das Gespräch wieder in leichtere Bahnen zu lenken. Daniel versuchte darauf einzugehen und bemühte sich um ein anzügliches Grinsen.

»Es gibt Dinge, die ändern sich nie! Nicht mal mein Vater hat es fertig gebracht, aus mir einen sesshaften Daddy mit drei wohlgeratenen Eton-Kindern zu machen.«

»Das beruhigt mich!«, lachte Raymond.

»Und wie sieht's bei dir aus? Wie ein Mönch hast du damals auch nicht gerade gelebt.«

»Aber ich bin trotzdem weder verheiratet noch mit Nachwuchs gesegnet.«

»Auch nie verheiratet gewesen?«

»Findest du das so unglaublich? Nein, nie.«

»Weshalb nicht? War das Angebot zu groß?«

»Das dürfte wohl eher dein Problem gewesen sein! Nein, keine Ahnung, es ergab sich einfach nie. Früher oder später hat sich immer rausgestellt, dass irgendwas nicht funktionierte.«

»Und hast du gerade ein Eisen im Feuer?«

»Ob ich *was*?« Es dauerte ein wenig, ehe Raymond begriff, was Daniel meinte – mit der englischen Umgangssprache war er nicht so vertraut. »Ach so. Du hättest den Zeitpunkt, danach zu fragen, nicht besser wählen können. Gerade hat's mal wieder nicht funktioniert.«

»Tut mir Leid, *mon vieux*.«

»Muss es nicht, war besser so.«

»Da seid ihr ja!« In der Tür stand Susan. »Sie müssen Raymond Lasserre sein, freut mich, Sie kennen zu lernen. Ich bin Susan Blake, Daniels Schwester. Und ich weiß ja nicht, wie's euch geht, aber ich könnte einen Löwen verspeisen!«

Der restliche Abend verging mit Gesprächen über alte Zeiten und einem hervorragenden Essen, das Mrs Marshall zubereitet hatte. Einerseits war Daniel erleichtert, dass Susan gekommen war und ihn so davon abhielt, Raymond endlich den Grund seines Hierseins zu verraten. Er wollte nicht, dass Susan davon erfuhr, und hatte ihr nur gesagt, ein alter Studienfreund käme zu Besuch. Andererseits konnte er es nicht erwarten, Raymonds Meinung zu der Geschichte zu hören.

Am nächsten Morgen stand Daniel früh auf und hoffte, dass Raymond das Gleiche tat. In der Küche standen Rührei, Speck, Toast und Bohnen bereit. Er setzte sich und begann lustlos zu essen, daher bemerkte er Raymond nicht sofort, doch irgendwann spürte er, dass er nicht allein war, und drehte sich um. Raymond stand in der Tür und beobachtete ihn. Daniel ging jedoch darüber hinweg und lächelte Raymond schief an. »Na, *copain*, gut geschlafen?«

»Geht so. Ich bin's nicht gewohnt, dass alles so still ist.«

»Wie in einem Grab, was?« Der Vergleich war Daniel rausgerutscht, bevor er sich darüber wundern konnte. Aber wie es aussah, wollte Raymond gar nicht darauf eingehen. Die berufliche Neugier schien drängender.

»Hör mal«, fing er an.

»Du willst wissen, was du hier eigentlich sollst«, unterbrach ihn Daniel.

Raymond nickte, während er sich mit Ei und Speck bediente und Daniel gegenüber Platz nahm. »Stimmt. Du machst die Sache wirklich verdammt spannend.«

Daniel schob sich eine Gabel voll Bohnen in den Mund, kaute langsam und schüttelte gleichzeitig den Kopf. »War nicht meine Absicht. Ich wollte bloß nicht vor Susan davon reden.«

»Was Beunruhigendes also?«, bohrte Raymond weiter.

»Auch nicht. Eher ein bisschen rätselhaft. Mysteriös.«

»Und warum soll Susan nichts davon wissen?«

»Weil ich befürchte, sie würde versuchen, mir die Recherchen auszureden. Sie ist so furchtbar rational. Hat sie von unserem Vater. Aber ich möchte schon wissen, was dahinter steckt, immerhin scheint es das einzig Geheimnisvolle zu sein, was ich jemals mit meinem Vater in Verbindung bringen konnte.« Das stimmte zwar nicht ganz, aber von den fragwürdigen Akten wollte Daniel Raymond nichts erzählen. »Am besten wird sein, ich zeig's dir gleich, dann muss ich mich nicht lange mit Beschreibungen aufhalten. Wenn du fertig gefrühstückt hast, können wir los.«

Während beide auf dem Weg zur Garage waren, erkundigte sich Raymond nach Susan.

»Irgendwo unterwegs, nehme ich an. An den äußerst seltenen freien Samstagen hat sie abwechselnd Friseur-, Kosmetik- oder Fitnessstudio-Termine, weil sie unter der Woche überhaupt nicht dazu kommt. Sie leitet die juristische Abteilung eines unserer Geschäftspartner und hat kaum weniger zu tun als ich.«

»Lebt sie eigentlich allein hier mit dir? Ich meine, ist sie nicht ...«

»Verheiratet? Du lieber Himmel, nein! Sie hat auch so ihren Spaß. Obwohl sie ihre Freundinnen nie mit herbringt.«

»Freund*innen*?« Raymond betonte die letzten Silben.

Daniel nickte belustigt. »Mein Vater hat vieles gewusst, aber das nicht. Susan hat es wunderbar verstanden, das vor ihm verborgen zu halten. Wahrscheinlich wäre er ausgerastet.«

In der Garage pfiff Raymond beim Anblick von Daniels Aston Martin Vintage durch die Zähne. »Nicht übel. Offenbar hat es auch Vorteile, die Firma deines Vaters zu leiten.«

»Den Aston hatte ich vorher schon«, lachte Daniel. »Sei vorsichtig und drück nicht auf irgendwelche Knöpfe, du könntest aus Versehen den Schleudersitz oder die Raketen auslösen.«

»Ich werde nichts anfassen, 007«, versicherte Raymond.

Während der Fahrt schaute er neugierig aus dem Fenster. Am Abend zuvor war es schon fast dunkel gewesen, und er hatte kaum etwas erkennen können. Links und rechts säumten kleine Läden die zwar viel befahrene, aber nicht allzu breite Straße. Es gab alles, was man brauchte, von Boutiquen über Musikläden bis zu Lebensmittelgeschäften. Durch die Seitenstraßen hindurch sah man auf viel Grün und Bäume, kleine Backsteinhäuser und vornehme Stadtvillen mit Laternen auf den Bürgersteigen, die an das neunzehnte Jahrhundert erinnerten. Noch bevor Raymond sprach, ahnte Daniel, was kommen würde. »Wieso mokierst du dich darüber, dass ich nicht in einer pulsierenden Metropole lebe? Hampstead scheint auch keine zu sein, eher eine mittelenglische Kleinstadt.«

»Die Heath Street und die Hampstead High Street gehen hier ineinander über und sind sozusagen die Hauptverkehrsader durch Hampstead«, erklärte Daniel. »In den kleinen Gassen dahinter wirst du überhaupt nicht mehr für möglich halten, dass London nur ein paar Autominuten entfernt ist. Aber genau das ist der Unterschied. Auch wenn es hier oben ruhiger zugeht, du hast die City direkt vor der Nase. Wenn wir noch Zeit haben, sollten wir einen Spaziergang durch den Heath machen, man hat einen grandiosen Blick auf London, dann siehst du, was ich meine.«

Raymond nickte. »Erst die Arbeit, dann das Vergnügen.« Ein paar Kilometer legten sie schweigend zurück, bis er sich erkundigte, wohin sie eigentlich fuhren. »Zu deiner Wirkungsstätte?«

»Genau. Da habe ich das, was ich dir zeigen will, auch gefunden. Im Safe. Was an sich schon ein ziemlich merkwürdiger Aufbewahrungsort dafür ist.«

»Du hast vorhin von Recherchen gesprochen. Wieso brauchst du mich dazu? Wenn mich nicht alles täuscht, hast du im Seminar ›Investigativer Journalismus‹ neben mir gesessen.«

»Keine Zeit«, war Daniels einziger Kommentar.

»Natürlich, hätte ich mir denken können. Aber wieso bist du ausgerechnet auf mich gekommen? Du kennst doch hier bestimmt jede Menge Leute, die das für dich übernehmen könnten.«

Der Aston Martin kam nur langsam voran. Obwohl Wochenende war, herrschte viel Verkehr auf den Straßen in die Innenstadt. Eine Weile war nur das leise Surren des

Motors zu hören, bis sich Daniel schließlich doch zu einer Antwort durchrang. »Aus zwei Gründen. Einmal würde jeder hiesige Journalist die Story an die große Glocke hängen – wenn es eine Story geben sollte. Richard Blake ist kein ganz unbekannter Name in diesem Land.«

»Verstehe«, murmelte Raymond. »Und der zweite Grund?«

»Erfährst du früh genug.« Daniel lenkte den Wagen in die Cork Street und parkte geschickt in einer winzigen Lücke. »Da sind wir. Sieht nicht sonderlich beeindruckend aus, oder? Ursprünglich sollte das hier mal eins der ersten Projekte von Homes for the Homeless werden, aber dann kam irgendwas dazwischen, und so mietete mein Vater nur zwei Etagen als Geschäftsräume an, weil die alten Büros für die Firma und den Verband zusammen allmählich zu klein wurden. Inzwischen gehört uns das ganze Haus.«

»Hier sollte euer erstes Obdachlosenheim entstehen?«, fragte Raymond überrascht und sah sich um. Sein Blick fiel auf die vornehme Gemäldegalerie auf der anderen Straßenseite, auf das nicht zu übersehende goldglänzende Schild am Nebenhaus, das auf eine internationale Künstleragentur hinwies, und auf eine Menge parkende Karossen, die Daniels Aston in nichts nachstanden. »Die Gegend kommt mir heutzutage eher unpassend dafür vor. Wenn das auch schon während der letzten Jahrzehnte so war, kann ich mir lebhaft vorstellen, woran das Vorhaben gescheitert ist.«

Daniel lachte in sich hinein. »Und die Savile Row ist gleich nebenan. Da lassen die reichen Herren schon seit Urzeiten ihre Anzüge schneidern, woran du erkennst, dass sich in dieser Gegend von London nur sehr wenig ändert. Aber Homes for the Homeless hat nichts mit Obdachlosenheimen im üblichen Sinn zu tun, Ray. Wir stellen sozial schwachen Menschen Wohnungen zu extrem niedrigen Mieten zur Verfügung. Und wenn die sich nicht mal das leisten können, wohnen sie so lange mietfrei, bis sie einen Job gefunden haben und in der Lage sind, die Miete zu zahlen.«

»Aber wie finanziert ihr das denn? Wenn keine Mieten bezahlt werden, woher kommt das Geld für die Projekte, für neue Häuser, ganz zu schweigen von den Gehältern der Angestellten – oder machen das dieselben Leute, die für eure Immobilienfirma arbeiten, in Personalunion?«

»Nein, natürlich nicht. Mein Vater hat zwar beides geleitet, aber strikt getrennt. Homes for the Homeless finanziert sich zum größten Teil durch Spenden. Du glaubst gar nicht, wie viele Menschen mit viel Geld ihr Gewissen durch ein bisschen Mildtätigkeit erleichtern.« In Gedanken schüttelte Daniel den Kopf und war im Nachhinein selbst überrascht, wie leichtgläubig er das all die Jahre hingenommen hatte. Inzwischen bezweifelte er stark, dass die Gelder, die sein Vater eingetrieben hatte, wirklich ausschließlich Spenden waren. »Abgesehen davon wird ja nicht konsequent auf Mietzahlungen verzichtet, im Gegenteil. Bedingung für eine HFH-Wohnung ist, dass sich Arbeitslose auch wirklich um einen Job bemühen. Wir prüfen das durchaus nach, und wer auf der faulen Haut liegt, muss wieder ausziehen. Das spornt die meisten Leute an, weshalb wir zu großen Teilen mit Mieteinnahmen rechnen können, die dann nach Verdienst gestaffelt werden.«

Sie waren im dritten Stock angekommen. Die Räume lagen verlassen da, nur das Faxgerät ratterte vor sich hin. Daniel warf einen kurzen Blick darauf, nahm die Blätter und legte sie auf Annes Schreibtisch. Dann winkte er Raymond in das Büro seines Vaters.

»Nicht ganz mein Geschmack, aber ich bin bisher noch nicht dazu gekommen, mich um die Einrichtung zu kümmern. Und wie's aussieht, wird sich das auch noch ein bisschen hinziehen. Setz dich.« Er deutete auf eine Sitzecke mit bordeauxroten Ledersesseln, bevor er den Safe öffnete. Eine Sekunde lang zögerte er, dann hielt er Raymond das Blatt entgegen.

Neugierig griff Raymond danach. »Sieht aus, als wäre es aus einer Zeitschrift herausgerissen.« Nach einer Weile, in der er es hin und her gedreht hatte, blickte er fragend hoch. »Und?«

»Genau: und? Da mein Vater kein Mensch war, der sich mit unnötigem Ballast beschäftigt hätte und jemals etwas ohne Grund tat, muss er einen gehabt haben, diesen Ausschnitt im Tresor aufzubewahren.«

Raymond beugte sich noch einmal darüber. »Da steht ein Name auf dem Sockel und darunter etwas, das überhaupt nicht zu entziffern ist«, murmelte er und konzentrierte sich wieder auf den Namen.

Daniel reichte Raymond einen Ausschnitt des Fotos. »Ich hab das Bild eingescannt und versucht, den Teil zu vergrößern. Ist nicht viel deutlicher als das Original.«

»Der Grabstein muss ziemlich alt sein, sieht aus, als hätte er jahrelang Wind und Wetter standgehalten, deshalb ist der Name so schwer zu lesen.« Schließlich hatte Raymond den Namen auf die gleiche Weise entziffert wie Daniel. Eileen Duras. Daniel verschwieg, dass Eileen auch das letzte Wort seines Vaters gewesen war. Er wollte, dass Raymond unvoreingenommen recherchierte.

»Ein bisschen wenig als Grundlage für eine Recherche«, stellte Raymond fest. »Wenn wenigstens ein Datum zu erkennen wäre. Vielleicht soll das da unter dem Namen sogar eins sein. Ich hab übrigens immer noch nicht begriffen, warum du meinst, ausgerechnet *ich* wäre der Richtige für diese Sache.«

»Menschenskind, Ray! Wo bleibt deine Beobachtungsgabe? Der Name ist französisch, oder?«

»Duras könnte zugegebenerweise französisch sein, Eileen eher nicht«, widersprach Raymond.

»Dann sieh dir mal die paar Worte an, die man vom Text entziffern kann«, sagte Daniel ungeduldig.

»Ja, schon klar, du meinst, dieser Artikel hat in einer französischen Zeitschrift gestanden. Könnte aber auch eine kanadische gewesen sein. Oder eine aus Belgien, der Schweiz oder aus Luxemburg. Such dir was aus.«

»Ich habe nicht behauptet, dass es einfach werden würde. Was ist, willst du kneifen? Schade, ich hätte ein bisschen mehr von dir erwartet.« Daniel nahm den Zeitschriftenschnipsel wieder an sich.

»Das hab ich nicht gesagt. Mach mir eine Kopie davon, wenn du dich vom Original nicht trennen willst, ich werde sehen, was ich rauskriegen kann – auch wenn ich das Ganze für wenig erfolgversprechend halte.«

Innerlich atmete Daniel auf. »Danke. Eventuell kommt gar nichts dabei raus, aber ich will's wenigstens versuchen. Eine Kopie hab ich schon, behalte du das Original, wer weiß, wozu du es brauchen kannst.« Er reichte den Ausschnitt an Raymond zurück, der ihn zögernd entgegennahm.

»Kann es sein, dass du ein bestimmtes Rechercheergebnis erwartest?«

»Wie kommst du darauf? Nein, ich bin nur neugierig. Vielleicht lohnt es sich, vielleicht nicht. Vielleicht sehe ich meinen alten Herrn dann mal mit anderen Augen. Möglicherweise war diese Eileen Duras eine verschollene Jugendliebe oder so was. Wäre das nicht romantisch?« Daniel blieb das Lachen fast im Hals stecken. Sein Vater und Romantik, das passte in etwa so gut zusammen wie ein Schneemann und die Wüste.

»Entschuldige, aber nach dem, wie du mir den alten Knaben geschildert hast, kann ich mir das wirklich nicht vorstellen«, sagte Raymond. »Wenn du schon das große Geheimnis suchst, wär's nicht passender, wenn diese Eileen irgendwas mit Mayfair Estates zu tun hatte? Das würde auch erklären, weshalb der Ausschnitt hier lag und nicht zu Hause.«

»Ich will das natürlich nicht grundsätzlich ausschließen, aber wenn man bedenkt, wie alt das Grab aussieht und dass Frauen in der Firma vor ein paar Jahrzehnten noch keine große Rolle gespielt haben, halte ich das für eher unwahrscheinlich. Außerdem hab ich dich engagiert, um was wirklich Mysteriöses rauszufinden, also komm mir nicht mit so was Langweiligem wie Geschäften!«

»Du hast mich engagiert?«, hakte Raymond interessiert nach und entfernte einen unsichtbaren Fussel von seinem Jackett.

»Klar! Mit allem Drum und Dran. Hier ist dein Vorschuss.« Aus einer Schreibtischschublade kramte Daniel einen Umschlag hervor und gab ihn Raymond.

Er beobachtete, wie Raymond dem Impuls widerstand, ihn zu öffnen und nachzusehen, wie viel drin war. Stattdessen nickte er wie selbstverständlich und steckte ihn ein. »Dann lass uns diese deprimierenden Gemächer hier verlassen und auf den Erfolg unserer Mission in einem netten Pub was trinken.«

Als hätten sie es vereinbart, kamen weder Daniel noch Raymond während des ganzen Samstags, den sie in der City verbrachten, noch einmal auf Eileen Duras und ihr Grab zu sprechen. Erst auf der Rückfahrt nach Hampstead griff Raymond das Thema wieder auf.

»Hast du eigentlich selbst mal versucht, irgendwas über diese Eileen herauszufinden?«

»Natürlich. Zum Beispiel in den Sterberegistern der Einwohnermeldeämter, allerdings ohne Ergebnis.« Genauer gesagt hatte er das Anne unter dem Vorwand tun lassen, er suche jemanden für einen alten Freund aus Frankreich. Er selbst durfte nicht in Erscheinung treten, bevor er sicher sein konnte, dass die Sache harmlos war und nichts mit geheimen Ministeriumspapieren oder Erpressung zu tun hatte.

»Das kann zweierlei bedeuten«, dachte Raymond laut nach. »Entweder die Frau ist nicht hier in England gestorben, obwohl das keltische Grabkreuz eigentlich dafür spricht.«

»Irland wäre auch noch eine Möglichkeit«, warf Daniel ein.

»Richtig«, gab Raymond zu. »Selbst im Norden Frankreichs ist der keltische Einfluss sehr groß, was wieder zu dem französischen Artikel und diesen französischen Lilien auf dem Gitter und auf dem Kreuz passen würde. Das schließt Kanada, die Schweiz und Luxemburg zwar nicht aus, lässt sie aber weniger wahrscheinlich werden. Es kann allerdings auch sein, dass unsere junge Dame schon zu lange tot ist, um noch irgendwo verzeichnet zu sein. Oder sie ist irgendwann im Krieg gestorben, und die Unterlagen wurden durch Bombenangriffe vernichtet.«

»Das heißt, es gibt reichlichst Recherche-Ansätze«, seufzte Daniel theatralisch. »Junge, Ray, ich glaube, ich beneide dich nicht.«

»Ich mich schon«, meinte Raymond, der allmählich immer mehr Gefallen an dieser Herausforderung fand.

Beide hatten eine Weile geschwiegen, als Daniel wieder zu sprechen begann. »Wer sagt dir eigentlich, dass Eileen Duras jung war, als sie starb?«

Raymond stutzte nur kurz. »Niemand. Aber du wolltest doch was Romantisches, oder? Wenn Eileen also bei ihrem Tod das gesegnete Alter von fünfundneunzig erreicht hätte, wärst du sicher enttäuscht!«

7.

Nathalie arbeitete und trug dabei Kopfhörer. Sie wippte mit den Füßen im Takt zu der dunklen Stimme von Carla Bruni, und erst in der Pause zwischen zwei Liedern hörte sie etwas, das von außerhalb ihrer Welt an ihre Ohren drang: ein Telefon. Sie wischte sich flüchtig die Hände an ihrer Schürze ab, schob den Kopfhörer zurück und hoffte, den Apparat noch rechtzeitig zu erreichen. Wer immer es war, bewies jedenfalls Geduld.

»Nathalie Vincent«, meldete sie sich.

»Hallo, hier ist Raymond Lasserre. Erinnern Sie sich?«

Nathalie lachte. »Wie könnte ich Sie vergessen? Was kann ich denn für Sie tun?«

Durch den Hörer nahm Nathalie ein tiefes Seufzen wahr. »Mich ablenken.«

»Wie bitte?«

»Nein, im Ernst. Ich hatte Sie doch gefragt, ob Sie mir ein bisschen was über sich erzählen möchten. Hätten Sie noch Lust dazu?«

Nur einen winzigen Augenblick lang haderte Nathalie mit sich selbst, dann hatte sie sich entschieden. »Möchten Sie zu mir kommen?«, fragte sie. »Das wäre für mich am einfachsten. Wenn Sie das Interview lieber an einem neutralen Ort machen wollen, müssten Sie mich abholen.«

»Ich hatte gedacht, wir fahren vielleicht zum Port de Plaisance, was halten Sie davon? Ich könnte in einer halben Stunde bei Ihnen sein, dann kann's losgehen.«

Zum Yachthafen, auch das noch, dachte sich Nathalie. Aber sie wollte nicht am Telefon erklären, warum sie wenig begeistert von dieser Idee war, deshalb stimmte sie zu.

Vierzig Minuten später stand Raymond vor ihrer Tür, eine Entschuldigung auf den Lippen.

»Kein Problem, ich bin selbst noch nicht ganz fertig. Kommen Sie doch rein, bitte.« Ohne seine Antwort abzuwarten, verschwand sie im Dunkel des Flurs. »Ich hab noch gearbeitet und muss mich kurz umziehen«, rief sie aus dem Schlafzimmer. »Wenn Sie was trinken möchten, bedienen Sie sich in der Küche.«

»Danke!«, rief Raymond zurück.

Nathalie wollte eine schwarze Hose und ein himbeerfarbenes enges T-Shirt anziehen und hoffte, in der Eile die richtigen Sachen zu finden. Danach fuhr sie sich noch einmal kurz durch die Haare und machte sich dann auf den Weg in die Küche. »Haben Sie alles gefunden?«, fragte sie, bekam aber keine Antwort. Vielleicht war er ins Wohnzimmer gegangen. Doch da hörte sie ein leises Geräusch aus ihrer Werkstatt, dem sie folgte, dann blieb sie auf der Schwelle stehen und stellte sich vor, wie Raymond ihre Specksteinsammlung betrachtete.

»Gefällt's Ihnen?«

Sie hörte, dass Raymond sich ruckartig umdrehte. Wahrscheinlich hatte sie ihn erschreckt. »Verzeihung, ich wollte nicht schnüffeln. Ich habe nur vorhin gleich die erste und damit offensichtlich falsche Tür erwischt. – Haben *Sie* die Sachen gemacht?«

Nathalie nickte lächelnd. »Ist mein Job. Brauchen Sie zufällig einen Briefbeschwerer? Einen Fotohalter? Eine Schale? Eine Skulptur?«

»Wieso nicht? Die ist schön, wirklich. Wie machen Sie das?«

»Was haben Sie da?«, erkundigte sich Nathalie.

»Die Dose«, erklärte Raymond. »Entschuldigung, ich hätte dran denken müssen, dass Sie nicht sehen, was ich in der Hand halte.«

»Schon gut. Die Dose war ziemlich mühsam. Diese keltischen Muster sind nicht ganz einfach, aber ich hatte schon immer eine Vorliebe für keltischen Schmuck. Das Muster auf dem Deckel ist dasselbe wie auf einem Kettenanhänger, den ich mal auf Guernsey gekauft habe. Ich habe es sozusagen mit Fingerspitzengefühl kopiert.« Sie trat an den Tisch heran und nahm die Werkzeuge in die Hand. »Dazu benutzt man – je nachdem wie fein die Linien werden sollen – ein Schnitzmesser, einen Beitel oder feine Holzraspeln.«

»Wahnsinn«, sagte Raymond. »Machen Sie Auftragsarbeiten?«

»Genug, dass ich davon leben kann. Daneben mache ich aber auch Sachen, die ich kommissionsmäßig abgebe und von denen ich hoffe, dass sie sich verkaufen.«

»Dieser Fisch hier«, fing Raymond an, »ist der eine Auftragsarbeit, oder würden Sie mir den verkaufen, wenn er fertig ist?«

»Eigentlich hätten Sie ihn schon verdient, weil Sie so schnell erkannt haben, was es werden soll!«, lachte Nathalie. »Aber ich hab ihn Florence versprochen.«

»Schade. Ich hätte ihn gern jemandem zum Geburtstag geschenkt.«

»Monsieur Gosselin?«

»Richtig, wie haben Sie das erraten?«, fragte Raymond überrascht.

»War nicht schwer! Nach all den Geschichten, die er erzählt hat, ist ein Fisch doch ziemlich passend.«

»Stimmt wohl!«, gab Raymond zu. »Sagen Sie, könnten Sie vielleicht ein Schiff meißeln?«

Nathalie zuckte zusammen und antwortete nicht sofort.

»Geht das mit dem Material?«, erkundigte sich Raymond.

»Doch, das geht schon, nur recht grob natürlich, nicht mit allen Einzelheiten, aber ich denke, das könnte ich hinkriegen.« Ihre Stimme klang unnatürlich laut.

Das empfand wohl auch Raymond. »Ist alles in Ordnung mit Ihnen?«

Nathalie wich einen Schritt zurück, sodass ihr Gesicht im Schatten lag. Sie wusste inzwischen sehr genau, wie das Licht in diesem Raum mit dem Schatten spielte.

»Doch, natürlich. Ich seh mir die Steine nachher mal an, da ist bestimmt einer dabei, der sich eignet. Gehen wir?« Ihr war bewusst, dass Raymond dieser Aufbruch etwas plötzlich vorkommen musste, aber sie fühlte sich mit einem Mal eingeengt in ihrer Wohnung und wollte an die frische Luft.

Auf dem Weg zum Port de Plaisance unterhielten sie sich über den neuesten Klatsch, die Nachrichten und das Wetter. Das trug dazu bei, dass es Nathalie bald besser ging und sie sich genauso wohl fühlte wie an jenem Abend im Restaurant. »Was haben Sie eigentlich vorhin damit gemeint, als Sie anriefen? Sie haben gesagt, ich könnte Sie ablenken? Wovon?«

»Von den anstrengendsten und ergebnislosesten Recherchen, die ich je gemacht habe«, sagte Raymond.

»Das klingt ja furchtbar!«, spöttelte Nathalie. »Was recherchieren Sie denn so?«

»Ein alter Freund hat mich gebeten, etwas für ihn rauszufinden, und ich sitze seit anderthalb Wochen vor dem Computer und am Telefon und weiß einfach nicht mehr, was ich noch versuchen soll. Gestern Abend habe ich mich mit Eric verabredet, und er meinte, ich sollte zur Abwechslung doch mal was anderes machen. Tatsächlich schlug er sogar vor, Sie anzurufen. Da seine Ratschläge in der Regel was für sich haben, hab ich mich danach gerichtet.«

»Da tu ich ja sozusagen eine gute Tat«, lächelte Nathalie.

»Nicht mit Gold zu bezahlen!«

Mit viel Glück fanden sie einen Parkplatz unweit des Strandes Plage des Bas Sablons. Raymond hielt Nathalie die Tür auf und half ihr auszusteigen. »Ich werde Ihren Arm brauchen«, sagte sie. »Meinen Blindenstock lasse ich gern zu Hause, wenn ich nicht allein unterwegs bin. Wenn Sie nichts dagegen haben, natürlich.«

»Selbstverständlich nicht.« Raymond legte Nathalies ausgestreckte Hand auf seinen Arm und ging langsam mit ihr in Richtung Hafen. »Wissen Sie, eigentlich war es auch Erics Vorschlag, mit Ihnen hierher zu kommen. Er dachte, es könnte ganz interessant sein zu erfahren, wie Sie die Umgebung hier wahrnehmen.«

Abrupt blieb Nathalie stehen. »Wie kam er darauf?«

»Weil ich mich gefragt habe, wie es wohl ist, wenn man das alles nicht mehr sehen kann.«

»Dass Sie dazu ausgerechnet von mir was hören wollen ...«, sagte Nathalie mit einem Anflug von Ironie, den Raymond nicht verstehen konnte.

»Was ist daran ungewöhnlich?«

»Nur die Tatsache, dass ich drei Jahre lang vermieden habe, auch nur in die Nähe des Yachthafens zu kommen, weil er einer der wenigen Orte auf dieser Welt ist, den ich ganz bestimmt nie wiedersehen wollte.«

Raymond antwortete nicht sofort darauf, und Nathalie wurde klar, dass sie ihm das Gefühl vermittelt hatte, etwas komplett Falsches gesagt zu haben. Sie wandte ihr Gesicht dem Meer zu, was sie eine Menge Anstrengung kostete. Eine Weile blieb sie wortlos stehen und überlegte, wie sie ihm das erklären sollte.

»Damals bin ich mit meinem Freund hinausgesegelt«, sagte sie schließlich. »Wir gerieten in einen Sturm, ich bekam irgendeinen Mast an den Kopf und wurde ohnmächtig. Als ich wieder zu mir kam, war ich blind.«

So einfach war das. In so wenigen nüchternen Worten konnte sie also über das reden, was sie in unzähligen Nächten als ständig wiederkehrender Albtraum heimsuchte. Nathalie hoffte, dass Raymond nicht bemerkte, wie viel Überwindung es sie trotz ihres leicht dahingesagten Spruchs gekostet hatte, zu diesem Yachthafen zu fahren. Schon der Gedanke hatte ihr jahrelang Übelkeit verursacht. Jetzt war ihr ein bisschen schwindelig, aber nicht so heftig, wie sie befürchtet hatte.

Raymond holte tief Luft. »Warum haben Sie nichts gesagt? Wir hätten auch woanders hinfahren können.« Nathalie bekam ein schlechtes Gewissen. Sie hätte einfach die Klappe halten und sich nichts anmerken lassen sollen.

»Irgendwann musste es schließlich sein. Das hier ist doch ein ganz guter Grund gewesen, oder? Sie haben mir sozusagen die Entscheidung aus der Hand genommen.«

Nach einer Pause fuhr sie fort: »Damals gab es hier das Café Bellevue, die hatten einen wunderbaren eisgekühlten Erdbeersirup.«

»Gibt's immer noch. Allerdings muss ich gestehen, dass ich den Erdbeersirup nie probiert habe.«

Als sie an einem der Tische in der Sonne saßen und Raymond nach wie vor nicht die Fragen gestellt hatte, die ihm auf den Lippen brennen mussten, beschloss Nathalie, den ersten Schritt zu tun. »Also, was wollen Sie wissen?«

Raymond zögerte merklich. »Was ...« Er räusperte sich. »Was ist aus Ihrem Freund geworden? Sind Sie noch zusammen?«

Langsam stellte Nathalie das Glas, aus dem sie gerade einen Schluck genommen hatte, zurück auf den Tisch. »Nein. Zwei Wochen nach dem Sturm hat man Philippes Leiche gefunden.«

Auch heute noch war dieser Kloß in ihrem Hals, wenn sie daran dachte, obwohl es schon so lange her war. Manchmal in ihren Träumen kam sie zu dem Moment, an dem man ihr von Philippes Tod erzählte. Und manchmal konnte sie dann plötzlich wieder sehen, musste ihn identifizieren, und der Anblick ließ sie wünschen, das Augenlicht nie zurückgewonnen zu haben. Wenn sie danach aufwachte, fühlte sie eine grausame Art von Dankbarkeit, dass ihr wenigstens das erspart geblieben war. Die Fingernägel ihrer linken Hand bohrten sich in die Innenfläche, während sie sich bemühte, die rechte locker auf dem Tisch liegen zu lassen.

Raymond schwieg, und sie war dankbar, dass er nicht irgendeine Beleidsbekundung von sich gab. Der Kloß löste sich langsam auf, sie konnte wieder sprechen und fing an zu erzählen. Dabei ließ sie nur wenig aus. Raymond hatte ihr zugehört, ohne sie zu unterbrechen, jetzt stellte er noch ein paar Fragen, die sie bereitwillig beantwortete. Solange er sie nicht nach dem fragte, was sie verschwiegen hatte, war ihr alles recht. Nur über ihre Nächte würde sie nicht sprechen, über die Albträume, von denen niemand wusste.

Inzwischen war es kühler geworden. Über Nathalies nackte Arme strich ein Windhauch, der sie frösteln ließ, obwohl es nicht wirklich kalt war. Raymond musste das bemerkt haben, sie hörte, wie er ein paar Münzen auf den Tisch legte.

»Wollen wir fahren?«

Nathalie nickte, das war ihr sehr recht. »Ja, bitte.«

Während Raymond den Peugeot durch die Straßen lenkte, hing jeder seinen Gedanken nach, niemand fühlte sich verpflichtet, etwas zu sagen. Erst vor Nathalies Haustür fand Raymond die Sprache wieder. »Danke. Ich kann mir vorstellen, dass das für Sie nicht leicht war.«

Nathalie legte den Kopf schief und dachte eine Sekunde darüber nach. »Es war nicht so schwer, wie ich dachte. Eigentlich war es sogar ganz gut. Wie eine Art Therapie, verstehen Sie?«

Vor ihrem inneren Auge sah sie, wie Raymonds Brauen in die Höhe schossen. »Therapie?«

»Ja, und viel wirkungsvoller als alle Sitzungen, die ich mit einem Haufen Psychiatern über mich habe ergehen lassen müssen. Es war wohl einfach der richtige Zeitpunkt, die Altlasten loszuwerden, sozusagen. Nur ...«

»Nur was?«

Nathalie schluckte. »Ich glaube, ich wäre jetzt nicht gern allein. Würden Sie noch eine Weile mit raufkommen?«

Sie überlegte noch, ob Raymond sich fragte, wie er mit einer aufgeregten Blinden fertig werden sollte, als sie spürte, wie er plötzlich den Arm um sie legte. Er schob Nathalie vorwärts, ohne ein Wort zu sagen, und ging langsam mit ihr die Treppe hinauf. Nathalie hoffte inständig, dass das nicht Mitleid war. Andererseits, was sollte es sonst sein? Freundschaft vielleicht, hoffte ein Teil von ihr.

Aus Gewohnheit schaltete sie das Licht nicht ein, erst als sie fast im Wohnzimmer war, schaute sie noch einmal zurück. »Der Lichtschalter ist neben der Tür.«

»Mhm«, machte Raymond, doch das Klicken des Schalters blieb aus. »Ich glaube nicht, dass ich Licht möchte«, sagte er dann dicht neben ihr. »Aber vielleicht finde ich jetzt die Küche, ich könnte was zu trinken brauchen. Soll ich dir was mitbringen?«

»Direkt gegenüber. Eine Cola, bitte. Im Kühlschrank.«

Raymond verschwand, Nathalie ließ ihre Tasche auf den Sessel fallen und ging hinüber zum CD-Player. Auch das war eine Gewohnheit von ihr. Wenn sie nach Hause kam, schaltete sie Musik ein. Aus irgendeinem Grund musste sie an ihre Unterhaltung in ihrer Werkstatt denken, an das Muster auf der Dose, deshalb suchte sie eine CD mit keltischer Musik, deren erstes Stück gerade anfing, als Raymond zurückkam.

»Was ist das?«, wollte er wissen. »Klingt irgendwie geheimnisvoll.«

»Margie Butler, keltische Harfe.«

»Du hast es mit den Kelten, was?«, fragte Raymond amüsiert.

Also hatte sich Nathalie vorhin nicht getäuscht, er war offenbar der Ansicht, dass nach einer solchen Lebensbeichte das Du angebracht war. Das hatte was für sich.

»Muss man doch, wenn man hier lebt, oder?«

»Schon.«

»Höre ich da einen leisen Zweifel in deiner Stimme?«

Raymond lachte. »Ich hätte daran denken sollen, wie verräterisch ein Tonfall für dich sein kann.«

Nathalie hatte sich aufs Sofa gesetzt, jetzt hörte sie, dass Raymond ein Kissen aus einem der Sessel nahm, damit er Platz darin fand. »Es ist nur so«, fuhr er fort, »dass ich im Moment ganz froh wäre, wenn ich alles Keltische mal vergessen könnte.«

»Wieso das denn?«

»Hat was mit dieser Sache zu tun, wegen der ich recherchiere.«

»Schon verstanden«, lächelte Nathalie. »Ich werde das Wort mit keiner Silbe mehr erwähnen. Wenn du willst, wechsle ich auch die CD.«

»Nein, lass nur. Die Harfe kann ja nichts dafür. – Was magst du denn sonst so für Musik?«

Nathalie und Raymond stellten fest, dass sie so ziemlich denselben Geschmack hatten, und schwärmten sich gegenseitig von den Konzerten vor, die sie besucht hatten. Keiner bemerkte, wie spät es wurde. Irgendwann schwiegen sie, und es war ein einvernehmliches Schweigen, eines, das einfach gut tat. Nathalie fühlte sich wohl wie schon sehr lange nicht mehr.

Gerade als sie eine Bemerkung dazu machen wollte, fiel ihr auf, dass Raymond tief atmete, tief und gleichmäßig. Er war eingeschlafen. Einem Impuls folgend, weckte sie ihn nicht. Stattdessen blieb sie noch lange Zeit sitzen und lauschte seinen regelmäßigen Atemzügen. Schließlich stand sie leise auf, um eine Decke zu holen, die sie vorsichtig über ihn legte. Nathalie konnte nichts sehen, dennoch blieb sie zwei Sekunden vor ihm stehen und malte sich aus, wie er da halb im Sessel lag, bevor sie selbst zu Bett ging. Als sie die Augen schloss, hoffte sie inständig, dass dies eine Nacht ohne Albträume werden würde, aus denen sie schreiend erwachte.

Sie erwachte allerdings sehr unsanft, aber nicht durch einen Albtraum, sondern durch Raymond, der neben ihrem Bett stand und dabei aufgeregt etwas sagte, dem Nathalie keinen Sinn geben konnte.

»Was? Was ist denn? Brennt's irgendwo?« Schon hatte sie ihre Beine aus dem Bett geschwungen und wollte aufstehen.

»Brennen?«, wiederholte Raymond verwirrt. »Nein. Ich ...« Dann ging ihm auf, dass Nathalie sein Verhalten zumindest merkwürdig finden musste. »Tut mir Leid«, murmelte er verlegen. »Ich hätte warten sollen. Es ist nur, das Foto da draußen ...«

»Welches?« Inzwischen stand Nathalie in ihrem Pyjama vor ihm.

»Das mit Eileen Duras' Grab, woher ...«

»Ach, das«, unterbrach sie ihn. »Ist ziemlich gut, oder? Ich hab's damals an *Voyages – Voyages* verkauft, die wollten es für eine Reportage über die Kanalinseln. Was ist damit?«

»*Du* hast es verkauft?«, brachte er mühsam heraus.

»Ja, sicher. Ich war Fotografin, bevor ich blind wurde.«

»Entschuldige, aber ich glaube, ich brauch jetzt einen Kaffee. Stark.«

»Weil ich mal Fotografin war? Hätte ich das gestern erwähnen sollen? Ich dachte, das wär nicht so wichtig, es kam dir doch mehr drauf an, was ich jetzt mache.« Nathalie hatte sich an Raymond vorbeigeschlängelt und war voraus in die Küche gegangen, wo sie Wasser in die Kaffeemaschine füllte und danach zwei Becher aus einem Hängeschrank nahm.

»Die Packung mit dem Kaffeepulver ist leer, machst du die neue auf? Ich verbreite dabei leider immer noch ziemlich viel Pulver auf dem Boden. Eigentlich soll es nämlich hier rein.« Damit hielt sie ihm eine Tupperdose entgegen. Raymond nahm ihr die Dose aus der Hand, und kurz darauf hörte sie, wie die Maschine zu gurgeln begann. »Wenn ich natürlich gewusst hätte, wie dich das umhaut ...«

»Das tut es tatsächlich, gleich aus mehreren Gründen. Ich meine, nach allem, was du erzählt hast, muss es schon sehr heftig sein, plötzlich nichts mehr sehen zu können. Aber für eine Fotografin ...«

»War kein Zuckerschlecken. Ist es immer noch nicht, wenn ich ehrlich bin. Ich bin froh, dass ich meine Augen irgendwie durch meine Hände ersetzen konnte, auch wenn ich die Arbeit mit der Kamera sehr vermisse. Ich hab es mein Leben lang geliebt zu fotografieren, ich wollte nie was anderes tun. Aber manchmal hat man keine Wahl.«

»Nein, wohl nicht«, sagte Raymond unsicher. »Das kommt mir verdammt ungerecht vor.«

»Kam es mir auch, hab ich dir ja erzählt. – Du hast von mehreren Gründen gesprochen, also, weswegen hast du mich nun wirklich geweckt?«

»Weil ich seit zehn Tagen nichts anderes getan habe, als auf der Jagd nach diesem Foto zu sein.« Dampfenden Kaffee in den Bechern vor sich, saßen sie am Küchentisch. Raymond erzählte Nathalie nicht nur die ganze Geschichte um den Zeitschriftenausschnitt mit ihrem Foto, sondern berichtete auch von der etwas problematischen Beziehung zwischen Daniel und dessen Vater, ohne die es vermutlich gar keinen nervenaufreibenden Rechercheauftrag gegeben hätte. Als er fertig war, schüttelte sie ungläubig den Kopf.

»Das ist ja eine irre Story. Weiß dein Freund, was du alles angestellt hast, um seine Neugier zu befriedigen?«

»Noch nicht. Ich war kurz davor, ihm alles vor die Füße zu schmeißen, aber dann hab ich mich doch lieber bei Eric ausgeheult. Und wie's aussieht, war das ja die richtige Entscheidung. Wie hieß die Zeitschrift, hast du vorhin gesagt?«

»*Voyages – Voyages*. Das ist ein belgisches Reisemagazin. Kein Wunder, dass du bisher nicht erfolgreich warst. Ich hab irgendwo noch ein Belegexemplar, dann kannst du dir den Artikel durchlesen. Soweit ich mich erinnere, war es ein Bericht über Guernsey und die dazugehörigen Inseln Sark, Herm und Alderney.«

»Und das Grab? Auf welcher Insel war das?«

»Guernsey, glaub ich ...« Nathalie zögerte, dann nickte sie. »Ja, Guernsey. Bei der Gran'mère.«

»Wo? Bei der Großmutter?«

Nathalie lachte. »Die Gran'mère du Chimquière ist ein Statuenmenhir, der am Eingang des Friedhofs von St. Martin's steht und eindeutig sehr weibliche Formen aufweist. Ab und zu werden ihr in schrecklich heidnischer Manier bei Hochzeiten Blumenkränze umgebunden, das soll so seine Auswirkungen auf die Fruchtbarkeit haben.«

»Alter keltischer Brauch, was?«, witzelte Raymond.

»Auf Guernsey gibt es jede Menge uralter Überbleibsel – Ganggräber, Menhire, Dolmen, allesamt älter als die Kelten. Allerdings erinnere ich mich dunkel, dass die Gran'mère in zwei verschiedenen Epochen gestaltet wurde. Die grobe Form entstand in der Bronzezeit, das Gesicht, die Haare und der Umhang erst sehr viel später. Wer weiß, vielleicht sind die sogar keltisch. Ich hab mir mal den Spaß gemacht, sie bei Tag und dann nochmal nachts mit Blitzlicht zu fotografieren. Wenn du dir das Ergebnis ansiehst, wird dir deine Ironie schon vergehen!«

»Wie grauenhaft«, sagte Raymond unbeeindruckt. »Du hast den Ort übrigens englisch ausgesprochen, Gran'mère ist aber eindeutig französisch. Bisschen verrückte Kombination.«

»Nicht für Guernsey. Der einheimische Dialekt ist das Patois. Es ist dem Französischen sehr ähnlich. Heutzutage spricht es kaum noch jemand, aber viele Namen blieben französisch und werden manchmal englisch, manchmal französisch ausgesprochen und manchmal in einer Mischung aus beidem. Das ist eins der Dinge, die den Charme der Insel ausmachen.« Nathalie stand auf und ging hinüber ins Wohnzimmer, wo sie einen Schrank öffnete. Sie drehte sich halb um, weil sie spürte, dass Raymond ihr gefolgt war. »Hier irgendwo steht eine Kiste mit der Aufschrift Guernsey.«

»Da«, sagte er kurz darauf. »Soll ich aufmachen?«

»Klar. Das Foto, nach dem du so verzweifelt gesucht hast, müsste dabei sein. Das, was im Flur hängt, ist eine Vergrößerung. Meine Reise auf die Kanalinseln ist schon eine Weile her. Damals hatte ich noch keine Digitalkamera, sondern habe ausschließlich mit meiner Spiegelreflex gearbeitet. Du weißt schon: richtige Filme, die entwickelt wurden. Die besten Fotos hab ich aufgehoben. Viel Spaß beim Durchgucken. Ich zieh mich inzwischen an.« Nathalie ließ Raymond im Wohnzimmer zurück und ging unter die Dusche. Sich vorzustellen, dass gerade sie das Foto gemacht hatte, das dieser Daniel so verzweifelt suchte, war schon merkwürdig.

»Du bist echt gut gewesen!«, stellte Raymond bei ihrer Rückkehr fest. »Die Bilder sind fantastisch!«

»Danke. Ja, ich hab meinen Job ganz ordentlich gemacht.«

»Untertreibung des Jahrhunderts. Jetzt versteh ich übrigens, was du meinst wegen der Gran'mère. Bei Sonnenschein sieht sie ganz nett aus, sogar auf eine gewisse Art vertrauenerweckend. Das Blitzlicht dagegen macht eine Fratze aus ihrem Gesicht. Diese Göttin sollte man wohl lieber nicht verärgern, was?« Dann blätterte er wieder in den Fotos. »Weshalb hast du eigentlich ausgerechnet das Grab von Eileen Duras fotografiert?«

»Also«, fing Nathalie nachdenklich an, »ich weiß noch, dass ich auf dem Friedhof herumstrich und mir die alten Steine ansah. Warum ich vor diesem stehen blieb, hatte nicht so sehr mit dem Grab an sich zu tun, obwohl es tatsächlich eins der wenigen außergewöhnlichen Kreuze aufweist, sondern eher mit den Lichtverhältnissen, die geradezu ideal waren. Ich drückte auf den Auslöser, das war's. Als ich gehen wollte, sprach mich eine ältere Frau an, die mich offenbar beobachtet hatte. Sie stellte dieselbe Frage wie du.«

»War sie eine Verwandte?«, fragte Raymond dazwischen.

»Dachte ich auch. Ich wollte mich schon entschuldigen, was sie mit einer ungeduldigen Handbewegung abtat, aber irgendwie schien sie enttäuscht, dass ich gar keinen besonderen Grund gehabt hatte. Sie schaute so nachdrücklich zuerst auf das Grab und dann auf mich, dass ich mich gezwungen fühlte, sie nach Eileen Duras zu fragen.«

»Und? Was hat sie dir erzählt?«

Nathalie schwieg eine Weile. Dann verzog sie das Gesicht. »Ich fürchte, ich hab ihr gar nicht richtig zugehört ...«

»Was?«

Erschrocken, wie laut Raymond plötzlich geworden war, fuhr Nathalie zusammen. »Ich konnte schließlich nicht wissen, dass das mal irgendwann wichtig werden würde, oder?«, verteidigte sie sich.

»Nein, natürlich nicht. Ich dachte nur, ich hätte das Rätsel gelöst.«

Seinem Tonfall konnte Nathalie deutlich entnehmen, wie enttäuscht Raymond war. Seufzend lehnte er sich im Sessel zurück. So kurz davor war er gewesen, so kurz! Und dann – nichts. Immerhin wusste er jetzt, wo das Foto aufgenommen war, das war schon erheblich mehr, als er noch vor ein paar Stunden gewusst hatte.

»Warte mal«, sagte Nathalie langsam, als ihr wieder etwas einfiel, »sie hat was von einem Mord erzählt ...«

»Ein Mord?«, wiederholte Raymond. »Erinnerst du dich noch ein bisschen genauer?«

Nathalie stützte ihr Kinn auf ihre Hände und schloss die Augen. Das half ihr erstaunlicherweise immer noch, wenn sie sich konzentrieren wollte. »Nicht viel. Es hatte was mit Eileen Duras' Ehemann zu tun und mit einem Haus, das gebrannt hat.« Sie zuckte mit den Schultern. »Mehr fällt mir nicht ein. Ich hab abgeschaltet, als sie von diesem Mord anfing, weil ich irgendeinen Inselklatsch uninteressant fand.«

»Ein brennendes Haus kann alles Mögliche heißen, aber fest steht wohl, dass Eileen von ihrem Mann ermordet wurde.« Eine kurze Pause folgte, in der Nathalie hörte, dass Raymond wieder nach dem Foto griff. »Ist das das einzige Bild, das du gemacht hast? Nicht vielleicht eins, auf dem die Daten auf dem Stein zu sehen sind?«

»Tut mir Leid«, wiederholte Nathalie resigniert.

»Schon okay. Du hast ganz Recht, du konntest kaum damit rechnen, dass du ein paar Jahre später einem überarbeiteten Journalisten das Leben erleichtert hättest. – Kann ich mal dein Telefon benutzen? Der Akku von meinem Handy ist leer.«

»Sicher. Willst du Daniel anrufen?«

»Eigentlich eher beim Hafen. Ich hab keine Ahnung, wann die Fähren auf die Inseln gehen. Aber natürlich sollte ich Daniel auch irgendwann informieren, damit er weiß, wofür er sein Geld ausgibt.«

Nathalie ließ Raymond allein, sie hatte noch eine Menge Arbeit vor sich. Während sie in ihrer Werkstatt damit begann, den Fisch weiterzubearbeiten, obwohl eigentlich noch ein Kerzenhalter darauf wartete, in Angriff genommen zu werden, hörte sie Raymond im Wohnzimmer telefonieren. Ihre Hände arbeiteten automatisch, in Gedanken war sie noch bei Raymonds Geschichte und ärgerte sich über sich selbst, dass sie damals nicht besser aufgepasst hatte. Eileen Duras' Tod schien doch geheimnisvoller zu sein, als sie angenommen hatte.

Nathalie zwang sich, ihre Aufmerksamkeit dem Stein vor ihr zu widmen. Das gelang ihr nur für kurze Zeit, dann landete sie wieder auf Guernsey. Die Insel hatte ihr damals gut gefallen. Sie war zweifellos sehr britisch – und doch auch wieder nicht. Die französische Vergangenheit konnte sie nicht verbergen und wollte das wohl auch gar nicht. Die Landschaft war atemberaubend schön gewesen – durchaus vergleichbar mit der Bretagne, und doch ein Stück sanfter und wilder zugleich. Nathalie erinnerte sich, wie sie stundenlang auf den steilen, grün bewachsenen Klippen der Südküste gestanden hatte. Dabei tat sie nichts weiter, als übers Meer zu schauen, das ständig seine Farbe wechselte. Damals war ihr Angst vor dem Meer fremd gewesen, im Gegenteil, sie hatte es geliebt.

Jetzt malte sie sich aus, wie Eileen Duras dort gestanden haben mochte. Unbewusst legte sie die Feile aus der Hand, stützte sich mit der Hand auf der Tischplatte auf und starrte ins Nichts. Dennoch sah sie ein lebhaftes Bild vor sich, inspiriert von den Fetzen dessen, was die Frau auf dem Friedhof erzählt hatte:

Die Nacht war sternenklar, doch der Wind heulte über die Klippen und ließ mächtige Wellen an die Felsen schlagen. Das lange weiße Kleid – ihr Hochzeitskleid – wehte um ihre Beine. Sie hatte das Oberteil in der Eile nicht zugehakt, und nun schob sie mit der Hand unbewusst den kurzen Ärmel hoch, der ihr von der Schulter gerutscht war. Die Szene, die sie beobachtete, kam ihr unwirklich vor, doch es war keine Täuschung, sondern bedrohlicher Ernst. Sie wusste nicht, was sie eigentlich tun sollte. Sie wusste nur eins: In ihrer Hochzeitsnacht würde ein Unglück geschehen, wenn sie nicht eingriff. Ohne weiter zu überlegen, hob sie ihr Kleid und lief los.

Dabei rief sie mit aller Kraft seinen Namen, doch der Sturm verschluckte ihre Stimme. Er hörte sie nicht. Erst als sie fast bei ihm war, ...

»Stell dir vor, er will tatsächlich mitkommen!«

Nathalie fuhr zusammen. Wie aus einem Traum erwacht, drehte sie sich zu Raymond um, der hinter ihr stand. Seine Schritte hatte sie überhaupt nicht wahrgenommen, so sehr war sie in ihrer Fantasievorstellung versunken. Dann musste sie über sich selbst lachen.

»Was ist so komisch?«, fragte Raymond irritiert.

»Nichts, vergiss es!« Sie wollte sich nicht unbedingt mit dem Geständnis blamieren, in ihrer Jugend zu viele Romantik-Thriller gelesen zu haben. »Wer will mitkommen?«, erkundigte sie sich stattdessen.

»Daniel. Er hat sich in den Kopf gesetzt, den spannenden Teil der Recherchen nicht zu verpassen.«

»Ich dachte, er hätte so viel zu tun.«

»Offensichtlich kann er es sich leisten, Prioritäten zu setzen. Allerdings wird sich die Reise deswegen noch etwas verzögern, alles kann er wohl doch nicht seinen Leuten überlassen.«

»Du könntest schon mal hinfahren und anfangen.«

»Wollte ich ja. Aber davon will er nichts wissen. Und weißt du was? Das erinnert mich wieder an den Daniel von früher.«

»Wann soll's denn losgehen?«

»Übermorgen. Bis dahin werde ich mich eingehend damit beschäftigen, ein bisschen was über Guernsey rauszufinden. Könntest du mir außerdem diesen Artikel irgendwann mal rauslegen?«

Nathalie wusste ungefähr, wo sie danach suchen musste, also nickte sie. »Ja, klar.«

Einen Augenblick blieb es still, sie fragte sich, worüber

Raymond wohl nachdachte, aber seine nächsten Worte überraschten sie.

»Der wird wirklich schön. Glückliche Florence.«

Nathalie hörte, wie Raymond den halb fertigen Fisch vom Tisch nahm, und wollte ihn noch warnen, doch sein leises Fluchen sagte ihr, dass es zu spät war. Der Specksteinstaub hatte sich schon wie Mehl über seine Hose verteilt.

»Am besten feucht abwischen, im Bad liegt ein Lappen«, sagte Nathalie lächelnd.

Kurze Zeit später war er zurück und verabschiedete sich. »Danke«, sagte er. »Für alles.«

Die Art, wie er das sagte, ließ Nathalie schlucken. »Ich hab nichts getan, wofür du dich bedanken müsstest«, wiegelte sie ab. »Immerhin war's ein ziemlicher Zufall, dass ausgerechnet ich das Foto geschossen habe, das du finden musstest.«

»Das meinte ich auch nicht.« Beide schwiegen. Dann sagte Raymond: »Darf ich dich anrufen?«

Also doch kein Mitleid?, fragte eine Stimme in Nathalie. Freundschaft? Sie wagte nicht weiterzudenken, was ihr durch den Kopf schoss. »Na sicher, ich muss schließlich wissen, wie die Geschichte mit Eileen Duras weitergeht, oder?« Nathalie bemühte sich um einen lockeren Ton und um ein Lächeln, das hoffentlich weniger aufgesetzt aussah, als sie befürchtete.

»Stimmt! Ich halte dich auf dem Laufenden, versprochen.«

Raymond öffnete die Tür, und im selben Moment hörte Nathalie, wie gegenüber auch jemand den Hausflur betrat.

»Raymond?«, fragte Cécilie Lecomte ungläubig.

Nathalie kam die Situation ziemlich komisch vor, obwohl sie natürlich nur raten konnte, was Cécilie dachte.

Für Raymond musste das Ganze etwas unangenehm sein, aber da hatte sich Nathalie anscheinend getäuscht.

»Oh, hallo, Cécilie«, sagte er, wie abwesend. »Wie geht's?«

»Wie's mir geht?« Cécilie hob ihre Stimme. »Danke der Nachfrage. Du kannst offenbar nicht klagen, was?«

»Bitte?«, fragte er verdutzt, bis er endlich begriff.

Nathalie dachte, er würde zu einer Erklärung ansetzen. Aber sie hatte sich schon wieder getäuscht. Er lachte. »Wenn du meinst ...« Dann schien er sich wieder ihr zuzuwenden. »Ich melde mich, okay?«

Raymond wartete Nathalies Nicken ab und lief dann die Treppe hinunter.

»Da haben Sie sich aber ganz schön ins Zeug gelegt, was?«, sagte Cécilie. »Und das in so kurzer Zeit. Gratuliere.«

Leider besaß Nathalie nicht so viel Schlagfertigkeit wie Raymond. Sie schüttelte bloß den Kopf. »Sie irren sich, wirklich. Raymond war nur ...«

»Bemühen Sie sich nicht. Ich kann auf Ihre Erklärungen verzichten.« Damit ging Cécilie an ihr vorbei und hinterließ nur den schwachen Duft ihres Eau de Toilette.

8.

Guernsey also. Seit Raymonds Anruf spielten Daniels Finger unablässig mit einem Kugelschreiber. Er hatte gewusst, dass Raymond nicht der Typ war aufzugeben, wenn es ein bisschen schwierig wurde. Schon seltsam, konnte man einerseits wünschen, etwas herauszufinden, und andererseits befürchten, dass ebendas geschah?

Letzteres tat er nämlich, ganz besonders, nachdem er von Raymond gehört hatte, dass die Geschichte um Eileen Duras mit einem Mord verbunden war. Überdeutlich erinnerte sich Daniel an den Abend, an dem sein Vater starb, und an das, was er zu ihm gesagt hatte und was nun mit einem Mal einen ganz anderen Sinn bekam. Damals hatte Daniel angenommen, sein Vater bäte ihn um Verzeihung. Grund genug hätte es wohl gegeben, auch wenn das in der Stunde seines Todes gleichgültig geworden war. Jetzt allerdings musste Daniel auch eine völlig neue Interpretation in Erwägung ziehen. Möglicherweise war es Eileen gewesen, von der sein Vater Verzeihung erbat – weil er sich für ihren Tod verantwortlich fühlte, weil er sie ermordet hatte?

Das laute Klingeln des Telefons ließ ihn zusammenschrecken. »Ja?«, sagte er ungeduldig, wobei ihm bewusst war, dass Anne nichts für seine Probleme konnte.

»Mr Harding für dich«, sagte sie.

»Jetzt nicht«, antwortete er kurz angebunden. »Er soll sich morgen wieder melden.«

»Aber ...«, fing sie an.

»Morgen ist früh genug.« Daniel legte den Hörer auf, doch Anne ließ nicht locker und rief erneut durch.

»Was jetzt noch?«

»Es tut mir Leid, Dan, aber du musst mit Mr Harding sprechen«, sagte sie in scharfem Ton. »Wir verlieren sonst möglicherweise noch das Kensington-Projekt, daran muss ich dich wohl nicht erinnern.«

Daniel seufzte resigniert. Sie hatte Recht, und er konnte froh sein, eine Assistentin wie sie zu haben. »Also schön«, gab er nach. »Und Anne? Entschuldige.«

Das Gespräch mit Harding dauerte beinah eine halbe Stunde, dann war alles unter Dach und Fach. Seine Gedanken kehrten nach Guernsey zurück. Er hatte keine Ahnung, ob sein Vater je dort gewesen war. Ebenso gut hätte Raymond dieses Grab in der Provence oder in Nova Scotia finden können, soweit er wusste, war sein Vater auch dort nie gewesen.

Schließlich siegte wieder mal Daniels Neugier. Er fuhr sich durchs Haar, dann erhob er sich und steckte den Kopf zur Tür hinaus.

»Die Kensington-Sache ist soweit klar«, erklärte er und wurde mit einem Lächeln belohnt. »Morgen ist noch die Konferenz wegen Bayswater, aber dann muss ich mal hier raus. Bitte buch mir für übermorgen einen Flug nach Guernsey, ja?«

Überrascht hob Anne ihre Brauen. »Du willst auf die Kanalinseln? Urlaub?«

»Seit mein Vater tot ist, hab ich jeden Tag vierzehn Stunden im Büro gesessen und zu Hause weitergearbeitet, nebenher werde ich in alles Wichtige bei Homes for the Homeless eingewiesen. Ich finde, ich hab mal eine Pause verdient. Lass den Rückflug offen, ich weiß noch nicht genau, wie lange ich weg sein werde.«

»Ich schon. In spätestens zwei Wochen musst du hier wieder auf der Matte stehen, oder willst du, dass Peter sich um den Bayswater-Abschluss kümmert?«

Daniel seufzte. »Dann eben zwei Wochen. Lass den Rückflug trotzdem offen, dann kann ich ihn so lange wie möglich rauszögern.«

Daniel kehrte in sein Büro zurück, aber es gelang ihm nicht mehr, sich auf die Arbeit zu konzentrieren. Stattdessen saß er da und dachte an Guernsey und an Raymond. Dann fasste er einen Entschluss. Wenn er schon mal Urlaub machte, sollte er sich vorher ansehen, was Raymond an diesem Küstenkaff fand, in dem er sich angeblich so wohl fühlte.

Er verließ sein Büro und erklärte Anne, sie möge Guernsey vergessen und ihm stattdessen einen Flug in die Bretagne reservieren.

Draußen auf der Straße holte er tief Luft. Er hatte zum ersten Mal seit langem das Gefühl, wenigstens ein kleines bisschen Freiheit zurückgewonnen zu haben. Während er den Aston Martin in Richtung Hampstead lenkte, fischte er nach seinem Handy, um Raymond anzurufen.

»Hör zu, *mon vieux*. Ich hoffe, du hast noch keine Reisevorbereitungen getroffen. Ich hab's mir nämlich anders überlegt.«

»Anders überlegt?« Raymond klang eindeutig überrascht. »Soll das heißen, du bläst die Sache ab?«

»Nein. Ich hab nur meine Pläne geändert, Guernsey läuft nicht weg. Ich komme nach St. Malo, dann können wir zusammen von dort mit der Fähre rüberfahren. Und du kannst ein bisschen Stadtführer spielen. Wer weiß, vielleicht lerne ich noch, ruhige, nette Städtchen zu lieben.«

Raymond lachte. Durch das Rauschen der etwas schlechten Verbindung sagte er: »Und auf dem Mars gibt's grüne Männchen! Sag mir Bescheid, wann ich dich abholen soll. Je früher du hier bist, desto schneller kommen wir nach Guernsey.«

Vor einer Ampel bremste Daniel den Wagen ab und blinzelte in das rote Licht. »Ich werde mein Bestes tun. Du hörst von mir.«

Das Haus lag im Dunkeln. Mrs Marshall hatte ihren freien Abend, und Susan war mit Sicherheit noch irgendwo unterwegs. Ohne sich die Mühe zu machen, das Licht in der Halle einzuschalten, stellte Daniel seinen Aktenkoffer auf den Tisch neben der Eingangstür und ging direkt in die Küche. Er mochte den Raum, er war – im Gegensatz zu den meisten anderen in diesem Gemäuer – gemütlich und vermittelte ihm so was wie ein heimeliges Gefühl. Als Junge hatte er es geliebt, an dem großen Holztisch zu sitzen und von der Köchin mit einem Schokoladenpudding verwöhnt zu werden. Außerdem war er zumindest für eine Weile sicher vor seinem Vater gewesen, der sich kaum jemals hier hatte blicken lassen.

Daniel öffnete den Kühlschrank, holte eine italienische Salami und Butter heraus und schnitt dann eine dicke Scheibe Weißbrot ab. Mit dem belegten Brot und einem Glas Cidre setzte er sich an den Tisch. Während er aß, ratterten die Räder in seinem Kopf und kamen nicht zum Stillstand.

»Was machst du denn hier so mutterseelenallein?«

Bei Susans Worten schreckte Daniel hoch. Er hatte gar nicht bemerkt, wie lange er dagesessen hatte, vor ihm lagen nur noch die Krümel des Weißbrotes, sein Glas war längst leer.

»Ich hab nachgedacht«, erwiderte er ein wenig träge. Eigentlich verspürte er keine Lust, mit Susan über seine Gedanken zu diskutieren.

»Aha. Und zu welchem Schluss bist du gekommen?«

»Ich muss mal raus hier, Urlaub machen, für zwei Wochen.«

Susan hatte sich inzwischen auch aus dem Kühlschrank bedient. »Das hat ja nicht lange gedauert«, stellte sie fest und hielt beim Schälen eines Pfirsichs für einen Obstsalat inne. »Ich hab mich schon gefragt, wann du es satt haben würdest, Richard Blake zu spielen.« Bevor Daniel protestieren konnte, fuhr sie fort. »Was wirst du tun? Aus der Firma aussteigen? Verkaufen?«

Einen Moment lang sah Daniel seine Schwester schweigend an. Einen Moment, in dem er ernsthaft über ihren Vorschlag nachdachte, obwohl er zu Raymond gesagt hatte, dass ein Verkauf unmöglich sei. Einen Moment, in dem er sich fragte, ob er wütend sein oder resignieren sollte. Wieso konnte Susan nicht den Laden geerbt haben? Sie war ihrem Vater so viel ähnlicher als er. Andererseits, was hinderte ihn daran, sich über Richards Willen hinwegzusetzen und Susan anzubieten, Mayfair Estates zu übernehmen? Sie hatte schließlich lange dort gearbeitet und kannte die Firma gut, aus juristischer Sicht betrachtet sogar weitaus besser als er selbst. Dieser Deal mit seiner Schwester hätte allerdings auch beinhaltet, sie in die fragwürdigen Geschäftsmethoden ihres Vaters einweihen zu müssen.

Trotzdem war er kurz davor, ihr einen entsprechenden Vorschlag zu machen. Warum er es dennoch unterließ, konnte Daniel nicht sagen. Die Entscheidung kam einfach aus dem Bauch und mochte etwas mit seinem Vater zu tun haben oder damit, sich selbst etwas zu beweisen. Und so sagte er nur ruhig: »Du weißt, dass das nicht geht. Im Übrigen kann sich, glaube ich, niemand über fehlendes Engagement meinerseits beklagen.«

»So hab ich das nicht gemeint, Bruderherz«, nahm Susan ihrer Bemerkung die Schärfe. »Du hast wirklich ziemlich viel geleistet in der kurzen Zeit. Was hast du also vor?«

»Urlaub machen.«

»Das hast du schon gesagt. Wohin willst du? Jamaika? Australien? Tahiti?«

»Ich werde Raymond besuchen.« Mehr musste Susan nicht wissen. Daniel hatte keineswegs vor, ihr irgendwas von den Hintergründen seiner Reise zu erzählen.

»Hey! Sollte das vor kurzem der neuerliche Beginn einer wundervollen Freundschaft gewesen sein? Ganz nett, dieser Raymond, nur ein bisschen zu provinziell für deinen Geschmack, hätte ich vermutet.«

»Du kennst mich eben nicht gut genug.«

Daniel stand auf und ließ Susan in der Küche zurück. Er musste noch ein paar Dinge für die Konferenz morgen vorbereiten.

9.

Nathalie arbeitete angespannt an einer besonders feinen Ziselierung. Sie hatte den großen Funkkopfhörer nicht aufgesetzt, weil er ihr heruntergerutscht wäre, war aber auch ohne Musik so konzentriert, dass sie sich durch das plötzliche laute Klingeln des Handys gestört fühlte. Verärgert wollte sie es zuerst ignorieren, doch dann fiel ihr ein, dass Raymond ja gesagt hatte, er wolle sie anrufen. Natürlich war es idiotisch, darauf zu warten, sagte sie sich. Dass sie es trotzdem tat, war ein schlechtes Zeichen. Oder ein gutes? Seufzend wischte sie sich den Staub von den Händen und stand auf.

»Du hast gesagt, ich dürfte dich anrufen«, hörte Nathalie, sobald sie das Handy am Ohr hatte. »Wahrscheinlich hast du nicht damit gerechnet, dass ich das so früh tue.«

»Nicht ernsthaft«, sagte Nathalie wahrheitsgemäß. »Aber ich hab den Artikel für dich rausgesucht.«

»Klasse! Das ist ein wirklich guter Grund, dich heute zum Abendessen einzuladen.«

»Dann hat sich die Mühe ja gelohnt«, lachte Nathalie.

»Wart's ab, meine Kochkünste sind nicht eben überragend. Vielleicht sollten wir lieber in ein Restaurant gehen. Wie wär's mit diesem Italiener von neulich?« Raymond wartete ihre Zustimmung nicht ab, sondern schlug gleich vor, sie abzuholen.

Das Essen beim Italiener, bei dem Nathalie und Raymond über Gott und die Welt, nur nicht über geheimnisvolle Gräber und Inseln sprachen, bedeutete für Nathalie etwas mehr als nur einen gewöhnlichen Restaurantbesuch. Es war ihre erste Verabredung mit einem Mann seit drei Jahren, und sie wollte nicht, dass dieser Abend so schnell zu Ende ging. Daher war sie froh, dass sie Raymond ganz unverfänglich zu sich heraufbitten konnte, immerhin musste sie ihm noch den versprochenen Artikel geben. Während Raymond wie selbstverständlich aus der Küche Gläser und eine Flasche Wein holte, legte Nathalie zwei Klarsichtordner auf den Tisch.

»Ich habe mich vorhin vielleicht etwas ungenau ausgedrückt, als ich sagte, ich hätte den Artikel gefunden. Er muss in einem von den Heftern hier sein, raussuchen musst du ihn selbst.«

Raymond schenkte den Rotwein ein, und Nathalie wartete, dass er ihr sagen würde, wo er das Glas hinstellte, doch das tat er nicht. Er schien zu wissen, dass sie diese Information nicht brauchte. Dann hörte sie, dass er es sich im Sessel bequem machte und anfing, den ersten Ordner durchzublättern. Es dauerte nicht lange, bis er zufrieden ausrief: »Hier ist er!«

»Und?«, erkundigte sich Nathalie nach einer Weile. »Steht was Interessantes drin? Irgendwas, was du gebrauchen kannst?«

»Nein.« Das klang enttäuscht. »Nichts, was ich nicht schon aus den beiden Reiseführern weiß, die ich mir inzwischen besorgt habe. Scheint so, als hätte sich der Autor dieses Beitrags nur die Mühe gemacht, alles abzuschreiben, was er über Klippen, üppige Vegetation und neureiche Banker gefunden hat. Das Einzige, was hier ein bisschen ausführlicher behandelt wird, sind diese alten Dolmen und Hügelgräber. Darauf liegt wohl auch der Schwerpunkt des Artikels. Zusammen mit deinem Foto von Eileen Duras' Grab ist das so genannte La Varde-Hügelgrab zu sehen, das mitten auf einem Golfplatz liegt. Ist das auch von dir?«

»Ja. Sollte wohl so was wie die Gegenüberstellung von Alt und Neu werden. Jetzt, wo du es sagst, fällt mir wieder ein, dass ich den Artikel damals auch ziemlich schlecht fand. Die Faszination kommt überhaupt nicht rüber. Eigentlich schade um die Fotos.«

»Finde ich nicht. Stell dir vor, die hätten sich für eine Reportage über die Hauptstadt St. Peter Port entschieden, dann hätte Richard Blake niemals diese Seite in seinem Safe liegen gehabt. Übrigens wäre es noch eine interessante Frage, wie er überhaupt dazu kam, ein belgisches Reisemagazin zu lesen. Ich kann mir den Mann nicht beim Stöbern auf dem Flohmarkt vorstellen.«

»Vielleicht hat die Zeitschrift einfach mal irgendwo rumgelegen, und er hat zum Zeitvertreib drin geblättert, während er auf einen Termin wartete«, schlug Nathalie vor.

»Dann sollten wir dem Geschäftspartner für seine Unpünktlichkeit danken, ohne die uns beiden eine spannende Geschichte entgangen wäre.«

Nathalie hob überrascht die Brauen. »Uns?«

»Natürlich«, bestätigte Raymond. »Ich dachte, du willst auch wissen, was dahinter steckt.«

»Will ich auch. Aber nur weil ich zufällig das Foto gemacht habe ...«

»Vielleicht hat deine Freundin doch Recht, und es gibt

keine Zufälle, sondern nur Schicksal«, sagte Raymond amüsiert.

»Als Nächstes wirst du mir sagen, ich müsste mitkommen nach Guernsey, weil ich auf geheimnisvolle, schicksalhafte Weise mit diesem Grab verbunden bin, das ich aus einer Eingebung heraus geknipst habe.« Nathalie lachte und schüttelte gleichzeitig den Kopf. Die Vorstellung war absurd. »Was ist? Hat's dir die Sprache verschlagen?«, fragte sie, als Raymond schwieg.

»Im Gegenteil. Ich dachte nur gerade, dass das vielleicht gar keine schlechte Idee ist.«

»Jetzt musst du aber aufhören! Nimm lieber Eric Gosselin mit, wenn du denkst, dass du im britischen Feindesland ein bisschen französische Unterstützung brauchst.«

»Das ist auch keine üble Idee. Aber dein erster Vorschlag gefiel mir besser. Denk doch mal nach, du warst schon da und kennst dich aus. Und du hast mit dieser Frau gesprochen, die sich vielleicht noch an dich erinnert.«

»Warum sollte sie? Das ist Jahre her! Und wie sollte ich sie überhaupt finden? Außerdem ist es unerheblich, ob ich mich da auskenne, ich würde beim ersten Spaziergang vermutlich die steilen Klippen runterfallen.«

»Blödsinn. Tu nicht so, als wärst du hilflos. Du kommst schon ganz gut zurecht.«

Nathalie war empört, auch wenn sie nicht so genau wusste, warum. Sie wollte doch immer behandelt werden wie ein Mensch ohne Behinderung, wieso nahm sie Raymond seine Reaktion jetzt übel? Weil sie selber einsah, wie maßlos er sie überschätzte, und das tat weh.

»So, meinst du? Das hier ist eine kleine Drei-Zimmer-Mansarden-Wohnung. Im Haus nebenan ist ein kleiner Laden, bei dem ich einkaufen kann, also verhungere ich nicht. Natürlich komme ich gut zurecht. Wenn man mal davon absieht, dass ich für größere Einkäufe und zum Besorgen meiner Arbeitsmaterialien auf die Hilfe meiner Freundin angewiesen bin, weil ich leider nicht Auto oder Fahrrad fahren kann und das Benutzen öffentlicher Verkehrsmittel als mühsam für mich ist. Beim Kochen verbrennt manchmal sogar das Wasser, und mein Verbrauch an Gläsern ist auch erheblich gestiegen, seit ich nicht mehr sehen kann.«

»Hör auf, dich zu bemitleiden, das passt nicht zu dir.«

Wie konnte sich Raymond das Recht herausnehmen, auf diese Weise mit ihr zu reden? Sie wusste, eine Reise nach Guernsey war für sie nicht zu bewältigen, und er sollte verdammt nochmal nicht so tun, als wäre das kein Problem. Es kostete sie eine Menge Überwindung zu sagen, was sie sagen musste, aber alles andere hatte keinen Sinn.

»Bitte geh.«

Einen Moment lang blieb es still. Raymond schien zu begreifen, was er da gesagt hatte. »Nathalie ...«, fing er an.

Doch sie ließ ihn nicht zu Worte kommen. »*Ich* bin blind. Bist *du* taub?«

Raymond erhob sich und legte den Ordner mit dem Artikel auf den Tisch zurück. Wie schon so oft wünschte sie sich, sein Gesicht zu sehen, aber diesmal war sie gleichzeitig froh, dass sie es nicht konnte.

»Hör zu, das war ziemlicher Mist, was ich gerade gesagt habe«, sagte er. »Es tut mir Leid. Ich meinte doch nur, dass ...«

»Es ist mir egal, was du gemeint hast. Würdest du bitte gehen?« Nathalie war nicht aufgestanden, sie wandte auch nicht den Kopf, obwohl sie wusste, das Raymond jetzt hinter ihr stand. Sie blieb, wo sie war, und wartete, dass sie das Geräusch der zufallenden Tür hörte, wartete, dass sie endlich wieder allein war.

Als die Tür tatsächlich ins Schloss fiel, saß Nathalie

da wie betäubt und fragte sich, was sie gerade getan hatte. Um sie herum war nur Dunkelheit. Sie hatte nicht geglaubt, dass sie dunkler werden könnte als all die Jahre zuvor, aber das war wohl ein Irrtum gewesen. Raymonds Worte klangen ihr im Ohr. Passte Selbstmitleid wirklich nicht zu ihr? Nein, entschied sie. Es passte nicht. Jedenfalls nicht mehr, die Zeiten waren vorbei. Eigentlich hätte sie sich auf Raymonds Angebot stürzen sollen. Ihre Argumente gegen eine Reise nach Guernsey waren nicht aus der Luft gegriffen, aber wenn sie sich nach dem tatsächlichen Grund für ihre Ablehnung fragte, sah der ganz anders aus. Nathalie befürchtete einfach, sie würde Raymond zur Last fallen. Wie man es auch drehte und wendete, sie war nun mal blind, was die ganze Geschichte schon ein bisschen komplizierter für ihn machte. Sie wollte für Raymond kein Hindernis sein, wollte nicht, dass er sich wünschte, sich nie auf sie eingelassen zu haben.

Nathalie ging langsam in den Flur, zögerte einen Moment, fuhr mit der Hand an der Wand entlang und tastete nach dem ihr am nächsten hängenden Bilderrahmen. Auf ihre Anweisungen hin hatte Florence fünf Bilder aufgehängt, das mit Eileens Grab war das mittlere. Sie zählte die Bilder ab, bis sie vor dem dritten stehen blieb und darauf starrte, als könnte sie es sehen. Mit der Handfläche berührte sie das Glas, schließlich war es einerlei, ob es Fingerabdrücke bekam, es würde ohnehin keiner mehr kommen, um es anzusehen.

Nathalie konzentrierte sich auf das Foto, auf das Licht an jenem Tag auf dem Friedhof, auf die eigenartig schöne, beinah verträumte Atmosphäre, derentwegen sie auf den Auslöser gedrückt hatte. In ihrer Erinnerung sah sie sich wieder dort stehen, das Grab links, die St. Martin's Church im Sommerdunst rechts von ihr, hörte einen Vogel zwitschern, den Wind durch die Bäume wehen und dann – einer geradezu blasphemisch anmutenden Störung gleich – mit lautem Motorheulen einen Bus die enge Straße entlangdonnern. In jenem Moment war sie in die Gegenwart zurückgekehrt und hatte die Frau bemerkt.

Gefangen in diesem Rückblick stand Nathalie auf dem Flur und spürte plötzlich, dass irgendwas nicht stimmte. Dieses Bild vor ihr an der Wand war nicht das von Eileens Grab. Sie hatte keine Ahnung, wieso sie es wusste, aber sie hätte es beschwören können. Sie ging den Flur zurück und zählte wieder. Es war das dritte Bild, kein Zweifel, aber nicht das Foto mit Eileens Grab. Unsicher machte sie ein paar Schritte bis sie vor dem vierten Rahmen stand. Diesmal berührte sie das Glas nicht, stattdessen legte sie den Kopf schief, als lausche oder warte sie auf etwas, das sie nicht näher bestimmen konnte. Das Kribbeln in ihrem Nacken begann ganz langsam, es wurde stärker und wanderte über den Hinterkopf bis in die Stirn. Und es sagte ihr, dieses hier sei das richtige Bild. Dieses hier war Eileens Grab.

Nathalie holte tief Luft und schüttelte sich. Das war kompletter Unfug! Sie litt unter zu viel Einbildungskraft, der Streit mit Raymond mochte dafür verantwortlich sein oder das viele Nachgrübeln über Eileen. Warum sollte Florence die Bilder falsch aufgehängt haben? Nathalie wandte sich abrupt ab. Zeit, zu Bett zu gehen und diesen verrückten Gedanken ein Ende zu bereiten.

Aber in der Geborgenheit ihres Bettes ließ sich das Nachdenken nicht einfach abschalten. Raymond rückte wieder in den Mittelpunkt. Vermutlich würde sie ihn so schnell nicht wieder treffen – wenn überhaupt. Sie hatte sich unmöglich benommen und konnte ihm kaum verübeln, dass er in Zukunft nichts mehr mit ihr zu tun haben wollte. Nathalie bemühte sich, wütend auf ihn zu sein, aber stattdessen war sie bloß wütend auf sich. Sie drehte sich auf die andere Seite. Nun geisterte ihr erneut Eileen durch den Kopf. Dabei ging es ja nicht nur um Eileen Duras, es ging auch um Daniel Blakes Vater. Warum versuchte Daniel Blake so verzweifelt, etwas über seinen Vater herauszufinden, das möglicherweise Jahrzehnte zurücklag? Vermutete er irgendwas? Oder war er, wie er behauptete, einfach bloß neugierig?

Wieso quälte sie sich mit diesem Rätsel herum? Das war alles nicht ihre Sache, sie sollte schlafen und Raymond, Daniel, Eileen Duras und Guernsey vergessen. Dies war eben nicht ihre Geschichte, auch wenn Raymond diese Tatsache vorhin bestritten hatte. Mit Sicherheit war er inzwischen ganz anderer Meinung.

»Ah, guten Morgen, Mademoiselle! Wie geht es Ihnen heute?«, erkundigte sich Monsieur Valet mit strahlender Miene. Irgendwie sah Natalie ihn immer mit strahlender Miene vor sich, wahrscheinlich lag das an der guten Laune, die er jedes Mal verbreitete, wenn sie seinen Laden betrat.

»Danke, wunderbar«, log sie hoffentlich überzeugend und ließ sich von ihm einpacken, was sie brauchte. Letzte Nacht hatte sie einen Entschluss gefasst, aber jetzt stand sie hier und fragte sich, ob sie tatsächlich dabei bleiben sollte. Schon wandte sie sich mit einer Verabschiedung auf den Lippen zum Gehen, überlegte es sich in letzter Sekunde jedoch anders. »Ach, Monsieur Valet ...«, fing sie an.

»Ja? Haben Sie was vergessen? Ich hab wieder diese herrlichen Pfirsiche reinbekommen, wissen Sie noch? Die, die Sie neulich fast umgerannt hätten.«

»Das gehört bestimmt zu den Dingen, die mir ewig im Gedächtnis bleiben«, lächelte Nathalie und trat in den Laden zurück. »Dann geben Sie mir doch bitte drei Stück. Aber das war eigentlich nicht das, was ich sagen wollte.«

Monsieur Valet knisterte mit einer Papiertüte, die er Nathalie kurz darauf in ihren Einkaufskorb legte. »Und was genau wollten Sie sagen?«

»Ich wollte Sie um etwas bitten.« Nathalie kam sich etwas albern vor und zögerte.

»Na, raus damit, was kann ich für Sie tun? Soll ich Ihnen die Einkäufe nach oben tragen? Es ist ja heute wirklich viel geworden.«

»Nein, vielen Dank, das schaffe ich allein. Aber wenn Sie gelegentlich Zeit haben, könnten Sie dann mal bei mir vorbeischauen? Es gibt da etwas, das ich gern wissen möchte – aber ich kann's nicht sehen.«

»Also, das klingt ja interessant!«

Nathalie holte Luft, um ihm zu erklären, worum es ging, wurde aber von Monsieur Valet unterbrochen. »Nein, nein, sagen Sie nichts, ich will mir doch die Spannung nicht nehmen lassen«, lachte er. »Wär's Ihnen heute nach der Arbeit recht?«

Dankbar nickte Nathalie. Natürlich hätte sie auch Florence fragen können, aber dann dachte ihre Freundin vielleicht, dass sie sie kritisieren wollte, und das war ganz sicher nicht Nathalies Absicht. Letztlich war es egal, in welcher Reihenfolge die Fotos hingen – nur musste sie es nach dem gestrigen Erlebnis einfach herausfinden.

»Nette Wohnung«, fand Monsieur Valet ein paar Stunden später, als er sich bei ihr umsah. »Das sind ja tolle Bilder, die Sie da hängen haben. Die sehen richtig künstlerisch aus.«

»Ich mochte sie auch immer sehr gern«, sagte Nathalie nur, »darum habe ich mich nicht davon trennen können. Wie es der Zufall will, sind tatsächlich die Bilder der

Grund, weshalb ich Sie um diesen Besuch gebeten habe. Ich wüsste gern, welche Motive hier in welcher Reihenfolge hängen.«

»Welche ...«, fing Monsieur Valet verwirrt an. »Ah, jemand hat sie für Sie aufgehängt, verstehe.«

Dann machte er sich ohne weiteren Kommentar daran, die Fotos zu beschreiben. Bei den ersten beiden blieb Nathalie ganz ruhig, erst als er zu dem dritten kam, bemerkte sie, dass ihre Hände anfingen zu zittern.

»Ein Steinkreis, kleiner als Stonehenge, die Steine reichlich zerklüftet, sieht schon ziemlich beeindruckend aus. Wahrscheinlich im Sonnenuntergang, man kann das schlecht sagen bei einem Schwarzweißbild. Alles ein bisschen unheimlich, wenn Sie mich fragen, man wartet praktisch darauf, dass irgendwelche Druiden mit langen weißen Bärten ins Bild treten und mit ihren Ritualen anfangen. Wo ist das?«

»Schottland«, murmelte Nathalie. »Was ist auf dem Nächsten?« Eben hatte sie noch gezittert, jetzt spürte sie, wie die Hitze in ihr hochstieg.

»Ein Grab. Keltisches Kreuz. Sieht schon älter aus, der Name ist schlecht zu lesen, aber meine Augen haben in letzter Zeit auch ein bisschen nachgelassen. – Ist Ihnen nicht gut?«, hörte Nathalie aus weiter Ferne.

Sie riss sich zusammen und atmete tief ein und aus. »Doch, geht schon.«

»Soll ich Ihnen ein Glas Wasser holen?«

»Nein, ich ... es geht schon, ehrlich.« Woher hatte sie das gewusst? In Nathalie drehte sich alles.

»Wenn Sie meinen«, stellte Monsieur Valet unsicher fest. »Auf dem letzten Bild ist ...«

»Das ist nicht so wichtig«, unterbrach Nathalie. »Was ich wissen wollte, weiß ich jetzt. Ich danke Ihnen wirklich sehr.« Es bereitete ihr Mühe, so zu tun, als sei nichts Besonderes passiert. Sie führte Monsieur Valet ins Wohnzimmer, wo sie ihm einen Kaffee anbot, den er gern annahm. Seine lockere Plauderei half Nathalie, sich von ihrem Schock zu erholen, und als er sich verabschiedete, hatte sie sich dazu durchgerungen, das Ganze schlicht als Zufall abzutun.

10.

Auf der kleinen ausklappbaren Tischplatte vor Daniel stand ein Glas Malt Whisky, aus dem er ab und zu einen Schluck trank. Da der Platz neben ihm frei geblieben war, konnte er bequem in der *Financial Times* blättern. Gerade merkte er, dass er denselben Satz desselben Artikels zum dritten Mal las, ohne den Inhalt zu registrieren. Seufzend warf er einen Blick auf die Uhr. In einer halben Stunde würde der Flieger in Dinard landen. Er stellte die Lehne seines Sitzes ein Stück zurück, schloss die Augen und dachte an seine und Raymonds erste Begegnung vor fünfzehn Jahren. Fünfzehn Jahre, wo waren die eigentlich geblieben? Daniel fragte sich, ob er sie ernsthaft zurückholen wollte. Nicht mit dem Wissen, das ich heute habe, entschied er.

Wieder nahm er einen Schluck Whisky, leerte das Glas ganz. Der Alkohol schmeckte bitter. Er mochte eigentlich keinen Whisky, warum trank er ihn trotzdem? Die Stewardess kam, nahm das Glas und erkundigte sich, ob er noch etwas wünsche. Daniel schüttelte den Kopf und sah der Frau nach, die durch ein leichtes Absacken des Flugzeugs aus dem Gleichgewicht geriet und sich an einem der vorderen Sitze festhalten musste. Sein Blick wanderte von ihren hochgesteckten Haaren abwärts bis zu den Schuhen, ohne dass er ihre Gestalt wirklich wahrnahm.

Um die trüben Gedanken zu vertreiben, rief sich Daniel die Bilder von St. Malo vor Augen, die er im Internet gefunden hatte: den Hafen und kleine, enge Gassen der Altstadt, umschlossen von wehrhaften Mauern. Es war es ein hübscher kleiner Ort mit einer Menge Touristen im Sommer, wo wenig passierte. Er hatte es nicht gesagt, aber genau genommen beneidete er Raymond.

Immerhin würde er es zwei Wochen lang ebenfalls etwas ruhiger haben, nicht mehr an seinem Schreibtisch sitzen und sich nicht um den nächsten Termin, die nächste Konferenz, das nächste Projekt kümmern müssen. Zwei Wochen lang würde er einfach mal abschalten. Abschalten? Innerlich lachte er bitter auf. Er hatte nur seinen Standpunkt verlagert, letztlich drehte sich doch wieder alles um seinen Vater.

Im Ankunftsterminal sah er sich nach Raymond um. Da stand er, neben einem Hünen mit wettergegerbtem Gesicht, und winkte. Daniel winkte zurück und bemerkte dabei, dass Raymond sich in der kurzen Zeit verändert hatte. Selbst auf die Entfernung konnte Daniel eine Erschöpfung erkennen, die ihn an seine eigene erinnerte.

»Bonjour, mon vieux!«, begrüßte er ihn. »Junge, Junge, wenn ich gewusst hätte, was ich dir mit diesen Recherchen zumute, hätte ich mir die Sache vielleicht zweimal überlegt!«

Verständnislos blinzelte Raymond Daniel an. »Wieso?«

»Du musst entschuldigen, aber du hast schon mal besser ausgesehen. Wie viele schlaflose Nächte hast du mit der Suche verbracht? Du scheinst den Schlaf jedenfalls immer noch nicht nachgeholt zu haben.«

»Danke für deine aufmunternden Worte«, grinste Raymond schief. »Jedenfalls weißt du jetzt, dass du dein Geld gut angelegt hast.«

Mittlerweile waren sie bei Raymonds Wagen angekommen und verstauten Daniels Gepäck im Kofferraum. Auf der Fahrt in die Stadt ließ sich Daniel noch einmal in allen Einzelheiten erzählen, wie Raymond auf das Foto gestoßen war.

»Kaum zu fassen«, sagte er. »Wenn man bedenkt, was du alles angestellt hast, und dann das. Klingt übrigens interessant, deine blinde Freundin. Muss ziemlich schrecklich für eine Fotografin sein, plötzlich nichts mehr sehen zu können.«

Raymond nickte nur kommentarlos, was Daniel sehr wohl auffiel. Sollte er in ein Fettnäpfchen getreten sein? War diese Nathalie am Ende mehr als eine Freundin? Raymond ließ ihm keine Gelegenheit, länger darüber nachzudenken, stattdessen fing er an, Reiseführer zu spielen und zu erklären, was links und rechts der Straßen zu sehen war.

»Nicht übel, oder?«

»Hm«, machte Daniel einsilbig.

»Zugegeben, es ist nicht London. Es ist nicht mal Hampstead, aber man kann hier wirklich gut leben.«

»Zweifellos. Wenn man ein Landei ist.«

Raymond lächelte vielsagend. »Hey, Kumpel, es gefällt dir, warum gibst du's nicht einfach zu, statt es schlecht zu machen? Du bist unmöglich.«

»Ich kann eben nicht aus meiner Haut!«, gab Daniel mit zerknirschter Miene zu. »Lass uns zum Hafen fahren, okay? Ich hab mir vorgenommen, heute Abend noch das Meer zu sehen.«

Raymond zuckte mit den Schultern. »Klar, warum nicht? Ist schön da.«

»Sicher. Wie alles hier.« Es sollte sarkastisch klingen, dabei war es durchaus ernst gemeint.

Eine Weile fuhren sie schweigend, bis sie am Port de Plaisance ankamen. Daniel stieg aus und blieb einen Augenblick stehen. Direkt vor ihm schaukelten größere und kleinere Boote im Yachthafen, weit entfernt erkannte er die imposanten Festungsmauern der Altstadt. Die Sonne strahlte von einem blauen Himmel, das Meer funkelte.

»Ich wette, in London regnet es«, stichelte Raymond.

Daniel nahm die Herausforderung nicht an, sondern entschied sich für den einfacheren Weg. »Sorry, *copain*. Ich gebe zu, du hattest Recht: Es ist wirklich nicht übel hier.«

»Freut mich, dass St. Malo vor deinen Augen Gnade findet.«

»Und das ist nicht einfach«, versicherte Daniel.

Mittlerweile waren sie ein Stück gegangen. Daniel ließ seinen Blick über die Boote schweifen und achtete nicht auf den Weg, deshalb hätte er Raymond beinah umgerannt, der plötzlich wie angewurzelt stehen geblieben war.

»Liebe Zeit, was ist los? Ist dir eingefallen, dass du zu Hause dein Bügeleisen nicht ausgestellt hast?«

»Was weißt du über Bügeleisen? Du lässt deine Hemden doch sicher bügeln, oder?«, fragte Raymond zurück, aber irgendwie schien er nicht recht bei der Sache zu sein.

»Meistens schon.«

Raymond schwieg. Was war denn auf einmal mit ihm los? Daniel beobachtete ihn kurz und zuckte dann mit den Schultern. »Kannst du segeln?«, fragte er.

»Ganz gut«, sagte Raymond immer noch abwesend. »Wieso, möchtest du ein Boot mieten? Wenn ja, ich kenne den Bootsverleiher von dem Schuppen da drüben.« Er zeigte auf einen Bootsschuppen, vor dem ein Mann mit strubbeligem Lockenkopf und eine Frau saßen, die sich angeregt unterhielten. Die Frau schaute direkt in die Sonne, trug dabei aber keine Sonnenbrille.

»Guter Plan.« Daniel setzte sich in Bewegung und marschierte los, Raymond im Schlepptau, der es nicht besonders eilig zu haben schien. Hatte sein Zögern was mit diesem Typ oder mit der Frau zu tun? Dann endlich verstand Daniel. Die Frau ohne Sonnenbrille, die nicht mal blinzeln musste, wo jeder andere sich schützend die Hand vor die Augen gehalten hätte, musste die blinde Fotografin sein, auf die der Bootsverleiher gerade gestenreich einredete. Der Mann schaute herüber, stutzte und winkte Raymond zu.

»Hallo, Eric«, grüßte Raymond, als sie vor ihm standen. Dann wandte er sich an die Frau. »Nathalie«, sagte er knapp.

»Tag, Raymond«, antwortete sie. Auch ihre Stimme klang kühl.

Daniel hatte ein schlechtes Gewissen, weil er einen Moment lang froh war, dass Nathalie nicht sehen konnte. Das gab ihm Gelegenheit, sie ausführlich zu mustern, ohne dass sie es merkte. Sie war nicht sonderlich groß, eher zierlich, trug schulterlange braune Haare und hatte grüne Augen, die vollkommen normal aussahen, was Daniel erstaunte. Aber natürlich wusste er wenig über Blinde und wie deren Augen aussahen. Dann wurde er abgelenkt, weil Raymond ihn vorstellte.

»Welcome in France«, radebrechte Eric in wackeligem Englisch. Er kratzte offensichtlich seine sämtlichen Schulkenntnisse zusammen. »Ihnen haben wir also diese ganze Geschichte zu verdanken!«

»Allerdings«, schmunzelte Daniel und blieb beim Englisch, weil sich der Mann solche Mühe gab. »Ich hab schon von Raymonds anstrengenden Tagen und Nächten gehört.« Er wandte sich an Nathalie. »Ich hab auch gehört, dass Raymonds Jagd Ihretwegen ein Ende gefunden hat.«

Nathalie schüttelte zweifelnd den Kopf. »Das war wohl doch eher Zufall«, murmelte sie. Ihr Englisch war trotz des leichten Akzents ausgezeichnet, wahrscheinlich war sie als Fotografin viel in der Welt rumgekommen.

»Ich weiß nicht«, meinte Daniel. »Wie gefällt Ihnen das Wort Schicksal?«

»Passend.« Mehr sagte sie nicht, und Daniel erschrak. Das war dann wohl das nächste Fettnäpfchen.

»Wie ist das Wetter bei Ihnen in England?«, schaltete sich Eric ein, um die peinliche Situation zu retten. Ohne wirklich eine Antwort zu erwarten, ließ er ein paar spöttische Bemerkungen über den englischen Regen los, die in einer Anekdote über ein britisches Touristenpaar gipfelten, das bei ihm mal ein Boot gemietet hatte. Das alles erzählte er mit Händen und Füßen und halb auf Englisch, halb auf Französisch, schließlich stand er sogar auf und entfernte sich mit Daniel ein paar Schritte.

Daniel vermutete, dass er absichtlich so mit Beschlag belegt wurde, damit Raymond und Nathalie ein paar Minuten für sich allein hatten. Es konnte ihm nur recht sein, wenn sie ihre wie auch immer gearteten Differenzen bereinigten.

11.

»Wie geht's dir?«

Nathalie konnte deutlich hören, wie befangen Raymond war. Ihr selbst ging es genauso. »Gut. Danke.«

Eigentlich wollte sie noch etwas anderes sagen, nämlich, dass sie sich wie eine komplett verzickte Gans benommen hatte, aber das herauszubringen fiel ihr schwer. Vielleicht musste sie es nicht ganz so drastisch formulieren, vielleicht würde eine einfach Entschuldigung auch reichen.

»Es tut mir Leid«, sagte sie leise.

»Wie bitte?«, fragte Raymond verblüfft.

»Es tut mir Leid«, wiederholte Nathalie. »Du hattest nämlich Recht. Über das Stadium Selbstmitleid bin ich hinaus, hoffe ich jedenfalls.«

Raymond setzte sich auf Erics Platz neben Nathalie. Sie spürte, wie sein Körper Schatten auf ihre Beine warf. »Nein«, widersprach er. »Du hast keinen Grund, dich zu entschuldigen. Den habe bloß ich. Ich war ein überheblicher Mistkerl!«

Nathalie lachte. »Wollen wir damit weitermachen, uns zu entschuldigen, bis sich einer geschlagen gibt?«

»Okay, dann geb ich mich jetzt geschlagen!«

Nathalie hätte schwören können, dass Raymond dabei lächelte. Sie fühlte sich erleichtert – mehr als eigentlich angemessen schien, flüsterte eine innere Stimme, die sie auszuschalten versuchte.

»Und das ist also Daniel Blake?«, fragte sie. »Ich finde ihn ein bisschen merkwürdig.«

»Wieso? Er will einfach rausfinden, was seinen alten Herrn umgetrieben hat. Was ist daran merkwürdig?«

Eine Weile suchte Nathalie nach den richtigen Worten.

Es war nicht nur das, was sie über Daniel Blake wusste. Dazu kam noch etwas anderes, etwas, das er ausstrahlte, etwas, das sie trotz ihres nur sehr kurzen Wortwechsels wahrgenommen hatte. Und dann war da seine Stimme, die irgendwas in ihr auslöste. Sie konnte allerdings nicht erklären, was. Sie hätte gern das Wort »vertraut« benutzt, aber das ergab überhaupt keinen Sinn.

Weil das alles nur ein vages Gefühl war, wünschte sie, sie hätte gar nichts erwähnt, und versuchte es stattdessen mit einer halbwegs logischen Begründung. »Vielleicht finde ich es einfach nur seltsam, dass er plötzlich genug Zeit findet, höchstpersönlich mit dir auf Guernsey zu recherchieren, wo er angeblich so viel zu tun hat. Und außerdem ...« Nathalie kam ins Schwimmen, aber die Sache mit Daniels Stimme war schwer zu ignorieren.

»Was außerdem?«, fragte Raymond.

»Da war was in seiner Stimme.«

»In seiner Stimme? Was meinst du?« Das klang nicht belustigt, wie Nathalie befürchtet hatte, sondern wirklich interessiert an ihrer Meinung.

»Kann ich nicht genau beschreiben. Irgendwie war sie ...« Ihr fiel wieder das Wort »vertraut« ein. Es musste eine andere Erklärung geben. Wie hatte Daniel geklungen? Eigentlich ganz gut drauf, trotzdem schwang ein unsicherer Ton mit. Nur – Unsicherheit passte nicht zu dem Mann, den Raymond beschrieben hatte. Daniel hatte ihre Neugier geweckt.

»Ich kann's wirklich nicht beschreiben«, wiederholte sie. Erics und Daniels Stimmen wurden wieder lauter, wahrscheinlich kamen sie näher. Nathalie merkte, dass Raymond sich zurücklehnte. »Wie kommt's eigentlich, dass du hier bist?«, fragte er.

»Na, wie wohl?«, schaltete Eric sich ein. »Sie ist meinem

Charme erlegen und musste mich einfach wiedersehen, was denkst du denn?«

Nathalie mochte Erics raues Lachen und stimmte ein. »Genau! Abgesehen davon wollte ich Eric überreden, mich zu einer Segeltour mitzunehmen.«

»Zu einer *was*?«, Raymond war fassungslos.

Gleichzeitig fragte Daniel: »Können Sie Gedanken lesen? Genau das hatte ich mir auch schon überlegt. Wie wär's mit jetzt gleich?«

»Das war nur ein Scherz!«, gab Nathalie zurück, mehr an Raymond als an Daniel gerichtet, der offensichtlich nichts über ihren Bootsunfall wusste.

»Wieso Scherz? Der Wind ist ideal, wir sollten am besten gleich los, damit es sich noch lohnt.«

Nathalie wurde mulmig bei dem Gedanken an eine Segeltour. »Nein danke, ohne mich. Aber vielleicht können Sie ja Raymond überreden.«

Auch Raymond blieb zurückhaltend, was Daniel zu einem übertriebenen Seufzer veranlasste. »Ihr seid ja alle sehr enthusiastisch. Wie's aussieht, werden wir das wohl auf Guernsey nachholen müssen. Sie kommen doch mit, Nathalie, oder?«

Nathalie glaubte sich verhört zu haben. Schon wieder wollte sie jemand unbedingt übers Meer auf diese Insel schleppen. Wieso ging jeder davon aus, dass sie an der Lösung dieses Rätsels genauso interessiert war wie Raymond und Daniel? Was hatte sie schließlich damit zu tun, außer dass sie zufällig das Foto gemacht hatte? Wirklich zufällig? Nathalie dachte an den Abend in ihrem Flur zurück, daran, dass sie gewusst hatte, welches Bild Eileens Grab zeigte, und fragte sich, ob es nicht allmählich an der Zeit war, eine Schicksalsfügung wenigstens in Erwägung zu ziehen.

Daniel verstand ihr Zögern falsch und beeilte sich hinzuzufügen: »Ich meinte das als Einladung. Sie beide sind schließlich mein Recherche-Team: Raymond als Journalist und Sie mit Ihren Guernsey-Kenntnissen.«

»Wenn ich zum Team gehöre, scheine ich keine andere Wahl zu haben«, sagte Nathalie, bevor sie richtig wusste, worauf sie sich einließ. Neben ihr holte Raymond tief Luft.

»Großartig!«, ließ sich Daniel vernehmen.

Nathalie war davon weniger überzeugt. Daniel redete, an Raymond und Eric gewandt, weiter. Nathalie hörte kaum zu, weil sie sich beunruhigt zu fragen begann, ob ihre Zustimmung mit dem Erlebnis in ihrem Flur zu tun haben konnte. Das wäre zu überspannt, es gab keine Schicksalsfügung. Wenn das also kein triftiger Grund war, dann mussten es Daniel und dieses unbestimmte Gefühl sein, das sich bei ihr bemerkbar machte. Nathalie war neugierig auf diesen widersprüchlichen Mann und seine Motive. In Gedanken verzog sie selbstironisch den Mund. Worum ging es hier? Um Daniel als Mann oder um sein Rätsel?

Eine dritte Möglichkeit fiel ihr ein, die weder etwas mit Daniel noch mit Eileen zu tun hatte, sondern mit Raymond. Oder zumindest mit der Tatsache, dass jedes Wort stimmte, das er ihr an den Kopf geworfen hatte, dass sie ihren Irrtum erkannte und die zweite Chance ergriff. Man bekam selten so eine Gelegenheit, und sie nahm an, dass Raymond sie nicht noch einmal gebeten hätte, mit nach Guernsey zu kommen.

Irgendwann bemerkte Nathalie, dass auch Raymond nichts zur Unterhaltung beitrug. Daniel war es, der die ganze Zeit redete, und Eric war scheinbar der Einzige, den das interessierte. Plötzlich spürte sie, dass jemand sie beobachtete. Da Daniel und Eric noch übers Segeln sprachen, konnte es nur Raymond sein. Vermutlich fragte er sich, was in ihr vorging oder ob sie immer so wankelmütig war.

Irgendwann hatte sich Daniel an den Booten satt gesehen. Nachdem sie die Tickets für die Fähre am nächsten Tag besorgt hatten, ließ er sich mit Raymonds Versprechen, wiederzukommen und ihm das Nachtleben der Stadt zu zeigen, in einem Hotel absetzen. »Wir sehen uns morgen am Quai!«, verabschiedete er sich von Nathalie und schlug die Wagentür zu.

Raymond fädelte sich wieder in den Verkehr ein, um Nathalie nach Hause zu bringen. Niemand sagte ein Wort. Es war kein unangenehmes Schweigen, aber beide spürten, dass etwas in der Luft lag, das geklärt werden musste. Nathalie machte schließlich den Anfang. »Ich ...« Sie stockte und fing nochmal von vorn an. »Ehrlich gesagt, die Geschichte fängt an, mich zu fesseln.«

Raymond zögerte, und Nathalie fragte sich, ob das, was er schließlich sagte, auch das war, was ihm ursprünglich auf der Zunge gelegen hatte. »Ist dir inzwischen eingefallen, was du an Daniels Stimme so bemerkenswert findest?«

»Nein«, sagte Nathalie, die auf keinen Fall zugeben wollte, dass sie vorhin überhaupt weiter an Daniel gedacht hatte. Das Gefühl war ohnehin viel zu vage gewesen, als dass sie ihm irgendeine Bedeutung beimessen sollte. »Das muss ich mir wohl eingebildet haben.« Dann durchzuckte sie ein anderer Gedanke. »Es ist dir doch recht, dass ich mitkomme, oder? Ich meine, könnte ja sein, dass du inzwischen zu der Überzeugung gekommen bist, eine hysterische Blinde könnte euch doch zu sehr behindern.«

Raymond lachte. »Fängst du schon wieder an? Wir hatten uns doch geeinigt, den Streit zu vergessen. Außerdem bist du sicher eine ganze Menge, aber nicht hysterisch. Und ich freu mich, dass du mitkommst.«

Nathalie antwortete nicht sofort.

»Hab ich schon wieder was Falsches gesagt?«, fragte Raymond verunsichert.

»Nein. Ich habe nur gerade nachgedacht, was du damit meinst. Was ich alles bin, außer hysterisch ...« Sie lächelte. Aber das war nicht ganz die Wahrheit. Sie hatte sich auch gefragt, wie sie es bewältigen sollte, am nächsten Tag ihren Fuß auf die Fähre zu setzen.

Die Abendsonne schien auf Nathalie herunter, als sie vor ihrer Haustür auf Raymond wartete. Die vergangene Nacht und der Tag waren grauenvoll gewesen. Sie hatte überhaupt keinen Schlaf gefunden, bis sie in den frühen Morgenstunden endlich weggedämmert war – direkt hinein in den schrecklichen Albtraum.

Die Fähre würde St. Malo erst abends um viertel nach acht verlassen, und Nathalie war froh gewesen, die Stunden des nervösen Wartens mit dem Meißeln einer Skulptur ausfüllen zu können, die nachmittags abgeholt wurde. Alle anderen Arbeiten waren keine Terminsachen, sodass sie die Kunden hatte anrufen und vertrösten können. Jetzt war es halb sieben, und sie musste sich schnell überlegen, ob sie einen Rückzieher machen sollte. Da hörte sie neben sich ein Auto halten. Zu spät.

Raymond verstaute ihr Gepäck im Kofferraum und half ihr in den Wagen. Nathalie spürte ein leichtes Zittern in ihren Beinen und Händen und hoffte, dass Raymond es nicht merkte.

»Liegt die Fähre schon da?«, fragte sie am Quai de Gare Maritime.

»Ja. Sie nimmt die ersten Passagiere und Autos auf«, bestätigte Raymond. »Und Daniel wartet auf uns.«

»Hallo zusammen.« Daniel schien gute Laune zu haben.

Nach einer kurzen Pause fügte er hinzu: »Fühlen Sie sich nicht wohl, Nathalie?«

»Doch. Ich habe nur letzte Nacht schlecht geschlafen«, sagte sie ausweichend, und Daniel gab sich damit zufrieden.

Nun musste sie also ein Schiff betreten. Sich aufs Wasser wagen. Nach drei Jahren. Dieser Fähre konnte ein Sturm nicht halb so viel anhaben wie einem kleinen Segelboot, natürlich nicht. Aber wenn doch? Sie musste gleich mit zwei Ängsten kämpfen: der Angst um sich selbst und der davor zu versagen, falls irgendjemand Hilfe benötigte. So wie damals. Wenn sie es geschafft hätte, Philippe die Schwimmweste zu bringen, würde er vielleicht noch leben. Sie fürchtete die Ohnmacht, nichts gegen das ausrichten zu können, was möglicherweise geschah. Aber es würde nichts geschehen. Nicht noch einmal.

Nathalie spürte, wie sie sich dennoch verkrampfte, je näher sie der Fähre kamen. Ihre Schritte wurden langsamer, schleppender, was Raymond nicht verborgen blieb, der sich an ihrer Seite hielt. Sie hörte die Wellen, die gegen die Fähre und gegen den Quai schwappten. Sie roch das Meer, hörte eine Möwe kreischen und fuhr erschrocken zusammen. Sie blieb stehen. Sie konnte nicht auf diese Fähre, es war unmöglich.

»Du schaffst das schon«, kam es von Raymond.

Nathalie schüttelte den Kopf. Sie brachte nicht mal ein krächzendes »Nein« heraus. Raymond drückte ihren Arm. »Gib jetzt nicht auf, Nathalie!«

Wieder schüttelte sie den Kopf, entschlossener diesmal. »Ich kann nicht.«

»Doch, du kannst. Wenn du jetzt zurückgehst, wirst du dich selbst hassen.«

Nathalie wusste, dass Raymond Recht hatte, aber das änderte nichts an ihrer furchtbaren Angst.

»Was ist denn?«, hörte sie Daniel von vorn rufen.

»Nichts! Wir kommen gleich!«, rief Raymond zurück. Leiser sagte er zu Nathalie: »Denk an Eileen, denk an ihr Geheimnis, denk an irgendwas, bloß nicht an das Meer.«

Obwohl ihr noch immer übel war, straffte Nathalie die Schultern und machte den nächsten Schritt auf die Fähre zu. Dabei bemühte sie sich, tatsächlich an Eileen zu denken, doch ausgerechnet Cécilie fiel ihr ein. Auf gewisse Weise half auch das, weil es ihre Gedanken zu Raymond führte, vor dem sie sich zusammenreißen musste. Er hielt noch immer ihre Hand, aber statt sie vorwärts zu ziehen, passte er sich ihrer Geschwindigkeit an. Schließlich waren sie bei Daniel angelangt.

»Alles klar?«, fragte er. Er klang besorgt, und merkwürdigerweise fühlte sich Nathalie dadurch beruhigt und beschützt, ähnlich wie durch Raymonds festen Griff. Verwirrt durch diesen Gedanken verpasste Nathalie den Moment, in dem sie ihren Fuß zum ersten Mal auf die Fähre setzte. Erst als sie eine Treppe erklomm, registrierte sie, dass sie längst auf dem Wasser waren, und vergaß alles andere. Ihr Schritt stockte, doch hinter ihnen drängelten die Menschen, also ging sie weiter. Ihre Knie wurden weich, aber das Schlimmste hatte sie hinter sich gebracht. Auch wenn sie noch sicher am Quai lagen, sie war weiter gekommen als in den letzten drei Jahren.

»Besser?«, fragte Raymond leise in ihr Ohr.

»Ja.« Mehr musste sie nicht sagen, Raymond wusste auch so Bescheid.

Sie setzte sich, wartete darauf, dass die Fähre ablegte und umklammerte die Armlehnen des Sessels. Ihre Knöchel wurden wahrscheinlich ganz weiß, sodass Daniel irgendwann auffallen würde, was mit ihr los war.

Als hätte er ihre Gedanken gelesen, sagte er plötzlich: »Sie mögen Schiffe nicht besonders, oder?«

Die saloppe Formulierung brachte Nathalie aus der Fassung. Aber genau das war es, was ihr einen Teil der inneren Anspannung nahm. Sie schüttelte den Kopf und war kurz davor, in ein albernes Kichern auszubrechen. Jetzt wurde sie doch noch hysterisch, dachte sie. »Nein. Kann man nicht behaupten.«

»Deshalb haben Sie auch gestern die Segeltour abgelehnt. Und ich Idiot hab's nicht begriffen. Wenn ich das gewusst hätte ... Man kann doch auch mit einem Flieger nach Guernsey kommen. Sie hätten nur was sagen müssen.«

»Dieser Moment ist so gut oder so schlecht wie jeder andere. Irgendwann muss ich mich ja meiner Angst stellen.« Endlich verstand sie, dass zu all den möglichen Gründen, sich auf diese Reise einzulassen, noch einer hinzu kam: Es konnte helfen, ihre Vergangenheit zu bewältigen, statt sich davon unterkriegen zu lassen. Sie spürte das Rucken, das durch die Fähre ging, das Vibrieren der Motoren, merkte, dass sie langsam an Fahrt zunahmen und versuchte, sich zu entspannen.

Neben sich hörte Nathalie Raymond in seiner Tasche kramen. Nach einer Weile hatte er wohl gefunden, was er suchte, und machte es sich in seinem Sessel bequem. Das Geräusch von Seiten, die umgeblättert wurden, und Daniels Kommentar verrieten Nathalie, dass Raymond einen Reiseführer studierte.

»Kennst du das Ding nicht bald auswendig?«, meinte Daniel amüsiert. »Es sieht ja schon völlig zerlesen aus.«

»Wenn wir auf dieser Insel ein Rätsel lösen wollen, sollten wir uns einigermaßen gut auskennen.«

»Raymond, der Praktische! Was müssen wir also noch alles wissen, abgesehen davon, dass es nur in der Schweiz genauso viele Banken gibt und St. Peter Port reizend und die schönste Stadt der Inseln ist? Wobei mir einfällt: Stimmt das eigentlich? Ist es wirklich so schön, Nathalie?«

»Ganz eindeutig. Es gibt mehrere kleine Häfen mit Booten und Yachten, Castle Cornet sieht beeindruckend trutzig aus und abends ab sechs werden die Bürgersteige hochgeklappt ...«

»Sie klingen wie der Reiseführer, jedenfalls bis auf den letzten Teil«, stellte Daniel lachend fest. »Also hat das Buch dann ja wohl Recht. Was sagt es noch?«

»Eine Menge über die Megalithgräber zum Beispiel. Bisschen älter als das Grab von Eileen. Wie viele von denen hast du dir damals angesehen?«, fragte Raymond. »Hört sich an, als könnte man einen ganzen Tag damit verbringen, von einem Grab zum nächsten zu wandern.«

Allmählich wurde Nathalie klar, dass Raymond und Daniel dieses Gespräch nur angefangen hatten, um sie abzulenken. »Fast, ja. Ich kenne nicht alle, aber die wichtigsten, glaub ich. Auf jeden Fall die, in die man reingehen kann.«

»Reingehen?« Daniel klang entsetzt. »Ist das nicht ein bisschen unheimlich?«

»Wenn man viel Fantasie hat, möglicherweise«, schmunzelte Nathalie.

»Und haben Sie die?«

Nathalie wollte schon den Kopf schütteln, doch dann dachte sie an ihre Albträume und zum ersten Mal wieder an ihre kurze verrückte Vision von Eileen in einem langen weißen Kleid. Früher war sie eher der rationale Typ gewesen, aber wenn man blind war, suchte sich die Seele oder der Geist oder was auch immer offenbar irgendeinen Ausgleich.

»Geht so«, sagte sie ausweichend. Sie hatte nicht mal

Raymond von ihren Träumen erzählt, und dabei würde es bleiben.

Es war war fast zehn, als sie den White Rock Pier am Hafen von St. Peter Port anliefen. Obwohl Guernsey so viel näher an Frankreich als an England lag, richtete sich die Uhr nach englischer Zeit, also war es hier eine Stunde früher als in St. Malo.

Inzwischen gab es kaum noch ein Kapitel aus Raymonds Reiseführer, das sie nicht kannten. Nathalies Angst hatte nachgelassen, war aber keinesfalls endgültig besiegt. Selbst wenn sie jetzt wieder wusste, dass das Meer nicht notwendigerweise ihr Feind war, empfand sie doch Erleichterung bei dem Gedanken, für die nächste Zeit festen Boden unter den Füßen zu haben. Daniel hatte etwas von zwei Wochen gesagt. Wenn sie das Rätsel früher lösen konnten, auch gut, dann würden sie sich eben noch ein paar freie Tage gönnen.

Zwischen Daniel und Raymond verließ sie die Fähre und spürte den leichten Wind auf ihrem Gesicht, der nach der abgestandenen Luft unter Deck gut tat. Trotzdem wünschte sie sich im Moment nichts sehnlicher als ein Bett, in dem sie hoffentlich traumlos schlafen konnte.

Raymond hatte sich schon von St. Malo aus um eine Unterkunft gekümmert und darauf geachtet, dass ihr Hotel in St. Martin's lag, in ebenjenem Ort, in dem sich auch der Friedhof mit Eileens Grab befand. Allerdings hatte er keine Karte der Insel dabei gehabt, sodass sie nicht sicher waren, wo das Hotel lag. Nathalie bekam nicht mit, welche Adresse Raymond dem Taxifahrer nannte, aber es dauerte ziemlich lange, bis der Wagen endlich hielt. Außer dem fernen Rauschen der Wellen war nichts zu hören.

»Wo genau sind wir?«, erkundigte sich Nathalie.

»Saints Bay Hotel.«

»Oh.« Das war eine Überraschung.

»Was nicht in Ordnung damit?«, fragte Raymond.

»Wenig los hier«, befand Daniel, bevor Nathalie dazu kam, etwas zu sagen. »Aber was kann man anderes erwarten von einem überzeugten Dorfmenschen wie dir?«

Nathalie hörte den leichten Spott und stellte sich vor, wie Daniel den Mund verzog. Zum ersten Mal wurde ihr bewusst, dass sie keine Ahnung hatte, wie Daniel aussah. Für einen Sekundenbruchteil kam es ihr so vor, als wäre tief in ihr ein Bild begraben, das ihr Gedächtnis nur abzurufen brauchte, das Bild eines Mannes mit dunklen Haaren. Doch bevor sie mehr davon zu fassen bekam, verschwand es wieder.

Sie schüttelte das irritierende Gefühl ab und bemühte sich um einen neutralen Tonfall, als sie zu Raymond sagte: »Damals hab ich hier auch gewohnt. Du hast so ziemlich die schönste Ecke der Insel ausgesucht.«

»Ha«, machte Raymond befriedigt. »Da hast du's, alter Freund!«

An der Rezeption des Hotels ließen sie sich ihre Zimmer zuweisen. Sie hatten Glück gehabt, in der Hauptsaison kurzfristig überhaupt noch zwei zu bekommen, sodass Daniel und Raymond sich eins teilen mussten. Nathalies lag direkt neben ihrem.

»Brauchst du Hilfe?«, bot Raymond Nathalie an, als er ihren kleinen Koffer auf das Bett stellte und öffnete.

Sie schüttelte den Kopf, weil sie nur noch ins Bett fallen wollte, doch dann überlegte sie es sich anders. »Wie sieht das Zimmer aus? Du könntest mich kurz überall hinführen und mir sagen, was wo ist. Dann finde ich mich die nächsten Tage besser zurecht.«

Raymond berührte Nathalie leicht am Arm und führte

sie langsam zu sämtlichen Möbeln, bis sie sich einigermaßen auskannte.

»Danke. Jetzt habe ich einen ungefähren Eindruck.«

»Gut. Wenn was sein sollte, dann hämmer einfach gegen die Wand, wir sind gleich nebenan!«

»Versprochen!«, versicherte Nathalie. Dann fiel ihr noch was ein. »Raymond – die Tagesdecke und die Gardinen, sind die rot und blau geblümt auf goldenem Untergrund?«

»Ja«, bestätigte Raymond verwundert. »Kannst du ...«

»Nein«, unterbrach Nathalie lächelnd. »Ich wollte nur wissen, ob sich seit damals viel verändert hat. Offensichtlich nicht.«

Nachdem Raymond ihr gute Nacht gewünscht hatte, knipste Nathalie das Licht aus und stellte sich vor das offene Fenster. Sie horchte auf das leise Meeresrauschen und dachte an jenes letzte Mal auf Guernsey. Damals war alles anders gewesen. Immerhin konnte sie sich einigermaßen gut an die Umgebung erinnern. Sie wusste, dass auf der anderen Seite des Parkplatzes ein schmaler Pfad zu den Klippen hinunterführte. Wenn man dem Klippenwanderweg nach rechts folgte, kam man bald zu einer offenen Stelle mit einer Bank, einem Einschnitt in die sonst den Weg säumenden Brombeerhecken. Von der Bank hatte man einen herrlichen Blick über die Saint's Bay und die Moulin Huet Bay. Letztere war eine der beeindruckendsten Buchten von Guernsey, in der man bei Ebbe auf bizarren Felsen herumklettern konnte. Jedenfalls wenn man nicht gerade blind war. Seufzend wandte sie sich ab. Hatte sie nicht behauptet, die Zeit des Selbstmitleids sei vorbei?

Kurze Zeit später lag Nathalie im Bett und stritt mit sich, ob sie nun einschlafen wollte oder nicht. Einerseits war ihr klar, dass sie nach der vergangenen Nacht dringend Schlaf brauchte. Andererseits fürchtete sie den Albtraum. Wer weiß, vielleicht würde er sie gerade jetzt heimsuchen, weil sie sich auf den Kanal hinausgewagt hatte. Aber eigentlich sollte eher das Gegenteil der Fall sein, der Traum sie endlich in Ruhe lassen, weil sie sich überwunden hatte, der Angst gegenüberzutreten.

Nach ein paar Minuten merkte sie, dass ihre Gedanken durcheinander purzelten, ein sicheres Zeichen für den nahenden Schlaf. Auch der Albtraum schien ihr erspart zu bleiben, dachte sie halb unbewusst, als sie diffuse Traumbilder vor sich auftauchen sah.

Da war ein Haus in einer kleinen Straße, viel weiter von der Küste entfernt als das Hotel. Es hatte einen Wintergarten mit einer Menge Grünpflanzen, in dem ein weiß lackierter Korbsessel und ein weißer, runder, mit Schnörkeln verzierter Metalltisch standen. Eine junge Frau mit rotblonden Haaren kam herein und lächelte Nathalie zu, die in dem Sessel saß. Plötzlich standen eine Kanne Tee und eine Tasse neben ihr auf dem Tisch. Die Frau hob die Kanne hoch und schenkte Tee ein. Nathalie schaute in die sich mit goldener Flüssigkeit füllende Tasse. Der Tee bildete einen Strudel, der immer größer wurde. Eigentlich hätte die Tasse längst überlaufen müssen, aber sie schien einen offenen Boden zu haben. Immer mehr Tee floss aus der Kanne in die Tasse, immer heftiger drehte sich der Strudel, der bald Nathalies ganzes Blickfeld einnahm. Sie fühlte, wie sie in den Strudel hineingezogen wurde und ihm schon bald nicht mehr entkommen konnte. Er zog sie hinab in die Tiefe, ins Dunkle, wo es keinen Wintergarten und keine Pflanzen mehr gab, nur noch Schwärze.

12.

Daniel sah von der Tür aus zu, wie Raymond Nathalie am Arm fasste und ihr den Raum erklärte. Sein Blick wanderte zwischen Nathalie und Raymond hin und her, und unwillkürlich drängte sich ihm erneut die Frage nach dem Verhältnis zwischen den beiden auf. Es gab nichts Greifbares, woraus sich schließen ließ, dass sie mehr als Freunde waren, abgesehen vielleicht von der angespannten Situation am Hafen von St. Malo, die sich aber in Wohlgefallen aufgelöst zu haben schien. Raymonds Berührung diente allein dazu, Nathalie zu helfen, den Raum zu erkunden. Trotzdem hatte Daniel das Gefühl, als wären sie so etwas wie eine Einheit, vielleicht sogar, ohne sich dessen bewusst zu sein.

Er kehrte ihnen den Rücken zu und betrat das Nebenzimmer. Es war ein bisschen größer als das von Nathalie, aber ansonsten lag über den Betten der gleiche geblümte Überwurf, die gleiche Lampe hing an der Decke und die gleiche Gardine war vor das Fenster gezogen. Er schob sie ein Stück zur Seite und stellte das Fenster auf Kipp. Draußen fuhr gerade ein Wagen auf den Parkplatz, dessen Scheinwerfer seine Augen blendeten. Trotzdem wandte er sich nicht ab.

Was hatte er eben gedacht? Eine Einheit. Die zahlreichen Affären in seinem Leben waren auch nicht annähernd für etwas Ernsthaftes geeignet gewesen. Wenn er darüber nachdachte, woran das lag, musste er sich selbst analysieren, und danach stand ihm nicht der Sinn. Der einzige Gedanke, den er sich erlaubte, war der, dass er nie gelernt hatte, Gefühle zu zeigen. Von wem auch? Seine Mutter war immer mehr damit beschäftigt gewesen, sich selbst und die Familie zu repräsentieren, als ihren Kindern so was wie Liebe oder Geborgenheit zu geben. Der äußere Schein zählte, nicht, was sich hinter der Fassade abspielte. Und sein Vater? Seinen Vater überhaupt mit Gefühlen in Verbindung zu bringen schien abwegig.

Daniel versuchte, draußen etwas zu erkennen. Aber abgesehen von der kleinen Lampe, die den Parkplatz dürftig erhellte, war jetzt alles wieder dunkel. Geheimnisvolles Guernsey. Alles lag im Dunkeln, die Insel genauso wie die Vergangenheit seines Vaters. Daniel dachte an das Gemälde in der Bibliothek und versuchte sich den Mann, den er vier Jahrzehnte gekannt hatte, hier in dieser Umgebung vorzustellen. Es gelang ihm nicht. Richard Blake passte nicht auf dieses kleine, hübsche Stückchen Land. Richard Blake passte ins pulsierende Geschäftsleben nach London, nirgendwo anders hin, trotz all der Banken und des Geldes, das es auch auf Guernsey gab.

Hinter ihm wurde die Tür geschlossen. Mit Schwung stellte Raymond seine Tasche auf der Kofferablage ab.

»Geht's ihr gut?«, fragte Daniel, in die Gegenwart zurückkehrend.

»Ich denke schon. Sie wird schlafen wie eine Tote nach der Anstrengung.«

»Das braucht sie sicher auch. War vielleicht doch ganz gut, dass du das Hotel hier gebucht hast. Ich meine, wenn Nathalie schon mal hier war, kennt sie sich ja ein bisschen aus.«

»Zustimmung von dir?« Raymond verbeugte sich. »Womit habe ich das verdient?«

Daniel ging nicht auf Raymonds Scherz ein. »Was ist eigentlich mit ihr passiert?«, fragte er und drehte sich endgültig vom Fenster weg. »Wieso hat sie solche Angst vor Wasser oder vor Schiffen? Hat das was mit ihrer Erblindung zu tun?«

Raymond nickte und erzählte Daniel eine Kurzfassung von Nathalies Unfall, während er seine Tasche auspackte und die Sachen in Bad und Kleiderschrank verteilte.

»So was Ähnliches dachte ich mir. Es muss schwer für sie gewesen sein, ausgerechnet mit der Fähre herzukommen.«

»War es wohl.«

»Das ist alles, was du dazu zu sagen hast? Ich finde, das war eine enorme Leistung von ihr!«, sagte Daniel.

Raymond nickte zustimmend. »Ja, du hast Recht.«

»Gibt's einen Grund, weshalb du so wortkarg bist?«

Raymond knallte die Schublade zu, in der er gerade ein paar Hemden verstaut hatte. »Bin ich nicht. Nur müde.«

Daniel legte den Kopf schief und korrigierte sich. Raymond empfand für Nathalie doch mehr als nur Freundschaft. Ob seine Gefühle erwidert wurden, stand allerdings auf einem anderen Blatt. Aber wenn Raymond nicht darüber reden wollte, war das sein gutes Recht. Daniel selbst widerstrebte es, sein Innenleben vor anderen auszubreiten.

»Dann sollten wir schlafen gehen. Ich hoffe, du schnarchst nicht.«

Wenigstens lockte er Raymond damit etwas aus der Reserve. »Keine Sorge, bisher hat sich noch keine beschwert«, grinste er.

»Vielleicht waren sie nur nett«, wandte Daniel ein. »Oder du warst so gut, dass sie lieber die Klappe gehalten haben, als dich aus dem Bett zu jagen ...«

»Ich sag doch, es hat sich noch keine beschwert!«

Daniel schlief erstaunlich gut. Er wachte erst auf, als Raymond im Bad die Dusche anstellte und dann anfing, leise *Yesterday* zu pfeifen. Daniel schüttelte den Kopf, als er die Melodie trotz der falschen Töne erkannte.

»Ich wusste gar nicht, dass du Beatles-Fan bist«, sagte er statt eines Guten-Morgen-Grußes zu Raymond, der kurz darauf aus dem Bad kam und sich die Haare mit einem Handtuch trocken rubbelte. »Aber ich muss schon sagen, *Yesterday* ist irgendwie passend.«

»Deshalb ist es mir wahrscheinlich auch eingefallen. Schließlich sind wir hier, um das Gestern zu ergründen, oder?«

»Absolut«, fand Daniel, dem die Melodie und der Text nicht mehr aus dem Kopf gingen. *Yesterday, all my troubles seemed so far away ...* Irgendwie bezog er das auch auf sich.

Während er noch dabei war, sich ein T-Shirt überzustreifen, klopfte Raymond schon an Nathalies Tür. Daniel fuhr sich mit den Händen durch die Haare und hörte unabsichtlich ihrer Unterhaltung zu. Offenbar hatte Nathalie auf Raymond gewartet.

»Frühstück?«, fragte sie erwartungsvoll.

»In einer Minute. Du siehst ausgeruht aus. Gut geschlafen?«

»Besser als letzte Nacht auf jeden Fall. Wo ist Daniel?«

»Woher weißt du eigentlich, dass er nicht neben mir steht?«, forschte Raymond nach.

Genau das interessierte Daniel auch. Obwohl er sich gerade den anderen beiden anschließen wollte, beschloss er, Nathalies Antwort abzuwarten.

»In diesem Fall liegt es an Daniels Rasierwasser.«

»Wie bitte?«

»Er benutzt *Echo* von Davidoff«, sagte Nathalie, als sei das die natürlichste Sache der Welt.

Daniel hob die Brauen. Volltreffer.

»Ach ja? Ich dachte, du bist Fotografin, nicht Kosmetikerin«, wunderte sich Raymond. »Was nehme *ich* denn?«

Daniel erlaubte sich einen spionierenden Blick auf den

Flur und sah, wie Nathalie ein bisschen übertrieben in der Gegend herumschnupperte.

»Bück dich mal«, bat sie Raymond dann und deutete auf ihre Nase.

Raymond tat ihr den Gefallen und schob seine Wange dicht an ihr Gesicht, sodass Nathalie sie fast mit der Nasenspitze berührte.

Daniel wusste selbst nicht so genau, warum er ausgerechnet in diesem Moment auf den Flur trat. »Stör ich?«

Als wäre er bei irgendwas erwischt worden, richtete Raymond sich ruckartig auf. »Gar nicht. Wir sprachen gerade über dein Aftershave.«

»Über meins? Also, das sieht mir aber ein bisschen anders aus ...«

»Das war nur ein Test«, brummte Raymond.

»Und was kam dabei raus?«

Raymond schaute Nathalie an, die dem Geplänkel gefolgt war. »Ich fürchte, ich habe versagt«, gab sie zu.

»Und woher hast du gewusst, was unser geschätzter Daniel hier benutzt?«

»Weil ich mal mit Florence unterwegs war, als sie ihrem Freund Aftershave zum Geburtstag gekauft hat. Es ist derselbe Duft«, erklärte Nathalie. »Können wir jetzt gehen? Ich hab Hunger.«

Sie frühstückten reichhaltig mit Ei, Speck, Würstchen und jeder Menge Toast mit gesalzener Butter.

»Also, von der ersten Mahlzeit des Tages versteht ihr Engländer wirklich was. Was danach kommt, ist allerdings eher dürftig«, frotzelte Raymond.

»Dann sieh zu, dass es für den Rest des Tages reicht!«, gab Daniel gespielt säuerlich zurück und rächte sich gleich darauf. »Ihr mit eurem bisschen trockenen Baguette und Marmelade, davon kann ja keiner satt werden!«

»Haha!«, machte Raymond, der gerade das letzte Stück Spiegelei mit gebratenem Toast in den Mund schob.

»Wie kommen wir eigentlich zum Friedhof? Hast du einen Wagen gemietet?«, erkundigte sich Nathalie bei Raymond, nachdem sie ihr Besteck zur Seite gelegt hatte. Sie hatte vorhin nicht übertrieben, was ihren Hunger betraf, es war kaum noch ein Krümel auf ihrem Teller.

»Hab ich. Daniel fährt! Ich lege keinen Wert auf diese Linksfahrerei, erst recht nicht auf den engen Straßen. Sieht aus, als müssten die Leute hier mehr ihren Rückwärtsgang einlegen als alles andere.«

»Wenn's eng ist, ist es doch egal, auf welcher Seite du fährst, *mon vieux*«, sagte Daniel trocken, erklärte sich aber bereit, das Steuer des roten Ford zu übernehmen, der auf dem Parkplatz schon auf sie wartete. Noch bevor sie einstiegen, registrierte er allerdings mit Schaudern, wie wenig Platz für seine Beine sein würde, und beschloss im Stillen, den Wagen gegen etwas Größeres zu tauschen.

»Was bedeutet eigentlich dieses riesige H auf den Autos?«, wollte Raymond wissen und deutete auf das gelbe Schild mit dem schwarzen Buchstaben.

»Hired Car«, erklärte Daniel. »Mietwagen. Allerdings hab ich gestern in deinem famosen Reiseführer gelesen, dass die Inselbewohner das gern mal mit ›Horror‹ übersetzen.«

»Die werden wissen, warum. Ich bin hier echt nicht wild aufs Fahren.«

»Ist aber gar nicht so schlimm«, sagte Nathalie. »Ich hab das damals auch geschafft, wenn ihr wollt, kann ich Daniel ablösen.«

Der riss sprachlos die Augen auf. Raymond dagegen lachte, und Daniel begriff, dass er gerade Zeuge von Nathalies typischem Humor geworden war. Er fragte sich dabei, ob das alles echt oder nicht vielmehr eins von ihren Schutzschilden war, mit denen sie versuchte, möglichst unverkrampft mit ihrem Zustand umzugehen und gleichzeitig andere Leute aus der Fassung zu bringen.

»Also, das überlass mal lieber unserem Engländer«, sagte Raymond. »Geübt ist geübt, selbst wenn das hier kein Aston Martin ist.«

»Sie fahren einen Aston?«, fragte Nathalie.

Daniel zuckte mit den Schultern und meinte: »Ist auch bloß ein Fortbewegungsmittel.« Es hatte mal eine Zeit gegeben, da waren ihm solche Dinge wichtiger gewesen. Ab einem bestimmten Alter beeindruckten Statussymbole einfach weniger, und dieses Alter hatte er – vorzeitig, wie es ihm schien – längst erreicht.

Nathalie setzte sich nach hinten, während Raymond vorn mit einer Karte auf den Knien Platz nahm. Kaum hatte Daniel den Wagen auf die schmale Straße gelenkt, kam ihnen ein Lieferwagen entgegen.

»Rückwärtsgang!«, sagte Raymond gut gelaunt.

Daniel fuhr ein Stück zurück, sodass der Lieferwagen auf den Hotelparkplatz einbiegen konnte, dann waren sie endgültig unterwegs. Raymond dirigierte sie auf die Hauptstraße, auf der sie am Abend zuvor gekommen waren. Außer einem Bus und einigen kleinen Mietwagen kam ihnen auf dem Weg niemand mehr entgegen, weshalb sich Daniel beim Fahren die Gegend ansehen konnte. Lauter kleine Häuser, oft aus naturbelassenen oder mit Farbe übertünchten Granitsteinen, viele grüne Hecken, alles in allem recht beschaulich. Wieso gefiel ihm das sogar noch besser als St. Malo?

»Und hier soll ein Mord passiert sein?«, fragte er in die Stille hinein. »Unvorstellbar, Dramen gehören nicht in dieses betuliche Leben.« Wen versuche ich da zu beruhigen?, dachte Daniel. Schließlich kam sein Vater direkt aus der großen Stadt, er konnte die rauen Sitten ohne weiteres mitgebracht haben.

»Da wäre ich mir nicht so sicher. Auch in St. Mary Mead geschehen Morde, und da ist es normalerweise mindestens so friedlich wie hier«, sagte Nathalie.

»Wo?«, fragte Raymond verdutzt.

Daniel lachte. »Nie Agatha Christie gelesen? St. Mary Mead ist Miss Marples Dorf.«

»Ach du liebe Zeit«, seufzte Raymond. »Zwei Krimifans unter sich? Ich muss gestehen, dass ich schon ganz zufrieden wäre, wenn wir diese Geschichte hier klären könnten, möglichst ohne weitere Morde.«

In St. Martin's fanden sie schnell den die Kirche umgebenden Friedhof und einen Parkplatz. Raymond hakte Nathalie unter und verharrte dann vor dem Eingang zum Friedhof. Zu dritt standen sie vor der Gran'mère du Chimquière, die Daniel bisher nur von einem Foto aus dem Reiseführer kannte. Sie war in der Tat beeindruckend, besonders, wenn man ihr unglaubliches Alter bedachte. Eigentlich sollte Daniel so schnell wie möglich zu Eileens Grab kommen, aber etwas hielt ihn zurück. Stattdessen wollte er lieber noch den zu einer Frauenfigur behauenen Stein betrachten. Die Gran'mère bestand aus einem einzigen großen Stück, der deutlich geformte Kopf hob sich von den gerundeten Schultern ab, alle anderen Merkmale des Körpers waren dagegen nur wie ein mehr oder weniger ausgeprägtes Relief in den Stein gemeißelt worden.

»Hängen Blumen um sie herum?«, wollte Nathalie wissen.

»Schon ein bisschen verblüht«, stellte Daniel fest, der den Kranz aus pinkfarbenen Gerberas vorsichtig mit den Fingerspitzen berührte.

»Dann ist die Hochzeit wahrscheinlich ein paar Tage her«, meinte Nathalie und erklärte Daniel, was es mit der Bitte um Fruchtbarkeit und der Gran'mère auf sich hatte.

»Sie ist einmalig.« Daniel trat näher und fuhr mit der Hand über die Formen des Gesichtes, der Haare, der Brüste und des Gürtels der Statue, dann glitt sein Blick tiefer auf einen schräg durch die Gran'mère gehenden Riss. Er beugte sich ein Stück herunter, um ihn genauer anzusehen. »Was ist das?«

Ohne dass er überhaupt erläutern musste, was er meinte, übernahm Nathalie wieder die Rolle der Reiseleiterin. »Irgendwann hat irgendein Priester gefunden, dass solche Bräuche Gott verärgern könnten. Er wollte die Gran'mère nicht mehr hier haben, und man hat sie zerstört. Sie ist dann aber trotzdem wieder aufgestellt worden, den heidnischen Glauben konnte man wohl nie ganz ausmerzen.«

Während Nathalie erzählte, wurde Daniel klar, dass an der Binsenweisheit schon was dran war. Blinde entwickelten tatsächlich zum Ausgleich andere Sinne sehr viel weiter als Sehende. Trotzdem verblüffte ihn Nathalies Fähigkeit, scheinbar seine Gedanken lesen zu können.

Raymond trat von dem Menhir zurück und griff nach Nathalies Hand. »Dann wollen wir uns mal von der Gran'mère losreißen und uns ansehen, wozu wir hergekommen sind. Weißt du noch, wo das Grab liegt?«

»Ungefähr«, nickte Nathalie und betrat mit Raymond an ihrer Seite den Friedhof.

Daniel blieb einen Schritt hinter ihnen zurück. Er war immer noch nicht erpicht darauf, endlich vor Eileens Grab zu stehen, obwohl er nichts unversucht gelassen hatte, es zu finden.

Jetzt hielt Nathalie noch einmal inne. »Warte«, sagte sie. »Hier müsste sich der Weg nach rechts und links gabeln. Nach rechts geht es zum Kirchenportal, oder?«

Daniel, der sie eingeholt hatte, bestätigte das. »Richtig. Ganz hübsch übrigens, diese Ornamente über der weißen Pforte.«

»Wir müssen nach links«, entschied Nathalie und zog Raymond mit sich. Den leicht bergauf führenden Weg säumte eine Reihe alter Gräber.

»Wie kommt es, dass dir das noch so genau einfällt?«, fragte Raymond. »Ist doch schon eine ganze Weile her.«

»Weil ich mich an das Licht von damals erinnere. Ich weiß, zu welcher Tageszeit ich damals hier war, wo die Sonne stand und in welche Richtung ich gegangen bin. Als Fotograf merkst du dir so was für den Fall, dass du nochmal zu einer anderen Zeit wiederkommst. Du weißt dann, wie das Licht an derselben Stelle stehen wird und auch, wie das auf einem Foto wirkt. Aber jetzt weiß ich nicht mehr weiter. Ich erinnere mich nur noch, dass Eileens Grab nicht an diesem Hauptweg, sondern ein Stück weiter links lag.«

Suchend schauten Daniel und Raymond sich um. Sie standen ziemlich genau in Höhe der kleinen Kirche, der Weg führte wieder hügelabwärts.

»Da!«, rief Raymond und zeigte schräg über einige aufragende Steine hinweg auf ein keltisches Kreuz.

Daniels Blick folgte Raymonds ausgestrecktem Finger. Er wusste sofort, dass dieses Kreuz dort hinten tatsächlich das richtige war, und starrte regunglos hinüber.

»Was ist? Wollen wir nicht hingehen?«, fragte Nathalie.

Es fiel Daniel schwer, seine Beine dazu zu zwingen, sich in Bewegung zu setzen. Er musste sich zusammenreißen. Entschlossen setzte er einen Fuß vor den anderen und achtete nicht mehr auf Raymond und Nathalie. Je näher er kam, desto mehr schien seine Umgebung zu verschwimmen, nur das keltische Kreuz stach in aller Deutlichkeit aus dem unscharfen Bild hervor. Unmittelbar am Hauptweg standen hintereinander zwei große schlichte Steinsarkophage, die Daniel jedoch nicht wahrnahm, obwohl er an ihnen vorbeigehen musste, um die wenigen Stufen hoch zu Eileen Duras' Grab zu gelangen. Dann trennte ihn nur noch ein halber Schritt von dem Stück Erde, unter dem ihre Überreste ruhten. Wie in Zeitlupe bückte er sich und holte sich eine Schramme an einer der leicht rostig gewordenen eisernen Lilien der Gitterumrandung. Er merkte es nicht mal, sondern las die verwitterte Inschrift. Alle Geräusche auf dem Friedhof waren verstummt, jedenfalls kam es Daniel so vor. Es herrschte im wahrsten Sinne des Wortes Totenstille – bis er hinter sich eine Bewegung wahrnahm und sich wieder aufrichtete.

»Eileen Duras, 1931–1952«, las Raymond vor.

Dankbar registrierte Daniel, dass offenbar niemand bemerkt hatte, wie nahe ihm das hier ging. Nicht einmal Nathalie, die enttäuscht nachhakte: »Mehr nicht? Nur ihr Name und die Daten?«

»Was hast du erwartet?«

»Keine Ahnung, irgendwas mit *In ewiger Liebe* oder wenigstens *Ruhe in Frieden.* Sie ist doch noch so jung gewesen, sie muss eine Familie gehabt haben.«

»Wenn sie keine hatte, liegt sie zum Ausgleich wenigstens in prominenter Nachbarschaft«, stellte Raymond fest, während er auf das große, prächtige Grab auf der anderen Seite des Weges deutete. »Die Sausmarez-Sippe war jahrhundertelang tonangebend auf Guernsey.«

Nur flüchtig warf Daniel einen Blick hinüber. »So jung«,

wiederholte er dann Nathalies Worte, als hätte Raymond überhaupt nichts gesagt. »Einundzwanzig, mein Gott. Aber ein Mörder fragt vermutlich nicht nach dem Alter seines Opfers.«

Alle drei schwiegen, bis Raymond sich räusperte. »Hör mal«, wandte er sich an Daniel, »hast du nicht gesagt, dein Vater hätte 1952 die Firma übernommen?«

Daniel schürzte die Lippen. Es bereitete ihm Schwierigkeiten, sich auf etwas anderes als Eileen zu konzentrieren. »Da fing er an, sich richtig reinzuknien, ja.«

»Wann hat er deine Mutter geheiratet?«, bohrte Raymond weiter.

»Fünfundfünfzig.«

»Dann wäre es durchaus möglich gewesen, dass er Eileen vorher gekannt hat.«

»Wäre es wohl.« Nachdenklich schaute Daniel wieder auf das Grab und knüpfte an Nathalies Bemerkung an. »Dass sie hier so ... allein liegt, deutet eher darauf hin, dass sie keine Familie hatte. Sonst wäre sie doch sicher bei ihren Eltern begraben worden. Oder wenigstens ihre Eltern später bei ihr.«

»Das war leider nicht möglich«, erklang neben ihnen eine Stimme.

Raymond und Daniel fuhren herum, selbst Nathalie erschrak.

Vor ihnen stand eine ältere Frau in einem dunkelgrünen Kostüm und einem farblich passenden Hut auf den weißen Haaren. An ihrem rechten Arm baumelte eine Handtasche, über ihrem linken hing ein leichter Sommermantel. Blassblaue Augen musterten erst die beiden Männer und dann Nathalie.

Daniel fasste sich als Erster. »Wieso nicht möglich?«

»Weil Eileen Duras' Familie während des Krieges evakuiert wurde und dann leider den Bombenhagel in London nicht überlebt hat. Nur Eileen ist nach dem Krieg zurückgekommen und bei ihrer Tante aufgewachsen.«

»Wie kommt es, dass Sie darüber so genau Bescheid wissen?«, fragte Daniel.

Sie antwortete nicht gleich, sondern blickte die drei Fremden nacheinander an, als wolle sie sie einer Prüfung unterziehen. »Und wie kommt es, dass Sie das interessiert?«, konterte sie schließlich mit einem kühlen Lächeln.

»Wir finden alte Gräber allgemein sehr faszinierend«, antwortete Daniel ausweichend.

»Ach, wirklich?« Das Lächeln wurde etwas breiter. »Dann sind Sie hier falsch. Sie sollten sich Le Déhus anschauen oder La Varde. Das sind wirklich alte Gräber. Dieses hat erst ein halbes Jahrhundert auf dem Buckel.«

»Aber vielleicht eine interessante Geschichte. Immerhin ist diese Eileen sehr früh gestorben«, gab Daniel herausfordernd zurück. Er wusste nicht recht, was er von der Frau halten sollte. Zweifellos verfolgte sie irgendeinen Zweck mit ihrer Fragerei.

»Das passiert manchmal, nicht wahr? Menschen werden krank oder haben Unfälle. Daran ist nichts geheimnisvoll.«

Nathalie räusperte sich. »Daniel, vielleicht sollten Sie ...«

»Oh, Sie sind Französin?«, wandte sich die alte Dame an Nathalie. Bisher hatte sie nur mit Daniel gesprochen und vermutlich angenommen, dass seine Begleiter ebenfalls aus England kamen.

Nathalie nickte. »Mein Name ist Nathalie Vincent. Das sind Raymond Lasserre und Daniel Blake. Und tatsächlich haben wir genau dieses Grab gesucht.«

Daniel blieb die kurze Verwirrung der Frau nicht verborgen, als sie bemerkte, dass Nathalie sie nicht direkt ansah.

Sie erholte sich jedoch schnell wieder. Nur ab und zu, während Daniel seine Geschichte zusammenfasste, huschte ihr Blick zu Nathalie hinüber.

»Das ist ja wirklich ungewöhnlich«, fand sie, als Daniel geendet hatte. »Da sind Sie alle auf unsere Insel gekommen, um das Grab einer Frau zu besuchen, die Sie nie kannten und von der Sie nichts wissen.«

»Aber Sie wissen etwas über Eileen«, schaltete sich Raymond erstmals ein.

Die Frau nickte. »Das stimmt. Ich habe Eileen gut gekannt.«

»Gekannt?«, kam es von Nathalie und Raymond wie aus einem Mund. Daniel hielt den Atem an.

»Natürlich. Aber ich bin unhöflich, ich habe mich noch nicht mal vorgestellt. Mein Name ist Rose Fuller. Eileen war meine beste Freundin.«

13.

Nathalie und Raymond lehnten am Castle Pier, dem Fußweg zu Castle Cornet, das einst St. Peter Port als Festung gedient hatte. Zum Nachmittagstee waren sie bei Rose Fuller eingeladen, die ihnen von Eileen erzählen wollte. Bis dahin zeigte Nathalie Raymond die Stadt, damit er selbst beurteilen konnte, ob der Reiseführer nun übertrieben hatte oder nicht. Die Stadt war wirklich hübsch und schmiegte sich geradezu elegant den Hügel hinauf, der direkt hinter dem Hafen begann. Daniel hatte sich abgesetzt und wollte sich nach einem anderen Mietwagen umsehen.

Der Wind spielte in Nathalies Haaren, und sie verspürte kaum noch Angst bei dem Geräusch des Meeres hinter ihr in der Havelet Bay. Sie war irritiert, weil Raymond seit längerem schwieg.

»Hier lässt es sich aushalten, was?«, sagte sie schließlich.

»Ja, man kann durchaus verstehen, dass Victor Hugo sich diese Gegend ausgesucht hat, um sein Haus einzurichten. Wenn man schon ins Exil muss, dann lebt es sich hier wahrscheinlich noch am besten.«

Nathalie hatte das Victor-Hugo-Haus schon bei ihrem letzten Besuch besichtigt und deshalb im Garten auf Raymond und Daniel gewartet, die beide ausgesprochen beeindruckt von der Führung gewesen waren. Sie verzog das Gesicht. Leben im Exil. Manchmal fühlte sie sich genauso. Nach Philippes Tod hatte sie nicht geglaubt, noch einmal so etwas wie Liebe zu irgendeinem Mann empfinden zu können. Aber bei Raymond war sie dicht dran. Sie spürte, dass sie sich mehr und mehr zu Raymond hingezogen fühlte, schon in St. Malo war das so gewesen. Damals hatte sie auf Freundschaft gehofft und Mitleid gefürchtet. Als Raymond ihr dann den eigentlich besten Beweis dafür geliefert hatte, dass er überhaupt nicht daran dachte, sie zu bemitleiden, war sie ausgerastet und hatte sich selbst bemitleidet. Anscheinend konnte man es ihr nicht recht machen. Nathalie seufzte.

»Was ist denn so schrecklich?«, erkundigte sich Raymond.

Ertappt wandte Nathalie sich ab. »Ich dachte nur gerade an Eileen.«

Raymond schwieg wieder, dann sagte er leise: »Du bist nicht besonders gut im Lügen.«

»Dann sollte ich das wohl besser lernen, oder?« Sie probierte denselben Satz dreimal hintereinander in verschiedenen Betonungen und verändertem Gesichtsausdruck. Zum Schluss lachten beide, und Nathalie hatte erreicht, was sie wollte. Raymond ließ sie in Ruhe.

Schließlich tauchte auch Daniel wieder auf, der den Ford gegen einen Rover getauscht hatte. Als sie sich zu dritt auf den Weg zu Rose machten, meinte er: »Mir ist da vorhin was eingefallen: Könnte Mrs Fuller die Frau sein, der Sie damals auf dem Friedhof begegnet sind?«

Wenig überzeugt schüttelte Nathalie den Kopf. »Ich kann's nicht beschwören, aber eigentlich glaube ich das nicht. Die Frau damals erzählte ziemlich offen, während Mrs Fuller gezögert hat, mit der Geschichte rauszurücken. Sie war ja erst bereit, uns zu mehr zu sagen, als Sie ihr den Grund verraten haben.«

Rose Fullers Cottage stand in der Route des Blanches. Der kleine Vorgarten musste aussehen wie ein Blumenparadies, Nathalie roch den Duft der Lavendelsträucher und Petunien.

Als Mrs Fuller die Tür öffnete, hörte Nathalie nur noch Herzlichkeit in ihrer Stimme, nichts mehr von der vorsichtigen Zurückhaltung am Morgen. Bald saßen alle vier in ihrem Wohnzimmer und aßen Scones mit Butter und Marmelade. Am Vormittag, erklärte sie, war sie auf dem Friedhof gewesen, um ein wenig am Grab ihres Mannes zu sitzen.

»Anschließend wollte ich Eileen einen Besuch abstatten. Das tue ich immer, wenn ich auf dem Friedhof bin, wissen Sie. Gott sei Dank habe ich mein kleines Auto, sonst käme ich sicher nicht jede Woche hin. Meine Beine lassen mich manchmal ein bisschen im Stich.«

»Sie besuchen Eileens Grab jede Woche, Mrs Fuller?«, fragte Daniel verwundert.

»Oh bitte, nennen Sie mich Rose!«, antwortete sie. »Ich

komme mir sonst so alt vor! Natürlich *bin* ich alt, das weiß ich, aber ich fühle mich einfach jünger, wenn wir uns mit Vornamen anreden. Einverstanden?«

»Gern!«, stimmte Daniel für sie alle zu. »Obwohl Sie überhaupt keinen Grund haben, sich alt vorzukommen, wenn ich das sagen darf.«

Rose lachte auf. »Sie dürfen! Aber ich kenne mein Geburtsdatum nur zu gut.« Dann wurde sie wieder ernst. »Um auf Ihre Frage zurückzukommen: Selbstverständlich besuche ich Eileens Grab regelmäßig. Würden Sie das für Ihren Freund nicht auch tun, vor allem, wenn Sie sowieso in der Gegend sind?«

Rose schenkte noch einmal Tee nach und reichte die Platte mit den Scones herum. Es fiel Natalie leicht, sie sich dabei vorzustellen, weil Raymond sie ihr so plastisch beschrieben hatte. Dann hörte sie, wie die Platte auf den Tisch zurückgestellt wurde und Rose sich zurücklehnte. Möglicherweise schaute sie ähnlich wie bei ihrer ersten Begegnung wieder alle der Reihe nach an. Raymond hatte das so anschaulich geschildert, dass Nathalie es förmlich vor sich sah. Wie mochte sie ihre Besucher wohl wahrnehmen? Daniel kam ihr vielleicht ein wenig unsicher und neugierig zugleich vor. Raymonds Blick war sehr wahrscheinlich geprägt von professionellem Interesse, obwohl selbst er nach all den mühevollen Recherchen eine gewisse Anspannung nicht ablegen konnte. Schließlich spürte Nathalie wieder einmal, dass sie selbst gemustert wurde.

»Sie sollten mehr Zeit im Freien verbringen, Nathalie«, sagte Rose und tätschelte ihre Hand. »Dann würden Sie noch mehr von diesen Sommersprossen kriegen, die da auf Ihrer Nase sprießen.«

Dann wandte sie sich um und meinte: »Sie sollten dafür

sorgen!« Das galt einem der beiden Männer, und Nathalie hätte Rose in diesem Moment am liebsten die Augen ausgekratzt. Dabei war sie nicht mal sicher, ob das daran lag, dass Rose meinte, jemand müsse auf sie aufpassen. Oder daran, dass sie nicht wusste, wen sie angesprochen hatte, weil weder Raymond noch Daniel darauf antworteten. Stattdessen war es Rose, die weitersprach.

»Sie wollen Eileens Geschichte hören? Also gut: Eileen Duras ermordete ihren Mann. In ihrer Hochzeitsnacht. Danach hat sie ihr Haus angezündet und sich selbst von den Klippen ins Meer gestürzt.«

Beinah gespenstische Stille herrschte in Roses kleinem Wohnzimmer. Nicht mal ein Vogelzwitschern war von draußen zu hören. Nathalie hatte das Gefühl, dass irgendwas ihr die Luft abschnürte. Sie dachte an den Tag zurück, an dem sie in ihrer Werkstatt gestanden und diese Vision von Eileen gehabt hatte, die im Sturm an den Klippen entlanglief. Sie erinnerte sich sogar daran, welche Worte sie ihr in den Mund gelegt hatte, ohne zu wissen, dass Eileen Duras am diesem bedeutsamen Tag gestorben war: *Sie wusste nur eins: In ihrer Hochzeitsnacht würde ein Unglück geschehen.*

Durch ihren innerlichen Aufruhr bekam sie kaum mit, dass Daniel etwas gesagt hatte. Sie zwang sich, sich auf ihre Umgebung zu konzentrieren und ihr Erlebnis für den Augenblick zu vergessen.

»Moment mal«, fing Daniel offenbar schon zum zweiten Mal an, und etwas in seinem Tonfall ließ Nathalie aufhorchen. Sie spürte seine Anspannung. Kein Wunder eigentlich, was Rose da sagte, passte ja überhaupt nicht zu dem, was bisher alle angenommen hatten. »Wollen Sie damit sagen, es war gar nicht Eileen, die ermordet wurde?«

»Wie kommen Sie denn da drauf? Niemand hat je so etwas behauptet.«

Rose hatte Recht. Nathalie war sich nicht mehr sicher, was jene andere Frau ihr damals erzählt hatte. Trotzdem waren Raymond, Daniel und sie immer davon ausgegangen, dass Eileen das Opfer war. Und mit einem Mal begriff Nathalie, weshalb Daniel hier wirklich so unter Strom stand. Er musste davon ausgegangen sein, dass sein Vater in diesen Mord verstrickt war, ihn vielleicht sogar selbst auf dem Gewissen hatte.

Unwillkürlich streckte sie die Hand nach Daniel aus, der neben ihr saß. Sie fand seine und berührte sie kurz, wie um ihm zu sagen, dass sie ihn verstand. Nach einem Augenblick nahm sie die Hand wieder zurück. Sie wollte sich nicht aufdrängen, und außerdem begann Rose Eileens Geschichte von Anfang an zu erzählen.

»Eileen war meine Schulfreundin. Dann kam der Krieg, und ihre Eltern beschlossen, Guernsey zu verlassen. Nicht so sehr um ihrer selbst willen, aber sie brachten es nicht über sich, nur ihre Tochter nach England zu schicken, also gingen sie alle drei. Wir hatten zu der Zeit ständig zusammengesteckt, und ich lag meinen eigenen Eltern in den Ohren, auch nach England zu gehen, aber die wollten davon nichts wissen. Hätten sie geahnt, was uns allen hier bevorstand und dass Churchill die Inseln einfach opferte und uns alle aushungerte, wären sie vielleicht anderer Meinung gewesen.«

»Das hat Churchill getan?«, fragte Raymond entsetzt.

»Nun ja, man kann das so ausdrücken. Wenn Sie möchten, kann ich Ihnen gelegentlich eine Menge über die Zeit der deutschen Besatzung hier erzählen. Zum Schluss haben wir alle gehungert, Besatzer und Besetzte. Es mag merkwürdig klingen, aber es gab Fälle, da hat das die Deutschen und die Inselbewohner fast zusammengeschweißt. Die vielen Zwangsarbeiter aber, die hier sinnlos geschuftet haben, mussten am meisten leiden.«

Nathalie schauderte. Sie kannte den Krieg nur aus Erzählungen ihrer Großeltern. Ihre Eltern waren noch Kinder gewesen und hatten nicht allzu viel von den schlimmen Jahren mitbekommen. Über das Schicksal der Kanalinseln während des Zweiten Weltkriegs wusste sie so gut wie nichts.

Raymond murmelte etwas Undeutliches, während Daniel sagte: »Mich würde das sehr interessieren. Mein Vater war ziemlich aktiv im Krieg, müssen Sie wissen.«

»Ein Kriegsheld?«, fragte Rose.

»Lässt sich nicht leugnen. Irgendwo in irgendeiner Schublade zu Hause liegen haufenweise Orden.«

»Rule, Britannia ...« Roses Stimme klang ironisch.

»Zweifellos«, sagte Daniel bitter.

Wieso?, fragte sich Nathalie. Sie rief sich ins Gedächtnis, was Raymond ihr über Richard Blake erzählt hatte, und kam zu dem Schluss, dass für Daniels Vater offenbar alles wichtig gewesen war, bloß nicht sein Sohn. Bevor sie es verhindern konnte, folgte sie einem Impuls und streckte schon wieder die Hand nach Daniel aus. Mitten in der Bewegung kam sie sich albern vor und griff stattdessen nach dem Scone auf ihrem Teller. Sie erwischte ihn nicht gleich und stieß gegen etwas aus kaltem Porzellan, das fast umfiel – das Milchkännchen. Dann spürte sie plötzlich eine andere Hand, die ihre führte. Daniels. Normalerweise hasste sie diese Art Hilfe, doch jetzt kam sie ihr ganz natürlich vor. Sie drehte den Kopf zur Seite und lächelte dankbar.

»Natürlich kann niemand wissen, wie alles ausgegangen wäre, wenn Eileens Familie sich anders entschieden hätte«, fuhr Rose fort. »Aber das Schicksal wollte es, dass Eileen als Einzige überlebte und nach dem Krieg zurückkam. Sie war damals vierzehn und wurde von ihrer Tante aufgenommen, die in St. Sampson's lebte. Ihr Onkel, der Bruder von Eileens Mutter, war kurz zuvor gestorben. Sie hatten keine Kinder gehabt, und so schien es nur logisch, dass die beiden sich zusammentaten.«

»Waren Sie froh, Ihre Freundin wiederzuhaben?«, fragte Nathalie.

Rose zögerte. »Ehrlich gesagt hatte ich Angst.«

»Angst?«

»Ja. Eileen war so lange fort gewesen, und ich wusste, was sie durchgemacht hatte. Früher waren unsere Leben gleich verlaufen, aber ihres hatte diese furchtbare Wendung genommen. Auch wenn es hier auf Guernsey nicht immer leicht war, lebten immerhin meine Eltern noch. Ich hatte nicht so viel verloren wie sie.« Sie machte eine Pause. »Menschen verändern sich auch ohne solch schreckliche Erlebnisse.«

»Und wie ist es Ihnen mit Eileen ergangen?«

Rose klang wieder fröhlicher. »Wie sich herausstellte, waren meine Befürchtungen ganz umsonst gewesen. Eileen kam ernster zurück, nachdenklicher, aber sie war noch immer meine Freundin, und manchmal alberten wir herum wie früher. Ich vertraute ihr alles an und sie mir. Zumindest dachte ich das.«

»Aber so war es nicht?«, hakte Raymond nach. »Eileen hatte Geheimnisse vor Ihnen?«

»Nun, eigentlich nur eins. Das allerdings habe ich ihr damals ziemlich übel genommen. Wir waren junge Mädchen und natürlich an jungen Männern interessiert, wir hechelten alle durch, die wir kannten – und mit einigen, na ja, mit einigen war da auch ein bisschen mehr. Aber dann kam Jack. Mit Jack war das anders, Jack war älter als die Jungs, mit denen wir uns sonst trafen. Ich hatte mich gerade verlobt, und wohl auch deshalb habe ich gar nicht gemerkt, was passierte. Eileen verliebte sich in Jack Wilson. Das ging schon eine ganze Weile so, bevor sie mir davon erzählte. Ich war, gelinde gesagt, erstaunt und gar nicht damit einverstanden.«

»Warum das denn nicht? Weil er älter war?«, erkundigte sich Nathalie.

»Auch. Aber hauptsächlich, weil er keiner von uns war.«

»Sie meinen, er kam nicht von Guernsey«, stellte Daniel klar.

»Richtig. Er wäre auch keiner von uns gewesen, wenn er von Jersey gekommen wäre, nebenbei gesagt. Aber Jack Wilson kam von noch weiter weg, nämlich aus der Grafschaft Devon in England. Und das war ungefähr gleichbedeutend mit China.«

Raymond lachte auf. »Im Ernst?«

»Über solche Dinge scherzt man nicht!«, stellte Rose fest, fiel aber dann in Raymonds Lachen ein. »Möchte jemand noch Tee?«

Keiner wollte jetzt, dass die Geschichte unterbrochen wurde, alle lehnten das Angebot ab. Gespannt beugte Nathalie sich vor. »Eileen wollte also Jack Wilson heiraten.«

»Ja, man stelle sich das vor!«

»Was tat dieser Jack eigentlich? Ich meine, weshalb war er überhaupt von England auf die Insel gekommen?«, wollte Daniel wissen.

»Er sagte, er hätte seine Familie im Krieg verloren – was meiner Meinung nach auch dazu beitrug, dass Eileen sich zu ihm hingezogen fühlte. Er war genauso allein wie sie.

Ein bisschen war er wohl durch die Lande gezogen, hatte hier mal Arbeit angenommen und da. Auf Guernsey gefiel es ihm, also blieb er.«

»Was hat er gearbeitet?« Wieder kam die Frage von Daniel.

»Oh, er war Gärtner. Ein ganz ausgezeichneter übrigens, das muss man schon sagen!«

»Gärtner!« Irgendwie hatte Nathalie das Gefühl, dass sie nicht die Einzige war, die etwas Spektakuläreres erwartet hatte.

»Und was ist dann in der Hochzeitsnacht passiert?«, fragte Raymond.

Roses Stimmung schlug plötzlich um. Sie ließ sich Zeit mit der Antwort. »Wenn ich das wüsste, könnte ich ruhiger sterben«, sagte sie schließlich. »Auf der Feier war noch alles ganz normal, Eileen war so glücklich.«

»Und Jack?« Nathalie wollte nicht in den Kopf, dass auf der Hochzeit alles wunderschön gewesen sein und dass Eileen ein paar Stunden später ihren Ehemann getötet, ihr Haus in Brand gesteckt und sich selbst ins Meer gestürzt haben sollte.

»Jack? Natürlich habe ich mir hinterher den Kopf darüber zerbrochen, ob irgendwas Ungewöhnliches an seinem Verhalten gewesen war, aber ich kann mich an nichts erinnern. Während der Feier waren beide mal für kurze Zeit verschwunden, und ...«

»Das nennen Sie nichts Ungewöhnliches, Rose?«, unterbrach Raymond. »Wo sind sie denn gewesen?«

»Das weiß ich nicht, aber es kann sich höchstens um zwanzig Minuten gehandelt haben, und in ihrem Verhalten hatte sich absolut nichts verändert, falls Sie vermuten, sie hätten gestritten oder so.«

»Wäre doch trotzdem möglich. Irgendwas muss schließlich in den zwanzig Minuten passiert sein, und wenn sie wirklich eine Auseinandersetzung gehabt haben sollten, legten sie bestimmt keinen Wert darauf, dass irgendjemand davon erfuhr.«

»Ich kann mir überhaupt keinen Grund für einen Streit vorstellen«, wandte Rose ein.

»Geld?«, schlug Raymond vor.

»Wieso Geld?«

»Er meint, ob Eileen vielleicht Geld gehabt und Jack sie deswegen geheiratet hat«, sagte Nathalie, die Raymonds Gedankengang gefolgt war. »Wenn das so war, könnte Eileen das irgendwie erfahren und deshalb Jack getötet haben. Und sterbensunglücklich, weil sie getäuscht worden war, nahm sie sich anschließend das Leben.«

Zu Nathalies Erstaunen brach Rose in Lachen aus. Es klang hell und klar, gar nicht wie das einer alten Frau, eher wie das eines Mädchens. Für einen Moment sah Nathalie eine junge Frau vor sich, mit rotblonden Haaren, die in weichen Wellen auf ihre Schultern fielen. In der Hand hielt sie eine Teekanne. Dann wurde Nathalie bewusst, dass sie Rose das Aussehen jener Frau aus ihrem Traum gegeben hatte, der Frau in dem Wintergarten.

»Das ist wirklich eine absurde Vorstellung! Eileens Eltern haben ihr ein bisschen was hinterlassen, das ist wahr, aber keine Reichtümer. Es reichte gerade für das Haus am Icart Point.« Sie machte eine kurze Pause, bevor sie den Faden wieder aufnahm. »Glauben Sie mir, niemand auf dieser Feier hat sich auffällig benommen, alles war so, wie es sein sollte. Irgendwann haben Jack und Eileen sich verabschiedet, während der Rest von uns weiterfeierte. Das war das letzte Mal, dass ich sie lebend sah.«

Rose griff nach ihrer Tasse, obwohl der Tee mittlerweile bestimmt kalt geworden war. »Was tatsächlich in jener

Nacht geschah, werden wir wohl nie erfahren. Gegen Mitternacht wurde die Feuerwehr gerufen, weil ein Nachbar das Haus brennen sah. Es stand etwas abgelegen über den Klippen, deshalb wurde der Brand nicht sofort bemerkt. Die Feuerwehrleute löschten, was es noch zu löschen gab, sahen aber gleich, dass sie niemanden würden retten können, falls sich noch jemand im Haus befand. In den Ruinen suchte man nach Eileen und Jack, doch man fand nur eine Leiche, und zwar die eines Mannes, beinah bis zur Unkenntlichkeit verkohlt. Vielleicht hätte man sich nicht mal die Mühe einer Autopsie gemacht, wenn Eileens Leiche ebenfalls gefunden worden wäre. Dann hätte man sicher auch nicht die Kugel gefunden, die in Jacks Körper steckte.«

»Das heißt, die Polizei hat tatsächlich einen Mord in Betracht gezogen? Weshalb?«

»Weil Eileen verschwunden war«, mutmaßte Raymond auf Nathalies Frage hin. »Ist doch merkwürdig, dass ein Mann in seiner Hochzeitsnacht allein in seinem Haus verbrennt, und die Gemahlin hat sich in Luft aufgelöst.«

Mit einem Mal begann Nathalie zu zittern. Ihr wurde furchtbar kalt, obwohl es warm war im Raum. Kälte ergriff von ihr Besitz und wanderte von den Zehenspitzen bis zum Haaransatz. Sie schlang die Arme um ihren Körper und bemühte sich, sich nichts anmerken zu lassen.

»Und wann hat man Eileen gefunden?«, hörte sie Daniel fragen. Seltsamerweise klang seine Stimme irgendwie wütend.

»Zwei Tage später. Es war ein Wunder, dass ihr Körper ausgerechnet dort an die Klippen gespült wurde, wo sie sich ins Meer gestürzt haben musste: am Icart Point, etwa auf der Höhe der Creux-au-Chien-Höhle. Dort ragen ein paar Felsen aus dem Meer, auf denen bei Ebbe normalerweise eine Menge Möwen sitzen. Diesmal lag an deren Rand Eileen. Ihre Knochen waren zertrümmert, ihr Gesicht kaum noch zu identifizieren. Von ihrem Hochzeitskleid war nur noch wenig übrig. Aber ihre blonden Haare sollen ihren Körper sanft umspült haben.«

Das Zittern in Nathalie ließ wieder nach, als hätte das Auffinden von Eileens Leiche eine Art Erleichterung gebracht.

»Die Polizei kam überein, dass Eileen Jack getötet, das Haus angezündet und dann Selbstmord begangen hatte, auch wenn keiner wusste, warum. Der Fall wurde nach ein paar Monaten abgeschlossen.«

»Da gibt es etwas, das mir nicht ganz klar ist«, sagte Daniel. »Wenn Eileen Jack Wilson geheiratet hat, dann trug sie doch seinen Namen, oder? Auf dem Grabstein steht aber Eileen Duras.«

»Ich habe mich schon gefragt, wann Ihnen das auffällt«, stellte Rose fest. »Dafür war ihre Tante verantwortlich. Sie hat auf dieser Inschrift bestanden, und zwar mit der Begründung, Eileen sei ja nur so kurz mit Jack verheiratet gewesen, faktisch nicht mal vierundzwanzig Stunden lang. Mrs Matthews hatte Jack anfangs sehr skeptisch gegenübergestanden und gab ihm trotz ihres später recht guten Verhältnisses zueinander die Schuld an dem ganzen Unglück. Außerdem bildete sie sich ein, wenn auf dem Kreuz Eileens Mädchenname stünde, würde man irgendwann die ganze schreckliche Verbindung zu diesem Fremden namens Jack Wilson vergessen. Ich dachte damals, was für eine dumme Idee, ganz Guernsey hat das gedacht. Aber man hat ihr ihren Willen gelassen.«

»Das klingt ja fast, als wären Sie heute anderer Meinung«, sagte Nathalie.

»Ja, das bin ich. Denn, sehen Sie, die jungen Leute heutzutage interessieren sich nicht mehr für die Vergangenheit. Ich glaube nicht, dass es noch viele gibt, die sich an Eileens Geschichte erinnern. Ein paar meines Alters bestimmt, aber wenn wir anfangen, von alten Zeiten zu erzählen, zucken die Jüngeren nur mit den Schultern. In zwanzig Jahren wird eine andere Generation über den Friedhof in St. Martin's gehen und nichts mehr mit Eileens Namen anfangen können. Man wird sie vergessen haben, auch wenn das Kreuz noch da sein sollte.«

Wieder senkte sich Stille über das Zimmer. Nathalie dachte daran, dass Rose vermutlich Recht hatte, und daran, wie verrückt es war, dass sie damals dieses Grab fotografiert hatte und deshalb heute hier saß.

»Was ist eigentlich mit Jack Wilsons Leiche passiert?«, fragte sie.

»Oh, Jack. Der liegt auch auf dem Friedhof, am anderen Ende allerdings. Manchmal gehe ich hin, wenn ich bei Eileen gewesen bin, weil ich mir vorstelle, sie hätte es gern, wenn sich jemand darum kümmert.«

»Sie glauben also nicht, was die Polizei damals annahm?«, fragte Daniel.

Entrüstet hob Rose die Stimme. »Selbstverständlich nicht! Eileen hätte niemanden umbringen können!« Etwas leiser fügte sie hinzu: »Leider habe ich mich damals ziemlich verunsichern lassen und irgendwann angefangen, die Ermittlungen der Polizei nicht mehr in Frage zu stellen. Das war ein Fehler, der nicht mehr gutzumachen ist.«

»Sie hätten an dem Schluss, den die Beamten gezogen haben, sowieso nichts ändern können«, sagte Nathalie, die merkte, dass Rose noch heute darunter litt, ja, dass sie sich fühlte, als hätte sie ihre Freundin verraten.

»Nein. Das hätte ich wohl nicht. Immerhin habe ich aber Eileens Kleid gerettet oder besser das, was davon noch übrig war. Ich wollte es einfach behalten, auch wenn mein Mann das nicht wissen durfte. Ich habe es damals auf dem Dachboden unter zwei losen Dielen versteckt. Ziemlich albern, nicht?«

»Nein«, fand Nathalie. Albern war nicht das richtige Wort. Ein bisschen makaber vielleicht, wenn man sich vorstellte, in welchem Zustand die Reste des Kleides gewesen sein mussten. »Haben Sie es immer noch?«

»Ja, aber ich fürchte, es würde auseinander fallen, wenn ich es aus dem Karton hole.« Rose seufzte. Dann schien ihr etwas einzufallen. »Ich könnte Ihnen etwas anderes zeigen. Möchten Sie wissen, wie Eileen ausgesehen hat?«

»Auf jeden Fall!«, sagte Daniel, und Raymond stimmte sofort zu.

Sie stand auf. »Entschuldigen Sie mich einen Moment.«

Raymond holte tief Luft. »Donnerwetter«, sagte er, nachdem Rose das Zimmer verlassen hatte. »Kannst du damit irgendwas anfangen?«, wandte er sich an Daniel. »Irgendwas, das mit deinem Vater zu tun haben könnte?«

14.

Seit Daniel wusste, dass Eileen nicht ermordet worden war, seitdem er keinem Mord mehr hinterherjagte, den möglicherweise sein Vater begangen hatte, war viel von der Anspannung von ihm abgefallen, der er ausgesetzt gewesen war. Jetzt saß er ruhig auf Roses Sofa und überdachte Raymonds Frage. Abgesehen davon, dass das Jahr, in dem Eileen gestorben war und sein Vater neuen Schwung in Mayfair Estates gebracht hatte, übereinstimmte, schien es keine Verbindung zwischen Eileen Duras und Richard Blake zu geben. Er schüttelte den Kopf und sah Raymond zum ersten Mal seit längerer Zeit wieder in die Augen. »Nein. Nichts.«

Ganz wohl fühlte er sich bei dem Blickkontakt nicht. Noch immer musste er an Nathalies Berührung vorhin denken. Verwundert, fast erschrocken hatte er ihre Hand bemerkt, die auf seiner lag. Sein erster Gedanke war gewesen, sie abzuschütteln, weil er sich sofort Raymonds Reaktion ausmalte. Sein zweiter, dass er Nathalies Berührung mochte. Sie hatte ihre Hand rasch wieder weggenommen, aber dort, wo sie seine berührt hatte, schien Wärme zurückzubleiben.

Raymond war nicht anzusehen, ob er die kurze und im Grunde bedeutungslose Episode überhaupt mitbekommen hatte. Er stützte die Ellbogen auf die Knie und legte die Fingerspitzen aneinander. Daniel fiel ein, dass Raymond diese Haltung immer eingenommen hatte, wenn er nachdachte, schon damals an der Uni.

In diesem Moment kam Rose zurück, in der Hand hielt sie ein Foto. »Hier, das ist das einzige Bild, das ich von Eileen habe. Zu der Zeit waren Fotos noch nicht so selbstverständlich wie heute«, fügte sie erklärend hinzu und reichte Daniel das Bild.

Neugierig nahm er das Schwarzweißfoto, das das Hochzeitspaar mit einer Gruppe von Leuten zeigte und nicht besonders deutlich war. In der Mitte standen die Braut und der Bräutigam, links von dem Paar eine ältere und eine jüngere Frau, rechts ein Mann mittleren Alters und eine etwas griesgrämig dreinschauende korpulente Frau. Die ältere Dame musste wohl Eileens Tante sein. Daniel konzentrierte sich jetzt auf die Braut. Ihr weißes Kleid hatte kurze Ärmel, der bodenlange Rock war umgeben von Unmengen an Tüll. Der Schleier auf Eileens hochgesteckten hellen Haaren reichte bis zum Boden. Daniel versuchte vergebens, ihr Gesicht genauer zu erkennen, aber das Foto war ein bisschen verschwommen. Außerdem sah Eileen ihren Mann an und zeigte deshalb nur ihr Profil. Enttäuscht schaute Daniel hoch.

»Das ist wirklich das einzige Foto, das sie von ihr haben?«

Rose nickte. »Ja. Ich weiß, es ist nicht gerade eine Porträtaufnahme, aber etwas anderes existiert leider nicht mehr. Wahrscheinlich hatte Mrs Matthews noch ein paar Bilder, aber sie ist schon vor acht Jahren gestorben.«

»Darf ich mal?«, fragte Raymond und streckte die Hand aus.

Nach einem letzten Blick auf das Gruppenfoto reichte Daniel es an Raymond weiter.

»Und?«, fragte Nathalie gespannt.

Daniel hatte völlig vergessen, dass es für sie egal war, wie unscharf das Foto sein mochte. Sie musste sich so oder so auf die Beschreibung der anderen verlassen.

»Soweit man sehen kann, war Eileen eine hübsche Frau. Leider sind ihre Züge nur undeutlich zu erkennen, aber sie war groß und schlank«, sagte Raymond. »Jack sah auch sehr attraktiv aus, noch ein Stückchen größer als Eileen, dunkelhaarig, Vollbart. Die beiden schauen sich an auf dem Bild, und es scheint, als wären sie sehr verliebt.« Dann wandte er sich an Rose. »Wer sind die anderen?«

»Neben Eileen stehen ihre Tante und eine Cousine, neben Jack sein Arbeitgeber und dessen Frau.«

»Lebt noch jemand von denen?«

»Mrs Matthews ist, wie gesagt, tot. Mr und Mrs Pierce sind irgendwann nach England gegangen, aber ich schätze, sie müssten mittlerweile auch gestorben sein. Was aus der Cousine geworden ist, weiß ich leider nicht. Ich fürchte sogar, ich habe ihren Namen vergessen.«

Raymond grinste. »Aha, das heißt, sie kam wohl nicht von hier?«

Lachend nahm Rose die Herausforderung an. »Sie lernen schnell!«

Daniel dagegen seufzte verhalten. All der Aufwand, und sie waren keinen Schritt weitergekommen. Andererseits konnte er schon froh sein, dass sein Vater wenigstens nichts mit irgendeinem Mord zu tun hatte.

»Denken Sie dasselbe wie ich?«, fragte Nathalie in seine Gedanken.

»Wahrscheinlich: Ich kann mit Eileens Gesicht überhaupt nichts anfangen, jedenfalls nicht mit ihrem Profil. Ich hatte gehofft, wenn ich sie sehe, würde mir vielleicht was einfallen – dass ich ihr Bild von irgendwoher kenne oder so.«

»Es muss doch irgendeine Möglichkeit geben rauszufinden, wie Eileen wirklich ausgesehen hat«, sagte Nathalie ungeduldig.

»Wenn es Ihnen hilft, könnte ich sie beschreiben«, schlug Rose vor. »Es stimmt, sie war ziemlich groß für eine Frau, ihre Haare waren honigblond, ihre Augen dunkelblau, und ihre Nase guckte ein bisschen himmelwärts – das hat sie immer geärgert. Am liebsten mochte sie ihren Mund, sie hatte sehr volle Lippen, und wenn ich später diese französischen Filme mit Brigitte Bardot sah, hat mich das immer ein wenig an Eileen erinnert, obwohl ich nie auf den Gedanken gekommen wäre, Eileen für eine ... eine ...«

»... Sexbombe zu halten?«, beendete Nathalie den Satz.

»Hm«, machte Rose. Über ihre hellen Wangen zog sich eine feine Röte, die Daniel reizend altmodisch fand.

Auf Raymonds fragenden Blick zuckte er allerdings mit

den Schultern. »Ich fürchte, ich hab's nicht so mit der Vorstellungskraft. Ich brauche ein Bild, um ein Gesicht vor mir zu sehen.« Er schaute zu Nathalie hinüber, für die ein gewisses Maß an Vorstellungskraft unabdingbar war. Mit geschlossenen Augen lehnte sie in ihrem Sessel, als wäre sie müde. Doch dann spürte sie wie immer jemandes Blick auf sich gerichtet.

»Keine Angst, ich bin nicht eingeschlafen«, stellte sie fest und setzte sich wieder aufrecht hin. »Ich dachte nur gerade an St. Mary Mead.«

»An Miss Marple?«, fragte Daniel.

»Ich glaub nicht, dass ich das verstehe«, mischte Raymond sich ein.

Doch Daniels Miene hellte sich auf. »Ich schon! Nathalie, Sie sind genial!«

»Könnte mir mal jemand erklären, was ...«

Aber Daniel ließ Raymond nicht ausreden, sondern drehte sich zu Rose um, die Nathalie ähnlich ratlos über den Rand ihrer Teetasse ansah wie Raymond. »Es muss doch damals bestimmt irgendwelche Feste gegeben haben, Wohltätigkeitsveranstaltungen, Basare, Gartenparties. Irgendwas Offizielles jedenfalls, wo jemand Fotos gemacht hat. Ist das nicht so üblich in ländlichen Gegenden?«

»Was für ein nettes Kompliment«, lächelte Rose. »So wie Sie das ausdrücken, klingt es entsetzlich langweilig und spießig. Aber was Sie da vorschlagen, könnte klappen. Sie müssten sich mal mit der *Guernsey Press* in Verbindung setzen, das ist die hiesige Zeitung. Vielleicht haben die was in ihrem Archiv.«

Begeistert zeigte Daniel auf Raymond. »Und wozu haben wir hier unseren Journalisten? Du kannst bestimmt den Kontakt herstellen, oder? Unter Kollegen dürfte das doch kein Problem sein!«

»Wozu Miss Marple doch gut ist«, nickte Raymond. »Ich werd's versuchen.« Er sah noch einmal auf das Foto, das vor ihm auf dem Tisch neben der Platte mit den Scones lag. »Falls wir nichts rausbekommen, könnten Sie uns das Foto anvertrauen? Ich würde es gern vergrößern lassen, vielleicht kann man dann die Gesichter doch besser erkennen.«

Rose zögerte. Dann nickte sie. »Natürlich. Nehmen Sie es mit, aber geben Sie bitte darauf Acht. Es ist außer dem Kleid das einzige Andenken, das ich an Eileen habe.«

»Versprochen!«, sagte Daniel. Er nahm das Bild und legte es in seine Brieftasche, in der es nicht zerknicken konnte, und wandte sich an Raymond. »Am besten, du rufst gleich morgen bei der Zeitung an, und ich bringe das Foto zu einem Fotoshop, damit die eine Ausschnittvergrößerung machen.«

Ein bisschen erzählte Rose noch über die Insel, doch Daniel hörte gar nicht mehr richtig zu. Er sah sich in diesem kleinen, plüschigen Wohnzimmer um, das genauso nach St. Mary Mead gepasst hätte wie Rose Fuller selbst. Vorhin mochte er wirklich etwas arrogant geklungen haben, und er hatte Spießigkeit immer verachtet. Seltsamerweise gefiel sie ihm hier, wenn sie Ruhe und Gelassenheit bedeutete, wenn es hieß, dass man den Stress und die Hektik irgendwo ganz weit hinter sich lassen konnte. Selbst die Nippesfiguren auf dem Kaminsims schienen etwas Heimeliges auszustrahlen, etwas, das Daniel nie kennen gelernt hatte.

Als sie sich von Rose verabschiedeten, bat sie noch einmal darum, ihr das Foto unversehrt zurückzubringen und sie über die Nachforschungen auf dem Laufenden zu halten. »Ich hätte nicht gedacht, dass sich nochmal jemand mit Eileens Schicksal beschäftigen würde. Und obwohl ich es kaum zu hoffen wage, wäre es einfach wunderbar, wenn Sie etwas herausfinden.«

»Ja«, sagte Daniel. »Das wäre es. Vielleicht hat aber auch das Geheimnis meines Vaters gar nichts mit dem Mord an Eileens Mann zu tun.«

Rose Fuller machte eine vage Handbewegung, als wollte sie sagen, man kann nie wissen, oder als hielte sie das für eher unwahrscheinlich. Dabei lächelte sie. »Wie auch immer, es ist gut, dass jemand auf der Suche nach der Wahrheit ist.«

Daniel schloss den Rover auf und setzte sich hinters Steuer. Den Weg zurück zum Saints Bay Hotel fand er inzwischen auch ohne Raymonds Hilfe, der trotzdem vorsichtshalber wieder die Karte auf den Knien aufgeschlagen hatte.

»Schon komisch, findet ihr nicht?«, fragte Nathalie nach einer Weile, als sie auf einem der engen, mit grünen Hecken gesäumten Sträßchen fuhren.

»Was ist komisch?«

»Dass sich Eileen am Icart Point ins Meer gestürzt hat.«

»Wieso? Was ist daran so besonders? Waren Sie schon mal da, Nathalie?«

»Icart Point liegt hinter dem Saints Bay Hotel«, sagte sie leise.

Später, es war schon Nacht, dachte Daniel noch einmal über diesen seltsamen Zufall nach. Seit zwei Stunden lag er wach, während Raymond neben ihm ruhig und regelmäßig atmete und sich kein einziges Mal umgedreht hatte. Wieder und wieder rekapitulierte Daniel Roses Geschichte und überlegte, was sie wohl mit seinem Vater zu tun haben konnte. Er kam zu keinem Ergebnis. Leise stand er auf und zog sich an, immer darauf bedacht, Raymond nicht zu wecken. In der Schublade seines Nachttisches fand er die Taschenlampe und steckte sie in die Jackentasche. Dabei fiel ihm das Foto wieder ein, das er in eine kleine, feste Plastikhülle steckte, damit er es draußen noch einmal ansehen konnte, ohne seine ganze Brieftasche mitnehmen zu müssen. Dann öffnete er vorsichtig die Tür, zog das im Schloss steckende Schlüsselbund heraus und öffnete mit dem zweiten Schlüssel den Haupteingang des Hotels.

Auf der Straße wandte er sich nach rechts in Richtung Icart Point. Es war stockdunkel, der Mond lag verborgen hinter den Wolken, und so schaltete er die Taschenlampe ein. Am Ende der Straße befand sich ein großer asphaltierter Parkplatz. Daniel überquerte ihn und trat schließlich auf den Klippenpfad. Dort blieb er stehen und sah sich um. Wo mochte Eileens Haus gestanden haben? Rechts oder links von ihm? Wieder wandte er sich dem Meer zu. Wo genau war diese Creux-au-Chien-Höhle, wo Eileen sich hinabgestürzt hatte, nachdem irgendjemand ihren Mann ermordet hatte? So musste es ja wohl gewesen sein, wenn Rose Recht haben sollte und Eileen es nicht selbst war. Er entschied sich für rechts und leuchtete mit der Taschenlampe auf den unebenen Weg.

Das Meer war ruhig in dieser Nacht, es lag wie eine spiegelglatte Fläche unter ihm. In weiter Ferne sah er gelegentlich ein Licht aufblinken. Das musste ein Leuchtturm sein, aber sein Orientierungssinn ließ ihn im Stich, er hätte nicht sagen können, ob dort Jersey lag oder eine der anderen Inseln oder Frankreich oder ob der Leuchtturm einfach zur Warnung vor gefährlichen Felsen mitten im Meer stand. Schließlich blieb er stehen, weil der Pfad immer schlechter wurde und er sich bei der Dunkelheit nicht weiterwagte. Er verspürte keine Lust, sich die Knochen zu brechen, also kehrte er wieder um. Bald tauchte vor ihm eine Bank auf, die er auf dem Hinweg gar nicht bemerkt hatte. Natürlich war es kühler als tagsüber, aber trotzdem nicht kalt. Er saß einfach da, sah aufs Meer hinaus und versuchte sich vorzustellen, wie Eileen hier gestanden hatte.

Schließlich kramte er in seiner Jacke nach dem Foto und knipste die Taschenlampe wieder an, um es eingehender zu betrachten. Am Nachmittag hatte er sich eigentlich nur auf Eileen konzentriert, jetzt widmete er sich den anderen Personen. Da war zunächst die Tante, die ernst in die Kamera blickte. Wenigstens sah sie genau zum Fotografen, was Eileen auch besser hätte tun sollen. Das Mädchen daneben musste etwa im selben Alter sein wie Eileen, nur hatte sie im Gegensatz zu ihr dunkle Haare. Sie war kleiner und zierlich und verblasste zwischen der dominierenden Tante und der strahlenden Braut.

Eileen übersprang er und kam zu Jack. Raymond hatte Recht, er war ein attraktiver Mann gewesen mit seinem beeindruckenden Bart. Daniel hatte keine Ahnung, ob das damals Mode gewesen war, aber er persönlich mochte keine Bärte. Dann wandte er sich dem älteren Ehepaar an Jacks Seite zu. Der Mann fühlte sich augenscheinlich in dem feinen Anzug nicht wohl. Vielleicht war er nicht nur Jacks Boss gewesen, sondern hatte auch selbst mitgearbeitet und deshalb Gärtnerkleidung einem teuren Stoff vorgezogen. Die Frau war ziemlich füllig und gab sich scheinbar Mühe zu lächeln, wirkte dabei jedoch ein bisschen verkrampft.

Das war ja wenig ergiebig, ein ganz normales gestelltes Hochzeitsbild eben. Daniel hoffte, dass Raymond morgen bei dieser Zeitung mehr Glück haben würde. Er lehnte sich auf der Bank zurück, hörte, wie die Wellen leise gegen die Felsen klatschten und merkte allmählich, wie müde er geworden war. Wenn er nicht aufpasste, würde er hier einschlafen. Schon fingen die Bilder in seinem Kopf an, sich zu vermischen, irgendeine Geschichte zu erzählen, die gar keinen Sinn ergab. Daniel verlor die Kontrolle über seine Gedanken, bis ihn irgendwas aufschrecken ließ. Er setzte sich kerzengerade hin, wieder hellwach. Was war das gewesen? Woran hatte er gedacht, welches Bild gesehen? Er konnte sich nicht mehr daran erinnern.

Erst jetzt nahm er wahr, dass er das Foto noch immer in der Hand hielt. Wie unvorsichtig! Wenn er es verlor, würde Rose ihm den Hals umdrehen. Er wollte es schon wieder einstecken, als sein Blick noch einmal darauf fiel. Der Mond war inzwischen hinter den Wolken hervorgekommen, sein Licht schien silbern auf die kleine Gruppe Menschen, die fünfzig Jahre zuvor von der Kamera eingefroren worden war. Vielleicht lag es am Mondschein oder an dem Winkel, aus dem das eigentümliche Licht auf das Foto fiel, dass er sah, was er sah – und ihm der Atem stockte.

15.

Nathalie hörte ihren eigenen Schrei und erwachte davon. Ein merkwürdiges Gefühl beherrschte sie, als wäre sie halb wach und halb gefangen in der Welt ihres Traums, aus der sie sich nicht befreien konnte. Dann spürte sie jemanden neben sich. Raymond. Wenn Nathalie irgendwo fremd war, schloss sie vorsichtshalber nie die Türen ab, nur für den Fall, dass sie Hilfe benötigte. Raymond musste sie gehört haben und rübergelaufen sein. Der Gedanke half ihr, sich in der Wirklichkeit wieder einigermaßen zurechtzufinden. Trotzdem vergingen noch ein paar Minuten, bis sie sich beruhigte.

»Entschuldige, Raymond«, sagte sie stockend. »Dieser Albtraum – er kommt immer mal wieder, egal, wie lange das her ist. Ich träume dann von dem Unfall und davon, dass ich Philippe nicht helfen kann. Und davon, wie ich zum ersten Mal merke, dass ich blind bin.« Damit gab sie die einfachste Erklärung, obwohl sie sich diesmal auf überhaupt nichts aus dem Traum besinnen konnte, so sehr sie sich auch bemühte.

»Du musst dich nicht entschuldigen«, sagte Raymond.

Nathalie schüttelte unwillig den Kopf. »Wie spät ist es?«

»Viertel vor drei.«

»Tut mir Leid, dass ich euch geweckt habe. Daniel ist bestimmt auch aufgewacht.«

»Nein, Daniel war schon wach. Oder besser: Er ist schon seit einiger Zeit auf den Beinen und vor etwa einer Stunde nach draußen verschwunden. Ich hab ihm vom Fenster aus nachgesehen, wahrscheinlich zieht es ihn zum Icart Point.«

Nathalie zog die Stirn in Falten. »Mitten in der Nacht?«

»Sieht so aus, als hätte er nicht schlafen können. Ich möchte übrigens selbst auch mal hin, um mir ein Bild davon zu machen, was damals da passiert sein könnte.«

»Dann lass uns das gleich heute früh tun, noch bevor wir in die Stadt fahren«, meinte Nathalie. »Bis dahin sollten wir allerdings ein paar Stunden schlafen. Ich werde dich nicht wieder wecken, versprochen.«

Zögernd erhob sich Raymond von Nathalies Bettkante. »Bist du sicher, dass ich dich allein lassen kann?«

»Ja, danke, Raymond. Dass du da warst, hat mir sehr geholfen.«

Nathalie glaubte schon, dass er sich umdrehen und ihr Zimmer verlassen würde, da spürte sie plötzlich eine Berührung auf ihrem Gesicht. Sie zuckte zurück, doch dann registrierte sie, dass Raymonds Zeigefinger sanft über ihre Wange strich. Sie nahm seine Hand in ihre und brachte ihn so dazu, sich wieder auf die Bettkante zu setzen.

Dann beugte er sich vor, küsste ihre Lippen, und Nathalie erwiderte den Kuss vorsichtig. Nach einer Weile löste er sich langsam von ihr, berührte noch einmal ihr Gesicht und stand wieder auf.

»Ich glaube, ich gehe jetzt besser.«

Nathalies Mund umspielte ein kleines Lächeln. »War's so schlimm?«

»Gute Nacht, Nathalie«, sagte Raymond und schloss behutsam die Tür hinter sich.

16.

Noch immer aufgewühlt ging Daniel über den Hotelflur, als er sah, dass sich Nathalies Tür öffnete und Raymond in T-Shirt und Shorts auf den Flur trat. »Tststs. Hab ich was verpasst?«

Der Teppich hatte Daniels Schritte gedämpft, Raymond fuhr erschrocken herum. »Nein«, sagte er verärgert. »Und wie steht's mit mir? Hab *ich* was verpasst? Seit wann hast du eine Vorliebe für Nachtwanderungen?«

Daniel reagierte ähnlich gereizt. »Ich konnte nicht schlafen und hab ein bisschen frische Luft geschnappt, das war's auch schon.«

Wortlos drehte Raymond sich um und ging voraus in

das gemeinsame Zimmer, wo er wieder unter die Decke schlüpfte, während Daniel sich auszog und fragte: »Was war denn los? Wenn du nicht zum Vergnügen bei Nathalie warst, meine ich.«

»Sehr witzig. Sie hat schlecht geträumt und geschrien.«

Daniel biss sich schuldbewusst auf die Lippen. »Hat sie das öfter?«

»Ja, warum? Willst *du* sie das nächste Mal trösten?«

Überrumpelt blieb Daniel mitten im Zimmer stehen und starrte seinen Freund an. »Sag mal, spinnst du, oder was?«

Raymond seufzte. »Entschuldigung. Ich weiß auch nicht, was mit mir los ist. Das war eine blöde Bemerkung.«

Nicht ganz so blöd, wie du glaubst, dachte Daniel zynisch. »Das war es allerdings. Aber falls dir im Magen liegen sollte, dass Nathalie bei Rose versucht hat, mir ihr Verständnis zu zeigen, kann ich dich beruhigen: Ich fand das einfach nur nett, und sie hat es auch garantiert nicht anders gemeint.«

»Du hast dich ja gleich revanchieren können und ihr mit diesen dämlichen Scones geholfen.«

»Deshalb also das ganze Theater? Weil ich zufälligerweise neben Nathalie gesessen habe und ihr helfen konnte, was sonst du zu tun pflegst? Meine Güte, Raymond, krieg dich wieder ein, okay? Ich hab längst kapiert, wie viel dir an ihr liegt, und du hast nichts von mir zu befürchten.«

Eine Sekunde lang schwiegen beide. »Tut mir Leid«, entschuldigte sich Raymond schließlich ein zweites Mal. »Ich bin ein Idiot.«

Im Vorbeigehen schlug Daniel Raymond auf die Schulter, dann legte er sich selbst ins Bett. »In dem Fall stimme ich dir zu. Ich wette außerdem, ich könnte direkt vor Nathalie Beethovens Neunte intonieren, ohne dass sie mich überhaupt bemerkt.« Wieder spürte Daniel die Wärme von Nathalies Berührung. Er war überzeugt von dem, was er sagte, und wünschte doch, es wäre nicht so.

17.

Der kleine Reisewecker piepte, und Nathalie drehte sich träge auf die Seite, um ihn auszustellen. Sofort fiel ihr wieder ein, was letzte Nacht geschehen war: zuerst der Albtraum, dann Raymonds Kuss. Unwillkürlich berührte sie mit den Fingern ihre Lippen. Nathalie konnte sich denken, warum Raymond nicht geblieben war. Wahrscheinlich kannte er sie besser als sie sich selbst und ahnte, dass sie noch nicht bereit war. Sie hatte ein bisschen Angst vor der ersten Begegnung gleich beim Frühstück.

Heute stand sie zuerst auf dem Flur und klopfte an die Tür des Nachbarzimmers. Sobald sie geöffnet wurde, spürte sie, dass ihr Daniel gegenüberstand.

»Morgen, schöne Kollegin!«, grüßte er. »Kommen Sie rein. Raymond ist noch nicht ganz so weit, wir müssen unseren Appetit noch etwas zügeln.« Daniel berührte Nathalie kurz am Arm und führte sie zu einem Sessel. »Moment noch, ich räum das hier nur weg«, murmelte er, und Nathalie stellte sich vor, wie er einen Berg Klamotten vom Sessel auf den Boden warf.

»Kollegin?«, fragte sie verwundert, nachdem sie Platz genommen hatte.

»Sind wir doch irgendwie, oder? Sozusagen Rechercheure, vereint durch die gemeinsame Suche nach der Wahrheit, nach dem Heiligen Gral.«

Nathalie lächelte. »Edler Ritter, ist Euch irgendwas nicht bekommen?«

»Nicht doch, nicht doch! Ich meinte das durchaus ernst. Fast jedenfalls. Sieht ja so aus, als hätte sich unser Vorhaben etwas verlagert, nachdem Rose uns quasi beauftragt hat, Eileens guten Ruf wiederherzustellen.«

»Wenn wir das nebenbei auch erledigen könnten, wäre das doch sehr schön. Ich glaube, Rose nimmt die Sache heute noch genauso schwer wie damals.«

Daniel antwortete nicht sofort, und Nathalie fragte sich, ob sie etwas Falsches gesagt hatte.

»Ja. Manche Dinge vergisst man nicht so leicht«, sagte Daniel schließlich, wobei er ein bisschen abwesend klang.

»Sie denken dabei an Ihren Vater?«

Wieder dauerte es eine Weile, bis Daniel reagierte. »Haben Sie schon mal das Gefühl gehabt, plötzlich vor einer Wand zu stehen oder in ein dunkles Loch zu schauen, wo gerade eben noch Klarheit war? Sie haben geglaubt, alles zu wissen, und plötzlich stellen Sie fest, Sie wussten gar nichts oder jedenfalls nur die Hälfte oder etwas ganz Verkehrtes. Sie wissen nicht mal genau, was Sie eigentlich nicht wissen. Das klingt konfus, aber genauso fühle ich mich, seit diese Geschichte hier angefangen hat.«

Daniels Stimme war ruhig geworden, ganz anders als noch vor wenigen Augenblicken bei der aufgekratzten Begrüßung. Tief in ihrem Innern spürte Nathalie, dass etwas sie zu Daniel hinzog, dass sie ähnlich wie gestern bei Rose plötzlich das Bedürfnis hatte, ihn zu berühren und ihm zu zeigen, dass er nicht allein war. »Ja, ich weiß, was Sie meinen. Besonders den Teil mit dem dunklen Loch kann ich nachvollziehen. Wenn man plötzlich blind ist, steht man genauso vor einer Wand, weil man alles, was man vorher geglaubt hat zu können, ohne darüber nachzudenken, wieder ganz neu lernen muss.«

Daniel stöhnte auf. »Ich benehme mich wirklich wie ein Elefant im Porzellanladen! Sie müssen mich für den unsensibelsten Menschen aller Zeiten halten. Ich schwafele hier sentimentalen Quatsch, und dabei habe ich verglichen mit Ihnen nun wirklich keine Probleme.«

»Das, was man als Problem empfindet, ist immer subjektiv, Daniel«, entgegnete Nathalie. »Und ich halte Sie absolut nicht für unsensibel. Wenn Sie das wären, wären wir alle nicht hier, weil es Sie nämlich überhaupt nicht scheren würde, was Ihren Vater umgetrieben hat.«

»Wenn Sie das so betrachten, haben Sie Recht.«

»Wenn sie was wie betrachtet?«

Nathalies Kopf ruckte nach links, in die Richtung, aus der Raymonds Frage kam. Sie war so vertieft in die Diskussion mit Daniel gewesen, dass sie Raymond nicht aus dem Bad hatte kommen hören. Jetzt spürte sie eine leichte Hitze in sich aufsteigen und hoffte, dass das niemandem auffiel. Es war doch nur ein Kuss gewesen, um Himmels willen! Warum verursachte ihr das solches Herzklopfen?

Daniel erklärte kurz, worüber sie sich unterhalten hatten, während Nathalie Raymonds Nähe in sich aufnahm. Sie roch seine noch feuchten Haare und das Duschgel und ertappte sich bei der Vorstellung, wie sich Raymonds Körper unter der Dusche anfühlen würde. Dann spürte sie erst mal seine Hand, die ihre nahm und sie aus dem Sessel hochzog. Seine Lippen streiften dabei wie zufällig ihr Gesicht, und sie registrierte, dass er sie nicht losließ, sondern ganz selbstverständlich an ihrer Seite blieb, als sie Daniel den langen Gang zum Frühstücksraum folgten.

Nathalie bekam nur vage mit, dass Raymond und Daniel am Tisch besprachen, was sie als Nächstes vorhatten, nachdem sie sich gemeinsam den Icart Point angesehen haben würden. Vielmehr versuchte sie, durch dieses Wechselbad der Gefühle zu finden, in dem sie einmal wünschte, Raymond nahe zu sein und dann wieder Daniel. Sie mochte Daniels Stimme und wünschte, sie hätte ein klares Bild von seinem Gesicht, aber sie wusste auch, dass sie Raymond nicht um eine Beschreibung bitten würde. Irgendwas sagte ihr, dass das die falsche Frage wäre – oder dass sie damit Gefahr lief, ihm ihre eigene Verwirrung zu offenbaren.

Draußen war es noch wärmer geworden als am Tag zuvor. Vor ihnen lag Icart Point. Nathalie wehte ein angenehmer leichter Wind um die Nase. Sie versuchte sich zu entsinnen, wie es hier aussah, aber weil sie damals nur kurz hier gewesen war, blieben ihre Bemühungen erfolglos.

Als hätte Raymond ihre Gedanken erraten, fing er an, die Umgebung zu beschreiben. »Hier ist ein Parkplatz, ziemlich groß, aber noch leer. Wahrscheinlich ändert sich das im Laufe des Tages. Ich schätze, vorn an den Klippen ist die Aussicht eindrucksvoll, bestimmt kommen jede Menge Touristen her. Links hinter uns befinden sich laut Hinweisschild die Icart Tearooms & Gardens. Von hier aus kann man nur das Dach erahnen, vor dem Haus stehen hohe Büsche und Hecken. Ist wahrscheinlich ziemlich idyllisch da. Direkt vor uns führt ein begradigter Weg zum Klippenpfad.«

»Ich war gestern Nacht schon hier«, sagte Daniel. »Der Klippenpfad führt um den ganzen Icart Point herum. Wenn man nach links geht, kommt man irgendwann auf den schmalen Pfad zum Hotel. Rechts geht's an der Küste weiter nach Pleinmont. Steht jedenfalls auf der Karte, so weit hab ich's nicht geschafft.«

»Es müsste ein paar Bänke entlang des Klippenpfads geben«, fiel Nathalie wieder ein.

»Stimmt. Auf einer habe ich gesessen und mir überlegt, wo wohl Eileens Haus gestanden hat. Entlang des Pfades kann es jedenfalls nicht gewesen sein.«

Als Raymond den Teegarten beschrieben hatte, waren ein paar Erinnerungsfetzen vor Nathalies innerem Auge aufgetaucht. Sie drehte sich um. »Vielleicht da drüben, wo jetzt der Tea Garden steht. Das wäre einigermaßen dicht an den Klippen und außerdem ziemlich abgelegen, in etwa so, wie Rose es beschrieben hat.«

»Wenn wir es genau wissen wollen, müssen wir sie fragen. Das könntest du eigentlich tun, Nathalie«, schlug Raymond vor, »während Daniel und ich in St. Peter Port und bei der *Guernsey Press* unterwegs sind.«

»Wenn Rose nichts dagegen hat, dass wir Sie schon wieder belästigen.«

»Glaube ich nicht. Aber wir sollten uns vielleicht vorher anmelden.«

»Hast du eigentlich schon mit jemandem von der Zeitung gesprochen?«, erkundigte sich Daniel.

»Ich wollte gleich mal da anrufen, die Nummer hab ich mir vorhin aus dem Telefonbuch gefischt«, sagte Raymond. »Lasst uns doch zu einer dieser Bänke gehen.«

»Die erste ist nicht weit«, stimmte Daniel zu und ging voran. Nathalie hörte seine Schritte knirschen, sobald er den Klippenpfad erreicht hatte. Sie griff nach Raymonds Hand, doch der legte kurzerhand seinen Arm um sie. Wie sich herausstellte, war die erste Bank bereits von Wanderern besetzt.

»Da vorn ist gleich die nächste«, meinte Daniel. »Der Ausblick ist grandios, besonders direkt am Klippenrand.«

Raymond ließ sich auf die Bank fallen und zog Nathalie

mit sich hinunter, obwohl sie viel lieber Daniels Stimme folgen wollte. Zwar konnte sie die Aussicht nicht genießen, trotzdem dachte sie, die Atmosphäre besser in sich aufnehmen zu können, wenn sie möglichst nah am Abgrund stand. Raymond hielt sie zurück. »Vorsicht, da geht's mit Sicherheit steil bergab. Bleib lieber hier.«

Seufzend lehnte Nathalie sich zurück. Es war frustrierend. Raymond fing an, eine Nummer in sein Handy zu tippen. Sie hörte nur halb zu, wie er bat, mit jemandem aus dem Archiv der Zeitung verbunden zu werden. Stattdessen achtete sie auf das Geräusch des Meeres und das Rufen einer Möwe über ihnen. Sie hätte nie geglaubt, dass sie so etwas wieder hören könnte, ohne von schrecklichen Erinnerungen gequält zu werden. Es musste an der Insel liegen.

Während Raymond telefonierte, erhob sich Nathalie schließlich doch, weil sie einfach nicht still sitzen bleiben wollte. Sie merkte, dass Raymond noch versuchte, sie aufzuhalten, aber es gelang ihm nicht, gleichzeitig mit dem Mann von der *Guernsey Press* zu reden und die Hand schnell genug nach ihr auszustrecken. Sie entwischte seinem Griff.

»Daniel?«, rief sie halblaut. Er musste irgendwo vor ihr sein. Sie machte einen vorsichtigen Schritt und wäre fast über einen aus dem Boden ragenden breiten Stein gestolpert. Vielleicht hatte Raymond Recht, es war zu gefährlich, hier Extratouren zu veranstalten. Dann war jemand neben ihr.

»Was hatten Sie denn vor?«, fragte Daniel. »Einen Klippenflug der ganz besonderen Art?«

»Ich möchte das Meer riechen«, lächelte Nathalie, die sich von dem Schreck schon wieder erholt hatte.

»Und das können Sie nicht von der Bank aus?«

»Nicht so gut wie hier. Beschreiben Sie mir die Umgebung?«

Einen Augenblick lang schwieg Daniel, als nähme er sich Zeit, das, was er sah, in sich aufzunehmen. »Links neben uns ragt ein spitzer, hoher Felsen aus den Klippen, hat was vom Zuckerhut in Rio, bloß ungleich kleiner natürlich. Direkt unter uns gibt's noch eine etwas abgemilderte Version davon. Daneben gucken ein paar Felsen aus dem Wasser, auf denen Möwen in der Sonne sitzen.«

»Möwen?«, wiederholte Nathalie. »Hat nicht Rose etwas von Felsen mit Möwen erwähnt, an denen Eileens Körper angespült wurde? Könnte das hier die Stelle sein?« Sie hatte das Gefühl, als beugte sich Daniel nach vorn, um ihre Vermutung zu überprüfen.

»Stehen wir schon vor dem Abgrund?«, fragte sie.

»Fast. Halten Sie sich an mir fest. So, noch einen Schritt auf diesen Stein, es ist ein bisschen wie eine Stufe. Aber nicht weiter, klar?«

Nathalie klammerte sich an Daniel. Ihr schien, als wäre er größer als sonst, aber das rührte wohl daher, dass es hier uneben war. Behutsam tastete sie sich mit ihrer Fußspitze ein Stück vor, bis sie festen Boden spürte, dann noch ein wenig weiter, bis ihre Zehen keinen Halt mehr hatten. Nun bekam sie es doch mit der Angst zu tun. Sie hätte nicht gedacht, derart nah am Nichts zu sein.

»Himmel nochmal!«, schimpfte Daniel. »Ich hab gesagt, einen Schritt! Was glauben Sie, was Raymond mit mir anstellt, wenn Ihnen ...«

»Hey!«, rief Raymond in diesem Moment zu ihnen herüber.

Daniel und Nathalie drehten sich gleichzeitig um, stießen dabei gegeneinander, und Nathalie kam ins Schwanken. Sie ruderte mit den Armen und suchte verzweifelt nach dem Halt, den Daniel ihr gerade noch gegeben hatte. Doch der war durch Raymond ebenso abgelenkt wie sie und hatte sie deshalb kurz losgelassen. Ihre Knie knickten ein, sie fiel hin, rutschte aus und schien ins Bodenlose zu schliddern. Im Fallen erwischte sie ein dorniges Büschel. Irgendwas, an dem sie versuchte sich festzukrallen, doch sie schürfte sich nur die Haut auf. Nathalie schrie.

Dann rutschte sie nicht mehr weiter, sondern wurde von zwei Händen gepackt und hochgezogen. Bevor sie dazu kam, Erleichterung zu verspüren, legte sich plötzlich etwas Schweres, Kratzendes über ihr Gesicht. Wieder schrie sie auf, obwohl es in ihren Ohren eher wie ein Wimmern klang. Sie wollte nur dieses Ding loswerden, das ihr die Luft zum Atmen nahm, und schüttelte sich panikerfüllt. Das Ding verschwand von ihrem Gesicht, streifte ihren Arm und verschwand im Abgrund hinter ihr. Sie konnte wieder den Wind auf ihrer Haut spüren.

All das dauerte kaum drei, vier Sekunden, für Nathalie allerdings bekam der Begriff Ewigkeit mit einem Mal ganz andere Dimensionen. Jemand legte die Arme um sie und redete beruhigend auf sie ein. Französisch, also musste es Raymond sein, obwohl es irgendwie anders klang, mit starkem Akzent durchsetzt war: »Ist schon gut, es ist alles in Ordnung, du bist in Sicherheit. Beruhig dich.«

Nathalie hatte Daniel bisher kaum französisch reden hören und bemerkte gerade deshalb trotz ihres Zustands, dass er sie in ihrer eigenen Sprache duzte. Wenn das auf Englisch auch kein Unterschied war, schienen sie einander doch plötzlich vertrauter.

Ihre Beine fühlten sich nach wie vor wie Gummi an, als dieses Mal wirklich Raymond direkt neben ihr aufbrauste. »Was zum Teufel hast du dir dabei gedacht, Daniel? Bist du wahnsinnig?«

»Es war meine Schuld«, sagte Nathalie etwas undeutlich, trat dabei von Daniel zurück und bemühte sich, in Raymonds Richtung sicherheitshalber hinzuzufügen: »Ich hätte auf dich hören sollen.«

Raymond antwortete nicht gleich, nahm stattdessen ihre Hand.

Die Pause nutzte Daniel. »Und warum hast du uns so erschreckt? Deswegen ist das Ganze überhaupt passiert!«, entfuhr es ihm. Nathalie hatte ihn bisher noch nie laut erlebt und dachte, dass sie weiß Gott keinen Wert darauf legte, selbst Gegenstand seines Zorns zu werden. »Du hast doch genau gesehen, wo wir standen und dass wir nicht auf dich geachtet haben. Wieso musstest du so laut brüllen, dass wir dachten, es wäre sonst was passiert?«

»Weil mich fast der Schlag getroffen hat, als ich mitkriegte, was ihr da tut! Wenn du unbedingt wissen willst, wie es ist, Eileens Schicksal zu teilen, bitte, meinetwegen. Aber du könntest Nathalie gegenüber etwas verantwortungsvoller sein!«

»Ich?«, entgegnete Daniel. Seine Wut war verraucht, jetzt klang er nur noch fassungslos. »Wenn ich sie nicht festgehalten hätte ...«

»Würdet ihr freundlicherweise beide die Klappe halten?«, forderte Nathalie in scharfem Ton. Die Ruhe, die sie dabei ausstrahlte, fühlte sie keineswegs selbst. Obwohl sie vorhin so panisch reagiert hatte, drang erst jetzt mit voller Wucht zu ihr durch, wie knapp sie dem Tod entronnen war, einem Tod, der dem Eileens für ihren Geschmack bei weitem zu ähnlich gewesen wäre. Was sie in dieser Situation am wenigsten brauchte, waren zwei Streithähne um sich herum. »Wenn ich da unten läge, wäre es niemandes Schuld außer meiner.«

Raymond und Daniel verstummten tatsächlich, aber die

Stimmung war zerstört. Das Schweigen zwischen den beiden blieb eisig auf dem Weg zurück, und Nathalie fragte sich, ob es nicht besser gewesen wäre, wenn sie sie die Auseinandersetzung hätte austragen lassen.

»Willst du dich etwas ausruhen?«, fragte Raymond schließlich, kurz bevor sie das Saints Bay Hotel erreichten.

Eigentlich hätte sie gern zugestimmt, da sie aber davon überzeugt war, dass das wieder zu Spannungen führen würde, schüttelte sie den Kopf. »Nicht nötig. Was ist eigentlich bei deinem Gespräch mit der Zeitung rausgekommen?«

»Um elf habe ich eine Verabredung mit einem Ralph Denton, der lässt mich das Archiv durchforsten. Nicht dass er mir viel Hoffnung gemacht hat, aber versuchen will ich es auf jeden Fall. Du kannst in der Zeit das Foto zum Vergrößern bringen«, wandte er sich an Daniel.

Nathalie kannte Raymonds Stimme inzwischen gut genug, um die feinen Nuancen herauszuhören. Er war immer noch aufgebracht, und es kostete ihn Mühe, das zu verbergen.

Daniel erwiderte nichts, sondern schloss die Wagentür für Nathalie auf. Als das unangenehme Schweigen auch während der Fahrt noch andauerte, seufzte Nathalie übertrieben laut. »Könntet ihr bitte aufhören, euch wie sture Kinder aufzuführen? Was ich getan habe, war unvorsichtig und gefährlich. Ich habe nicht auf dich gehört, Raymond, und geglaubt, es besser zu wissen. Und deine Warnung habe ich auch nicht ernst genug genommen, Daniel.«

»Was für eine Warnung?«, fragte Raymond von vorn. Nathalie hörte, wie er sich zu ihr umdrehte.

»Daniel hat ausdrücklich gesagt, ich sollte nur noch einen Schritt machen. Offensichtlich bin ich aber heute nicht nur blind, sondern auch schwerhörig. Jedenfalls hat er mir das Leben gerettet, und ich hab mich noch nicht mal bedankt. Wenn du mich nicht hochgezogen hättest, gäb's mich jetzt nicht mehr«, sagte sie zu Daniel.

»Raymond hat schon Recht«, meinte er leise, während er den Rover vor einer roten Ampel abbremste. »Es war verantwortungslos von mir, dich überhaupt so nah an den Abgrund zu lassen.« Er fuhr wieder an.

»Ich hätte nicht so ausrasten sollen«, gab nun seinerseits Raymond zu, besänftigt von Daniels Einlenken.

Nathalie griente. »Seid ihr jetzt fertig mit euren Selbstvorwürfen?«

»Fast.« Das kam von Daniel. »Da wäre noch eine Kleinigkeit.«

»Was?«

»Das Foto. Ich kann es nicht zum Vergrößern bringen.«

»Wieso das denn nicht?«, fragte Raymond erstaunt.

»Weil ich es nicht mehr habe. Bevor ich gestern Nacht rausging, habe ich das Bild aus meiner Brieftasche genommen und eingesteckt, weil ich es nochmal genau ansehen wollte. Das habe ich getan, mit der Taschenlampe auf der Bank. Dann habe ich es in meine Jackentasche gesteckt, und da ist es geblieben bis heute Morgen.«

»Und?«, fragte Nathalie. »Wo ist das Problem?«

Raymond allerdings verstand, worauf Daniel hinauswollte, und stöhnte auf.

»Und?«, wiederholte Nathalie ungeduldig. »Was ist daran so schlimm?«

»Daniel hat die Jacke verloren, als er dich vorhin hochgezogen hat«, fing Raymond an.

»Ich hatte sie nur über der Schulter hängen«, erklärte Daniel weiter. »Sie ist mir runtergerutscht, als ich nach dir griff, und landete zuerst auf deinem Gesicht und schließlich im Wasser.«

Das war also der schwere Stoff gewesen, unter dem Nathalie keine Luft bekommen hatte. »Ach du liebe Zeit«, murmelte sie.

»Kann man wohl sagen. Ich weiß gar nicht, wie ich Rose gleich unter die Augen treten soll.«

»Wenn sie hört, weshalb du das Foto verloren hast, wird sie dich bestimmt nicht auffressen«, stellte Nathalie fest.

»Hoffentlich. Aber ich hab trotzdem ein schlechtes Gewissen, schließlich habe ich ihr versprochen, gut auf das Bild aufzupassen. Wobei mir einfällt, Raymond, du hast nicht zufällig schon bei ihr angerufen, bevor wir jetzt einfach so auftauchen?«

»Nein. Und da wir sowieso gleich da sind, können wir uns das auch sparen.«

»Vielleicht sollten wir noch einen kleinen Umweg machen«, regte Nathalie an. »Wo sind wir gerade?«

»Kurz vor der Kreuzung, an der es zur St. Martin's Church geht«, sagte Daniel. »Hast du was Bestimmtes vor?«

»Wir waren noch gar nicht an Jack Wilsons Grab. Rose hat doch gesagt, es läge ziemlich entgegensetzt zu Eileens, eigentlich müsste es einfach zu finden sein.«

Dieses Mal hielten sie sich nicht bei der Gran'mère auf, sondern wandten sich, nachdem sie den Friedhof betreten hatten, gleich nach rechts. Nathalie konnte bei der Suche nach Jacks Grab keine Hilfe sein, sie hörte nur, wie Raymond und Daniel nacheinander die Namen auf den Steinen vorlasen.

»Jetzt sind wir am Kirchenportal«, erklärte Raymond schließlich. »Hier sind zwei Stufen, Nathalie. Sieht aus, als müssten wir auf der grünen Wiese weitermachen.«

Trotzdem gab es eine Art Weg, markiert durch regelmäßige Steinplatten im Rasen. Irgendwann spürte Nathalie die Blätter eines Busches an ihrem Arm entlangstreichen.

»Hier ist es, ziemlich stiefmütterlich hinter dem Grünzeug verborgen: John W. Wilson, 1917–1952, R. I. P.«, las Daniel vor. »Da hast du jetzt dein *Ruhe in Frieden.* Scheint so, als hätte Jack doch jemandem was bedeutet. Vielleicht seinem Chef, diesem Mr Pierce.«

»Warum steht da John? Bist du sicher, dass wir hier richtig sind?«, fragte Nathalie.

»Jack ist bloß so eine Art Kosename für John. Wie bei Kennedy«, erklärte Daniel.

Verstehend nickte Nathalie. »Wie sieht das Grab aus?«

»Nicht so verschnörkelt wie Eileens«, fing Raymond mit der Beschreibung an. »Es ist ein schlichter, oben nur etwas abgerundeter Stein. Die Inschrift ist noch schlechter zu entziffern als bei Eileen, aber es liegen ein paar verblühte Blumen davor, wahrscheinlich von Rose.«

Nathalie schwieg und malte sich Jacks Beerdigung aus, die deprimierend gewesen sein musste, wenn er als Fremder hier kaum akzeptiert worden war. Andererseits war er ein Mordopfer, möglich also, dass es jede Menge Schaulustige gegeben hatte. Ein trauriges Ende für einen Mann, der auf Guernsey ein neues Leben anfangen wollte. Trotzdem stellte sich bei Nathalie kein Mitleid ein.

Daniel schien es ähnlich zu gehen. »Lasst uns gehen. Wenn wir noch zu Rose wollen, müssen wir uns beeilen, damit Raymond pünktlich bei der Zeitung ist.«

Als sie sich abwandten, überkam Nathalie plötzlich ein merkwürdiges Gefühl. Sie drehte sich noch einmal um.

»Was ist?«, fragte Raymond, der wieder seinen Arm um sie gelegt hatte.

»Nichts«, antwortete Nathalie zögernd angesichts des unbestimmten Eindrucks. Es war nicht das Mitleid, auf das sie eben umsonst gewartet hatte, sondern ein Flüstern in ihrem Kopf, das ihr etwas mitzuteilen versuchte, ohne dass sie es verstand.

Auf Raymonds Klingeln kam zunächst niemand an die Tür, doch dann erschien Rose doch noch. Sie atmete schwer. Nathalie vermutete, dass sie sie von irgendeiner Arbeit hochgescheucht hatten.

»Das ging aber schnell! Haben Sie schon was rausfinden können? Aber kommen Sie doch rein, und entschuldigen Sie, wie es hier aussieht, ich war gerade im Garten, die Rosen, wissen Sie.« Das alles sagte sie fast ohne Punkt und Komma, während sie sie in die Küche führte? »Tee?«, bot sie ihnen dort an, doch alle schüttelten den Kopf. »Eistee, tut gut beim Arbeiten im Garten«, fügte sie hinzu, aber auch das konnte keinen locken.

»Ich muss was beichten«, machte Daniel schließlich den Anfang.

Nathalie stellte sich vor, dass Rose nur ganz leicht ihre Brauen hob und sofort wusste, was er meinte. Und richtig.

»Was ist mit dem Foto?«, fragte sie.

Als Daniel mit seinem Bericht fertig war, raschelte Roses Kittelschürze, gleich anschließend putzte sie sich die Nase. »Also, ich denke, Nathalies Leben gegen Eileens Foto – das ist ein recht guter Tausch, oder irre ich mich?«

Erleichtert atmete Daniel auf.

»Und wer weiß«, fügte Raymond hinzu, »vielleicht finden wir bei der Zeitung ein richtig gutes Bild von Eileen, dann hätten Sie Ihr Andenken wieder.«

»Da machen Sie sich mal keine Gedanken. Wenn Sie auf eines stoßen, ist es erst mal wichtig, dass Sie Ihr Rätsel lösen.« Dann wandte sie sich an Nathalie. »Und was tun Sie in der Zwischenzeit? Verzeihen Sie, wenn ich das sage, aber Sie sehen etwas mitgenommen aus – verständlicherweise. Bleiben Sie doch ein bisschen hier, wir könnten es uns im Garten bequem machen.«

»Gern, danke.« Nathalie musste zugeben, dass das genau das war, was sie jetzt wollte. Einfach irgendwo sitzen und sich entspannen, und nebenbei konnte sie Rose tatsächlich nach Eileens Haus fragen.

Raymond stand auf. »Dann sollten wir jetzt verschwinden.« Im Vorbeigehen berührte er Nathalie kurz, als wollte er sagen, sie sei hier gut aufgehoben.

Nathalie nickte zur Bestätigung. »Viel Glück!«

»Sie machen aber auch Sachen, Kind!« Rose hatte die beiden Männer hinausbegleitet und sich danach den Kittel ausgezogen. Das Geräusch des Stoffes klang anders, als sie sich setzte. »Möchten Sie nicht doch einen Eistee?«

»Ja, ist vielleicht keine schlechte Idee«, stimmte Nathalie zu.

»Na, sehen Sie. Sie müssen es mir übrigens nachsehen, wenn anfange, Sie zu sehr zu bemuttern und dieses schreckliche ›mein Kind‹ zu Ihnen sage. Das kommt wohl, wenn man älter wird, man neigt dazu, sich um andere kümmern zu wollen, vor allen Dingen, wenn man niemanden mehr hat, um den man sich kümmern kann.«

»Das ist schon ganz okay. Ich reagiere nicht mehr so allergisch darauf wie zu Anfang.«

»Zu Anfang, als Sie erblindeten, meinen Sie?«

Nathalie nickte. Natürlich, Rose wusste ja nichts von ihrer Geschichte.

»Darf ich fragen ...«

»... wie lange das her ist?« Warum traute sich eigentlich niemand so richtig, diese Frage zu stellen? Nathalie erinnerte sich daran, dass auch Raymond sich gleich hinterher entschuldigt hatte, und erzählte in wenigen Sätzen, was damals passiert war, wie sie seitdem lebte und was sie heute tat.

»Das Arbeiten mit den Händen hat mich abgelenkt und beruhigt und mich von meinem Selbstmitleid abgebracht.«

»Gut möglich. Als mein Mann starb, habe ich angefangen, mit Ton zu arbeiten, und ich habe genau dieselben Erfahrungen gemacht. Inzwischen stelle ich für die Moulin Huet Pottery Töpferarbeiten her, die dort an Touristen verkauft werden. Nichts ist so beruhigend, wie ein Stück weichen Ton zu bearbeiten. Wollen Sie es mal ausprobieren?«

»Sehe ich so nervös aus?«, fragte Nathalie lächelnd.

»Also, gestern haben Sie mir besser gefallen. Schließlich wären Sie beinah von den Klippen gestürzt. Außerdem könnte es ganz interessant für Sie sein, die Arbeit mit Ton und Speckstein zu vergleichen. Kommen Sie mit!«

Entschlossen nahm sie Nathalie an der Hand und führte sie in einen anderen Raum, in dem es kühler war als in der Küche.

»Ihre Werkstatt?«, fragte Nathalie.

»Stimmt. Setzen Sie sich hier hin.« Sanft schob sie Nathalie zu einem Stuhl. Vor ihr stand ein Tisch, auf den Rose jetzt etwas legte und anschließend Nathalies Hände hinführte.

Nathalie spürte etwas Weiches zwischen ihren Fingern, feucht und kalt. Eine Weile betastete sie das Material. Sie hatte noch nie mit Ton gearbeitet, es war etwas ganz anderes als der Stein, dem man mit Sägen, Feilen und Schmirgelpapier zu Leibe rückte. Ton war sehr viel leichter zu formen. Während ihre Hände den Ton kneteten, um sich an das Material zu gewöhnen, fragte sie nach Eileens Haus.

»Nach dem Brand war nicht mehr genug übrig, um es wieder aufzubauen, deshalb sind damals die Ruinen ganz abgerissen worden. Zuerst hat an derselben Stelle niemand bauen wollen, manchmal sind die Leute schon erschreckend abergläubisch. Aber dann hat der Makler das Grundstück zu einem Spottpreis angeboten und ist es endlich losgeworden.«

»Wo genau hat es gelegen?«, hakte Nathalie nach. Der Ton in ihren Händen war jetzt warm geworden. Sie riss ein wenig davon ab, um daraus eine Schlange zu drehen.

»Wenn Sie heute Morgen dort waren, ist Ihnen vielleicht ein kleiner Tea Garden aufgefallen. Das war Eileens Stückchen Land. Der neue Besitzer setzte sich ein hübsches Cottage dort hin, aber leider starb er überraschend an Krebs, kaum dass er eingezogen war. Wie Sie sich vorstellen können, war es von dem Moment an endgültig aus. Jahrelang stand es leer, bis Mrs Le Guen die Idee mit dem Tea Garden hatte. Über Nacht mochte keiner dort sein, wo sich gleich zwei Dramen abgespielt haben, aber der Tea Garden schließt bei Sonnenuntergang.« Rose lachte. »Und die Touristen, die kommen, wissen gar nicht, wo sie ihre Krabben-Sandwiches und ihren Cream Tea genießen. Vielleicht sollte Mrs Le Guen das ändern, es könnte noch mehr Ausflügler anlocken. Gruselgeschichten kommen immer gut an.«

»Es ist aber doch gar keine Gruselgeschichte«, widersprach Nathalie. »Oder ist schon mal irgendwem Eileens Geist erschienen?«

Rose schwieg etwas zu lange.

»Das ... sollte eigentlich nur ein Witz sein«, stellte Nathalie klar.

»Natürlich. Und ich habe auch noch nie gehört, dass jemand Eileens Geist gesehen hätte. Nur manchmal, wenn ich da an den Klippen stehe, habe ich das Gefühl, als ob ...« Sie brach ab. »Aber das ist alles Unsinn!«, wischte sie ihre eigene Beklemmung energisch fort. »Es gibt keine Geister und keine umherwandelnden unruhigen Seelen. Ich bin nur eine alte Frau mit zu viel Fantasie, das ist alles.«

Gelegentlich gab es doch Geister, dachte Nathalie. Zumindest nachts in ihren Träumen, doch davon würde sie nichts erzählen. Es sah ganz so aus, als hätte Rose ihre eigenen Albträume. Nathalie zerdrückte die Schlange, die sie geformt hatte, und fügte sie wieder zu dem großen Stück Ton hinzu.

»Erzählen Sie mir ein bisschen von Guernsey«, forderte sie Rose auf, um sie auf andere Gedanken zu bringen. Die Geschichte von Eileen mochte faszinierend sein, aber zweifellos war sie ebenso traurig.

Rose wurde fröhlicher, als sie anfing, Anekdoten von der Insel zu erzählen. Sie hatte im Laufe der Jahrzehnte sicher wenig Aufregendes erlebt, wenn man mal von Eileens Tod absah, schien jedoch das Inselleben keineswegs langweilig zu finden.

Nathalies Hände kneteten und formten den Ton. Sie achtete gar nicht darauf, was sie tat, sie lauschte einfach dem Klang von Roses Stimme und verwünschte einmal mehr ihre Blindheit.

Zu gut konnte sie sich daran erinnern, bei ihrem letzten Aufenthalt von Guernseys Schönheit beeindruckt gewesen zu sein, aber sie hatte natürlich längst nicht alles ansehen können. Deshalb fehlte ihr jetzt einfach die Vorstellungskraft, wenn Rose die kleine Insel Lihou erwähnte, den Jerbourg Point oder den geheimnisvollen Steinkreis unterhalb des Pleinmont Tower.

Währenddessen modellierten Nathalies Finger noch immer den Ton – die Augen, die Nase, das runde Kinn. Es war ruhig im Raum, durch das geöffnete Fenster drang Vogelzwitschern zu ihnen herein, und Nathalie wurde sich der plötzlichen Stille bewusst.

»Warum erzählen Sie nicht weiter? Es macht Spaß, Ihnen zuzuhören.«

Rose antwortete nicht sofort. »Tut es das?«, sagte sie nach einer ganzen Weile. Ihre Stimme klang abwesend und merkwürdig zögernd.

»Aber ja! Tut mir Leid, wenn ich nicht allzu viel zur Unterhaltung beitrage, ich fürchte nur, die mickrigen Dinge, die ich in St. Malo erlebe, sind wirklich nicht wert, erwähnt zu werden.«

Wieder blieb es länger ruhig, bis Nathalie schließlich von ihrer Arbeit abließ. Sie war fertig, an ihren Händen klebte Ton. Sie hielt sie vors Gesicht, als würde sie sie skeptisch betrachten. »Könnte ich vielleicht ...«, begann sie, doch sie brauchte gar nicht weiterzusprechen.

»Aber sicher!« Rose schien mit einem Mal wie ausgewechselt und genauso munter wie vorhin. »Warten Sie, ich begleite Sie ins Bad.«

Nathalie hörte das Seidenfutter rascheln, als Rose aufstand, sie leicht an der Schulter berührte und dann zum Waschbecken dirigierte. Als sie beide zurückkamen, klingelte es an der Tür. Rose entschuldigte sich und kam kurz darauf mit Raymond und Daniel in die Werkstatt.

»Ich kann keine Mikrofiches und keine alten Zeitungen mehr sehen«, schimpfte Raymond. Trotzdem klang er zufrieden, fand Nathalie.

»Was war denn so furchtbar?«, erkundigte sie sich.

»Gar nichts!«, lachte Daniel. »Abgesehen davon, dass ich wirklich froh bin, keine Stauballergie zu haben. Dieses Zeitungsarchiv hat's in sich. Aber es war nicht umsonst!«

»Ihr habt was gefunden?«, fragte Nathalie aufgeregt.

»Haben wir. Im Jahr vor ihrer Hochzeit hat sich Eileen

an einem Kirchenbasar beteiligt, und von der Veranstaltung wurden Fotos für die Zeitung gemacht. Ausgerechnet eins, auf dem sie drauf war, wurde veröffentlicht und ...«

»Menschenskind!«, rief Raymond plötzlich dazwischen.

Irritiert hielt Daniel inne, und auch Nathalie runzelte die Stirn. Raymonds nächste Bemerkung richtete sich an Rose.

»Warum haben Sie uns das nicht gleich gezeigt?«, fragte er. »Wenn wir gewusst hätten, dass Sie das da hatten, hätten wir uns die Suche nach dem Foto sparen können!«

Rose reagierte nicht, was Nathalie seltsam fand.

»Was?«, wollte sie wissen. »Wenn ihr *was* gewusst hättet?«

»Na, diese Büste von Eileen!«, sagte Raymond. Nathalie hörte, wie er einen Schritt auf den Tisch zu machte. Was auch immer er tun wollte, Rose hielt ihn davon ab.

»Vorsicht! Sie ist noch feucht und weich!«

Plötzlich drehte sich alles in Nathalie, als sie begriff, was hier vor sich ging. Sie sprachen von der Büste. Von der Büste, die *sie* gemacht hatte. Sie hörte Raymonds Stimme in ihrem Kopf, die die Worte wiederholte: »Diese Büste von Eileen.« Sie hatte das Gesicht von Eileen Duras modelliert, ohne es je zuvor gesehen zu haben. Sie spürte, wie ihr ganzer Körper zu zittern begann wie heute Morgen auf den Klippen. Es fing in ihren Beinen an und wanderte hinauf bis zu den Armen und wieder hinunter bis in die Hände, mit denen sie gerade eben noch den Ton bearbeitet hatte.

Mitten hinein in ihre aufkommende Übelkeit sagte Raymond nachdenklich: »Trotzdem schade, dass wir das ursprüngliche Foto verloren haben. Vielleicht hätten wir doch noch was Interessantes darauf entdecken können.«

»Es war doch bloß ein gestelltes Hochzeitsfoto, wichtig nur als Erinnerung. Wir wissen schließlich, wer drauf war«, wandte Daniel ein.

Nathalie wollte etwas sagen, doch ihre Stimme versagte. Sie wollte auf sich aufmerksam machen, aber sie schien wie gelähmt. Ihre Arme und Beine hatten aufgehört zu zittern, dafür waren sie unendlich schwer. Sie konnte nicht mehr klar denken. Als ob das nicht reichte, tauchte plötzlich vor ihrem inneren Auge ein Gesicht auf. Das Gesicht eines Mannes, den sie nicht kannte. Zu dem Gesicht kam noch etwas hinzu. Ein Name.

»Jack?«, hauchte sie.

Raymond war viel zu sehr in seine Gedanken vertieft, er merkte nicht, was mit Nathalie passierte. »Ja, natürlich war Jack drauf.«

Aber das hörte Nathalie kaum. Sie wurde von Schwindel und Übelkeit überwältigt, das Gesicht des Mannes namens Jack kam in rasender Geschwindigkeit auf sie zu. Sie wollte schreien, doch es kam kein Ton über ihre Lippen. Stattdessen sackte sie ohnmächtig auf dem Stuhl zusammen.

18.

Nathalie!«, rief Raymond entsetzt. Daniel stand näher bei ihr und konnte sie gerade noch rechtzeitig auffangen, bevor sie zur Seite wegkippte. Er trug sie vorsichtig auf das Sofa in Roses Wohnzimmer, die von irgendwoher ein Fläschchen Riechsalz holte.

Daniel verzog ungläubig den Mund und sah zu Raymond hinüber, der allerdings keine Anstalten machte zu protestieren. Vielleicht hatte er Recht, man sollte jedes Mittel ausprobieren, das Nathalie helfen konnte, mochte es auch noch so altmodisch sein. Tatsächlich aber half gar nichts. Nicht das Riechsalz, kein kalter Waschlappen oder sanfte Ohrfeigen. Nathalie rührte sich nicht.

»Wir sollten endlich einen Arzt rufen. Sie ist schon seit fast einer halben Stunde in diesem Zustand«, sagte Raymond schließlich düster. Er war nicht von ihrer Seite gewichen. Daniel hatte sich in den Hintergrund zurückgezogen und wartete an einer Anrichte lehnend ab, ob er irgendwas tun konnte.

Rose nickte seufzend und stand auf. »So eine tiefe Ohnmacht ist mir in meinem Leben noch nicht untergekommen.«

»Wenn wir nur wüssten, was sie ausgelöst hat, vielleicht könnten wir dann das Richtige tun, um Nathalie aufzuwecken.«

Auch Daniel zerbrach sich den Kopf. Als Letztes hatten sie über das Foto geredet, das er und Raymond im Archiv der *Guernsey Press* entdeckt hatten, aber da Nathalie das nicht kannte, glaubte er kaum, dass da ein Zusammenhang bestand.

»Ich denke, ich weiß, was es war«, sagte Rose, die noch immer vor dem Sofa stand, statt zum Telefon zu gehen und den Arzt zu alarmieren.

»Sie wissen es?«, wiederholte Raymond überrascht. »Wenn das so ist, warum haben Sie das nicht gleich gesagt?«

Nachdenklich schaute Rose auf Nathalie hinunter, bevor sie antwortete. »Weil Sie das wohl ziemlich merkwürdig finden werden. Es geht um die Büste.« Dabei deutete sie hinter sich in Richtung Werkstatt, in der Eileens Büste noch immer zum Trocknen stand. »Sehen Sie, Nathalie hat diese

Büste gemacht, während Sie beide bei der Zeitung waren. Sie hat Eileen niemals gesehen und dennoch ihr Gesicht so genau modelliert, als hätte sie direkt vor ihr gesessen.«

»Aber das ist ja absurd! Wie sollte so was möglich sein?«, fragte Raymond unwirsch.

»Wenn Sie eine eindeutige Antwort darauf wollen, verlangen Sie leider ein bisschen viel von mir. Alles, was ich zu bieten habe, sind ein paar Vermutungen, und selbst die sind mehr als unzulänglich«, gestand Rose.

»Ich glaube kaum, dass Raymond und ich mehr zu bieten haben als Vermutungen«, schaltete Daniel sich ein. »Also raus damit.«

Zögernd fing sie an zu reden. »Es ist doch so, dass Blinde ihr fehlendes Augenlicht durch etwas anderes kompensieren, nicht wahr? Sie können beispielsweise besser hören als andere oder besser tasten. Ist das bei Nathalie auch so?«

Raymond nickte bestätigend und Daniel fügte hinzu: »Sie weiß manchmal, wenn jemand sie ansieht, und sie weiß, was gemeint ist, ohne dass es jemand ausdrücklich sagt.« Zur Veranschaulichung schilderte er in kurzen Worten ihren ersten Besuch bei der Gran'mère, bei dem Nathalie sofort wusste, dass er sich über den Riss in dem Menhir gewundert hatte.

»Dann wäre es doch möglich, dass ihre Erblindung eine Art sechsten Sinn ausgelöst hat, dass sie Dinge wahrnimmt oder Schwingungen oder irgendwas in der Art.«

»Das geht mir jetzt etwas zu weit«, meinte Raymond zweifelnd. »Ich muss gestehen, dass ich von solchen übersinnlichen Dingen absolut nichts halte.«

Daniels erste Reaktion war dieselbe, so etwas gab es schlicht nicht. Doch dann fiel ihm wieder etwas ein, das er in St. Malo zu Nathalie eigentlich eher scherzhaft über das Schicksal gesagt hatte. Es gab so viele Zufälle in dieser Geschichte, angefangen damit, dass Raymond gerade zur richtigen Zeit ausgerechnet die Fotografin des Bildes kennen lernte, das für seinen Vater so wichtig schien.

»Nur weil man blind wird, heißt das schließlich nicht, dass man plötzlich übernatürliche Fähigkeiten hat«, argumentierte Raymond weiter.

»Möglicherweise sieht aber Nathalie mit ihrem inneren Auge mehr, als wir alle wahrnehmen«, widersprach Rose. »Die Büste sollte Beweis genug sein, es sei denn, Sie betrachten die Ähnlichkeit nur als puren Zufall.«

Keineswegs überzeugt schaute Raymond zu Nathalie hinüber. Prüfend folgte Daniel seinem Blick. Hatte ihre Hand nicht vorher auf ihrem Bauch gelegen, während sie jetzt auf ihrer Brust lag?

Raymond beugte sich zu ihr hinunter.

»Nathalie?«, sagte er leise.

Ein leises Stöhnen war die Antwort.

»Sie kommt zu sich«, stellte Daniel fest, als Nathalie erneut stöhnte, lauter diesmal. »Ich glaube, wir brauchen keinen Arzt mehr zu holen.«

Rose hockte sich neben Raymond und betrachtete Nathalie aufmerksam. Daniel blieb, wo er war. Nathalie würde einen Schreck bekommen, wenn sie aufwachte und gleich drei beunruhigte Gesichter über sich sah. Dann fiel ihm ein, wie überflüssig diese Sorge in ihrem Fall war.

Plötzlich ging ein Ruck durch ihren Körper. Als wäre sie durch einen lauten Wecker aus dem Schlaf gerissen worden, fuhr sie hoch. Verwirrt krauste sie die Stirn, und im ersten Moment kam es Daniel tatsächlich so vor, als sähe sie sich um, um sich zu orientieren. Gerade als Raymond sie ansprechen wollte, flüsterte sie etwas, das Daniel nur mit Mühe verstand. Sie wisperte einen Namen: »Jack?«

Dann schien sie mit einem Mal in Panik zu verfallen. Wie gehetzt ruckte ihr Kopf hin und her.

»Nathalie, bist du ...«, begann Raymond und berührte ihre Schulter.

Heftig schüttelte sie seine Hand ab, dabei blieb ihr Blick seltsam starr auf Rose fixiert. »Wo ist Jack?«, fragte sie. »Wie bin ich hierher gekommen? Ich kann mich an gar nichts erinnern!« Ihre Stimme hob sich in einem erneuten Anflug von Panik, doch etwas anderes erschreckte Daniel weitaus mehr. Nathalies französischer Akzent war vollkommen verschwunden. Jetzt sprach sie ebenso perfekt wie er – und sie ließ Rose nicht aus den Augen.

»Großer Gott!«, entfuhr es Raymond leise.

Nathalie konnte sehen.

Neben Raymond machte Rose ein undefinierbares Geräusch. Auch ihr war es aufgefallen, sie wollte ihm aber bedeuten, still zu sein. Mit einer energischen Bewegung legte sie den Arm um Nathalie. »Es ist alles in Ordnung, Kind, kein Grund zur Sorge. Es hat einen kleinen Unfall gegeben, Sie müssen sich ein bisschen ausruhen.«

Roses Worte beruhigten Nathalie nur halbwegs. Ganz offenbar hielt sie sich für Eileen, anders ließ sich die wiederholte Frage nach Jack Wilson nicht erklären. »Wo ist Jack?«

»Er wird bald hier sein«, sagte Rose wie selbstverständlich. »Sie müssen sich jetzt ausruhen.«

Nathalies Blick glitt zu Raymond, der dabei zusammenzuckte. Wenn Nathalie jemanden ansah, traf sie für gewöhnlich nie genau dessen Augen. Dies war das erste Mal, dass es zwischen den beiden einen direkten Blickkontakt gab, und das brachte Raymond aus der Fassung. Daniel war sich sicher, es hätte auch ihn außer Fassung gebracht, er spürte eine Gänsehaut auf seinem Arm. Nathalie war blind. Eigentlich.

»Sind Sie Arzt?«, fragte sie schließlich.

Mühsam brachte Raymond eine simple Antwort heraus: »Ja, bin ich.«

Daniel beobachtete, wie Rose verhinderte, dass Nathalie – oder sollte er besser sagen: Eileen? – weiter nachbohrte. Sie drückte sie sanft in die Kissen und befahl: »Schlafen Sie ein wenig, Kind. Wenn Sie aufwachen, sieht die Welt schon wieder ganz anders aus.«

»Aber ich muss wissen, wo Jack ist. Er wird doch kommen, nicht wahr?«

»Natürlich kommt er! Er ist ja schon auf dem Weg.«

Nathalie nickte und schaute Rose noch einmal eindringlich an, um sich zu vergewissern, ob sie auch die Wahrheit sagte. Ernst hielt Rose dem Blick stand, bis Nathalie sich schließlich entspannte.

Sowohl Raymond als auch Rose starrten schweigend auf Nathalie hinunter, bis sie schließlich einschlief.

In der Küche begann Rose, eine Kanne Tee zuzubereiten. Sie schien zu glauben, dass Tee eine Art Allheilmittel war, gut gegen Stress jeglicher Art.

»Was tun wir jetzt?«, fragte Daniel.

Hilflos schüttelte Raymond den Kopf. »Keine Ahnung. Doch den Arzt rufen?«

»Und was wollen Sie dem erzählen?« Rose goss kochendes Wasser in eine alte, mit Heckenröschen verzierte Kanne. »Stellen Sie sich mal vor, was der sagen würde, wenn er mit Nathalie spricht und feststellt, dass sie sich für Eileen hält. Er würde sie auf der Stelle einweisen – und nicht bloß in ein Krankenhaus.«

»Wer könnte ihm das verübeln«, murmelte Daniel.

»Was soll das denn heißen?«, entfuhr es Raymond gereizt. »Glaubst du etwa, dass Nathalie in eine Irrenanstalt gehört?«

»Hey, Raymond, beruhig dich mal!«, gab Daniel zurück. »Du weißt, dass ich das nicht tue. Aber Rose hat Recht, ein Arzt würde es glauben.«

»Mit Sicherheit.« Rose stellte drei Tassen und eine Platte mit Kuchen auf den Tisch. Niemand hatte Hunger, trotzdem griffen alle zu.

Es liegt nicht am Tee, dachte Daniel. Es liegt einfach daran, dass wir das Gefühl haben, etwas völlig Normales zu tun und sich dadurch das Ungewöhnliche, was wir gerade erleben, möglicherweise in Wohlgefallen auflöst.

»Wieso habe ich den Eindruck, dass nichts, was hier passiert, Sie besonders überrascht, Rose? Wie können Sie so ruhig bleiben?«, wollte Raymond wissen.

»Der Eindruck täuscht, ich bin alles andere als ruhig. Immerhin war Eileen meine Freundin, auch wenn das schon sehr lange zurückliegt. Es ist mehr als seltsam, ihr jetzt plötzlich wieder gegenüberzustehen, auch wenn sie nicht so aussieht. Sie ist trotzdem Eileen. Irgendwie. Aber es nützt nichts, wenn wir aufgeregt wie die Hühner herumflattern.«

Daniel grinste. Er mochte Rose, die es verstand, durch diese eine einzige Bemerkung die Situation zu entschärfen.

»Wenn Nathalie aufwacht und sich immer noch für Eileen halten sollte, müssen wir sie auf jeden Fall in dem Glauben lassen«, fuhr sie fort. »Sie würde die Wahrheit in ihrem geschwächten Zustand nicht verkraften, geschweige denn verstehen.«

»Aber wir können nicht ewig behaupten, dass Jack jeden Augenblick auftauchen muss«, meinte Raymond.

»Dann sollten wir sie ablenken«, meinte Rose. »Sie darf

nicht erfahren, dass zwei Seelen in ihr wohnen. Ich verstehe ja nicht viel von gespaltenen Persönlichkeiten, aber wenn es zu einem inneren Kampf käme, könnte das zu einer Katastrophe führen.«

Raymond schob den Stuhl mit einem lauten Quietschen zurück und stand auf. »Ich seh mal nach ihr.«

»Bleib hier«, hielt Daniel ihn auf. »Lass sie schlafen, je länger, desto besser.«

»Ich hab nicht vor, sie zu wecken, ich will nur nach ihr sehen«, stellte Raymond mit scharfer Stimme klar und verschwand.

»Erlauben Sie mir, Sie etwas sehr Persönliches zu fragen?«, wandte sich Rose nach längerem Schweigen an Daniel.

»Klar.«

»Raymond ist in Nathalie verliebt, stimmt doch, oder?«

»Schätze schon«, sagte Daniel zurückhaltend. Eigentlich ging Rose das nichts an, aber sie war eine gute Beobachterin, also bestätigte er ohnehin nur etwas, das sie bereits wusste.

»Und was ist mit Ihnen?«

»Wie bitte?«

»Sie haben mich schon verstanden«, gab Rose zurück. »Nicht, dass Sie das durch irgendwas zu verstehen gegeben hätten, aber diese Gereiztheit zwischen Ihnen und Raymond ist weder zu übersehen noch zu überhören.«

»Auch du, Brutus«, seufzte Daniel. »Weshalb glauben bloß alle, dass ich irgendwelche Absichten hege? Ich will hier nur das Rätsel um meinen Vater lösen – meinetwegen auch noch das von Eileen, aber ich habe ganz bestimmt nicht vor, mich an Nathalie ranzumachen.«

Eine Weile blieb es still, in der Daniel hoffte, Rose möge sich mit seiner Erklärung zufrieden geben. Es war die einzige, die er hatte, und auch die einzige, an die er selbst glauben wollte.

»Sehr diplomatisch«, sagte Rose schließlich. »Was machen Sie eigentlich beruflich?«

»Was soll das jetzt wieder?«

»Ich dachte nur, dass Sie mir äußerst geübt darin scheinen, schöne Worte von sich zu geben, ohne wirklich was zu sagen. Sie haben meine Frage nicht beantwortet. Aber das ist wohl Ihr gutes Recht.«

Daniel lachte. Immerhin hatte er tatsächlich viel Erfahrung darin, andere nicht merken zu lassen, was er dachte. »Danke für die Blumen. Ich mag Nathalie, Rose, ich mag sie sehr. Aber selbst wenn ich der Typ für eine feste Beziehung wäre, würde ich mich ganz sicher hier nicht einmischen. Man muss kein Weiser aus dem Morgenland sein, um zu sehen, dass Nathalie nicht an mir interessiert ist, sondern an Raymond.«

»Hm«, machte Rose unbestimmt. »Dann sollten Sie in Nathalies Interesse Ihre Differenzen begraben. Sie ist ziemlich empfindsam und kann im Augenblick sicher keine unnötigen Spannungen zwischen Ihnen und Raymond gebrauchen.«

»An mir soll's nicht liegen«, meinte Daniel.

Im selben Augenblick kam aus dem Wohnzimmer ein Schrei. »Nein!«

Daniel sprang auf und dabei kippte seine Tasse um, der Tee ergoss sich auf die Tischdecke, doch darauf achteten weder er noch Rose. Zusammen hasteten sie hinüber, wo sie Raymond vor Nathalie stehend vorfanden. Offenbar schlief sie trotz ihres Schreis noch immer, bewegte sich allerdings unruhig und atmete stoßweise. Raymond streckte die Hand aus, doch Rose hielt ihn zurück.

»Vielleicht geht das vorbei.«

»Sie hat einen verdammten Albtraum, seht ihr das nicht?«, rief Raymond wütend. »Ich kenne das schon, die sind nicht gerade angenehm. Egal, was ihr davon haltet, ich werde sie jetzt wecken.«

»Seien Sie vernünftig, Raymond«, versuchte es Rose erneut. »Je länger sie schläft, desto größer ist vielleicht die Chance, dass sie als Nathalie aufwacht.«

»Woher wollen Sie das wissen?«

»Ich habe nicht behauptet, dass ich es weiß. Ich hoffe es einfach nur.«

Zögernd blickte Raymond auf Nathalie herunter, natürlich hatte er keine Ahnung, was das Beste für sie war. Dann sah er Daniel an, der sich mit seiner Meinung zurückhielt.

»Hättest du vielleicht einen Vorschlag?«, sagte er lauter als notwendig. »Immerhin ist Nathalie deinetwegen in dieser Situation.«

Daniel holte tief Luft und erinnerte sich gerade noch rechtzeitig daran, was er gerade Rose versprochen hatte. »Du kannst nicht mir die Schuld für das geben, was mit ihr passiert ist. Ich habe mir das auch nicht so vorgestellt, als wir herkamen, sondern dachte, wir graben hier ein bisschen in der Vergangenheit, und das war's. Hör auf, mich für etwas verantwortlich zu machen, für das ich nichts kann, *mon vieux*. Damit kommen wir nämlich nicht weiter.«

Irgendwas in Daniels Worten beruhigte Raymond. Vielleicht war es die alte, vertraute Anrede, aber letztlich kam es darauf nicht an. Raymond ließ sich in einen der schweren Sessel fallen. »Ich weiß, ich benehme mich wie ein hysterisches Waschweib, aber ich hab einfach Angst um Nathalie.«

»Schon gut«, sagte Daniel. »Ist ja auch nicht gerade eine

alltägliche Situation.« Dabei bemerkte er, dass Nathalies Albtraum tatsächlich vorüber zu sein schien, sie lag jetzt still da.

»Was halten Sie davon«, mischte Rose sich ein, »wenn Nathalie erst mal hier bleibt? Und Sie beide auch, wenn Sie wollen. Ich habe oben genug Platz.«

»Dann hol ich mal am besten eure Zahnbürsten«, bot Daniel sich an, noch bevor Raymond zustimmen konnte. »Es reicht ja wohl, wenn du hier bleibst.«

»Ja«, nickte Raymond, korrigierte sich aber sofort. »Nein. Ich wär dir dankbar, wenn du auch bleibst. Vielleicht könnten wir die Nacht über abwechselnd bei ihr sitzen, falls was Unvorhergesehenes passiert.«

»Fein, dann wäre das geklärt«, sagte Rose lächelnd. »Ich richte also zwei Betten her. Wenn Nathalie nicht sowieso aufwacht, wäre es sicher das Beste, sie schläft weiter auf dem Sofa.«

Mitten in der Nacht wälzte sich Daniel von einer Seite auf die andere. Raymond saß unten bei Nathalie, und Daniel sollte eigentlich schlafen, damit er in anderthalb Stunden die zweite Schicht übernehmen konnte. Bisher war Nathalie nicht wieder aufgewacht, weder als sie selbst noch als Eileen. Niemand wollte darüber spekulieren, ob man das als gutes oder schlechtes Zeichen deuten sollte. Als Rose Eileen gegenüber von einem Unfall geredet hatte, schien Eileen nicht überrascht, sondern akzeptierte die Erklärung sofort. Was bedeutete das? Hatte es in der Vergangenheit an jenem verhängnisvollen Tag wirklich einen Unfall gegeben?

Daniel richtete sich auf und rieb sich die Augen. Und dann war da noch diese andere Sache, die ihm ständig im Kopf herumging seit letzter Nacht allein auf den Klippen.

Entschlossen schlug er das Deckbett zurück. Da er sowieso nicht schlief, konnte er Raymond ebenso gut jetzt gleich ablösen. Er stand auf und streifte seine Jeans über. Als er sein Shirt über den Kopf zog, hörte er von unten Stimmen. Die eine, lautere, gehörte eindeutig Raymond, auch wenn Daniel nicht verstehen konnte, was er sagte. Mit zwei Schritten war er bei der Tür und lief die Treppe hinunter. Roses Schlafzimmer war im Erdgeschoss, sie kam ihm in einem gelben Flanellmorgenmantel entgegen. Gleichzeitig erreichten sie das Wohnzimmer.

»Beruhig dich!«, rief Raymond gerade. »Es ist doch alles gut! Um Gottes willen, bitte, es passiert dir nichts!«

Trotz der Dunkelheit im Wohnzimmer erkannte Daniel, dass Raymond versuchte, Nathalie festzuhalten. Sie setzte sich gegen ihn zur Wehr, hatte aber nicht genügend Kraft.

»Wo ist Jack?«, fragte sie atemlos. Sie redete und kämpfte gleichzeitig, als hätte sie Raymond gar nicht gehört oder nicht begriffen, was er sagte. »Warum kommt er nicht?«

»Er ist gleich hier!«

Das schien zu ihr durchzudringen, auch wenn es nicht den erwünschten Effekt zeigte. »Nein! Das haben Sie vorhin schon gesagt, ich glaube Ihnen nicht mehr! Lassen Sie mich los!«

»Eileen.« Daniel sagte nur dieses eine Wort, er wusste selbst nicht genau, warum, außer dass es ihm richtig schien.

Augenblicklich hielt sie in ihrer Gegenwehr inne und schaute in seine Richtung.

»Jack?«

Daniel war zu verblüfft, um sofort zu antworten.

»Jack, bist du da?«

Noch immer starrte Daniel hinüber zum Sofa. Er erkannte nur die Umrisse von Nathalie und Raymond, die dort in seltsam anmutender Umklammerung saßen. Dann spürte er einen Stoß in seine Rippen und hörte Rose leise wispern: »Nun gehen Sie schon!«

Zögernd machte Daniel einen Schritt vorwärts.

»Jack?«, wiederholte Nathalie fast flehentlich.

Raymonds Blick wanderte zwischen Nathalie und Daniel hin und her.

»Ich bin hier, Eileen«, sagte Daniel leise und machte Raymond mit einer versteckten Handbewegung ein Zeichen, sie loszulassen. Zunächst sah es so aus, als würde Raymond sich weigern, aber dann gab er nach, stand auf und trat in den Hintergrund zu Rose.

Nathalie richtete sich auf und blinzelte. Sie streckte die Hand nach Daniel aus. »Ich bin so froh ... so froh. Ist der Mann fort?«

Daniel ergriff ihre Hand und setzte sich neben sie. Er hatte keine Ahnung, wovon sie redete, und kam sich wie ein Betrüger vor, so zu tun, als sei er Jack, aber wenn er ihr helfen wollte, blieb ihm nichts anderes übrig. »Ja, Eileen, er ist fort. Er wird nicht wiederkommen.«

»Das ist gut«, murmelte sie und schmiegte sich an ihn.

Daniel schluckte und fragte sich, was um alles in der Welt er tun sollte. Tu, was Jack getan hätte, flüsterte eine Stimme in ihm. Also legte er die Arme um Eileen und hielt sie ganz einfach fest. Niemand sagte ein Wort, auch Rose und Raymond schwiegen. Als Daniel merkte, dass Nathalie wieder eingeschlafen war, ließ er sie vorsichtig auf das Kissen zurückgleiten, dann erhob er sich.

Nach wie vor war es gespenstisch still im Raum, und Daniel hätte jeden umgebracht, der jetzt etwas gesagt hätte. Er wollte nur noch raus hier. Ohne sich weiter um Rose oder Raymond zu kümmern, verließ er das Haus durch die Hintertür und atmete in Roses kleinem Garten die kühle Nachtluft ein.

Er war nicht Jack und Nathalie nicht Eileen, beide waren vor langer, langer Zeit gestorben. Aber so kurz ihr Leben auch gewesen sein mochte, sie hatten etwas besessen, das offenbar die Zeiten überdauerte. Während Daniel da draußen stand und gar nicht merkte, dass er anfing zu frieren, fragte er sich, ob dieses Etwas Segen oder Fluch bedeutete. Und wie um alles in der Welt sein Vater da hineinpasste.

»Gut, dass es drinnen so dunkel war«, sagte eine ruhige Stimme neben ihm.

Erschrocken zuckte Daniel zusammen. Er hatte Rose überhaupt nicht kommen hören, sie stand auf einmal da wie die Inkarnation der viel beschworenen Miss Marple, eingehüllt in diesen Flanellmorgenmantel, mit den weißen Haaren und dem freundlichen Gesicht. Vielleicht kam es Daniel deshalb so vor, als verberge sich hinter den blauen Augen mehr Wissen, als es nach außen den Anschein hatte. Vielleicht ahnte sie sogar etwas von Daniels Geheimnis. Nein, das war natürlich unmöglich.

Dann erst drangen Roses Worte zu ihm durch. »Weshalb war das gut?«

»Weil Eileen im Gegensatz zu Nathalie nicht blind war. Wenn sie Sie bei Tageslicht gesehen hätte, wäre sie kaum auf die Idee gekommen, Sie mit Jack zu verwechseln. Die Größe stimmt in etwa, die Haare auch, das war's dann schon mit den Ähnlichkeiten. Die Farbe Ihrer Augen zum Beispiel und Ihr Mund haben absolut nichts mit Jack gemeinsam.«

»Sie vergessen mein vollkommen bartloses Kinn«, fügte Daniel trocken hinzu.

Rose lächelte. »Ja, in der Tat. Als Sie Nathalie festhielten, haben Sie darauf geachtet, dass ihr Gesicht Ihres nicht berührte, nicht wahr?«

Daniel hob die Brauen. »Ich fürchte, da tun Sie mir zu viel der Ehre an. Vielleicht war's mein Unterbewusstsein.«

»Das leistet manchmal erstaunliche Dinge.«

»Ich wollte, es könnte mir auch erklären, was sich hier in den letzten Stunden eigentlich abgespielt hat. Langsam fange ich nämlich an zu denken, dass ich einen großen Fehler gemacht habe, in der Vergangenheit herumwühlen zu wollen.«

»Schlafende Hunde soll man nicht wecken?«

»Ganz genau«, nickte Daniel. »Auch wenn ich das vorhin so vehement bestritten habe, bin ich letztlich für alles verantwortlich, was Nathalie durchmacht. Das gefällt mir nicht. Wenn ich die Macht dazu hätte, würde ich die Zeit zurückdrehen, diesen Zeitschriftenausschnitt zerreißen und vergessen.«

»Niemand kann die Zeit zurückdrehen, Daniel, jedenfalls nicht so, wie Sie das gern möchten. Aber eigentlich tut Nathalie ein bisschen was Ähnliches. Wir können an der Geschichte vielleicht nichts ändern, aber es kann uns gelingen, sie wenigstens zu verstehen. Und wenn man seine Vergangenheit versteht, versteht man auch die Gegenwart.« Mit diesen rätselhaften Worten ließ Rose Daniel allein.

Daniel sah ihre Gestalt im Haus verschwinden und fand die Nachtluft mit einem Mal nicht mehr so erfrischend wie gerade eben noch. Kurze Zeit später folgte er Rose und warf einen Blick ins Wohnzimmer, wo Raymond wieder im Sessel saß und Nathalie nicht aus den Augen ließ.

»Ich lös dich ab, geh schlafen«, sagte Daniel leise.

Raymonds Kopfschütteln kam Daniel unnötig heftig vor. Kein Wunder, er hätte wohl genauso reagiert, wenn ein anderer Mann fähiger schien als er selbst, die Frau zu beruhigen, die er liebte.

»Es bringt nichts, wenn wir beide keine Ruhe finden«, versuchte Daniel es nochmal. »Ich rufe dich, wenn sie aufwacht.«

Nach einem langen Blick auf die schlafende Nathalie stand Raymond schließlich auf und verließ wortlos das Zimmer. Er tat das nur widerwillig, obwohl er wusste, dass Daniels Rat richtig war.

Daniel machte es sich in Raymonds Sessel so bequem wie möglich und merkte irgendwann, wie er müde zu werden begann. Er veränderte seine Position gleichzeitig mit Nathalie – oder Eileen, wie man es nahm –, die sich im Schlaf seufzend auf den Rücken drehte. Wachte sie auf? Daniel beugte sich vor, um gegen eine neue Panikattacke gewappnet zu sein und Raymond zu rufen. Doch nichts dergleichen geschah. Er wollte sich schon wieder entspannt zurücklehnen, als er sah, dass ihre Lippen sich bewegten und sie vor sich hin sprach, ohne dass auch nur eine Silbe zu hören war. Schließlich drehte sie sich wieder auf die linke Seite und rührte sich nicht mehr.

Wo bist du, Nathalie?, fragte Daniel ebenso lautlos in den Raum hinein.

TEIL 2

Juli 1952 – Eileens Hochzeitstag

Eileen schlug die Augen auf. Sie war sofort hellwach und wusste, dass heute ein ganz besonderer Tag war. Sie hätte gleich aufstehen müssen, weil es noch unendlich viel zu tun gab, stattdessen blieb sie weitere fünf Minuten liegen, in denen sie darüber nachsann, wie furchtbar glücklich sie sein sollte. Nie hätte sie für möglich gehalten, dass ihr, gerade ihr, so etwas passierte, dass sie den Mann traf, der für sie bestimmt war und für den sie bestimmt war. Jack. Heute war ihr Hochzeitstag, und auf den Hochzeitstag folgte die Hochzeitsnacht. Es gab nichts, das sie mehr herbeisehnte, als endlich die ganze Nacht in Jacks Armen zu liegen. Als sie daran dachte, umspielte trotz allem ein leichtes Lächeln ihre Lippen. Zum ersten Mal war sie geneigt, ihrer Tante zuzustimmen, die darauf bestanden hatte, bis zur Hochzeitsnacht zu warten, weil alle anständigen Frauen das taten. Ein paarmal waren sie und Jack kurz davor gewesen, sich nicht an diese Regel zu halten. Sehr kurz davor. Gelegenheiten hätten sie genug gehabt. Es war Sommer, und es gab viele einsame kleine Buchten. Irgendwas hatte sie zurückgehalten. Aber diese Nacht würde dem Warten ein Ende bereiten, die erste Nacht von unzähligen weiteren Nächten.

Eileen drehte sich auf den Bauch und umschlang ihr Kissen mit den Armen. Alles wäre perfekt. Wenn nicht ... Wenn da nicht diese eine mehr als beunruhigende Sache wäre, über die sie bisher mit niemandem geredet hatte, mit niemanden reden konnte, nicht mal mit ihrer besten Freundin Rosie. Eileen seufzte und setzte sich im Bett auf. Sie sollte diese düsteren Gedanken wenigstens für ein paar Stunden vergessen. Wenn sie erst einmal mit Jack verheiratet war, würde sich alles zum Guten wenden. Er würde ihr die Wahrheit sagen, er würde sich ihr nicht länger verschließen, sie musste ihm nur Zeit genug lassen.

Jetzt jedoch sollte sie sich lieber darauf konzentrieren, dass heute der glücklichste und wichtigste Tag in ihrem Leben war. Eileen dachte an den letzten Sommer, in dem sie Jack zum ersten Mal gesehen hatte. Das half, denn genau wie damals überkam sie die Gewissheit, dass sie diesen Mann wollte und keinen anderen.

Juli 1951

Gedankenversunken lief Eileen hinter ihrer Tante May her, die sie unbedingt nach St. Peter Port hatte mitnehmen wollen. Dabei beschäftigte sie noch immer der tragische Fall der Familie Renfield, der heute Vormittag bei Gericht verhandelt worden war. Eileen verdiente sich ihren Lebensunterhalt, indem sie halbe Tage in der Schreibstube einer Anwaltskanzlei arbeitete. Heute wäre sie gern länger geblieben, um zu erfahren, wie die Sache ausgegangen war, doch sie tat abwechselnd mit Margaret Dalton Dienst, sodass jeder von ihnen mal vormittags und mal nachmittags zu tun hatte. Heute war eben Margaret für die Nachmittagsschicht eingeteilt – und Eileens Schicksal besiegelt: Sie musste mit nach St. Peter Port, und so sehr sie auch sonst solche Ausflüge mochte, dieser hier diente vorwiegend zwei Zielen: einem Besuch beim Orthopäden ihrer Tante und anschließend dem eines Miederwarengeschäftes in der Fountain Street gegenüber den alten Markthallen. Die Miederwaren, die Tante May zu tragen pflegte, schienen aus dem vorigen Jahrhundert zu stammen, noch dazu wollte sie heute unbedingt ihrer Nichte solche Unterwäsche schmackhaft machen. Um sie nicht zu verstimmen, erklärte sich Eileen bereit, ein paar Sachen anzuprobieren, die ihr allesamt zu groß oder zu klein waren – egal was, Hauptsache Tante May zückte nicht die Geldbörse, um ihrer Nichte etwas vermeintlich Gutes zu tun.

Als sie im Bus von St. Sampson's entlang der Küste nach St. Peter Port gefahren waren, hatte der Himmel noch ganz grau ausgesehen. Die Inseln Sark und Herm, die sich normalerweise deutlich vom Horizont abhoben, lagen verborgen hinter tief hängenden Wolken. Doch nun traten Eileen und Tante May bei strahlendem Sonnenschein auf die Fountain Street hinaus. Das war das Inselklima, hier konnte sich das Wetter von einem Moment zum anderen schlagartig ändern. Tante Mays Laune war auf einem Tiefpunkt, weil sie für Eileen gar nichts gefunden hatten, doch sie besserte sich bei dem Anblick der Sonne.

»Komm, Kind, gehen wir in dieses nette Café in der Commercial Arcade, bevor wir nach Hause fahren«, schlug sie vor.

Eileen hasste es, wenn ihre Tante sie Kind nannte, immerhin war sie zwanzig, aber andererseits liebte sie es, in einem Café zu sitzen, besonders das Berthold nahe der Town Church hatte es ihr angetan. Also nickte sie erfreut und nahm kurz darauf mit Tante May an einem der wenigen draußen stehenden Tische Platz. Bei einem Stück Kuchen und einer Tasse Tee las Tante May eine Zeitschrift, und Eileen tat das, was sie bei solchen Gelegenheiten am liebsten machte: Sie beobachtete das Treiben, das Kommen und Gehen der Leute.

Gerade trat ein Mann aus einem Laden für Gärtnereibedarf, der Eileen sofort wegen seiner Größe auffiel. Sie selbst maß schon mehr, als für eine junge Frau eigentlich wünschenswert war, aber dieser Mann würde sie noch um einiges überragen, wenn er je neben ihr stünde. Der Gedanke, dass das mal der Fall sein könnte, gefiel ihr, so wie der Mann ganz allgemein ihr gefiel. Er war muskulös und sonnengebräunt, offenbar arbeitete er viel draußen. Seine Bewegungen waren beinah geschmeidig zu nennen, als er geschickt einer Frau mit einem Kinderwagen auswich, die ihn fast angerempelt hätte. Sie entschuldigte sich, er verbeugte sich leicht und lächelte, und selbst auf die Entfernung meinte Eileen ein Funkeln in seinen Augen zu sehen. Gerade als ihr bewusst wurde, dass sie ihn anstarrte, schien er zu spüren, dass er beobachtet wurde. Er wandte sich um und blinzelte suchend umher, bis sein Blick ihren fand. Im Geist ohrfeigte sie sich, weil sie es nicht geschafft hatte, rechtzeitig wegzusehen. Sie errötete und hoffte, dass er zu weit weg war, um das zu bemerken.

Grüßend tippte er leicht mit dem Finger an seine Mütze und neigte den Kopf. Seine Lippen teilten sich zu einem Lächeln. Eigentlich mochte Eileen Bärte nicht besonders, aber in das Gesicht dieses Mannes passte er ausgezeichnet. Bevor ihr klar wurde, was sie tat, lächelte sie zurück.

»Was tust du da, Kind?«, fragte plötzlich ihre Tante. »Du flirtest doch nicht etwa mit dem Kerl dort drüben? Das gehört sich nun wirklich nicht!«

Eileen stöhnte unhörbar auf. Wenn es danach ging, was sich gehörte oder nicht, durfte sie praktisch überhaupt nichts tun, außer dekorativ dasitzen und Tee trinken.

Wenn Tante May wüsste, was Eileen schon heimlich an Erfahrungen mit Männern gesammelt hatte, wäre ihr vermutlich die Luft im Hals stecken geblieben. Eileen seufzte ein zweites Mal, als sie das überdachte. Männer war eindeutig übertrieben. Es waren kaum mehr als Jungs gewesen, mit denen sie und ihre Freundin Rosie sich hin und wieder in eins der Ganggräber verzogen hatten, wo es aber über ein paar Küsse nie hinausging.

Eigentlich waren sie und Rosie längst im heiratsfähigen Alter, und heiraten war genau das, was Eileen wollte, damit sie endlich bei ihrer Tante ausziehen konnte. Andererseits hatte Mister Right bisher noch auf sich warten lassen. Eileen war sich zu schade dafür, den erstbesten Mann zu nehmen, nur damit sie zu ihrem eigenen Zuhause kam, für das es bei ihrem wenig üppigen Gehalt leider noch nicht ganz reichte. Sie hätte dafür das Erbe ihrer Eltern antasten müssen, doch damit wollte sie lieber warten, bis die Zukunft ein wenig deutlicher vor ihr lag.

Der Mann dort hinten, der jetzt gemächlichen Schrittes in Richtung High Street ging, kam ihrer Traumvorstellung allerdings schon sehr nahe. Zu gern hätte sie gewusst, wer er war und wo er wohnte, und sie fragte sich, ob sie ihm wohl jemals wieder über den Weg laufen würde. Guernsey war nur eine kleine Insel, aber die Chance, gerade ihn ein zweites Mal zu treffen, schien doch recht gering. Außerdem, fügte sie für sich hinzu, war es kaum vorstellbar, dass er ausgerechnet an einer jungen Frau wie ihr Interesse fand. In diesem Augenblick hasste sie das alberne geblümte Kleid und die flachen, wenn auch bequemen Schuhe, die sie trug. Sie schätzte den Mann auf Mitte dreißig, viel älter als sie, eigentlich sogar viel zu alt, um ihn überhaupt in Erwägung zu ziehen. Aber das Gefühl war da, es hatte sich in ihrem Kopf eingenistet. Und nicht nur da. Sie spürte ein Ziehen in einer Gegend ihres Körpers, in der sie für gewöhnlich nicht mal dann etwas wahrnahm, wenn sie mit einem jungen Mann Küsse austauschte. Dieses Gefühl war ihr neu, dennoch konnte sie es sofort deuten. Zum ersten Mal regte sich Begehren in ihr.

Zum dritten Mal seufzte Eileen unbewusst. Sie brannte darauf, mit Rosie darüber zu sprechen.

»Es gibt gar keinen Grund zu seufzen, Kind«, mahnte Tante May. »Du kannst nicht einfach jedem Dahergelaufenen Blicke zuwerfen. Was sollen denn die Leute denken?«

»Ist mir egal, was die Leute denken«, murmelte Eileen leise genug, dass Tante May es nicht hörte, weil gerade der Kellner zum Kassieren kam.

»Du weißt ganz genau, dass du dich vorsehen musst mit dem, was du tust. Oder glaubst du im Ernst, dass du einen passenden Mann findest, wenn du dich so unanständig benimmst?«

»Ich benehme mich doch gar nicht unanständig«, widersprach Eileen. »Ich habe nur jemanden gegrüßt, das ist alles.«

»Gegrüßt nennst du das?« Tante Mays Stimme wurde schrill, wie immer, wenn sie sich aufregte, dabei gab es dazu wirklich keinen Grund. Sie stand auf und zog auch Eileen hoch. »Wird Zeit, dass wir nach Hause kommen.«

»Ich bin noch mit Rosie verabredet. Wir wollen in Mrs Englishs Laden nach einem neuen Kleid für sie sehen.« Mrs Englishs Damenkleider ähnelten von der Art her Ogiers Miederwaren, aber der Zweck heiligte die Mittel, und Eileen wusste, dass die Erwähnung von Mrs English Tante May gnädig stimmen würde. Außerdem mochte sie Rose Cummings, die sie für die Unschuld vom Lande hielt. Was sie in gewisser Weise auch war, obgleich vielleicht nicht mehr ganz so unschuldig, wie Tantchen annahm.

»Na gut«, erklärte sich Tante May wie erwartet einverstanden. »Aber du nimmst den Bus um viertel vor sechs, damit du pünktlich zu Hause bist.«

Eileen traf Rosie oben auf der High Street, vor dem großen Gebäude der Lloyds Bank mit der grünen Kuppel. Dort änderte die Straße ihren Namen in Le Pollet und führte wieder zum Hafen hinunter, und dort befand sich tatsächlich Mrs Englishs Geschäft, auch wenn weder Rosie noch sie die Absicht hatten, dort einzukaufen. Rosie war ein hübsches Mädchen mit rotblonden Haaren, die ihr in weichen Wellen auf die Schultern fielen. Es geschah häufig, dass junge Männer sich nach ihr umdrehten, aber ebenso wie Eileen wartete sie noch auf den Richtigen. In letzter Zeit schien Robert Fuller Anwärter auf diesen »Posten« zu sein. Bob war schon in Ordnung, fand Eileen, aber eigentlich ein bisschen langweilig mit seinen hellbraunen, bereits an der Stirn schütter werdenden Haaren und der leisen, zurückhaltenden Stimme.

»Eileen, endlich! Ich habe mir schon die Füße in den Bauch gestanden. Wo hast du gesteckt?«

»Im Café Berthold. Tante hat ziemlich lange für ihren Tee gebraucht und mich nicht früher gehen lassen. Aber es hat sich trotzdem gelohnt«, sagte Eileen und wartete auf eine entsprechende Frage von Rosie. Doch die kam nicht. Stattdessen hielt sie ihr die Hand entgegen.

»Sieh dir das an!«, forderte sie Eileen auf.

An Rosies Ringfinger glänzte ein schmales goldenes Band. Erst jetzt fielen Eileen Rosies gerötete Wangen und strahlende Augen auf.

»Bob?«, fragte sie.

Rosie nickte. »Er hat gestern Abend bei meinen Eltern um meine Hand angehalten!«

Eileen freute sich für ihre Freundin. *Sie* musste Bob ja

nicht heiraten, und wenn er Rosie glücklich machte, dann hatte er ihren Segen. »Herzlichen Glückwunsch, zukünftige Mrs Robert Fuller!«, lachte sie und umarmte Rosie. »Wie fühlt man sich als Frischverlobte?«

»Fantastisch! Ich kann dir gar nicht sagen, wie aufgeregt ich bin!«

An diesem Nachmittag, an dem Rosie ganz aus dem Häuschen war, ergab sich keine Gelegenheit mehr für Eileen, von dem Fremden zu erzählen. Rosie ging ganz in ihrem eigenen Glück auf und redete in einem fort. Als sich die Freundinnen trennten, hatte auch Eileen zu glauben begonnen, dass der Mann von der Commercial Arcade nur ein dummer Traum gewesen war. Auf dieser Insel heiratete man Männer wie Bob Fuller, die jung waren und eine Banklehre machten oder etwas ähnlich Vernünftiges. Man kaufte sich ein Haus, bekam vier Kinder und kümmerte sich um den Garten. Und mit den Jahren war man froh, wenn der Ehemann spät von der Arbeit kam, weil die Kinder, das Haus und der Hund schon die ganzen Nerven gekostet hatten. Eileen beschloss, den Fremden zu vergessen.

Juli 1952 – Eileens Hochzeitstag

Eileen, Kind, bist du schon auf?« Tante May klopfte laut und vernehmlich an die Tür, als wollte sie eine Tote wecken.

»Ja, Tantchen, natürlich. Ich komme gleich!«, rief Eileen. Sie schwang die Beine aus dem Bett und stellte sich vor die mit Ringelblumen bemalte Waschschüssel. Aus einem Krug füllte sie Wasser in die Schüssel und begann, sich gründlich abzuseifen. Dabei gerieten ihr Wasser und Seife in Augen und Nase. Sie prustete und bekam einen Schluckauf, der überhaupt nicht mehr aufhörte. Sie hickste immer noch, als sie schließlich die Tür öffnete und hinunter in die Küche laufen wollte. Im letzten Moment hielt sie inne und sah sich in ihrem alten Zimmer um. Unzählige Male war sie hier aufgewacht, doch das gehörte nun der Vergangenheit an. Heute Abend würden sie und Jack in ihr Haus am Icart Point fahren, und sie würde dieses kleine Zimmer in liebevoller Erinnerung behalten. Tante May hatte sie bei sich aufgenommen und sich um sie gekümmert, als sie als Vollwaise aus England zurückgekehrt war, und das würde sie ihr nicht vergessen.

Eileen nahm zwei Stufen auf einmal und zwang sich, sich an den Frühstückstisch zu setzen. Auch das tat sie hier zum letzten Mal, deshalb wollte sie ihrer Tante die Freude machen, obwohl sich dieser Klumpen in ihrem Magen gebildet hatte, der bei jedem Bissen und jedem Schluck zu sagen schien: Halt, nicht mehr! Eileen fragte sich, ob das an der Aufregung lag oder daran, was in den letzten Tagen auf sie eingestürmt war. Tante May bemerkte nichts davon, und wenn doch, dann interpretierte sie es bestimmt als Nervosität vor der Hochzeit.

»Du musst um halb neun bei Mrs Brouard sein«, sagte sie, »um zehn kommt Mr Donovan mit Miss Foley, und um kurz vor halb elf stehst du fix und fertig angezogen hier, damit wir in die Kirche können.«

Eileen lächelte. Sie fand es erstaunlich, wie rührend Tante May um alles besorgt war, vor allem, wenn man an die vielen Anfangsschwierigkeiten mit Jack dachte. Als sie Tantchen das erste Mal von Jack erzählt hatte, war das einer Katastrophe gleichgekommen. Tante May weigerte sich anfangs sogar, ihn kennen zu lernen, hatte aber nicht mit Eileens Hartnäckigkeit gerechnet und so früher oder später kapitulieren müssen.

Pünktlich um halb neun erschien Eileen beim Friseur, danach brachte sie ein Taxi zurück nach Hause, wo bereits der Schneider auf sie wartete. Das Ankleiden dauerte länger als erwartet. Bis sie alle Unterröcke übergestreift hatte, der Schleier auf ihrem Haar befestigt und das Kleid perfekt saß, vergingen fünfundzwanzig Minuten. Eileen hörte ihre Tante unten im Haus hektisch herumlaufen, dann klingelte die Hausglocke, und gedämpftes Gemurmel drang nach oben, das sie nicht identifizieren konnte.

Mr Donovan und Miss Foley zupften noch immer an Eileen herum. »Es ist gut, wirklich, Mr Donovan, Sie haben sich selbst übertroffen!«, sagte sie ungeduldig.

Die Glocke ertönte von neuem. Diesmal erkannte Eileen sofort die zurückhaltende Stimme von Mr Pierce, der sie an Vaters statt zum Altar führen wollte. Es gab keinen männlichen Verwandten, der diese Aufgabe hätte übernehmen können – abgesehen von Tante Mays Bruder Alfred, doch der war vermutlich zu dieser Tageszeit schon nicht mehr ganz nüchtern und hätte sie kaum sicheren Schrittes den Gang zum Altar geleiten können. Deshalb hatte Jack Mr Pierce gefragt.

Geschickt drehte sich Eileen vorm Spiegel, womit sie sich vom Zugriff des Schneiders befreite. Sie scheuchte ihn und Miss Foley kurzerhand die Treppe hinunter, verabschiedete sie und lief ins Wohnzimmer.

»Mr Pierce!«, begrüßte sie Jacks Chef. Er wirkte seltsam befangen in seinem dunklen Anzug, den er vermutlich nicht allzu oft aus dem Kleiderschrank holte.

»Sie sind eine zauberhafte Braut, Miss Duras«, erklärte Horace Pierce. »Ganz zauberhaft. Jack wird sich nicht satt sehen können an Ihnen!«

»Das will ich hoffen!«, lachte Eileen. Tief in ihr nistete noch immer der Zweifel, die unbestimmte Angst, aber es gelang ihr allmählich, beides zu überwinden und wirklich glücklich zu sein. Auch sie konnte sich nicht satt sehen an Jack. Das war schon immer so gewesen, von ihrer ersten Begegnung an, und es änderte sich auch nicht, als sie ihn endlich wiedertraf.

August 1951

Ein Monat war vergangen, und der Mann aus St. Peter Port spukte Eileen noch immer im Kopf herum. Es half nichts, sich selbst streng zurechtzuweisen, wenn dessen Gesicht mal wieder ungefragt vor ihr auftauchte: morgens beim Aufwachen, beim Abwasch, mitten im Diktat in der Schreibstube oder beim Abendessen, er geisterte sogar durch ihre Träume. Einmal war sie nach einem solchen Traum schamrot aufgewacht. Es konnte doch nicht sein, dass ein vollkommen Fremder sie dazu brachte, solche Dinge zu träumen!

Eines Nachmittags hatte Eileen nach der Arbeit noch kurz in St. Sampson's eingekauft und war auf dem Weg nach Hause. Die Boote im Hafen lagen bei Ebbe auf Grund. Sie ging The Bridge entlang in Richtung South Side, als ihr ein Mann entgegenkam, den sie sofort wiedererkannte. Zwar hatte er seine Mütze tief ins Gesicht gezogen, aber sein Gang, seine Haltung waren unzweifelhaft die des Fremden. Ihr Herz setzte eine Sekunde lang aus, und ihr erster Impuls war, sich in eins der Geschäfte zu flüchten, doch dann wurde ihr bewusst, dass es dafür gar keinen Grund gab. Er mochte sie zwar über alle Maßen beeindruckt haben, aber umgekehrt war das wohl kaum der Fall.

Eileen sollte sich täuschen. Es trennten sie nur noch drei Schritte, als der Mann sich wie letztes Mal lächelnd an die Mütze tippte und sie grüßte.

»Einen schönen guten Tag, Miss. Kann ich Ihnen mit Ihren Einkäufen behilflich sein?«

Eileen trug zwei Taschen, die nicht sonderlich schwer waren, und sie wusste, was ihre Tante sagen würde, wenn sie es zuließ, dass dieser Mann sie nach Hause brachte. Sie ahnte aber auch, dass dies eine einmalige Gelegenheit war. Wenn sie sie nicht beim Schopf packte, würde sie sich für den Rest ihres Lebens für die verpasste Chance ohrfeigen. Also nickte sie und hielt ihm eine der Taschen hin. Dabei lächelte sie wortlos.

»Die andere auch«, forderte der Mann. »Oder glauben Sie, ich schaff das nicht?« Er zeigte ein breites Grinsen, das dasselbe Gefühl in ihrem Körper auslöste wie damals. Sie reichte ihm auch die zweite Tasche und berührte dabei versehentlich seine Hand. Augenblicklich stellte sie sich vor, wie es wäre, von ihm im Arm gehalten zu werden.

»Gestatten Sie, dass ich mich vorstelle«, sagte er. »Mein Name ist Jack Wilson.«

»Eileen Dur...« Sie musste sich räuspern und fing nochmal von vorn an. »Eileen Duras.«

»Freut mich, Miss Duras«, sagte Jack. Sie gingen eine ganze Weile schweigend nebeneinander her, ab und zu schaute er zu ihr herüber und lächelte.

»Ist das Wetter nicht herrlich?«, fragte er irgendwann.

»Oh ja«, sagte Eileen.

»Für morgen haben sie allerdings Regen vorausgesagt.«

»Wirklich?«

»Jaja, sicher, und ich spüre es schon in meinen Knochen.«

»Tatsächlich?«

»Können Sie glauben. Ich spüre den Wetterwechsel immer. Mein Rheuma, wissen Sie. Es fährt in meine alten Knochen, und ich kann Ihnen dann präzise Wettervorhersagen für die nächsten zwei Monate machen.«

Eileen blieb stehen und starrte Jack Wilson wütend an. Alte Knochen? Rheuma? Zwei Monate? Er machte sich über sie lustig!

»Ach, Sie Armer!«, sagte sie ruhiger als ihr zu Mute war. »Sie müssen ja schrecklich leiden. Aber wissen Sie, was gegen diese Art Beschwerden hilft? Ein Tritt in den Hintern!«

Jack Wilson schien sprachlos, doch dann warf er den Kopf zurück und lachte. »Das hab ich wohl verdient!«, sagte er, mühevoll nach Luft ringend.

Obwohl Eileen eigentlich wütend sein wollte, konnte sie nicht anders, als in sein Lachen einzufallen. Ihre Blicke begegneten sich, in diesem Augenblick wusste Eileen, dass sie nicht länger den Mann fürs Leben suchte.

Von diesem Tag an trafen sie sich regelmäßig. Eileen ahnte, dass Tante May einen Mann wie Jack ganz und gar nicht gutheißen würde. Das bedeutete, dass ihre Treffen heimlich stattfanden und vor allem sorgfältig geplant wurden, denn sowohl Eileen als auch Jack hatten ihre Arbeit, die zu verlieren sie sich nicht leisten konnten. Jack war meist von morgens bis abends beschäftigt und hatte nur einen freien Tag in der Woche, doch irgendwie schafften sie es immer, und wenn es nur für eine halbe Stunde war. Manches Mal dachte Eileen daran, ihrer Tante gegenüber Rosie als Alibi zu benutzen, aber bisher hatte sie auch ihre Freundin nicht eingeweiht. Ein wenig genoss sie die Heimlichkeiten, auch wenn sie wusste, wie kindisch das war. Es war gleichzeitig romantisch.

Wenn der Zeitplan ein längeres Treffen zuließ, verabredeten sich Jack und Eileen meist an der L'Ancresse Bay nördlich von St. Sampson's. Sie verzichteten darauf, sich an den langen, zu beiden Seiten von flachen Felsen gesäumten Sandstrand zu legen, an den das türkisfarbene Meer in sanften Wellen schlug. Stattdessen zogen sie es vor, sich in die Dünen zurückzuziehen, in denen es viele versteckte Ecken gab. Dort lagen sie dann auf einer Decke, und Eileen erzählte von ihrem und Jack von seinem Leben. Hin und wieder ging es dabei auch um den Krieg, den sie in zwei verschiedenen Welten mitgemacht hatten. Jack sprach allerdings nicht allzu gern über seine Zeit als Soldat, und wenn Eileen mal nachhakte, wechselte er rasch das Thema.

»Sei nicht böse, Eileen, aber es sind zu viele schlechte Erinnerungen damit verbunden. Ich möchte an diese Hölle einfach nicht mehr denken. Es reicht, dass ich meine Familie und mein Zuhause verloren habe.«

Eileen berührte vorsichtig Jacks Hand. Sie war die Erste, die das verstand. Aber sie hatte immerhin noch ihre Tante gehabt und konnte nach dem Krieg in ein einigermaßen vertrautes Leben zurückkehren.

»Du hast wirklich niemanden mehr?«, fragte sie und schmiegte sich an ihn.

Er schüttelte den Kopf. »Nein. Niemanden.«

»Doch«, widersprach Eileen, »du hast mich.«

Ein trauriges Lächeln legte sich wie ein Schatten auf sein Gesicht, doch kurz darauf kehrte das berüchtigte Funkeln in seine Augen zurück. »Das stimmt. Ich hab dich. Du wiegst eine ganze schreckliche Verwandtschaft auf!«

Es war November geworden, der Herbst hatte längst Einzug gehalten auf Guernsey, und bald wurde es zu kühl, um sich draußen im Freien zu treffen. Ihr letztes Rendezvous hatte bei Eileen zu einer heftigen Erkältung geführt, die Tante May sich überhaupt nicht erklären konnte. Sie verordnete ihrer Nichte kurzerhand Bettruhe, weshalb Eileen angstvoll der nächsten vereinbarten Verabredung entgegensah. Zwar ging es ihr schon etwas besser, aber es stand außer Frage, das Haus auch nur für fünf Minuten zu verlassen, geschweige denn für eine Fahrt zur L'Ancresse Bay. Hinzu kam, dass es keine Möglichkeit gab, Jack eine Nachricht zukommen zu lassen. Zum Telefon im nächsten Pub konnte sie schlecht gehen, ebenso wenig wie jemanden mit einer Botschaft schicken, weil noch immer keiner von ihrer Verbindung wusste.

Deprimiert saß Eileen dick eingepackt in Tante Mays mit Grünpflanzen und Palmen vollgestelltem Wintergarten und starrte hinaus in den ungemütlichen Nachmittag. Die Türglocke läutete, und einen Schreckmoment dachte sie, das sei Jack, der das Versteckspiel leid sei und kam, um sie abzuholen. Doch kurz darauf stand Rosie vor ihr.

»Na, du krankes Huhn?«, begrüßte sie ihre Freundin. »Wo hast du dir denn diese mordsmäßige Grippe hergeholt?«

Wenn es überhaupt einen passenden Augenblick gab, Rosie reinen Wein einzuschenken und daraus auch noch Nutzen zu ziehen, dann diesen, schoss es Eileen durch den Kopf.

»Setz dich«, sagte sie ohne weitere Umstände und deutete auf den zweiten weiß lackierten Korbsessel ihr gegenüber. »Ich muss mit dir reden. Und du musst mir einen Gefallen tun.«

»Gern«, sagte Rosie lächelnd. »Darf ich erst noch meinen Mantel ausziehen?«

Eileen warf einen Blick auf ihre Armbanduhr. In einer Stunde würde Jack an ihrem üblichen Treffpunkt sein. Das musste wohl reichen. »Ja, natürlich. Und könntest du Tante May um Tee bitten? Dann denkt sie, wir säßen hier beim Tratsch zusammen.«

Rosie zog die Stirn in Falten. »Tun wir das denn nicht?«

»Nein. Aber jetzt beeil dich mit dem Tee, wir haben nicht mehr viel Zeit.«

Ergeben zuckte Rosie mit den Schultern. Sie warf ihren Mantel über den Sessel und ging in die Küche. Kurze Zeit später kam sie mit einem Tablett zurück und verteilte zwei Tassen, ein Milchkännchen und eine Zuckerdose auf dem kleinen verschnörkelten Metalltisch, der ebenso weiß war wie die Stühle. Dann verschwand sie wieder und kam erst zurück, als der Tee fertig war. Die Teekanne in der einen Hand, hob sie Eileens Tasse und schenkte zunächst ihr, dann sich selbst ein.

»Also?«, fragte sie schließlich. »Kann ich mich hinsetzen oder schickst du mich gleich los?«

»Wie kommst du auf die Idee, dass ich dich irgendwo hinschicke?«

»Erstens: Wir trinken hier nur zum Schein Tee. Zweitens: Das heißt wohl, ich bin dein Alibi. Drittens: Du bist zu krank, um etwas anderes zu tun, als hier zu sitzen und Tee zu trinken. Viertens: Dann muss ich ja wohl erledigen, was du nicht erledigen kannst.«

»Bravo, Sherlock«, gratulierte Eileen säuerlich und erzählte Rosie endlich von Jack. »Was ist?«, fragte sie, als sie geendet hatte und keine Reaktion von ihrer Freundin kam.

»Das geht also schon seit ein paar Monaten so?«

Eileen nickte ungeduldig.

»Du hättest mir ruhig was sagen können. Vergessen, dass ich deine Freundin bin?«

»Nein, hab ich nicht. Sonst würde ich dich jetzt kaum um diesen Gefallen bitten.«

»Dazu bin ich gut genug«, stellte Rosie leise fest.

»Ich weiß, es war falsch, dass ich geschwiegen habe. Aber ich habe es einfach für besser gehalten, wenn niemand was weiß. Jetzt sei nicht beleidigt, bitte, Rosie.«

Rosie blickte durch die Scheiben des Wintergartens auf eine im Wind hin und her wehende Pinie und schüttelte den Kopf. »Wie viel weißt du eigentlich von diesem Jack? Er könnte dir weiß Gott was erzählt haben, wie willst du nachprüfen, ob das alles stimmt? Du kannst doch unmöglich deine Zukunft mit einem Fremden planen!«

»Meine Güte!«, fuhr Eileen auf. »Du klingst wie meine Tante! Ich liebe diesen Mann, meinetwegen könnte er aus Timbuktu kommen, was ist dabei? Rosie, ich brauche deine Hilfe, lass mich jetzt nicht im Stich. Er wartet beim Martelloturm Nr. 5 auf mich.«

Rosie schürzte die Lippen und holte tief Luft. »Also gut. Aber du sollst wissen, dass ich damit nicht einverstanden bin. Wer weiß, ob mit deinem Jack alles so ist, wie er sagt. Er hat keine Verwandten mehr – wie praktisch. Das heißt, du kennst niemanden, der ihn kennt, du wirst auch niemals jemanden kennen lernen, der ihn kennt, niemanden, den du fragen könntest. Er ist ein unbeschriebenes Blatt und kann sich seine eigene Geschichte erfinden, ganz so, wie es ihm passt. Und du fällst drauf rein.«

»Rosie! Was sollte Jack für einen Grund haben, mich anzulügen?«

»Woher soll ich das wissen? Wenn alles so ehrenhaft wäre, warum ist er dann nicht längst hier aufgetaucht und hat sich deiner Tante vorgestellt?«

»Weil ich das nicht wollte«, erklärte Eileen. Wieder schaute sie auf die Uhr. Es wurde allmählich knapp.

»Wie praktisch«, wiederholte Rosie.

»Willst du nun gehen oder nicht?«, fragte Eileen.

»Natürlich. Ich bin doch deine Freundin. Vielleicht mache ich mir ja auch viel zu viel Sorgen und sehe alles viel zu schwarz. Vielleicht habe ich ganz Unrecht, und Jack ist ein Traumprinz.« Rosie zog ihren Mantel an und öffnete die Tür zum Wintergarten, sodass sie das Haus verlassen konnte, ohne dass Mrs Matthews es mitbekam. »Aber er bleibt ein Fremder.«

Juli 1952 – Eileens Hochzeitstag

Ein Fremder, hallte Rosies Stimme in Eileens Kopf wider, während Mr Pierce sie noch immer wohlwollend musterte. Wieso dachte sie gerade jetzt daran? Sie hatte es doch eben noch geschafft, sich jeden beunruhigenden Gedanken zu verbieten. Warum musste er wiederkommen? Schön, sie mochte nicht alles über Jack wissen, weit weniger jedenfalls, als sie damals bei dem Streit mit Rosie annahm, aber das änderte nichts an ihren Gefühlen für ihn.

Entschlossen drehte sie sich einmal um sich selbst, wie um die störende Unruhe abzuschütteln. Nach irgendetwas suchend, das sie ablenken konnte, ließ sie ihren Blick durch das Wohnzimmer schweifen.

»Wo sind meine Brautjungfern?«, fragte sie dann.

Tante May antwortete nicht sofort, dafür öffnete sie schwungvoll die Tür, die zum Garten führte.

»Eine ist auf jeden Fall schon hier«, sagte sie und trat zurück, sodass Eileens Blick auf eine sehr schlanke junge

Frau mit langen braunen Haaren traf, die ihr vollkommen fremd war.

»*Bonjour,* Eileen«, grüßte das Mädchen mit verschmitztem Lächeln.

»Ist das nicht eine Überraschung?«, rief Tante May strahlend und schaute Eileen erwartungsvoll an.

Eileens Ratlosigkeit war offensichtlich, und das Mädchen schien sich darüber sehr zu amüsieren. »Es ist lange her ...«, sagte sie.

Lange her? Was war lange her? Dann riss Eileen die Augen auf. »Gabrielle! Das kann doch nicht wahr sein, du bist Gabrielle!«

»Ich habe ziemlich viel Überredungskunst gebraucht, sie nach Guernsey zu lotsen. Immerhin ist es ein weiter Weg«, ließ sich Tante May vernehmen, sichtlich stolz darauf, dass sie es letztlich geschafft hatte. »Aber ich dachte, deine Hochzeit wäre eine ganz besondere Gelegenheit, deine Cousine wiederzusehen. Wo du doch nur noch so wenige Verwandte hast.«

Ein lange zurückliegender Sommer tauchte aus Eileens Erinnerungen auf, in dem ihr Vater unerwarteten Familienbesuch bekommen hatte. Damals waren sie und Gabrielle für vier Wochen unzertrennlich gewesen, beide acht Jahre alt und mit unstillbarem Unternehmungsgeist. Die Tränen beim Abschied hatten gar nicht mehr versiegen wollen, und nur das Versprechen eines Gegenbesuches konnte die Mädchen trösten. Doch man schrieb das Jahr 1939. Zwölf Monate später sah die Welt ganz anders aus, Eileens Familie wurde nach England evakuiert, und sie und Gabrielle verloren einander aus den Augen.

Eileen stand da und wusste nicht, wen sie zuerst umarmen sollte: Tante May oder Gabrielle.

Tante May beschloss, auf die ihr eigene praktische Art

das Problem zu lösen und zumindest zu diesem Zeitpunkt keine Sentimentalitäten aufkommen zu lassen. »Meine Lieben, ihr könnt später alte Erinnerungen austauschen, Gabrielle ist immerhin noch ein paar Tage hier. Wenn wir nämlich nicht bald losfahren, wird die Trauung ohne uns stattfinden!«

Damit gab sie Mr Pierce, der die Szene gerührt mitangesehen hatte, einen sanften Schubs.

Eileens Kleid war sehr ausladend, sodass sich der viele Tüll am Rock und ihr Schleier fast in der Tür des Wagens verklemmt hätten. Mr Pierce setzte sich hinters Steuer, Gabrielle, Tante May und Mrs Pierce, die wie immer ein griesgrämiges Gesicht machte, als ob sie nicht einmal an einem solchen Tag gute Laune haben konnte, nahmen auf der Rückbank Platz. Mr Pierce drückte ungewohnt übermütig auf die Hupe und fuhr los zur St. Martin's Church. Eigentlich hätten Eileen und Jack in St. Sampson's heiraten sollen, aber nachdem Eileen das Haus am Icart Point gekauft hatte, fiel die Entscheidung zu Gunsten der Kirche in St. Martin's, die Eileen ohnehin viel lieber mochte, weil sie mit dem hügeligen Friedhof so hübsch zwischen all den alten Häusern lag.

Die Hochzeitsgäste hatten bereits in der Kirche Platz genommen. Nur aus Bob Fullers altem Austin stiegen gerade die anderen Brautjungfern: Rosie und Margaret, Eileens Kollegin aus der Anwaltskanzlei. Bob selbst wartete als Jacks Trauzeuge mit ihm in der Kirche.

Eileen beeilte sich, Gabrielle vorzustellen, und wunderte sich, dass niemand sonderlich erstaunt schien.

»Wir mussten doch mit deiner Cousine gestern unseren Einsatz proben!«, erklärte Rosie.

Eileen spürte ihren bewundernden Blick. Rosies Hochzeit mit Bob war knapp ein Vierteljahr her, und sie und

Eileen hatten ihre Kleider zusammen ausgesucht. Jetzt umarmte Rosie sie vorsichtig, um das Kleid nicht zu zerdrücken, und überreichte ihr verstohlen einen Blumenkranz. Dabei zwinkerte sie ihr zu. Nur Eileen sah, dass Rosies Augen feucht glänzten. Eileen drückte die Hand ihrer Freundin und zog sie mit hinüber zur Gran'mère du Chimquière, der sie die Blumen um die Schultern legte. »Für uns beide!«, sagte sie leise.

Rosie lächelte durch einen Tränenschleier und wischte sich entschlossen übers Gesicht, als sie hinter sich Tante Mays Entsetzensschrei hörte.

»Eileen! Willst du dieses heidnische Getue wohl lassen!«

»Ach, Tantchen, es kann doch nicht schaden!«, lachte Eileen. Sie fand den Brauch wunderschön, die Gran'mère um Fruchtbarkeit in der Ehe zu bitten, und sah sich schon umgeben von einer Horde Kinder. Kurz erinnerte sie sich daran, dass sie das einmal spießig gefunden hatte. Wie sehr die Dinge sich doch ändern konnten. Jack würde der Vater dieser Kinder sein! Alles, worüber sie sich Sorgen machte, verblasste dagegen zu Nichtigkeiten, die sich gewiss klären würden. In der Kirche wartete Jack auf sie, und nur das zählte.

Mit ihren Brautjungfern hinter sich und Horace Pierce an ihrer Seite schritt sie den Kiesweg zur St. Martin's Church entlang. Nur noch einmal drehte sie sich kurz um und sah zurück zur Gran'mère, die genauso unbeweglich wie seit Tausenden von Jahren stand, und hoffte auf die Wirkung von Rosies Blumenkranz.

Tante May übernahm die Rolle der Brautmutter und betrat als Erste die Kirche. Dies galt dem Bräutigam als Zeichen, dass die Braut angekommen war, und der Organist begann zu spielen. Als Eileen das Kirchenportal durchschritt, drückte sie den Arm von Mr Pierce noch fester. Sie brauchte etwas zum Festhalten, weil sie befürchtete, sonst den Kontakt zum Steinboden der Kirche zu verlieren. Da vorn unter dem zweiten Spitzbogen stand Jack in einem schwarzen Anzug und schaute ihr entgegen. Er lächelte nicht, sondern blieb ernst, weil er sich der Bedeutung dieses Momentes bewusst war. Das gab Eileen Gelegenheit, Jack noch einmal genau zu betrachten. Hätte er seine Lippen zu seinem typischen breiten Lächeln verzogen, wäre sie nicht dazu fähig gewesen. Jack war einen halben Kopf größer als sie, seine Augen waren braun und seine Haare und sein Bart dunkel, fast schwarz. Um seine Augen hatten sich schon kleine Fältchen gebildet, und Eileen liebte jedes einzelne von ihnen. Manchmal küsste sie ihn dort, und Jack lachte dann, weil es ihn kitzelte. Er stand sehr gerade und aufrecht da, eine Haltung, die er sich im Krieg angewöhnt hatte.

Eileen sah Jacks entschlossenen und zugleich liebevollen Blick und stellte sich vor, dass er an ihre gemeinsame Zukunft dachte. Sie hatte das Haus am Icart Point vom Geld ihrer Eltern gekauft, was Jack zuerst nicht recht gewesen war. Für den Rest ihres Lebens jedoch würde er aufkommen.

Eileen zwang sich, statt auf Jack nach links und rechts in die Bankreihen zu schauen. Da standen die paar Verwandten von Tante May, auch ihr Bruder Alfred mit seiner Frau Elizabeth und den drei Söhnen und deren Ehefrauen. Alfred Le Page schaute schon ein wenig glasig, und Eileen war doppelt dankbar für Mr Pierces Gegenwart. In den Reihen dahinter saßen Rosies Familie, die von Bob, Margarets Eltern und sogar Eileens alte Schullehrerin.

Neben sich spürte Eileen eine Bewegung von Mr Pierce, der sie in diesem Moment losließ und sich zurückzog. Der Mann an Eileens Seite war nun Jack Wilson.

Eileen lächelte ihn durch ihren Schleier an. Er lächelte zurück, dann wandten sich beide Pfarrer Perrée zu. Die Orgelmusik verstummte, und Perrée begann mit dem Gottesdienst.

Eileen wusste, sie sollte der Predigt genau zuhören, damit sie nie auch nur eine Zeile vergaß und noch ihren Enkeln davon erzählen konnte. Tatsächlich jedoch schienen ihr die Worte des Pfarrers wie zusammenhanglose Silben, weil sie die ganze Zeit bloß an Jack dachte, daran, dass sie hier mit ihm stand und dass sie gleich seine Frau sein würde.

Die Frau eines Fremden ...

Nein, schrie es in Eileens Kopf. Warum kann ich das nicht vergessen, wenigstens heute? Warum nicht?, fragte sie sich kraftlos, während um sie herum die Kirche verschwand und sie an jenen noch gar nicht so lange zurückliegenden Abend dachte, an dem ihre Zweifel begonnen hatten.

Juli 1952 – vier Tage zuvor

Ein Regenschauer hatte Eileen länger bei Mr Donovan aufgehalten als vorgesehen. Ursprünglich wollte sie nach der vorletzten Anprobe beim Schneider in St. Peter Port noch ein paar Besorgungen machen, doch dann fing es plötzlich an zu schütten wie aus Kübeln. Sie wäre nass gewesen bis auf die Knochen, wenn sie sich bei dem Wetter hinausgewagt hätte, also wartete sie ab, bis der Regen nachließ. Dann verabschiedete sie sich fröhlich bei Mr Donovan und trat auf die Straße. Sie reckte das Gesicht zum Himmel, ein paar wenige Tropfen fielen auf ihre Wangen. Es roch nach Sommer und nach feuchten Straßen und nach dem Meer hinter der Kaimauer und auch schon wieder ein bisschen nach Sonne. Am Horizont wurde es bereits heller.

Genauso war es auch damals gewesen, als Jack sich entschlossen hatte, mit offenen Karten zu spielen. Obwohl er nie darüber geredet hätte, ahnte Eileen, dass Rosies Verhalten ihm gegenüber sehr unhöflich gewesen war. Trotzdem hatte Jack andere Gründe, endlich mit Tante May zu reden. Rosie war an jenem Tag zu spät zur L'Ancresse Bay gekommen, vermutlich absichtlich, obwohl Eileen das natürlich nicht beschwören konnte. Doch in der halben Stunde, die Jack warten musste, hatte er sich solche Sorgen gemacht, dass er drauf und dran gewesen war, bei ihr zu Hause nachzufragen. Etwas Vergleichbares wollte er kein zweites Mal durchmachen, und so gesehen konnte man es durchaus als Rosies Verdienst bezeichnen, dass es danach mit den Heimlichkeiten vorbei war.

Wie Eileen vorausgesagt hatte, gab es anfangs eine Menge Schwierigkeiten mit Tante May. Doch obwohl sie auch heute noch nicht vollkommen glücklich mit der Wahl ihrer Nichte war, zeichnete sich ein heller Streifen am Horizont ab – wie dort hinten über dem Meer. Sie gewöhnte sich allmählich an den Gedanken, einen Engländer gewissermaßen zum Schwiegersohn zu bekommen.

Mit schnellen Schritten ging Eileen die North Esplanade in Richtung Weybridge hoch, um wenigstens den nächsten Bus nach St. Sampson's zu erwischen. Als sie etwa auf der Hälfte der Strecke war, bemerkte sie einen Mann mit hochgeschlagenem Mantelkragen, der die Straße überquerte und offensichtlich in die North Plantation einbiegen wollte.

»Jack!«, rief sie und ging noch ein bisschen schneller, um ihn einzuholen. Doch Jack reagierte überhaupt nicht. Sie versuchte es erneut, etwas lauter, aber wieder drehte sich der Mann nicht nach ihr um, sondern verschwand in der North Plantation. Irritiert blieb Eileen stehen. Sie hatte ihn nur von hinten gesehen, trotzdem meinte sie ganz sicher, Jack erkannt zu haben. Seine Größe war nicht gerade alltäglich auf dieser Insel, dazu kamen noch der dunkle Haarschopf und sein vertrauter Gang.

Wenn sie Jack jetzt hinterherlief, würde sie den Bus verpassen und damit die letzte Möglichkeit an diesem Tag, beim Friseur vorbeizuschauen und den Termin für ihren Hochzeitstag festzumachen. Andererseits wollte sie gern wissen, was ihn so sehr beschäftigte, dass er ihr Rufen überhört hatte. Kurz entschlossen folgte sie ihm in die North Plantation und sah gerade noch, wie er am anderen Ende das Sea Tide betrat, ein ziemlich schäbiges Pub. Da hinein konnte sie ihm schlecht nachgehen, nicht als Frau und erst recht nicht allein. Ratlos blieb Eileen mitten auf dem Bürgersteig stehen. Was zum Teufel machte Jack in dieser schmierigen Kneipe? Es gab wohl nur eine Möglichkeit, das herauszufinden: Sie musste ihn fragen – entweder wenn er wieder auftauchte, oder sie wartete, bis sie sich in zwei Stunden zum Essen bei Tante May trafen. Sicher würde Tante May irgendwann mal in der Küche verschwinden, sie musste schließlich nicht erfahren, dass Jack in so einem Pub verkehrte.

Eileen sah auf die Uhr. In diesem Augenblick rauschte der Bus vorbei. Den Friseur würde sie auf morgen verschieben müssen.

Als Jack an der Haustür klingelte, war sich Eileen gar nicht mehr im Klaren darüber, ob sie ihn wirklich fragen wollte.

Er könnte vielleicht glauben, sie hätte ihm hinterherspioniert, auch wenn das überhaupt nicht stimmte.

»Guten Abend, Liebes!«, strahlte er sie an und gab ihr einen Kuss auf die Wange. Dann sah er kurz über ihre Schulter, ob Tante May irgendwo in der Nähe war. Offensichtlich war die Luft rein, denn er küsste Eileen ein zweites Mal, weniger züchtig auf die Lippen.

Eileen bemerkte, dass Jack inzwischen zu Hause gewesen sein musste. Er trug nicht mehr den leichten Trenchcoat, sondern seinen hellgrauen Anzug.

»Fein gemacht für Tante May?«, erkundigte sich Eileen schmunzelnd.

»Man tut, was man kann, oder?«, grinste er. »Schließlich will ich nicht noch kurz vor unserer Hochzeit einen schlechten Eindruck hinterlassen.«

Das Abendessen verlief harmonisch, auch wenn sich für Eileen während der ganzen Zeit keine Gelegenheit ergab, mit Jack allein zu reden.

Wider Erwarten zog sich Tante May jedoch nach dem Dessert diskret zurück mit den Worten: »Ihr beiden habt sicher noch einiges zu besprechen.« Dabei zwinkerte sie ihnen sogar zu.

»Deine Tante ist gar nicht so übel, wenn sie erst mal auftaut«, sagte Jack, nachdem Tante May die Tür hinter sich geschlossen hatte.

Eileen nickte abwesend.

»Was ist los mit dir?«, fragte Jack. »Du bist schon den ganzen Abend mit deinen Gedanken woanders.«

»Unsinn! Höchstens bei unserer Hochzeit.« Jetzt wäre eigentlich die passende Gelegenheit, Jack zu fragen, dachte sie. Wenn sie es jetzt nicht tat, würde sie es nie tun, sie musste es nur richtig anpacken. Warum fühlte sie sich eigentlich dermaßen schlecht dabei?

»Überhaupt, wenn jemand mit den Gedanken woanders ist, dann ja wohl du«, sagte sie.

»Ich? Wie meinst du das?«

»Weil du mich heute Nachmittag weder gesehen noch gehört hast, als ich dich gerufen habe. Ich bin richtig ein bisschen beleidigt, wenn ich so ignoriert werde.«

»Heute Nachmittag?«, wiederholte Jack verständnislos.

»Ja, auf der North Esplanade.«

»Tut mir Leid, Eileen, aber ich glaube nicht, dass ich dir folgen kann.« Zwischen Jacks Augen bildete sich eine Furche, und Eileen begann sich zu fragen, ob sie nicht lieber den Mund hätte halten sollen. Es schien, als mache sie sich lächerlich.

»Ich war vorhin auf dem Weg zum Bus, da sah ich dich auf der North Esplanade und habe nach dir gerufen. Aber du hast mich gar nicht gehört, sondern bist in die North Plantation und dann ins Sea Tide gegangen.«

»Dass ich dich nicht gehört habe, lag daran, dass ich überhaupt nicht da war. Du musst mich mit jemandem verwechselt haben. Und jetzt bin *ich* ein bisschen beleidigt! Wie kannst du nur einen anderen Mann für mich halten?«, lachte Jack. »Ich dachte, du kennst mich so gut!«

Eileen schwieg betroffen. Sie war sich so sicher gewesen.

Er griff nach ihrer Hand. »Das war ein Scherz! Kann doch jedem passieren.«

»Ja«, sagte Eileen. Dann hellte sich ihre Miene auf. »Vielleicht hast du einen Doppelgänger!«, schlug sie schon besser gelaunt vor.

»Einen ... was?«

Kurz hatte Eileen den Eindruck, als würde Jack zusammenzucken, doch dazu gab es wohl kaum einen Grund.

»Na ja, einen Doppelgänger oder einen astrologischen

Zwilling. Ich hab mal irgendwo gelesen, dass, wenn Menschen in derselben Sekunde geboren werden, sie sich dann gleichen können wie ein Ei dem anderen.«

Jack verzog das Gesicht. »Was für ein Schwachsinn«, murmelte er.

»Wieso Schwachsinn? Kann doch sein, dass ...«

»Dann müssten sich aber ziemlich viele Menschen ziemlich ähnlich sehen«, fiel er ihr ins Wort.

»Aber wie groß ist die Wahrscheinlichkeit, dass diese Menschen sich je begegnen?«, hielt Eileen dagegen.

Mit einer beinah ärgerlichen Bewegung schob Jack das vor ihm stehende Dessertschüsselchen in die Mitte des Tisches. »Ehrlich, ich kann mir nicht vorstellen, dass irgendjemand viel Wert darauf legt, mit meinem Gesicht durch die Gegend zu laufen.«

»Sein Gesicht hab ich gar nicht gesehen«, gab Eileen zu. »Er ging die ganze Zeit vor mir.«

»Ach so! Dann könnte es doch weiß Gott wer gewesen sein!« Jack lächelte.

Weshalb kam Eileen der flüchtige Gedanke, dass er erleichtert aussah? Belog er sie? Warum sollte er das tun? Es gab doch nichts, was er ihr verheimlichen musste. Zum ersten Mal fielen ihr Rosies Worte von damals wieder ein. Sie hatte gefragt, woher Eileen wissen könne, dass das, was er über sich erzählte, die Wahrheit war. Und sie hatte noch etwas anderes gesagt: Er bleibt ein Fremder.

Dann sah sie in Jacks Augen und schimpfte sich selbst eine Närrin. Dieser Mann liebte sie, er wollte sie heiraten, und es gab absolut nichts Rätselhaftes an ihm.

Eileen vergaß den Vorfall bis zum nächsten Morgen, an dem sie nach ihrer kurzen Stippvisite bei der Friseurin Mrs Brouard nach St. Peter Port fuhr, um die Manschettenknöpfe mit den eingravierten Initialen abzuholen, die sie Jack zur Hochzeit schenken wollte. Oder am Morgen danach. Sie hatte sich schon ganz genau ausgemalt, wie es sein würde, wenn sie, während er noch schlief, das Kästchen aus dem Schrank holte, zurück ins Bett kletterte und es ihm unter die Nase hielt.

Nachdem sie die Gravur eingehend bewundert und die fertigen Manschettenknöpfe bezahlt hatte, überlegte sie, womit sie die zweieinhalb freien Stunden verbringen sollte, die ihr bis zu ihrem Dienstbeginn noch blieben. Sie entschied sich für einen Besuch in dem Café in der Commercial Arcade, in dem sie vor einem Jahr mit Tante May gesessen hatte, als Jack aus Granger's Laden für Gärtnereibedarf getreten war.

Vor Eileen auf dem kleinen Tisch standen eine Kanne Tee und ein Stück Kuchen, der Tageszeit nicht unbedingt angemessen, dem Zweck ihres Hierseins aber schon. In Erinnerung lächelnd, schob sich Eileen ein Stück Apfeltorte in den Mund und schaute hinüber zu Granger's, als sich dort die Tür öffnete. Sie war früher nie da gewesen, aber seit sie Jack kannte, hatte er sie ab und zu mitgenommen und ihr ein bisschen was über das Gärtnern und über Pflanzen beigebracht.

Aus der Tür trat ein Mann in die Sonne, blieb kurz stehen und zündete sich mit einem silbernen Feuerzeug eine Zigarette an. Er inhalierte tief und sah die kleine Gasse nach links und nach rechts entlang. Eileen verschluckte sich an ihrem Kuchen und fing an zu husten.

Der Mann in dem dunklen Anzug, der überhaupt nicht in einen Laden wie Granger's passte, drehte sich zu ihr um. Eileen lief rot an. Zwar hatte ihr Hustenreiz nachgelassen, aber sie war sich trotzdem sicher, einen ziemlich aufgelösten Anblick zu bieten. Sie konnte kaum glauben, was sie sah. In diesem Moment trafen sich ihre Blicke. Er zögerte eine Sekunde, dann neigte er leicht den Kopf und lächelte.

Beinah hätte sich Eileen schon wieder verschluckt. Das war ja verrückt! Wie damals Jack starrte Eileen nun auch diesen Mann unverwandt an. Er hob amüsiert die Brauen, nickte noch einmal und wandte sich von ihr ab, um in Richtung High Street davonzugehen.

Eileen winkte dem Kellner und bat um ein Glas Wasser, das sie in einem Zug leerte. Sie wusste, dies war der Mann von gestern, und auch wenn sie am Abend zuvor die astrologischen Zwillinge nur spaßeshalber erwähnt hatte, fragte sie sich jetzt, ob doch etwas an dieser Sache dran sein konnte. Hastig bezahlte sie ihre Rechnung, dann nahm sie den nächsten Bus nach St. Martin's, wo sie Jack im Park von Sausmarez Manor finden würde. Sie mochte sowohl das ehrwürdige Haus als auch den Garten mit dem weißen Eisengitter davor, das links von einem weißen Einhorn und rechts von einem weißen Jagdhund flankiert wurde. Heute aber schenkte sie dem allen keine Beachtung.

Erstaunt sah Jack von seiner Arbeit hoch. Er war verschwitzt und schmutzig, aber Eileen liebte diesen Anblick. Vor allem aus dem Grund, weil sie nun wusste, dass er sie nicht belogen hatte.

»Was tust du denn hier?«, erkundigte er sich. »Musst du nicht in die Kanzlei?«

»Doch, gleich«, lächelte Eileen. Sie war so furchtbar erleichtert und kam sich gleichzeitig albern vor, dass sie Jack je misstraut hatte. »Ich wollte dir nur sagen, dass ich dich liebe.«

Jack warf seine Schaufel auf die Schubkarre voll Erde und lachte. »Deshalb bist du extra hergekommen?«

»Nicht nur. Ich hab ihn wiedergetroffen.«

»Aha«, machte Jack. »Wen?«

»Deinen Doppelgänger. Du bist nämlich gar nicht so einzigartig, wie ich immer dachte!«

Jack nahm die Schubkarre hoch und schob sie ein Stück weiter, wo er sie wieder absetzte. Er hatte sie wohl falsch platziert, und Jack konnte ein Umkippen gerade noch verhindern. »Du machst mir ja nette Komplimente. Darf ich fragen, was du mit dieser obskuren Bemerkung sagen willst, die du hoffentlich nicht ernst meinst?«

»Ich habe gerade einen sehr attraktiven Mann in der Commercial Arcade gesehen. Du hast doch gesagt, du hättest keine Familie mehr, oder? Dieser Mann vorhin war so groß wie du, er hatte die gleichen dunklen Haare und braunen Augen und deine Nase. Abgesehen davon, dass er keinen Bart trägt und für meinen Geschmack zu viel Haarwasser benutzt, könnte er dein Zwilling oder zumindest dein Bruder sein.«

Jack schwieg eine Weile. Dann schüttelte er den Kopf. »Weshalb willst du eigentlich unbedingt an diese komische Doppelgängergeschichte glauben?«

»Also, er sah dir wirklich sehr ähnlich. Oder willst du behaupten, ich hätte mir das nur eingebildet?«

Mittlerweile hatte Jack die Schaufel wieder zur Hand genommen und angefangen, ein weiteres Beet auszuheben. Er kehrte Eileen den Rücken zu, als er antwortete: »Vielleicht bist du im Hochzeitsfieber und siehst überall nur mich. Was durchaus verständlich wäre.« Jacks Lachen klang ein wenig bemüht.

»Jack?«, fragte sie.

»Hm?«

»Du kennst diesen Mann, nicht wahr?«

Endlich sah Jack sie wieder an. Eileen versuchte, in seinem Gesicht zu lesen, aber zum ersten Mal, seit sie ihn kannte, schien es völlig ausdruckslos. »Natürlich nicht. Ich habe wirklich keine Ahnung, wen du da gesehen hast.«

Eileen wusste es augenblicklich. Sie wusste, dass Jack log. Doch sofort kamen ihr Zweifel – Jack würde sie nicht belügen, niemals. Es gab noch eine andere, viel einleuchtendere Erklärung. »Andererseits hab ich dich noch nie ohne Bart gesehen. Vielleicht war es einfach nur die Tatsache, dass er aus Granger's Laden kam und mich ähnlich anlächelte wie du damals.«

»Er kam aus Granger's Laden?«, echote Jack.

Eileen nickte.

»Dann wird es das wohl gewesen sein. Du hast bestimmt an unsere erste Begegnung gedacht.« Jack wischte sich seine erdigen Hände an der schmutzigen Arbeitshose ab und machte ein paar Schritte auf Eileen zu. »Wahrscheinlich hätte so ziemlich jeder große Mann mit dunklen Haaren eine Menge Ähnlichkeit mit mir gehabt!« Jacks Augen funkelten wieder. Er beugte sich zu Eileen vor und küsste sie vorsichtig. »Und jetzt solltest du gehen und mich meine Arbeit machen lassen, bevor du mich in Versuchung führst, eine sehr, sehr lange Pause einzulegen und dich zu küssen, ohne Rücksicht auf den Zustand deines Kleides!«

»Das Kleid ist unwichtig«, flüsterte Eileen. Jack stand viel zu nah bei ihr. Sie nahm seinen Körpergeruch wahr und spürte die Kraft, die er ausstrahlte, noch mehr als sonst. Sie wollte, dass er sie berührte, und sie war sicher, er konnte es in ihren Augen lesen. Die Spannung zwischen ihnen schien greifbar.

»Ist es das?«, fragte Jack ebenso leise. Er umfasste ihr Kinn mit der rechten Hand und zog sie zu sich heran. Nach einem letzten Blick in ihre Augen küsste er sie, wie er sie nie zuvor geküsst hatte. Nicht sanft, sondern beinah brutal zwang er ihre Lippen auseinander. Im ersten Moment erschrocken, dann jedoch mit einer neu entdeckten Leidenschaft erwiderte sie den Kuss.

»Geh jetzt«, sagte Jack mit rauer Stimme, als er von ihr abließ. Während Eileen noch dastand, nahm er erneut die Schaufel zur Hand und begann zu arbeiten, ohne sich weiter um sie zu kümmern.

Den nächsten Tag verbrachte Eileen ohne Jack. Ihr war nicht ganz klar, ob das gut oder schlecht war. Immer wieder und wieder, selbst während sie in der Kanzlei Briefe und Aktennotizen schrieb, ging sie die Szene beim Sausmarez Manor durch. Dabei verdrängte sie den überwältigenden Kuss, sondern konzentrierte sich auf Jacks Reaktion auf ihre Erzählung. Er war merkwürdig gewesen, ganz anders als sonst. Das war einfach nicht der Jack, den sie kannte. Zum ersten Mal fragte sie sich, ob sich da tief in ihm wirklich ein Fremder verbarg. Nicht fremd, weil er aus England kam, sondern fremd in einem anderen, sehr viel beunruhigenderen Sinne.

Am Nachmittag lag sie mit Rosie in der Petit Port Bay in der Sonne. Bei Ebbe war es herrlich dort, weil sich das Meer so weit zurückzog, dass der Strand unendlich schien. Sie breiteten eine Decke aus und schauten eine Weile schweigend auf das glitzernde Meer.

»Bist du glücklich?«, begann Rosie schließlich die Unterhaltung, als hätte sie Eileens Gedanken gelesen.

Eileen blinzelte und drehte sich um, all das, um ein bisschen Zeit zu gewinnen. Sollte sie sich Rosie anvertrauen? Sie entschied sich dagegen. Übermorgen würde sie Jack heiraten, übermorgen war sie am Ziel ihrer Wünsche.

»Natürlich!«

Rosie schürzte die Lippen und sah Eileen aufmerksam an. »Dann ist ja gut«, stellte sie nach einer Zeit lang fest.

Wütend blitzte Eileen ihre Freundin an. Sie spürte, wie der Zorn in ihr hochkroch, der Zorn auf ihre Freundin, der Zorn auf Jack – und vor allem der Zorn auf sich selbst, dass sie überhaupt in Betracht zog zu glauben, dass er sie belog.

»Was ist eigentlich dein Problem? Ich versteh ja, dass du anfangs Schwierigkeiten mit Jack hattest, weil er nicht von hier ist. Aber du kennst ihn doch jetzt seit Monaten, warum magst du ihn nicht?«

»Das ist nicht wahr«, widersprach Rosie leise.

»Ist es doch! Du magst ihn nicht, und du lässt keine Gelegenheit aus, es zu zeigen. Nicht mit Worten, du gehst subtiler vor. Blicke, Gesten, alles Mögliche. Wenn wir zu viert unterwegs sind, ignorierst du ihn. Bob ist ganz anders, dein Mann behandelt Jack nicht wie einen ... einen Aussätzigen!«

Während Eileens Ausbruch hatte Rosie sie nicht angesehen, sondern ihre Finger in den Sand gegraben und begonnen, ein Gebilde zu bauen, das vage Ähnlichkeit mit dem Steinkreis in Torteval hatte. Sie schwieg.

»Rose Fuller! Du wirst meine Brautjungfer sein, aber das geht nicht, wenn du den Mann, den ich heiraten werde, verachtest!«

Rosie schwieg noch immer – und mit einem Mal begriff Eileen die ganze Wahrheit. Wie hatte sie derart blind sein können?

»O Gott, Rosie«, sagte sie.

»Jetzt verachtest du mich wohl?« Rosie drehte sich zu Eileen herum, sie hatte Tränen in den Augen. »Ich habe einen wirklich wundervollen Mann, weißt du. Bob ist alles, was ich mir je gewünscht habe, und eigentlich verstehe ich selbst nicht, wie mir das passieren konnte. Manche Dinge geschehen wohl einfach. Ich weiß, es wird vorübergehen, ich weiß, dass ich eines Tages zurückblicken und darüber lachen werde, auch wenn ich mich jetzt zu Tode schäme. Bob gegenüber und dir gegenüber. Trotzdem: Wenn du immer noch willst, dass ich deine Brautjungfer bin, dann werde ich es auch sein. Ich wünsche dir alles Glück der Welt, das musst du mir glauben!«

Nachdenklich sah Eileen Rosie an. Sie glaubte ihr jedes Wort, und sie hätte ihr auch sagen können, warum Rosie sich in Jack verliebt hatte. Gerade weil er anders war, weil er sich von Bob so sehr unterschied. Weil er ein Fremder und damit ein wenig geheimnisvoll war. Ein leichter Schauer lief ihr über den Rücken, weil sie das wieder daran erinnerte, dass Jack vielleicht tatsächlich ein Geheimnis umgab. Sie schüttelte das Gefühl ab.

»Ich werde die hübscheste Brautjungfer weit und breit haben«, sagte sie.

Am Abend vor der Hochzeit waren Eileen und Tante May bei Mr und Mrs Pierce zum Essen eingeladen. Jack bewohnte dort die Mansarde, die er genau wie Eileen ihr Zimmer bei Tante May am nächsten Tag räumen würde. Auf die traditionelle Junggesellenfeier, die eigentlich an diesem Tag fällig gewesen wäre, verzichtete er, da er außer Bob und vielleicht noch Mr Pierce zu wenig Freunde hatte, als dass sich der Aufwand gelohnt hätte.

Es war das erste Zusammentreffen nach jenem atemberaubenden Moment im Park, und Eileen fürchtete zu erröten, wenn sie Jack gegenübertrat.

Jack öffnete die Tür und begrüßte zuerst Tante May und half ihr aus dem Mantel. Dann wandte er sich Eileen zu und lächelte. »Guten Abend, Liebes.«

Es hätte jeder beliebige Tag sein können, nichts deutete darauf hin, das dies der letzte Abend war, an dem sie sich vor dem Zubettgehen verabschieden würden. Erst recht deutete nichts auf das hin, was sich bei ihrer letzten Begegnung abgespielt hatte. Jack behandelte Eileen genauso wie sonst, sah sie an wie sonst, lächelte wie sonst. Er machte keine versteckte Bemerkung, es gab keine Blicke hinter den Rücken der anderen. Genauso gut hätte der Kuss Eileens Fantasie entsprungen sein können. Sie wusste nicht, ob sie dankbar oder enttäuscht sein sollte, und fragte sich, ob sie dem Mann, den sie im Park kennen gelernt hatte, wohl noch einmal begegnen oder ob Jack fortan so bleiben würde, wie er schon immer gewesen war.

Ab und zu, wenn sie sich unbeobachtet fühlte, schaute sie zu ihm hinüber, wie er mit Tante May sprach oder mit Mrs Pierce. Er war charmant, humorvoll und ausgeglichen. Und zu ihrem eigenen Erschrecken wünschte sie sich den Jack zurück, der rücksichtslos sein konnte und sich nahm, was er wollte.

Nach dem Dessert stand Tante May auf. »Vielen Dank für den netten Abend, Mrs Pierce. Ich hoffe, Sie nehmen uns nicht übel, wenn wir uns jetzt auf den Heimweg machen. Aber wir wollen doch, dass Eileen morgen frisch und ausgeruht ist für ihren großen Tag.«

»Selbstverständlich«, sagte Mrs Pierce mit wie immer etwas säuerlicher Miene, die ihr angeboren schien, und begleitete den Besuch hinaus.

Zu fünft traten sie auf den schmalen Weg, der vom Haus durch den kleinen Vorgarten auf die Straße führte. Noch einmal wurde der Zeitpunkt verabredet, an dem Mr Pierce Eileen am nächsten Tag abholen sollte, dann verabschiedeten sie sich voneinander. Tante May hakte Eileen unter, sodass sich für sie keine Gelegenheit ergab, allein mit Jack zu sprechen. Eileen drehte sich ein letztes Mal um und sah, dass Mr und Mrs Pierce ins Haus gingen, während Jack noch dastand und Eileen nachwinkte. Sie winkte zurück und hörte gleichzeitig Tante May ungeduldig sagen: »Man könnte ja meinen, ihr seht euch eine halbe Ewigkeit nicht mehr, Kind!«

Eileen lächelte. Eine Nacht konnte eine halbe Ewigkeit sein, wenn man allein im Bett lag. Aber das sagte sie lieber nicht laut.

Als sie den Heimweg schon halb hinter sich hatten, blieb Eileen plötzlich stehen. »Ich habe mein Seidentuch vergessen!«

»Das macht doch nichts«, sagte Tante May. »Wir können Mr Pierce bitten, es irgendwann vorbeizubringen, oder du holst es in den nächsten Tagen ab.«

»Nein«, widersprach Eileen. »Es ist Mutters Tuch. Ich wollte es morgen in mein Täschchen stecken, damit ich wenigstens ein bisschen das Gefühl habe, sie wäre bei meiner Hochzeit dabei.«

Tante May seufzte. »Dann gehen wir eben nochmal zurück.«

»Nein, lass nur«, wehrte Eileen ab. »Du musst nicht mitkommen, geh ruhig schon nach Hause.«

Die Hände in die Hüften gestemmt, durchbohrte Tante May Eileen mit ihrem Blick. »Kind, glaub ja nicht, dass du mich für dumm verkaufen kannst. Ich war auch mal jung, falls du das vergessen haben solltest. Also, lauf schon. Und grüß Jack von mir!«

»Danke!« Zum ersten Mal seit langer Zeit umarmte Eileen ihre Tante wieder, dann lief sie los. Erst kurz bevor sie in die Rue Flere einbog, blieb sie stehen, um Atem zu holen. Sie hatte nicht die geringste Idee, wie sie Jack auf sich aufmerksam machen sollte. Ihr fiel nur ein, kleine Steinchen an sein Fenster zu werfen, obwohl sie bezweifelte, hoch genug werfen und dann auch noch treffen zu können. Sie musste es eben versuchen.

Die Rue Flere lag ruhig da. Es war zwar schon recht dunkel, aber als die Haustür der Pierces sich öffnete und ein Mann heraustrat, erkannte Eileen Jack sofort. Als hätte er gewusst, dass sie zurückkommen würde. Sie wollte schon rufen, doch da sah sie, dass sich Jack in die entgegengesetzte Richtung wandte und mit schnellen Schritten die Straße hochging. Wo wollte er um diese Zeit noch hin? Sie kam sich schäbig vor, sie wollte ihm nicht nachspionieren, und dennoch tat sie genau das. In sicherem Abstand folgte sie ihm, wobei sie ein paar Mal befürchtete, er könnte sie bemerken. Wo immer es ging, zog sie sich für kurze Zeit in eine Hauseinfahrt zurück oder duckte sich hinter einer Mauer. Ausnahmsweise war sie dankbar für ihre Schuhe mit den flachen Sohlen, die so gut wie keine Geräusche verursachten.

Jack schlenderte nicht einfach durch die Nacht, er hatte offensichtlich ein Ziel, das allerdings ein ganzes Stück entfernt liegen musste. Jetzt bog er in die King's Road, die weiter nach Norden führte. Eileen wartete eine Weile, bis sie ihm folgte, was sie kurze Zeit später jedoch bereute, denn Jack war verschwunden. Es gab nur zwei Möglichkeiten. Entweder er war ein zweites Mal abgebogen oder geradeaus in die Rue du Déhus weitergegangen, die einen Knick machte und von hier nicht einsehbar war. Sie musste irgendeine Wahl treffen, also beschloss Eileen, es rechts zu versuchen. Das Geräusch eines quietschenden Tores hielt sie davon ab. Es kam von vorn, nicht von rechts. Zögernd setzte Eileen einen Schritt vor den nächsten, bis sie den Le-Déhus-Dolmen sehen konnte, ein großes Hügelgrab, an dessen Erforschung in den Dreißigern sie sich noch aus ihrer Kindheit erinnerte. Im Inneren hatte man den so genannten »Wächter des Grabes« in einer Deckenplatte eingeritzt entdeckt, komplett mit Gesicht und Pfeil und Bogen.

Direkt gegenüber stand in einer Einfahrt ein Auto, das Eileen an ein Modell aus einer von Bobs Zeitschriften erinnerte. Bob hatte Rosie und Eileen einmal einen ganzen Nachmittag damit gelangweilt, ihnen von seinem Traum zu erzählen, einen Bentley Continental 1951 zu kaufen. Selbst wenn es nicht wirklich einer dieser Bentleys sein sollte, sah dieser Wagen doch aus, als sei er für ihre bescheidenen Verhältnisse unbezahlbar. Sofort fiel Eileen der Mann aus der Commercial Arcade wieder ein, zu dessen Erscheinung ein teures Auto viel besser passte.

Vorsichtig näherte sich Eileen dem Wagen, doch niemand saß drin. Dafür hörte sie Stimmen von der anderen Straßenseite, vom Le-Déhus-Dolmen. Zuerst war es nur ein leises Flüstern, doch bald wurden die Stimmen lauter. Die beiden Männer mussten versteckt hinter dem Grab stehen.

Eileen schlich noch etwas näher, achtete aber darauf, dass sie für die Männer unsichtbar blieb. Das Grab war zur Straße hin von einer Mauer, in seinem Rücken von Hecken umgeben, direkt vor dem Eingang befand sich eine niedrige Eisenpforte. Wenn man sie durchschritt, konnte man entweder das Innere des Grabes betreten oder den Hügel von außen umrunden. Sie wagte jedoch nicht, das Tor zu öffnen, vermutlich war es das gewesen, was sie vorhin gehört hatte. Links davon entdeckte sie einen Einschnitt in der Hecke, die entlang der flachen Mauer gepflanzt war. Sie kletterte lautlos auf die Steine, glitt hinüber auf den Rasen und bewegte sich langsam am Grab vorwärts. Sie hatte es ein gutes Viertel umkreist, als sie den Kopf von einem der Männer sah.

»Es ist mir herzlich egal«, sagte Jack gerade.

Schnell duckte sich Eileen hinter einem den Hügel abstützenden hohen Stein und lauschte. Niemand antwortete, und sie malte sich schon das Bild eines einsamen Jack aus, der mit einem Grab redete. Sie wusste, dass das Unsinn war, noch bevor sie eine Stimme hörte.

»Tut mir Leid, dass du das so siehst, denn es erschwert die ganze Sache bloß und kostet erheblich mehr Kraft, als nötig wäre. Du solltest besser wissen, dass deine Meinung absolut nichts an den Tatsachen ändert und du zu tun hast, was man dir sagt. Das ist ein Befehl, Jack, so einfach ist das.«

»Ein Befehl?«, wiederholte Jack sarkastisch. »Ich nehme keine mehr entgegen, von niemandem. Ich habe genug getan, für mich ist dieses Kapitel abgeschlossen, und ich werde mein Leben nicht wieder aufgeben.«

»Dein lächerliches kleines Leben ist unbedeutend gegenüber der Aufgabe, die du zu erfüllen hast.«

»Geht zum Teufel, allesamt! Aber ohne mich!«, sagte Jack erheblich lauter als zuvor und setzte sich hörbar in Bewegung.

Eileen wich erschrocken zurück, was ihr allerdings wenig nützen würde, wenn Jack sich für diese Seite des Grabes entschied. Sie konnte auf keinen Fall ungesehen bleiben, auch nicht, wenn sie sich noch tiefer hinter die Steine kauerte. Doch sie hatte Glück. Jack umrundete das Grab auf der anderen Seite, um zum Tor zu gelangen.

Der Fremde folgte ihm, dann hielt er ihn auf. »Jack! Du kannst nicht einfach gehen.«

»Du wirst dich wundern, was ich alles kann«, widersprach Jack. »Verschwinde von dieser Insel, und zwar endgültig.«

»Herrgott, bist du stur! Kapierst du nicht, dass du alles nur noch schlimmer machst? Ich sagte, du kannst nicht einfach gehen, und du weißt genau, wie ernst das gemeint ist. Überleg dir gut, was du tun wirst.«

»Da gibt's nichts mehr zu überlegen.«

Der Fremde erwiderte nichts, folgte Jack aber auch nicht, der mit einer wütenden Geste das Eisentor öffnete und die Rue du Déhus nach St. Sampson's einschlug, die Hände tief in den Hosentaschen vergraben.

Eileen blieb, wo sie war, weil sie nicht von dem anderen entdeckt werden wollte. Stattdessen wartete sie, was er tun würde. Er trat ebenfalls auf die Straße, lehnte sich an die Mauer und zündete sich eine Zigarette an, wie damals in St. Peter Port. Dem Rauch in den Nachthimmel nachsehend, hob er den Kopf. Mittlerweile schien der Mond, und Eileen sah seine Züge beinah so deutlich wie bei Tageslicht. Die Ähnlichkeit mit Jack war frappierend. Sie merkte gar nicht, dass sie mit angehaltenem Atem da hockte und ihn anstarrte. Erst als er sich rührte, die Zigarette zu Boden warf und austrat, kam sie wieder zu sich. Der Mann zuckte mit den Schultern, überquerte die Rue du Déhus und ging hinüber zu seinem Wagen. Dann fuhr er in Richtung Norden davon. Offensichtlich hatte er nicht vor, Jack heute Nacht noch einmal zu sprechen.

Juli 1952 – Eileens Hochzeitstag

Und so frage ich auch dich, Eileen Duras, willst du John William Wilson zu deinem Ehemann nehmen, willst du ihn lieben, für ihn sorgen, ihn ehren und beschützen, allen anderen entsagen und ihm treu sein, so lange ihr beide lebt, so antworte mit ›Ja‹«, hörte Eileen plötzlich Pfarrer Perrée zu ihr sagen. Das bedeutete, dass Jack bereits sein Ja-Wort gegeben haben musste, ohne dass sie es mitbekommen hatte. Erschrocken darüber starrte sie den Pfarrer an und schwieg.

Hinter ihr erklang ein Räuspern, neben ihr bewegte sich Jack. Sie schaute zur Seite und sah seinen fragenden Blick. Oh, du lieber Gott, sie musste antworten!

»Ja!«, sagte Eileen so plötzlich und so laut, dass Pfarrer Perrée zurückzuckte.

Sie sah, wie Jack aufatmete, und fühlte einen plötzlichen Lachreiz in sich aufsteigen, den sie nur mit Mühe unterdrückte. Das hier sollte der romantischste, wichtigste, heiligste Moment in ihrem Leben sein, und was tat sie?

Mittlerweile fuhr der Pfarrer fort: »John und Eileen, nehmt einander bei der Hand und sprecht euer Gelöbnis.«

Jack wandte sich Eileen zu und nahm ihre Rechte in seine: »Ich, John William Wilson, nehme dich, Eileen Duras, zu meiner Frau, für jetzt und alle Zeit von diesem Tage an, in guten und in schlechten Tagen, in Reichtum und Armut, in Krankheit und Gesundheit. Nach Gottes heiligem Gesetz will ich dich lieben und für dich sorgen, bis der Tod uns scheidet. Dies gelobe ich feierlich.«

Eileen musste den Kloß in ihrem Hals hinunterschlucken, bevor sie fähig war, Jacks rechte Hand zu nehmen und dasselbe zu Jack zu sagen. Dann wandten sich beide wieder Perrée zu, während Bob vortrat und dem Pfarrer die Ringe reichte. Perrée sprach ein weiteres Gebet, und schließlich steckte Jack Eileen einen breiten goldenen Ring an den Finger. Als sie den Diamantsplitter erblickte, stockte ihr der Atem. Woher hatte Jack so ein kostbares Stück? Sie konnte nicht weiter darüber nachdenken, wenn sie sich nicht noch einmal unmöglich machen wollte. Sie musste Jack seinen Ring an den Finger stecken, der ihrem glich, nur der Diamantsplitter fehlte.

»Im Angesicht Gottes und vor dieser Gemeinde erkläre

ich euch zu Mann und Frau«, sagte Perrée andächtig. »Was Gott zusammengefügt hat, soll der Mensch nicht trennen.«

Orgelmusik setzte ein, wieder wurden Gebete gesprochen, doch der Rest der Zeremonie ging wie im Nebel an Eileen vorüber. Erst als Jack sie leicht am Ellenbogen fasste, merkte sie, dass sie sich mittlerweile herumgedreht hatten. Langsam schritten sie den Gang entlang hinaus.

Vor der Kirche standen unerwartet viele Menschen, die Hochzeit in der St. Martin's Church hatte sich herumgesprochen. Noch dazu mussten die Leute, die zufällig vorbeigekommen waren, neugierig stehen geblieben sein. Das Brautpaar wurde mit Reis und Glückwünschen überschüttet, inmitten all des Trubels hob Jack Eileens Schleier und küsste sie zuerst auf die Nasenspitze und dann auf den Mund.

»Bist du glücklich?«, flüsterte er ihr zu.

Eileen schluckte. Das war dieselbe Frage, die zwei Tage zuvor Rosie gestellt hatte, und damit stürzte erneut alles auf sie ein. Sie war glücklich, unsagbar glücklich sogar. Und doch blieb da noch immer diese Sache mit dem geheimnisvollen Fremden, der aussah wie Jack und der irgendetwas von ihm wollte.

»Ja«, sagte sie und lächelte. »Sehr.«

Jacks Antwort darauf war ein Kuss auf ihre Wange. Zu mehr blieb keine Zeit, denn die Gratulanten standen Schlange. Jeden, der ihr die Hand schüttelte, lud sie zur Feier in ein kleines Gasthaus in der Nähe ein, und fast alle sagten mit Freude und Überraschung zu.

»Willst du die wirklich alle einladen?«, fragte Rosie lachend und fiel ihrer Freundin um den Hals.

»Alle! Sie sollen alle sehen, dass heute der schönste Tag in meinem Leben ist!«

Hinter Rosie stand ein Pärchen, das irgendwie auch frisch verheiratet aussah und Eileen und Jack einen Strauß Blumen schenkte, der unübersehbar eben erst gepflückt worden war. Jack kam mit dem Mann ins Gespräch, während vor Eileen plötzlich Gabrielle mit Tante May auftauchte, die sie ein Stück zur Seite zog.

»Was war denn mit dir los, Kind?«, fragte Tante May. »Mir blieb in der Kirche fast das Herz stehen, als du nicht geantwortet hast!«

»Ich schätze, ich hatte so was wie einen Aussetzer.« Dabei sah sie Gabrielle an, die sich zurückhalten musste, nicht gleich loszuprusten. Eileen ging es ähnlich, wenn sie an den Skandal dachte, den ein noch längeres Schweigen von ihr gegeben hätte.

»Ich weiß nicht, was ihr daran komisch findet«, plusterte sich Tante May auf, wurde jedoch durch Mrs Pierce abgelenkt, die sie dankenswerterweise von Eileen und Gabrielle weglotste. In Gedanken entschuldigte sich Eileen bei ihr, es schien, als sei sie doch nicht so miesepetrig, wie sie ständig aussah.

»Deine Tante hat dich sehr gern«, stellte Gabrielle fest.

»Ja«, sagte Eileen. »Das stimmt wohl. Dich aufzutreiben war eine grandiose Idee von ihr!« Sie nahm Gabrielles Hände in ihre und schaute ihre Cousine an. »Aber sag mal, wo hat sie dich denn eigentlich untergebracht, wo du doch als Überraschungsgast schlecht bei uns wohnen konntest?«

In gespielter Verzweiflung verdrehte Gabrielle die Augen. »Bei der Familie ihres Bruders.«

»Oje, du Ärmste!«, kicherte Eileen.

»*Eh bien*, es lässt sich aushalten. Allerdings beneide ich seine Schwiegertöchter nicht, aber ich muss ja nicht mein Leben da verbringen.«

»Sei bloß froh, ich habe gehört, Alfred soll ziemlich furchtbar sein, wenn er richtig betrunken ist.«

»Ich bin ja erst seit vorgestern hier, vielleicht komme ich noch in den zweifelhaften Genuss, das mitzuerleben.«

»Wir müssen uns unbedingt ...«, fing Eileen an, als sie bemerkte, dass Gabrielle ihr versteckt ein Zeichen zu geben versuchte. Neben Eileen war nämlich ausgerechnet Alfred aufgetaucht, der sie schwungvoll umarmte und ihr mit heftiger Schnapsfahne gratulierte. Sie hielt die Luft an, was ihr das Schlimmste ersparte. Gabrielle hatte sich schon in Sicherheit gebracht und war zu Tante May geflüchtet.

Der nächste Gratulant, der Eileen von Alfred befreite, war der Postbote von St. Martin's, der ihr nun etwas verlegen die Hand reichte und meinte, dass am nächsten Tag bestimmt der Briefkasten am Icart Point überquellen werde.

»Das ist ja wohl das Mindeste!«, lachte Eileen und sah sich nach Jack um, der ein paar Schritte von ihr entfernt stand und mit Bob sprach. Zufrieden lächelnd wandte sie sich ab und ließ ihren Blick durch die Runde schweifen. An der Gran'mère mit Rosies Blumenkranz blieb er hängen.

Ein Mann stand davor und betrachtete den Menhir nachdenklich, fuhr mit den Händen über das Gesicht des Steins, ganz vorsichtig, als habe er Angst, es zu zerstören. Eileen wurde blass.

Unvermittelt schaute der Mann hoch und sah ihr dabei direkt ins Gesicht. Er setzte ein Lächeln auf und kam zu ihr herüber. Eileen wäre am liebsten weggelaufen, doch sie fühlte sich wie am Boden festgenagelt.

»Meinen herzlichsten Glückwunsch«, sagte der Mann, der einen Schritt vor ihr stehen blieb. »Ich bin zufällig hier vorbeigekommen und dachte, eine Hochzeit darf ich mir nicht entgehen lassen. Ich hoffe, ich störe nicht bei der Familienfeier.«

»Aber nein«, sagte Eileen automatisch. Sie widerstand dem Wunsch, sich Hilfe suchend nach Jack umzusehen. Sicher war der Fremde keine Bedrohung für sie, auch wenn in diesem Moment eine unerklärliche Angst von ihr Besitz ergriff.

Der Mann runzelte übertrieben die Stirn und schaute sie fragend an. »Kann es sein, dass wir uns schon einmal begegnet sind?«

Eileen fragte sich mit Schrecken, ob er sie letzte Nacht doch gesehen hatte. Aber dann fiel ihr ein, dass er sich vermutlich an jenen Tag in der Commercial Arcade erinnerte.

»Das halte ich für unwahrscheinlich«, hörte sie neben sich jemanden leise, aber bedrohlich sagen. Sie brauchte den Kopf nicht zu drehen, um zu wissen, dass Jack dort stand, obwohl sie seine Stimme kaum wiedererkannte. Sie klang beinah wie die des Fremden.

Der Mann hob die Brauen und musterte Jack. Dabei verzog er ironisch seinen Mund. »Wie Sie meinen. Tut mir Leid, wenn ich mich geirrt haben sollte. Es lag nicht in meiner Absicht, mich aufzudrängen.« Er verbeugte sich knapp vor Eileen, drehte sich um und ging davon.

»Warum warst du so unfreundlich?«, fragte sie und wunderte sich darüber, wie ruhig sie sich anhörte.

»War ich nicht. Komm, lass uns gehen. Ich bin sicher, die Gäste haben allmählich Hunger, und der Wirt vom Golden Crown wartet schon auf uns.« Er machte ein paar Schritte auf Mr Pierces Wagen zu.

»Jack?«, hielt Eileen ihn zurück.

»Was ist?«, fragte er, ohne sich umzudrehen.

»Das war der Mann, den ich neulich in St. Peter Port

gesehen habe. Findest du nicht, dass er dir sehr ähnlich sieht?«

Eileen bemerkte, dass Jack die Schultern straffte. Sie wusste nicht, was in ihm vorging, doch sie erschrak, als er sich ihr wieder zuwandte. Sein eben noch verschlossenes Gesicht hatte sich verändert, er strahlte Eileen an, als wäre überhaupt nichts passiert. »Ehrlich gesagt, ist mir das nicht aufgefallen. Das liegt vielleicht daran, dass ich heute nur Augen für dich habe!«

Das Hochzeitsessen zog sich in die Länge, schließlich wurden die Tische zur Seite gerückt, und die Mitte des Saales verwandelte sich in eine Tanzfläche. Ein paar Musiker drängten in den Raum und stimmten ihre Instrumente.

»Und nun unser Brautpaar, bitte!«, forderte der Mann mit dem Akkordeon Eileen und Jack auf und winkte sie heran. Die Gäste bildeten einen Kreis um sie. Dann begann die kleine Kapelle, den Anniversary Waltz zu spielen, und das Brautpaar fing an zu tanzen. Nach den ersten Schritten kam Jack plötzlich aus dem Takt.

»Was hast du?«, flüsterte Eileen in sein Ohr.

Statt zu antworten bemühte sich Jack ein paar Takte lang, den Rhythmus wiederzufinden, bis es ihm schließlich gelang.

Eileen wollte etwas sagen, doch er ließ ihr keine Gelegenheit dazu. Stattdessen zog er sie nah an sich heran, seine Lippen berührten ihre Haare, ihre Wangen, ihren Nacken, und Eileen wusste nicht mehr, ob sie ihn noch einmal fragen sollte, was vorhin los gewesen war. Nur ganz kurz, für den Bruchteil einer Sekunde, begriff sie, dass er genau das erreichen wollte: Er brachte sie dazu, alles andere zu vergessen.

Später stand sie allein draußen in der lauen Abendluft und dachte an den Anniversary Waltz zurück, eine kitschige Schnulze, in der es um ein Hochzeitspaar ging, das auf eine Zukunft voller Glück und nur ein paar wenigen Tränen hofft und sich wünscht, immer gemeinsam den Hochzeitswalzer zu hören. Eileen hörte dem leisen Wind in den Bäumen zu und schlang die Arme um ihren Körper. Nicht mehr lange, und sie und Jack konnten sich verabschieden und endlich in ihr neues Zuhause fahren.

»Warum so allein, schöne Braut? Hat Sie Ihr Bräutigam schon im Stich gelassen?«, fragte Jack plötzlich neben ihr.

»Ich dachte gerade, wie glücklich ich bin.« Eileen drehte sich zu ihrem Mann um und betrachtete ihn, als sähe sie ihn zum ersten Mal. Die letzten Tage waren für sie nicht nur aufregend gewesen, wie für jede andere Braut, sondern auch beängstigend und verwirrend. Eileen hatte eine Menge Fragen auf dem Herzen, doch die würde sie jetzt nicht stellen. Ihnen gehörte die Zukunft, sie hatten viel Zeit, über diesen seltsamen Mann zu sprechen, den Jack so hartnäckig zu kennen leugnete.

Ein Lächeln schlich sich über ihre Züge.

»Was findest du so komisch?«

»Nur dein Stolpern beim Walzer vorhin«, gab Eileen zurück. Zu ihrem Erstaunen blieb Jack ernst. »Was ...«

»Schsch!«, machte er und legte ihr den Zeigefinger auf den Mund. »Nicht, bitte. Die Kapelle hätte nicht ausgerechnet den Anniversary Waltz spielen sollen, aber das konnte schließlich niemand wissen. Es hat mich an etwas erinnert, das ich gern vergessen möchte.«

»Und an was?«

»Ich sagte doch, dass ich es gern vergessen möchte.«

»Jack ...«, fing sie an.

»Es hat mit der Vergangenheit und dem Krieg zu tun, Liebes«, unterbrach er sie. »Ich verspreche dir, ich werde es dir eines Tages erzählen, aber nicht heute.«

»Ich glaube«, sagte Eileen leise, »es gibt sehr viel, das du mir irgendwann mal erzählen solltest.«

Jack schwieg. Schließlich, als Eileen schon glaubte, er würde gar nicht mehr auf ihre Worte eingehen, drehte er sie zu sich herum und sah ihr in die Augen. »Wenn das die Bedingung für deine Liebe ist.«

»Bedingung? Ich ... ich stelle überhaupt keine Bedingungen. Es bedrückt mich nur, dass du mir nicht traust.«

»Nicht *du* bist es, der ich misstraue, Eileen«, widersprach Jack seufzend. Wieder blieb er eine Weile still. Aus einem offenen Fenster der Gastwirtschaft drangen Lachen und Musik, beides klang unwirklich in Eileens Ohren, als gehöre es hier nicht her, als sei dies gar nicht der Tag ihrer Hochzeit.

»Offensichtlich kann man vor seiner Vergangenheit nicht davonlaufen«, sagte Jack. Seine Hände zitterten ein wenig, er tastete seine Smokingjacke ab, als suche er etwas. Dann schüttelte er den Kopf und zog eine Grimasse. »Ein Königreich für eine Zigarette.«

»Seit wann rauchst du?«, fragte Eileen unsicher. Sie erinnerte sich an das Bild des fremden Mannes, der sich mit einem silbernen Feuerzeug eine Zigarette angezündet hatte.

»Schon lange nicht mehr.«

»Das gehört also auch zu deiner Vergangenheit?«

»Man gewöhnt sich viele Dinge an, wenn man muss«, sagte Jack etwas rätselhaft. Dann schien er plötzlich einen Entschluss gefasst zu haben. »Eileen, du bist meine Frau, und du hast ein Recht darauf zu wissen, wen du geheiratet hast. Ich schätze, ich hätte dich zuerst über mich aufklären müssen, damit du weißt, worauf du dich einlässt.« Er machte eine kleine Pause, Zeit genug, um ein kleines sardonisches Lächeln auf sein Gesicht zu zaubern. »Aber nun ist es zu spät, wie's aussieht.«

»Mitgefangen, mitgehangen?«

Unversehens wurde Jack wieder ernst. »Das will ich nicht hoffen.« Er strich ihr eine Haarsträhne aus dem Gesicht und beugte sich zu ihr hinunter. Kurz vor ihrem Mund hielt er inne, sodass Eileen das Kinn hob und ihm entgegenkam. Irgendwie ahnte sie, wie dieser Kuss sein würde, und sie täuschte sich nicht. Jack küsste sie wie damals beim Sausmarez Manor. Sie spürte die Hitze in sich aufsteigen und wünschte, sie wären bereits zu Hause, statt hier in diesem kleinen Hof zu stehen, in den jederzeit einer der Hochzeitsgäste platzen konnte.

Was immer Jack ihr hatte sagen wollen, sie spürte, dass es ihr im Moment egal war. Sie fasste ihn an der Hand und zog ihn hinüber zur Scheune. Jack hob belustigt die Brauen, doch er sträubte sich nicht, sondern folgte Eileen hinein in das Dämmerlicht, das sie umgab, sobald sie das Tor hinter sich geschlossen hatten.

»Bist du sicher, Eileen?«, fragte er, als sie begann, sein Hemd aufzuknöpfen.

Eileen nickte nur. Sie wollte Jack. Jetzt. Sie wollte nicht mehr warten, sie hatte lange genug gewartet. Ihre Blicke flogen durch die düstere Scheune und entdeckten eine Leiter, die zu einem zweiten Boden hinaufführte, auf dem das Heu lag. Jack lachte leise. Seine Stimme klang ein wenig heiser, und Eileen ahnte, dass er sie genauso begehrte wie sie ihn. Nacheinander stiegen sie die Leiter hoch, Jack half ihr bei den letzten Sprossen. Dann ließen sie sich ins Heu fallen und Eileen riss Jack beinah zwei Hemdknöpfe ab, weil sie ihre Hände nicht ruhig halten konnte. Jack versuchte gleichzeitig, Eileen aus dem Kleid zu schälen, doch das gestaltete sich recht schwierig bei den viele Haken, Ösen und Schleifen.

Plötzlich kam von unten ein Geräusch, und Eileen und

Jack hielten wie festgefroren in ihren Bewegungen inne. Jemand war in die Scheune gekommen und erleichterte sich. Eileen hob die Hand vor den Mund und unterdrückte ein Lachen. Nach einer halben Ewigkeit klappte das Scheunentor wieder zu.

»Wir sollten zu den Gästen zurückgehen«, schlug Jack ernüchtert vor. »Wahrscheinlich haben wir sowieso schon genug Schwierigkeiten, das ganze Heu aus unseren Sachen zu kriegen, und werden uns ein paar unangenehme Fragen gefallen lassen müssen.«

»Ist das dein Ernst?«, fragte Eileen. Innerlich musste sie zugeben, dass Jack Recht hatte, trotzdem mochte sie sich von der Vorstellung, sich hier im Heu Jack hinzugeben, noch nicht gänzlich verabschieden. »Findest du mich so wenig ... anregend?«

»Ich glaube, du weißt verdammt genau, wie anregend ich dich finde! Habe ich vorhin übrigens gesagt, ich hätte dir vor unserer Hochzeit erzählen sollen, mit wem du es zu tun kriegst? Muss wohl vergessen haben hinzuzufügen, dass ich auch eine Warnung verdient hätte, was für eine Furie du im Bett bist!« Damit versuchte Jack, einen halb abgerissenen Knopf im Knopfloch zu schließen.

»Wir waren ja noch gar nicht im Bett!«, protestierte Eileen lachend und half ihm.

»Na, dann eben im Heu.« Jack klopfte sich den Anzug ab. »Aber vergiss bloß nichts von dem, was du machen wolltest, bis wir nachher zu Hause sind, hörst du?«

»Versprochen.«

Diesmal kletterte Eileen zuerst die Leiter hinunter. Auch in ihrem Kleid hing noch hier und da etwas Heu, das sie mühsam entfernte. Den Schleier hatte sie schon vor Stunden abgenommen, sodass wenigstens der ihr Beinahe-Abenteuer schadlos in der Gaststube überstanden hatte.

Drinnen war offenbar niemandem ihre Abwesenheit aufgefallen. Die Hälfte der Gäste tanzte zu irgendeiner Polka, die andere bediente sich am inzwischen aufgebauten Büfett. Zu Eileens Freude tanzte Rose eng umschlungen mit Bob und schien nichts um sich herum wahrzunehmen. Vielleicht hatte sie an diesem Tag ihren Frieden mit sich und ihren Gefühlen für Jack geschlossen.

Fast zwei Stunden noch blieben Eileen und Jack bei ihren Gästen, stellten sich für Familienfotos allein oder in Grüppchen zusammen und redeten mit den ihnen völlig unbekannten Leuten, die Eileen spontan eingeladen hatte und die sie vielleicht nie wiedersehen würden. Als hätten sie ein geheimes Codezeichen verabredet, trafen sich irgendwann ihre Blicke. Es war an der Zeit, sich zu verabschieden.

Alfred dämmerte längst jenseits von gut und böse vor sich hin, aber alle anderen, die bis hierhin munter mitgefeiert hatten, gaben beiden die besten Wünsche mit auf den Weg.

»Seht zu, dass die Gran'mère ordentlich arbeiten muss!«, witzelte jemand, was sogar bei Tante May einen gutmütigen Lacher hervorrief.

Im allgemeinen Rummel gelang es Eileen trotzdem, Rosie kurz zur Seite zu nehmen. »Der Blumenkranz ist von dir, also wirst du auch Patentante. Möchtest du?«

Rosie strahlte und nickte. »Ich wünsch dir alles, alles Liebe, Eileen, und alles Glück der Welt.«

Eileen umarmte ihre Freundin noch ein letztes Mal, dann hängte sie sich an Jacks Arm und ließ sich von ihm zum Wagen führen. Als sie um die Ecke fuhren, drehte sie sich noch einmal um und winkte. Von all den vielen Menschen, die dort standen und ihnen nachschauten, sah sie nur Tante May und Rosie, deren lange rotblonde Haare im Wind wehten.

Jack stoppte den Wagen vor dem kleinen Haus am Icart Point. Während der ganzen Fahrt hatten sie kein einziges Wort gewechselt. Jetzt stieg er aus und öffnete Eileen die Beifahrertür. »Willkommen zu Hause«, sagte er, nahm ihre Hand und zog sie vorsichtig aus dem Auto.

Eine ganze Weile schauten sie beide auf das Cottage, in dem es zwei Zimmer und eine Küche unten und zwei kleinere Räume und ein Badezimmer unter dem Dach gab. Es war kein Palast, aber es gehörte ihnen ganz allein. Aus den oberen Fenstern hatte man einen wundervollen Blick über die felszerklüftete Küste und den Sonnenuntergang, der die Gegend manchmal in ein merkwürdig gelbliches Licht tauchte. Die knorrigen Pinien an der Straße waren dann ganz schwarz gezeichnet. Eileen seufzte.

»Was?«, fragte Jack in die Stille hinein.

»Diese Insel ist der schönste und der magischste Ort der Welt«, flüsterte Eileen zurück. »Sie ist ein bisschen so wie du.«

»Du findest mich schön?«, fragte Jack erheitert. »Ich dachte immer, dieses Adjektiv ist allein für Frauen bestimmt.«

»Wenn dir eine andere Formulierung besser gefällt, meinetwegen: Du bist der attraktivste Mann, der mir je über den Weg gelaufen ist. Ich finde dich atemberaubend und anziehend, und wenn du mich jetzt nicht endlich in das Haus da trägst und tust, was ein Mann in seiner Hochzeitsnacht nun mal tut, dann ...«

»Schon gut, schon gut!«, lachte Jack und hob Eileen auf seine Arme. »Du hast aber noch was von magisch gesagt.«

Während Eileen sich an ihn schmiegte und daran dachte, dass sie diesmal nicht unterbrochen werden würden, murmelte sie: »Du bist auf jeden Fall ein geheimnisvoller Fremder, Jack Wilson.«

Im Schlafzimmer legte Jack Eileen aufs Bett. Als er etwas sagen wollte, schüttelte sie den Kopf. Stattdessen rückte sie dicht an ihn heran und küsste ihn mit all der aufgestauten Leidenschaft, die sich jetzt endlich Bahn brechen konnte. Eileen bemerkte Jacks Erregung und sog scharf die Luft ein, als seine Hand an ihrem Schenkel emporstrich. Sie wollte sich aufrichten, um das Kleid auszuziehen, doch Jack hielt sie zurück.

»Nein, lass es an«, sagte er.

Eileen spürte seine Küsse auf den Innenseiten ihrer Schenkel, und sie spürte eine ungewohnte und doch bekannte Hitze zwischen ihren Beinen, die sich bis zu ihrer Wirbelsäule ausbreitete, bis in ihren Kopf. Ihr Mund fand Jacks Lippen genau in dem Moment, als er sie nahm. Sie spürte einen leichten Stich und dann merkte sie, dass er anfing, sich in ihr zu bewegen. Eileen vergaß ihre Umgebung, sie vergaß die Zeit, sie vergaß den Fremden, der ihr die Tage zuvor das Leben so schwer gemacht hatte, sie vergaß alle Ängste und Geheimnisse, alle Fragen. Sie fühlte nur noch, wie Jack sie ausfüllte und beinah in den Wahnsinn trieb. Nur wie durch Nebel hörte sie ihn ihren Namen flüstern, wieder und wieder, und schließlich entrang sich beiden gleichzeitig ein Laut, der Glück und Schmerz, Staunen und Erkennen, Erfüllung und ein hungriges Wollen nach mehr war.

Eileen konnte nicht sagen, wie viel Zeit vergangen war. Draußen musste sich die Welt inzwischen verändert haben, der Wind pfiff um das Haus, doch hier drinnen gab es nur sie beide. Sie spürte Jack neben sich liegen, seine Hand auf ihrem Bauch. Irgendwann richtete er sich auf und küsste zärtlich Eileens Nabel. Das Gefühl, das sie dabei durchfuhr, erschreckte sie. Es konnte doch nicht sein, dass sie schon wieder ... Sie musste wohl ein Geräusch gemacht haben, denn Jack sah ihr in die Augen.

»Furie!«, lachte er leise.

In diesem Moment hörten sie es beide. Die Stimme kam von draußen und rief laut und vernehmlich einen Namen. »Jack!«

Eileen fuhr hoch. Sie wusste sofort, wem die Stimme gehörte. Jack erstarrte, auch er hatte erkannt, wer dort nach ihm verlangte.

»Jack Wilson! Du bist deinen ehelichen Pflichten lange genug nachgekommen. Jetzt wird es Zeit, dass du dich an deine anderen Pflichten erinnerst.«

Jack stand auf und zog sich langsam an.

»Jack, was tust du da? Du willst doch jetzt nicht rausgehen?«, flüsterte Eileen.

»Doch«, gab Jack tonlos zurück. »Ich muss da was klarstellen, sonst werden wir keine Ruhe haben.«

»Aber du hast ihm doch gestern schon gesagt, dass ...«

»Gestern?« Er sah sie an, Verstehen im Blick. »Ich hatte gleich das Gefühl, als wäre da jemand, war mir aber nicht sicher. Du bist ziemlich gut im Nachschleichen.« Er sagte das ohne jeden Vorwurf. Eileen hätte erleichtert sein müssen, war es jedoch nicht, weil Jack so emotionslos klang, wie sie ihn noch nie gehört hatte. »Jedenfalls sieht es so aus, als hätte ich mich nicht deutlich genug ausgedrückt. Ich werde das nachholen müssen.«

Jack zog als Letztes seine Schuhe an und war schon halb aus dem Zimmer, als er sich noch einmal umdrehte. »Du bleibst hier«, befahl er. »Ich bin bald zurück.«

»Nein, Jack, geh nicht!«, bat Eileen.

Aber Jack war schon aus dem Zimmer und die Treppe hinunter. Nur ein paar Sekunden zögerte Eileen, bevor auch sie aufstand und das Kleid eilig über ihren Schultern zusammenraffte, im Gehen in den linken Ärmel schlüpfte und mit der anderen Hand versuchte, die vielen Unterröcke zu sortieren. Sie musste endlich wissen, was hier gespielt wurde und was der Fremde von Jack wollte.

Die Nacht war sternenklar, doch der Wind heulte über den Klippen und ließ mächtige Wellen an die Felsen krachen. Er schlug ihr fast die Tür aus der Hand, als sie nach draußen trat und sich suchend nach den Männern umsah. Das Hochzeitskleid wehte um ihre Beine, sie hatte das Oberteil nicht ganz zugehakt, und nun schob sie mit der Hand unbewusst den kurzen Ärmel hoch, der ihr von der Schulter gerutscht war. Sie konnte niemanden entdecken, aber es gab nicht viele Möglichkeiten, wohin sich Jack und der Fremde zurückgezogen haben konnten. Zielstrebig ging Eileen auf die Klippen zu, und bald hörte sie undeutliche Stimmen, die der Wind zu ihr herübertrug. Dort hinten standen Jack und der Fremde auf einem Felsen dicht am Abgrund. Von weitem konnte man beinah meinen, sie betrieben höfliche Konversation. Es gab keine großen Gesten, nichts deutete auf Zorn oder Ungeduld auf der einen oder anderen Seite hin, und dennoch wirkte die Szene auf Eileen seltsam bedrohlich. So sehr, dass plötzlich nur noch ein einziger Gedanke Raum in ihrem Kopf fand: In ihrer Hochzeitsnacht würde ein Unglück geschehen, wenn sie nicht eingriff. Ohne weiter zu überlegen, hob sie ihr Kleid und lief über den holprigen Pfad. Dabei rief sie Jacks Namen, doch der Sturm verschluckte ihre Stimme, er hörte sie nicht. Erst als sie fast bei ihm war, drehten sich beide Männer zu ihr um.

»Sie hätten sich nicht die Mühe machen sollen herzukommen, Mrs Wilson«, sagte der Fremde scheinbar genauso freundlich wie wenige Stunden zuvor vor der Kirche. Unterschwellig jedoch nahm Eileen eine seltsame Ironie wahr. »Was ich mit Ihrem Mann zu besprechen habe, geht nur uns beide was an.«

Eileen ignorierte die Zurechtweisung. »Wer sind Sie eigentlich? Was wollen Sie von uns?«, fragte sie mit lauter Stimme. Sie hatte Mühe, den Sturm zu übertönen und wunderte sich selbst, wie ruhig sie blieb.

Der Mann wandte sich wieder Jack zu. »Du hast ihr tatsächlich nichts erzählt, alter Knabe? Auch nicht von Sarah, nehme ich an? Sehr lobenswert. Frauen, die zu viel wissen ...«

»Halt dein dreckiges Mundwerk«, fuhr Jack ihm dazwischen, bevor Eileen auch nur dazu kam, sich zu fragen, wer Sarah war. »Denk lieber an das, was ich gerade gesagt habe, und nimm es ernst!«

»Das würde ich schrecklich gern, aber ich fürchte, das geht nicht.« Der Mann mit Jacks Gesicht zuckte bedauernd mit den Schultern und schob dabei wie zufällig die Hand in seine Jackentasche. Als er sie wieder hervorzog, hielt er darin kein Zigarettenetui, sondern eine Waffe.

»Was soll das?«, fragte Jack, der sich nicht von der Stelle rührte. »Findest du das nicht etwas übertrieben, hier mitten in der Nacht mit einem Revolver rumzufuchteln? Glaubst du im Ernst, dieses Ding da könnte mich von irgendwas überzeugen?«

»Dich kaum. Aber möglicherweise deine Frau«, sagte der Fremde so leise, dass Eileen ihn kaum verstand. Erschrocken rückte sie ein Stück näher an Jack heran.

»Wie tief bist du gesunken, dass du Frauen bedrohst?«, sagte er ungläubig.

»Ich bedrohe keine Frauen!« Der Fremde klang empört und hob die Hand, in der er die Waffe hielt. Zielsicher visierte er dabei Jacks Brustkorb an. »Ich dachte nur, deine Frau könnte vielleicht ein gutes Wort für mich einlegen. Vielleicht möchte sie ja, dass du überlebst. Außerdem darf ich dich daran erinnern, dass du es warst, der vorhin von

Krieg zwischen uns beiden gesprochen und die heiße Variante nicht ausgeschlossen hat.«

»Wenn du mich umbringst, bin ich wohl kaum mehr von Nutzen«, stellte Jack ruhig fest.

Eileen kam sich vor wie in einem Albtraum. Dies war ihre Hochzeitsnacht, sie und Jack sollten im Bett liegen und sich lieben bis zum Morgengrauen, statt hier draußen im Sturm am Icart Point zu stehen und in die Mündung einer Waffe zu schauen.

»Das ist wahr. Aber deine Halsstarrigkeit lässt mir womöglich keine andere Wahl, weil ich nämlich zwei Dinge entscheiden muss. Erstens: Kann ich mich, wenn schon nicht auf deine Loyalität, so doch wenigstens auf dein Schweigen verlassen? Und zweitens, sollte die Antwort auf diese Frage nein lauten: Ist die Wahrung unseres kleinen Geheimnisses wichtiger – oder dein Leben?«

»Nein!«, rief Eileen. Sie dachte nur noch daran, dass dieser Mann Jacks und ihre Zukunft bedrohte. Sie stürzte sich auf den Fremden, der ihre Bewegung jedoch kommen sah und einen Schritt zur Seite wich, sodass sie ihn verfehlte. Eileen verlor das Gleichgewicht, der Wind fegte mit einer heftigen Böe durch ihr Kleid. Sie strauchelte, ruderte mit den Armen und sah noch, dass Jack nach ihr griff, doch seine Hände bekamen sie nicht zu fassen.

Eileen fiel. Schlug auf, fiel weiter. In ihren Ohren tosten der Sturm und das Meer, sie konnte nicht mehr unterscheiden, wo oben war und wo unten. Sie sah den Vollmond und die Sterne am Himmel und ihre Spiegelbilder auf dem Wasser in unendlich schneller Abfolge. Als letzter absurder Gedanke schoss ihr durch den Kopf, dass sie schreien, nach Jack rufen müsse, doch kein Laut war über ihre Lippen gedrungen, als ihr Körper schließlich auf einen letzten Felsvorsprung schlug und von dort beinah sanft in die Wellen glitt.

TEIL 3

1.

Nathalie spürte jeden einzelnen Knochen in ihrem Leib. Entweder sie hatte an einem Marathonlauf teilgenommen oder sie war eine dieser Steilküsten heruntergerollt. Stöhnend setzte sie sich auf und bemerkte noch dazu ihren verspannten Nacken.

Moment mal, dies war nicht ihr Bett im Saints Bay Hotel, es fühlte sich an wie ein Sofa. Sie musste wirklich todmüde gewesen sein, wenn sie sich nicht mehr erinnerte, wo sie eingeschlafen war. Offenbar hatte sie auch versäumt, sich auszuziehen. Sie trug noch immer ihre Jeans und die ärmellose Bluse.

Verwirrt tastete sie nach ihrer Uhr, ließ das Glas zurückschnappen und las die Uhrzeit ab. Halb acht. Abends oder morgens? Was war denn bloß passiert, dass sie so überhaupt nichts mehr wusste? Panik begann sich in ihr breit zu machen. Was war ihre letzte Erinnerung? Rose. Die Werkstatt und die Büste. Die Büste von Eileen! Erneut fühlte Nathalie eine Gänsehaut über Rücken und Arme kriechen, als ihr bewusst wurde, was sie getan hatte.

Sie zwang sich dazu, ruhiger zu atmen und die Panik abzuschütteln. Langsam wurde es besser, ihr Herz klopfte ruhiger, und sie konnte sich darauf konzentrieren, logisch zu denken. Sie lag auf einem Sofa, es war still, nicht so geschäftig wie in einem Hotel. Also musste sie noch bei Rose sein, in ihrem Wohnzimmer wahrscheinlich. Behutsam streckte sie ihre Hand aus. Vor ihr war nichts, also konnte sie gefahrlos aufstehen, ohne gegen irgendwas zu stoßen. Wenn sie ihr Orientierungssinn nicht im Stich ließ, waren es nur wenige Schritte zur Tür auf den Flur, und das Badezimmer lag zwei Türen weiter. Wenn sie denn wirklich bei Rose war. Nathalie fiel wieder ein, dass vor dem Sofa eigentlich ein kleiner Tisch stehen sollte, aber der war möglicherweise ihretwegen weggeschoben worden.

Entschlossen stellte sie sich auf die Füße und bewegte sich in die hoffentlich richtige Richtung. Ein Schritt, zwei, drei, vier – dann stieß sie gegen etwas Hartes in Kniehöhe und verlor das Gleichgewicht. Sie fiel und versuchte sich abzustützen, dabei hörte sie einen halb überraschten, halb schmerzerstickten Ausruf.

»Au!«

Unter sich spürte Nathalie einen menschlichen Körper, einen Körper, der sich gerade von einer Last zu befreien versuchte, nämlich von ihr.

»Raymond?«, fragte sie und rappelte sich hoch.

Er antwortete nicht, sodass sie sich einen Augenblick lang fragte, ob sie sich geirrt hatte und auf Daniel oder gar Rose gefallen war.

»Eil...«, fing Raymond an, um sich gleich darauf zu korrigieren. »Nathalie?«

Zu ihrem Erstaunen klang das gleichzeitig angst- und hoffnungsvoll – und äußerst angespannt.

»Was hast du denn geträumt, dass du mich schon mit Eileen verwechselst?«, fragte Nathalie amüsiert.

»Nathalie?«, versicherte sich Raymond ein zweites Mal.

»Ja, sicher, wer sollte wohl sonst auf dich drauffallen, weil er nicht sehen kann, zum Teufel?«

»Gott sei Dank!«, stieß Raymond hervor, raffte sich aber nicht dazu auf, diesen Stoßseufzer zu erläutern. Stattdessen umfasste er ihre Schultern, und Nathalie hatte das sichere Gefühl, er würde sie eindringlich ansehen. Dann ließ er sie los, nur um sie gleich darauf in seine Arme zu schließen. »Gott sei Dank«, murmelte er ein zweites Mal.

Wenn sie eins hasste, dann war das, im Ungewissen darüber zu sein, was um sie herum vor sich ging.

»Was ist denn eigentlich los hier?«, fragte sie und schob Raymond von sich. »Sind wir noch bei Rose? Warum? Ich scheine eine Menge verpasst zu haben, mir fällt überhaupt nicht mehr ein, was passiert ist, nachdem ihr aus St. Peter Port zurückgekommen seid!«

»Das ... ist eine komplizierte Geschichte«, sagte Raymond. »Noch dazu eine, die keiner von uns versteht.« Wieder nahm Raymond sie in die Arme. Und wieder entzog sie sich ihm – einerseits, weil sie endlich erfahren wollte, worum Raymond herumredete. Es gab da noch einen zweiten Grund, aber der lag merkwürdig verborgen in einer der hintersten Ecken ihres Kopfes und weigerte sich, formuliert zu werden. Nur dieses Gefühl war da, das Gefühl, dass es irgendwie falsch war, sich von Raymond umarmen zu lassen. Jemand anders sollte das tun. Jemand ...

»Jack«, sagte sie, noch bevor sie sich dessen bewusst wurde.

Raymond erstarrte.

»Was hast du gesagt?«

Unbeholfen zuckte sie mit den Schultern. »Ich weiß nicht. Ich dachte gerade an Jack Wilson, keine Ahnung, warum.«

»Du weißt wirklich nicht, was geschehen ist?«, fragte Raymond.

»Nein! Soll ich's dir schriftlich geben?« Warum fuhr sie Raymond dermaßen an? Sie musste mehr Angst haben, als sie bereit war, vor sich selbst zuzugeben.

»Setz dich.« Raymond wollte sie zum Sofa zurückführen.

»Ich muss erst mal ins Bad«, widersprach sie und bewegte sich in Richtung Flur.

»Warte, ich bring dich.«

»Nein!« Nathalie erschrak vor ihrer eigenen Heftigkeit. Ruhiger sagte sie: »Ich find es schon allein, danke.« Während sie sich an der Wand entlangtastete, fragte sie sich, weshalb sie auf einmal das Bedürfnis hatte, allein zu sein. Als sie die Tür hinter sich verschloss, war sie einfach nur noch froh, niemanden mehr um sich zu haben.

Sie spritzte sich kaltes Wasser ins Gesicht, das sie mit ihrer Bluse notdürftig trocken tupfte, weil sie kein Handtuch fand. Die Abkühlung hatte die beabsichtigte Wirkung, sie fühlte sich besser.

Vorsichtig machte sie sich auf den Weg zurück ins Wohnzimmer, aus dem jetzt eine weibliche Stimme drang, die eindeutig Rose gehörte.

»... es geschafft«, sagte sie.

»Guten Morgen, Rose«, grüßte Nathalie, als sie den Raum betrat. Jemand kam auf sie zu und fasste sie an den Händen.

»Nathalie, wie schön, Sie zurückzuhaben!«

Zurück?, fragte sich Nathalie verwirrt, aber Rose sprach schon weiter.

»Haben Sie Hunger? Ich mach uns gleich Frühstück.«

Das klärte Nathalies Frage, ob es Morgen oder Abend war. Sie horchte in sich hinein und entschied dann, dass sie nichts essen wollte.

»Nein, ich glaube, der Rinderbraten war so reichhaltig, dass ich besser nur Kaffee trinke. Außerdem wäre ich dankbar, wenn ihr endlich damit rausrücken würdet, was hier los war.«

Die Stille, die sich ausbreitete, dauerte Nathalie ein wenig zu lange. »Hab ich was Falsches gesagt?«

Rose räusperte sich. »Wann haben Sie den Braten gegessen?«

»Na, wann wohl? Gestern Mittag natürlich! Ich dachte, *ich* bin diejenige, die an Gedächtnisverlust leidet! Ihr könnt doch unmöglich das Hochzeitsessen vergessen haben!« Noch während sie das aussprach, dachte sie, dass etwas verkehrt daran war. Sie kam nur nicht darauf, was.

»Eileen?«, fragte Raymond.

Nathalie wurde schwindelig, alles drehte sich in ihr, dabei kam sie sich in ihrer Orientierungslosigkeit gefangen vor und stolperte vorwärts. Diesmal schüttelte sie Raymond nicht ab, als er sie an der Hand nahm und zu dem Sofa brachte, auf dem sie vorhin aufgewacht war.

»Ich habe gar keinen Braten gegessen, oder?« Nathalies Stimme war nur noch ein Flüstern. Warum sah sie dann das zarte Fleisch in der braunen Sauce so deutlich vor sich? Warum lag ihr sogar dieser unverwechselbare Duft in der Nase?

»Nein. *Du* nicht«, sagte Raymond.

»Wieso sagst du das so komisch?«

»Es gab Rinderbraten in Minz-Sauce mit neuen Kartoffeln und grünen Bohnen«, sagte Rose. »Auf Eileens Hochzeit.«

»Wieso ... wieso hab ich dann geglaubt, dass ich Braten hatte?«, fragte Nathalie immer noch im Flüsterton. »Nein, sagt nichts. Lasst mich nachdenken.«

Wie eine Statue saß Nathalie auf dem Sofa und wühlte in ihrem Gedächtnis. Erfolglos zuerst, aber dann kamen immer mehr Bilder in unglaublich schneller Reihenfolge, Bilder, die sie nur zum Teil einordnen konnte, Bilder vom Inneren einer Kirche, Bilder von der Gran'mère mit einem frischen Blumenkranz. Dazwischen mischten sich Bilder von der L'Ancresse Bay und den Martellotürmen dort, runde, zweigeschossige Türme mit Schießscharten. Bilder von einem attraktiven Mann, der ihr zuwinkte. Bilder von einem jungen Mädchen mit rotblonden Haaren, das weinte und ihr seltsam bekannt vorkam. Bilder von ...

»Rosie!« Das rothaarige Mädchen, sie hieß Rosie. Rosie Fuller. Rose Fuller. Eileens Freundin. Nathalie hatte ein paar Nächte zuvor von ihr geträumt, sie aber für eine Fantasiegestalt gehalten. »Rosie ...«, wiederholte Nathalie. »Oh, warum hast du das nicht gesagt? Wie konnte ich so blind sein? Ich hätte es doch sehen müssen ...«

Das, was da in ihr vor sich ging, hätte Nathalie auf keinen Fall beschreiben können. Es war, als hätte sie zwei Erinnerungen gleichzeitig, ihre eigenen und die einer anderen Frau. Diese andere Frau wusste mit einem Mal, dass Rose Fuller in Jack Wilson verliebt gewesen war, und sie wusste noch viel mehr. Nathalie dagegen war sich ständig bewusst, dass das eigentlich unmöglich sein sollte. Sie konnte das alles gar nicht wissen. Sie konnte nicht wissen, das Eileen sich mit Jack in der L'Ancresse Bay getroffen hatte, sie durfte nicht einmal den Schimmer einer Ahnung davon haben, welche Unterwäsche Tante May (wer war Tante May?) am liebsten im welchem Geschäft in St. Peter Port kaufte.

Dann war der Spuk vorbei. Von einer Sekunde auf die andere wurden die Bilder diffus, verschwanden irgendwo in Nathalies Unterbewusstsein. Zurück blieben ein paar verschwommene Bruchstücke, die wenig Sinn ergaben. Nur zwei Bilder blieben ganz deutlich in Nathalies Gedächtnis haften: das des Mannes in der L'Ancresse Bay und das eines kleinen Hauses an der Küste am Icart Point.

Durch Nathalies Schwindelgefühl drang ein unterdrücktes Schluchzen. Zuerst hielt sie es für ihr eigenes, bis ihr klar wurde, dass es Rose war, die weinte. Rosie?

»Nicht weinen, Rosie«, sagte Nathalie. »Bitte nicht.«

Genau in diesem Moment betrat jemand den Raum.

»Rose? Rose, was haben Sie denn?«, fragte Daniel.

Bevor Rose antwortete, putzte sie sich die Nase. »Schon gut, es ist nichts weiter. Alles in Ordnung.«

»Sicher?«, fragte Daniel. »Sie sehen nicht gerade blendend aus, wenn ich das mal so offen formulieren darf.«

Rose lachte auf. »Oh, ich kann's mir in etwa vorstellen. Es ist ja auch nur, weil Nathalie gerade ein paar Dinge in mir geweckt hat, die ich lieber für immer vergraben hätte.«

»Nathalie?«

Nathalie spürte Daniels Blick, dabei wurde ihr mit einem Mal heiß, als würde irgendwo in ihr eine weitere Erinnerung schlummern. Sie senkte hastig den Kopf, weil sie sicher war, rot zu werden. Was war da vorgefallen? Was hatte sie noch alles vergessen?

»Bist du's?«, erkundigte sich Daniel. Sie fühlte nur seine irritierende Nähe, achtete gar nicht auf das, was er sagte. Warum zitterte sie plötzlich so? Als Daniel sie an der Schulter berührte, zuckte sie zusammen. Sofort zog er seine Hand zurück.

»Ja«, antwortete Raymond. »Glaube ich jedenfalls. Sie scheint sich an paar Sachen von damals zu erinnern, aber auch an die Gegenwart.«

Allmählich wich der Schock von Nathalie, als habe Raymond den Bann von ihr genommen, weil er ihr endlich zumindest den Zipfel einer Erklärung lieferte. Wieder sah sie das Bild jenes Mannes in der L'Ancresse Bay vor sich: dunkelhaarig, mit breitem Lächeln. Ihr fiel wieder ein, dass sie sich Daniel einmal dunkelhaarig vorgestellt hatte, ohne einen echten Anhaltspunkt dafür zu haben. Der Mann in ihrem Kopf musste dagegen Jack Wilson sein, weil sie sich laut Raymond an »damals« erinnerte, was auch immer das heißen mochte. Wenn das so war, betraf das, was sie eben gefühlt hatte, nicht Daniel, sondern Jack Wilson, und es gab keinen Grund, vor Daniel zurückzuschrecken. Was es weiter bedeutete, darüber weigerte sie sich nachzudenken.

Natürlich war ihr vollkommen klar, dass ihr keine andere Wahl blieb. Sie hatte Eileens Büste geformt, sie hatte ihre Erinnerungen, einen Teil davon wenigstens. Das alles musste doch einen Sinn haben, und welcher sollte es sein, wenn nicht der, endlich zu klären, was damals geschehen war?

»Warum gerade ich?«, sagte Nathalie mehr zu sich selbst als zu den anderen und erwartete auch gar keine Antwort. Mit Sicherheit waren sie ebenso überfordert damit wie Nathalie selbst. Es wurde also Zeit, dass sie sich zusammenriss und auf das Wesentliche konzentrierte, schließlich war sie durch ihre Blindheit ziemlich geübt darin. Konnte das der Grund dafür sein, weshalb gerade *sie* ...?

»Das Schicksal muss wohl gefunden haben, dass Sie sich besonders gut eignen«, ging Rose auf Nathalies halblaut gesprochene Frage ein. »Wie geht es Ihnen jetzt?«

»Ganz gut, glaub ich. Da waren so viele Bilder in meinem Kopf, Dinge, Orte, Menschen, alles ungeheuer deutlich.«

»Waren?«, fragte Raymond.

»Ja. Sie sind irgendwie unscharf geworden. Als würdest du nach einem Traum aufwachen und dich zuerst an jede Einzelheit erinnern und dann zwei Minuten später schon anfangen, alles zu vergessen.«

»Du hast alles vergessen?« Das war Daniels Stimme.

Noch immer fragte Nathalie sich, ob es vor ihrer merkwürdigen Ohnmacht noch etwas gab, das sie vergessen – oder verdrängt? – hatte. Sie hielt das eigentlich für unmöglich, sie konnte aber auch nicht ihre widersprüchlichen Gefühle bestreiten, die sie mal zu Raymond und mal zu Daniel zogen.

»Nicht alles. Aber das, was übrig geblieben ist, scheint fast unwirklich, wie ein alter Film, von dem man nur mehr oder weniger unvollständige Teile der Handlung weiß und die Gesichter von ein oder zwei Schauspielern vor sich sieht.« Sie machte eine kleine Pause. »Bevor ich ohnmächtig wurde, habe ich noch mitbekommen, dass ich unbewusst Eileens Büste geformt habe. Ich glaube jedenfalls, dass das das Letzte war, was ich getan habe, oder?«

»Ja«, bestätigte Raymond und erzählte dann alles, was in Nathalies Gedächtnis fehlte.

Manchmal dachte sie, dass er etwas ausließ, wenn seine Sätze plötzlich zögernder kamen oder er nach einem Wort suchte. Das schien untypisch für Raymond, andererseits konnte sie sich nicht vorstellen, was er ihr verheimlichen sollte. Das, was er berichtete, war schließlich schon alles andere als alltäglich: Sie hatte sich tatsächlich für Eileen gehalten, dabei akzentfrei englisch gesprochen und dann auch noch Daniel mit Jack verwechselt. Diese Tatsache zumindest erklärte ihre verwirrenden Gefühle ihm gegenüber.

»Du hättest übrigens ruhig mich für Jack halten können«, beendete Raymond seine Erzählung mit einem süffisanten Unterton, der dem Vorgefallenen den Schrecken nehmen sollte.

»Wahrscheinlich hat Eileen deinen französischen Akzent gehört, der nicht zu Jack passte«, meinte Nathalie. »Tut mir Leid, wenn ich dich irgendwie in Verlegenheit gebracht habe, Daniel.« Er schwieg, und Nathalie hätte viel darum gegeben, sein Gesicht sehen zu können.

»War kein Problem für mich«, sagte er schließlich.

Betonte Daniel das letzte Wort tatsächlich mehr als nötig, oder war das ihre Einbildung? Bevor sie richtig darüber nachdenken konnte, fragte er: »Was war es denn für ein Film?«

»Film?« Das kam von Raymond, doch Nathalie verstand sofort. Sie lehnte sich im Sofa zurück und überlegte angestrengt, was am besten zu den widerstreitenden Empfindungen passte, die noch immer in ihr waren. Je länger sie versuchte, sie zu beschreiben, desto klarer wurden wieder die Bilder vor ihrem inneren Auge. Namen tauchten auf und Gesichter, aber es schien keine chronologische Reihenfolge zu geben, und manchmal glaubte sie, den Namen möglicherweise die falschen Gesichter zuzuordnen.

»Schwer zu sagen«, bekannte sie. »Am ehesten wohl ein subtiler Horrorfilm, in dem alles ganz normal scheint und irgendwann beginnt, aus dem Ruder zu laufen, ohne dass man weiß, was dafür verantwortlich ist. Das ist jedenfalls meine Interpretation von Eileens Gefühlen.«

»Woran erinnern Sie sich am deutlichsten?«, fragte Rose, die sich zum ersten Mal seit langem wieder in die Unterhaltung einmischte.

Augenblicklich sah Nathalie ein rotblondes Mädchen vor sich, das ihr einen Blumenkranz in die Hände drückte. Dann war das Mädchen verschwunden, und stattdessen blieb nur Dunkelheit. Das genügte nicht, sie musste sich mehr Mühe geben. Angestrengt rieb sie sich die Stirn und zwang sich, in die Vergangenheit einzutauchen.

»Jack«, sagte sie und sah wieder diesen attraktiven Mann vor sich. »Wir haben uns immer beim Martelloturm an der L'Ancresse Bay getroffen. Einmal bin ich krank geworden und konnte nicht gehen. Stattdessen habe ich Rosie geschickt, um ihm Bescheid zu geben.«

Nathalie hörte einen erstickten Laut aus Roses Richtung, beachtete ihn aber nicht weiter. Wenn sie sich jetzt ablenken ließ, musste sie wieder von vorn beginnen. Was fiel ihr als Nächstes ein? Sie war allein auf einer dunklen Straße, ein ganzes Stück vor ihr ging ein Mann, dem sie folgte. Jack? Wohin wollte er? Das Bild verblasste, ein anderes tauchte auf, Jack in seiner Arbeitskleidung im Garten von Sausmarez Manor. Wo war Sausmarez Manor? St. Martin's, blitzte es in Nathalies Kopf auf, ohne dass sie wusste, woher der Hinweis kam. Dann sah sie sich mit einer älteren Frau in einem Café sitzen. Tante May. Die mit der Unterwäsche, erinnerte sich der Teil von Nathalie, der in der Gegenwart geblieben war. Dasselbe Café, doch ein anderer Tag, sie war allein und sah einen Mann aus einem Geschäft kommen. Ihr Herz fing wie wahnsinnig an zu rasen. Weshalb?

»Grundgütiger!«, entfuhr es ihr.

»Was ist?« Mit einem Satz war Raymond neben ihr und griff nach ihrer Hand.

»Es waren zwei! Und es war ein Unfall.« Keuchend brachte sie diese beiden Sätze heraus.

Rose schnappte nach Luft. »Ein Unfall?«

Es verstrich geraume Zeit, bis Nathalie sich einigermaßen beruhigt hatte und wieder fähig war zu sprechen. Während sie so detailliert wie möglich die dramatischen Ereignisse in Eileens Hochzeitsnacht schilderte, erhob sie sich und ging im Zimmer auf und ab. Sie konnte einfach nicht mehr sitzen, sondern musste sich bewegen. Alle anderen Erinnerungen hatten sich verflüchtigt, doch die Nacht, in der das Unglück geschah, stand mit aller Klarheit vor ihren Augen.

In der Stille, die auf ihre Erzählung folgte, nahm sie etwas Beunruhigendes an sich wahr. Eileens Liebe für Jack war sehr tief gewesen, tiefer als irgendein Gefühl, das Nathalie jemals für einen Mann empfunden hatte. Zu ihrem Schrecken fand sie diese Liebe plötzlich in sich selbst wieder – die Liebe zu einem Mann, der nicht mehr existierte. Das Sehnen nach seinem Blick, nach seiner Berührung, nach seiner Gegenwart bereitete ihr beinah körperliche Schmerzen.

Nein, korrigierte sie sich, das ist Eileens Schmerz, nicht meiner, sie ist immer noch bei mir.

Ein leises, beinah qualvolles Aufstöhnen durchbrach das Schweigen und damit auch Nathalies Brüten über diese verstörenden Gefühle. Im ersten Moment dachte sie, es sei von Daniel gekommen, doch dann wurde ihr bewusst, dass sie durchs Zimmer gewandert war und dadurch ihre Orientierung verloren hatte. War es Rose?

Schuldbewusst dachte sie, dass ihr das jetzt gleichgültig war. Sie wollte nur noch fort von der Vergangenheit, vor allem fort von Eileen, und das hieß fort von diesem Haus, fort von Rose, denn Rose war das einzige wirkliche Bindeglied zwischen damals und heute.

»Es tut mir Leid«, sagte sie und hoffte, dass sie sich in die richtige Richtung wandte. »Vielleicht ist das nicht das, was Sie hören wollten, aber es ist die Wahrheit.«

Rose seufzte. Das Geräusch war hinter Nathalie, sodass sie sich sofort um hundertachtzig Grad drehte.

»Sagen wir, es ist nicht das, was ich erwartet oder womit ich gerechnet hätte. Es gibt viel mehr Rätsel auf, als es löst, nicht wahr? Aber ich bin dennoch sehr erleichtert, dass ich all die Jahre Recht hatte und Eileen niemanden ermordet hat.« Nathalie hörte, wie Rose sich erhob. »Da ist noch eine Menge, über das ich gern mit Ihnen reden würde, Nathalie, natürlich nur, wenn Sie einverstanden sind. Ich glaube allerdings, es wäre für uns alle das Beste, wenn wir die ganze Geschichte erst mal ruhen lassen und warten, bis wir wieder aufnahmebereit sind.«

Erleichtert nickte Nathalie und verstand, dass Rose das gleiche Bedürfnis wie sie selbst verspürte, allein zu sein.

Mit einem Glas Wasser wartete sie in der Küche auf Raymond und Daniel, die ihre Sachen zusammensuchten. »Werden Sie die Büste brennen?«, fragte sie Rose, die ihr eben ein zweites Glas einschenkte.

»Das werde ich bestimmt. Sie ist sehr gut geworden und ein wirklicher Ersatz für das verloren gegangene Foto.« Nathalie hörte Roses Stimme und sah sie gleichzeitig als das rotblonde Mädchen vor sich, das sie einmal gewesen war. Die Blumen auf Jacks Grab bei der St. Martin's Church kamen ihr in den Sinn, und sie begriff, dass Rose sie nicht nur Eileens wegen dort hinbrachte. Mit einem Mal fühlte sie sich ihr sehr nahe, beide spürten noch immer dieses hoffnungslose Sehnen nach Jack in sich.

»Sie haben Eileen nicht verraten«, sagte Nathalie aus einer Eingebung heraus. »Auch wenn Sie es damals nicht geschafft haben, die Polizei davon zu überzeugen, weiter nach einem anderen Täter zu suchen, und auch wenn Sie Jack liebten. Niemand konnte das so gut verstehen wie Eileen.«

Erst als Raymond kurze Zeit später aus dem Flur »Wir sind soweit!«, rief, brachte Rose eine Antwort heraus: »Danke.«

Im Hotel begleitete Raymond Nathalie bis zu ihrem Zimmer. »Brauchst du noch was?«, fragte er. Es kam ihr vor, als fiele es ihm schwer, sie allein zu lassen. Sanft dirigierte sie ihn zur Tür und ließ sich dann auf ihr Bett fallen.

Sie dachte, sie würde zur Ruhe kommen und ihre Gedanken ordnen können, stattdessen engten die vier Wände sie ein. Entschlossen erhob sie sich wieder und suchte in der Schublade ihres Nachttisches nach dem zusammengeklappten Blindenstock. Sie hasste das Ding und benutzte es so gut wie nie, trotzdem hatte sie wohl geahnt, dass sie es auf Guernsey benötigen würde. Leise trat sie aus ihrem Zimmer. Raymonds und Daniels Stimmen drangen auf den Flur. Es klang, als würden die beiden wegen irgendwas streiten. Kurz überlegte sie, worum es gehen mochte, dann entschied sie, dass das nicht ihre Angelegenheit war. Sie hatte jetzt keine Lust, Schlichterin zu spielen.

Es war früher Nachmittag, die Sonne stand hoch am Himmel und brannte auf Nathalies Schultern. Sie zog ihren Stock auseinander, rief sich den Hotelparkplatz so deutlich es ging wieder ins Gedächtnis und begann langsam vorwärts zu gehen. Nach wenigen Metern stieß sie an eine niedrige Mauer, die das Gelände des Hotels begrenzte. Dahinter begann die Straße, doch die war nicht Nathalies Ziel. Es zog sie nicht zum Icart Point, besonders wenn sie daran dachte, wie es ihr am gestrigen Morgen dort ergangen war.

Selbstkritisch verzog sie den Mund. Eigentlich war es gleichgültig, wo sie sich an den Klippen bewegte, sie schwebte ständig in Gefahr, irgendwo zu stürzen und in eine der kristallklaren Buchten zu fallen. Der Pfad, der sie auf den Klippenwanderweg führte, war recht leicht zu bewältigen, doch irgendwann erreichte sie die kleine Kreuzung, an der sie sich für links oder rechts entscheiden musste – und egal, welche Richtung sie einschlug, es würde schwierig werden. Rechts ging es wieder zum Icart Point, also kam nur links in Frage. Ihr Stock ertastete eine merkwürdige Kerbe im Weg, über die sie mit einem großen Schritt stieg, dann kamen drei Stufen, die sie ebenfalls ohne große Schwierigkeiten meisterte. Dann jedoch wurde es wirklich gefährlich, mehrere Male stolperte sie über lose auf dem Weg liegende Steinbrocken, ein anderes Mal geriet ihr ein herabhängender Zweig ins Gesicht, der unangenehmerweise mit winzigen Dornen gespickt war. Es ging stetig bergab, und sehr viel später gelangte sie nach einigen letzten, sehr flachen Stufen schließlich erneut an eine Kreuzung, die auf eine asphaltierte, nicht besonders breite Straße führte.

Außer Atem blieb Nathalie stehen. Obwohl der Pfad bisher weitgehend von Büschen und Bäumen gesäumt war und sie sich im Schatten vorwärts bewegt hatte, lief ihr vor Anstrengung der Schweiß den Rücken hinunter. Noch dazu wusste sie jetzt nicht mehr weiter und tastete vorsichtig mit ihrem Stock in der Gegend herum. Dabei stieß sie zu ihren Füßen an einen rechteckigen Stein. Neugierig bückte sie sich, fuhr mit den Fingern an der Oberfläche entlang und entzifferte auf diese mühsame Art, dass sie sich rechts zum Saint's Harbour und links zur Saint's Bay halten musste. Sie erinnerte sich noch, dass der Hafen nicht ganz so weit unten lag wie der Strand, also marschierte sie los. Dankbar erkannte sie, dass diese Etappe ihrer Wanderung weitaus angenehmer und leichter, wenn auch nicht mehr schattig war. Erstaunlicherweise hatte sie ein recht deutliches Bild von der Straße vor Augen inklusive des auf der linken Seite halb hinter Büschen und Bäumen versteckten Martelloturms. Irgendwann hörte sie vor sich lauter werdende Stimmen, die sich irgendwas über Angeln und Fische zuriefen. Vorsichtig machte sie noch einige Schritte, wurde aber bald von einer Mauer in Hüfthöhe aufgehalten, gegen die sie sich lehnte. Sie war am Saint's Harbour angekommen. Damals hatte sie gedacht, dass die Bezeichnung »Hafen« eigentlich übertrieben schien für die wenigen vertäuten, auf dem Meer schaukelnden kleinen Boote, aber es war ein ruhiger, bei Mondschein sehr romantischer Ort. Außer den nun wieder schweigsamen Anglern würde sie keine Gesellschaft haben, und abgesehen vom Klatschen der Wellen an die Felsen herrschte Stille. Genau das, was sie wollte.

Einen Nachteil allerdings hatte die Ruhe im Vergleich zu ihrer konzentrierten Kletteraktion von vorhin. Jetzt stürmte alles wieder auf sie ein.

War Eileen je hier unten gewesen? Nathalie stützte ihre Hände auf die Mauer und legte den Kopf in den Nacken. Sie genoss die leichte Brise auf ihrem Gesicht und lauschte dem Meer und den Möwen, die über ihr ihre Kreise zogen. Dabei sah sie im Geist den Saint's Harbour und die Straße vor sich, und der Martelloturm ließ ihre Gedanken unweigerlich eine andere Wendung nehmen, nämlich hin zur L'Ancresse Bay und Jack, der ihren Namen rief.

»Nein!«, protestierte sie und merkte, dass sie das Wort laut ausgesprochen hatte. Natürlich rief Jack nicht *ihren* Namen, sondern Eileens. Aber was Jack betraf, schien es zwischen ihr und Eileen keinen Unterschied zu geben. Nathalie teilte Eileens Gefühle für ihn, und das machte ihr am meisten Angst. Sie fürchtete, sich selbst zu verlieren, wenn sie sich diesem Gefühl auslieferte, aber etwas in ihr wollte sich dem hingeben, weil es so völlig neu für sie war. Traurig, schmerzhaft und schön zugleich.

Himmel, bin ich das, die so denkt?, fragte sie sich. Traurig, schmerzhaft und schön? Jack Wilson, du musst ein außergewöhnlicher Mann gewesen sein, einer, der jeden Helden in jedem Kitschroman um Längen schlägt.

Von der Straße her näherten sich zielstrebig Schritte und unterbrachen Nathalie in ihren Fantasien.

»Nathalie?«, fragte eine ungläubige Stimme. »Was tust du denn hier?«

Überrascht fuhr sie herum. »Das könnte ich dich auch fragen. Habt ihr mich gesucht?«

Daniel lehnte sich neben Nathalie an die Mauer. »Da muss ich dich enttäuschen, wir wussten nicht mal, dass du weggegangen bist. Ich nehme an, wenn Raymond das merkt, wird er losgehen und dich suchen.«

»Hm«, machte Nathalie. Sie war nicht ganz unschuldig an Raymonds Sorge um sie, schließlich hatte sie selbst einen Riesenaufruhr wegen dieser Reise veranstaltet und behauptet, allen nur eine Last zu sein. Er fühlte sich eben verantwortlich für sie, und wenn sie an den Kuss dachte, fühlte er vielleicht sogar noch ein bisschen mehr. Nathalie wollte aber jetzt nicht daran denken. Der Kuss war verbunden mit einem aufkeimenden schlechten Gewissen, weil sie noch zu sehr in Eileens Vergangenheit steckte, um sich auf Raymond zu konzentrieren. Alle ihre Sinne schrien nach Jack, ohne dass sie sich dagegen wehren konnte.

»Dieser Weg hier runter ist selbst für Sehende eine Herausforderung«, meinte Daniel inzwischen. »Wie um alles in der Welt hast du das geschafft?«

»Sehr langsam«, erklärte Nathalie trocken.

Daniel lachte auf. »Deine Art Humor ist ein bisschen gewöhnungsbedürftig.«

Etwas in Daniels Lachen verursachte ein Kribbeln in Nathalies Nacken. Es klang nur halb belustigt, halb hörte es sich an, als könne er sehr gut nachvollziehen, was in ihr vor sich ging. In den letzten Stunden war Nathalie zu sehr mit sich selbst beschäftigt gewesen, als dass sie noch an die Ursprünge der ganzen Sache hier auf Guernsey gedacht hätte. Daniel dagegen konnte sie schwerlich vergessen haben.

»Du glaubst, dass dein Vater der Mann war, der mit Jack Wilson gestritten hat?«, fragte sie.

»Schätze schon.«

»Könnte denn überhaupt eine Ähnlichkeit zwischen Jack und deinem Vater bestehen?«

Daniel zögerte. »Ich hab natürlich meinen Vater nicht gekannt, als er so jung war. Möglich wär's. Zumindest war er groß und hatte dunkle Haare.«

»Das ist nicht besonders viel. Also könnte auch alles ganz anders gewesen sein.«

»Na klar. Könnte. Aber fällt dir eine andere, wirklich logische Lösung ein?« Selbstverständlich hatte Daniel Recht, diese Variante sprang einen geradezu an. Allerdings musste man dann die Geschichte auch zu Ende denken, was zwangsläufig zu einem wenig angenehmen Schluss führte. Sie holte tief Luft und wollte etwas sagen, doch Daniel hinderte sie daran.

»Nein, lass nur, es hat keinen Sinn.«

»Nicht auf den ersten Blick. Aber seit wir hier sind, ist so viel passiert, was wir nicht verstehen. Woher willst du wissen, dass jetzt mit einem Schlag die Lösung des Rätsels auf der Hand liegt, nur weil scheinbar alles darauf hindeutet? Du kannst nicht einfach deinen Vater verurteilen ohne den geringsten stichhaltigen Beweis.«

»Dann liefer mir einen Gegenbeweis«, forderte Daniel mit nur mühsam unterdrückter Wut.

»Ich dachte immer, ein Mensch ist so lange unschuldig, bis seine Schuld bewiesen ist und nicht umgekehrt«, sagte Nathalie etwas abwesend. Der Gedanke an Jack nahm sie plötzlich wieder gefangen, dabei spürte sie Daniels Gegenwart sehr deutlich, seine Wärme neben ihr. Er sagte etwas, doch sie verstand seltsamerweise seine Worte nicht. Stattdessen wurde ihr bewusst, dass sie zum ersten Mal überhaupt mit Jack vollkommen allein war.

»Nathalie?«, drang wie durch Watte Jacks Stimme zu ihr. »Ist alles in Ordnung mit dir?«

Nein, nichts war in Ordnung, ihre Knie wurden weich, obwohl sie noch immer an dieser Mauer lehnte. Schwindel erfasste sie, sie glitt zur Seite und konnte sich nicht festhalten.

»Nathalie!« Jacks Arme umschlossen sie.

Sie spürte jeden Muskel seines Körpers an ihrem und atmete seinen Duft ein. Es war gut, endlich wieder bei ihm zu sein, zu wissen, dass er sie gleich küssen würde wie damals. Sie sah auf in seine grauen Augen und ... Grau?

Entsetzt machte Nathalie einen Schritt rückwärts. Ihr erster Gedanke war, vor Scham im Boden zu versinken, weil sie sich Daniel gegenüber wie eine verliebte dumme Gans benommen hatte und zu allem Überfluss nicht mal ihn, sondern Jack gemeint hatte. Blitzartig schoss ihr etwas anderes durch den Kopf. Sie hatte Daniels Augen *gesehen.* Sie wusste aus Eileens Erinnerungen, das Jacks Augen braun waren, aber welche Farbe Daniels hatten, konnte sie nicht wissen. Und doch umgab sie nur Schwärze, wie immer.

»Es ... entschuldige«, brachte sie stockend heraus.

»Du musst dich nicht entschuldigen. Sieht so aus, als wäre Eileens Vergangenheit schwer abzuschütteln.«

Trotz Nathalies Zurückweichen hielt Daniel noch immer ihre Hände. Sie spürte seine Wärme, aber dieses Mal verwechselte sie sie nicht mit Jacks. Fast hätte sie dem Drang nachgegeben, sich wieder an ihn zu lehnen, was sie erschreckte, weil ihr klar wurde, dass sie dabei wirklich an Daniel dachte. Und Raymond?, flüsterte eine Stimme in ihr. Das war alles zu viel für sie. Sie musste sich gleich mit drei Männern auseinander setzen, dabei hatte es bis vor wenigen Wochen nicht mal einen einzigen in ihrem Leben gegeben.

»Wollen wir gehen?«, fragte sie leise.

Wortlos legte Daniel seinen Arm um Nathalie und führte sie die Straße hinauf.

2.

Schon von weitem sah Daniel Raymond vor dem Hoteleingang hin und her gehen. Nach ihrem Streit vorhin hatte er einfach an die Luft müssen. Er war der Meinung, dass Raymond sich komplett falsch verhielt, indem er Nathalie eine der wichtigsten Tatsachen vorenthielt, nämlich dass sie als Eileen hatte sehen können. Raymond dagegen fand, dass sie das noch mehr aufregen würde und man ihr die Wahrheit erst später sagen sollte.

»Wo um alles in der Welt wart ihr?«, fragte Raymond aufgebracht, als sie näher kamen.

»Beim Hafen«, antwortete Daniel wortkarg. Vermutlich dachte Raymond, er hätte Nathalie von Anfang an mitgenommen, doch er hatte keine Lust, das klarzustellen. Stattdessen übergab er sie kommentarlos an Raymond und wandte sich dann abrupt an einen älteren Mann, der gerade in sein Auto stieg.

»Entschuldigung, fahren Sie nach St. Peter Port?« Daniel brauchte dringend Menschen um sich herum, laute Menschen, Musik, Ablenkung. Ein Pub war jetzt genau das Richtige. Und wie er seine Situation einschätzte, hätte es wenig Sinn, selbst den Rover zu nehmen, weil er es im Pub keinesfalls beim Musikhören belassen würde.

»Steigen Sie ein!«, nickte der Mann einladend und setzte ihn bald darauf an der Town Church ab.

Im Yacht's Inn, direkt gegenüber dem kleinen Busbahnhof mit Blick auf Castle Cornet, bestellte Daniel ein Pint Guinness und setzte sich an die Theke, hinter der ein schnauzbärtiger Wirt damit beschäftigt war, Gläser zu spülen und abzutrocken. Es war noch nicht besonders voll um diese Tageszeit, aber Daniel beabsichtigte, so lange hier zu bleiben, bis kein einziger Stuhl mehr frei sein würde oder es ihm zumindest gelungen war, die Vergangenheit zu vergessen, über die Nathalie so anschaulich berichtet hatte.

Sein Vater war also doch verantwortlich für Eileens Tod – indirekt zwar, aber was machte das schon für einen Unterschied? Er hatte sie auf dem Gewissen, mit derselben Sicherheit wie er Jack Wilson getötet hatte. Das Einzige, was Daniel an der ganzen Geschichte nicht verstand, war die angebliche Ähnlichkeit der beiden Männer. Wenn sein Vater einen Bruder gehabt hätte, würde er davon wissen. Es sei denn, es gab einen verschollenen Bruder, ein schwarzes Schaf der Familie, den man so gründlich verbannt hatte, dass sein Name aus allen Papieren gelöscht und niemals wieder irgendwo erwähnt wurde.

Warum eigentlich nicht? Nach allem, was er über seine Vorfahren wusste, waren die Blakes immer knallharte Männer gewesen. Das hatte nicht erst mit seinem Vater angefangen, und sein Großvater fiel dabei nur aus der Rolle, weil er vom Ersten Weltkrieg zu einem Wrack gemacht worden war.

»Warum eigentlich nicht?«, wiederholte Daniel halblaut. Der Wirt musterte ihn irritiert. Na und? Sollte er doch denken, was er wollte! Daniel drehte sich auf seinem Barhocker um und betrachtete die übrigen Gäste im Pub, die scheinbar sorglos ihr Bier tranken. Jeder von denen hatte seine eigenen kleinen Probleme und Ängste, aber wahrscheinlich mussten sie nicht damit fertig werden, dass der eigene Vater ein Mörder war.

Wenn er die ganze Wahrheit rausfinden wollte, sollte er sich wohl auf Jack konzentrieren. Was wusste er von ihm? Was hatten damals die Menschen von ihm gewusst? Nicht allzu viel, wenn man Rose glaubte. Er kam irgendwo aus Devon. Er hatte mal hier und mal da gearbeitet, ein Rumtreiber also. Er war, laut seinem Grabstein, 1917 geboren und damit zwei Jahre jünger als Richard Blake. Und es hatte in seinem Leben vor Eileen eine Frau namens Sarah gegeben. Von der noch weniger bekannt war als von Jack selbst. Überwältigend viele Details. Daniel seufzte und drehte sich wieder zum Wirt um.

»Noch eins hiervon«, sagte er und hob sein leeres Glas in die Höhe. Es würde nicht sein letztes bleiben.

Fünf Stunden und eine nicht mehr genau bestimmbare Zahl von Pints später fand Daniel, dass es genug war. Mit leicht unkoordinierten Bewegungen tastete er nach seiner Brieftasche, um zu zahlen. Zwischen den Scheinen steckte etwas anderes, Festeres. Bitter lachte er auf. Er hätte sich sparen können, das, was er entdeckt hatte, so sorgsam vor den anderen verborgen zu halten. Nathalies Version von Eileens Geschichte gab ohnehin reichlich Hinweise darauf, wenn auch auf andere Art, als Daniel zunächst vermutet hatte. Er zog das Hochzeitsfoto hervor und betrachtete es im schummrigen Licht des Pubs. In seinem Zustand konnte er sich Jack Wilson sogar recht gut ohne Bart vorstellen – und erkennen, dass der Mann wie sein Vater aussah. Aber nicht das war ihm auf der Bank am Icart Point ins Auge gesprungen, sondern die ganze Haltung des Mannes, die der seines Vaters erstaunlich glich. Diese Ahnung, als würde er sich im nächsten Moment umdrehen, einem in die Augen schauen und dazu noch ganz genau wissen, was in seinem Gegenüber vorging.

Daniels Blick glitt zu den anderen Menschen, die in Eileens Leben ebenfalls eine Rolle gespielt hatten und für kurze Zeit in Nathalie lebendig geworden waren. Dann stutzte er und blinzelte. Heilige Scheiße, er hatte wirklich zu viel getrunken, jetzt halluzinierte er schon.

Er steckte das Foto zurück und fingerte nach den Pfundnoten, von denen er eine mit Sicherheit übermäßig ausreichende Menge auf dem Tresen liegen ließ, bevor er schwankend vom Hocker glitt.

Mit unsicheren Schritten trat er aus dem Pub. In St. Peter Port war es ruhig geworden. Wie hatte Nathalie doch auf der Fähre gesagt? Hier wurden nach Geschäftsschluss die Bürgersteige hochgeklappt. Die Straße hinauf- und hinunterblickend, entdeckte er kein Taxi weit und breit, und er hatte er keine Ahnung, wo sich der nächste Taxistand befand. Nach zwei weiteren Schritten wusste er außerdem, dass er nicht in der Lage sein würde, einen zu suchen. Er stützte sich an einem der Wagen ab, die am Straßenrand geparkt waren, und schaute hinüber zum Busbahnhof, der seine letzte Rettung zu sein schien. Also riss er sich zusammen und schaffte es, die Straße zu überqueren und mühevoll die Schilder an den Haltestellen zu lesen. Welcher Bus fuhr eigentlich zum Hotel? Auf der Icart Road war ihnen doch mal eines dieser kleinen gelbgrünen Dinger entgegengekommen. Was hatte nur draufgestanden? Eine Zahl oder ein Buchstabe? Oder eine Zahl und ein Buchstabe? Himmel, er hätte nicht so viel trinken sollen. 6, fiel ihm plötzlich wieder ein. Ja, 6. Es dauerte eine Weile, bis er die richtige Haltestelle gefunden hatte, an der die Linie 6 abfuhr. Allerdings nicht mehr heute Abend. Das war's dann wohl.

Erschöpft ließ sich Daniel auf eine Bank sinken und lehnte den Kopf nach hinten, was er sofort bereute. Ihm wurde übel. Die Bank stand unter einem dieser verschnörkelten, weiß gestrichenen Pavillons aus Eisen, die als Wartehäuschen dienten. Eigentlich hätten die Dinger eher in einen Garten gepasst als an einen Busbahnhof, besonders da auch noch rote Geranien vom Dach herunterrankten. Garten. Da war doch was? Richtig. Jack, der Gärtner. Der vorletzte klare Gedanke, den Daniel fasste, bevor er sich auf der Bank ausstreckte, war, dass er zurück nach England musste, um Jack Wilsons Spur zu verfolgen. Der letzte Gedanke, allerdings schon nicht mehr ganz so klar, galt Nathalie und der Wärme ihres Körpers unten am Saint's Harbour.

»Hey, Kumpel, Zeit aufzustehen!«, wurde Daniel unsanft von einer knarrenden Stimme geweckt. Als er die Augen öffnete, sah er über sich gebeugt das bebrillte rote Gesicht eines alten Mannes mit struppigem weißen Haar, struppigen weißen Koteletten und struppigem weißen Schnurrbart, alles exakt zur Farbe seines Hemdes passend. Er grinste verständnisvoll, als Daniel, der sich aufrichten wollte, das Gesicht verzog. »Lange Nacht gehabt, was?«

»Muss wohl.« Sein Schädel brummte wie seit der Uni-Zeit nicht mehr. Wie viele von diesen Bieren hatte er eigentlich runtergeschüttet?

Der Mann nickte. »Tja, nützt nichts, hier kannst du nicht liegen bleiben, wenn der Betrieb gleich losgeht.«

Schwerfällig stand Daniel auf, was seinem Kopf überhaupt nicht gut tat. Er brauchte eine Dusche und ein vernünftiges Frühstück. Und Kaffee, viel Kaffee. »Wann fährt der nächste Bus zum Saints Bay Hotel?«, fragte er.

»Vier Minuten, ist meiner, kannst schon einsteigen.« Damit deutete er mit dem Daumen hinter sich.

Erstaunt sah Daniel den Busfahrer an und bemerkte erst jetzt die kleinen dunkelgrünen Schulterklappen am Hemd des Mannes mit der Aufschrift Island Coachways und die schwarze Mütze, die er in der rechten Hand hielt – zusammen mit einer Pfeife. Wurden die Angestellten der Stadt St. Peter Port alle so spät in Rente geschickt? Egal, das war wohl nicht seine Sache.

»Danke«, sagte er, kramte Kleingeld aus seiner Hosentasche, stieg mühevoll ein und legte es auf den Teller neben dem Fahrscheinautomat. Dann plumpste er auf den nächstbesten Sitz.

Als der alte Mann losfuhr, fragte sich Daniel, ob Busse immer so schaukelten und die Straßen so uneben waren oder ob ihm das sonst einfach nicht auffiel. Andererseits: Wann fuhr er schon mal Bus?

»Icart Corner!«, brüllte jemand direkt neben seinem Ohr in ein Megafon. Jedenfalls war das Daniels Eindruck. Er rieb sich die Augen, er war wohl zwischendurch eingeschlafen.

»Hier musst du raus«, drehte sich der weißhaarige Busfahrer zu ihm um. »Geht's?«

»Seh ich so fertig aus?«, fragte Daniel beim Aussteigen.

»Nicht gerade wie der junge Morgen, wenn du verstehst, was ich meine! Schönen Tag noch«, grüßte er und winkte mit seiner Pfeife.

»Gleichfalls«, murmelte Daniel. Er stand an einer Kreuzung, von der drei Straßen wegführten, und er musste überlegen, welche die richtige zum Hotel war. Er klammerte die aus, aus der der Bus gekommen war, und die, in die er weiterfuhr, dann blieb wohl nur noch eine logische Möglichkeit. Hoffentlich war es nicht mehr weit.

Der Hotelbetrieb hatte schon begonnen, aber wegen der frühen Stunde lagen die meisten Gäste noch in ihren Betten. Daniel fragte an der Rezeption nach einem zweiten Zimmerschlüssel, weil er Raymond nicht wecken wollte, öffnete leise die Tür und verschwand sofort im Bad. Nach einer ausgiebigen kalten Dusche, einer Rasur und einer Kopfschmerztablette fühlte er sich allmählich wieder wie ein Mensch.

Es war erst kurz vor sieben, er konnte sich also entweder noch etwas aufs Bett legen und vor sich hin dösen oder nachsehen, ob es im Frühstücksraum schon Kaffee gab. Nach einem Blick auf den schlafenden Raymond entschied er sich für die zweite Möglichkeit. Obwohl er sich vorhin vorsichtshalber den zweiten Schlüssel hatte geben lassen, war ihm der Gedanke durch den Kopf geschossen, ob Raymond überhaupt in ihrem Zimmer war oder bei Nathalie. Er seufzte. Raymond war ein sehr rücksichtsvoller und zurückhaltender Mensch, wenn er nicht gerade mit ihm aneinander geriet. Kein Wunder, dass Nathalie ihn mochte. Liebte?

Tatsächlich war Daniel noch etwas früh dran für eine Bestellung von Rührei, Schinken und Bohnen, aber danach stand ihm auch weniger der Sinn. Er sehnte sich nur nach Kaffee, und den konnte er schon bekommen. Vor dem Wintergarten, in dem die Tische standen, wurde gerade der Pool abgedeckt, der Tag versprach wieder warm und schön zu werden. Mit seiner Tasse ging Daniel nach draußen und setzte sich auf einen der Stühle. Das Wasser roch nur ganz leicht nach Chlor, trotzdem fragte er sich, wer darin schwimmen wollte, wenn das Meer vor der Tür lag. Die Frage wurde beantwortet, als er jemanden an sich vorbeigehen sah, der offensichtlich genau das vorhatte. Eine Frau in einem Bademantel, die sich vorsichtig mit Hilfe eines Stockes zwischen Tischen und Stühlen vorantastete.

Daniel verharrte regungslos und wartete. Er war sicher, dass Nathalie absichtlich die frühe Stunde zum Schwimmen gewählt hatte, weil sie sich dann unbeobachtet fühlte. Sie tastete sich bis zum hinteren Rand des Pools vor, legte den Stock auf den Boden, ließ den Bademantel von ihren Schultern fallen und streckte prüfend einen Zeh ins Wasser. Zog ihn wieder zurück und blieb, wo sie war. Da erst begriff Daniel das Außergewöhnliche der Situation. Auch wenn Nathalie sich von einem Teil ihrer Angst vor dem Meer befreit, die Fahrt auf der Fähre überstanden hatte und an den Klippen oder am Hafen stehen konnte, hier ging es darum, sich ins Wasser hineinzuwagen. Ein Pool war schließlich etwas anderes als eine Badewanne.

Gerade als Daniel sich fragte, wie tief er war, traf Nathalie ihre Entscheidung. Sie wippte eine Sekunde auf den Zehenspitzen, dann stieß sie sich ab und sprang mit gestrecktem Körper ins Wasser. Nach drei, vier Zügen kam sie prustend wieder an die Oberfläche und strich sich die Haare aus dem Gesicht. Sie ließ sich auf den Rücken gleiten und paddelte mit den Füßen, bis sie fast den Beckenrand erreichte, den sie wie mit einer unsichtbaren Antenne wahrzunehmen schien. Anders konnte sich Daniel nicht erklären, woher sie wusste, wann sie sich umdrehen und zurückschwimmen musste. Noch ein paarmal zog Nathalie auf diese Weise ihre Bahnen, bis sie vorn am Pool die Treppe erreichte und hinausstieg.

Daniel wartete mit dem ausgebreiteten Bademantel und legte ihn um ihren nassen Körper. Erschrocken fuhr Nathalie zusammen.

»Daniel?«

»Hat mein Aftershave mich wieder verraten?«, erkundigte er sich. Er hielt sie noch immer fest und zögerte, sie loszulassen.

Auf der anderen Seite machte Nathalie auch keine Anstalten, sich ihm zu entziehen, stattdessen bemühte sie sich, seinen Blick zu treffen, und lächelte. »Wenn du unerkannt bleiben willst, solltest du die Marke wechseln. Was machst du um diese Zeit schon hier? Eigentlich hatte ich erwartet, allein zu sein.«

Daniel drehte Nathalie um und führte sie zu seinem Platz, wo er einen weiteren Stuhl für sie heranrückte. »Ich bin gerade erst aus der Stadt gekommen. Eigentlich ist es also eher spät für mich.«

»Du warst die ganze Nacht auf den Beinen?«

»Nicht direkt«, wich Daniel aus, der keinen Wert darauf legte, ihr zu sagen, wo er die letzte Nacht wirklich verbracht hatte. »Du bist ziemlich sportlich«, lenkte er daher ab.

Nathalie hob vielsagend die Brauen, bestand aber nicht auf einer näheren Erklärung. Da war dieses Blitzen in ihren grünen Augen, das er schon öfter gesehen hatte, wenn sie eine ihrer kleinen ironischen Bemerkungen machte. Wie es möglich war, dass blinde Augen funkelten, blieb ihm ein Rätsel.

»Ich bin etwas aus der Übung«, sagte sie. »Früher war ich eine richtig gute Schwimmerin, aber da ich in den letzten Jahren das Wasser gemieden habe, sind die Muskeln in meinen Beinen und Armen nichts mehr gewöhnt.«

»Ein Zustand, den du offenbar zu ändern vorhast.«

»Stimmt. Ich muss noch eine ganze Menge ändern. Mag sein, dass ich mich in meinem Leben leidlich eingerichtet habe, aber viel davon war bloß oberflächlich, weil ich mich bis vor ein paar Tagen immer geweigert habe zu kapieren, wo mein wirkliches Problem liegt.«

»Und wo liegt es?«, fragte Daniel. Er konnte sich nicht vorstellen, dass es ein größeres Problem in Nathalies Welt gab, als sich mit dem Blindsein zurechtzufinden.

»Darin, mich der Vergangenheit zu stellen, statt vor ihr wegzulaufen. Ich habe auf der Fähre angefangen, das zu begreifen, und schon allein das hat mir geholfen. Ich kann nicht ewig weglaufen oder ignorieren, was mir Angst macht, sonst bleibt immer ein Teil davon zurück, und ich werde nie wirklich vergessen, sondern nur verdrängen.«

Daniel bückte sich, um nach seiner Tasse zu greifen, die er vorhin auf den Rasen gestellt hatte. Was Nathalie da sagte, traf in gewisser Weise auch auf ihn zu. Er musste sich ebenfalls einer Vergangenheit stellen, nämlich der seines Vaters. Rose hatte gesagt, dass man die Vergangenheit verstehen müsse, um auch die Gegenwart zu begreifen. Auf einmal wusste er, was er tun musste. Nämlich das, was er sich schon gestern Abend in betrunkenem Zustand vorgenommen hatte.

»Das ist ein ausgesprochen guter Vorsatz«, sagte er nach einem Schluck kalt gewordenen Kaffees. »Du schaffst das bestimmt.«

»Ja«, sagte Nathalie. »Du auch.«

»Was?«

»Dir geht's doch ganz ähnlich wie mir, oder?«, lächelte Nathalie, als hätte sie gerade Daniels Gedanken gelesen. »Aber an deiner Stelle wäre ich erst mal nicht so furchtbar beunruhigt. Selbst wenn dieser Fremde wirklich dein Vater war, heißt das noch lange nicht, dass er Jack Wilson ermordet hat.«

»Wer sollte es denn wohl sonst gewesen sein?«

»Ich weiß nicht«, gab Nathalie zu. Sie schlug die Beine übereinander, wobei sich der Bademantel öffnete.

Obwohl Daniel sie gerade eben schon im Bikini gesehen hatte, lenkte ihn dieser Anblick einen Moment lang ab. Sie war schlank und trotz ihres Eingeständnisses, zu wenig Sport zu treiben, fand er nicht, dass ihre Figur darunter gelitten hatte.

»Genau betrachtet«, fuhr sie fort, »hatte unser geheimnisvoller Fremder doch gar kein Motiv. Er wollte ursprünglich, dass Jack irgendetwas für ihn tut. Jack hat selbst gesagt, dass er ihm tot nichts mehr nützt.«

»Aber der andere hat darauf geantwortet, dass wenigstens das Geheimnis gewahrt bleiben sollte«, erinnerte Daniel Nathalie. »Welches auch immer.«

»Das ist wahr.« Nathalies Stimme war leiser geworden, sie zog den Bademantel enger um sich, als friere sie plötzlich.

»Ist dir kalt? Soll ich dich reinbringen?«

Sie starrte an ihm vorbei und reagierte nicht. Daniel streckte die Hand nach ihr aus, doch da bewegte sie sich wieder und schüttelte den Kopf. »Nein, alles klar. Es war nur mit einem Mal wieder alles so deutlich. – Daniel?«

»Ja?«

»Was ist eigentlich mit Raymond los?«

»Ich glaub nicht, dass ich verstehe, was du meinst.« War irgendwas vorgefallen, nachdem er nach St. Peter Port gefahren war, um seine Zeit damit zu vergeuden, sich sinnlos zu betrinken?

»Seit wir hier sind, hat er sich verändert. Wir kennen uns zwar erst kurze Zeit, aber in St. Malo ist er mir nie so ... gereizt vorgekommen. Außerdem hab ich das Gefühl, dass er mir aus dem Weg geht.«

»Habt ihr den Abend denn nicht zusammen verbracht?«, wunderte sich Daniel.

»Doch. Aber abgesehen davon, dass er mich ständig fragte, wie's mir geht und ob ich mich nicht lieber hinlegen will, hat er kaum den Mund aufgekriegt. Das passt nicht zu dem Mann, der mir in St. Malo an den Kopf geworfen hat, ich solle gefälligst aufhören, mich selbst zu bemitleiden.«

»Das hat er getan?«

Nathalie nickte und biss sich auf die Lippe, um sich ein Lachen zu verkneifen. »Ich muss Raymond dankbar sein, ohne ihn wäre ich bestimmt nicht zu ein paar notwendigen Einsichten gekommen. Gestern jedenfalls war er ganz anders. Wenn ich nicht wüsste, wie unsinnig das ist, würde ich glauben, er will was vor mir verbergen.«

Dazu hätte Daniel einiges zu sagen gehabt, doch er zögerte, weil er nicht das Recht zu haben glaubte, sich da einzumischen. Oder sollte er es sich nehmen? Wenn er nur wüsste, was da wirklich war zwischen Raymond und Nathalie.

»Würdest wenigstens *du* jetzt mit mir reden?«, beendete sie seine Überlegungen.

Es gab nur eine Möglichkeit, es endgültig rauszufinden. »Ich möchte dir gern ...«, fing Daniel an.

»Wer hat euch denn aus dem Bett geschmissen?«, wurde er von Raymond unterbrochen. »Obwohl deins nicht sehr benutzt aussah, Daniel.«

Daniel verfluchte Raymonds Auftauchen, grinste aber trotzdem hintergründig. »Es gibt durchaus mehrere Betten auf dieser Insel, *mon vieux*.«

Raymonds Gesicht verfinsterte sich, und Daniel wurde bewusst, dass er soeben der unbegründeten Eifersucht seines Freundes neue Nahrung gegeben hatte, ohne es zu wollen. Er seufzte und beschloss, wenigstens halbwegs die Wahrheit zu sagen. »Ich bin gestern in der Stadt geblieben, also reg dich wieder ab.«

Neben ihm machte Nathalie eine Bewegung. Sie öffnete den Mund, aber Daniel wollte um jeden Preis vermeiden, dass sie fragte, was er mit seiner letzten Bemerkung gemeint hatte. Heute Morgen machte er offenbar alles falsch, was zweifelsohne an seinem noch immer leicht pochenden Kopf lag.

»Inzwischen müsste es eigentlich Frühstück geben. Ich weiß nicht, wie's euch geht, aber ich hab Hunger.« Damit stand er kurzerhand auf und ging durch die Glastür zurück in den Wintergarten, ohne auf Nathalie und Raymond zu warten. Zwar konnte sein Magen gut und gern noch ein paar Stunden ohne was Essbares auskommen, aber um den Schein zu wahren, bestellte er zu seinem Kaffee wenigstens etwas Toast, den mit einer hauchdünnen Schicht gesalzener Butter bestrich. Es dauerte eine Weile, bis er Gesellschaft bekam. Nathalie hatte sich angezogen, und Raymond hatte auf sie gewartet, statt mit Daniel allein am Tisch zu sitzen.

»Was tun wir jetzt?«, fragte Raymond, während er sein Croissant mit Marmelade bestrich. »Sollen wir die Zelte hier abbrechen? Schließlich haben wir das Geheimnis so gut wie aufgeklärt, zwei sogar, wenn man's genau betrachtet.«

»Aufgeklärt?«, echote Nathalie. »Da teile ich aber entschieden Roses Meinung. Durch das, was wir rausgefunden haben, stehen wir vor einer ganzen Menge neuer Fragen. Alles, was wir definitiv wissen, ist, dass Eileens Tod kein Selbstmord war und dass sie Jack nicht umgebracht hat. Was wir nicht wissen, ist, wer der Fremde war, der aussah wie Jack, und ...«

»Ich denke schon, dass wir das wissen«, warf Raymond ein und schaute hinüber zu Daniel, der schweigend an seinem zähen Toast kaute.

»Wir *vermuten* nur, dass es Richard Blake war«, widersprach Nathalie vehement. »Wieso seid ihr alle so davon überzeugt?«

»Weil es eine logische Erklärung des Ganzen wäre«, sagte Raymond.

»Nehmen wir mal an, ihr habt Recht, dann bleiben immer noch genug Fragen offen: Was wollte Richard Blake von Jack? Was verband die beiden? Warum sahen sie sich so ähnlich?« Sie machte eine kurze Pause. »Hatte dein Vater noch einen Bruder, der vor der Welt versteckt wurde?«

»Das glaubst du doch selbst nicht!«, warf Raymond ein, bevor Daniel seine Überlegungen vom Vorabend darlegen konnte. »Bei einer Familie wie eurer gibt's doch sicher Stammbäume, die Hunderte von Jahren zurückreichen, da kann nicht einfach einer verschwinden!«

»Wenn es ein legitimer Spross war, wahrscheinlich nicht«, sagte Nathalie langsam.

Wie vom Donner gerührt, hob Daniel den Kopf. Wieso war ihm das nicht selbst eingefallen?

Auch für Raymond schien das eine gänzlich neue Idee zu sein. »Fabelhaft!«, sagte er begeistert. »Das muss sich irgendwie rauskriegen lassen, wenn auch nicht auf Guernsey. Daniel, was meinst du?«

Was er davon hielt, wollte er lieber nicht ausführlich erklären. Natürlich wäre ein uneheliches Kind seines Großvaters eine viel plausiblere Lösung als das schwarze Schaf, das man aus dem Familienbuch streichen wollte. Damals bedeutete so was noch einen beträchtlichen Skandal in den Kreisen, in denen die Blakes sich bewegten. Aber Daniel hatte genug davon, andere für sich in der Vergangenheit herumstochern zu lassen. Vielleicht hätte er, als er mehr über ein weiteres Geheimnis seines Vaters herausfinden wollte, gleich an diese belastenden Papiere im Safe denken sollen, die bewiesen, dass es bei den Geschäften seines Vaters nicht immer mit rechten Dingen zuging. Stattdessen hatte er darauf bestanden, ein Rätsel zu lösen, damit er Richards Persönlichkeit besser zu fassen kriegte. Es war nie seine Absicht gewesen, den Namen seiner Familie in den Schmutz zu ziehen.

»Nein, ich hab genug erfahren«, sagte Daniel. »Du hast deinen Job prima erledigt und dein Honorar verdient. Eigentlich müsste ich dir auch noch eins zahlen, Nathalie.« Ein Lächeln begleitete seine Worte, obwohl ihm nicht danach zu Mute war. »Für mich ist hier Schluss, ich fliege zurück nach London und werde das alles, so gut es geht, vergessen.«

»Du willst nicht die ganze Wahrheit wissen?«

»Nein«, log Daniel. Natürlich wollte er das, aber das würde er Raymond nicht auf die Nase binden. Die Machenschaften seines Vaters waren ab jetzt ausschließlich seine, Daniels, Angelegenheiten, nicht mehr die eines Journalisten.

»Ich schon«, sagte Raymond. »Das ist eine irre Story und ...«

»Hast du vergessen, was ich dir in London gesagt habe?«, unterbrach ihn Daniel in scharfem Ton.

Raymond blickte irritiert über seine Kaffeetasse hinweg. »Was sollte ich vergessen haben?«

»Wenn ich gewollte hätte, dass irgendwelche Dinge über meinen Vater oder meine Familie in einem Boulevardblatt stehen, hätte ich auch einen englischen Journalisten engagieren können. Der hätte es ein bisschen schwerer gehabt als du, besonders wenn man bedenkt, auf welche Weise du zu dem Foto gekommen bist und welche Rolle Nathalies Erlebnis spielt. Letztendlich wäre er aber vielleicht trotzdem zum selben Ergebnis gelangt. Diese Sache bleibt unter uns, klar? Du wirst keine Story daraus machen.«

»Wer sagt denn, dass ich das vorhabe? Es interessiert mich einfach, wie das alles zusammenhängt.«

»Dann vergiss, dass es dich interessiert.«

»Das kann nicht dein Ernst sein«, sagte Raymond empört. »Ich lass mir doch von dir nicht vorschreiben, wonach ich recherchiere!«

Daniel war durchaus bewusst, dass er Raymond kaum von weiteren Nachforschungen abhalten konnte, jedenfalls nicht, wenn er auf die Mittel verzichten wollte, derer sich sein Vater in einem solchen Fall wohl bedient hätte. Auch wenn es keine Hinweise darauf gab, gehörte Bestechung sicher auch zu dessen Repertoire.

»Nein, dazu bist du in der Tat nicht verpflichtet. Ich kann dich nur bitten, die Vergangenheit ruhen zu lassen.«

Daraufhin schwieg Raymond und starrte angestrengt aus dem Fenster des Wintergartens. Im Pool plantschten mittlerweile ein paar Kinder, doch das nahm Daniel nur am Rande wahr.

»Raymond«, sagte Nathalie leise, »lass es gut sein. Es ist Daniels Familie und sein Recht, begraben sein zu lassen, was begraben ist.«

»Bist du denn überhaupt nicht neugierig?«, wollte Raymond wissen, der Daniel nun bewusst übersah und sich ganz auf Nathalie konzentrierte.

»Doch«, gab sie zu. »Aber nicht um jeden Preis. Lass uns nach Hause fahren. Da ist nur noch eins, was ich gern möchte.«

»Und was ist das?«, fragte Daniel, einerseits dankbar für den Versuch der Vermittlung, andererseits mehr getroffen, als er zugeben wollte, weil Nathalie zu Raymond gerade »uns« gesagt hatte.

»Ich würde gern nochmal Jacks Grab besuchen. Als wir das erste Mal da waren, wusste ich nichts von ihm. Jetzt möchte ich mich verabschieden, an Eileens Stelle sozusagen, weil sie es nicht mehr konnte. Sie hat ihn so sehr geliebt.«

Daniel schluckte. So etwas hatte ihm eigentlich nicht vorgeschwebt. Nathalie mochte sich vielleicht verabschieden, er dagegen stünde voller Schuldgefühle vor Jacks Grab, weil der Mann ohne seinen Vater noch leben könnte.

»Du siehst ja nicht gerade begeistert aus«, meinte Raymond. »Nathalie und ich können auch allein fahren, wenn dir das lieber ist.«

Es wäre ihm lieber gewesen, ja, aber er ließ sich ungern abhängen. »Nicht nötig, ich komme mit. Wie hast du dich entschieden wegen deiner ... Recherchen?«

Nach einem langen Zögern nickte Raymond. »Okay, ich schätze, es ist fair, wenn ich mich nach deinen Wünschen richte, auch wenn ich damit nicht einverstanden bin.«

»Danke«, sagte Daniel und stand auf. »Ich erkundige mich dann mal nach den nächsten Flügen nach London. Entschuldigt mich bitte.« Er warf Nathalie einen kurzen Blick zu und wünschte sich, sie könnte ihn erwidern, damit er wusste, ob seine Abreise ihr egal war. Seltsamerweise hatte er den Eindruck, ihre grünen Augen sähen ihn tatsächlich an und wollten ihm etwas sagen, was er nicht deuten konnte. An der Tür zum Speisesaal drehte er sich noch einmal um und bemerkte, dass Nathalie ihm noch immer hinterherschaute, obwohl Raymond gerade etwas zu ihr sagte. Ein kalter Schauer lief ihm über den Rücken, weil sie dabei ganz abwesend schien, so ähnlich wie gestern Nachmittag am Saint's Harbour. Sie sah etwas – aber ganz sicher nicht ihn.

3.

Er geht, dachte Nathalie. Wieso bin ich so traurig? Jack war auch fort. Sie sehnte sich nach ihm, sie ... Stopp!, rief sie sich selbst zu. Das muss aufhören, ich kann nicht dauernd Eileens Gefühle für Jack mit meinen für Daniel verwechseln. Seit wann ist da überhaupt dieses Chaos in mir? Ich sollte mich darauf freuen, mit Raymond nach St. Malo zurückzukehren. Wenn ich seinen Kuss und sein ganzes Verhalten nicht völlig missverstehe, wird er nicht auf Nimmerwiedersehen verschwinden.

»Was meinst du?«, fragte Raymond gerade.

Nathalie schreckte hoch. »Wozu?«

»Wo warst du denn gerade?«

»Bei Jack«, sagte sie immerhin teilweise wahrheitsgemäß. »Tut mir Leid. Also, was meine ich wozu?«

»Noch eine Weile hier zu bleiben. Guernsey gefällt mir, und nach all dem Stress und der Aufregung könnten wir ein bisschen Erholung gut brauchen.«

»Ich weiß nicht recht.« Gedankenverloren schob sie die Krümel auf ihrem Teller zusammen. »Das Einzige, was dafür spräche, wäre, dass Rose nochmal mit mir reden möchte, was ich gut verstehen kann. Ansonsten will ich lieber nach Hause. Eileens Erinnerungen haben ein ziemliches Durcheinander in meinem Kopf angerichtet, und ich glaube, ich kann das besser sortieren, wenn ich woanders bin als hier, wo ich bei so vielen Einzelheiten an sie denken müsste.«

»Oder an Jack«, stellte Raymond mit seltsamer Stimme fest.

»Oder an ihn, ja. Ist das ein Problem für dich?« Sie hörte selbst, wie angriffslustig sie klang, und fragte sich, ob sie da nicht etwas übertrieb. Vielleicht hatte sie Raymonds Tonfall ganz falsch interpretiert.

»Sollte es? Ich habe den Eindruck, du bist dir über deine Gefühle nicht ganz im Klaren, wobei ich gern wüsste, ob die was mit Jack oder mit Daniel zu tun haben. Kann es sein, dass du da ein bisschen was verwechselst?«

Peng. Das saß. Nathalie fühlte sich durchschaut und wurde wütend. Mehr auf sich als auf Raymond, aber Angriff war schließlich die beste Verteidigung. So kühl wie möglich fragte sie: »Gibt es einen bestimmten Grund, weshalb du glaubst, ich würde den Verstand verlieren und zwei Menschen, die ein halbes Jahrhundert und der Tod trennen, nicht mehr auseinander halten können?«

»So war das nicht gemeint, und das weißt du auch. Ich mache mir einfach Sorgen um dich, Nathalie. Wahrscheinlich war es eine blöde Idee, hier zu bleiben. Du hast Recht, lass uns nach Hause fahren und ... nochmal von vorn anfangen, ja? Dieser ganze Schlamassel geht uns nichts an, also sollten wir uns davon auch nicht beeinflussen lassen. Einverstanden?«

Dankbar nickte Nathalie. Das war sicher das Beste. Wenn sie erst mal wieder in ihr gewohntes Leben zurückgefunden hatte, könnte sie sich auch von Eileen, Jack und deren Vergangenheit lösen. Dafür gab es die Aussicht auf eine Zukunft – mit Raymond.

Auf dem Flur zu ihrem Zimmer trafen sie auf Daniel, der gerade von der Rezeption kam. »Wann wollt ihr denn zum Friedhof?«, fragte er. »Der nächste Flieger nach London, in dem noch Plätze frei sind, geht erst heute Abend.«

»Dann würde ich gern jetzt fahren«, beschied Nathalie.

»Wir könnten anschließend noch kurz bei Rose vorbeisehen, falls du möchtest«, meinte Daniel auf der Fahrt nach St. Martin's. »Oder wollt ihr sowieso auf Guernsey bleiben?«

»Nein«, sagte Nathalie.

»Bloß nicht«, antwortete Raymond gleichzeitig.

Nathalie glaubte nicht, dass es für andere Ohren bestimmt war, doch sie hörte Daniel trotzdem leise »Ihr seid euch aber einig« murmeln und wünschte, es wäre so. Vielleicht würde in St. Malo alles wieder so werden, wie es zu Anfang gewesen war.

Nachdem Daniel den Motor ausgestellt hatte, half Raymond ihr aus dem Wagen, nahm ihren Arm und führte sie wie letztes Mal durch den Eingang des Friedhofs. Dann stockte sein Schritt. »Wo war das Grab nochmal?«

»Da drüben«, sagte Daniel an Nathalies anderer Seite mit belegter Stimme. Sie hörte, wie er sich von ihnen fortbewegte, und zog Raymond mit sich. Wäre sie an Daniels Stelle gewesen, hätte sie sich das hier erspart. Sie wollte sich das Gefühl lieber nicht ausmalen, an jemandes Grab zu stehen, der aller Wahrscheinlichkeit nach durch die Hand des eigenen Vaters gestorben war.

Kurze Zeit später blieb Raymond stehen. »Wir sind da.«

»Würdet ihr mich allein lassen?«, bat Nathalie.

»Natürlich«, sagte Daniel sofort, und sie fragte sich, ob das von Erleichterung zeugte oder ob er einfach nur ihrem Wunsch entsprechen wollte.

»Bist du sicher ...«, fing Raymond an.

»Ja.« Ungeduldig schüttelte sie seinen Arm ab und machte eine Bewegung vorwärts. Mit dem Fuß stieß sie dabei gegen etwas Hartes, bückte sich und tastete den Boden ab. War das schon der Grabstein oder gab es hier eine Umrandung des Grabes? Nein, es musste der Stein sein. Nathalie blieb in der Hocke und fuhr mit den Fingern die Inschrift nach, die Daniel letztes Mal vorgelesen hatte. John W. Wilson, 1917–1952, R. I. P.

»Rest in Peace«, sagte Nathalie leise und meinte das wörtlich. Sie hatte sich vor ihrem eigenen Unfall nie sonderlich viel Gedanken um den Tod, ein Leben danach oder Gott gemacht. Später war sie eine ganze Zeit lang damit beschäftigt gewesen, Gott zu verfluchen, weil er zugelassen hatte, dass Philippe umkam. Weil er ihr keinen Beweis dafür liefern konnte, dass es ihm da, wo er jetzt war, gut ging. Weil sie einfach nicht glauben konnte, dass etwas anderes mit ihm passierte, als in der Erde zu verrotten.

Wahrscheinlich war es verständlich, dass sie nach allem, was mit ihr geschah, anfing, ein bisschen anders darüber zu denken. Auf jeden Fall hoffte sie, dass Jack tatsächlich seinen Frieden gefunden hatte. Es müsste mir doch eigentlich ein Trost sein, dass Jack und Eileen gemeinsam gestorben und vielleicht irgendwo vereint sind, dachte sie. Wenn es diesen Hokuspokus überhaupt geben sollte. Aber echte Gefühle wollten sich nicht einstellen, weder tiefe Trauer noch Trost, am ehesten vielleicht noch ein vages Unwohlsein.

Seufzend stand sie wieder auf. Jack war so voller Energie gewesen – und voller Leidenschaft. Nathalie spürte, wie ihr plötzlich die Hitze ins Gesicht stieg. Sie erinnerte sich an etwas, das sie zuvor verdrängt haben musste. Einen Kuss in einem Garten oder Park, einen Kuss, der bei ihr Empfindungen hervorgerufen hatte, die ihr zuvor vollkommen unbekannt gewesen waren. Nein, berichtigte sie sich wieder mal verärgert und verzweifelt zugleich. Nicht ihr, sondern Eileen. Obwohl – je länger sie hier stand und sich in Eileens Erinnerung verlor, desto mehr kam es ihr vor, dass zumindest ein Teil davon ihre eigene war. Sie konnte Jacks Umarmung spüren, seinen Körper an ihrem.

Ihrem, nicht Eileens. War es möglicherweise gar nicht Jacks Umarmung, an die sie sich erinnerte? Vermischte sich seine mit Daniels, der sie am Saint's Harbour gehalten hatte?

Nathalie schüttelte sich. Sie war auf einem Friedhof, wie konnte sie da auf solche Gedanken kommen? Es wurde Zeit, dass sie wegkam von hier, nicht nur von Jacks Grab, sondern von dieser Insel und der Vergangenheit. Entschlossen kehrte sie dem Grab den Rücken, irgendwo weiter vorn warteten Raymond und Daniel, und zu Rose wollten sie schließlich auch noch. Sie hatte ihren Stock im Hotel gelassen, also würde sie sich ohne ihn vortasten müssen. Das sollte zu bewältigen sein, weil sie sich ja nach den Steinplatten im Rasen richten konnte, die ihr den Weg zurück zum Kirchenportal wiesen. Andererseits war das nicht mal nötig, denn sie brauchte nur den lauter werdenden Stimmen vor ihr zu folgen. Stritten Raymond und Daniel schon wieder? Nein, ein Streit war das nicht, aber ein freundschaftlicher Plausch hörte sich auch anders an.

»... kannst du nicht machen«, sagte Daniel gerade.

»Ich glaube, das musst du schon mir überlassen. Immerhin trage ich die Verantwortung.«

Hatte Raymond es sich anders überlegt und wollte doch eine Story aus Richard Blakes Verwicklungen in den Tod zweier Menschen machen? Nathalie blieb stehen und beschloss zuzuhören, auch wenn das kein sehr feiner Zug war. Die beiden waren so vertieft in ihre Diskussion, dass sie sie überhaupt nicht bemerkten.

»Du hast kein Recht dazu, das zu entscheiden.«

»Ich habe kein Recht?«, wiederholte Raymond wütend. »Wer redet hier von Recht? Wer will denn darüber bestimmen, welche Tatsachen ans Licht kommen und welche nicht? Wer nimmt sich die Freiheit zu sagen: Das schadet mir oder meiner Familie, also halt gefälligst die Klappe? Du doch wohl. Also komm mir nicht mit Recht!«

Eine Weile herrschte Schweigen, dann hörte Nathalie wieder Daniel sprechen. Sie bildete sich ein, dass er zu seinen Worten resigniert den Kopf schüttelte.

»Gut, kann sein, dass das falsch ist. Auch wenn ich bezweifeln möchte, dass du deine Journalistenpflicht über deinen Vater stellen würdest, wenn dich diese ganze Geschichte beträfe, und nicht mich. Aber denk dran, dass wir in Nathalies Fall nicht von etwas reden, das seit fünf Jahrzehnten der Vergangenheit angehört und tot ist, sondern von einer sehr lebendigen Frau, die wissen muss, was mit ihr passiert ist, und zwar alles und nicht nur, was du für richtig hältst.«

Nathalie erstarrte. Hier ging es keinesfalls um irgendeine Story, hier ging es um sie.

»Was meinst du denn, was ich ihr sagen soll? Nathalie, stell dir vor, als du Eileen warst, konntest du sehen, aber jetzt leider nicht mehr?«, fragte Raymond übertrieben freundlich.

Die Erde schwankte unter Nathalies Füßen, sie hatte Schwierigkeiten, oben und unten auseinander zu halten, und konnte nicht beschreiben, welches Gefühl in ihr vorherrschte: Entsetzen, Angst, Unglauben oder Zorn. Ihr Unterbewusstsein entschied sich für Letzteres, weil es bedeutete, dass sie sich vorerst nicht um den Rest kümmern musste.

»Das hast du mir verschwiegen? Wie kannst du Gott spielen und beschließen, was gut für mich ist und was nicht?« Nathalie hörte ihre eigene Stimme zittern, aber sie war laut genug. Raymond konnte nicht sofort reagieren.

»Ich wollte ...«, fing er an.

»Es ist mir egal, was du wolltest! Du hättest es mir sagen

müssen, verdammt nochmal! Stattdessen hast du mich wie ein Kind behandelt, dem man nur ausgewählte Dinge präsentiert – du hast mir nicht mal die Chance geben wollen, mich damit auseinander zu setzen! Was ist bloß los mit dir, Raymond?« Die Antwort darauf interessierte Nathalie im Moment überhaupt nicht, dazu war sie viel zu wütend und durcheinander. Sie stolperte vorwärts, schaffte die beiden Stufen zum Hauptweg ohne hinzufallen und ging so schnell sie konnte auf den Ausgang zu.

»Nathalie!«, rief Raymond und hatte sie mit wenigen Schritten eingeholt. »Jetzt sei doch nicht so sauer und lass dir erklären ...«

»Nein!«, fauchte sie.

»Schön, dann reg dich eben erst mal ab.« Raymonds Geduld neigte sich langsam dem Ende zu. »Aber es hat wenig Sinn, wenn du einfach wegrennst. Willst du ins Hotel zurück oder zu Rose?«

Genau genommen hatte Nathalie gar kein bestimmtes Ziel, Hauptsache, sie konnte in Ruhe und vor allem allein über alles nachdenken. In diesem Moment hasste sie ihr Blindsein mehr als alles andere, weil es sie dazu verurteilte, nicht mal ohne Hilfe allein sein zu können.

»Wir sollten ins Hotel zurückfahren«, sagte Daniel neben ihr.

Erschrocken fuhr Nathalie zusammen. Sie hatte ihn nicht kommen hören, vermutlich weil ihr tausend andere Sachen im Kopf umhergeisterten. Dafür bemerkte sie jetzt, dass Daniel sich in Bewegung setzte, und folgte ihm wortlos. Raymond unterließ den Versuch, ihr zu helfen, weshalb sie wesentlich langsamer vorankam als sonst. Sie musste sich ganz auf das Geräusch von Daniels Schritten verlassen, der jedoch langsam genug ging, sie vor einem Bordstein warnte und ihr die Wagentür aufschloss.

Erst im Hotel brach Raymond die Stille zwischen ihnen. »Soll ich dir beim Packen helfen?«

Nathalies schüttelte den Kopf. »Nicht nötig.«

Damit verschwand sie in ihrem Zimmer, schloss die Tür sorgfältig und betont leise hinter sich und ließ sich mit einem Aufstöhnen aufs Bett fallen. »Ich konnte sehen? Wirklich sehen?«, sagte sie in den Raum hinein. Kurz fiel ihr ein, dass sie am Saint's Harbour gemeint hatte, Daniels graue Augen zu sehen. Wenn sie sie als Eileen tatsächlich gesehen haben sollte, wäre das immerhin eine Erklärung dafür – oder auch nicht, denn sie hatte keine Ahnung, ob Daniels Augen tatsächlich grau waren. Nichtsdestoweniger war die bloße Vorstellung unglaublich, ihr Blindsein für eine kurze Zeit praktisch ausgeschaltet zu haben. Denn auch wenn sie als Eileen ein ganz anderer Mensch gewesen war, blieb sie trotzdem in ihrem, Nathalies, Körper und benutzte auch ihre eigenen Augen.

Während sie dalag und an die Decke starrte, ohne sie auch nur ansatzweise zu erahnen, erlaubte sie sich zum ersten Mal seit sehr langer Zeit wieder, an etwas zu denken, das sie mit aller Macht zu vergessen sich gezwungen hatte. Eigentlich passte es ganz wunderbar zu einer von Guernseys größten Berühmtheiten, Victor Hugo. Im Exil lebte man ständig in der Hoffnung, dass man eines Tages wieder zurückkehrt in sein eigenes Leben, in seine eigene Heimat. In einem ganz geheimen Eckchen ihres Kopfes hegte selbst Nathalie diese Hoffnung. Nur für einen Sekundenbruchteil erschien dann der Begriff »temporäre Erblindung« wie in Leuchtbuchstaben vor ihren Augen, doch die Buchstaben verschwanden stets so schnell wieder, wie sie gekommen waren.

Als ihre Erblindung begonnen und die Ärzte ihr erklärt hatten, dass ihren Augen und den Sehnerven eigentlich nichts fehlte, sondern dass sie unter psychosomatischer oder temporärer Blindheit litt, war sie jeden Morgen mit Angst und Hoffnung zugleich aufgewacht. Hoffnung, dass sich über Nacht an ihrem Zustand etwas geändert haben mochte. Und Angst, dass genau das nicht der Fall war. Nach einem halben Jahr hatte sie beschlossen, keine Hoffnung mehr zuzulassen. Sie war blind, egal, was die Ärzte sagten. Sie konnte nichts sehen, und sie würde bis an ihr Lebensende nichts sehen können. Punkt. Von diesem Moment an schloss sie das Gerede über die psychosomatische Erblindung in ihr Herz, sprach mit niemandem darüber und fand sich mit dem Leben im Exil ab.

Und das sollte sie weiter tun, auch wenn sie für die Sache mit »Eileens« Augen keine Erklärung fand. Es gab ja schließlich ebenso wenig eine Erklärung für die ganze irrsinnige Geschichte. Es war besser, sie zu vergessen wie alles andere, und das hieß, dass sie Guernsey verlassen musste. Schwerfällig erhob sich Nathalie und griff zum Telefon, um sich wie Daniel an der Rezeption zu erkundigen, wann die nächste Möglichkeit bestand, nach Hause zu kommen. Sie würde allein fahren, ohne Raymonds oder sonst jemandes Hilfe. Es war falsch gewesen anzunehmen, dass aus ihr und Raymond hätte irgendwas werden können. Der Anfang ihrer Beziehung, wenn man es denn überhaupt so nennen durfte, baute auf Eileens Geheimnis auf, und genau das war es nun, was zwischen ihnen stand.

Die Auskunft, die sie erhielt, war entmutigend. Die nächste und zugleich letzte Condor-Fähre an diesem Tag würde sie nicht mehr erreichen, und die erste Fähre der Emeraude Lines lief erst wieder morgen um zehn nach sechs aus. Immerhin blieb ihr dadurch ausreichend Zeit, sich auch von Rose zu verabschieden. Bis dahin gab es aber auch noch etwas anderes zu tun. Erneut rief sie in der Rezeption an und ließ sich ein Taxi bestellen.

»So, da wären wir: L'Ancresse Bay«, sagte der Fahrer und hielt an. Aus dem offenen Fenster konnte Nathalie das Meer hören.

»Direkt am Martelloturm?«, erkundigte sie sich hoffnungsvoll und ahnte sofort, wie unbegründet die Hoffnung war.

»An welchem, Miss? Hier gibt's so viele Türme wie Sand am Meer«, stellte der Fahrer fest. »Aber selbst wenn Sie sich für einen entscheiden, kann ich Sie leider nicht direkt hinbringen. Die stehen nämlich nicht an der Straße.«

»Wie dicht kommen Sie an Nr. 5?« Eine Stimme – Eileens Stimme? – sagte Nathalie, dass das der richtige Turm war.

»Nicht näher als jetzt. Wir stehen in Sichtweite, aber der Weg vom Parkplatz zum Turm ist ziemlich unübersichtlich, wenn Sie mir erlauben, das zu sagen.«

Nathalie nickte. »Dachte ich mir. Würden Sie mir helfen, wenn ich Ihnen den doppelten Fahrtpreis zahle?« Jetzt bestach sie schon Taxifahrer, aber was blieb ihr anderes übrig? In ihr war noch immer diese Sehnsucht nach der Liebe, die Eileen für Jack empfunden hatte, die Sehnsucht nach Jack selbst. Ein Teil von ihr wünschte, sie könnte endlich Eileens und ihre eigenen Gefühle trennen, statt sie ständig durcheinander zu bringen. Der andere Teil wollte genau diese Gefühle und damit die Vergangenheit festhalten. In ihr kämpften zwei Seelen – Nathalie und Eileen, Rationalität und Emotion. Selbstverständlich würde der Verstand siegen, der Platz auf der Fähre, den sie gebucht hatte, bewies das. Aber so lange sie noch hier war, hörte sie zwangsweise auch auf Eileen, und die schien ihr ständig zuzuflüstern, dass sie Jack nirgends so nah sein würde wie am Martelloturm Nr. 5.

»Geht klar«, sagte der Taxifahrer. »Aber wie kommen Sie wieder zurück?«

»Darüber machen Sie sich keine Sorgen, ich werde schon zurechtkommen.«

Auf dem unebenen, leicht ansteigenden Weg zum Turm musste Nathalie dem Fahrer Recht geben, allein hätte sie das nie bewältigt, vor allem, weil es gar kein richtiger Weg zu sein schien. Hätte es einen gegeben, wäre es ihr früher oder später gelungen, ans Ziel zu gelangen, doch stattdessen durchquerten sie hier und da Gestrüpp und Wildwuchs, bis sie schließlich stehen blieben.

»Wir sind da. Möchten Sie rauf?«

»Rauf?«, fragte Nathalie verständnislos. Da jedoch flackerte ganz kurz ein Bild vor ihrem inneren Auge auf, und es passte zu dem, was der Fahrer ihr jetzt erklärte.

»Eine kleine Treppe führt zu einer Art Vorbau. Sieht ein bisschen aus wie eine Terrasse oder ein hochstehender Balkon, der bis zum Boden reicht. Eigentlich ist der Turm Privatbesitz, und man darf nicht drauf rumklettern, aber wo wir schon mal hier sind ...«

»Ja, Sie haben Recht.« Vorsichtig machte sie einen Schritt nach vorn, ihre Fußspitze stieß an die erste Stufe. Der Taxifahrer blieb dich hinter ihr, führte sie bis zur größer werdenden Fläche der Terrasse und verabschiedete sich dort. Während er zu seinem Wagen zurückstapfte, drehte Nathalie sich um. Sie brauchte nur die Hand auszustrecken, um die Steinmauer des Turms zu berühren. Sie sah Jack vor sich, der hier oben auf sie wartete, während sie langsam auf ihn zukam, mit idiotisch klopfendem Herzen, selbst beim fünfzehnten Treffen noch. Sie konnte sein Lächeln erkennen, seine Stimme hören, spüren, wie er den Arm um sie legte, um sie den Weg, den sie gerade erklommen hatte, wieder zurück in die Dünen zu führen, wo sie immer ein ungestörtes Plätzchen fanden, an dem keine Spaziergänger mit ihren Hunden vorbeikamen. Sie konnte den Sommer von damals riechen, den Wind auf ihrem Gesicht spüren, das Meer hören und den bei Ebbe breiten und flachen Sandstrand sehen. Nathalie war nie hier gewesen und hätte dennoch die L'Ancresse Bay und die Pembroke Bay, die unmerklich ineinander übergingen, bis ins kleinste Detail beschreiben können.

Sie lehnte sich mit dem Rücken gegen den Turm und schloss die Augen. Es stimmte, hier war sie Jack so nahe wie sonst nirgendwo auf Guernsey. Ihre Gedanken begannen zu wandern, und seltsamerweise ertappte sie sich dabei, wie sie immer weniger an Jack dachte und stattdessen plötzlich bei Daniel war. Daniel, der letztlich wegen seiner Meinungsverschiedenheit mit Raymond dafür verantwortlich war, dass sie überhaupt hier stand. Daniel, der sie seit ihrem Zusammentreffen in St. Malo seltsam fasziniert hatte, ohne dass sie zu sagen vermochte, weshalb. Daniel, zu dem es sie nicht erst hinzog, seit sie ihn ständig mit Jack verwechselte, sondern schon viel früher. Daniel, der sie festgehalten hatte, als sie beinah über die Klippen gestürzt war. Daniel, dessen Gesicht sie nicht kannte und dessen graue Augen sie doch deutlich vor sich gesehen hatte. Unwillig schüttelte sie den Kopf. Sie hatte sich *eingebildet*, sie zu sehen, mehr nicht.

Ein kühler Hauch strich über Nathalies Arme, erstaunt bemerkte sie die Gänsehaut, die sie bekam. Es musste sich bewölkt haben, jedenfalls war die wärmende Sonne verschwunden. Wie lange stand sie eigentlich schon hier, versunken in ihre eigene Welt, in der außer der Vergangenheit auch Daniel Blake begann, eine immer größere Rolle zu spielen? Sie tastete nach ihrer Uhr, zuckte aber gleich darauf mit den Schultern, weil sie nicht nachgesehen hatte, als sie herkam, also nützte ihr die Uhrzeit nichts.

Von unten hörte sie jemanden kommen. Die Schritte verharrten scheinbar unmittelbar vor den Stufen, als wollte jemand den Turm genau in Augenschein nehmen. Nathalie stieß sich von den Mauersteinen ab, sie bot sicher ein etwas merkwürdiges Bild für den Betrachter. Dann stutzte sie.

»Daniel?«, fragte sie unsicher. Wahrscheinlich fand sie derjenige, der sie von unten beobachtete, reichlich komisch.

»Nicht schon wieder mein Aftershave«, stöhnte Daniel jedoch belustigt auf, als er wenige Augenblicke später bei ihr ankam. »Hast du schon mal daran gedacht, dich bei einem dieser Parfümhersteller unten in Südfrankreich zu bewerben? Ich hab mal eine Besichtigungstour mitgemacht, die nennen den Herrscher über die Düfte dort *Die Nase* – das könntest du ohne Schwierigkeiten auch hinkriegen.«

Nathalie lachte. »Wär eine Überlegung wert, wenn ich meine Speckstein-Skulpturen nicht mehr loswerde.« Dabei war es keineswegs ein verräterischer Duft gewesen, den sie über diese Distanz unmöglich wahrgenommen hätte. Sie hatte einfach Daniels Gegenwart gespürt. Wenn er allerdings lieber an die Version mit seinem Aftershave glauben wollte, war ihr das ebenso recht, weil sie alles andere sowieso nicht erklären konnte.

»Hilfst du mir die Treppe runter?« Plötzlich hatte Nathalie das Gefühl, hier mit Daniel auf dem Präsentierteller zu stehen, obwohl sie nicht sagen konnte, warum sie das störte. Schließlich unterhielten sie sich nur. »Wie kommt's eigentlich, dass du hier bist?«, wollte sie schließlich wissen, nachdem sie unten angekommen waren. »Noch ein bisschen Sightseeing, bevor du zurück nach London fliegst?«

»Nicht direkt«, meinte Daniel. »Diesmal haben wir dich nämlich wirklich gesucht. Raymond hat bei dir geklopft und war ziemlich beunruhigt, als du fort warst. An der Rezeption haben sie uns gesagt, dass du dir ein Taxi genommen hättest, wussten aber nicht, wohin du wolltest. Also haben wir uns aufgeteilt. Raymond ist zu Rose gefahren.«

Verärgert seufzte Nathalie auf. »Was hab ich eigentlich getan, dass er mich plötzlich behandelt, als wäre ich debil und könnte keine zwei Schritte allein machen?«

»Also, da urteilst du ein bisschen zu hart, meinst du nicht? Er macht sich eben Sorgen um dich, und wenn man bedenkt, was dir in den letzten Tagen alles so passiert ist, ist das schon verständlich.«

Nathalie drehte sich um, dem Meer zu, und sagte nichts. Wahrscheinlich stimmte das, trotzdem wäre es ihr lieber gewesen, ein bisschen weniger beschützt und ein bisschen mehr für zurechnungsfähig gehalten zu werden. »Und was ist mit dir?«, fragte sie. »Du hättest mir doch am liebsten die Wahrheit gesagt, oder? Du hättest mir aus falsch verstandener Rücksicht oder übertriebener Vorsicht nichts verschwiegen. Warum hast du es eigentlich trotzdem getan?«

»Weil Raymond glaubte, es sei seine Sache, diese Entscheidung zu treffen. Vielleicht lag er damit falsch, weil niemand außer dir selbst bestimmen kann, was gut für dich ist. Aber sicher hatte er mehr Recht, in deinem Namen zu sprechen, als ich.«

Wieder fegte ein frischer Wind um den Turm herum, doch diesmal bemerkte Nathalie das kaum. »Wie kommst du auf die Idee, dass Raymond irgendwelche Rechte hat?«, fragte sie.

»Das müsstest du doch besser wissen als ich.«

Daniel hatte das ganz leicht hin gesagt, und Nathalie fragte sich, ob es für den Rest der Welt offensichtlich war, dass sie und Raymond zusammengehörten. Sie fragte sich das auch, weil sie selbst sich immer weniger sicher war – und weil sich etwas in ihr dagegen wehrte, dass vor allem Daniel das glaubte.

»Weshalb bist du hier?«, fragte sie.

»Hab ich doch gesagt, weil wir dich gesucht haben«, sagte Daniel nach kurzem Schweigen.

»Die Insel ist zwar nicht gerade riesig, aber ich hätte sonst wo sein können. Wie kommt's, dass du mich ausgerechnet hier gesucht hast, während Raymond mich bei Rose vermutet, was ja viel wahrscheinlicher wäre?«

»Raymond hielt mich für keine große Hilfe und wollte mir nicht zuhören, also hat er sich den Rover geschnappt, während ich getan hab, was du auch getan hast: mir ein Taxi genommen und mich herfahren lassen«, sagte Daniel.

»Du hast meine Frage nicht beantwortet.« Nathalie blieb unnachgiebig, sie mochte keine Ausflüchte.

»Weil Eileen sich hier mit Jack getroffen hat. Als ich ankam, konnte ich kaum glauben, wie viele von diesen Martellotürmen es in den beiden Buchten und entlang der Felsen rechts und links gibt. Ich hab bei dem angefangen, der in etwa da steht, wo die Pembroke Bay zur L'Ancresse Bay wird, und bin von da aus weitergegangen. Du hast nämlich leider vergessen zu erwähnen, welcher Turm der Treffpunkt war.«

»Sieht so aus, als hättest du mir besser zugehört als Raymond«, murmelte Nathalie.

»Unsinn. Zu denken, du wärst bei Rose, ist logischer als meine vage Vermutung.«

»Nein«, wehrte Nathalie den Einwand ab. »Im Gegensatz zu Raymond hast du gewusst, dass es Eileen ist, die ich nicht loslassen kann und die mich nicht loslässt.« Und Jack, fügte sie in Gedanken hinzu. Vor allem Jack, doch das erwähnte sie Daniel gegenüber nicht. Was sie bisher gesagt hatte, war schon deutlich genug, vielleicht zu deutlich, wie Nathalie erst jetzt klar wurde. Wenn sie gekonnt hätte, hätte sie ein paar Dinge sofort zurückgenommen. Plötzlich wurde sie sich Daniels Nähe bewusst, und sie wäre am liebsten zurückgewichen, weil sie ebenso plötzlich von einem heftigen Gefühl überschwemmt wurde, das sie trocken schlucken ließ. Trotzdem blieb sie, wo sie war, denn jedes Zurückweichen hätte sie noch mehr verraten. Stattdessen versuchte sie Daniels Gesicht mit ihrem blinden Blick zu erfassen.

»Nathalie«, fing Daniel an. Da war etwas in seiner Stimme, das sie bisher nicht gehört hatte, außerdem klang sie näher als eben noch. Er musste einen Schritt auf sie zu gemacht haben, ohne dass sie es gemerkt hatte. Wie es schien, ließen ihre Sinne sie im Stich. Sie wartete, dass er fortfuhr, aber er schwieg.

Als sie die Berührung seiner Fingerspitze an ihrem Kinn spürte, erstarrte sie innerlich.

»Lieber Gott, ich sollte das nicht tun«, flüsterte Daniel so nah an ihren Lippen, dass sie seinen Atem spürte, und dann verschmolzen seine mit ihren zu einem Kuss, der Nathalie ohne seinen festen Griff in die Knie gezwungen hätte. In ihrem Kopf flammten Bilder auf, Jacks braune Augen verfolgten sie, sahen sie traurig und zugleich merkwürdig verstehend an, und dann war da nur noch Schwärze, in die sie sich dankbar hineinfallen ließ, denn das Begehren, das durch ihren Körper wallte, schien ihr ohnehin mehr, als sie auf einmal in sich aufnehmen konnte.

Als Daniel sich langsam von ihr löste, drehte sich alles in ihrem Innern. »Ich weiß nicht, was der liebe Gott dazu sagt«, ging sie mit leicht zitternder Stimme auf Daniels letzten Kommentar ein. »Aber ich finde durchaus, du solltest genau das tun.«

Nathalie hörte Daniel heiser auflachen und seinen schwerer gehenden Atem. »Jetzt gleich?«

Und bevor sie noch Zeit hatte zu nicken, kam er ihrer Aufforderung nach. Diesmal hielt er sie nicht so fest wie eben. Seine Hände fuhren durch ihre Haare, glitten über ihren Rücken, umfassten ihre Hüften und zogen sie dicht zu sich heran.

Plötzlich kam Nathalie ein erschreckender Gedanke, den sie trotz Daniels tastender Hände, trotz seiner Küsse überall auf ihrem Gesicht und ihrem Hals nicht ignorieren konnte. Waren das gar nicht sie? Waren es die Geister aus der Vergangenheit, waren es Eileen und Jack, die sich hier umarmten und taten, was sie fünfzig Jahre zuvor getan hatten? Dann spürte Nathalie, wie Daniel sie ein Stück weiterschob, hinter den Turm, wo sie vor den Blicken von Spaziergängern etwas sicherer waren. Sanft drückte er sie zu Boden, zwischen ihren Fingern spürte sie Gräser und Blütenblätter, ihr Rücken lehnte gegen etwas, das sich wie Holz anfühlte, doch es blieb keine Zeit, das näher zu bestimmen. Daniels Finger nestelten an den Knöpfen ihrer Bluse, die er so provozierend langsam öffnete, dass Nathalie es kaum mehr aushielt. Nein, das hatte nichts mit Jack und Eileen zu tun, das waren eindeutig ihre eigenen Gefühle, ihre eigene Hitze und ihr eigenes Aufstöhnen, das in ihren Ohren dröhnte. Und es war Daniels Hand, die ihren Bauch streichelte, und es waren ihre Hände, die seinen Kopf hinunterzogen, damit er sie wieder küsste.

Von irgendwoher drang ein lautes Grummeln zu ihr durch, doch sie beachtete es nicht weiter, auch nicht, als es sich wiederholte. Erst als Daniel den Kopf hob und etwas sagte, das sie nicht verstand, weil seine Stimme von dem

Geräusch übertönt wurde, begriff sie, um was es sich handelte. Nicht, dass das noch einen Unterschied machte, weil jetzt dicke Tropfen auf sie herabzuprasseln begannen. Nur einen Augenblick später kam ein Sturzbach vom Himmel, der sie und Daniel durchweichte, noch ehe sie aufgestanden waren.

Daniel legte schützend den Arm um Nathalie, als sie so schnell wie möglich über den matschig gewordenen Boden zurückliefen. Notdürftig versuchte Nathalie, ihre Bluse wieder zuzuknöpfen, gab aber bald auf, nachdem sie zweimal gestolpert war. Sie konnte sich nur auf eins konzentrieren, und irgendwo ins Trockene zu kommen war jetzt wichtiger. Trotz der verrückten Situation, trotz des heftigen Gewitters, trotzdem ihre Leidenschaft derart abrupt unterbrochen worden war, ging es Nathalie so gut wie seit Ewigkeiten nicht mehr. Sie konnte sich kaum erinnern, sich je so leicht gefühlt zu haben, so vollkommen normal.

Unter ihren Füßen spürte sie einen weniger unebenen Weg und schließlich eine asphaltierte Straße. »Sind wir auf dem Parkplatz?«, fragte Nathalie lauter als gewöhnlich, damit er sie verstand.

»Schon drüber weg«, brüllte Daniel durch einen Donnerschlag zurück. Dennoch lief er mit ihr weiter, erst kurz darauf spürte sie den Druck seiner Hand auf ihrer Schulter und blieb gemeinsam mit ihm stehen. Es fielen keine Tropfen mehr auf sie herab, dafür nahm sie einen leicht unangenehmen Geruch in ihrer Nase wahr.

»Wir stehen im Eingang zu den Toiletten hinter dem Kiosk«, sagte Daniel dicht an Nathalies Ohr.

»Herren- oder Damentoiletten?«, kicherte Nathalie atemlos. Sie spürte die Kälte, als sich Daniels nasses T-Shirt von ihrem Oberarm löste, und schloss daraus, dass er nachsah.

»Damen«, verkündete er. »Wenn du dir von den Herren mehr versprichst, müssen wir noch ein Stück durch den Regen.«

Sie hörte seiner Stimme an, dass ihm ähnlich zu Mute war wie ihr, warf den Kopf zurück und lachte. Sie fühlte seinen Körper beben, noch bevor sie sein Lachen hörte, dachte an vorhin zurück, und wusste mit einem Mal, dass alles richtig war.

Damals hatte sie dieses Foto von Eileens Grab machen müssen, damit es in einer Zeitschrift abgedruckt wurde, die Daniels Vater las. Sie hatte blind werden müssen, damit sie ein neues Leben begann und in die Wohnung neben Cécilie Lecomte einzog, um Raymond kennen zu lernen. Wieder erinnerte sie sich an ihre erste Begegnung mit ihm im Treppenhaus, bei der sie etwas vage Schicksalhaftes empfunden und gleichzeitig weit von sich gewiesen hatte. Und doch ließ es sich nicht leugnen, denn Raymond war das Bindeglied zwischen ihr und Daniel.

In einer Sekunde schien das ganz klar, doch schon in der nächsten stellte die ihr angeborene Rationalität alles in Frage. Das hieße in letzter Konsequenz, sie hätte mit ihrem Augenlicht dafür bezahlt, Daniel zu begegnen? Nathalie schüttelte den Kopf. Was für ein unsagbarer Quatsch!

An ihrer Seite machte Daniel eine Bewegung. »Was ist?«

»Nichts«, sagte sie. Und es stimmte. Was auch immer dafür verantwortlich war, dass ihrer und Daniels Wege sich gekreuzt hatten, war unwichtig. Sie wusste ja nicht mal, ob aus dieser einen überwältigenden Szene am Martelloturm je mehr werden würde. Wie konnte sie da an Schicksal denken? Trotzdem fühlte sie sich noch immer seltsam befreit von allem, als hätte sich etwas in ihr gelöst, das viel zu lange an ihr gezehrt und ihr Kraft geraubt hatte.

»Nichts?«, wiederholte Daniel. »Das ist eine ziemliche Beleidigung meiner Männlichkeit ...«

»Oh«, machte Nathalie und kicherte schon wieder, »das lag nicht in meiner Absicht. Deine Männlichkeit ist perfekt.«

»Woher willst du das wissen? Den ultimativen Beweis bin ich dir schließlich schuldig geblieben.«

In Nathalie schlug irgendeine Glocke, als hätte sie eine solche Unterhaltung schon einmal geführt. Sie versuchte sich zu erinnern, aber es wollte ihr nicht einfallen, wann oder wo das gewesen sein könnte. »Hol's nach!«, forderte sie Daniel auf.

Er zog sie näher zu sich heran. Nathalie hörte nur den Regen und das entfernte Gemurmel der Menschen, die sich ebenfalls beim Kiosk untergestellt hatten.

»Das würde ich gern«, sagte er dann mit merkwürdig belegter Stimme.

Aha, dachte Nathalie, er würde also nur gerne. Dann war das eben doch dazu bestimmt, eine einmalige Erfahrung zu bleiben. So viel zum Begriff Schicksal. »Was hält dich ab?«, fragte sie trotz besseren Wissens.

»Du hast Recht, gar nichts.« Er beugte sich zu ihr hinunter und küsste sie wieder, zärtlich diesmal, nicht mit solcher Heftigkeit wie eben. Nathalie wurde wieder schwindelig, bevor sie dazu kam zu überlegen, welche Art Kuss ihr besser gefiel. Als er sie losließ und ihr noch einen eher brüderlichen Kuss auf die Nasenspitze gab, kannte sie die Antwort: Beide waren unübertroffen. So wie Daniel küsste, musste er zweifellos sehr viel Übung haben.

»Es gibt zwei Möglichkeiten«, fuhr er fort, immer noch irritierend nah an ihren Lippen. »Entweder ich storniere den Flug für heute Abend. Oder wir versuchen, für dich noch einen Platz in der Maschine zu kriegen. Was ist dir lieber?«

Nathalie befreite sich aus Daniels Armen. Sie sollte nicht zu dicht bei ihm stehen, wenn sie über diese wichtige Entscheidung nachdachte – und darüber, wie ernst es ihm damit war. »Du willst, dass ich mit nach London komme?«

»Warum nicht?«

»Ich würde eher umgekehrt fragen: Warum? Das, was da eben zwischen uns passiert ist, kam sehr plötzlich, findest du nicht?«

»Nein. Nicht, was mich betrifft jedenfalls. Ich wollte das schon sehr lange, aber ich war mir nie sicher, wie weit die Beziehung zwischen dir und Raymond eigentlich ist. Nebenbei: Wie weit ist sie?«

Auch wenn Nathalie schon seit Tagen auf dem besten Weg gewesen war, sich in Daniel zu verlieben, hätte sie nie angenommen, dass ihm das genauso ging. »Auf diesem Auge muss ich blind gewesen sein«, murmelte Nathalie selbstironisch, bevor sie auf Daniels Frage einging. »Nicht so weit wie unsere, wenn du das meinst.«

»Dann kann ich dich also ruhigen Gewissens nochmal fragen, ob du mit mir nach London kommst?«

»Hat es aufgehört zu regnen?«, fragte Nathalie und streckte ihre Hand aus. Sie hörte das Rauschen nicht mehr und spürte auch keine Tropfen auf ihrem Arm.

»Ja. Aber was hat das damit zu tun? Ehrlich, Nathalie, manchmal kann ich deinen Gedankengängen wirklich nicht folgen.«

»Das musst du auch nicht, schließlich sollen Frauen doch geheimnisvoll bleiben, oder?«, lächelte Nathalie hintergründig. »Wenn es aufgehört hat, könnten wir zum Hotel zurückfahren, uns umziehen, und wenn noch Zeit genug ist, würde ich mich gern von Rose verabschieden, bevor wir zum Flughafen aufbrechen.«

»Das kannst du dir unmöglich richtig überlegt haben!«, sagte Raymond entsetzt. »Du kennst Daniel doch überhaupt nicht, du kennst London nicht, du bist da vollkommen fremd und ständig auf seine Hilfe angewiesen!«

Nathalie seufzte. Sie wusste das, und vor allem hatte sie genau diese Reaktion von Raymond befürchtet. Aus seiner Perspektive sprach alles für ihn und gegen ihren spontanen Entschluss. »Es tut mir Leid, Raymond«, sagte sie, während sie ihren kleinen Koffer schloss. »Ich weiß, dass ich dich womöglich sehr verletzt habe, das wollte ich wirklich nicht.«

»Nein? Warum tust du's dann? Es war ein Fehler, dir zu verschweigen, dass du als Eileen sehen konntest, das habe ich mittlerweile verstanden. Tu jetzt deswegen nichts Dummes, nur weil du glaubst, mir das irgendwie heimzahlen zu müssen.«

»Das ist nicht der Grund!«

»Was dann?«

»Ich ...« Nathalie stockte.

»Du kannst es nicht erklären? Ich schon. Jetzt hör mir mal gut zu!« Raymond stand auf und packte Nathalie an den Oberarmen, dass es schmerzte. Sie versuchte, sich zu befreien, aber er ließ keinen Millimeter nach. »Du bist verwirrt, was verständlich ist, wenn man bedenkt, dass du für kurze Zeit jemand anderer warst und wie jemand anderer gefühlt hast. Du kannst nicht mehr auseinander halten, was du fühlst und was Eileen gefühlt hat, und aus irgendeinem Grund hast du dir ausgerechnet Daniel als Ventil für deine Hilflosigkeit ausgesucht. Aber das bringt nichts, weil das, was du zu fühlen glaubst, nicht echt ist.«

Als ob ihr das nicht schon selbst eingefallen wäre. »Falls das so sein sollte, dann werde ich es nur rausfinden, wenn ich es ausprobiere, Raymond. Ich muss meinen eigenen Weg gehen und keinen, den mir jemand vorschreibt, nur weil er ihn für den besten hält.«

Mit einer ungeduldigen Bewegung ließ Raymond Nathalies Arme los, sodass sie beinah das Gleichgewicht verloren hätte und rücklings auf das Bett gefallen wäre. »Dir ist nicht zu helfen.«

»Ich will auch gar nicht, dass man mir hilft, das ist es doch gerade! Und wer war es denn, der mir gepredigt hat, ich soll nicht so tun, als wäre ich hilflos? Oder hast du das nur gesagt, weil du es sein würdest, der auf mich aufpasst?«

»Überschätz dich bloß nicht«, gab Raymond verbittert zurück.

Das tat weh, andererseits war es wahrscheinlich gerechtfertigt. »Das tue ich selten«, sagte sie leise.

»Da wäre ich mir an deiner Stelle nicht so sicher.«

Nathalie hörte das Knallen der zufallenden Tür, und die Stille danach kam ihr umso bedrückender vor. Nicht lange allerdings, denn kurz darauf wurden nebenan Stimmen laut. Sie konnte nichts verstehen, doch das war auch nicht nötig. Man brauchte kaum Fantasie, um sich auszumalen, worum es ging. Nathalie gab sich die größtmögliche Mühe, den Streit zu missachten und ein letztes Mal zu kontrollieren, ob sie nichts liegen gelassen hatte. Alle Schränke und Schubladen waren leer, also nahm sie den Koffer in die linke Hand und schloss die Tür hinter sich.

4.

Daniel wusste nicht, wer wütender war – er oder Raymond. Es spielte auch keine Rolle, weil ohnehin alles, was gesagt wurde, die Sache schlimmer machte, deshalb entschloss er sich, zu Raymonds Vorwürfen ab sofort einfach den Mund zu halten. Wenn man diese Taktik bei Frauen anwandte, bewirkte sie das Gegenteil, aber bei Raymond hatte sie den gewünschten Effekt. Auch er schwieg irgendwann eisig vor sich hin und erwiderte nicht mal Daniels Abschiedsfloskel. An der Tür drehte sich Daniel noch einmal um.

»Ray, ich hab nicht voraussehen können, dass alles so abläuft. Vermutlich bin ich ein verdammt schlechter Freund, aber es ist Nathalies Entscheidung, mich nach London zu begleiten, nicht meine. Sie bedeutet mir übrigens viel, obwohl ich verstehe, wenn du das skeptisch siehst.«

»Mir bedeutet sie auch viel«, erwiderte Raymond düster. »Aber falls du glaubst, ich würde einfach so aufgeben, irrst du dich, *mon vieux.*« Die letzten beiden Worte sprach er mit beißendem Sarkasmus aus, den Daniel als das auffasste, was er war: eine Kampfansage. Er fragte sich, worauf genau sie sich bezog – nur auf Nathalie oder auch auf das zuvor gegebene Versprechen, die Recherchen in Sachen Richard Blake ruhen zu lassen. Sollte Letzteres der Fall sein, was er Raymond durchaus zutraute, musste Daniel sich vorsehen. Je früher er selbst dem Geheimnis seines Vaters auf die Spur kam, desto besser konnte er einen eventuellen Schachzug Raymonds verhindern. Er warf einen letzten Blick auf Raymond, der am Fenster stand und ihn anstarrte, dann wandte er sich um und verließ endgültig das Zimmer.

Nathalie saß auf der weißen Holzbank im überglasten Hoteleingang und schaute aus dem Fenster hinaus, jedenfalls würde jeder Beobachter es so sehen, der nicht wusste, dass sie blind war. Einen Augenblick lang verharrte Daniel und beobachtete sie. Was genau faszinierte ihn an Nathalie? Er konnte es nicht beschreiben, aber er hatte Raymond eben die Wahrheit gesagt. Da war etwas ganz Besonderes an ihr, das einen bisher unbekannten Teil in ihm berührte. Es ging nicht nur um die körperliche Anziehung, der er sich vor ihrem Erlebnis am Martelloturm nicht mal bewusst gewesen war und die dabei so stark wurde, dass er fast die Kontrolle über sich verloren hätte. Es ging auch nicht darum, dass er die Kraft bewunderte, mit der sie ihre Situation meisterte.

»Wenn du mich weiter so ansiehst, komm ich mir vor wie ein Gemälde in einem Museum«, sagte Nathalie und drehte sich zu ihm um.

Verblüfft hob Daniel die Brauen. Vielleicht war es das, ihr sechster Sinn, ihr untrügerisches Gefühl zu wissen, was um sie herum geschah, ohne es zu sehen. Und ihr Sinn, ihn zu verstehen und zu begreifen, was ihn quälte. Wieder spürte er die Wärme ihrer Hand, als sie ihn bei Rose berührt hatte.

»Du kannst mit jedem Bild in der National Portrait Gallery konkurrieren«, sagte Daniel leichthin und nahm ihren Koffer vom Boden auf.

»Charmant!«, lachte sie. »Die könntest du mir zeigen in London. Du bist bestimmt gut darin, Bilder zu beschreiben.«

Bei dem Wort »Bilder« dachte Daniel wieder an diverse Fotos: das von Eileens Grab, mit dem alles begonnen hatte, aber vor allem auch an das ihm von Rose anvertraute Hochzeitsfoto, das er eigentlich mit einer einigermaßen plausiblen Erklärung zurückgeben sollte, wenn sie gleich zu ihr fuhren.

Er war fast dankbar, dass er dazu keine Gelegenheit bekam, denn Rose war nicht zu Hause. Ratlos lief Nathalie auf dem schmalen Weg vor der Haustür auf und ab. »Wie lange haben wir noch Zeit, bis der Flieger geht?«

»Anderthalb Stunden. Wollen wir warten?«

»Sie könnte sonst wo sein und weiß der Himmel wann zurückkommen«, meinte Nathalie zweifelnd.

»Dann lass uns ein paar Zeilen schreiben und ihr für alles danken«, schlug Daniel vor. Er riss zwei Blätter aus seinem Timer, auf die er ein paar Sätze kritzelte, die ihm unzulänglich erschienen. Kurz dachte er daran, das Foto einfach zusammen mit den Zetteln an Roses Tür zu klemmen. Das wäre die einfachste Lösung gewesen, weil Nathalie nichts davon mitbekommen hätte, aber vielleicht ging es dann tatsächlich verloren. Stattdessen entschied er, es mit nach London zu nehmen. Dort würde er sicherheitshalber einen Bild-vom-Bild-Abzug machen und Rose das Original zuschicken.

»Ein bisschen dürftig als Abschied.« Geknickt nahm Nathalie wieder im Wagen Platz. »Könnte ich sie von London aus nochmal anrufen?«

»Natürlich! Die Frage ist doch wohl unnötig, oder?«, fand Daniel.

»Ich dachte nur an die Telefonrechnung ...«

»Also, die wird unser Familienimperium bestimmt in den Ruin treiben!«, lachte Daniel. »Wie es scheint, hab ich mir eine ausgesprochene Luxusmaus als Freundin ausgesucht – mein Vater wäre zufrieden mit mir.«

»Zufrieden? Wenn eine das Geld mit vollen Händen zum Fenster rauswirft?«, ging Nathalie auf seinen Spott ein.

»Für die Familie nur das Beste, für die Frauen erst recht. Kauf ihnen alles, was sie wollen, behäng sie mit Schmuck und teuren Klamotten, gib ihnen die goldene Diners- und Mastercard und lass sie ihre Partys feiern. Dann lassen sie dich in Ruhe. Das war Richard Blakes Devise.«

»Warum hat dein Vater das Leben so gehasst?«, fragte Nathalie.

Erstaunt brachte Daniel den Rover vor einer Ampel zum Stehen. »So hab ich das nie betrachtet. Für mich sah es eher nach Verachtung statt nach Hass aus. Hass hätte Gefühle bedeutet, und die waren meinem Vater fremd.«

»Ist Verachtung kein Gefühl?«

»Nein. Die ist nur kalt und gleichgültig.«

Kalt und gleichgültig. Beim Betreten des riesigen leeren Hauses der Blakes schlichen sich Daniels eigenen Worte in sein Gedächtnis zurück. Er merkte, dass Nathalie schauderte und legte den Arm um sie.

»Es ist kühl hier drin, die alten Mauern halten die Wärme fern. Wenn es richtig heiß wird, kann das angenehm sein, aber normalerweise ist es eher ein Fluch, besonders wenn länger niemand im Haus war. Dann dauert es seine Zeit, bis man es warm bekommt.«

»Richtig heiß?«, echote Nathalie. Irgendwie klang sie abwesend, als wäre sie auf Guernsey zurückgeblieben.

»Jedenfalls für Londoner Verhältnisse«, sagte Daniel deshalb nur. »Ich bring dich in dein Zimmer und zeige dir das Bad, alles andere können wir auf morgen verschieben, einverstanden?«

Nathalie nickte und fing gleichzeitig an zu zittern. So übertrieben kalt kam es Daniel eigentlich nicht vor, aber das mochte daran liegen, dass er es gewohnt war. Er begleitete sie die Treppe hinauf, öffnete die Tür zum Bad, erklärte ihr, wo sie was fand, und führte sie anschließend in ein Zimmer, das gleich neben seinem lag. »Wenn du was brauchst, komm einfach rüber, okay?«, sagte er, nachdem er ihr noch beim Auspacken geholfen hatte.

»Hm«, machte sie nur und schlang die Arme um ihren Körper.

Er trat näher zu ihr und hob ihr Kinn an, damit er sie besser ansehen konnte. »Kommst du zurecht? Oder hast du noch Hunger? Unten im Kühlschrank finden wir garantiert was.«

»Nein, danke. Das Abendessen im Flugzeug hat bestimmt keinen Stern verdient, aber ich mag trotzdem nichts mehr. Ich glaube, ich möchte einfach nur ins Bett fallen.«

Daniel schaute aufmerksam in Nathalies Gesicht und beugte sich dann ein Stück zu ihr herunter. Kurz bevor sein Mund ihren berührte, zögerte er, weil er mit einem Mal glaubte, es wäre falsch, sie zu küssen. Doch als Nathalie den Kopf hob, die Arme um seinen Nacken schlang und ihren Körper an seinen lehnte, vergaß er seine Zweifel. Mit seiner Zunge drängte er ihre Lippen auseinander, die sich bereitwillig öffneten und ihn in sich aufnahmen. Er hörte ihr leises Seufzen und spürte augenblicklich sein Verlangen nach ihr, das noch stärker war als am Nachmittag. Er hob sie hoch und trug sie hinüber zum Bett, in das sie eben voller Müdigkeit hatte hineinfallen wollen. Jetzt schien davon nichts mehr übrig zu sein, ihre Leidenschaft war genauso geweckt wie seine. Vielleicht lag es daran, dass sie Stunden zuvor so unsanft von dem Gewitter unterbrochen worden waren und sich nun alles in ihnen entlud, was sich in der L'Ancresse Bay aufgestaut hatte.

Daniel nahm sich nicht die Zeit, sich auszuziehen oder Nathalie dabei zu helfen. Er schob ihr Shirt hoch und nahm ihre Brustwarze zwischen seinen Zähnen gefangen, bis ihr Stöhnen stoßweise kam. Gleichzeitig spürte er, dass Nathalie den Reißverschluss seiner Jeans öffnete und ihn zu streicheln begann. Ihre Berührung ließ ihn nach Luft schnappen, er biss sich auf die Unterlippe, um einen Schrei zu unterdrücken, der sich aus ihm emporkämpfte. Er war noch nicht mal in ihr und hatte schon das Gefühl zu explodieren, allein durch ihre Berührung.

»Nicht«, bat er unter Aufbietung aller Konzentration. »Wenn du mich anfasst, vergess ich mich.«

Undeutlich hörte er Nathalies verhaltenes Lachen. »Ich glaube, das könnte mir gefallen.« Trotzdem zeigte sie Erbarmen und zog ihre Hände zurück.

Erleichterung und zugleich Enttäuschung machten sich in Daniel breit, aber sie ließ ihm keine Gelegenheit, länger darüber nachzudenken, was stärker war. Ihr Mund suchte seinen, fand und erforschte ihn mit aufreizender Gründlichkeit. Gleichzeitig brachte sie Daniel dazu, sich auf den Rücken zu legen, ihre Lippen verließen seine, wanderten seine Brust hinunter bis zu seinem Bauch und noch tiefer. Als ihre Zunge mit ihm zu spielen begann, krallte er seine Finger in die Bettdecke und bäumte seinen Unterleib auf, ihr entgegen. Sie nahm ihn ganz in sich auf, während er verzweifelt versuchte, einen Rhythmus zu finden, jedoch vor Erregung nur unkontrolliert zuckte und glaubte, jeden Moment den Verstand zu verlieren. Bevor er sich in ihrem Mund ergoss, packte er sie an den Schultern und schleuderte sie beinah mit Gewalt von sich, um mit ihr die Position zu tauschen. Jetzt war er über ihr, ihre Fingernägel fuhren an seiner Wirbelsäule hinauf und hinunter, bis auch sie von einer Welle der Lust erfasst wurde, weil er ihre Hüften anhob und sich ganz langsam in sie versenkte. Und dann fing er an, sich zu bewegen. Sobald er merkte, dass er erneut dem Höhepunkt zustrebte, hielt er inne, auch wenn es ihm enorm schwer fiel. Er hörte Nathalies Stimme, die ihn anflehte, nicht aufzuhören, und doch wartete er eine Weile, bis er sich wieder bewegte, etwas schneller diesmal, aber nicht schnell genug. Wieder machte er eine Pause, in der Nathalie leise wimmerte und er einen Schauer nach dem anderen seinen Rücken hinunterlaufen fühlte. Er zitterte und wusste, beim nächsten Mal würde er sich nicht zurückhalten können. Er wartete kurz und stieß dann zu, einmal, zweimal, dreimal, und beim vierten Mal explodierte sein ganzer Körper, sein Kopf, er hörte sich selbst unverständliche Laute ausstoßen, er hörte Nathalies Schrei, er sah Blitze vor seinen Augen und spürte Nathalies Beben, die ihn umfing und sich an ihn drängte, als wollten sie sich nie wieder trennen.

Schweiß rann ihm von der Stirn und vermischte sich mit ihrem, als sein Kopf langsam neben ihrem niedersank und er schwer atmend darauf achtete, sie nicht mit seinem ganzen Gewicht zu erdrücken.

»Ich halte dich schon aus«, flüsterte Nathalie.

Noch zitternd vor Anstrengung stemmte sich Daniel hoch, um sie anzusehen. »Wie machst du das? Woher weißt du, was ich denke oder wann ich dich ansehe?«

»Eingebung?« Nathalie lächelte ein bisschen und zog ihn wieder zur sich herunter.

Lange blieben sie so liegen, bis Daniel merkte, dass Nathalie eingeschlafen war. Vorsichtig schob er sich aus ihrer Umarmung und stand auf. Seine Beine wollten ihn kaum halten, aber die Nacht war kühl, und so ging er leise nach nebenan und holte seine eigene Decke, die er über sie beide ausbreitete. Dann starrte er in die Dunkelheit und lauschte dabei ihren regelmäßigen Atemzügen. Gerade als er selbst in den Schlaf hinüberzugleiten begann, schreckte ihn etwas aus seinem Dämmerzustand. Nathalie hatte sich auf die Seite gerollt und wisperte etwas. Es klang wie ein Name. Jack.

Sofort war Daniel hellwach. Er setzte sich auf und schaute nachdenklich auf Nathalie hinunter, die sich kurz regte, aber weiterschlief. Träumte sie von Jack? Und wenn ja, war sie dabei Eileen oder sie selbst? Hatte sie vorhin in Daniels Armen an Jack gedacht? Jack, immer wieder Jack Wilson. Es führte kein Weg an ihm vorbei, er gehörte zum Geheimnis um seinen Vater – möglicherweise lag sogar in seiner Person des Rätsels Lösung.

Resigniert erhob sich Daniel. Er konnte ebenso gut jetzt gleich damit anfangen zu überlegen, wie er die Sache am besten anpackte. An Schlaf war in den nächsten Stunden ohnehin nicht zu denken.

Unten in der Halle brannte noch das Licht, Daniel hatte vergessen, es auszuschalten. Ein Blick in die blitzsaubere Küche verriet ihm, dass Susan nicht erst seit heute, sondern vermutlich schon eine ganze Weile fort war. Müde fuhr Daniel sich durch die Haare und zögerte kurz, bevor er die Bibliothek betrat. Dann hieb er auf den Lichtschalter ein und musste von der plötzlichen Helligkeit blinzeln. Als er wieder deutlich sehen konnte, traf sein Blick ausgerechnet auf das Porträt seines Vaters.

»Warum hast du Jack getötet?«, flüsterte Daniel. Fast erwartete er eine Antwort, aber natürlich tat sein Vater, was er immer getan hatte, wenn er andere aus der Ruhe bringen wollte: Er schwieg. Daniel widerstand dem Impuls, irgendwo eine Leiter aufzutreiben und das verfluchte Bild von der Wand zu nehmen. Mit dem Rücken zum Porträt und zu den dunklen, nichts preisgebenden Augen setzte er sich an den Schreibtisch und griff nach einem Blatt Papier und einem versilberten Kugelschreiber. Noch so eine Marotte von seinem Vater: silberne Feuerzeuge, Kugelschreiber, Briefbeschwerer, Brieföffner, Manschettenknöpfe – alles aus Silber.

Die Mine des Kugelschreibers schwebte über dem leeren Papier, dann fing Daniel an, eine Tabelle zu malen, auf die linke Seite schrieb er den Namen Richard und auf die rechte Seite den Namen Jack. Er begann, alles, was er über seinen Vater wusste, aufzuschreiben, gab aber bald auf, weil eine Gegenüberstellung keinen Sinn machte. Er konnte viele Seiten über Richard Blake füllen, aber nicht mal eine über Jack. Also musste er mit dem Wenigen vorlieb nehmen, was Nathalie und Rose von Jack erzählt hatten.

Geboren 1917. Geburtsort? Daniel zuckte mit den Schultern. John Wilson war kein ungewöhnlich seltener Name, also würde es schwierig sein, das rauszufinden. Auf jeden Fall hatte er behauptet, aus Devon zu kommen, also musste Daniel dort ansetzen. Ein Gärtner aus Devon. Das war tatsächlich schon alles, was er hatte, bis auf die Frau namens Sarah. Jack schien sie gut gekannt zu haben, vielleicht eine ehemalige Freundin, Verlobte oder sogar Ehefrau? Eine Schwester? Halbschwester wohl eher, wenn er davon ausging, dass auch Jack und Richard Brüder oder Halbgeschwister waren. Ein verschollener Verwandter mochte ja noch angehen, aber gleich zwei wären ein bisschen viel. Sarah Wilson, fügte Daniel der Liste hinzu, klammerte den Nachnamen ein und malte ein Fragezeichen dahinter. Immer noch nicht überwältigend viel, aber zwei Namen brachten schon mal mehr als einer. Er starrte darauf, als könnten allein die Buchstaben ihm bei der Suche nach der Wahrheit helfen, doch stattdessen verschwammen sie nur vor seinen Augen. Mühsam riss er sich zusammen, stand auf, holte seine Brieftasche und kramte das Hochzeitsfoto hervor, das er, ohne es noch ein weiteres Mal anzusehen, mit der kurzen Liste in der untersten Schreibtischschublade verstaute. Dann ging er nach oben, schaltete sein Notebook an und gab die verschiedensten Kombinationen von Namen, Daten und Orten in die Suchmaschine im Internet ein. Er kam jedoch zu keinem befriedigenden Ergebnis, weil es so häufige Namen waren. Das bedeutete: Er musste sich selbst auf den Weg machen. Wenn er Glück hatte, war Jack in einer der größeren Städte geboren, in Exeter vielleicht oder Plymouth, wo sich aller Wahrscheinlichkeit nach bessere Recherchemöglichkeiten ergaben als in kleineren Orten. Wie auch immer: Er würde herausfinden, was es mit Jack und Richard auf sich hatte. Und das, wenn irgend möglich, noch vor Raymond.

5.

Um sie herum herrschte vollkommene Ruhe. Es gab kein Meeresrauschen, kein Auto auf der Straße, nichts. Beunruhigt fragte sich Nathalie, ob sie ein weiteres Mal in Eileens Vergangenheit eingetaucht war. Nur zögernd öffnete sie die Augen und erwartete beinah, ihre Umgebung sehen zu können, doch alles blieb schwarz. Dann kam die Erinnerung wie ein Schwall über sie.

Behutsam tastete sie nach links und nach rechts, bis sie sicher war, dass Daniel nicht mehr neben ihr lag, und atmete auf. Ihre Gedanken flogen zurück zur letzten Nacht, und sie wusste nicht, ob sie entsetzt, amüsiert oder schon wieder erregt sein sollte. Allein diese Frage weckte einen Lachreiz in ihr. Es gab überhaupt keinen Grund, entsetzt zu sein, im Gegenteil. Nie zuvor hatte sie sich beim Sex so hemmungslos gehen lassen können wie mit Daniel, und wenn sie ehrlich war, war das eine der großartigsten Erfahrungen, die sie je im Leben gemacht hatte. Ihre Entscheidung, Daniel nach London zu begleiten, mochte für ihre Verhältnisse viel zu spontan gewesen sein, doch sie stellte sich nicht die Frage, ob sie in letzter Konsequenz falsch war. Gerade in diesem Moment fand sie es richtig, auch wenn es nur bedeutete, die Rückkehr nach St. Malo ein wenig aufzuschieben.

Eher verschwommen erinnerte sie sich an die gestrige Führung durchs Bad, doch es reichte, um es wiederzufinden und sich unter die Dusche zu stellen. Das Handtuch war genau dort, wo es sein sollte, aber mit dem Zahnputzbecher bekam sie Probleme. Daniel hatte was von einem Board über dem Waschbecken gesagt, doch sie schaffte es bloß, ein paar undefinierbare Gegenstände umzustoßen. Hoffentlich gehörten die nicht ausgerechnet Daniels Schwester Susan. Es hatte sie überrascht, auf dem Flug nach London von ihrer Existenz zu erfahren. Weder Raymond noch Daniel hatten sie zuvor erwähnt. Notdürftig versuchte sie, alles Heruntergefallene wieder aufzusammeln und auf das Board zurückzustellen. Dann musste das gründliche Zähneputzen eben warten. Stattdessen schöpfte sie Wasser in ihre Hände und spülte notdürftig den Mund aus.

Wieder auf dem Flur war sie einen Augenblick verwirrt, weil sie die Orientierung verloren hatte. Lag ihr Zimmer links oder rechts? Seltsam, so was passierte sonst nicht, sie merkte sich ganz instinktiv die Richtung. Zögernd machte sie ein paar Schritte nach links und stand bald vor einer Tür, an die sie unsicher klopfte. Es kam keine Antwort, also trat sie ein. Augenblicklich spürte sie, dass dies ein fremder Raum war, und betete, dass sie wirklich niemanden gestört hatte. Schon wollte sie sich eilig zurückziehen, da hielt etwas sie zurück. Sie konnte unmöglich sagen, was es war, aber wie gebannt blieb sie in der Tür stehen und starrte in das Zimmer hinein. Sie mochte es nicht, die Atmosphäre war kalt und unpersönlich. Wer immer es bewohnte, legte keinen Wert darauf, dass andere von dem Raum auf ihn schlossen. Einen Menschen, der sich nicht in die Karten sehen ließ, der lächelte und gleichzeitig das Messer wetzte. Und dann war da noch dieses unterschwellige Gefühl von ...

»Kann ich Ihnen helfen?«, fragte eine weibliche, ein wenig spitz klingende Stimme.

Erschrocken fuhr Nathalie zusammen und drehte sich um. Obwohl es ihr peinlich war, beim Herumschnüffeln erwischt worden zu sein, überwog die Erleichterung, diesem Raum dadurch zu entfliehen. »Ja, bitte«, sagte sie. »Ich fürchte, ich habe das falsche Zimmer erwischt. Ich kann mich nicht mehr erinnern, welches meins war.«

»Ihres? Oder Daniels?« Wieder diese Ironie, die, wie Nathalie hätte beschwören können, von einem spöttischen Lächeln begleitet wurde.

»Meins. Bitte entschuldigen Sie, ich habe mich nicht vorgestellt. Ich bin Nathalie Vincent und mit Daniel gestern von Guernsey gekommen. Sie sind bestimmt Susan.«

»Oh, mein Ruf eilt mir voraus?« Susan erwartete keine Antwort, sondern sprach gleich weiter. »Nett, Sie kennen zu lernen, Nathalie. Und ich bin es, die sich entschuldigen sollte. Ich gleich hätte erkennen müssen, dass Sie blind sind.«

»Im Gegenteil, ich betrachte das als eine Art Auszeichnung. Aber so wenig ich es normalerweise mag, wenn man mir ständig Hilfe anbietet, wäre ich jetzt ganz dankbar. Daniel sagte, mein Zimmer läge neben seinem. Ist das hier seins?«, fragte Nathalie und hoffte sehr, dass Susan das verneinen würde.

»Nein«, sagte Susan, erklärte aber auch nicht, wem es gehörte. Vielleicht war es ihres. »Kommen Sie, ich führe Sie hin.«

»Zu meinem oder zu Daniels Zimmer?«, erkundigte sich Nathalie lächelnd.

»Ganz wie Sie möchten!«, gab Susan zurück, setzte sich in Bewegung und murmelte etwas, das wohl nur für sie selbst bestimmt war, obwohl Nathalie es dennoch verstand. »Da hat er sich ja endlich mal was anderes ausgesucht ...«

»Anders als *was*?«, fragte Nathalie unschuldig.

Einen Augenblick lang herrschte Schweigen, bevor Susan in komischer Verzweiflung sagte: »Ich hatte vergessen, dass Blinde so schrecklich gut hören ... Schätze, es hat keinen Sinn, Sie zu bitten, die Bemerkung zu vergessen.«

»Würde mir kaum gelingen!«

»Hab ich befürchtet. Hier sind wir vor Ihrem Zimmer. Daniels ist, wie gesagt, rechts daneben, Sie haben also die Wahl.«

»Danke, Susan. Ich hab sie schon getroffen.« Damit nickte sie in die Richtung, aus der eben noch Susans Stimme gekommen war, drehte sich um und trat durch die Tür. Daniels Schwester einzuschätzen fiel Nathalie schwer. Sie versteckte sich hinter der Ironie und ließ niemanden so schnell an sich heran. Möglicherweise war dieser kalte Raum also doch ihrer gewesen.

Wenige Minuten später klopfte Nathalie laut und vernehmlich an Daniels Tür und hörte kurz darauf ein verschlafenes: »Ja, was ist denn?« Sie zuckte mit den Schultern und beschloss, keine Rücksicht zu nehmen, falls Daniel eine schlechte Nacht gehabt haben sollte.

»Guten Morgen«, sagte sie. »Gibt's hier auch dieses sagenhafte englische Frühstück?«

Sie hörte, wie Daniel aus dem Bett sprang. »Gibt es«, sagte er. »Allerdings kann es sein, dass wir uns das selbst machen müssen.«

Beim Klang von Daniels Stimme vibrierte es in Nathalies Kopf. Sie war so vertraut und gleichzeitig auf eigenartige Weise fremd. Sie fand keine Erklärung für diese Empfindung, wohl aber dafür, was sie in ihr auslöste, als Daniels Finger sie berührte und ihre Wange entlangstrich. In diesem Moment wollte sie kein Frühstück machen, sondern ganz was anderes. Der Kuss, der folgte, ließ ihre Knie weich werden, und wie in der L'Ancresse Bay waren es nur Daniels Arme, die sie davor bewahrten, zu Boden zu gleiten.

»Hast du nicht gesagt, du hättest Hunger?«, fragte Daniel schließlich schmunzelnd, ohne sie jedoch loszulassen.

Beinah hätte sie »Auf dich« erwidert, stattdessen glitten ihre Hände, die sie bisher um Daniels Nacken geschlungen hatte, auf seine Schultern und von dort vorsichtig nach oben zu seinem Gesicht. Daniel bewegte sich nicht, während ihre Fingerspitzen langsam sein Gesicht erforschten. Nathalie war nicht wie andere Blinde darin geübt, die Züge eines Menschen durch Ertasten zu erahnen. Sie hatte es nie zuvor getan.

In Daniels Stirn fielen einige Haarsträhnen, die dort vielleicht nur lagen, weil er eben erst aus dem Bett gestiegen war. Seine Augen standen weit auseinander, die Nase darunter war lang und gerade. Sie spürte ausgeprägte Wangenknochen, einen Mund mit einer schmalen Oberlippe und einer etwas volleren Unterlippe und ein unrasiertes Kinn. Aber das waren alles nur Einzelheiten, und obwohl sie sonst keine Schwierigkeiten hatte, sich Menschen nach

Beschreibungen vorzustellen, wollte sich kein komplettes Bild von Daniel ergeben. Sie hätte nicht sagen können, ob er attraktiv war oder eher hässlich oder auch einfach nur Durchschnitt. Wenn ihr jemand eine detaillierte Beschreibung gab, lieferte er meist auch gleich eine Schublade mit, und wenn diese Schublade mit »gut aussehend« beschriftet war, fügten sich die einzelnen Bestandteile zu einem Ganzen. Sie musste nie selbst entscheiden, ob eine hohe Stirn oder ein breiter Mund attraktiv war oder nicht.

»Wie lautet dein Urteil?«, riss Daniel sie aus ihren Überlegungen. Seine Stimme klang zögernd, und das zu interpretieren hatte Nathalie keinerlei Schwierigkeiten. Daniel wartete neugierig und angespannt zugleich.

»Ich denke, du kannst dich sehen lassen«, sagte Nathalie lächelnd. Das war geraten, aber immerhin wusste sie, wie gut Jack Wilson ausgesehen hatte. Der wiederum hatte viel Ähnlichkeit mit Daniels Vater gehabt, und die Wahrscheinlichkeit, dass dessen Sohn hässlich geraten war, schien ihr eher gering.

»Das beruhigt mich«, sagte Daniel, und tatsächlich hörte er sich auch so an. Er küsste Nathalie noch einmal, bevor er von ihr abließ. »Und gestatte, dass ich das Kompliment zurückgebe.«

Nathalie lachte. »Dann können wir ja jetzt endlich frühstücken.«

Während sie hörte, dass Daniel sich anzog, fiel ihr wieder ein, was er vorhin gesagt hatte. »Was wäre übrigens so besonders an der Tatsache, dass wir uns das selbst machen? Habt ihr sonst eine Köchin?«

Eigentlich sollte das ein Scherz sein, doch Daniel lachte nicht, als er sie am Arm berührte, hinaus auf den Flur begleitete und die Treppe hinunterführte. »Da Susan ausgeflogen scheint und ich mich auch abgemeldet hatte, wird sich

Mrs Marshall ein paar Tage freigenommen haben. Das heißt, *ich* muss uns die Eier in die Pfanne hauen.«

»Aber Susan ist hier. Ich bin ihr schon begegnet«, erklärte Nathalie. Diese Treppe schien endlos und geschwungen zu sein, was sie gestern kaum wahrgenommen hatte.

Daniel blieb stehen, und Nathalie fragte sich kurz, ob sie unten angekommen waren oder ob er damit nur auf ihre Worte reagierte. Sie spürte eine Bewegung, die sich wie Schulterzucken anfühlte, dann folgten weitere Stufen. »Willst du wissen, wie es hier aussieht?«

»Klar.«

»Die Treppe hat ein Geländer aus Mahagoni und rotbraune Marmorstufen, an der Wand gegenüber hängen jede Menge Familienporträts, angefangen bei meinem Urgroßvater und meiner Urgroßmutter. Ich erspare dir jede Beschreibung, sie sehen ziemlich grimmig aus, wahrscheinlich war Lächeln damals nicht in Mode. Achtung, letzte Stufe. Die Halle ist düster, wenn der Leuchter über uns nicht an ist, aber man versäumt auch nichts Großartiges. Wir stehen jetzt am Fuß der Treppe, und wenn du dich rechts hältst, kommst du zuerst in die Bibliothek, danach in ein Wohnzimmer, das man früher wahrscheinlich Salon genannt hätte und das so gut wie nie benutzt wird. Links geht's ins Esszimmer, hinter dem die Küche und der Wirtschaftsraum liegen.« Er schob Nathalie sanft in Richtung Küche.

»Du magst dieses Haus nicht besonders, oder?«

»Nein«, war alles, was Daniel darauf sagte.

»Warum lebst du dann hier?«

Daniel seufzte. »Vermutlich, weil ich es nie wichtig genug fand. Es gab Zeiten, da war ich sowieso dauernd unterwegs und konnte es ignorieren. – Was ist?«

»Es ist furchtbar kalt, findest du nicht?« Zitternd rückte

sie ein Stück an Daniel heran, der den Arm um ihre Hüfte legte. Schon bei ihrer Ankunft am Abend zuvor hatte sie vom ersten Moment an gefroren. Draußen war es sommerlich warm, drinnen kam sie sich fast vor wie in einem Grab, was nicht nur an der Temperatur lag, sondern an der Atmosphäre, die diese Mauern ausstrahlten.

Wenigstens die Küche schien behaglicher zu sein, stellte Nathalie wenige Augenblicke später fest. Trotzdem dachte sie nach wie vor an die Kälte und damit auch wieder an ihr Erlebnis früh am Morgen.

»Wem gehört das Zimmer zwei Türen links von meinem?«, fragte sie.

»Setz dich«, forderte Daniel sie auf und drückte sie auf einen Stuhl, der eine hohe, aus Holz geschnitzte Rückenlehne hatte. Nathalie fuhr mit der Hand darüber und ertastete anschließend den Tisch.

»Rühreier, Spiegeleier, gekochte Eier? Toast?«, fragte Daniel.

»Wenn ich so weitermache wie auf Guernsey, kannst du mich bald eure Treppe runterrollen. Vielleicht fange ich doch lieber wieder mit Joghurt und Müsli an, wenn so was da ist.«

»Ernsthaft?«

Seufzend nickte Nathalie und hörte, wie Daniel den Kühlschrank öffnete. Bald darauf stellte er etwas vor ihr auf den Tisch.

»Hast Glück, dass Susan da ist, die isst das Zeug morgens auch immer. Mrs Marshall allerdings scheint tatsächlich frei zu haben, sonst gäbe es was Warmes. Kaffee zum Joghurt?«

Daniel holte Tassen aus einem Schrank hinter Nathalie. Sie schüttelte den Kopf. »Nur Saft, bitte.«

Schweigend füllte Daniel Nathalies Glas und schob es

zu ihr hinüber, dann setzte er sich zu ihr. »Meinem Vater«, sagte er nach einer ganzen Weile, als hätte sie die Frage nach dem Zimmer eben erst gestellt. »Wie kommst du darauf?«

Ein Schaudern durchfuhr Nathalie. Daran hätte sie gleich denken sollen, die Kälte, die es ausstrahlte, passte zu allem, was sie über Richard Blake wusste. Sie erklärte Daniel ihr Versehen und auch, dass sie dabei Susan kennen gelernt hatte. Das Unwohlsein, das sie verspürte, nicht nur in dem Raum dort oben, sondern auch unten im Haus, verschwieg sie.

Als sie viele Stunden später nach einer ausführlichen Tour durch London nach Hampstead zurückkamen, hatte sie das Unwohlsein ganz vergessen, so sehr war sie gefangen von den Eindrücken dieser Stadt. Sie kam ihr lärmend und hektisch vor, und außerdem waren Daniels Schilderungen äußerst lebendig gewesen. Da sie London zumindest aus Filmen und von Fotos kannte, hatte sie das Gefühl, alles mit eigenen Augen gesehen zu haben. Nebenbei hatte sie ein paar wenige Dinge über Daniels Familie erfahren und einiges von Mayfair Estates, Homes for the Homeless und dem, was Daniel dort tat. Soweit sie heraushören konnte, war das nicht gerade sein Traumjob. Jetzt spürte Nathalie ihre Füße kaum mehr und dachte nur noch daran, wie sehr sie sich darauf freute, ihre Beine ausstrecken zu können.

Gemeinsam mit Daniel betrat sie die Halle des Hauses, und alles strömte wieder auf sie ein: die Kälte, die das Zittern nach sich zog, die düstere und drückende Atmosphäre.

»Wie wär's mit einem Glas Wein in der Bibliothek?«, fragte Daniel.

Nathalie liebte Bücher noch immer, obwohl sie sie nicht

mehr lesen konnte. Vielleicht wurde es allmählich Zeit, die Blindenschrift zu lernen, dachte sie, während sie nickte. Sie hatte bisher nur nie die Energie dazu aufgebracht, und sie fand, dass sie ihr Leben auch so meistern konnte. Andererseits wäre es schön, hin und wieder mal zu einem Buch zu greifen.

»Geh schon vor, ich komm gleich nach.« Damit verschwand Daniel in Richtung Küche oder Wirtschaftsraum. Nathalie machte sich auf den hoffentlich richtigen Weg und trat nach längerem An-der-Wand-entlang-Tasten über eine Schwelle. Die Tür stand weit offen. Auch hier herrschte die unvermeidliche Kälte, aber wenigstens roch es nach alten Büchern und nach Leder, das bedeutete wohl, dass sie die Bibliothek gefunden hatte. Langsam setzte sie einen Schritt vor den anderen, bis sie an ein Möbelstück stieß, das sie als Ledersessel identifizierte. Sie glitt hinein und versank fast zwischen den hohen Armlehnen. Sie streifte die Schuhe von ihren Füßen, massierte ihre Zehen und versuchte dann, sich möglichst bequem zurückzulehnen.

Von irgendwo her zog es furchtbar, sie spürte einen eisigen Windhauch und merkte, wie ihre Nackenhaare sich aufstellten. Jemand musste schräg hinter ihr eine Tür geöffnet haben – und sie beobachten. Sie fuhr herum, als könne sie dann sehen, wer dort stand.

»Daniel?« Niemand antwortete. »Daniel?«, fragte sie ein zweites Mal. »Hör auf mit dem Unsinn, das ist nicht witzig. Sag schon, wo bist du?« Doch es blieb still, Nathalie hörte nur ihr eigenes Herzklopfen und kam sich unsagbar albern vor, obwohl sie sich gleichzeitig vor dieser Kälte zu fürchten begann.

»Hier kommt der Wein!«, hörte sie Daniels Stimme aus der entgegengesetzten Richtung, aus der auch sie die Bibliothek betreten hatte. Er drückte ihr das Glas zwischen die Finger. Sie konnte es kaum ruhig halten und umklammerte es mit beiden Händen. Schließlich sank Daniel in einen anderen Sessel und nahm einen Schluck, bevor er sein Glas abstellte.

»Touristenführer zu spielen ist ganz schön anstrengend«, stellte er fest. »Könntest du mir mal meinen Nacken massieren?«

Mit Mühe gelang es Nathalie, das beklemmende Gefühl abzuschütteln. Sie erhob sich und platzierte das Glas dicht neben ihrem Sessel auf dem Boden, wo sie es ganz sicher nicht umstoßen würde. »Sag was, damit ich den Weg zu dir finde.«

»Was soll ich denn sagen?«

Nathalie machte einen Schritt auf Daniel zu und blieb wieder stehen, obwohl sie ganz genau wusste, wo er saß. »Egal, irgendwas.«

»Wenn ich nicht so kaputt wäre, würde ich dich nach oben ins Bett schleifen und wiederholen, was wir letzte Nacht getan haben – nur viel, viel langsamer.«

Lachend erreichte Nathalie Daniels Sessel, stellte sich dahinter und streckte suchend die Hand aus. Zuerst fand sie seinen Hinterkopf. Sie strich durch seine Haare und an seinem Nacken hinunter, bis ihre Hände auf seinen Schultern lagen. Dabei hörte sie sein leises Stöhnen, das sie nicht eindeutig definieren konnte. Es mochte seine Entspannung ausdrücken oder ebenso gut das Gegenteil.

»Dieser Sessel ist keine Massageliege. Beug dich vor«, ordnete sie an. Langsam begann sie, seine Schultern zu kneten. Daniel entspannte sich wirklich, er ließ den Kopf nach vorn fallen und gab sich ganz der Massage hin. Während Nathalies Finger kraftvoll arbeiteten, vergaß sie die Kälte im Raum. Eigentlich hätte sie erwartet, Lust auf das zu bekommen, was Daniel eben angedeutet hatte, doch das geschah nicht. Sie fühlte sich einfach wohl und genoss seine Nähe.

Nur unbewusst hörte sie, dass weit entfernt eine Tür ins Schloss fiel und sich Schritte näherten. »Traute Zweisamkeit in der Bibliothek«, sagte Susans unverkennbar spöttische Stimme. »Lange her, dass ich das zum letzten Mal gesehen habe.«

Träge hob Daniel den Kopf. »Dann gewöhn dich wieder dran, Schwesterherz, und komm rein. Da drüben steht eine Flasche Wein, bedien dich.«

»Ich will aber keinesfalls stören ...« Das schien nur halbwegs ernst gemeint, denn sie wartete keine erneute Einladung ab, sondern folgte der Aufforderung und holte ein weiteres Glas.

Entgegen Nathalies Befürchtungen wurden es zwei nette Stunden. Nachdem Susan aufgetaut war, wurde sie umgänglicher und verzichtete sogar auf ihren Spott. Auf einem vermutlich zu den Sesseln passenden Ledersofa lehnte Nathalie inzwischen an Daniels Schulter und wurde immer müder. Sie war schon kurz vorm Einschlafen, als sie ihn zu Susan sagen hörte: »Ist im Augenblick viel los bei euch oder besteht die Chance, dass du dich hin und wieder für ein paar Stunden freischaufeln kannst? Ich müsste nämlich für einen oder zwei Tage weg, und es wäre schön, wenn Nathalie dann nicht die ganze Zeit hier allein sitzen müsste.«

Nathalie hielt ihre Augen geschlossen. Bevor sie protestierte, einfach so über ihren Kopf hinweg zu Daniels Schwester abgeschoben zu werden, wollte sie abwarten, was Susan dazu sagte.

»Das passt ganz schlecht«, kam sofort deren Entgegnung. Nathalie konnte sich lebhaft vorstellen, dass Susans

Blick sie dabei streifte. »Die Akten türmen sich auf meinem Schreibtisch, das meiste davon sind Fristen. Kannst du sie nicht mitnehmen?«

»Nein. Sie würde sich nur tödlich langweilen bei dem ganzen Geschäftskram, und ich kann ihr schlecht sagen, sie soll sich die Stadt ansehen, oder?«

»Das wohl kaum«, stimmte Susan zu. »Trotzdem, es geht einfach nicht. Dann muss sie eben in den sauren Apfel beißen und hier bleiben, bis du wieder da bist. Wohin willst du übrigens so dringend? Du bist sowieso viel zu früh wieder hier. Ich dachte, du hättest zwei Wochen Guernsey geplant, ohne Geschäfte?«

»Ist was dazwischengekommen. Ich hab heute mit Anne telefoniert, da gibt es noch ein paar Kleinigkeiten, die ich wegen des Kensington-Projektes erledigen muss.«

»Ach, du liebe Zeit. Ich dachte, damit wäre alles klar.«

»Nein, leider schießt Keith Harding plötzlich quer, und wenn der Prophet nicht zum Berg kommt ... du weißt schon. Bedauerlicherweise sitzt der Mann oben in Manchester.«

Nathalie vergaß, dass sie eigentlich auf ihre Selbstständigkeit pochen wollte. Sie war den ganzen Tag mit Daniel zusammen gewesen, und er hatte mit niemandem telefoniert. Es sei denn, er wäre dazu extra auf die Toilette gegangen, aber irgendwie konnte sie sich das nicht vorstellen. Das bedeutete, dass er seine Schwester belog – und sie ebenfalls? Wann würde er ihr sagen, dass er fort wollte und aus welchem Grund?

Längere Zeit sagte keiner ein Wort. Dann stand Susan auf und wünschte Daniel gute Nacht, worauf er erst beim zweiten Mal reagierte. Wo bist du mit deinen Gedanken?, fragte sich Nathalie. Ich könnte wetten, nicht bei diesem Kensington-Projekt, was auch immer das ist.

Daniel wartete bis zum Frühstück, um Nathalie von seinen geänderten Plänen zu erzählen. Sie hörte sich alles in Ruhe an und sagte nur wenig dazu. Während der Nacht hatte sie neben Daniel lange wach gelegen und sich entschlossen, ihn tun zu lassen, was er für richtig hielt, ohne irgendwelche Fragen zu stellen. Sie bezweifelte, dass es mit Mayfair Estates oder auch Homes for the Homeless zusammenhing, also gab es nur noch eine andere Möglichkeit, und sie war ebenso interessiert daran, das Rätsel um Jack und Richard zu lösen wie Daniel. Es enttäuschte sie nur, dass er ihr nicht anvertrauen wollte, was er vorhatte. Wenn er wiederkam, würde sie ihn nicht so leicht davonkommen lassen, sondern ihn festnageln. Bis dahin sollte er seinen Kopf frei haben für seine Recherchen.

»Ich bin spätestens übermorgen zurück«, versprach Daniel, als er sich in der Halle von ihr verabschiedete. »Geh bloß nicht weg, klar?«

»Wo sollte ich denn hin?«

»Du könntest auf die Idee kommen, nach St. Malo zurückzuwollen. Oder zu Raymond ...«

Nathalie legte den Kopf schief. Sie hatte öfter an Raymond gedacht, als ihr lieb war – mit schlechtem Gewissen. Es schien ihr im Nachhinein ziemlich unfair, ihn einfach auf Guernsey zurückgelassen und sich auch noch im Streit von ihm getrennt zu haben.

»Du überlegst aber ziemlich lange«, fand Daniel, als sie nichts erwiderte.

»Ich muss früher oder später nach St. Malo zurück, schließlich hab ich Aufträge laufen und möchte meine Kunden nicht verlieren, indem ich meine Arbeit vernachlässige. Aber ein bisschen hab ich schon noch Zeit, weil ich dachte, wir bleiben vierzehn Tage auf Guernsey.«

»Das hoffe ich sehr«, sagte er, ohne nochmal auf Raymond einzugehen, und küsste Nathalie in einer Weise, die seine Worte unterstrich. »Lass deine Kunden einfach nach London kommen – die finden das wahrscheinlich ganz aufregend, wenn die Künstlerin im Ausland arbeitet.«

Ohne Nathalies Antwort abzuwarten drehte er sich um und verschwand durch die Tür. »Was sollte das denn heißen?«, fragte Nathalie halblaut. Außer den Porträts war niemand da, der ihr zuhörte.

Das Haus kam ihr noch stiller vor als sonst – und kälter. Die Kälte kroch geradezu an ihr empor, die Gänsehaut schien sich in rasender Geschwindigkeit auf ihrer Haut auszubreiten. Es konnte einfach nicht sein, dass sie so erbärmlich fror, obwohl draußen fünfundzwanzig Grad waren. Sie schüttelte sich und horchte wieder in die Stille, bis sie von einem Geräusch unterbrochen wurde, das an ihr Ohr drang. Fast im selben Augenblick verschwand die Kälte aus ihren Gliedern. Mrs Marshall, die sie beim Frühstück endlich kennen gelernt hatte, werkelte in der Küche herum. So seltsam ihr das auch vorkam, Nathalie war froh darüber.

Aus ihrem Zimmer holte sie ihr Handy und ging langsam wieder nach unten. Von der Bibliothek führte eine Glastür hinaus auf eine Terrasse und weiter zu einem großen Garten mit uraltem Baumbestand, den sie sich nach Daniels Beschreibung gut vorstellen konnte.

Auf der Terrasse ertastete Nathalie eine Liege und zwei Korbsessel mit dicken Auflagen. Nathalie nahm auf der Liege Platz und schaltete ihr Handy ein. Mit angezogenen Beinen saß sie da und überlegte, wen sie zuerst anrufen sollte. Schuldbewusst dachte sie daran, dass sie sich eigentlich längst bei Rose hätte melden sollen. Etwas hielt sie jedoch zurück. Vorletzte Nacht hatte sie einen wirren Traum von Jack gehabt, aber ansonsten ließ Eileen sie hier in Ruhe. Wenn sie jetzt mit Rose wieder über die Vergangenheit sprach, kamen Eileens Erinnerungen vielleicht verstärkt zurück, und darauf legte sie keinen Wert. Sie hatte im Augenblick genug mit der befremdlichen Situation zu tun, in dem Haus des Mannes zu leben, der für Jacks und Eileens Tod die Verantwortung trug.

Entschlossen, nicht länger diesen trüben Gedanken nachzuhängen, wollte sie gerade die Kurzwahltaste für Florences Nummer drücken, als sie hinter sich durch die Bibliothek jemanden kommen hörte. Sie drehte sich auf der Liege um. »Mrs Marshall?«

Susan konnte es nicht sein, sie hatte schon vor Daniel das Haus verlassen. Die Schritte hielten inne, auch sonst blieb es still. Panik machte sich in Nathalie breit. Fing sie an, sich Dinge einzubilden – so wie gestern schon einmal?

»Möchten Sie noch Kaffee?«, kam es schließlich von der Hausangestellten.

»Nein, vielen Dank«, sagte Nathalie. Mrs Marshall musste sie eine ganze Weile schweigend beobachtet haben.

»Sind Sie sicher?«

»Ja, wirklich, aber es ist nett von Ihnen zu fragen, Mrs Marshall.«

Wieder war es einen Augenblick lang ruhig, und Nathalie glaubte schon, sie wäre gegangen, aber sie hatte keine sich entfernenden Schritte gehört.

»Geht es Ihnen nicht gut?«, erkundigte sich Mrs Marshall. »Sie sehen blass aus.«

Weil du mich so erschreckt hast, dachte Nathalie wütend. Laut sagte sie: »Meine Nacht war ein bisschen unruhig, sonst ist alles in Ordnung.«

»Hm, na schön. Mr Blake meinte, ich sollte drauf achten, dass es Ihnen an nichts fehlt.«

Und zweifellos bist du davon nicht begeistert, mutmaßte Nathalie. »Ich habe alles, was ich brauche, danke.«

»Dann geh ich jetzt mal wieder an die Arbeit.«

Nathalie hörte, wie Mrs Marshall in die Bibliothek zurücktrat und die Terrassentür anlehnte.

»Lass bloß keine Wärme ins Haus«, murmelte Nathalie. Dann widmete sie sich wieder ihrem Handy und erreichte tatsächlich Florence, mit der sie längere Zeit plauderte, ohne jedoch etwas wirklich Erwähnenswertes zu erzählen. Für jemanden, der mit Eileens Geschichte nichts zu tun hatte, klang es einfach zu unglaublich, und Nathalie wollte vermeiden, von ihrer besten Freundin für geistesgestört gehalten zu werden. Es tat schon gut, mal wieder eine vertraute – und vor allem französische – Stimme zu hören. Selbst mit Raymond hatte sie auf Guernsey beinah ausschließlich englisch gesprochen, weil meist entweder Daniel oder Rose dabei gewesen waren.

Nachdem das Gespräch beendet war, lehnte sie sich zurück und lauschte dem Vogelgezwitscher im Garten. Kaum zu glauben, dass man vom Zentrum Londons nur ein paar U-Bahn-Stationen entfernt war. Sie schloss die Augen und döste ein.

Drei Tage später saß Nathalie wieder auf der Terrasse. Jeden Abend hatte Daniel angerufen und sie darüber hinweggetröstet, dass sich seine Geschäfte doch länger hinzogen als zunächst angenommen. Sie ließ ihm gegenüber unerwähnt, wie wenig sie ihm glaubte, wurde aber immer kribbeliger, je länger er fort war.

Susan besaß ein besonderes Talent im Unsichtbarbleiben. Sie verließ das Haus in der Früh und kehrte erst spät wieder zurück, ein gelegentliches Zusammentreffen mit ihr beruhte eher auf Zufall, und Nathalie vermisste ihre Gesellschaft keineswegs. Sie hatte angenommen, sich zu langweilen, doch das tat sie nicht. Es reichte ihr vollkommen, auf der Terrasse zu sitzen oder durch den parkähnlichen Garten zu streifen, den sie mittlerweile gut genug kannte, um allen Bäumen und Sträuchern auszuweichen. Dabei ließ sie ihre Gedanken schweifen, die immer wieder um Eileen, Jack, Richard und nicht zuletzt um Daniel kreisten. Letzteres schob sie meist weit von sich, denn es bedeutete, sich mit ihrer unmittelbaren Zukunft zu befassen – etwas, das sie gern vor sich herschob.

Nathalie bemühte sich nach Kräften, die Kälte nicht zu beachten, die so gut wie überall im Haus herrschte, aber es gelang ihr kaum. Soweit sie es beurteilen konnte, bildeten nur die Küche, ihr eigener und Daniels Raum eine Ausnahme. Am schlimmsten war es unten, und da besonders in der Bibliothek, die sie ausschließlich betrat, um hinaus auf die Terrasse zu gelangen. Sie fühlte sich nicht nur sehr unwohl darin, sondern musste ständig gegen den Drang ankämpfen, sich umzudrehen, weil sie glaubte, beobachtet zu werden.

Jetzt allerdings schreckte sie aus einem anderen Grund hoch. Direkt über ihr war eine Außenglocke angebracht, damit das Läuten des Telefons auch auf der Terrasse bemerkt wurde. Nur einen Moment später wurde die Glastür geöffnet.

»Da ist ein Anruf für Sie«, erklärte Mrs Marshall.

»Für mich?« Abgesehen von Florence wusste niemand, dass sie hier war, und die hatte nur ihre Handynummer, wie jeder andere, der sie erreichen wollte.

»Sie müssten in die Bibliothek kommen, die Telefonschnur ist nicht lang genug für hier draußen«, sagte Mrs Marshall ungeduldig.

Umständlich erhob sich Nathalie von der Liege. »Wer ist es denn? Mr Blake?«

»Weiß ich nicht, ich habe den Namen nicht verstanden,

klang französisch«, war die wiederum schroffe Antwort. Mrs Marshall führte sie zum Telefon auf dem Schreibtisch, drückte ihr den Hörer in die Hand und teilte ihr noch mit, dass sie gleich in die Stadt fahren und einige Besorgungen machen würde, dann zog sie sich zurück.

»Hallo?«, meldete sich Nathalie unsicher.

»*Bonjour,* Nathalie.«

Sie wusste sofort, wer dran war, weniger allerdings, was sie sagen sollte. »Raymond?«

»Ja, stell dir vor, mich gibt's noch. Wie geht's dir so in London?«

»Ganz gut soweit. Ist ein etwas einschüchterndes Haus, aber das kennst du ja.« Nathalie schluckte und fragte sich, warum sie ihm das erzählte.

»Ziemlich beeindruckender Kasten.« Ein unangenehmes Schweigen breitete sich zwischen ihnen aus. »Nathalie«, sagte Raymond schließlich, »willst du wirklich da bleiben? Du gehörst nach St. Malo – komm nach Hause.«

Nathalies Herz hatte einen Sprung gemacht, als sie Raymonds Stimme erkannte, sie klang so bodenständig, so richtig, so ... ja, einfach richtig eben. Gleichzeitig versuchte sie sich Daniels Stimme ins Gedächtnis zurückzurufen und stellte eine Schrecksekunde fest, dass es ihr nicht gelang. Aber Raymonds letzte Bemerkung machte alles wieder zunichte.

»Hör auf, mir zu sagen, was ich tun soll«, sagte sie.

Über die Entfernung hinweg hörte Nathalie Raymond tief Luft holen. »Du weißt selbst, was am besten für dich ist, schon kapiert. Wenn du so davon überzeugt bist, zur richtigen Zeit am richtigen Ort beim richtigen Mann zu sein, kann ich das wohl nicht ändern. Trotzdem solltest du nochmal gründlich darüber nachdenken, wo du gelandet bist. Daniels Vater war ein skrupelloser Mann.«

»Richard Blake ist tot«, stellte Nathalie fest, der durchaus klar war, was Raymond damit andeuten wollte. »Du kannst Daniel nicht für die Taten seines Vaters verantwortlich machen.«

»Das tue ich auch nicht. Aber ich sage dir eins: In letzter Konsequenz steht er seinem Vater näher als dir oder sonst jemandem. Und du hast keine Ahnung, worauf du dich mit dieser Familie einlässt.«

Nathalie runzelte die Stirn. »Was meinst du damit?«

»Ich bin gerade dabei, genau das herauszufinden.«

»Wolltest du die Sache nicht ruhen lassen?«

»Ich hab's mir anders überlegt. Unter anderem deinetwegen.«

Nathalie wollte auf Raymonds Begründung genauso wenig eingehen wie die ihr auf der Zunge liegende Frage stellen, und sie verachtete sich dafür, dass sie dennoch damit herausplatzte. »Und was hast du bisher ausgegraben?«

Aber Raymond hatte schon aufgelegt. Sie konnte das nachvollziehen, besonders weil sie ihm eben wieder deutlich zu verstehen gegeben hatte, dass sie ihren Kram lieber selbst erledigte. Ganz logisch also, dass er fand, sie solle auch das ganze Rätsel gefälligst selbst lösen.

Lange blieb sie am Schreibtisch sitzen und brütete darüber, was Raymond mit seinen Andeutungen sagen wollte. Es war eindeutig eine Warnung vor Richard Blakes mysteriöser Vergangenheit gewesen, die nichts und niemand mehr rückgängig machen konnte. Zudem hatte er ausdrücklich betont, wie viel näher Daniel seinem Vater stand als ihr, und auch das fasste sie als Warnung auf, wenn auch als eine, die sie nicht verstand.

Nathalie wünschte, Daniel käme endlich nach Hause oder würde ihr wenigstens am Telefon sagen, was seine Nachforschungen brachten. Würde er überhaupt je davon sprechen oder sie im Glauben lassen, er ginge irgendwelchen Geschäften nach? Seine Stimmung besserte sich nicht, vielmehr schien er bei jedem Anruf gedrückter, auch wenn er sich bemühte, sich nichts anmerken zu lassen. War das, was er zu Tage förderte, so heftig, dass er es um jeden Preis verborgen halten würde? Dann sollte sie ihm sagen, dass Raymond ihm dicht auf den Fersen war und möglicherweise nicht davor zurückschreckte, seine Story an irgendeine Zeitung zu verkaufen. Andererseits: Wie konnte sie Daniel warnen, wenn er sich weigerte, sie mit einzubeziehen?

Ruhelos stand sie auf, weil sie schon wieder dieses merkwürdige Gefühl im Nacken hatte, ein Augenpaar sei auf sie gerichtet. Was ausgeschlossen war, weil sich außer ihr niemand im Haus befand. Susan hatte ein kurzes »Wiedersehen« ins Esszimmer gerufen, als Nathalie beim Frühstück saß, und Mrs Marshall war mittlerweise ebenfalls fort.

Auf der Terrasse wehte inzwischen ein kühler Wind, und es roch nach Regen. Nathalie nahm die Auflage von der Liege, und schob sie etwas weiter an die Hauswand, wo sie geschützter stand. Sie fror nun auch hier draußen und würde sich nach oben zurückziehen, um es einigermaßen gemütlich zu haben. Beim Durchqueren der Bibliothek stolperte sie über einen Sessel, der nicht an seinem gewohnten Platz stand. Fluchend rappelte sie sich auf, und genau in diesem Augenblick hörte sie es. Jemand rief nach ihr.

»Daniel?« Nathalie stand stocksteif, aber da war nichts, keine Schritte, keine Stimmen. Das leere Haus antwortete nicht. Schweigen senkte sich auf sie herab, das ungleich erschreckender war, weil es von der ewigen Dunkelheit begleitet wurde. Dann, nach einigen beunruhigenden Sekunden der absoluten Stille, hörte sie es wieder, dieses seltsame Etwas, das klang wie eine Stimme, die halb aus irgendeiner Ecke der Bibliothek kam und halb ihren Ursprung in Nathalies Kopf zu haben schien. Die Stimme, die ihren Namen rief. »Eileen ...«

Nathalie stürzte vorwärts. Ihr eigener Atem hallte unnatürlich laut von den Wänden wider, sie floh aus dem Raum und beeilte sich, die Treppe zu ihrem Zimmer hinaufzulaufen. Zweimal kam sie dabei ins Straucheln, erst als sie oben ankam, zwang sie sich, stehen zu bleiben und zu Atem zu kommen. Nur langsam gelang es ihr, sich zu beruhigen. Ihre ständig um die Vergangenheit kreisenden Gedanken mussten Schuld an ihrer übersteigerten Fantasie sein. Sie bildete sich Dinge ein, sie halluzinierte. Hier war niemand, und niemand hatte gerufen, weder sie noch Eileen. Wie um sich davon zu überzeugen, nahm in ihrem Kopf eine Idee Gestalt an, die hoffentlich den Zweck erfüllte, ihr ein für alle Mal die Angst vor dem Haus zu nehmen.

Entschlossen wandte sie sich in die entgegengesetzte Richtung und stand kurz darauf vor der Tür von Richard Blakes Zimmer. Zögernd streckte sie die Hand aus und tastete nach dem Knauf. Er war kalt.

»Natürlich ist er kalt!«, schimpfte Nathalie mit sich selbst. »So ist das mit Metall nun mal!« Sie ließ ihre Finger auf dem Knauf liegen, unsicher, ob sie tatsächlich das Recht hatte, in die Privatsphäre eines Toten einzudringen. Nathalie zuckte mit den Schultern. »Feigling«, wisperte sie in die Stille hinein. »Das hat doch nichts mit Privatsphäre zu tun. Du hast bloß Angst!« Sie drehte den Knauf und stieß schwungvoll die Tür auf.

Sie stand auf der Schwelle zum Zimmer eines Mörders. Wieder musste sie sich zur Ordnung rufen, schließlich war absolut nichts bewiesen. Vorsichtig trat sie ein und prallte vor einer Mauer aus Eiseskälte zurück. Nur mühsam gelang es ihr, den Impuls zu unterdrücken zurückzuweichen. Nathalie glaubte nicht an Geister, jedenfalls hätte sie schon allein den Gedanken daran als absurd von sich gewiesen, bevor sie auf Guernsey dieses einschneidende Erlebnis gehabt hatte, in einer Ohnmacht ein anderer Mensch gewesen zu sein. Wenn das möglich war, wenn man bedachte, dass sie dabei sogar hatte sehen können, war es bis zum Glauben an Geister kein sehr weiter Weg mehr. Trotzdem weigerte sie sich, das zu akzeptieren. Diese Kälte hatte nichts mit einem Spuk zu tun, sondern mit Richard Blakes Persönlichkeit, mit seiner Ausstrahlung, die er nach seinem Tod hier zurückgelassen hatte.

Es fiel ihr schwer, sich das Zimmer vorzustellen, weil ihr niemand erklärt hatte, was wo stand oder ob überhaupt noch Möbel hier waren, nachdem Richard Blake gestorben war. Sie hielt es jedoch für wahrscheinlich, dass weder Daniel noch Susan etwas verändert hatten. Da sie diese Erkundung ganz spontan unternahm und im Haus mittlerweile sehr sicher ohne ihren Blindenstock unterwegs war, bewegte sie sich mit ausgestreckten Armen wie eine Schlafwandlerin vorwärts, bis sie mit dem Fuß gegen etwas stieß. Sie senkte die Arme und tastete nach dem Gegenstand. Ein Bett? Ja. Wenn dieser Raum in etwa die gleiche Größe wie die anderen auf dieser Etage hatte, musste es ziemlich genau in der Mitte stehen. Ihre Finger ertasteten einen weichen gesteppten Tagesüberwurf, fuhren weiter nach oben und erreichten eine Erhöhung, ein Kissen, das unter dem Überwurf verborgen lag.

Noch immer war Kälte um sie herum, doch sie schien weniger schlimm zu sein. Nathalie setzte sich auf das Bett, schwang die Beine hoch, zog die Knie an und umschlang sie mit ihren Armen. So saß sie da und wartete, ohne genau sagen zu können, worauf eigentlich. Sie dachte an Richard Blake und seine unselige Begegnung mit Eileen. Wäre sie nicht zur falschen Zeit an den Klippen von Icart Point aufgetaucht, wäre vielleicht alles ganz anders gekommen.

Eine Traurigkeit überfiel sie, die sie bisher weder für Eileens noch für Jacks Schicksal gespürt hatte. Natürlich hatte sie unendlich gelitten, weil ihre eigenen und Eileens Gefühle untrennbar vereint waren, aber nun mischte sich plötzlich noch etwas anderes darunter: Trauer, so tief, dass sie den schmerzenden Ursprung nicht ergründen konnte. Lag er in ihrem Herzen, in ihrem Kopf, in ihrem Bauch? In einem Teil von ihr, der nicht ihr Körper, sondern eher etwas Spirituelles war? Es schmerzte so unglaublich, dass sich ihre Augen zum ersten Mal, seit all das begonnen hatte, mit Tränen füllten. Tränen des Verlustes, der Wut und der allumfassenden Trauer. Tränen, die nichts mit ihr selbst und ihrem Anteil am Geschehen zu tun hatten, sondern Tränen, die nur Eileen und Jack galten und dem, was aus ihrem Leben hätte werden können, wenn ihnen die Chance dazu gelassen worden wäre.

Nathalie ließ den Tränen freien Lauf. Sie streckte sich auf dem Bett aus, barg ihren Kopf in der Decke und weinte, bis sie eine Ewigkeit später vor Erschöpfung einschlief.

Als sie erwachte, konnte sie nicht sagen, wie viel Zeit vergangen war. Ihr Gesicht fühlte sich vom Weinen geschwollen und heiß an, aber ihre Augen brannten nicht mehr. Sie drehte sich auf den Rücken, starrte gegen die Decke und horchte auf ihr Inneres, in dem die Trauer zwar noch bohrte, aber nicht mehr wehtat wie zuvor. Das Schlimmste davon war mit den Tränen aus ihr herausgeflossen.

Langsam setzte sie sich auf und bemerkte, dass ihre Muskeln ganz verkrampft waren. Von unten drangen Stimmen zu ihr, die sie erst beim zweiten Hinhören als die von Susan und Mrs Marshall identifizierte. Lieber Himmel, sie hatte die Tür offen stehen lassen! Wenn Susan hochkam und sie auf dem Bett ihres Vaters vorfand – sie wollte sich die Konsequenzen lieber nicht ausmalen.

Nathalie sprang auf, hastete so schnell sie konnte zur Tür und stieß ein dankbares Stoßgebet aus, weil sie nicht über irgendetwas fiel, sondern heil und ohne Zwischenfälle den Flur erreichte.

Im Badezimmer stellte sie sich unter die kalte Dusche und nahm in Kauf, dass sie dadurch noch mehr frieren würde als sonst. Es half auf jeden Fall, das Abendessen, das sie ausnahmsweise mit Susan zusammen einnahm, zu überstehen, ohne dass Daniels Schwester etwas Ungewöhnliches an ihr auffiel. Andererseits mochte das aber auch an der Freundin liegen, die Susan mitgebracht hatte, und mit der sie sich gleich nach dem Essen zurückzog.

Als Nathalie das zweite Mal an diesem Tag Richard Blakes Zimmer betrat, war sie also nicht allein im Haus, hatte jedoch auch keine Angst, von Susan dabei erwischt zu werden, die offenbar ganz andere Dinge im Kopf hatte. Nathalie fragte sich selbst, warum sie noch einmal herkam, spürte aber diesen inneren Zwang und fügte sich. Beim Öffnen der Tür wappnete sie sich gegen die Kälte – und stellte überrascht fest, dass sie nichts davon wahrnahm. Und doch war dies der richtige Raum, da war dasselbe Bett mit der gesteppten Tagesdecke, die sie gedankenverloren glatt strich. Während sie noch unentschlossen dastand, wurde ihr bewusst, dass sie sich zum ersten Mal weniger allein fühlte, seit Daniel fort war.

6.

Daniel brachte seinen Aston Martin in der Auffahrt zum Stehen und ließ den Kopf auf das Lenkrad sinken. Vor sieben Tagen hatte er Hampstead in Richtung Devon verlassen, entschlossen, das Rätsel um seinen Vater endgültig zu lösen. Er hatte Nathalie belogen und sich selbst falsche Hoffnungen gemacht, dass alles schon nicht so schrecklich sein würde. Bald musste er sich immer mehr zwingen, diese Hoffnung aufrecht zu erhalten, und es fiel ihm von Tag zu Tag schwerer, Nathalie am Telefon irgendwas von Geschäften zu erzählen, die es nicht gab. Er hatte das Rätsel gelöst – und keinerlei Hoffnung war ihm geblieben.

Alles, was er bisher über sich und seine Familie gewusst zu haben glaubte, war auf einer einzigen Lüge aufgebaut, die jene, die er Nathalie aufgetischt hatte, weit in den Schatten stellte. Die überhaupt alles in den Schatten stellte, was er sich vorzustellen in der Lage war.

Seine Reise hatte ihn zunächst nach Exeter geführt, irgendwo musste er schließlich anfangen. Diese Wahl erwies sich als sehr günstig, weil sie ihn in mehrerlei Hinsicht ein ganzes Stück weiterbrachte. Von dort hätte er gern einen Abstecher nach Clovelly gemacht, laut einer Internetseite über Devon ein kleines Dorf mit engen, kopfsteingepflasterten Gassen und weiß getünchten Häusern, die an einem Hügel klebten: Jacks Geburtsort. Doch ihm blieb nach seinem längeren Aufenthalt in Exeter keine Zeit mehr dafür, und so ging es stattdessen kurzzeitig zurück nach London, am selben Tag noch auf den Kontinent, von dort erneut nach London, wo er bis auf einen kurzen Abstecher an die Küste Südenglands tatsächlich die letzten drei Tage verbracht hatte, ohne auch nur einen ernsthaften Gedanken daran zu verschwenden, sich im Büro blicken zu lassen oder nach Hause zu fahren. Stattdessen hatte er es vorgezogen, in irgendeiner Absteige zu übernachten, um sich vom Alltagsleben weder einholen noch ablenken zu lassen.

So verwandte er seine Kräfte darauf, von morgens bis abends in zahllosen Archiven zu wühlen und mit den verschiedensten Menschen zu sprechen. Die Wahrheit herauszufinden, hatte ihn viel Zeit und einiges an Geld, meist Bestechungs- und Schweigegeld gekostet – womit er wohl seinem Vater ein ganzes Stück ähnlicher geworden war. Eingebracht hatte es ihm im Gegenzug ein paar deutliche Drohungen von einigen wichtigen Leuten, die trotz allem beteuerten, dass er eindeutig zu viel Fantasie besaß.

»Wäre das doch bloß mein einziges Problem«, murmelte er vor sich hin.

Es war alles so logisch, so verdammt eindeutig, wenn man nur ein paar Fakten kannte und sie richtig zusammensetzte.

Schwerfällig stieg er aus dem Wagen, dabei knirschte der Kies unter seinen Füßen. Er sollte seine Tasche aus dem Kofferraum holen, reingehen und nachsehen, ob Nathalie trotz der späten Stunde noch wach war. Er sollte sie in die Arme nehmen, ihr alles erzählen und sie dann lieben, bis er die ganze Geschichte vergaß. Und danach? Am nächsten Morgen? In der nächsten Woche, dem nächsten Monat? Konnte er ignorieren, was er wusste? So oder so, eins war klar: Er durfte Nathalie gar nichts erzählen, er durfte niemanden einweihen und konnte nur beten, dass Raymond sich an sein Versprechen gehalten und nicht auf anderen Wegen das Gleiche herausgefunden hatte wie er selbst. Sein Vertrauen in Raymond hielt sich allerdings in Grenzen.

Noch immer stand er in der Dunkelheit und starrte an der Fassade des alten Hauses hoch. Wenn er alles Bedrohliche der Gegenwart ausblendete und nur die Vergangenheit sah, was empfand er dann für seinen Vater? Er hatte sich das in den letzten Tagen oft gefragt und die widersprüchlichsten Antworten darauf gefunden.

Drinnen war alles ruhig, kein Wunder um diese Zeit. Achtlos ließ Daniel seine Tasche in der Halle fallen und ging hinüber in die Bibliothek. Er knipste das Licht an und schaute auf das Porträt seines Vaters, dessen Augen ihn durchdringend musterten. Das Porträt hatte sich kein bisschen verändert, aber er sah nun einen ganz anderen Mann vor sich.

»Zur Hölle mit dir!«, entfuhr es Daniel laut. Er drehte den Sessel um, in dem sein Vater noch kurz vor seinem Tod gesessen hatte, ließ sich hineinfallen und studierte weiter dessen Bild, versuchte, sich in ihn hineinzuversetzen. Zeit seines Lebens war es ihm nie gelungen, ihn zu verstehen oder mit ihm auszukommen. Erst jetzt eröffnete sich ihm der Grund dafür. Ein Teil von Daniel begriff die Motivation seines Vaters und wollte sich damit aussöhnen. Ein anderer Teil jedoch konnte nicht nachvollziehen, was dieser Mann aus seinem Leben gemacht hatte.

Leise stöhnend kam er wieder auf die Beine und schleppte sich müde die Treppe in sein Zimmer hinauf. Er musste dringend ein enormes Pensum Schlaf nachholen.

Nur wenige Stunden später, die er nicht so ruhig verbracht hatte, wie es nötig gewesen wäre, setzte Daniel in der Küche Kaffee auf und schenkte sich ein Glas Pfirsichsaft ein. Es wurde allmählich Zeit, sich wieder um seinen Job zu kümmern, den er wegen dieser ganzen Sache sträflich vernachlässigt hatte. Die zwei Wochen, die Anne ihm gewährt hatte, waren um, und er musste sich wegen des Bayswater-Abschlusses dringend im Büro blicken lassen. Wie er sich darauf konzentrieren sollte, blieb ihm vorläufig allerdings noch ein Rätsel.

Daniel trank den Saft im Stehen und kehrte mit dem Kaffee zurück in sein Zimmer, um sich vor sein Notebook zu setzen und zu arbeiten. Wie er befürchtet hatte, tat er jedoch nichts weiter, als auf den Bildschirm zu starren und an tausend andere Dinge zu denken. Ungeduldig klappte er das Notebook zu und nahm es mit nach unten in die Bibliothek. Er musste sich einfach beweisen, dass er sich nicht ablenken ließ und sehr wohl in der Lage war, unter den Augen seines Vater etwas Vernünftiges zu Stande zu bringen. Er stellte das Notebook auf den Schreibtisch, sodass er mit dem Rücken zum Porträt saß, und vertiefte sich erneut in die Bayswater-Unterlagen.

»Daniel?«

Durch den Klang von Nathalies Stimme aus seiner Konzentration gerissen, schreckte er hoch. Anscheinend hatte er sich ausgerechnet hier unten doch besser mit den Geschäften auseinander setzen können als in der Abgeschiedenheit seines Zimmers.

Nathalie stand auf der Schwelle zur Bibliothek, einen fragenden Ausdruck im Gesicht. Sie sah ein wenig blass aus, als hätte sie während seiner Abwesenheit nie das Haus verlassen. Daniel war so damit beschäftigt, sie besorgt zu mustern, dass er nicht gleich antwortete.

»Daniel, bist du das?«, fragte sie noch einmal. Schwang da Panik mit? Oder nur Unsicherheit? Zweifel?

»Ja, natürlich. Wer sonst sollte hier um diese Uhrzeit sitzen und arbeiten?« Endlich besann sich Daniel aufzustehen und Nathalie in die Arme zu schließen. Er hatte beinah vergessen, wie gut sich das anfühlte, und musste sich überwinden, sie nach einer ganzen Weile wieder von sich zu schieben. »Ich weiß, ich war lange weg, aber es ging wirklich nicht anders.«

Nathalie nickte, und ihr Blick traf beinah seine Augen. »Kein Problem. Obwohl ich dich ziemlich vermisst habe.«

»Ziemlich nur?«, fragte Daniel lächelnd, aber eigentlich mehr, um Zeit zu schinden und Nathalie noch einmal genau zu betrachten. Sie wirkte tatsächlich etwas mitgenommen.

»Sehr«, gab sie zu. »Wie wär's, wenn du mich jetzt richtig begrüßt?«

Der Aufforderung kam Daniel gerne nach. Er konnte immer noch nicht glauben, dass es möglich war, dermaßen in einem Kuss zu versinken. »Besser?«, fragte er etwas später.

»Viel besser«, murmelte Nathalie, und irgendwie klang es, als meinte sie damit nicht nur seine ausgiebige Begrüßung. Dann trat sie einen Schritt zurück. »Was arbeitest du denn eigentlich? Hat das was mit dieser Kensington-Sache zu tun, wegen der du in Manchester warst?«

»Nein, die ist jetzt erledigt, ich bin schon wieder am nächsten Projekt. Mayfair Estates lässt einen selten zur Ruhe kommen. Außerdem wird in Zukunft mit Homes for the Homeless noch einiges mehr auf mich zukommen.«

Nathalie schürzte die Lippen und hob gleichzeitig die Brauen, als hätte sie eine andere Antwort erwartet, doch ihren Worten war nichts davon zu entnehmen. »Es ist übrigens später am Tag, als du glaubst, eindeutig ein Zeichen dafür, dass du über die Arbeit ganz die Zeit vergessen hast. Dein Job scheint nicht nur anstrengend, sondern auch sehr motivierend zu sein.«

»Wahrscheinlich die Schuld meines Vaters. Wenn er mir über die Schulter sieht, kann ich gar nicht anders als ranklotzen.«

»Wieso über die Schulter?«, wiederholte Nathalie verständnislos.

»Ach so, das kannst du nicht wissen. Sein Blick von diesem Porträt folgt einem in die hintersten Ecken.«

»Ein Porträt?«

Bildete Daniel es sich ein oder wurde Nathalie noch eine Spur blasser?

»Hier hängt ein Bild von deinem Vater?«

»Ist ein wirklich tolles Gemälde. Na ja, eher scheußlich, aber ihm gefiel es anscheinend.«

»Wo hängt es?«

»Da drüben.« Daniel deutete hinüber zur Wand, bevor ihm bewusst wurde, dass Nathalies Augen seinem Finger nicht folgen konnten. Er berührte ihre Schulter und drehte sie so, dass ihr Gesicht sich dem Gemälde zuwandte. »Es ist kein wirklicher Verlust, das nicht sehen zu können.«

»Das war es also«, flüsterte Nathalie.

Jetzt war die Reihe an Daniel, verwirrt nachzufragen: »Wie meinst du das?«

Nathalie brauchte einen Augenblick, bevor sie antwortete. »Ich hab immer das Gefühl gehabt, mich beobachtet jemand, wenn ich hier war. Einmal dachte ich sogar, er ruft meinen Namen. Oder Eileens.«

Noch vor einigen Wochen wäre Daniel jederzeit bereit gewesen, jemandem, der eine solche Bemerkung machte, dringend den Besuch eines Psychiaters zu empfehlen. Inzwischen war viel passiert, und er glaubte Nathalie gleich aus mehreren Gründen. Einige davon mussten sein Geheimnis bleiben.

»Das versteh ich nicht«, sagte er, damit er zumindest halbwegs den Eindruck vermittelte, als zweifele er, wenn schon nicht an ihren Worten, so doch wenigstens an deren Sinn. »Es ist ziemlich klar, dass mein Vater und Eileen sich damals begegnet sind. Aber weshalb sollte er nach ihr rufen?«

»Mir würde da eine passende Erklärung einfallen«, ertönte es hinter ihnen.

Wie auf Kommando drehten Daniel und Nathalie sich um. Daniel wusste, wenn er jetzt versuchen würde, irgendwas zu sagen, käme nichts Vernünftiges dabei raus. Also schwieg er und wartete ab.

Raymond stand in der Tür zur Bibliothek, den Blick auf das Porträt gerichtet, bis er sich schließlich abwandte. »Wie kommt's, dass ich das Gefühl habe, ihr freut euch nicht wirklich über mein Auftauchen?«

»Weil du ein kluger Mensch bist?« Allmählich fing sich Daniel wieder. Er hatte nie wirklich an einen kompletten Rückzug Raymonds geglaubt. »Wer hat dich reingelassen? Ich hab kein Klingeln gehört.«

Raymond zuckte mit den Schultern. »Eure Mrs Marshall war gerade am Gehen, als ich läuten wollte. – Tag, Nathalie.«

Nathalie räusperte sich. »Hallo, Raymond.«

»Ich nehme an, das hier ist kein Höflichkeitsbesuch, oder?« Daniel deutete auf die Sitzgruppe. »Setzen wir uns. Dann kannst du loswerden, was du zu sagen hast.«

Nun würde Nathalie doch die Wahrheit erfahren, und vielleicht war das auch ganz gut so. Dass Raymond Bescheid wusste, brachte viel mehr Probleme mit sich, vor allem, weil Daniel keine Ahnung hatte, in welcher Weise Raymond sein Wissen einzusetzen plante.

»Nathalie, ich schätze, einen Teil dessen, was ich rausgefunden habe, kannst du besser nachempfinden als Daniel und ich«, fing Raymond an. »Immerhin warst du praktisch dabei. Wenn ich was durcheinander bringen sollte, unterbrich mich bitte oder korrigier mich, aber im

Großen und Ganzen habe ich alle Puzzle-Teile beisammen.«

Wie damals bei Rose spürte Daniel, dass Nathalie nach seiner Hand griff. Diesmal ließ sie sie nicht wieder los, sondern hielt sie fest, gab ihm etwas von ihrer Wärme und machte ihm dadurch ohne Worte klar, dass sie verstand, was in ihm vorging. Er schaute zur Seite und sah Nathalie auf eigentümliche Art lächeln, und plötzlich begriff er, dass sie ihm seine Geschäftsreise keine Sekunde lang abgekauft hatte. Sie mochte blind sein, aber sie ließ sich nicht hinters Licht führen. Außerdem ahnte sie wohl, dass Daniel längst wusste, was Raymond jetzt erzählen würde.

»Schieß los«, sagte Daniel.

7.

Als Raymond begann, geschah etwas Seltsames: Es wurde kälter in der Bibliothek als je zuvor – und die Luft schien gleichzeitig vor Hitze zu flirren. Nathalie spürte den Sog, der sie erfasste und mit sich in die Vergangenheit riss. Sie sah, wie vor ihren Augen die passenden Bilder zu Raymonds Worten entstanden, Bilder, die sich verselbstständigten und zu einem lebendigen Ganzen wurden.

TEIL 4

Juli 1952 – Jacks Hochzeitstag

Hinter Jack lag eine unruhige und kurze Nacht. Jetzt wanderten die Gedanken wieder im Kreis, er kam zu keinem Ende. Es gab wohl auch keines, würde nie eines geben, und die Hoffnung, dass es anders sein könnte, hatte sich vor wenigen Tagen zerschlagen. Der andere war da.

Er war nicht länger eine unterschwellige Bedrohung, keine dunkle Angst in ihm, sondern Wirklichkeit. Als Eileen den Fremden, der ihm so ähnlich sah, zum ersten Mal erwähnte, versetzte das Jack sofort in Alarmbereitschaft. Auch wenn er nicht hundertprozentig sicher sein konnte, dass es sich wirklich um den anderen handelte, verspürte er keinerlei Zweifel. Seine Vergangenheit, die er während des letzten Jahres erfolgreich zu verdrängen gelernt hatte, tauchte unerbittlich wieder auf. Der andere war da.

Selbstverständlich hätte Jack darauf gefasst sein müssen, aber je mehr Zeit verging, desto mehr wiegte er sich in Sicherheit. Was für ein Fehler. Er hätte nicht auf Guernsey bleiben dürfen, sondern weiterziehen sollen, wie er es immer getan hatte. Aber er war das ziellose Umherwandern leid gewesen, er wollte endlich ein Zuhause. Er wollte nur das, was für alle anderen Menschen so selbstverständlich und für ihn so unerreichbar schien.

Jack richtete sich auf. Er durfte jetzt nicht aufgeben, sondern musste kämpfen, schließlich hatte er gelernt, wie man das tat. Ihm war klar, dass der andere ebenso handeln würde wie er selbst und er ihm gestern Abend kaum zum letzten Mal begegnet war. Dazu waren sie einander zu ähnlich, nicht nur äußerlich. Sie beide traten für das ein, woran sie glaubten, nur waren das dummerweise zwei verschiedene Dinge.

»Wir werden ja sehen, wer hier über die größere Durchhaltekraft verfügt, mein Freund«, sagte Jack laut. Mit neuer Energie stand er endgültig auf. Zum Teufel mit dem anderen. Dies war sein Hochzeitstag, er würde Eileen heiraten und sich nicht sein Leben zerstören lassen, das hier auf Guernsey zum zweiten Mal begonnen hatte.

Mai 1951

Mit gedrosseltem Motor lief die Fähre aus Portsmouth den Hafen von St. Peter Port an. Jack Wilson saß an einem Fensterplatz und starrte auf die näher kommende Stadt, die sich wie gemalt in die hügelige Landschaft einfügte. Nun also Guernsey. Er war seit Jahren nie länger als ein paar Monate an irgendeinem Ort geblieben, sicher würde das hier genauso sein. Aber es schien zumindest mal eine nette Abwechslung, eine Insel hatte er bisher jedenfalls noch nie zu seiner zeitweiligen Heimat auserkoren.

Vorgestern war er in einer Kneipe zufällig diesem Melvin Decker begegnet, der geradewegs aus Guernsey kam und offensichtlich froh war, dem Kleinstadtmief, wie er es nannte, entkommen zu sein. Jack dagegen hatte vom lauten und dreckigen Portsmouth nach vier Monaten schon wieder die Nase voll, er wollte weiter. Warum also nicht mal eine Insel im Kanal?

Eine halbe Stunde später stand Jack am Hafen in St. Peter Port und schaute sich um. Ein Bus kam in gemächlichem Tempo heran und blieb direkt neben ihm stehen.

»Kann ich Sie mitnehmen, Sir?«, fragte der Fahrer.

Verdutzt schielte Jack nach links und rechts, konnte aber weit und breit keine Bushaltestelle erkennen. War das hier üblich, einfach mitten auf der Straße aufgelesen zu werden? Der Busfahrer grinste breit. »Fremd hier, was?«

Jack nickte. »Stimmt. Sieht man das?«

»Allerdings. Also, wenn Sie mitwollen, steigen Sie ein, ich muss los!«

»Nein, danke für das Angebot, ich glaub, ich vertreib mir die Zeit hier noch ein bisschen.«

Der Busfahrer nickte, hob grüßend die Hand und fuhr weiter.

Jack drehte sich um und sah wieder auf das blau schimmernde Meer hinaus. Die Sonne schien ihm auf den Rücken, es war ein schöner Tag und friedlich hier, und wie es aussah, würde es das auch bleiben. Ein ganz neues Empfinden stieg in Jack auf: Ruhe statt Rastlosigkeit. Er wusste es noch nicht, aber er begann zu ahnen, dass es ihn hier möglicherweise doch länger hielt als für gewöhnlich an irgendeinem anderen Fleck.

An einem Kiosk kaufte er sich die *Guernsey Evening Press,* dann setzte er sich auf eine Bank am Hafen und begann, die Stellenanzeigen zu durchforsten. Diese Insel war grün, es musste eine Menge Gärten geben, und davon verstand er was. Diesmal also konnte er sich vielleicht als Gärtner durchschlagen. Überhaupt verstand er besonders davon was – vom Durchschlagen. Immerhin hatte er sich darin die vergangenen Jahre seit Kriegsende gründlich geübt.

Nach zwei Monaten auf Guernsey verstärkte sich Jacks anfängliches Gefühl. Es gefiel ihm hier. Die Menschen waren freundlich und aufgeschlossen, das Leben verlief in ruhigen Bahnen, und es gab reichlich Gärten, um die er sich kümmern konnte. Jacks Stellung bei Mr Pierce war gut bezahlt, er konnte sogar im Haus der Pierces wohnen, was besonders Mr Pierce gut zupass kam. Die Arbeit machte Jack Spaß. Faktisch war er Mr Pierces Angestellter, von ihm wurde er auch bezahlt. Tatsächlich jedoch lieh ihn sein Arbeitgeber sozusagen an verschiedene Garten- und Parkbesitzer aus, sodass Jack selten an zwei Tagen hintereinander dieselbe Erde desselben Anwesens beackerte.

Heute musste er in St. Peter Port in Granger's Laden für Gärtnereibedarf ein paar Dinge einkaufen. Es war nach dem bewölkten Himmel vorhin wieder warm geworden, er hatte seine Hemdsärmel hochgekrempelt und sich vorgenommen, gleich nach den Besorgungen noch dem Lighthouse Inn einen Besuch abzustatten. Ein kühles Bier bei diesen Temperaturen tat mit Sicherheit gut. Während er darauf wartete, dass Mr Granger seine Einkäufe zusammenpackte, schaute er durch das Fenster auf die Commercial Arcade hinaus. Sein Blick fiel auf das Café Berthold, wo ein paar Damen wohl ebenfalls der Ansicht waren, dass eine Erfrischung gut tat. Dann sah er das Mädchen neben einer älteren Dame. Hübsch. Blond, der Mund vielleicht ein bisschen groß, aber volle Lippen, die sich gerade jetzt teilten, um das Stückchen Kuchen von der Gabel aufzunehmen. Jack musterte wohlwollend ihre Figur und kam zu dem Schluss, dass Torte wohl eher selten auf ihrem Speiseplan stand.

Mr Granger gab Jack das Paket, Jack verabschiedete sich und trat auf die Straße, wo er fast mit einer Frau mit Kinderwagen zusammenstieß. Auch diese Frau war hübsch, aber ihr fehlte das gewisse Etwas des Mädchens mit dem Kuchen. Unwillkürlich sah er noch einmal zum Café zurück, und genau in diesem Moment traf sein Blick auf ihren. Ein Schlag durchfuhr ihn. Er konnte nicht sagen, ob es ihr Lächeln war oder ihre Augen, aber plötzlich meinte er, Sarah vor sich zu sehen. Jung, fröhlich, unbeschwert, genau wie dieses Mädchen dort. Und zum ersten Mal tat der Gedanke an Sarah nicht mehr weh. Er neigte den Kopf ein wenig in ihre Richtung, tippte grüßend mit dem Finger an die Mütze und grinste sie an. Dann drehte er sich um und ging davon. Er wäre bereit gewesen zu schwören, dass sie ihm nachstarrte.

Jack fühlte sich gut. Vielleicht würde er das Mädchen wiedersehen, vielleicht nicht, vielleicht war das auch unwichtig. Aber er würde hier auf Guernsey bleiben.

Juli 1952 – Jacks Hochzeitstag

»Gut geschlafen während Ihrer letzten Nacht hier, Jack?«, fragte Mr Pierce am Frühstückstisch. Dann sah er noch einmal genauer hin. »Oder plagen Sie jetzt plötzlich Zweifel?«

»Ganz bestimmt nicht, Horace«, gab Jack zurück. Jedenfalls nicht mehr, fügte er nur für sich hinzu. Und niemals, was Eileen betrifft. »Wahrscheinlich ist das nur die Aufregung. War das nicht so, als Sie damals geheiratet haben?«

»Oh«, machte Mr Pierce. Dann schwieg er eine Weile, doch schließlich entschloss er sich zu einem schüchternen Grinsen. »Ein wenig vielleicht.«

Es bereitete Jack Schwierigkeiten, sich Martha Pierce

als junge, glücklich strahlende Braut vorzustellen, aber er konnte nicht wissen, wie sie vor vierzig Jahren ausgesehen hatte. Nach Horaces Blick zu urteilen, wagte Jack allerdings die Vermutung, dass sie kaum je zur Miss Guernsey gekürt worden war.

»Wir werden Sie hier vermissen, Jack, ich hoffe, Sie wissen das.«

»Danke, aber ich bin ja nicht aus der Welt, sondern bloß in St. Martin's. Und so lange Sie noch Arbeit für mich haben, werde ich brav jeden Morgen erscheinen.«

»Da habe ich gar keine Bedenken.« Mr Pierce zog an seiner Pfeife und klopfte sie danach etwas umständlich aus, obwohl das noch gar nicht nötig gewesen wäre. Jack hatte den Eindruck, als wollte Horace Pierce ihm etwas sagen, überlegte aber noch, wie er damit rausrücken sollte.

»Es geht doch alles klar, Horace?«, fragte er vorsichtig nach. »Ich meine, Sie begleiten Eileen in die Kirche und so, oder?«

»Natürlich, natürlich!«, beeilte sich Mr Pierce zu versichern. »Das ist sogar eine ganz besondere Ehre für mich, auch wenn ich denke, dass vielleicht doch Mr Le Page das übernehmen sollte. Zumindest ist er um ein paar Ecken mit Eileen verwandt.«

»Um Himmels willen, bloß nicht! Ich weiß Ihre Bedenken zu schätzen, aber ich bin sicher, dass Eileen mit Ihnen ungleich viel besser dran ist. Alfred Le Pages Fahne würde sie glatt umhauen!«

Horace lachte. »Tja, wenn Sie wirklich meinen ... Meine Frau hat ja auch schon meinen guten Anzug gebügelt, den trag ich nur selten.« Nach einer kurzen Pause räusperte er sich zweimal, bevor er sich endgültig aufraffte zu sagen, was ihm auf der Seele brannte. »Jack, da ist etwas, das ich mir eigentlich bis heute Abend aufsparen wollte. Aber da ist dann vermutlich so viel Trubel, und bevor ich dazu komme, sind Sie mit Eileen auf und davon in die Hochzeitsnacht«, – hier zwinkerte Horace vergnügt –, »also warum sage ich's Ihnen nicht gleich jetzt?«

»Sie machen's aber wirklich spannend.« Ein bisschen Ablenkung konnte Jack brauchen. So musste er wenigstens nicht die ganze Zeit darüber nachgrübeln, wie er am besten den Kampf mit dem anderen aufnehmen konnte, ohne gleichzeitig Eileen zu beunruhigen. Wenn es nach ihm ging, sollte sie möglichst nichts von der ganzen Sache mitbekommen.

»Nun, also, was ich sagen wollte, ich möchte mich in zwei, drei Jahren zur Ruhe setzen. Ich habe genug Gärten auf dieser Insel gesehen und will mich dann nur noch um meinen eigenen kümmern. Ich hätte gern, dass Sie meinen Betrieb übernehmen. Wenn er weiter floriert wie bisher, könnten Sie noch ein, zwei Leute einstellen und hätten mit Eileen ein ganz gutes Auskommen. Was halten Sie davon?«

Überrascht riss Jack die Augen auf. »Was ich davon halte? Ehrlich gesagt, ich bin sprachlos. Ich meine, ich arbeite erst seit einem Jahr für Sie ...«

»Und das zu meiner größten Zufriedenheit. Sie sind nicht der Erste, den ich beschäftigt habe, aber der bei weitem Zuverlässigste und Beste. Es gibt niemanden, dem ich mein Geschäft lieber anvertrauen würde als Ihnen. Sie sind einfach perfekt, Jack.«

Sie sind perfekt, Jack! Perfekt, Jack. Perfekt, Jack. Diese Worte klangen in ihm nach. Vor langer Zeit hatte er sie schon einmal gehört. Sie waren ihm gelegen gekommen, alles wäre ihm damals gelegen gekommen, weil ihm das Leben, das er führte, längst nichts mehr bedeutete. Viel später erst bereute er, sich auf etwas eingelassen zu haben, über das er keine Kontrolle mehr hatte.

»Jack? Was ist denn mit Ihnen?«, brachte Horace Pierce ihn in die Gegenwart zurück. »Irgendwie gefallen Sie mir heute Morgen nicht so richtig. Vielleicht hätte ich doch warten sollen mit meinem Vorschlag, statt sie damit zu überfallen. Wenn Sie sich das nochmal überlegen wollen ...«

»Nein, Horace, vielen Dank! Darüber muss ich nicht nachdenken. Ich fühle mich wirklich sehr geehrt und werde mein Bestes geben, Ihr Vertrauen nicht zu enttäuschen.« Das mit der Ehre hatte er damals auch zu Parkin gesagt, als er sich auf diesen Wahnsinn einließ. Aber dies hier war anders. Diesmal bekam er eine echte Chance auf eine Zukunft. Er bekam ein Zuhause, eine Frau und in ein paar Jahren ein gut gehendes Geschäft. Er würde sich das nicht nehmen lassen von dem anderen, ganz gleich, was geschah.

»Das weiß ich, Junge.«

Jack verzog grinsend das Gesicht. Er war weit über das Alter hinaus, von jemandem »Junge« genannt zu werden, aber Mr Pierce sah in ihm wohl außer einem Nachfolger auch eine Art Sohn, den er und seine Frau nie bekommen hatten. Das konnte Jack nur recht sein, sein eigener Vater war seit langem tot.

»So, nachdem das geklärt ist, sollten wir uns langsam auf den großen Moment vorbereiten, was?«, fragte Mr Pierce.

Mit der rechten Hand wischte Jack die Krümel vor sich auf dem Tisch zusammen und häufte sie auf seinen Frühstücksteller. Für ihn gab es eigentlich kaum noch was zu tun, außer sich umzuziehen und sicherzustellen, dass sein Wagen nachher nicht schlapp machte. Er hatte den Ford Pilot gebraucht gekauft, kurz nachdem er nach Guernsey gekommen war. Für seine Zwecke reichte er vollkommen. Er würde mit ihm nach St. Martin's zur Kirche fahren und ihn dann erst wieder am Abend brauchen, wenn er Eileen zu ihrem neuen Heim brachte. Jacks Blick fiel auf Mrs Pierces Garten und die Rosensträucher links und rechts der Pforte, und eine Idee formte sich in seinem Kopf.

»Horace, meinen Sie, ich könnte mir aus dem Gewächshaus zwei von den Rosensträuchern im Topf ausleihen? Ich würde gern das Schlaf ... das Haus am Icart Point damit schmücken. Ich bringe sie morgen zurück.«

»Klar, tun Sie das! Sehr romantisch!«, fand Mr Pierce. »Aber Sie sollten sich beeilen, wenn Sie das vor der Trauung noch schaffen wollen.«

»Kein Problem!« Jack sprang auf und ließ das Geschirr gegen seine Gewohnheit auf dem Tisch stehen, statt es in die Spüle zu räumen.

Vorsichtig bugsierte er die zwei schönsten Rosensträucher, die er finden konnte, auf Mr Pierces Kleinlaster und fuhr los in Richtung Icart. Das Haus, das Eileen vom Geld ihrer Eltern gekauft hatte, lag wunderschön hoch oben auf den Klippen. Im Frühjahr blühten die Hecken am Wanderweg und vor ihrem Gartenzaun schneeweiß, im Sommer konnten sie sich wochenlang an Brombeeren satt essen. Doch dafür hatte Jack jetzt keinen Blick. Er stellte die Rosenbüsche, die einen ganz leichten, keineswegs betäubenden Duft verströmten, links und rechts des Bettes auf und betrachtete sein Werk. Es sah nicht gerade wie Dornröschens Rosenschloss aus, wirkte aber dennoch tatsächlich so romantisch, wie Mr Pierce sich das vorgestellt hatte.

Sorgfältig zog Jack die Tür zu, verschloss sie jedoch nicht. Zu Beginn war es ihm merkwürdig vorgekommen, dass niemand auf dieser Insel je irgendwelche Türen verschloss. Auf sein Nachfragen hin hatte er nur ein amüsiertes: »Das hier ist Guernsey!« geerntet und sich irgendwann damit abgefunden. Hier kam nichts weg, Diebstahl gab es so gut wie nicht, Journalisten mussten lange in Archiven graben, wenn sie über irgendwelche spannenden Verbrechergeschichten berichten wollten.

»Nettes Haus!«, sagte eine leise Stimme hinter Jack. Er fuhr herum, doch auch ohne den anderen zu sehen wusste er, wem er gegenüberstand.

Er hasste das Gefühl, in dieses Gesicht zu sehen, das seinem bis auf den selbstgefälligen Ausdruck zum Verwechseln ähnlich sah.

»Eigentlich dachte ich, du hättest im Moment Besseres zu tun, als irgendwelche Büsche hin und her zu fahren. Solltest du nicht in der Kirche sein?«

»Wenn du so gut informiert bist, weißt du sicher, dass die Trauung erst in einer Stunde stattfindet. Was hast du hier zu suchen?«

»Oh, nichts eigentlich. Ich wollte mich nur mal umsehen, wie du zu leben vorhast, da du dich ja so standhaft weigerst zu tun, was deine Pflicht wäre. Man will ja schließlich wissen, womit man konkurriert. Wenn mich nicht alles täuscht, ist mir deine Zukünftige auch schon begegnet. Hübsches Mädchen. Hat was von Sarah, findest du nicht?«

Jack hätte dem anderen am liebstens seine blanke Faust ins Gesicht geschlagen. Das hätte den angenehmen Nebeneffekt gehabt, dass seine eigene Nase gerade, die des anderen aber gebrochen sein würde. Für den Rest ihres Lebens ein markanter Unterschied. Aber er würde nichts dergleichen tun, sondern sich beherrschen, wie er es immer getan hatte.

»Ich glaube nicht, dass du das beurteilen kannst. Nimm dich in Acht, von Sarah zu reden, als hättest du sie gekannt. Sie mag zu früh gestorben sein, aber wenigstens blieb ihr erspart, dir je zu begegnen.«

»Warum bist du eigentlich so feindselig, Jack? Du warst damals mit allem einverstanden, was wir dir vorgeschlagen haben, du bist zu nichts gezwungen worden. Es besteht also gar kein Grund, mich für irgendwas zu hassen.«

»Ich hasse nicht dich«, stellte Jack richtig. »Ich will nur einfach nichts mehr mit der Vergangenheit und den Leuten, die du repräsentierst, zu tun haben. Was dich persönlich betrifft, finde ich, dass du einer der arrogantesten und unerträglichsten Vertreter der so genannten britischen Oberklasse bist, aber das hat nichts mit Hass zu tun.«

»Das heißt also, du verachtest mich? Ich weiß nicht, ob mir das besser gefällt als Hass. Oder bedeutet es, dass du mich fürchtest? Weil ich mächtiger bin als du, weil ich Einfluss habe, wo du keinen hast, weil ich derjenige von uns beiden bin, der sagt, wo es langgeht? Weil ich protestieren könnte und Gehör fände, wo du auf taube Ohren stößt?«

Ungeduldig schüttelte Jack den Kopf. »Ich fürchte dich auch nicht, selbst wenn du das gern glauben willst.« Das war nur die halbe Wahrheit. Ein Teil von Jack fürchtete diesen Mann wirklich, und zwar aus genau den Gründen, die der andere gerade genannt hatte, doch nichts würde ihn dazu bringen, das zuzugeben. Außerdem gab es da noch den anderen Teil in ihm, der auf gewisse Weise stärker war als sein Gegenüber. Dem anderen waren eine Menge Dinge einfach in den Schoß gelegt worden, für die Jack hatte hart arbeiten müssen. Das machte zäh und ausdauernd, Eigenschaften, die dem anderen zwar nicht fremd, aber wohl kaum zur zweiten Natur geworden waren wie ihm selbst.

»Nun, umso besser für dich. Geh also heiraten und tu für die nächsten Stunden, als könntest du dich hier auf dieser Insel für den Rest deines Lebens verkriechen. Du bist intelligent genug zu wissen, dass du dir was vormachst, aber davon solltest du dir nicht den Tag verderben lassen. Wir sehen uns.«

Der andere schlenderte zum Klippenwanderweg zurück und schlug den Weg in Richtung Pleinmont ein. Jack stand eine Weile da und sah ihm nach, bis er gänzlich zwischen den grünen Hecken verschwunden war. Vielleicht hätte er ihm doch die Nase brechen sollen. Vielleicht hätte er es schon gestern Abend tun sollen, als sie sich zum ersten Mal nach sieben Jahren wiederbegegnet waren.

Juli 1952 – am Tag zuvor

Jack machte früher Feierabend als gewöhnlich. Eileen und ihre Tante May wurden zum Essen bei den Pierces erwartet, und er sah noch aus, als hätte er den ganzen Tag im Dreck gewühlt. Während er den Kleinlaster in die Garage fuhr, dachte er an seine letzte Begegnung mit Eileen, bei der sie ihm zum zweiten Mal von dem anderen erzählt hatte. Er wusste, er hatte sich ihr gegenüber unmöglich benommen. Sie konnte schließlich nichts dafür, dass ihm der Schock in die Glieder gefahren war, aber auf irgendeine Weise hatte er sich abreagieren müssen. Er tat es mit diesem Kuss, der Eileen erschreckt haben musste – obwohl er andererseits das Gefühl hatte, als habe ihr der plötzlich gar nicht mehr so sanfte Jack durchaus gefallen.

Nachdem er die Geräte verstaut hatte, trat Jack durch den Hintereingang des Hauses in die Küche, wo Mrs Pierce schon dabei war, Vorbereitungen für die Forelle in Buttersauce zu treffen. Sie drehte sich nur halb um, als Jack hereinkam, und deutete mit einer Kopfbewegung zum Küchentisch, auf dem ein kleiner beigefarbener Umschlag lag.

»Das wurde vorhin für Sie abgegeben.« Dann kümmerte sie sich nicht weiter um Jack, sondern wandte sich wieder dem Fisch zu.

Jack starrte die Nachricht an, als könne er sie dadurch unsichtbar machen, doch schließlich nahm er sie vom Tisch und bedankte sich im Hinausgehen. Noch auf der Treppe riss er den Umschlag auf und entfaltete ein liniertes Blatt, auf dem in gestochen scharfen Buchstaben eine klare Anweisung stand: »23 Uhr Le-Déhus-Dolmen«. Keine Unterschrift, aber das war auch nicht nötig. Jack kannte diese Schrift so gut wie seine eigene.

Seltsam, wie ruhig er plötzlich wurde. Die Bestätigung für seine Befürchtungen nun endlich schwarz auf weiß vor sich zu sehen und nicht mehr nur auf Vermutungen angewiesen zu sein machte die Situation für ihn leichter, weil er jetzt endlich Gewissheit hatte. Jack suchte saubere Sachen aus seinem Schrank und ging ins Bad, um sich gründlich zu waschen. Während er sich abseifte, stellte er sich vor, dem anderen und damit paradoxerweise sich selbst wieder gegenüberzustehen. Außerdem fragte er sich, worum es eigentlich gehen mochte, was der andere und seine Hintermänner von ihm wollten. Es gab genügend Einsatzmöglichkeiten, drei oder vier hatte er sofort vor Augen, von denen ihm keine besonders gefiel. Aber das lag wohl vornehmlich daran, dass ihm nichts von dem, was man von ihm verlangen konnte, gefallen würde.

Als Jack aus dem Bad wieder auf den Flur trat, zog schon der Duft der Forelle durch das Haus. Er wünschte, Eileen und Mrs Matthews würden nicht kommen, damit er nicht gezwungen war, ein paar Stunden belanglose Konversation zu treiben. Andererseits konnte er vor elf Uhr heute Abend ohnehin nichts tun, warum genoss er also nicht einfach Eileens Gegenwart? Zurück in seinem Zimmer riss er ein Streichholz an, hielt es an den Briefumschlag und beobachtete, wie das Papier langsam verkohlte und zu Asche zusammenfiel.

Das Abendessen verlief ereignislos. Ab und zu spürte er Eileens Blick auf sich ruhen, aber immerhin musste er keine Erklärungen abgeben oder mit irgendeinem Wort auf ihre letzte Begegnung eingehen. Es ergab sich nicht einmal eine Gelegenheit, allein mit Eileen zu sprechen, worüber Jack erleichtert war. Beim Abschied gab er ihr einen sehr züchtigen Kuss auf die Wange, obwohl ihm gerade in diesem Moment mehr danach zu Mute war, sie zu küssen wie letztes Mal. Trotzdem war er froh, als sie und Mrs Matthews endlich gingen.

Jack achtete darauf, einen geeigneten Moment abzupassen, in dem weder Horace noch Mrs Pierce bemerken würden, wenn er das Haus verließ. Auf der Straße war alles ruhig wie immer. Jack zögerte nur kurz, dann ging er mit langen Schritten die Rue Flere hinauf. Ein Blick auf die Uhr sagte ihm, dass ihm noch genügend Zeit blieb. Er würde höchstens zwanzig Minuten brauchen. Wenn es nach ihm ginge, wäre er gern als Erster am Le-Déhus-Dolmen gewesen, doch er kannte den anderen zu gut, um sich der Illusion hinzugeben, allein auf diesen Gedanken gekommen zu sein.

Ein paarmal hatte Jack das Gefühl, beobachtet zu werden. Das Prickeln an einer bestimmten Stelle im Nacken war ihm noch vertraut genug, aber er hörte keine Schritte, und er hütete sich davor, sich umzudrehen. Zwar bezweifelte er, dass der andere ihm auf den Fersen war, aber man konnte nie wissen, wen er vielleicht auf ihn angesetzt hatte, um sicherzustellen, dass Jack die »Einladung« nicht ignorierte.

Schließlich kam er an die Ecke zur King's Road. Den Le-Déhus-Dolmen konnte er von hier noch nicht erkennen, er lag ein Stück weiter vor ihm in einer kleinen Kurve, wo die Straße zu Ehren des Dolmens ihren Namen änderte. Beim Näherkommen sah er gegenüber des Hügelgrabes in einer Einfahrt einen Wagen stehen. Natürlich wusste Jack nicht, welches Auto der andere fuhr, aber ein Bentley Continental schien ihm protzig genug. Er blieb kurz stehen und sah sich um. Da er den anderen nirgends entdeckte, öffnete er das schwarze Eisengittertor und ging langsam am Dolmen entlang, bis er ihn zur Hälfte umkreist hatte. Dort machte er die dunklen Umrisse des Mannes aus. Zwischen den Fingern der rechten Hand glomm eine Zigarette.

»Du wolltest mich sprechen?«, sagte Jack ohne Gruß und ohne Vorrede.

Der Mann drehte sich um und blinzelte. »Guten Abend, Jack. Ich hoffe, du entschuldigst die dramatische Kontaktaufnahme. Ich wäre selbst vorbeigekommen, aber es ist sicher von Vorteil, wenn deine Wirtin und dein ... Arbeitgeber mich nicht sehen.«

»Wie rücksichtsvoll von dir.«

»Spar dir den ironischen Ton. Dass zwischen uns niemand eine Verbindung herstellt, ist sowohl für dich als auch für mich am besten.«

»Da kann ich dir nur zustimmen. Am allerbesten wäre gewesen, wenn du gar nicht erst hier aufgetaucht wärst. Was willst du also?«

Der andere schnalzte missbilligend mit der Zunge. »Es hat mich reichlich viel Aufwand und Mühe gekostet, dich aufzutreiben. Du könntest das ruhig etwas mehr honorieren.«

»Was willst du?«, wiederholte Jack unbeeindruckt.

»Ich persönlich will gar nichts. Aber wir werden gebraucht, und wie du weißt, können wir uns Zeit und Ort nicht aussuchen.«

»Hat Parkin vergessen, dass ich schon seit ein paar Jahren draußen bin?«

»Ich schätze, Parkin hat eine andere Auffassung von Kündigung als du. Jedenfalls sagte er mir, er habe dich damals wissen lassen, dass er dich rufen wird, wenn er dich braucht. Jetzt ist es so weit, also werden wir ...«

»*Wir* werden überhaupt nichts«, unterbrach Jack. »Meinetwegen tu du deine Heldentaten, aber du wirst dabei ohne mich auskommen müssen.«

Beinah unwillig machte der andere eine Handbewegung, als wolle er Jacks Bemerkung wegwischen. »Ist dir eigentlich klar, in welcher Situation wir uns gegenwärtig befinden? Das hier ist kein Spiel, Jack, wir werden nicht einfach zum Spaß reaktiviert.«

»Worum geht's denn diesmal? Soweit ich weiß, sind wir nicht im Krieg. Brauchen uns die Amis wegen Korea? Oder hat irgendjemand wegen der Russen kalte Füße gekriegt? Oder haben wir selbst ein Kuckucksei ins Nest gesetzt bekommen, ohne es zu merken, und müssen uns revanchieren? Was auch immer es ist – es ist mir herzlich egal.«

Der andere schüttelte resigniert den Kopf und schwieg eine Weile. »Tut mir Leid, dass du das so siehst, denn es erschwert die ganze Sache bloß und kostet erheblich mehr Kraft, als nötig wäre«, sagte er schließlich. »Du solltest besser wissen, dass deine Meinung absolut nichts an den Tatsachen ändert und du zu tun hast, was man dir sagt. Das ist ein Befehl, Jack, so einfach ist das.«

»Ein Befehl?«, wiederholte Jack sarkastisch. »Ich nehme

keine mehr entgegen, von niemandem. Ich habe genug getan, für mich ist dieses Kapitel abgeschlossen, und ich werde mein Leben nicht wieder aufgeben.«

»Dein lächerliches kleines Leben ist unbedeutend gegenüber der Aufgabe, die du zu erfüllen hast.«

Bisher war Jack einigermaßen ruhig geblieben, aber jetzt wurde er allmählich wütend. Vielleicht schien sein Leben auf Guernsey nichtig und klein, aber es war das, was er sich ausgesucht hatte, und niemand hatte das Recht, darüber zu urteilen. Erst recht nicht dieser eingebildete Scheißkerl, der glaubte, er müsse nur mit den Fingern schnippen und jeder käme gelaufen.

»Geht zum Teufel, allesamt! Aber ohne mich!«, sagte Jack lauter als beabsichtigt, drehte sich um und machte ein paar Schritte.

»Jack! Du kannst nicht einfach gehen.«

»Du wirst dich wundern, was ich alles kann«, widersprach Jack und blieb noch einmal stehen. »Verschwinde von dieser Insel, und zwar endgültig.«

»Herrgott, bist du stur! Kapierst du nicht, dass du alles nur noch schlimmer machst?« Der andere hatte ihn eingeholt und legte ihm eine Hand auf die Schulter. »Ich sagte, du kannst nicht einfach gehen, und du weißt genau, wie ernst das gemeint ist. Überleg dir gut, was du tun wirst.«

»Da gibt's nichts mehr zu überlegen.« Jack schüttelte den anderen angewidert ab und machte sich endgültig davon.

Dieses Mal folgte er ihm nicht, aber Jack war überzeugt, ihn bald wiederzusehen.

Juli 1952 – Jacks Hochzeitstag

Mit beinah halsbrecherischem Tempo jagte Jack auf den schmalen Straßen zurück nach St. Sampson's. Das lag zum einen tatsächlich an der verlorenen Zeit, die ihn die ungewollte Unterhaltung eben gekostet hatte. Zum anderen half ihm die Geschwindigkeit auch, den inneren Druck loszuwerden. Er konnte froh sein, dass auf den Straßen wenig Verkehr war und er nur ein- oder zweimal scharf bremsen musste, als ihm ein Wagen entgegenkam.

Die Pierces waren offenbar schon losgefahren zu Eileen und Mrs Matthews, jedenfalls fand Jack das Haus leer vor. Oben in seinem Zimmer zog er sich um und betrachtete sich noch einmal im Spiegel. Er sah gut aus, trotzdem wäre ihm in diesem Augenblick ein weniger attraktives, vielleicht sogar entstelltes Gesicht lieber gewesen. Es hätte zumindest nur zu ihm und zu niemandem sonst gehört. Jack seufzte, es ließ sich nicht ändern, es sei denn, er brächte sich selbst eine Narbe oder etwas Ähnliches bei. Je länger er darüber nachdachte, desto verlockender schien ihm der Gedanke. Vielleicht würde er das tun, aber nicht jetzt, es sei denn, er wollte sein blütenweißes Smokinghemd mit Blut besudeln. Die Kirche wartete.

In St. Martin's lief Bob schon ungeduldig vor der Gran'mère auf und ab, als Jack endlich ankam. »Du hast dir ja Zeit gelassen!«

»Bin ich zu spät? Ist Eileen etwa schon hier?« Suchend sah Jack sich um, konnte aber den Wagen von Horace nirgends entdecken. Zu seiner Erleichterung auch nicht den Bentley des anderen, denn dass der hier auch noch auftauchen könnte, hielt er durchaus für möglich.

»Wenn man bedenkt, dass wir beide die Ersten sein sollten, und nicht die Gäste, bist du allerdings spät dran.« Damit deutete Bob hinter sich zur Kirche, wo Jack undeutlich zwei Leute erkannte, die unter dem Portal standen. »Die meisten sind längst drin«, fuhr Bob fort, »ich hab ihnen gesagt, wo sie Platz nehmen sollen, wie sich das für deinen Trauzeugen gehört. Und nein, Eileen ist noch nicht hier, aber schließlich müssen wir auch vorm Altar bereitstehen. Da kannst du dir schon mal angewöhnen, auf deine Frau zu warten, ich garantier dir, es wird nicht das letzte Mal sein. Keine Ahnung, warum Frauen immerzu unpünktlich sind!«

Jack gab das breite Grinsen zurück. Bob Fuller war ihm ein guter Freund geworden, bis auf Horace der einzige eigentlich. Die meisten betrachteten ihn nach wie vor als Fremden, sogar Rosie, Eileens beste Freundin, verhielt sich sehr zurückhaltend, als würde sie ihn fürchten wie der Teufel das Weihwasser. Das mochte etwas übertrieben sein, aber manchmal kam es ihm tatsächlich so vor. Auch jetzt saß sie noch zusammen mit Eileens zweiter Brautjungfer in Bobs Austin, statt auszusteigen und wenigstens ein paar Worte mit ihm zu wechseln.

»Kann bei Eileen eigentlich nicht klagen«, erwiderte Jack. »Und ich hoffe doch sehr, dass sie nicht gerade heute die berühmte Ausnahme der Regel macht.«

In diesem Moment kam Pfarrer Perrée auf sie zu. »Ah, Mr Wilson, da sind Sie ja. Wir können dann in die Kirche, die Braut wird sicher bald kommen.« Damit scheuchte er sie vorwärts, nur Rosie und Margaret blieben zurück.

Die Kirche war hübsch geschmückt für den Anlass, auf dem Altar vorn standen zwei Kerzen. Außerdem schien die Sonne durch eins der bunten Fenster und warf rot schimmernde Schatten an die Wände. Jack stellte sich auf den für ihn vorgesehenen Platz und sah auf die Uhr. Noch zehn Minuten, bis Eileen eintreffen und den langen Gang auf ihn zukommen würde. Sein Blick schweifte über die Gäste, die sich flüsternd unterhielten. Er kannte alle zumindest vom Sehen, bis auf die ältere Dame hinter den Le Pages. Er fragte sich, wer das sein mochte, doch bald schweiften seine Gedanken wieder zurück zu dem weniger erfreulichen Teil dieses Tages – der Begegnung mit dem anderen.

Lieber Gott, wie hatte er sich damals nur auf dieses Abenteuer einlassen können? Dabei wusste er nur zu gut, wie das passiert war, schlimmer sogar, er konnte es noch immer nachvollziehen. Mehr als anderthalb Jahre später, in denen er alles getan hatte, was man von ihm verlangte, nach Ende des Krieges also, war ihm erst aufgegangen, wie verrückt er damals gewesen sein musste.

September 1943 – London

Sergeant Major John W. Wilson wartete. Ein Adjutant hatte ihn bis zum Vorzimmer eines gewissen General Parkin geleitet und dann allein gelassen. Die Sekretärin im Rang eines Lieutenants bot ihm einen Kaffee an, den er ablehnte. Danach widmete sie sich schulterzuckend wieder ihrer Schreibmaschine, auf der sie jetzt schon eine Viertelstunde ohne Unterbrechung herumhämmerte.

Jack starrte auf die Verbindungstür, die zweifellos in das Büro von General Parkin führte. Er hatte keine Ahnung, was der Mann von ihm wollte, aber es musste schon etwas Wichtiges sein, sonst hätte man ihn kaum extra aus Italien herbeordert. In der gegenwärtigen Situation zählte dort unten jeder Mann, und gerade Jack war berühmt für seine Tapferkeit und Entschlossenheit im Kampf. Warum er sich so verhielt, wusste nur er selbst: Er hatte in diesem Krieg alles verloren, was man verlieren konnte – abgesehen von seinem Leben, das ihm nichts bedeutete.

Es gab keine Familie mehr, zu der er zurückkehren konnte, keine Eltern, keine Geschwister, keine Frau. Der Gedanke an Sarah schmerzte noch immer. Sie war knapp anderthalb Jahre zuvor bei dem gewaltigen Bombenangriff der Deutschen auf Exeter ums Leben gekommen. Jack konnte sich noch genau an den Tag erinnern, an dem man ihm die Nachricht überbracht hatte. An jenem Tag war etwas in ihm unwiderruflich zerbrochen.

Danach stürzte er sich auf jeden möglichen Einsatz und kämpfte an vorderster Front, aber keine Kugel traf ihn, kein Bombensplitter zerfetzte ihn. Worum andere ihn beneideten, schien ihm die schlimmste Strafe: Er war unverwundbar. Dafür geschah etwas anderes. Sein Vorgesetzter wurde auf den scheinbar so furchtlosen und mutigen Mann aufmerksam, und bald eilte ihm sein Ruf voraus. Irgendwann musste sein Name an hoher Stelle genannt worden sein, denn er bekam unerwarteterweise Order, seine Einheit zu verlassen und sich stattdessen in London zu melden.

Das Summen einer Gegensprechanlage neben der Schreibmaschine des Lieutenants beendete seine Gedanken. »Ja, Sir, sofort«, sagte sie. Und an ihn gewandt: »Sie können jetzt reingehen.«

Jack klopfte kurz an die Tür, wartete aber ein »Herein« nicht erst ab, bevor er in Parkins Büro trat. Vor ihm, an einem mit Papieren übersäten Schreibtisch, saß ein Mann in der Uniform eines Generals. Jack salutierte.

»Sergeant Major Wilson, Sir.«

Parkin legte den Kopf schief, sein Blick durchbohrte Jack. »Stehen Sie bequem, Sergeant Major«, sagte er schließlich. Seine Stimme war leise, aber sehr bestimmt, und Jack ahnte, dass der General keinen Widerspruch duldete.

»Was meinen Sie, Colonel?«, fragte er, ohne den Mann anzusehen, den er ansprach.

Jack hatte beim Eintreten den anderen sehr wohl bemerkt, sich jedoch auf den General konzentriert. Parkins Besuch trat jetzt aus dem Schatten und umrundete Jack ganz langsam, wie ein Schneider, der aus dem Gedächtnis Maß nimmt.

»Hm, nicht schlecht. Ich denke, es wäre möglich.«

Jack rührte sich nicht und schaute stur geradeaus. Wenn er eins in der Armee gelernt hatte, dann war es, abzuwarten. Fragen brachte nichts. Falls Vorgesetzte es für richtig hielten, ihre Untergebenen in etwas einzuweihen, würden sie es tun. Sonst nicht.

Der Colonel blieb direkt vor Jack stehen und sah ihm in die Augen. Sie waren gleich groß, die Augenfarbe des Colonels hatte das gleiche dunkle Braun wie Jacks. Allerdings lag darin eine Arroganz, die nicht von irgendeinem Dienstrang herrührte, sondern wie angeboren wirkte. Die Nase war gerade, das Kinn kräftig und markant.

Jack erkannte den Mann, er hatte Fotos von ihm gesehen und gelegentlich Berichte aus dritter Hand über ihn gehört, die besagten, dass der Colonel zwar ein exzellenter Offizier war, gleichzeitig aber menschlich einiges zu wünschen übrig ließ. Doch es war Krieg, und da zählten die Werte, die der Colonel mitbrachte, doppelt und dreifach.

Parkin räusperte sich. »Ich habe hier Ihre Akte vor mir, Sergeant Major, und ich muss schon sagen, das liest sich ziemlich beeindruckend. Sie haben sich bereits 1941 zu den Fallschirmjägern gemeldet, als die British Airborne Forces noch im Aufbau waren, und dann seit 1942 an mehreren Einsätzen teilgenommen – unter anderem in Bruneval unter dem Kommando von Major Frost, wo es Ihrer Kompanie gelang, wichtige Teile der deutschen Radaranlage in die Hände zu bekommen.«

»Das ist richtig, Sir.«

Der General blätterte um. »Danach haben Sie in Nordafrika gekämpft und waren zuletzt an der Einnahme Siziliens beteiligt. Sie sind nie verletzt worden?«

»Nein, Sir«, bestätigte Jack, obwohl das eine rein rhetorische Frage gewesen war.

»Dann werden Sie sich wahrscheinlich wundern, warum Sie in die Heimat gerufen wurden.«

»Ich nehme an, dafür gibt es einen triftigen Grund, Sir«, antwortete Jack vorsichtig.

»Allerdings.« Parkin klappte die Akte zu und schob sie zur Seite, bevor er weitersprach: *»Parlez-vous français?«*

»Un peu, mon général.« Aus den Augenwinkeln bekam Jack mit, dass der Colonel das Gesicht verzog. Vermutlich war Jacks Aussprache mangelhaft gewesen.

»Non, ça ne suffira pas«, stellte der Mann denn auch fest und klang beinah so französisch wie de Gaulle persönlich.

»Das ist unsere geringste Sorge«, meinte Parkin mit einer wegwerfenden Handbewegung. »Wir können das ändern. Die entscheidende Frage ist viel eher, ob der Sergeant Major zu ein bisschen mehr als Französischunterricht bereit ist.« Herausfordernd blickte er Jack an. »Wenn ich Ihre Laufbahn verfolge, kann ich schwerlich übersehen, dass Sie das Risiko lieben. Für das, was wir Ihnen vorzuschlagen haben, ist riskant noch der harmloseste Ausdruck.«

Jack war versucht, mit den Schultern zu zucken, ließ es aber bleiben. »Wenn Sie glauben, dass ich eine entsprechende Mission erfüllen kann, werde ich mein Bestes tun, Sir.« Allmählich wurde er neugierig, was die beiden Männer mit ihm vorhatten.

»Was halten Sie von unserem Colonel hier?«, fragte Parkin nach einer Pause.

Jack räusperte sich und wandte sich direkt an den Mann mit dem perfekten Französisch. »Sir, unser Land kann stolz darauf sein, jemanden wie Sie in seiner Armee zu wissen.« Auch wenn du ein arrogantes Arschloch bist, fügte er in Gedanken hinzu.

»Sollten Sie auf unseren Vorschlag eingehen, wird man das vielleicht eines Tages auch mal von Ihnen behaupten.« Der Ton, in dem der Colonel das sagte, war gönnerhaft und gefiel Jack nicht. Wenn er etwas tat, das England zum Sieg verhelfen konnte, dann sicher nicht, weil er auf Ruhm erpicht war. Dennoch schwieg er. Seine Motivation ging niemanden etwas an.

»Sie müssten sich allerdings etwas ... verändern«, sagte Parkin.

»Verändern, Sir? Heißt das, ich werde von den Airbornes abkommandiert?«

»Sagen wir, Sie würden ihnen nicht mehr in vollem Umfang zur Verfügung stehen. Worauf ich aber eigentlich hinauswollte, war etwas anderes.« Der General zögerte kaum merklich. »Meine Frage nach dem Colonel bezog sich weniger auf seine Heldentaten, obwohl es die reichlich gibt. Ich meinte eher sein Äußeres. Es würde helfen, wenn Sie es ansprechend fänden, denn für den Fall, dass Sie an dieser Mission teilnehmen, müssen Sie so aussehen wie er.«

Für einen Sekundenbruchteil starrte Jack Parkin fassungslos an, dann hatte er sich wieder in der Gewalt und ließ seinen Blick langsam über den Colonel gleiten. Abgesehen von diesem blasierten Blick, der vermutlich einer Menge Männer aus der britischen Oberklasse anhaftete, gab es äußerlich nichts an ihm auszusetzen.

Niemand wartete zu Hause auf ihn, weder eine Familie noch eine Braut, die sich an einen vollkommen veränderten Mann gewöhnen müsste. Was hatte er schon zu verlieren? Gar nichts.

»Tun Sie, was immer Sie für nötig halten, Sir.«

»Ist das Ihr Ernst?«, vergewisserte sich Parkin.

»Ja, Sir.«

»Aber Sie wissen ja noch nicht mal, was Sie eigentlich machen sollen«, mischte sich der Colonel ein.

Jack erlaubte sich, die Ausdrucksweise und die Haltung des Mannes zu kopieren, als er sich ihm zuwandte. »Sir, ich bin mir durchaus bewusst, dass der General mir kein einziges Detail Ihres Planes mitteilt, bevor er sich meiner nicht hundertprozentig sicher ist. Das wäre aus Ihrer Sicht glatter Selbstmord, oder irre ich mich?«

Wenige Sekunden lang herrschte Schweigen. Dann schüttelte der Colonel den Kopf. »Nein, Sie irren sich keineswegs, Sergeant Major.« Er legte besondere Betonung auf Jacks Dienstrang, womit klar war, dass ihm dessen Imitation seines eigenen Auftretens nicht passte.

Parkin dagegen schien amüsiert. »Colonel, ich glaube, wir haben den richtigen Mann gefunden.«

Jack behielt Recht, niemand sagte ihm, worum es bei der Mission ging. Stattdessen unterzog er sich zunächst einmal einer plastischen Operation. Als ihm die Verbände abgenommen wurden und er sich zum ersten Mal im Spiegel sah, gab es nur noch sehr wenige Merkmale, an denen er sich selbst wiedererkannte – hauptsächlich an seinen Augen, die nicht nur die gleiche Farbe hatten wie die des Colonels, sondern ebenso weit auseinander standen. Außerdem war ihnen beiden von Natur aus noch der Haaransatz an der Stirn ähnlich, doch ansonsten blickte er in ein fremdes Gesicht. Er brauchte länger als erwartet, um sich mit seinem neuen Äußeren anzufreunden, und starrte manchmal sekundenlang auf sein Spiegelbild, ohne richtig zu erfassen, dass er das sein sollte.

Bald nach der Operation begannen die Unterweisungen, und die halfen Jack, sich den veränderten Umständen anzupassen. Zunächst wurde sein Französisch aufgemöbelt, bis er fast fließend sprechen und noch besser verstehen konnte – wie der Colonel.

Noch immer erfuhr er nicht, was genau man eigentlich mit ihm vorhatte. Er vermutete, dass es zunächst nur um eine ganz bestimmte Sache ging, doch nach dem zu urteilen, was sie ihm alles eintrichterten, planten sie wohl, ihn auch später einzusetzen, falls er seine erste Aufgabe zufriedenstellend erledigte – und überlebte. Unablässig paukte Jack jede Einzelheit aus dem Leben des Colonels. Er musste nicht nur die Namen und Gesichter von dessen Untergebenen kennen, sondern ebenfalls die sämtlicher Familienmitglieder und Vorfahren, ja selbst die des ersten Mathematiklehrers und der Köchin im Haus des Colonels.

Keinem der beiden Männer gefiel es, sich mit dem anderen zusammenzusetzen. Die gegenseitige Antipathie war das Einzige, was ihnen gemeinsam war. Aber sie hatten keine Wahl. Während Jack Daten und Fakten gut alleine lernen konnte, brauchte er das Original, um sich das abzugucken, was noch wichtiger war: Er musste sich so bewegen, so reden, so handeln, sogar so denken wie der Colonel. Er musste der Colonel *werden.*

Zwangsweise verbrachten sie deshalb enorm viel Zeit miteinander. Genauso zwangsweise unterließen sie es bald, sich mit ihrem Rang anzureden. Sie hörten auf, sich wie Untergebener und vorgesetzter Offizier zu verhalten, weil Jack nur so seine Rolle wirklich lernen konnte.

Zu diesem Zeitpunkt begann Jack auch, den Colonel in Gedanken »den anderen« zu nennen. Er musste sich daran gewöhnen, zu reagieren, wenn dessen Name genannt wurde, und zwar sofort, ohne darüber nachzudenken, und das konnte er bloß, wenn es nur einen Colonel gab: ihn selbst. Der Gedanke, was der andere wohl davon halten würde, auf diese Weise degradiert zu werden, erheiterte Jack gelegentlich.

Mitte Oktober sah Jack Parkin wieder. Parkin hatte seinen Besuch angemeldet, und Jack und der andere waren übereingekommen, dass das die Generalprobe sein sollte, in der Jack beweisen konnte, was er gelernt hatte.

Parkin schritt ungeduldig auf und ab, als Jack den Raum betrat.

»General, schön, Sie zu sehen«, grüßte er und salutierte nur flüchtig.

Der General erwiderte die Geste ebenso halbherzig. »Wie macht sich unser Kandidat? Kann er Ihnen schon das Wasser reichen?«

Jack verzog die Mundwinkel und ließ ein trockenes Lachen hören. »Er bemüht sich. Für unsere Zwecke reicht es.« Diese Behauptung war ein Risiko, denn Jack wusste noch immer nicht, wo und vor allem wofür er eigentlich eingesetzt werden sollte.

»Tatsächlich?«, erkundigte sich Parkin mit hintergründigem Grinsen. »Na, Sie müssen schließlich wissen, wie, hm, intim diese Angèle Sie kennt.«

Jack verbarg seine Überraschung. »Recht gut, aber ich glaube, da gibt es keine Probleme. Der Sergeant Major ist vielleicht in manchen Dingen etwas ... einfach gestrickt, aber er ist ein passabler Schauspieler. Und es gibt Dinge, bei denen ein Mann nicht spielen muss, erst recht nicht bei einer Frau wie Angèle.« Auch das war eine gewagte Bemerkung, aber er hatte Glück.

»Einfach gestrickt?«, wiederholte Parkin. »Da bin ich anderer Meinung. Ich würde Wilson nicht unterschätzen.«

Jack lächelte. »Vielen Dank, Sir.«

Parkin brauchte einen Moment, um zu registrieren, was diese Antwort bedeutete.

»Mann Gottes! Sie sind perfekt, Jack! Wenn Sie alle so überzeugen wie mich ...«

»... habe ich England gerettet?« Belustigt bemerkte Jack, dass der General ihn in seinem Überschwang beim Vornamen genannt hatte. So was passierte garantiert nicht alle Tage. »Wäre mir eine Ehre, Sir. Aber vielleicht können wir jetzt endlich zu den Einzelheiten kommen. Der Colonel hat geschwiegen wie ein Grab, und ich würde doch gerne wissen, wofür ich hier gedrillt wurde.«

Wie Jack erfuhr, war in den nächsten Monaten, irgendwann im Frühjahr 1944, eine Invasion in Frankreich geplant, um die Deutschen zurückzuschlagen. Deshalb hatten Männer vom Geheimdienst vermehrt Kontakt zur Résistance aufgenommen. Der andere war dabei in Frankreich in Verbindung zu einer in der Normandie tätigen Gruppe getreten. Seitdem wurden über ein ausgeklügeltes Netz Informationen ausgetauscht, damit auf beiden Seiten gleichzeitig geplant und vorbereitet werden konnte.

Im Sommer waren jedoch plötzlich Verzögerungen in der Übermittlung aufgetreten, und einer der Verbindungsmänner war tot aufgefunden worden. Die Briten waren sicher, dass es bei Ihnen kein Loch in der Kette gab, und daher überzeugt, dass der Spion in Frankreich sitzen musste. Es gab nur zwei Mitglieder der kleinen Widerstandsgruppe, die dafür in Frage kamen: Angèle Vitraux oder Michel Denardier. Zwischen Angèle und dem anderen war es ziemlich bald nach ihrer ersten Begegnung zu einer Beziehung gekommen, die über die Zusammenarbeit im Widerstand weit hinausging, und es erhärtete sich der Verdacht, dass ausgerechnet Angèle die Verräterin war und als Doppelagentin des Vichy-Regimes agierte.

»Ihre Aufgabe, Sergeant Major Wilson, wird sein, über Frankreich abzuspringen, Kontakt zu Angèle und ihrer Gruppe aufzunehmen und herauszufinden, wer wirklich für den Verrat verantwortlich ist. Wenn Sie sicher sind, um wen es sich handelt, eliminieren Sie ihn – oder sie. Wir können uns weitere Verluste nicht leisten«, sagte General Parkin.

Jack ließ sich das durch den Kopf gehen und sah dann den anderen an. »Warum machst du das nicht selbst? Ist die ganze Sache, die wir hier veranstaltet haben, nicht ein bisschen zu aufwändig, um eine kleine Spionin zu entlarven?«

»Sehen Sie, Colonel«, schaltete sich Parkin ein, »ich sagte doch, Sie sollten Wilson nicht unterschätzen.«

»Verzeihung, Sir, aber das haben Sie *mir* gesagt«, schmunzelte Jack.

»Oh. Richtig. Wie auch immer, Sie haben natürlich Recht. Auch wenn Ihnen das Unternehmen nicht wichtig genug scheint, birgt es doch ein gewaltiges Risiko für den Colonel. Falls der Verräter aus irgendeinem Grund herausbekommt, dass wir ihm auf der Spur sind, wird er uns zuvorkommen und den Colonel töten, bevor wir etwas tun können.«

Jacks Blick huschte zu dem anderen hinüber. Er hätte ihn für vieles gehalten, aber nicht für feige.

»Wir brauchen den Colonel dringend bei der Invasion. Sein Spezialwissen auf dem Gebiet ... also, auf einem sehr wichtigen Gebiet ist unerlässlich für das Gelingen der Operation. Er wäre er nur sehr schwer zu ersetzen.«

Aha, es gab also noch etwas, das man ihm nicht über den anderen beigebracht hatte. Ziemlich nachlässig, dachte Jack.

»Außerdem ist das hier nur der Anfang, Sergeant Major«, bestätigte Parkin Jacks ursprüngliche Vermutung. »Wenn Sie unter Beweis gestellt haben, was Sie können, wird es möglich sein, den Colonel später an geheimen Orten einzusetzen, während Sie seinen Platz dort einnehmen, wo der Feind ihn vermuten soll – bei seinem Regiment oder nötigenfalls auch in privatem Umfeld.«

»Und falls ich in Frankreich auffliege, haben Sie die Garantie, dass ich zumindest über dieses ... Spezialgebiet des Colonels nichts preisgeben kann.«

»Ganz richtig«, sagte der andere. »Wenn du dagegen zurückkommst und weiter eingesetzt wirst, wird es unumgänglich, dich darin zumindest oberflächlich einzuweisen. Aber für diesen ersten Schritt ist das unnötig.«

In den nächsten Tagen lernte Jack alles, was er über Angèle und die Gruppe der Widerstandskämpfer wissen musste, und eine Woche nach Parkins Besuch brach Jack nach Frankreich auf.

Angèle war eine entzückende junge Französin – und tatsächlich die gesuchte Verräterin, und so blieb Jack nichts weiter übrig, als seinem Befehl zu folgen. Es kostete ihn viel Überwindung, und zum ersten Mal wurde ihm sehr drastisch deutlich, dass es einen Unterschied gab, ob man als Soldat beim Kampf an der Front einen anderen Soldaten tötete oder einen Menschen, den man persönlich kannte, aus nächster Nähe erschoss. Um diese nicht sehr beneidenswerte Erfahrung reicher kehrte er bald darauf unbeschadet nach England zurück.

Jack wurde einer anderen Brigade zugeteilt, die an seinem Aussehen nichts Ungewöhnliches fand, und beteiligte sich an den angesetzten Übungen. Größere Einsätze mit Feindberührung gab es nicht, doch selbst wenn, hätte Jack an ihnen nicht teilgenommen. Dazu war er zu wertvoll geworden. Also wartete er, bis ihn General Parkin im Frühjahr 1944 erneut rief.

Er traf auch den anderen wieder, der ihn nun notdürftig in seinem Spezialgebiet unterwies, was sich zu Jacks nicht geringem Erstaunen als Tauchen herausstellte. Der andere war darin ausgebildet, unter Wasser Messungen der Meerestiefe vorzunehmen, anhand derer man bestimmte, an welchen Küstenabschnitten die Landungsboote ihre Truppen absetzen konnten. Der zweite Teil der Aufgabe bestand darin, die entsprechenden Gebiete nach Minen abzusuchen.

»Du musst das alles nicht wirklich beherrschen«, sagte der andere und ließ in Zwischentönen anklingen, dass Jack dafür ohnehin nicht intelligent genug sei. »Aber du musst tauchen können, damit es so aussieht, als sei ich damit beschäftigt, meinen Job zu erledigen.«

»Ihr plant die Invasion da, wo du sein wirst, und ich bin für die Deutschen dort, wo sie denken sollen, dass die Invasion stattfindet?«

»Richtig. Du kannst dich übrigens beglückwünschen, immerhin wirst du einen amerikanischen Kriegshelden kennen lernen.« Diese Andeutung triefte vor Spott, der andere hielt nicht viel von den Amerikanern. Sein Vorbild, wenn er überhaupt eines hatte, hieß Montgomery und nicht Patton.

General Patton führte das Oberkommando über die Phantomarmee, die die Deutschen Glauben machen sollte, dass die Invasion am Pas de Calais statt in der Normandie stattfand. Jacks Aufgabe war es, sich bei Patton einzufinden und von England aus nachts mit einem Schnellboot auf den Kanal zu fahren, um dort auf Tauchgang zu gehen, damit die Deutschen in die Irre geführt wurden. Währenddessen tat der andere dasselbe an der richtigen Stelle und nahm korrekte Messungen vor.

Die Invasion gelang, aber der Krieg war damit nicht vorbei, ebenso wenig die Arbeit von Jack. Er und der andere wurden auf verschiedenste Weise eingesetzt, aber das Einzige, was Jack wirklich fürchtete, geschah nie: Er musste die Familie des anderen nicht kennen lernen. Schon allein das Wort »Familie« ließ seinen Magen Purzelbäume schlagen, seit er seine eigene verloren hatte.

Bei Kriegsende im Mai 1945 befand sich Jack, der inzwischen zum Lieutenant befördert worden war, bei seiner Einheit.

Mit hinter dem Kopf verschränkten Armen lag er auf einer Pritsche und starrte an die Decke. Obwohl er nicht dabei war, konnte er sich lebhaft vorstellen, wie es jetzt zu Hause in England aussah. König George VI. hatte in London vor dem Buckingham Palast gesprochen, das Volk jubelte, die ganze Welt feierte.

Für Jack gab es nichts zu feiern. Im Gegenteil.

Nicht zum ersten Mal fragte er sich, ob seine Entscheidung, General Parkins Plan damals zuzustimmen, klug gewesen war. Sein Leben war ihm unwichtig geworden, der Krieg nach Sarahs Tod nur ein Betäubungsmittel, das half, so wenig wie möglich nachdenken zu müssen. Was Parkin ihm angeboten hatte, schien wenigstens eine vernünftige

Aufgabe zu sein, aber jetzt war der Krieg vorbei und das, worauf er sich eingelassen hatte, sinnlos geworden. Jack musste irgendwie von vorn anfangen, er brauchte wieder ein eigenes Leben, sonst würde er irgendwann als die Karikatur eines Menschen enden, den er nicht ausstehen konnte.

Jack stand auf, trat zum Waschbecken, drehte den Kaltwasserhahn auf und hielt den Kopf darunter. Dann stützte er sich mit den Armen auf das Becken und sah in den Spiegel. Er spürte das kühle Wasser seine Wangen hinunterlaufen. Nur waren es nicht *seine* Wangen. Mit der Zunge fing er einen Tropfen auf und benetzte seine Lippen damit. Nur waren es nicht *seine* Lippen. Das einzige Vertraute in seinem Gesicht waren die Augen.

Er griff nach dem Handtuch, das an dem halb zerbrochenen Haken links vom Waschbecken hing, und rieb sich das Gesicht trocken. Nach einem letzten Blick in den Spiegel trat er nach draußen auf den Flur, wo er einen vorbeieilenden Corporal anhielt: »Ist Colonel Fraser hier?«

»Ja, Sir, in seinem Dienstzimmer, Sir.«

»Danke.« Jack lief die zwei Stockwerke nach oben und meldete sich bei seinem Vorgesetzten an. Kurz darauf stand er vor dessen Schreibtisch.

»Lieutenant Wilson, Sie haben dienstfrei, wenn ich mich nicht irre. Warum sind Sie nicht draußen und feiern?«

»Weil es für mich persönlich nichts zu feiern gibt, Sir.«

Colonel Fraser hob die Brauen, kommentierte aber nicht, was Jack gesagt hatte. »Was führt Sie zu mir?«, fragte er stattdessen.

»Ich möchte um Entlassung aus der Armee ersuchen.«

»Was?« Es war offensichtlich, dass Fraser damit nicht gerechnet hatte. »Sind Sie sicher?«

»Ja, Sir.«

»Ich nehme an, es hat keinen Sinn, Sie zu bitten, das nochmal zu überdenken, Wilson.«

»Nein, Sir.« Jack war klar, dass Fraser ihn gut kannte und wusste, dass er Dinge nicht leichtfertig dahinsagte.

»Hm.« Fraser rieb sich unbewusst das Kinn. »Ich bedauere diese Entscheidung sehr, Wilson. Ich denke sogar, dass sie falsch ist. Aber wie dem auch sei, ich kann das nicht allein absegnen. Ich mag zwar Ihr offizieller Vorgesetzter sein, aber letztlich unterstehen Sie anderen ... Stellen.«

»Das weiß ich, Sir. Trotzdem wollte ich Ihnen meinen Entschluss mitteilen, bevor ich General Parkin benachrichtige.«

Colonel Fraser schob einige Papiere auf seinem Tisch hin und her. »Das wird höllisch ungemütlich werden, Wilson, da sage ich Ihnen nichts Neues. Könnte sein, dass Sie Schwierigkeiten bekommen, bei denen ich Ihnen nicht helfen kann. Mir sind die Hände gebunden.«

»Ja, Sir, vielen Dank, Sir. Ich bin sicher, ich werde mich mit General Parkin einigen.«

»Einigen?«, wiederholte Fraser. »Mann, so wie Sie das sagen, gefällt mir das nicht. Seien Sie vorsichtig mit den Typen vom MI5. Mit denen muss man sich nach deren Spielregeln einigen.«

Jack erlaubte sich ein kleines Lächeln. »Mag sein, Sir. Aber ich denke doch, dass ich in diesem Fall selbst ein paar aufstellen kann.«

Fraser sagte zunächst nichts darauf, dann nickte er. »Durchaus möglich. Viel Glück, Wilson.«

Viel Glück hatte er gebraucht. Fraser war ein kluger Mann und behielt Recht, die Unterhandlungen mit General Parkin gestalteten sich schwierig. Es gab Überredungsversuche, Überzeugungsversuche, sogar ein, zwei versteckte

Drohungen, doch Jacks Entschluss stand fest. Er hatte seinem Land genug gedient, mehr als genug. Parkins Drohungen begegnete er mit seinen eigenen. Er konnte keinem wirklich großen Schaden zufügen, aber vielleicht hier und da in ein paar offenen Wunden stochern, die daraufhin eitern mochten. Das war in niemandes Sinne, also ließen sie ihn gehen.

Parkin konnte sich eine letzte giftige Bemerkung nicht verkneifen: »Vielleicht werden wir auf Sie zurückkommen, wenn es nötig wird, Lieutenant. Sie sollten sich bereithalten.«

Doch Jack hatte Besseres zu tun. Er legte keinen Wert auf die Erneuerung alter Bekanntschaften, erst recht nicht mit dem anderen. Er ließ sich einen Bart wachsen, damit er sich wenigstens so von ihm unterschied. Anfangs versuchte er es mit Haarefärben, aber blond oder rot stand ihm nun mal nicht, und so blieb er bei dunkelbraun. Zusammen mit seinen Augen waren das die einzigen Äußerlichkeiten, die er sich bewahrt hatte. Er bemühte sich, die Vergangenheit ruhen zu lassen und, so weit es ging, zu vergessen. Trotz allem fuhr er zu Colonel Frasers Beerdigung nach Dorset, als er zufällig von dessen Tod in der Zeitung las, und damit wurde Dorset zu einer weiteren Station auf Jacks nicht enden wollender Odyssee nach dem Austritt aus den Diensten der Armee und des britischen Geheimdienstes.

Juli 1952 – Jacks Hochzeitstag

Die Orgel begann zu spielen und riss Jack aus seinen Erinnerungen. Wäre der andere nicht aufgetaucht, hätte er an diesem Tag sicher keinen Gedanken an seine Vergangenheit verschwendet.

Jack hörte, dass sich das Kirchenportal öffnete, und schaute den Gang entlang. Langsam schritt Eileen mit Horace Pierce an ihrer Seite und ihren Brautjungfern hinter sich auf ihn zu. Das dritte Mädchen hatte Jack nie zuvor gesehen, aber er dachte nicht weiter darüber nach. Eileen sah bezaubernd aus, so bezaubernd, dass es ihm fast den Atem nahm.

Als sie neben ihm stand, lächelte sie ihn durch ihren Schleier an. Die Musik verstummte, und beide wandten sich Pfarrer Perrée zu, der mit der Trauung begann. Niemals hätte Jack geglaubt, ein zweites Mal lieben zu können und eine Zukunft zu haben. Doch genau das tat er in diesem Moment. Er prägte sich jedes Wort des Pfarrers ein und beantwortete die Frage, ob er Eileen zu lieben und zu ehren gedenke, mit einem lauten und deutlichen »Ja«. Dann stellte Perrée Eileen dieselbe Frage. Alles blieb still, Eileen sagte kein Wort.

Entsetzt schaute Jack zur Seite. Eileen schien seltsam abwesend, sie starrte den Pfarrer an, als habe sie ihn nicht verstanden, und Jack dämmerte, was geschehen war. Sie hatte etwas herausgefunden, sie wusste, wer der andere war, was er von ihm wollte und dass Jack ihr einen Teil seines Lebens verschwiegen hatte – nicht nur seine erste Frau, sondern vor allem die Tatsache, dass er seit 1943 nicht mehr er selbst war. O Gott, warum hatte er geschwiegen? Sie hätte das Recht gehabt, es zu wissen, vor allem, es von ihm zu erfahren statt von dem anderen. Er würde ihn umbringen, mit seinen eigenen Händen. Er würde ihn erschießen, erhängen, vierteilen oder sonst was mit ihm anstellen für das, was er ihm angetan hatte.

»Ja!«, sagte Eileen.

Im ersten Augenblick glaubte Jack sich verhört zu haben, doch da auch Perrée aufatmete – zusammen mit der gesamten Festgemeinde, wie es schien –, hatte Eileen wohl tatsächlich endlich geantwortet. Sämtliche Felsen der Pea Stacks vorn am Jerbourg Point fielen ihm vom Herzen. Eileen wollte ihn trotz allem.

Der Rest der Zeremonie verlief ohne Zwischenfälle. Er steckte Eileen den Ring an den Finger, hörte zu, wie Perrée ihre Ehe besiegelte und führte Eileen nach draußen, wo er sie endlich küsste. Vor dem Ansturm der Gratulanten blieb gerade noch genug Zeit, Eileen eine einzige Frage zuzuflüstern.

»Bist du glücklich?«

»Ja«, sagte Eileen und lächelte. »Sehr.«

Erleichtert atmete Jack auf. Allmählich wurde er ruhiger. Früher oder später musste er Eileen seine Sicht der Dinge erklären, aber nicht jetzt. Während er mit Bob Fuller schwatzte, ließ er seinen Blick über die Anwesenden gleiten. Es schien ihm, als habe er außer in St. Peter Port nie so viele Menschen auf einem Haufen gesehen, doch er wusste gleichzeitig, dass das nur Einbildung war. Da kam doch sogar der Postbote, der Eileen gerade gratulierte. Danach gab es einen kleine Pause im Strom der Gäste, und Jack beobachtete, wie Eileens Blick hinüber zur Gran'mère glitt, um deren Hals ein Blumenkranz hing, der, als er ankam, noch nicht da gewesen war. Doch das sah er nur am Rande, denn vor der Gran'mère stand der andere, der sich jetzt in Bewegung setzte und zu Eileen trat. Abrupt entschuldigte sich Jack bei Bob, der ein verdutztes Gesicht machte, doch darauf konnte er keine Rücksicht nehmen. Er kam gerade rechtzeitig, um zu hören, dass der andere fragte:

»Kann es sein, dass wir uns schon einmal begegnet sind?«

Jack begriff in dieser Sekunde zweierlei: Erstens hatte er sich getäuscht. Was immer vorhin in der Kirche in Eileen vorgegangen war, sie hatte nicht gezögert, weil sie die Wahrheit über seine Vergangenheit kannte. Das bedeutete zweitens, dass er sofort handeln musste, damit das auch so blieb.

»Das halte ich für unwahrscheinlich«, sagte er, bevor Eileen dazu kam, irgendetwas zu erwidern.

Der andere hob die Brauen und musterte Jack regungslos, bevor sich seine Lippen sarkastisch verzogen. Schließlich hatte der andere ihm selbst gesagt, dass er Eileen begegnet war, ganz davon abgesehen, dass Jack es von Eileen selbst ebenfalls wusste.

»Wie Sie meinen. Tut mir Leid, wenn ich mich geirrt haben sollte. Es lag nicht in meiner Absicht, mich aufzudrängen.« Der andere grüßte, verbeugte sich vor Eileen, drehte sich um und ging davon.

Eileens verwunderter Frage, warum er so unfreundlich gewesen sei, wich er aus, ebenso wie ihren anderen Andeutungen. Er war nur froh, dass er heute nichts mehr zu erklären haben würde.

Bei der Feier im Golden Crown konnte Jack sich schon fast wieder einbilden, der andere sei nie aufgetaucht, als gäbe es keine Vergangenheit, sondern nur die Gegenwart. Als der Akkordeonspieler sie zum Hochzeitswalzer aufforderte, zog Jack Eileen auf die kleine Tanzfläche. Er hatte schon ein paar Mal mit Eileen getanzt, sie ließ sich gut führen und schwebte fast über den Boden.

Die Kapelle begann mit dem Walzer, Jack machte die ersten Schritte – und stockte. Das durfte einfach nicht wahr sein! Warum um alles in der Welt spielten sie ausgerechnet den Anniversary Waltz? Gerade eben noch hatte er geglaubt, das Vergangene wenigstens für ein paar Stunden vergessen zu können. In dieser Sekunde fühlte Jack, dass etwas ganz furchtbar schief laufen würde. Es gab keine Zukunft mehr für sie beide. Sie hatten nie wirklich eine Chance gehabt, das Schicksal wollte etwas anderes, genauso wie damals, als Jack mit Sarah auf ihrer Hochzeit zum Anniversary Waltz tanzte. Seine Zukunft war mit Sarah gestorben, sie würde auch mit Eileen sterben, davon war Jack zutiefst überzeugt.

»Was hast du?«, fragte Eileen flüsternd in sein Ohr.

Natürlich konnte er ihr unmöglich sagen, woran er gedacht hatte. Und genauso natürlich war das Unsinn gewesen. Es gab keine bösen Vorzeichen, genauso wenig wie es das Schicksal gab. Man nahm sein Leben selbst in die Hand und machte daraus, was man konnte, so einfach war das.

Jack fand den Takt wieder und zog Eileen ganz nah an sich heran.

Viele Stunden später lagen sie nebeneinander in ihrem neuen Heim am Icart Point. Sie hatten sich zum ersten Mal geliebt, nachdem der erste Versuch in der Scheune gescheitert war, und Jack fand, dass sich das Warten durchaus gelohnt hatte. In der Scheune mochte es spontan und verwegen gewesen sein, aber sie hätten nie genug Zeit gehabt, all die Leidenschaft bis zur Neige auszukosten, ganz zu schweigen von den ständigen Befürchtungen, entdeckt zu werden. Nach einer Weile richtete er sich halb auf und küsste zärtlich Eileens Bauchnabel. Sie gab ein sehr sinnliches Stöhnen von sich, das eigentlich nur eins bedeuten konnte.

»Furie!«, lachte Jack heiser.

In diesem Moment hörten sie es beide. Die Stimme kam von draußen und rief laut und vernehmlich seinen Namen. »Jack!«

Beide fuhren hoch. Wahrscheinlich war Eileen nur erschrocken, doch im Gegensatz zu ihr wusste er sofort, wem die Stimme gehörte.

»Jack Wilson! Du bist deinen ehelichen Pflichten lange genug nachgekommen. Jetzt wird es Zeit, dass du dich an deine anderen Pflichten erinnerst.«

Jack atmete tief durch. Das ging zu weit, er würde diese Sache beenden, und zwar gleich. Obwohl er erwartet hätte, dass seine Finger vor Wut zitterten, hatte er sich so weit unter Kontrolle, dass er sein Hemd sorgfältig zuknöpfen und anschließend nach seiner Hose greifen konnte, die neben dem Bett lag. All das tat er schweigend, bemüht, Eileens fragende Miene zu ignorieren.

»Jack«, flüsterte sie schließlich. »Was tust du da? Du willst doch jetzt nicht rausgehen?«

»Doch«, gab er zurück. »Ich muss da was klarstellen, sonst werden wir keine Ruhe haben.«

»Aber du hast ihm doch gestern schon gesagt, dass ...«

»Gestern?« Und plötzlich begriff Jack. Eileen mochte nicht alles wissen, aber sicher eine ganze Menge vermuten, immerhin war sie ein kluges Mädchen und hatte wohl bei vielen Dingen eins und eins zusammengezählt. Und sie war ihm gestern Abend zum Le-Déhus-Dolmen gefolgt. »Ich hatte gleich das Gefühl, als wäre da jemand, war mir aber nicht sicher. Du bist ziemlich gut im Nachschleichen.« Er machte ihr daraus keinerlei Vorwurf, höchstens sich selbst. Er hätte ihr eben früher reinen Wein einschenken sollen, dann wäre Eileen einiges erspart geblieben. »Jedenfalls sieht es so aus, als hätte ich mich nicht deutlich genug ausgedrückt. Ich werde das nachholen müssen.« Erst als er schon halb aus dem Zimmer war, schaute Jack noch einmal zurück. Eileen saß regungslos auf dem Bett, doch für den Fall, dass sie heute genauso viel Abenteuerlust verspüren sollte wie gestern, musste er sie warnen: »Du bleibst hier, ich bin bald zurück.«

»Nein, Jack, geh nicht!«

Aber er hatte seine Entscheidung getroffen, drehte sich um und lief die Treppe hinunter. Draußen stürmte es inzwischen heftig, doch der andere stand da wie ein Fels in der Brandung und sah Jack entgegen.

»Wenn es dir nichts ausmacht, lass uns ein Stück gehen«, sagte Jack. »Ich lege keinen Wert darauf, dass Eileen uns zuhört.« Ohne auf den anderen zu warten marschierte er los in Richtung Klippen. Der andere folgte ihm zunächst schweigend, erst auf dem Klippenpfad fing er an zu sprechen.

»Du hattest deine Hochzeit, Lieutenant, ich hoffe, sie war schön.«

»Bis du gekommen bist, ja, danke.«

»Ich dachte, es könnte nicht schaden, mich in Erinnerung zu bringen«, spöttelte der andere. »Du hast wirklich Glück mit deiner Frau, Jack. Ich bin sicher, sie wird hier auf dich warten, während du im Dienst des Vaterlandes tust, was immer man dir aufträgt.«

Jack blieb stehen. Unter ihnen tobte das Meer, die Wellen brandeten gegen die Felsen, und das entsprach genau Jacks Stimmung, auch wenn er sich das nicht anmerken ließ.

»Eileen wird überhaupt nicht warten, weil ich nirgends hingehen werde. Ich sage dir das jetzt zum dritten und hoffentlich auch zum letzten Mal.«

»Willst du mir nicht mal die Chance geben zu erklären, was genau unsere Mission eigentlich ist? Bisher hast du mich ja nie ausreden lassen – obwohl ich zugeben muss, dass deine Einschätzung der Situation gar nicht schlecht war. Der Kalte Krieg hat uns und die Amerikaner in die missliche Lage gebracht, die ...«

»Gut möglich, dass sich die missliche Lage zumindest hier bis morgen Früh drastisch verschlechtert haben wird«, unterbrach ihn Jack so leise, dass es dem anderen schwer fallen musste, ihn zu verstehen. »Wenn du Krieg willst, egal ob heiß oder kalt, kannst du ihn haben.«

Der andere öffnete gerade den Mund, um etwas zu erwidern, als Jack eine Bewegung neben sich wahrnahm.

»Jack!« Offenbar hatte Eileen ihren eigenen Kopf und gar nicht daran gedacht, im Haus zu bleiben.

»Sie hätten sich nicht die Mühe machen sollen herzukommen, Mrs Wilson«, sagte der andere, bevor Jack reagieren konnte. »Was ich mit Ihrem Mann zu besprechen habe, geht nur uns zwei was an.«

»Wer sind Sie eigentlich? Was wollen Sie von uns?«, fragte Eileen aufgebracht. Der andere wandte sich wieder Jack zu, ohne darauf einzugehen.

»Du hast ihr tatsächlich nichts erzählt, alter Knabe? Auch nicht von Sarah, nehme ich an? Sehr lobenswert. Frauen, die zu viel wissen ...«

»Halt dein dreckiges Mundwerk«, fuhr Jack ihm dazwischen. »Denk lieber an das, was ich gerade gesagt habe, und nimm es ernst!«

»Das würde ich schrecklich gern, aber ich fürchte, das geht nicht.« Der andere zuckte übertrieben mit den Schultern und schob dabei wie zufällig die Hand in seine Jackentasche. Jack wusste, was kommen würde, noch bevor er sie wieder herauszog.

»Was soll das?«, fragte er unbeeindruckt. »Findest du das nicht etwas übertrieben, hier mitten in der Nacht mit einem Revolver rumzufuchteln? Glaubst du im Ernst, dieses Ding da könnte mich von irgendwas überzeugen?«

»Dich kaum. Aber möglicherweise deine Frau«, sagte der andere in neutralem Tonfall, doch es reichte, um Eileen ein Stück näher an Jack heranrücken zu lassen.

Jack konnte kaum glauben, was er da hörte. »Wie tief bist du gesunken, dass du Frauen bedrohst?«

»Ich bedrohe keine Frauen!« Der andere klang tatsächlich empört und hob die Hand, in der er die Waffe hielt. Zielsicher visierte er dabei Jacks Brustkorb an. »Ich dachte nur, deine Frau könnte vielleicht ein gutes Wort für mich einlegen. Vielleicht möchte sie ja, dass du überlebst. Außerdem darf ich dich daran erinnern, dass du es warst, der vorhin von Krieg zwischen uns beiden gesprochen und die heiße Variante nicht ausgeschlossen hat.«

»Wenn du mich umbringst, bin ich wohl kaum mehr von Nutzen«, stellte Jack ruhig fest.

»Das ist wahr. Aber deine Halsstarrigkeit lässt mir womöglich keine andere Wahl, weil ich nämlich zwei Dinge entscheiden muss. Erstens: Kann ich mich, wenn schon nicht auf deine Loyalität, so doch wenigstens auf dein Schweigen verlassen? Und zweitens, sollte die Antwort auf diese Frage nein lauten: Ist die Wahrung unseres kleinen Geheimnisses wichtiger – oder dein Leben?«

»Nein!«, rief Eileen. Dann geschah alles auf einmal. Sie stürzte sich auf den anderen, verlor dabei jedoch das Gleichgewicht, als der rechtzeitig zu Seite sprang. Eileen strauchelte und ruderte hilflos mit den Armen, während Jack verzweifelt versuchte, nach ihr zu greifen, obwohl er schon ahnte, dass er zu spät kam. In seinem Kopf übertönte der Anniversary Waltz jedes andere Geräusch, Jack hörte weder den Sturm noch die Brandung noch sonst irgendetwas. Er hörte nur die grauenhafte Musik in seinen Ohren, als er Eileen fallen sah. Wie gelähmt stand er oben auf den Klippen und starrte ihr hinterher, wie sie dem Abgrund entgegenstürzte. Ihr weißes Kleid leuchtete im Mondlicht und bauschte sich auf, bevor sie von der uneinsehbaren Tiefe verschluckt wurde.

»Das habe ich nicht gewollt«, drang eine Stimme zu ihm durch.

Langsam drehte Jack sich um und schaute den anderen an, als sähe er ihn zum ersten Mal.

»Du gottverdammter Hurensohn«, sagte er tonlos. »Lüg mich nicht auch noch an. Du kalkulierst jedes denkbare Risiko ein, und keins davon ist dir zu hoch. Eileen war dir doch ganz egal. Dir kam es nur darauf an, sie einzuschüchtern, damit sie mich zum Nachgeben drängt. Schließlich konnte sie nicht wissen, dass deine Drohung nur heiße Luft ist, weil du mich gar nicht umbringen sollst, nicht wahr, Richard? Wenn sie das gewollt hätten, wäre ich längst tot.«

Mit einem Mal nahm Jack alles um sich herum überdeutlich wahr. Er hörte auch den Wind wieder und das Meer, lauter als je zuvor. Und er sah Richard Blake in scharfen Umrissen vor sich stehen, fast wie bei Tageslicht. Nur kurz wunderte sich Jack, dass er nicht mehr automatisch an den anderen dachte, sondern ihn nun beim Namen nannte. Dann wurde ihm bewusst, warum das so war. Er zollte dem Mann in der Minute seines Todes einen gewissen Respekt. Niemand verdiente es, namenlos zu sterben, nicht einmal Richard Blake.

Mit einer einzigen blitzartigen Bewegung riss Jack Richard die Waffe aus der Hand. Richards Augen spiegelten keinen Funken Angst wider – nur die tief in ihm verwurzelte Arroganz, die zu sagen schien: Na los, schieß schon, wenn du es wagst. Schieß!

Und Jack schoss. Lautlos sackte Richard Blake auf dem Boden zusammen, plötzlich nichts weiter als eine leblose Hülle, bar jeden Hauchs von Seele, sollte er je eine besessen haben. Jack stand da, schaute auf Blake hinunter und wartete auf irgendein Gefühl, Erleichterung oder Genugtuung oder vielleicht sogar so etwas wie Reue. Immerhin hatte er gerade kaltblütig einen Menschen umgebracht. Doch nichts dergleichen machte sich breit in seinem Inneren, nicht einmal Trauer um Eileen, und das erschreckte Jack zutiefst. Es schien, als seien sämtliche Empfindungen mit Eileen gestorben.

Jack ahnte, dass er unter Schock stand, dass er irgendwann die Wirklichkeit erfassen und daran zerbrechen würde, wenn er nichts dagegen unternahm. Er richtete den Blick in den nachtschwarzen Himmel und fragte sich, was er tun konnte. Ein geradezu aberwitziger Gedanke schwirrte dabei durch seinen Kopf, so absurd, dass er ihn schon abschütteln wollte. Doch dafür war es zu spät, die Idee ließ ihn nicht los, setzte sich fest, grub sich in sein Hirn.

Jack holte aus und warf den Revolver hinunter ins Meer, dann bückte er sich, hob Blakes Leichnam hoch und schleppte ihn ins Haus, wo er ihn auf den Küchenfußboden gleiten ließ, um seine Taschen zu durchsuchen. Er fand eine Brieftasche mit etwa siebzig Pfund, einem Führerschein und einigen Visitenkarten. Aus der linken Außentasche beförderte er ein silbernes Feuerzeug und ein silbernes Zigarettenetui hervor, in dem Blakes Name eingraviert war. In der rechten Außentasche klimperte ein Schlüsselbund mit dem Autoschlüssel zum Bentley, der irgendwo draußen geparkt stehen musste. Ansonsten trug Blake nichts bei sich.

Jack ging hinauf ins Badezimmer und begann, sich sorgfältig den Bart abzunehmen. Anschließend schnitt er so gut es ging seine Haare, die etwas länger waren als Blakes. Sobald er Guernsey verlassen haben würde, musste er zu einem Friseur, der das vernünftig machte, aber vorerst reichte wohl sein eigener Schnitt. Er scheitelte die Haare wie Blake und schaute dann noch einmal prüfend in den Spiegel.

Jacks Leben war vorbei, Richard hatte es ihm genommen. Er würde dasselbe tun: ein Leben nehmen, und zwar Richards Leben. Jack sah aus wie Richard Blake, er konnte seine Stimme anpassen und sprechen wie er, er konnte sich bewegen wie er, handeln wie er, denken wie er. Das hatten sie ihm schließlich beigebracht, und einzig zu dem Zweck wollten sie, dass er zurückkam. Also würde er ihnen den Gefallen tun und Richard Blake *sein*.

Er straffte die Schultern, holte tief Luft und schloss für einen Moment die Augen. Als er sie wieder öffnete, schaute ihm ein anderer Mann entgegen. Jack Wilson war tot, er lag dort hinten in der Küche mit einer Kugel in der Brust und würde zusammen mit diesem Haus verbrennen, das einmal seine Zukunft hatte sein sollen.

Richard Blake holte aus dem Kofferraum des Ford Pilot einen Benzinkanister, dessen Inhalt er im Erdgeschoss gleichmäßig verteilte. Dann verließ er das Haus, schlug von draußen eine Scheibe ein, riss ein Streichholz an und ließ es auf den Boden des kleinen Wohnzimmers fallen. Es dauerte nicht lange, bis die Gardinen, der Teppich und kurz darauf ein Stuhl Feuer fingen, dann noch einer und schließlich das Sofa und die Anrichte, in der Eileen Wilson ihr Porzellan aufbewahrt hatte.

Für ihn gab es hier nichts mehr zu tun, er kehrte dem Haus den Rücken und lief die Straße hinauf, wo der Bentley Continental stand. Zweifellos würden die Flammen bald entdeckt werden, doch dann war er bereits weit weg.

Im Handschuhfach lag der Schlüssel eines Hotels in St. Peter Port. Dort würde er den Rest dieser Nacht verbringen, um sich am Morgen nach England einzuschiffen. Er würde direkt nach London weiterfahren, General Parkin aufsuchen und ihm erzählen, was passiert war: dass Jack Wilson leider nicht mehr zur Verfügung stand, weil er ihn hatte töten müssen. Bis er Parkin traf, würde ihm auch ein triftiger Grund dafür einfallen, den der General mit Sicherheit schluckte. Schwerer würde er vermutlich akzeptieren, dass auch Richard Blake sich nun nicht mehr bereit fand, weiter für den britischen Geheimdienst zu arbeiten, jedenfalls nicht auf lange Sicht. Aber es würde Parkin nichts weiter übrig bleiben, als auch das zu schlucken.

Richard Blake konnte schließlich tun und lassen, was ihm beliebte.

TEIL 5

1.

Schweigen senkte sich über den Raum, als Raymond geendet hatte. Nathalie brauchte eine Weile, bevor sie registrierte, dass sie sich in der Gegenwart befand und sie Daniels Hand so fest umklammerte, dass es ihn schmerzen musste. Während sie auf Guernsey nach ihrer Ohnmacht die meisten Dinge aus Eileens Leben vergessen hatte, brannte sich nun jedes Detail in ihr Gedächtnis ein, und sie war sicher, selbst die kleinste Kleinigkeit in hundert Jahren noch zu wissen. Auch wenn sie eigentlich nicht in der Lage hätte sein dürfen, die Lücken zu füllen, die Raymonds Erzählung notwendigerweise aufwies, hatte sie doch das untrügliche Gefühl, dass Jack selbst ihr zuflüsterte, was damals wirklich geschehen war.

Unwillkürlich drehte sie sich in die Richtung seines Porträts und bemerkte dabei das plötzliche Fehlen der Kälte im Raum, ganz ähnlich wie vor wenigen Tagen in Jacks Zimmer. Sie fragte sich flüchtig, ob nur ihr der Unterschied bewusst war und ob sie ihn daran festmachen konnte, dass sie eine Art geistige Vereinigung mit Jack eingegangen war. Auf seinem Bett hatte sie seine Trauer gespürt und ausgelebt – und hier unten endlich die Wahrheit über sein Leben erfahren.

An ihrer Seite drehte sich Daniel mit ihr um, um das Bild anzusehen. »Sehr beeindruckend, deine Geschichte«, sagte er.

»Du scheinst nicht sonderlich überrascht«, stellte Raymond fest. Nathalie hörte eine leichte Enttäuschung heraus.

»Nicht mehr, nein. Falls du dich erinnerst, hatte ich auch mal journalistische Ambitionen«, gab Daniel zurück. »Bei Licht betrachtet wäre es bestimmt besser gewesen, ich hätte mich gleich auf mich selbst verlassen und keine Terminprobleme vorgeschoben.«

»Das kann ich mir denken. Dir steht das Wasser wahrscheinlich bis zum Hals bei dem Gedanken, dass diese Sache publik wird, oder?«

Nathalie wollte protestierend eingreifen, als sie Raymonds deutliche Drohung hörte. Was um alles in der Welt war bloß in ihn gefahren? Doch Daniel kam ihr zuvor.

»Das kommt drauf an, was du zu tun gedenkst«, sagte er ruhig. Nathalie allerdings blieb nicht verborgen, dass die Ruhe nur gespielt war.

»Wieso tun?«, mischte sie sich nun doch ein.

»Nathalie, was ich rausgefunden habe, bedeutet, dass Daniel überhaupt kein Blake ist. Sein Vater war keiner, er war ein Mörder und ein Betrüger, also hatte weder er noch hat jetzt Daniel irgendein Recht an Mayfair Estates oder Homes for the Homeless.«

Nathalie schüttelte sprachlos den Kopf. Selbstverständlich war ihr das klar gewesen. Aber Raymond konnte doch nicht im Ernst vorhaben, sein Wissen zu benutzen, um Daniel zu schaden. »Um Himmels willen, das ist fünfzig Jahre her! Willst du wirklich ...?«

»Nein, das wird er nicht.« Daniels Stimme war um ein paar Grad abgekühlt. »Mein Vater hat sich für Mayfair Estates abgerackert, er hat die Firma zu dem gemacht, was sie ist. Homes for the Homeless gäbe es nicht mal ohne ihn, der Verband ist ganz allein sein Verdienst. Weder seine Herkunft noch die Tatsache, dass ihm der Wohlstand nicht mit dem Löffel eingetrichtert wurde, spielen dabei eine Rolle. Ich werde niemals zulassen, dass irgendjemand seinen Namen in den Schmutz zieht. Wie viel willst du?«

Raymond lachte freudlos auf. »Du bietest mir Schweigegeld? Vergiss es. So weit ist es mit mir noch nicht gekommen.«

»Was willst du dann?«

Die Stille, die sich ausbreitete, gefiel Nathalie nicht. Ihr ungutes Gefühl wurde bestätigt, als sie kurz darauf Daniel sagen hörte: »Du bist ja verrückt!« Im selben Moment verstand sie, worüber da über ihren Kopf hinweg verhandelt wurde, noch bevor Raymond es aussprach.

»Ich habe mir die Mühe gemacht, die Tatsachen auszugraben, Nathalie, damit du siehst, mit was für Menschen du es zu tun hast«, wandte er sich direkt an sie. »Daniels Vater ist vor absolut gar nichts zurückgeschreckt, und er selbst weigert sich, auch nur irgendwas davon aufzuklären. Hier besteht alles aus Lüge und Heuchelei. Ich hab's dir schon mal gesagt: Du gehörst hier nicht her.«

»Das musst du schon mir überlassen!«, zischte Nathalie wütend. »Was soll das überhaupt werden? Schacherst du um mich? Bietest du Daniel dein Schweigen, wenn er im Gegenzug dazu auf mich verzichtet? Du hast doch gerade gesagt, du wärst noch nicht so weit gekommen, andere zu erpressen. Du hast Recht, mit dir ist es sogar noch viel weiter gekommen!«

»Es tut mir Leid, wenn du das so siehst«, sagte Raymond ehrlich betroffen. »Es lag nie in meiner Absicht, Daniel zu erpressen – weder um Geld noch um dich. Vielleicht musst du wirklich hier bleiben, damit du letztlich verstehst, was ich meine. Du kannst nicht gewinnen – nicht gegen Richard Blake. Oder Jack Wilson, wenn du ihn lieber so nennen willst.«

Raymond erhob sich, und Nathalie hörte, wie seine Schritte sich entfernten. An der Tür blieb er noch einmal stehen. »Wenn du mich aufhalten willst, Daniel, musst du dich sehr anstrengen. Es wird Zeit, dass die Öffentlichkeit erfährt, wer sich jahrzehntelang hinter der Maske des angesehenen Geschäftsmannes und Wohltäters verborgen hat.« Damit drehte er sich endgültig um und verschwand.

»Was wird er tun?«, brach Nathalie einige Augenblicke später die spannungsgeladene Stille.

Daniel holte tief Luft. »Ich weiß es nicht. Aber ich schätze, ich sollte schnellstens anfangen, selbst was in die Wege zu leiten.«

»Ist das, was Raymond erzählt hat, auch das, was du rausgefunden hast?«

»Im Großen und Ganzen schon, ja. Ich schätze, ich hätte dir sagen sollen, weshalb ich wirklich so lange weg war, oder?« Daniels letzte Frage klang abwesend.

»Das hättest du wohl, aber ich hab's sowieso geahnt.«

»Hm«, machte Daniel. »Es gibt ein paar Leute, die legen noch weniger Wert darauf, dass die Sache ans Tageslicht kommt, auch wenn sie fast noch mehr geschockt waren als ich selbst, als ich bei ihnen auftauchte und Nachforschungen anstellte.«

»Was für Leute?«, hakte Nathalie nach.

»Ist wahrscheinlich besser, wenn du das nicht so genau weißt.«

»Dann lass mich raten: Militär? Geheimdienst? Vorstandsmitglieder von Mayfair Estates? Finanziers? Mitarbeiter von Homes for the Homeless?«

Bitter lachte Daniel auf. »Weißt du, das Idiotische ist, dass es da sogar Überschneidungen gibt. Ich hab das vorher selbst nicht gewusst, ich war wirklich komplett blind. Aber wie hätte ich das auch vermuten sollen? Vor seinem Tod hätte ich nie die geschäftliche Integrität meines Vaters in Frage gestellt, nie vermutet, was für Leute er vor zig Jahren dazu gebracht hat, in die Firma und den Verband zu investieren. Leute, die heute entweder noch immer was zu sagen haben oder aber deren Erben mindestens ebenso einflussreich sind. Niemand von denen ist wild darauf, dass ihre Verwicklung in die Geschäfte eines Betrügers und Mörders bekannt wird, auch wenn sie ahnungslos waren. Wenn Raymond dafür sorgt, dass die Wahrheit in allen Zeitungen steht, kommen mit Sicherheit noch ein paar andere Dinge raus, die mein Vater sich geleistet hat. Und genau da liegt der Knackpunkt. Davon nämlich haben einige Leute sehr wohl gewusst.«

Ganz offensichtlich dachte Daniel bei diesen Andeutungen an etwas Bestimmtes, etwas, das er Nathalie nicht sagen konnte oder wollte. »Du meinst, Jack hat nicht einfach irgendwann aufgehört mit seinen ... unorthodoxen Methoden, sondern weitergemacht?«

»Leider«, seufzte Daniel. »Meist für Homes for the Homeless übrigens. Das sollte es in meinen Augen vielleicht weniger unmoralisch machen, weil er damit wenigstens einen guten Zweck verfolgte – bloß fällt es mir schwer, deswegen irgendwas zu entschuldigen.«

Müde rieb sich Nathalie die Augen. »Na schön. Wenn du es so negativ ausdrücken willst, war Jack also ein Betrüger, und er hat seine Spielchen mit ein paar Leuten getrieben, die es nicht besser verdient haben. Wer erpressbar ist, hat schließlich etwas getan, was er nicht hätte tun sollen. Aber ich würde ...«

»Ach, Nathalie, das ist ein bisschen zu simpel«, schnitt Daniel ihr das Wort ab. »Eine Menge Menschen sind erpressbar, und nicht immer sind die Gründe dafür in ihrer schwarzen Seele zu suchen.«

Nathalie schwieg eine Weile, in der sie überlegte, ob sie beleidigt sein sollte, weil Daniel sie gerade eben als reichlich naiv abgestempelt hatte. Sie entschied sich dagegen. »Du hast was vergessen«, sagte sie stattdessen. »Für dich war dein Vater immer nur Richard Blake. Du hast nie etwas anderes in ihm gesehen, weil es dazu keine Veranlassung gab. Ich habe Jack anders kennen gelernt, ich war Eileen, und ihr gegenüber gab er sich so, wie er wirklich war, obwohl er ihr eine Menge verschwiegen hat. Und weil ich Eileen war, habe ich Jack auch später in diesem Haus gespürt, seine Trauer und seine Kälte, die daher rührte, dass er nichts von sich selbst preisgeben durfte, weil er nicht nur aussehen, sondern auch so werden musste wie Richard Blake, um nicht an seiner Vergangenheit zugrunde zu gehen. Er war verbittert, aber kein schlechter Mensch. Jack hätte niemandem geschadet, der nicht bis zum Hals tief im eigenen Sumpf steckte.«

Sie verstummte und wartete, doch es dauerte etwas, bis Daniel sich zu einer Antwort aufraffte. »Ich würde dir gern glauben. Aber ich kann das alles nicht so einfach akzeptieren und meinen Vater von allen Sünden freisprechen, nur weil man ihm selbst übel mitgespielt hat. Und selbst wenn du in Bezug auf seine fragwürdige Überredungskunst gegenüber seinen Geschäftspartnern Recht hättest – er bleibt trotz allem ein Mörder. Immerhin hat er Richard Blake getötet, ziemlich kaltblütig noch dazu.«

»Nein!«, widersprach Nathalie heftig. »Du kannst ihm vielleicht Totschlag vorwerfen, aber nicht Mord. Er ist einfach durchgedreht, weil Blake verantwortlich für Eileens Tod war. Was er nach dem Schuss tat, war minutiös geplant, aber nicht die Tat selbst.« Sie wusste, dass sie Recht hatte, ahnte aber gleichzeitig, dass sie Daniel das nicht begreiflich machen konnte, der vor sich hin brütete, ohne auf ihren Einwand zu reagieren. Vorsichtig streckte Nathalie ihre Hand aus und suchte nach seiner Schulter.

»Daniel«, sagte sie leise, »mach deinen Frieden mit deinem Vater.«

»Ich weiß nicht, ob ich das kann«, bezweifelte Daniel. »Unser Kampf hat zu lange gedauert, als dass ich ihn ausgerechnet nach allem, was jetzt an die Oberfläche gekommen ist, einfach beenden könnte.«

»Gegen wen willst du denn noch kämpfen? Jack ist tot.«

»Du hast es vorhin selbst gesagt: Im Gegensatz zu dir habe ich Jack nie gekannt. Er mag also tot sein. Mein Vater ist dagegen noch sehr lebendig für mich«, orakelte Daniel.

Seufzend lehnte Nathalie sich zurück und fragte sich ernsthaft besorgt, ob es das war, was Raymond ihr vorhin sagen wollte.

Daniel erhob sich, und im ersten Moment wollte Nathalie ihm folgen, doch dann hörte sie, dass er nur in der Bibliothek nervös auf und ab ging. »Außerdem geht es ja nicht nur um meine Gefühle bei der ganzen Angelegenheit, sondern ums Geschäft«, sagte er. »Ich werde nicht zulassen, dass das, was mein Vater aufgebaut hat, den Bach runtergeht und sein guter Ruf gleich mit, nur weil ein Journalist sich einbildet, den Moralapostel spielen zu müssen. Ich muss was unternehmen, bevor er es tut.«

»Raymond? Ich kann mir nicht vorstellen, dass er ernsthaft vorhat, die Sache an die große Glocke zu hängen. Das wäre nicht sein Stil, glaub mir.«

»Kennst du ihn so gut?«, fragte Daniel mit leicht aggressivem Unterton. »Ich hab auch gedacht, ihn zu kennen, und musste einsehen, dass ich mich getäuscht habe.«

Nathalie hörte, wie er sein Notebook ausschaltete, das

noch vor sich hin gesummt und von Zeit zu Zeit die Lüftung angeworfen hatte. Er klappte es zu, nahm es vom Schreibtisch und ging an Nathalie vorbei, besann sich dann eines Besseren und kehrte zu ihr zurück. Mit dem Zeigefinger berührte er ihr Gesicht, aber selbst diese sanfte und zärtliche Berührung, die sehr intim hätte sein können, fühlte sich kühl und zerstreut an.

»Tut mir Leid, Nathalie. Es wäre schön gewesen, wenn wir jetzt Zeit füreinander gehabt hätten, aber ich muss so viel erledigen ...«

Damit war er verschwunden, ohne Nathalie auch nur die Chance zu einer passenden Erwiderung zu geben.

Die Fähigkeit, sich unsichtbar zu machen, lag wohl in der Familie. Ebenso wie Susan sie perfekt beherrschte, wandte sie nun auch Daniel an. Wenn Nathalie ihn die nächsten Tage zum Frühstück und Abendessen sah, war das bereits viel. Er musste nach der langen Abwesenheit auch wieder in die Firma, aber selbst die wenigen Stunden, die übrig gewesen wären, verbrachte er mit Aktivitäten, die für Nathalie nebulös blieben. Wenn sie ihn fragte, gab er entweder ein kryptisches Murmeln von sich oder nannte ungeduldig ein paar Namen, die ihr nichts sagten.

Was er wirklich tat, konnte Nathalie nur vermuten: wie besessen versuchen zu verhindern, dass irgendjemand Wind von der Identität Richard Blakes bekam und gleichzeitig zu erfahren, was Raymond trieb. Mochte sein, dass die Namen sogar echt waren, dass es sich um Personen handelte, von denen er sich in irgendeiner Weise Hilfe versprach, oder welche, die mit anderen Geschäften abgelenkt werden mussten, damit sie was um die Ohren hatten, wenn die Wahrheit über Richard Blake in den Nachrichten erschien.

Tagsüber war Nathalie fast so oft allein wie in jener Woche, in der Daniel seine Recherchen betrieben hatte. Nur die Nächte verbrachten sie immer gemeinsam und immer voller Leidenschaft, obwohl es selbst dann Momente gab, in denen Daniel abwesend war und sie kaum wahrzunehmen schien.

Eine ganze Weile lang bemühte sich Nathalie, Verständnis und Mitgefühl zu zeigen, doch schließlich musste sie einsehen, dass genau das geschehen war, was Raymond vorausgesagt hatte. Daniels eigentliches Drama bestand in dem jahrzehntelangen schwierigen Verhältnis zu seinem Vater, dem er es nie hatte recht machen können, und zwar Nathalies Meinung nach aus einem ganz simplen Grund: Er war nicht Eileens Sohn. Jetzt wollte er offensichtlich an seinem Vater etwas wieder gutmachen, das er nie falsch gemacht hatte, für das er nichts konnte. Er hatte beschlossen, ihn um jeden Preis zu schützen. Damit befand er sich in einem Teufelskreis, aus dem nur er selbst sich befreien konnte, wenn diese Tatsache in sein Innerstes vordrang. Nathalie sah sich nicht in der Lage, ihm zu helfen, weil er viel zu verbohrt und viel zu fixiert auf sein Problem war, um Hilfe überhaupt anzunehmen.

Obwohl sie das alles verstand, war sie nicht bereit, nur dann für ihn da zu sein, wenn er sich gerade mal wieder an sie erinnerte.

»Ich fliege morgen nach Hause«, sagte Nathalie fast wie nebenbei. Ihr Kopf ruhte auf Daniels Brust, sein Arm hielt sie umfangen. Sie hatten sich geliebt, zweimal in dieser Nacht, und jetzt lagen sie erschöpft nebeneinander. »Bringst du mich zum Flughafen oder soll ich ein Taxi nehmen?«

Zunächst kam keine Reaktion, und Natahlie dachte schon, Daniel sei mit den Gedanken längst woanders.

»Bitte bleib«, sagte er endlich sehr leise. Er drehte sich auf die Seite, stützte sich auf seinen Ellenbogen, und Nathalie spürte seinen Atem auf ihrer Wange. In diesem Augenblick hätte sie ihn gern angesehen.

»Nein«, sagte sie. »Es ist besser so, und du weißt das so gut wie ich. Wir sind einander begegnet und haben uns eine Zeit lang gebraucht. Jetzt brauchst du etwas anderes, aber nicht mehr mich. Und ich muss zurück nach St. Malo und mein Leben da weiterleben, wo ich es unterbrochen habe. Wir beide müssen das, was geschehen ist, verarbeiten, und es sieht nun mal so aus, als sollten wir das allein tun.«

Daniel seufzte und ließ sich wieder auf den Rücken fallen. »Ich nehme an, es ist egal, was ich sage. Nichts wird dich umstimmen können, oder?«

Du könntest es wenigstens versuchen, dachte Nathalie traurig, obwohl sie wusste, dass sie London auf jeden Fall verlassen würde.

2.

Der Morgen zeigte sich regnerisch – der richtige Tag, um Abschied zu nehmen. Abschied von Nathalie und von dem Traum, eines Tages ein ganz normales Leben zu führen mit der Frau, die er liebte, und einem Job, der ihm Spaß machte. Stattdessen stand ihm dasselbe bevor wie seinem Vater, dessen Lebensinhalt die Firma gewesen war, weil ein Fremder seine Zukunft zerstört hatte.

Daniel hatte viel nachgedacht in den letzten Tagen. Über Jack – er nannte ihn niemals mehr Richard –, seine

Motivation, über sich selbst und weshalb ihm so viel daran lag, das Geheimnis seines Vaters zu wahren. Mittlerweile spukte in seinem Kopf ein recht deutliches Bild von Jack herum: Sein Vater musste Typen wie Blake verachtet haben, die alles hatten und das wie selbstverständlich hinnahmen. Für die der Rest der Welt aus minderbemittelten Menschen bestand, derer man sich bedienen konnte, wenn man sie gerade brauchte, ohne Rücksicht auf deren Leben. Irgendwann hatte Jack beschlossen, sich ebenfalls zu bedienen – an Leuten, die wie Blake waren oder korrupt und bestechlich und genau aus diesen Gründen erpressbar. Er hatte sich ihrer bedient wie Richard Blake, um etwas tun zu können, was nur jemand wie Jack Wilson tun konnte, nämlich Homes for the Homeless gründen. Weil er trotz des riesigen Anwesens der Blakes und trotz der Familie, die er später gründete, selbst am besten wusste, wie es war, kein Zuhause zu haben.

Wenn dieses Bild seines Vaters stimmte, war das allein Grund genug, ihn zu schützen.

Hätte Jack nicht diesen Zeitschriftenartikel mit dem Foto von Eileens Grab aufbewahrt, wäre niemals irgendwas ans Tageslicht gekommen. Daniel fragte sich, wie sein Vater so leichtsinnig hatte sein können. Und er wünschte manchmal, Jack wäre rücksichtsvoller gewesen und hätte das Blatt vernichtet, statt ihn neugierig genug zu machen, in der Vergangenheit herumzuwühlen.

In der Halle wurden Schritte laut. Daniel drehte sich um und sah kurz darauf Nathalie in der Tür stehen, ihren schmalen Koffer in der Hand. Sie lächelte und schaute wie so häufig ein wenig an ihm vorbei. Trotzdem war es erstaunlich, dass sie recht genau wusste, wo er stand, denn er hatte sich weder bewegt noch etwas gesagt. Es würde ihn nicht überraschen zu hören, dass sie auch seine Gedanken lesen konnte.

»Ich bin so weit«, kündigte sie an. Als hätten sie vor, nur mal eben zusammen in die Stadt zu fahren und einzukaufen oder ins Museum zu gehen, statt sich zu verabschieden.

Daniel nickte. »Dann lass uns fahren.« Er nahm ihr den Koffer ab und verstaute ihn kurz darauf auf dem Rücksitz des BMW, den er so gut wie nie fuhr. Aber heute war ihm nicht nach Sportwagen. Die Fahrt zum Stansted Airport dauerte viel zu lange, weil sie sie schweigend zurücklegten.

Nach dem Check-In am Terminal hätten sie Zeit für eine Tasse Kaffee gehabt, aber plötzlich wollte Daniel nur noch weg. Er kam sich mies vor, diese Behandlung hatte Nathalie nicht verdient, nicht nach allem, was sie gemeinsam durchgemacht hatten, und vor allem nicht nach all den Nächten, die hinter ihnen lagen.

»Geh ruhig«, sagte Nathalie, die auf einem Wartesessel Platz genommen hatte. »Es hat keinen Sinn, dass wir uns hier rumquälen.«

Daniel schluckte. Er war wirklich zu leicht zu durchschauen, jedenfalls für Nathalie. Er wollte sagen, dass er sich grässlich fühlte, weil alles so gekommen war. Er wollte sich entschuldigen und sie ein letztes Mal bitten, nicht zu gehen. Aber er schwieg. Er wollte sie in die Arme nehmen und nie wieder loslassen. Stattdessen griff er nach ihrer Hand, küsste die Innenfläche und legte sie auf die Sessellehne zurück. Dann drehte er sich um und ging.

In London wartete Arbeit auf ihn, und er musste weiter versuchen herauszufinden, was Raymond plante. Auch wenn er bisher nichts getan zu haben schien, war Daniel sicher, dass er bald zum großen Schlag ausholen würde. Es gab so viel zu tun.

3.

In einem Roman hätte jetzt gestanden: *Sie schaute ihm nach, bis sich seine Gestalt zwischen all den Menschen verlor und er nicht mehr zu sehen war.* Nathalie verzog den Mund. War es ein gutes Zeichen, dass ihr altvertrauter Galgenhumor sich zurückmeldete? Sie biss sich auf die Zunge und fing an, über die Optionen nachzugrübeln, die ihr blieben.

Eine halbe Stunde später wurde ihr Flug nach Dinard aufgerufen, doch Nathalie erhob sich nicht. Gedankenverloren faltete sie die Bordkarte mehrmals zusammen und wieder auseinander, bis sie eine Entscheidung fällte. Vorhin hatte sie ein Stück links von sich die Unterhaltung einer Frau mit ihrem Kind mitbekommen. Nathalie bat sie, sie zurück zum Check-In zu führen.

»Das Boarding ist fast abgeschlossen«, sagte die Dame am Schalter. »Brauchen Sie jemanden, der sie zum Gate bringt?«

»Nicht nötig, vielen Dank. Ist es möglich, den Flug umzubuchen?«

»Umbuchen?«, wiederholte die sympathische Stimme. »Möchten Sie später fliegen?«

»Nein«, schüttelte Nathalie den Kopf. »Ich möchte woandershin.«

»Nathalie! Das ist ja eine Überraschung! Kommen Sie doch rein!«

Nathalie hörte, wie Rose die Tür weit öffnete und zur Seite trat. Unsicher zögerte sie. »Ich möchte Sie nicht stören und weiß, dass es sehr unhöflich ist, Sie einfach zu überfallen, vor allem, nachdem wir ohne Abschied so überstürzt abgereist sind.«

»Unsinn!« Kurzerhand zog Rose Nathalie ins Haus und führte sie in die Küche. »Ich mache mir gerade Tee. Möchten Sie auch welchen?«

Nathalie unterdrückte ein amüsiertes Grinsen und nickte.

»Was hat Sie denn wieder nach Guernsey gebracht? Und wo haben Sie Daniel und Raymond gelassen? Oder sollte ich besser nur von Daniel sprechen? Raymond war nochmal kurz hier und schien mir recht unglücklich darüber, dass Sie beide nach London wollten.«

»Das war er wohl auch.« Dann erzählte sie Rose der Reihe nach, was seit ihrem letzten Zusammentreffen passiert war. Sie berichtete alles, was Daniel und Raymond über Jack Wilson und Richard Blake herausgefunden hatten und ließ auch nicht aus, wie die Dinge jetzt standen. »Ich musste wieder herkommen, verstehen Sie, Rose? Eileens Geschichte und Jacks Schicksal haben mich zeitweise so gefesselt, dass ich mich selbst mit Eileen identifiziert habe, gefühlt und gedacht habe wie sie. Als Raymond in London Jacks Geschichte erzählte, konnte ich Jacks Motive nachvollziehen, als wären es meine eigenen.«

Nathalie stellte sich vor, wie ihr Rose auf dem Sofa gegenübersaß, das rotblonde Haar von damals weiß, und sie anschaute, während sie sich gleichzeitig an die Vergangenheit, an ihre Freundschaft zu Eileen und an ihre Liebe zu Jack erinnerte. Jack, der nicht gestorben war in jener Nacht, der nicht in dem Grab lag, auf das sie seit über fünfzig Jahren Blumen gelegt hatte. Die ganze Geschichte musste für Rose ebenso überwältigend sein wie für Nathalie.

»Ja, das verstehe ich«, sagte Rose schließlich. »Verwechseln Sie nach wie vor manchmal noch die Gegenwart mit der Vergangenheit, Ihre mit Eileens Gefühlen?«

»Es hatte schon in London etwas nachgelassen, vielleicht weil Eileens Einfluss dort weniger stark war. Dafür spürte ich Jacks Gefühle. Es ist merkwürdig, aber nachdem ich die ganze Wahrheit erfahren hatte – und ich war mir vom ersten Augenblick an sicher, dass das, was Raymond erzählte, die Wahrheit war, weil Jack während dieser Zeit irgendwie in meinem Kopf war – also, nachdem ich wusste, was damals wirklich passiert war, kehrte die Wärme in die vorher eiskalte Bibliothek zurück. Seitdem fühle ich mich auf gewisse Weise befreit von der Vergangenheit, als sei mit der Lösung des Rätsels auch meine viel zu physische Verbindung zu Eileen abgebrochen. Sie ist nicht länger ein Teil von mir, obwohl sie mir nach wie vor sehr nahe steht. Ich fühle mit ihr, statt Eileens Empfindungen für meine zu halten.«

»Das ist gut«, befand Rose. »Und es bedeutet wohl, dass es zu Ende ist. Eileens und Jacks Geheimnis ist gelüftet.«

»Hm«, machte Nathalie nur.

»Das klingt ja wenig überzeugt.«

»Es ist nur ... Wir wissen jetzt, dass Eileen weder sich noch Jack umgebracht hat, dass ihr Tod ein Unfall war und dass nicht Jack, sondern Richard starb und warum. Aber ...«

»... Sie fragen sich, weshalb ausgerechnet Sie dazu auserkoren wurden, das alles aufzudecken.«

»Wenn ich es überhaupt je erfahre, dann hier, wo alles begann«, nickte Nathalie. »Obwohl ich, ehrlich gesagt, keine Ahnung habe, wie sich das aufklären sollte.«

»Warten wir's ab«, meinte Rose. »Bleiben Sie, so lange Sie wollen, und wagen Sie bloß nicht, in irgendein Hotel zu gehen.«

»Das kann ich nicht annehmen«, wandte Nathalie ein.

»Oh doch. Es ist das Wenigste, was ich Ihnen anbieten kann, nachdem Sie so viel für uns alle getan haben.«

»Für alle?«

»Natürlich. Vor ein paar Monaten stand ich am Icart Point und dachte, es wird allmählich Zeit, dass was passiert, wenn Eileen ihre Ruhe finden soll. Und dann kamen Sie.«

»Eileen hat doch gewusst, wie es wirklich war. Sie hat ihren Frieden bestimmt vor langer Zeit gefunden.«

»Aber außer ihr und Jack hat es keiner gewusst, auch ich nicht. Abgesehen von mir haben sie sogar alle für eine Mörderin gehalten. Und als Jack starb, gab es niemanden mehr auf dieser Welt, der die Sache hätte bereinigen können. Ich glaube, Eileen hat zwei Fliegen mit einer Klappe schlagen wollen – sie hat erreicht, dass zwei Menschen, die unmittelbar betroffen sind, endlich die Wahrheit erfahren: Daniel und ich. Damit hat sie vielleicht sogar Jack einen Gefallen getan, denn ich bin sicher, er wollte, dass sein Sohn weiß, wer sein Vater wirklich war. Sonst hätte er niemals diesen Ausschnitt aus der Zeitschrift im Safe liegen lassen. Sie haben sehr, sehr viel getan, Nathalie.«

»Möglicherweise zu viel«, sagte Nathalie leise. »Daniel zerreißt es.«

»Der Preis ist manchmal hoch«, stellte Rose fest. »Vielleicht wird er seinen Vater irgendwann verstehen.«

Nathalie hegte starke Zweifel, nahm jedoch trotzdem Roses Angebot an. Nur kurz dachte sie daran zurück, dass sie gerade auch wegen Rose und ihrer Verbindung zwischen Vergangenheit und Gegenwart von Guernsey geflohen war. Nun schien es mit einem Mal das Natürlichste der Welt zu sein, bei ihr zu bleiben.

Florence erfuhr als Einzige, wo sie sich aufhielt. Dabei bat Nathalie sie auch, in ihrem Namen ein paar Kunden zu vertrösten, die auf Specksteinarbeiten warteten. Sie hätte schließlich längst wieder zu Hause sein und die überfälligen Aufträge erfüllen sollen, möglicherweise verlor sie sogar den einen oder anderen Kunden, aber dies hier war wichtiger.

Am Icart Point fegte Nathalie der Wind um die Ohren. Sie saß auf der Bank, von der sie damals gegen Raymonds Willen aufgestanden und zu Daniel an die Klippen getreten war. Es war kühl, aber noch nicht zu kalt, und sie wollte hier sein. Dieser Ort hatte etwas Magisches, und durch den Wind und das stetige Geräusch des Meeres versuchte sie Eileens Stimme auszumachen, die ihr die Antworten gab, die sie so dringend brauchte.

»Wenn Rose Recht hat und ich so viel für dich getan habe, warum tust du also nicht zur Abwechslung auch mal was für mich und verrätst mir, wieso du mich ausgewählt hast?«

Wie erwartet, schwieg Eileen. Sie hatte wohl auch genug aus Nathalie gesprochen und würde jetzt nicht plötzlich aus den Wellen heraufsteigen, um Weisheiten zu verbreiten. Seufzend stand Nathalie auf und schlang die Arme um ihren Körper, dann drehte sie sich vorsichtig um. Der Pfad hinauf zum Parkplatz war ein wenig holprig. Sie stolperte über eine kleine Unebenheit auf dem Weg, strauchelte und stützte sich mit den Händen ab. Als sie sich aufrichtete, tauchten plötzlich kleine Blitze vor ihren Augen auf. Verwirrt blieb sie eine Weile stehen und starrte ins Dunkel. Nein, nicht ganz. Da war wieder so ein Blitz. Sie hätte nicht genau beschreiben können, was sie wahrnahm. Ein bisschen kam es ihr vor, als wäre in einem stockfinsteren Zimmer für einen Sekundenbruchteil das Licht angegangen.

Beunruhigt blieb Nathalie mehrere Minuten lang auf derselben Stelle stehen und wartete. Was war da geschehen? Sollten ihre Reisen in die Vergangenheit doch noch nicht beendet sein? Würde sie im nächsten Moment ohnmächtig werden? Ein Pärchen und ein älterer Wanderer erkundigten sich kurz hintereinander, ob sie Hilfe benötigte. Zweifellos bot die Frau, die dort regungslos ins Nichts starrte, einen seltsamen Anblick. Jedes Mal schüttelte sie dankend den Kopf. Schließlich setzte sie ihren Weg fort, einigermaßen sicher, dass sie von einer Ohnmacht verschont bleiben würde.

Der Fahrer, bei dem sie an der Icart Road in den Bus stieg, kannte sie schon, weil er sie bereits mehrmals bis dorthin gebracht oder von dort wieder abgeholt hatte. Er wusste, wo sie aus- und einstieg, und sagte ihr rechtzeitig Bescheid, sodass sie wohlbehalten zu Hause ankam. Vor der allerersten Busfahrt hatte Rose sie darauf hingewiesen, dass sich über dem Knopf, den man drücken musste, wenn man aussteigen wollte, sogar das Wort »Stopp« in Braille-Schrift befand: links zwei Punkte übereinander, schräg rechts darüber ein dritter.

Rose war nicht zu Hause, sondern unterwegs, um ihre Töpferarbeiten in die Moulin Huet Pottery zu bringen. Während Nathalies Aufenthalt in London hatte Rose Eileens Büste weiß glasiert und gebrannt. Sie stand jetzt auf dem Kaminsims, und Nathalie hätte sie gern angeschaut, gerade weil sie sie mit ihren eigenen Händen geformt hatte und trotzdem keine richtige Vorstellung davon hatte, wie sie aussah.

Als es an der Haustür läutete, machte sich Nathalie gerade einen Kaffee. Sie stellte ihren Becher auf dem Tisch ab und fand schon relativ schnell und sicher den Weg über den Flur. Sie schätzte es nicht, Türen zu öffnen und nicht sehen zu können, wer davor stand, besonders in einem fremden Haus. Aber vielleicht war es wichtig, und sie wollte Rose wenigstens ausrichten können, wer zu Besuch kam.

»Ja?«, fragte sie, als der Besucher sich weigerte, zuerst zu sprechen. Sie konnte ihm das nicht übel nehmen, weil er annehmen musste, sie wäre wie die meisten Menschen durchaus fähig, ihn zu erkennen, und wenn es sich um den Milchmann oder den Briefträger handelte, würde er kaum extra erklären müssen, was ihn zu Rose führte.

»Irgendwie hätte ich mir denken können, dass ich dich hier finde«, sagte schließlich eine wohl bekannte Stimme. »Obwohl ich schon etwas enttäuscht bin, dass du nicht wenigstens zuerst nach Hause gekommen bist.«

Nathalie lachte verunsichert, bevor sie Raymond hereinbat. »Du kennst mich ziemlich gut.«

»Geht so. Du tust ein paar Dinge, die ich weder ganz verstehen noch nachvollziehen kann. Aber du wärst keine Frau, wenn du das nicht tätest.«

Nathalie war sich ziemlich sicher, dass diese Worte von einem Lächeln begleitet wurden. »Ich hab eben Kaffee aufgesetzt«, sagte sie. »Es ist genug für zwei da.«

»So lange es kein Tee ist, trinke ich alles«, schmunzelte Raymond und half Nathalie, einen weiteren Becher aus dem Schrank zu holen.

»Was machst du auf Guernsey?«, fragte Nathalie. »Du bist doch nicht allen Ernstes meinetwegen hier. Wolltest du Rose besuchen?«

»Als ich das letzte Mal hier war, kurz nach deiner und Daniels Abreise nach London, bin ich mit Rose ziemlich aneinander geraten. Ich fürchte, ich habe mich gehörig danebenbenommen und fand es an der Zeit, mich endlich dafür zu entschuldigen. Dabei gibt es wohl keine echte Entschuldigung, außer dass ich ungeheuer wütend und frustriert war, dass ihr zwei euch aus dem Staub gemacht hattet. Aber ich hatte deshalb kein Recht, meine Wut an Rose auszulassen.«

»Man kann sich mit Rose streiten?«, fragte Nathalie verwundert.

»Und ob. Rose hatte vermutet, dass dein Ausflug in die Vergangenheit überhaupt erst zu Stande kam, weil du diese Büste von Eileen geformt hast. Ich ging dann noch ein Stück weiter und habe ihr vorgeworfen, das Ganze sei ihre Schuld, weil du ohne sie nie auch nur einen Klumpen Ton in die Hand genommen hättest.«

»Aber die Büste war doch nur die Spitze des Eisbergs. In Wirklichkeit hat ja alles schon viel früher begonnen.«

Raymond stöhnte auf. »Aber jemanden zu haben, auf den man die Verantwortung abwälzen kann, vereinfacht die Sache doch erheblich. Deshalb bin ich ja hier, um meinen Fehler zuzugeben. Ich wollte nicht einfach telefonieren, sondern das persönlich erledigen.«

Eine ganz andere Frage lag Nathalie auf der Zunge, die zu stellen sie sich fürchtete, und so legte sich Schweigen über die kleine Küche. Nur ein, zwei Vögel, die wahrscheinlich in dem kleinen Kirschbaum in Roses Garten saßen, zwitscherten draußen vor dem Fenster.

»Na, frag schon!«, forderte Raymond sie schließlich auf. Er klang erheitert, und Nathalie wusste mit einem Mal, dass sie ihn richtig eingeschätzt hatte.

»Ich glaube, das hat sich erledigt«, stellte sie fest. »Aber nach deinem Auftritt bei Daniel und deiner Drohung kannst du dir sicher vorstellen, dass er ganz anders darüber denkt.«

»Es war die einzige Möglichkeit, dir zu beweisen, wie Recht ich habe. Dass du hier bist und nicht mehr in London bei ihm, beweist ja wohl meine Theorie.«

»Ich finde das ein bisschen unfair«, wandte Nathalie ein.

»Sag ihm, dass du nichts tun wirst, sag ihm, dass das Geheimnis seines Vaters bei dir gut aufgehoben ist. Bitte.«

»Nein«, weigerte sich Raymond. »Das muss er schon selbst rausfinden.«

»Aber wie soll er das? Er sitzt wie auf einem Pulverfass, weil er nie sicher sein kann, dass du irgendwann die ganze Geschichte ans Tageslicht zerrst. Warum bist du so grausam? Du hast doch, was du wolltest. Ich habe eingesehen, dass ich nicht gewinnen kann, wie du gesagt hast, weil die Bindung an Jack immer stärker sein wird als alle Gefühle, die Daniel mir entgegenbringt. Reicht dir das nicht?«

Raymonds Finger trommelten leise und rhythmisch auf den Küchentisch, während er darüber nachdachte. Nathalie versuchte, sich in ihn hineinzuversetzen, und kam zu dem Schluss, dass er einen Kampf ausfocht zwischen dem noblen Ritter, der jetzt mit Leichtigkeit nachgeben konnte, weil er erreicht hatte, was er wollte, und dem selbstgerechten Mann, der fand, dass Daniel es verdient hatte, noch ein bisschen weiterzuschmoren, weil er das Burgfräulein geraubt hatte. Der Kampf endete unentschieden, eine weitere Runde irgendwann in der Zukunft wurde festgelegt.

»Selbst wenn ich jetzt zu Daniel gehen und ihm versichern würde, meinen Mund zu halten – er wird mir nicht glauben, nach allem, was vorgefallen ist.«

Nathalie musste zugeben, dass Raymond Recht hatte. In diesem Augenlick kam Rose nach Hause und zeigte sich ebenso erstaunt wie Nathalie über den unvermuteten Besuch. Sie nahm Raymonds Entschuldigung mit Würde entgegen. »Freut mich, dass Sie zur Einsicht gekommen sind. Wie ist es, essen Sie mit uns zu Abend? Ich habe aus der Markthalle frischen Fisch mitgebracht!«

Es war spät, als Raymond sich schließlich verabschiedete und Nathalie ihn zur Tür brachte.

»Wo bist du denn untergekommen?«

»Nicht ganz so komfortabel wie letztes Mal, aber ich wollte ja auch nur eine Nacht bleiben, und dafür reicht die kleine Pension in St. Peter Port.«

»Das heißt, du fährst morgen schon wieder zurück?«

»Ja.« Nach kurzem Zögern fügte er hinzu: »Könnte sein, dass noch der eine oder andere Platz auf der Fähre frei ist.«

Nathalie senkte einen Moment den Kopf. Als sie ihn wieder hob, rang sie sich ein Lächeln ab. »Nein, Raymond. Ich bin hier noch nicht fertig.«

»Schätze, das muss ich akzeptieren. Wenn du so weit bist, weißt du, wo du mich findest.«

Statt zu nicken, wie sie es eigentlich vorgehabt hatte, sagte sie jedoch: »Danke. Aber ich frage mich, ob ich deine Erwartungen erfüllen kann. Es ist so viel geschehen, für das ich zumindest einen Teil der Verantwortung trage, und ich habe keine Ahnung, wie mein Leben in Zukunft aussehen wird. Vielleicht kann ich wirklich genau da weitermachen, wo ich aufgehört habe. Vielleicht muss ich alles neu ordnen.«

»Ohne Altlasten meinst du?«

Jetzt nickte Nathalie doch. »Klingt das sehr überheblich?«

Raymond lachte leise. »Nur ein bisschen. Ich verstehe schon, was du meinst. Wenn du glaubst, dass es für dich das Beste ist, muss es wohl so sein. Wer bin ich, dass ich dir vorschreibe, was du zu tun und zu lassen hast?«

»Ganz neue und gleichzeitig altbekannte Töne von dem Raymond, den ich mal kannte!«

»Mag sein, dass mich diese Sache nicht so unmittelbar betroffen hat wie dich und Daniel, etwas hat sie auf jeden Fall auch mit mir angestellt. Zu meinem Nachteil, wie ich gestehen muss. Aber selbst ich bin lernfähig und vermeide es, dieselben Fehler ein zweites Mal zu machen. Das Angebot steht, Nathalie. Ich bin in St. Malo – wenn du willst, als Mann. Wenn du willst, als Freund.«

»Das ist sehr großzügig von dir.«

Raymond beugte sich hinunter und küsste Nathalies Stirn. »Viel Glück.«

Nathalie hörte seine Schritte auf dem Weg, hörte, wie die kleine Pforte ins Schloss fiel, und hob den Arm, um zu winken.

Sie wusste, dass Raymond sich noch einmal umdrehte und die Geste sah.

Die Bibliothek lag im Dunkeln. Nathalie tastete nach dem Lichtschalter, und kurz darauf schaute sie auf das Bild des Mannes, den alle als Richard Blake kannten, der jedoch in Wirklichkeit Jack Wilson hieß.

Zum ersten Mal sah sie das Porträt, sah den Mann, den sie bisher nur in jungen Jahren gekannt hatte. Auf den ersten Blick verrieten seine braunen Augen nichts, doch während sie ihn betrachtete, veränderten sie sich, verschwand die Kälte daraus und wich einem warmen Ausdruck, der sie an den Jack Wilson erinnerte, dem sie einst begegnet war.

»Sieh mich an«, sagte Jack und wiederholte den Satz wieder und wieder, schneller und schneller, bis sich alles um Nathalie drehte. Von irgendwo ertönte das helle Lachen einer Frau. Verwundert schaute Nathalie sich um, doch da war niemand. Als sie ihren Blick zurück auf Jacks Porträt richtete, stand Eileen in ihrem weißen Hochzeitskleid neben ihm und deutete aus dem Bilderrahmen direkt in die Bibliothek.

»Ach, Jack«, sagte sie kopfschüttelnd. »Wie hast du es da bloß all die Jahre ausgehalten?«

Der jung gewordene Jack erhob sich und nahm Eileens

Hände in seine. Einen Moment lang sah er sie nur an, dabei nahm er jede Kleinigkeit von ihr in sich auf. Dann lächelte er. Und zum ersten Mal seit jener schicksalhaften Nacht vor einem halben Jahrhundert erreichte sein Lächeln wieder seine Augen und sein Herz.

»Ich habe auf dich gewartet, Liebes.«

Mit einem Ruck fuhr Nathalie hoch und sah sich orientierungslos um. Sie erkannte jedoch nur graue Umrisse. Die Bibliothek war fort, das Zimmer, in dem sie lag, ganz fremd. Erst langsam kam sie wieder darauf, wo sie sich befand. Der Mond schien durch die zugezogenen Gardinen und warf ein verschwommenes Schattenspiel an die Wände. Alles waberte, schien unruhig, nichts stand still. Nathalie fühlte sich an ein Erlebnis aus der Kindheit erinnert, wo sie einmal mitten in der Nacht aufgewacht war und geglaubt hatte, in einer Schiffsschaukel zu sitzen, weil die Fenster, die Decke, die Wände nacheinander auf sie zukamen, um dann wieder von ihr fortzuschwingen. Sie hob ihre Hände an die Schläfen, schloss die Augen und wagte nicht, sie wieder zu öffnen. Bestimmt würde ihr dann von der schwindelerregenden Bewegung des Raumes übel. So lange sie die Augen geschlossen hielt, blieb alles schwarz und dunkel, und nichts tanzte vor ihrem Gesicht. Das war besser.

Vorsichtig ließ sich Nathalie zurück ins Kissen gleiten und dachte zurück an ihr Traumbild. Eigentlich sollte ein von zwei Toten bevölkerter Traum unheimlich sein, aber stattdessen musste Nathalie lächeln. Sie wünschte, Eileen und Jack wären irgendwo tatsächlich so glücklich wie in jenem Bild.

»Aufstehen, Sie Schlafmütze! Zeit fürs Frühstück!«

Nathalie fuhr im Bett hoch, als Rose laut an die Zimmertür klopfte. Fast erwartete sie wieder, die Wände auf sich zukommen zu sehen wie letzte Nacht, und wappnete sich dagegen. Dann schlug sie die Augen auf und begriff, dass sie keine Angst vor einem simplen Traum zu haben brauchte. Nichts bewegte sich in der ewigen Schwärze. Dabei waren beide Träume – jener von dem Porträt und der von dem seltsam grauen Zimmer so irritierend realistisch gewesen.

»Und was haben Sie heute vor?«, fragte Rose eine halbe Stunde später, während sie ihrem Gast massenweise Rührei mit Schnittlauch auf den Teller häufte. »Doch nicht schon wieder zum Icart Point? Ich muss sagen, es gefällt mir nicht, dass Sie dauernd da hingehen. Der Ort macht Sie noch ganz kirre.«

»Nein, ich glaube, ich ändere mein Programm mal ein bisschen«, stimmte Nathalie zu, obwohl sie Roses Bedenken keineswegs teilte. »Wann waren Sie das letzte Mal auf dem Friedhof bei Eileen?«

»Letzte Woche. Warum fragen Sie? Möchten Sie hin?«

»Eigentlich eher zu Richard Blakes Grab. Ich war schon mal mit Daniel und Raymond dort, allerdings haben wir es damals noch für Jacks letzte Ruhestätte gehalten. Schon merkwürdig, ich konnte damals keine Trauer empfinden und wusste nicht, weshalb.«

»Wahrscheinlich haben Sie gespürt, dass sie um den Falschen trauern würden. Der Mann, der dort liegt, hat Unglück über viele Menschen gebracht. Wenn ich mir vorstelle, wie oft ich Blumen hingebracht habe, ohne zu ahnen, dass er die Schuld an allem trägt.«

Nathalie schob sich eine Gabel Rührei und gebackene Bohnen in den Mund. Je wieder auf dieses englische Frühstück zu verzichten würde ihr ausgesprochen schwer fallen. »Richard Blake ist ja eigentlich anonym beerdigt worden. Dabei hatte er in England wie jeder andere Mensch auch Verwandte, die keine Chance bekamen, sein Grab zu pflegen. Sie haben das stattdessen getan, und das ist ...«

»Jetzt sagen Sie bloß nicht nobel«, unterbrach Rose Nathalie gut gelaunt. »Schließlich hatte ich nicht die geringste Ahnung davon.«

»Da wären wir«, stellte Rose fest, nachdem sie zuvor auf Eileens Grab einen Strauß frische Fresien gelegt hatten. »Richard Blake liegt zu unseren Füßen.«

Noch einmal erlebte Nathalie mit, wie Eileen Richard das erste Mal gesehen hatte, wie er dann vor der Kirche aufgetaucht war und später in der Nacht Jack bedrohte. Sie zitterte vor Wut und Angst, weil ihr Leben mit Jack von einem Fremden in Frage gestellt wurde, dessen Motive völlig im Dunkeln blieben. Weil nicht einmal ihr Mann sie in seine Vergangenheit einweihen wollte, in der ein geheimnisvoller Doppelgänger eine so große Rolle spielte. Sie sollte Richard Blake dafür hassen, doch sie tat es nicht. Der Mann hatte mit seinem Leben bezahlt und sich auf seine eigene Weise an Jack gerächt, dem es nie gelungen war, glücklich oder wenigstens zufrieden zu sein.

Nathalies Augen wurden ein bisschen feucht, ein Kloß machte sich in ihrem Hals breit. Sie blinzelte die aufkommenden Tränen zurück – und erstarrte. Für den Bruchteil einer Sekunde glaubte sie, die Umrisse von Jacks oder besser Richards Grabstein vor sich zu sehen und dahinter etwas Grünes.

»Was haben Sie?«, hörte sie wie durch Watte Roses besorgte Stimme.

Nathalie fuhr sich mit den Händen über die Augen und

wandte mühsam ihren Kopf nach links. »Nichts«, sagte sie krächzend. Schon zum zweiten Mal musste sie sich fragen, ob die Vergangenheit sie einholte, diesmal passenderweise am Grab von Richard Blake. Gleichzeitig wäre das widersinnig, weil zu Eileens Zeit gar kein Grab existierte. Was passierte mit ihr?

»Das sieht mir aber anders aus«, befand Rose. »Sie sind ja ganz weiß um die Nase. Kommen Sie, gehen wir ein Stück.« Rigoros nahm sie Nathalie bei der Hand und zog sie mit sich. Dabei musste sie sie fast fortzerren, weil Nathalies Körper sich weigerte, sich freiwillig von der Stelle zu bewegen. Erst als sie ein paar Meter entfernt waren, löste sich ihre Spannung.

»Haben Sie irgendwas gesehen?«, fragte Rose, die merkte, dass es Nathalie etwas besser ging.

»Gesehen?«, echote Nathalie fassungslos. Woher konnte Rose das wissen? Und hatte sie überhaupt etwas gesehen oder war das nur ihre Einbildung gewesen?

»Ich meine irgendwelche Bilder aus der Vergangenheit«, erklärte Rose.

Nathalie schüttelte den Kopf und suchte nach einer plausiblen Erklärung. »Nein. Mir fiel nur gerade wieder ein Teil meines Traums von letzter Nacht ein.«

»Das muss aber ein recht schlimmer Traum gewesen sein. Verzeihen Sie, wenn ich frage, ich weiß, es geht mich nichts an, aber hatte es was mit Daniel zu tun? Ich habe das Gefühl, Sie denken noch sehr viel an ihn.«

»Mehr als gut für mich ist?«, fragte Nathalie zurück, ohne direkt auf Roses Frage einzugehen.

»Die Einzige, die das beurteilen kann, sind Sie, mein Kind. Ich finde, Sie sollten sich nicht für alles verantwortlich fühlen, was Daniel jetzt durchmacht, nur weil Sie damals das Foto geknipst haben«, sagte Rose. »Ich glaube an das Schicksal, und wenn das wollte, dass Daniel über seinen Vater Bescheid weiß, dann wäre das früher oder später auch so gekommen, mit oder ohne Ihr Zutun. – Vorsicht, Stufe.«

Abrupt blieb Nathalie stehen. Inzwischen hatten sie den Friedhof verlassen und waren auf die Straße getreten. Sie drehte sich um und sah sich plötzlich mit einer undeutlichen grauen Gestalt konfrontiert. Sie wirkte verwaschen, ein wenig schemenhaft, aber Nathalie erkannte die Form der Gran'mère, um deren Hals etwas Farbiges zu hängen schien. Nach dem nächsten Lidschlag jedoch blieb nur Schwärze zurück.

»Wie sieht die Gran'mère heute aus?« Nathalie kam ihre eigene Stimme hölzern vor.

»Freundlich wie immer. Außerdem muss kürzlich jemand geheiratet haben, da liegt noch ein Dahlienkranz um ihre Schultern. Eine Kirche ist schon ein seltsamer Ort, Tod und Leben sind nirgendwo sonst so nah beieinander.«

Geistesabwesend nickte Nathalie. Was geschah mit ihren Augen? Sie wagte nicht, an ihren winzigen Hoffnungsschimmer zu denken, an den Begriff, an den zu glauben sie sich seit langem schon weigerte. Und doch schwebte er plötzlich vor ihr: temporäre Erblindung. Sie durfte sich einfach keinen falschen Hoffnungen hingeben. Ihre Knie wurden zu Gummi, sie riss sich jedoch zusammen, bevor Rose wieder nachfragte. Alles war in Ordnung, alles war so wie immer.

Als sie am Abend mit Rose im Wohnzimmer saß, die mit Hingabe eine alte Folge von *Das Haus am Eaton Place* anschaute, war sie zu der Überzeugung gelangt, dass ihre ohne Vorwarnung auftauchende scheinbare Sehfähigkeit nur Momentaufnahmen von etwas waren, das sie irgendwann einmal gesehen, im Gedächtnis gespeichert und zu einem beliebigen Zeitpunkt abgerufen hatte. Statt sich weiter mit diesem Phänomen zu beschäftigen, versuchte sie sich mit aller Macht auf die Serie im Fernsehen zu konzentrieren, die sie wegen der vielen Dialoge gut verfolgen konnte. Wäre Rose allerdings zwischendrin eingeschlafen und hätte Nathalie hinterher gefragt, ob denn nun Lady Marjorie beim Untergang der Titanic umgekommen sei, wäre sie ihr eine Antwort schuldig geblieben.

»Ich bin heute mit einer alten Freundin in St. Peter Port verabredet«, sagte Rose am nächsten Morgen. »Soll ich Sie in die Stadt mitnehmen?«

Nur einen Augenblick lang überlegte Nathalie, dann nickte sie. »Gern. Da ist übrigens was, was ich Sie schon immer fragen wollte: Gibt es das Café Berthold noch?«

»Ach du liebe Güte, nein! Ich weiß gar nicht, wie viele Geschäfte sich da im Laufe der Zeit abgewechselt haben. Aber inzwischen ist tatsächlich wieder ein Café drin, es heißt Dix-Neuf. Möchten Sie hin?«

»Wenn ich sowieso in der Stadt bin, bestimmt.«

Am Spätnachmittag setzte Rose Nathalie an der Town Church ab. Von dort waren es nur ein paar Minuten zur Commercial Arcade, wo sich Nathalie im Dix-Neuf einen Platz suchte, der ziemlich genau dem entsprechen musste, auf dem Eileen fünfzig Jahre zuvor gesessen und Jack zum ersten Mal gesehen hatte. Es gab nicht sehr viele Tische draußen, und Tante May war damals auf einen der mittleren zugesteuert.

Die Kellnerin stellte einen Milchkaffee und einen mit Erdbeermarmelade bestrichenen Scone, der verführerisch frisch duftete, vor Nathalie hin. Nathalie biss hinein, legte den Rest auf den Teller und leckte ihre klebrigen Finger ab. Tante May hätte dieses Verhalten wohl nicht gutgeheißen, dachte Nathalie amüsiert. Dann starrte sie geradeaus und rief sich das Bild der damaligen Commercial Arcade in Erinnerung. Da war ein Tabakladen gewesen, eine Parfümerie, ein Juwelier, natürlich Granger's Laden für Gärtnereibedarf und einige andere Geschäfte ein Stück weiter hinten. Das Bild war plötzlich so ungeheuer deutlich, als hätte sich die Gegenwart um Nathalie aufgelöst und in die Vergangenheit verwandelt. Sogar die Frau mit dem Kinderwagen, mit der Jack fast zusammenprallen sollte, kam gerade um die Ecke von der High Street heraufspaziert. Und Nathalie *sah* all diese Dinge und Menschen.

Ihr Herz begann zu klopfen. Noch nie zuvor hatten sich beide Zeiten miteinander vermischt, sodass sie alles gleichzeitig wahrnehmen konnte. Sie spürte noch den Geschmack des Scones auf ihrer Zunge statt des Kuchens, den Eileen damals gehabt hatte, und hörte doch parallel dazu die Klingel eines Fahrrades, das ein kleiner Junge gerade direkt vor dem Café an ihr vorbeischob. Das Fahrrad war altmodisch und schwarz und viel zu groß für den Jungen.

Nathalie wurde schwindelig. Erschrocken erinnerte sie sich an ähnliche Empfindungen, kurz bevor sie ihre Reise in die Vergangenheit angetreten hatte.

Nicht wieder, flehte sie. Bitte nicht nochmal!

Sie schloss die Augen, als könne sie damit das Schwindelgefühl und das Bild der Straße in sich auslöschen, zog den Kopf zwischen ihre Schultern und klammerte sich mit beiden Händen an ihrem Stuhl fest. Der wenigstens schien real und sehr gegenwärtig zu sein, damals gab es hier keine Plastikstühle.

»Geht es Ihnen nicht gut?«, erkundigte sich eine weit entfernte Stimme. »Brauchen Sie ein Glas Wasser?«

Es erschien Nathalie wie ein Wunder, ein paar Worte

hervorbringen zu können. »Nein, vielen Dank. Ist gleich vorbei.«

Sie spürte, dass die Frau, die gefragt hatte, noch etwas unschlüssig neben ihr stehen blieb, bis sie sich wieder auf ihren eigenen Stuhl setzte. »Wie Sie meinen.«

Mühsam gelang es Nathalie, sich zu entspannen, sie hob den Kopf und öffnete die Augen. Erneut stürmten die Eindrücke der Straße auf sie ein, aber diesmal war sie darauf gefasst und reagierte weniger panisch. Sie spürte, dass sie immer noch sie selbst und in der Gegenwart war und die Vergangenheit vermutlich deshalb sah, weil sie ausgerechnet hier an dieser Stelle saß. Wenn sie aufstünde und ginge, würde sich alles in Luft auflösen. Alles, was passierte, spielte sich ausschließlich in ihrem Kopf ab. Sie wusste das und fand doch nicht die Kraft, sich zu erheben.

Stattdessen sah sie, wie sich die Tür zu Granger's Laden öffnete und Jack heraustrat. Beinahe hätte sie die Hand gehoben und ihn gerufen. Da kam die Frau mit dem Kinderwagen, Jack wich ihr aus und wandte sich kurz darauf um. Grüßend tippte er leicht mit dem Finger an seine Mütze und neigte den Kopf. Er lächelte. Nathalie lächelte zurück und vergaß ihre Angst.

Dann geschah etwas Merkwürdiges. Die Tür zu Granger's Laden öffnete sich erneut, ein Mann trat heraus, blond und kleiner als Jack. Sie konnte das Gesicht nicht genau erkennen, es war ein wenig verschwommen und undeutlich, so als wäre Nathalie kurzsichtig und trüge keine Brille. Der Mann hielt etwas in der Hand, das aussah wie eine Tüte, und lief genau auf Jack zu. Er erreichte ihn – und verschmolz mit ihm. Jack war fort. Zurück blieb der blonde Mann, der in seine Tüte schaute und etwas herausholte, das er genau in Augenschein nahm.

Nathalie schluckte. Das war unmöglich. Dieser Mann gehörte hier nicht her. Und wo war Jack? Verwirrt sah sie die Commercial Arcade hinunter bis zur High Street, aber Jack blieb verschwunden. Oder war er irgendwo zwischen all den blassbunten Schemen untergetaucht, die auf der Straße umherliefen? Komischerweise verschwammen die Gestalten immer mehr, je weiter sie von Nathalie entfernt waren. Der blonde Mann war gerade noch als solcher zu identifizieren.

Nathalies Blick flog zurück zu Granger's, doch das war nicht mehr Granger's. Sie konnte den Schriftzug über dem Laden nicht entziffern, aber die Tür- und Fensterrahmen kamen ihr ein bisschen dunkler vor, jedenfalls nicht weiß, wie sie hätten sein müssen. Es schien dieselbe undefinierbare Farbe zu sein wie das, was der Mann gerade als Nächstes aus der Tüte holte: ein schmales und langes Stück Stoff. Eine Krawatte? Dann machte er auf dem Absatz kehrt und ging in das Geschäft zurück.

Stocksteif verharrte Nathalie auf ihrem Stuhl. Sie wagte kaum zu atmen, geschweige denn, sich zu rühren. Passierte das alles auch nur in ihrem Kopf? Und wenn nicht, was bedeutete es? Wenn das hier nicht mehr die Vergangenheit war, musste es die Gegenwart sein. Oder schlicht ihre Fantasie? Nach einer Weile spürte sie ihren schmerzenden Nacken. Wenn sie noch länger so sitzen blieb, würde sie einen Muskelkrampf bekommen. Atemlos sank sie in sich zusammen. Wie vorhin schloss sie die Augen und nahm sich vor, sie nicht wieder zu öffnen. Zu sehr fürchtete sie sich vor dem, was sie sehen würde. Oder *nicht* sehen würde.

Nach schier endlosen Minuten hörte sie, wie am Nebentisch kassiert wurde. Ohne sich umzudrehen bat sie ebenfalls um die Rechnung und machte sich, nachdem sie gezahlt hatte, ganz langsam auf den Weg zum Busbahnhof.

Das Dunkel vor ihren noch immer geschlossenen Augen schien ihr weniger dunkel als sonst, irgendwie rötlicher. Natürlich konnte sie nicht ewig auf diese Weise durch die Gegend laufen, das wäre kindisch und albern. Aber gerade jetzt war ihr nicht danach, besonders mutig zu sein, und deshalb hielt sie die Augen während der gesamten Busfahrt und des Weges von der Haltestelle zu Roses Cottage geschlossen.

Rose war noch bei ihrer Freundin, weshalb Nathalie bald darauf vor der Haustür stand und blind in ihrer Tasche nach dem Schlüssel kramte. Sie war nervös, ihre Finger flogen, beinah hätte sie ihre Tasche fallen lassen.

»Verdammt, verdammt, verdammt«, schimpfte sie und merkte, dass ihre Stimme ganz heiser klang. Endlich erwischte sie den Schlüssel und tastete nach dem Schloss. Normalerweise hatte sie keine Schwierigkeiten, die Tür aufzuschließen, aber heute gelang ihr auch das nicht auf Anhieb. Nathalie war mit den Nerven am Ende, sie merkte gar nicht, wie sich ihre Augen automatisch öffneten. Und da war es: das Schloss. Direkt unter ihr. Der Türknauf aus Messing, etwas zerkratzt. Das Holz der Tür war hellgrün, zumindest sah es für Nathalie so aus. Es mochte in Wirklichkeit dunkler sein, aber es war eindeutig grün.

Mit wackligen Knien trat Nathalie zwei Schritte zurück und schaute an der Fassade des Hauses hinauf. Es war gelb verputzt. Hellgelb, und die Fensterrahmen waren in demselben Grün gestrichen wie die Tür. Vor dem Eingang standen links und rechts Blumenkübel mit hellvioletten Petunien. Alles, was sie sah, war irgendwie hell und verwaschen. Nathalie fuhr sich mit den Händen über beide Augen wie gestern auf dem Friedhof. Sie wollte den Schleier fortwischen, der dort lag, aber das Verschwommene blieb.

Nathalie hielt noch immer den Schlüsselbund in der

Hand, jetzt schloss sie die Tür endgültig auf und lehnte sich gegen die Wand im Flur. Es war dämmrig hier drin, alles zeigte schmutzige Grautöne.

Ich sollte das Licht einschalten, dachte sie. Stattdessen stieß sie sich von der Wand ab, lief die Treppe hinauf und suchte Zuflucht in ihrem Zimmer. Sie fror mit einem Mal, bebte wie unter Schüttelfrost, kalter Schweiß brach ihr aus, der Puls raste, und das Atmen fiel ihr schwer.

»Schock«, sagte sie laut. »Ich stehe unter Schock.« Hastig zog sie sich aus und redete dabei weiter mit sich selbst. »Aber wenn ich das noch mitkriege, kann es nicht so schlimm sein, oder? Ist ja auch weiter gar nichts passiert. Ich kann nur plötzlich sehen.«

Bibbernd kroch sie ins Bett und wickelte sich fest in die Decke. »Wärme ist gut bei Schock«, murmelte Nathalie in ihr Kissen. Regungslos blieb sie liegen, und während sie wartete, dass sie aufhörte zu zittern, glitt sie unmerklich und völlig erschöpft in den Schlaf hinüber.

Träge streckte Nathalie die Hand nach ihrer Uhr aus, die auf dem Nachttisch liegen sollte. Sie fand sie nicht, und überhaupt war irgendwas anders als sonst. Sie tastete an ihrem Körper entlang. Wieso schlief sie nackt? Abgesehen von der Armbanduhr wenigstens, die sie deshalb nicht auf dem Nachttisch gefunden hatte, weil sie sie noch trug.

Verschlafen setzte sie sich auf und blinzelte in den Raum. Die Sonne, die durchs Fenster hereinschien, blendete sie. Unwillkürlich kniff Nathalie schützend die Augen zusammen.

Und riss sie wieder auf.

Mit einem Schlag war die Erinnerung an gestern da. Die Commercial Arcade, der blonde Mann, die fremden Geschäfte, Roses Haus, die Blumenkübel. Ganz allmählich wurden die Bilder überlagert von dem ihres Zimmers, und sie konnte sich nicht entscheiden, wohin sie zuerst sehen sollte.

Versuchsweise schaute sie geradeaus zum Fenster. Die Sonne war weitergewandert und blendete sie nicht mehr. Nathalie sah das Blau des Himmels und davor die Äste eines Baumes. Rechts und links des Fensters hingen Gardinen in gedecktem Orange, unter dem Fenster stand ein altmodischer Nierentisch, auf dem sie bei ihrer Ankunft ihren Koffer abgestellt hatte. An dessen Griff hing noch das Papierklebeband vom Londoner Flughafen mit einer Schrift, die sie vom Bett aus nicht entziffern konnte.

Die Dinge im Raum hatten keine gestochen scharfen Konturen, aber sie wirkten auch weniger verschwommen und verwaschen als gestern, und je länger sie sie anstarrte, desto deutlicher schienen sie zu werden. Nach einer Weile begann die ungewohnte Helligkeit Nathalies Augen zu schmerzen, aber der Schmerz war gleichzeitig unbeschreiblich schön. Sie wollte alles aufsaugen, ihre Augen waren wie Schwämme, sie konnte sich nicht satt sehen.

Über dem Bett hing eine Lampe, dessen Schirm ein Rankenmuster zierte. Das zerwühlte Laken unter ihr war weiß, auf der Bettwäsche prangten Margeriten in verschiedenen Größen. Vor dem Bett lag ein Teppich mit exakt zum Lampenschirm passendem Rankenmuster.

Wie in Zeitlupe schob Nathalie ihre Beine aus dem Bett. Sie konnte nicht klar denken, kein Wort, keinen Satz sinnvoll formen, sie konnte sich nur umsehen. Sie hatte jegliches Zeitgefühl verloren und wusste nicht mal ansatzweise, wie lange es dauerte, bis sie es endlich schaffte, sich anzuziehen. Dabei fiel ihr Blick zufällig in einen an der Wand hängenden Spiegel. Zum ersten Mal seit drei Jahren wieder in das eigene Gesicht zu sehen war ein seltsames Gefühl. Sie hob die Hand und zeichnete in ähnlicher Weise ihre Züge nach, wie sie es bei Daniel getan hatte. Einen Moment lang fragte sie sich, warum sie sich selbst fremd vorkam und seit wann sie dunkle Haare hatte, die doch blond hätten sein müssen. Dann lachte sie in sich hinein. Ihr letzter Blick in den Spiegel lag gar nicht so schrecklich lange zurück, wie sie eben gedacht hatte. Nur war sie da Eileen gewesen – und blond.

Nathalies Knie fühlten sich ein bisschen wie Gummi an, als sie die steile Treppe hinunterstieg und sich auf die Suche nach Rose machte. Noch immer fiel ihr schwer zu glauben, dass sie diese Stufen tatsächlich mit eigenen Augen sah, den Läufer erkennen konnte, der darauf lag. Die Streben des Geländers waren beige, die Leiste, auf der ihre Hand lag, dunkelbraun. Farben bekamen wieder eine Bedeutung in ihrem Leben.

Unten hörte sie Rose in der Küche werkeln, aber Nathalie nahm sich die Zeit, auf dem Weg dorthin das Innere des Cottages anzusehen, den gemütlichen Wohnraum, den kleinen Flur, der nach hinten zur Küche führte und der vollgehängt war mit alten Bildern und Familienfotos. Dann schließlich stand sie vor der Küchentür. Rose hatte sich gerade an den Tisch gesetzt, die obligatorische Tasse Tee vor sich und ein Toast mit Marmelade.

Nathalie öffnete den Mund, um etwas zu sagen, schloss ihn aber gleich wieder. Was sie sah, war unmöglich. Die Frau, die dort am Tisch saß, war ihr schon mal begegnet. Wenn das hier Rose Fuller war, dann hatte sie ihr einiges zu erklären.

»Rose?«, sagte Nathalie fragend.

»Oh, guten Morgen, Nathalie. Ich dachte, ich lasse Sie heute mit Absicht verschlafen, und da sind Sie schon wach!« Rose stand auf, um Tee in die zweite Tasse auf dem Tisch einzuschenken.

Verschlafen?, wiederholte Nathalie für sich. Das konnte man durchaus so sehen. Sie hatte augenscheinlich etwas ganz Wesentliches verschlafen.

»Warum haben Sie mir nie gesagt, dass Sie das waren, damals auf dem Friedhof vor fünf Jahren?«

Rose stellte die Kanne zurück auf die Arbeitsfläche, drehte sich um und hob die Brauen.

»Behaupten Sie jetzt nicht, dass Sie nicht wissen, was ich meine!«, sagte Nathalie.

»Aber nein, warum sollte ich? Ich hätte nur nicht erwartet, dass Sie sich daran erinnern. Wie kommt es, dass ...« Rose stockte. »Du liebe Güte, Sie können wieder sehen!«, platzte es aus ihr heraus.

Als Nathalie das in Worte gefasst hörte, war ihr plötzlich egal, dass Rose ihre frühere Begegnung verschwiegen hatte. Es war unwichtig geworden. Die Tränen rollten über ihr Gesicht, sie wischte sie fort und schaute auf ihre nassen Finger hinunter. Nur das war wichtig.

Rose kam auf Nathalie zu, legte den Arm um sie und führte sie zum Tisch. Sie ließ es geschehen – nicht weil sie als Blinde Hilfe gebraucht hätte, sondern weil es sich gut anfühlte, Hilfe anzunehmen, ohne darauf angewiesen zu sein. Ganz still saß sie da, die Teetasse in ihren Händen, aus der sie keinen Schluck trank. Rose saß ihr gegenüber und wartete mit ihr, ohne ein Wort zu sagen. Ihre hellblauen Augen betrachteten sie ruhig und abwartend, und Nathalie fühlte sich an die junge Rose erinnert.

»Wissen Sie, was ich möchte?«, durchbrach Nathalie die Stille. »Ich möchte alles sehen, jeden Quadratzentimeter, den ich als Eileen je beschritten habe. Alles.«

Rose lächelte. »Da haben Sie sich aber viel vorgenommen. Meinen Sie denn, Sie bewältigen das? Wie gut ist ihr Augenlicht?«

»Noch nicht perfekt, aber gut genug, um Sie zu erkennen«, gab Nathalie schlagfertig zurück.

Schulterzuckend beschloss Rose, Nathalies neuerliche Herausforderung zu ignorieren. »Trauen Sie sich einen Alleingang zu oder möchten Sie, dass ich Sie begleite?«

Seufzend verzichtete Nathalie auf weiteres Nachbohren, schließlich konnte sie Rose ihr Schweigen nicht wirklich zum Vorwurf machen. Das Gegenteil hätte gar nichts geändert, und warum hätte Rose vermuten sollen, dass eine Fremde sich an eine Begegnung erinnerte, die so lange zurücklag?

»Es wäre schön, wenn Sie mitkämen«, lenkte Nathalie ein und schob die Teetasse von sich über die karierte Tischdecke.

Während ihrer Fahrt über die Insel versuchte sich Nathalie jeden Winkel so vorzustellen, wie er zu Eileens Zeiten ausgesehen haben mochte. Die Ecken, die sie als Eileen gesehen hatte, verglich sie mit heute und stellte an manchen Stellen viele Veränderungen und an anderen kaum welche fest.

Von den neuen und viel moderneren Geschäften in der Commercial Arcade hatte Nathalie ja schon am Tag zuvor einen Eindruck bekommen. Der blonde Mann musste wohl tatsächlich eine Krawatte gekauft haben, denn aus Granger's Laden für Gärtnereibedarf war eine Tie-Tack-Filiale geworden.

In der L'Ancresse Bay und am Martelloturm dagegen hatte sich wenig verändert. Obwohl der Turm sie an ihr Erlebnis mit Daniel erinnerte, das sie eigentlich lieber vergessen wollte, stand sie lange mit den nackten Füßen im weichen, feuchten Sand und sah hinaus zum Horizont. Das Farbenspiel faszinierte sie, und sie hätte Stunden damit verbringen können zuzusehen, wie das Meer weit hinten dunkelblau war, weiter vorne türkis und dann in den sich aufbauenden Wellen grün und immer grüner wurde, nur um schließlich in weißer Gischt in sich zusammenzufallen.

Doch irgendwann drängte es sie weiter – in den Park von Sausmarez Manor und zum Haus von Tante May, in dem heute eine Familie mit Kindern wohnte, wie das Dreirad und ein aufblasbares Plantschbecken im Garten verrieten.

Mit jedem Schritt schien es Nathalie, als nähme ihre Sehkraft zu, und als sie am Abend erschöpft bei Christies in der High Street saßen und den Ausblick auf den Hafen genossen, konnte sie die Speisekarte ohne Schwierigkeiten lesen. Menschen oder Gegenstände, die zu weit weg waren, bereiteten ihr noch ein paar Probleme, aber selbst das legte sich bald.

Manchmal in den darauffolgenden Tagen dachte Nathalie, dass es endlich an der Zeit sei, nach St. Malo zurückzufahren, ihren Freunden und ihrer Familie zu zeigen, dass sie wieder die Alte war, dass sie ihr Leben dort fortführen konnte, wo es mit dem Unfall so plötzlich geendet hatte. Sie konnte wieder als Fotografin oder weiter mit Speckstein arbeiten, ganz wie sie wollte. Schon allein die Tatsache, die freie Wahl zu haben, schien ihr noch immer unbegreiflich. Weshalb sie trotz allem blieb und sich nicht von Guernsey trennen konnte, hatte etwas mit einer ungeklärten Frage zu tun, die Nathalie nach wie vor nicht beantworten konnte. Warum? Warum war all das gerade ihr passiert?

Immer wieder zog es sie zum Icart Point. Dort schaute sie sich Eileens Grundstück an, doch das Granitsteinhaus mit den blauen Fensterläden, den zwischen Hortensiensträuchern versteckten Picknicktischen und dem großen verrosteten Anker davor erinnerte kaum noch an irgendwas aus der Vergangenheit.

Oft stand Nathalie auf den Klippen, als wäre sie dort einer Antwort am nächsten, als erwarte sie tatsächlich, dass Eileens Geist aus den Wellen auftauchte und ihre Neugier befriedigte.

Wenn sie es recht bedachte, hatte sie eigentlich viel mit Eileen gemeinsam. Die beiden Unfälle zum Beispiel. Eileen stürzte ins Meer. Dabei verlor sie ihr Leben und dadurch den Mann, den sie liebte. Sie selbst, Nathalie, hatte bei einem Sturm einen Segelunfall. Dadurch wurde sie blind und verlor den Mann, den sie liebte. Am Abend zuvor hatte sie mit Rose darüber gesprochen, und auf deren Lippen hatte ein kleines vieldeutiges Lächeln gelegen.

»Vielleicht hat ja Eileens Geist eine verwandte Seele gesucht und dabei ein paar Jahrzehnte übersprungen?«

Heute war das Wetter ungemütlich. Es regnete schon den ganzen Tag, und Nathalie hatte es sich mit einem Buch auf ihrem Bett bequem gemacht. Mit einem Buch! Der Gedanke genügte, sie triumphieren zu lassen. Rose war in St. Martin's einkaufen gewesen, jetzt hörte Nathalie, wie der Schlüssel im Schloss gedreht wurde. Sie legte das Buch beiseite, stand auf und stieg die ersten paar Stufen der Treppe hinunter. Sie freute sich schon auf das gemeinsame Abendessen. Da hörte sie sie sprechen, offenbar war sie nicht allein gekommen. Als ihre Begleitung antwortete, blieb Nathalie abrupt stehen. Rose Fuller schien der magnetische Anziehungspunkt zu sein, zu dem alle irgendwann zurückkehrten.

In diesem Moment kam Daniel in Nathalies Blickfeld. Sie selbst stand von ihm unbemerkt auf der düsteren Treppe, während die Lampe in der Diele das Licht genau auf ihn warf. Beinahe hätte Nathalie sich verraten, denn Daniel zum ersten Mal in ihrem Leben zu sehen brachte sie vollkommen aus der Fassung.

Er war Jack unglaublich ähnlich. Die Art, wie er dastand, wie er den Kopf hielt, gestikulierte, während er sprach, wie er ironisch die Brauen hob und gleichzeitig lächelte – das alles war der Mann, den Eileen geheiratet hatte.

Rein äußerlich dagegen ähnelte Daniel Jack – oder besser Richard – kaum, wenn man von der Statur und der Farbe der Haare absah. Doch plötzlich geisterte Nathalie das Bild eines anderen Mannes in Uniform eines Sergeant Major im Kopf herum. Sein Gesicht war geprägt von einer breiten Stirn, in die eine Haarsträhne fiel, von einer langen Nase und hohen Wangenknochen. Sein Mund sah aus, als fiele es ihm leicht zu lächeln, sei aber in der letzten Zeit damit aus der Übung gekommen. Das Bild dieses Mannes verschmolz mit dem Daniels vor ihr und wurde eins.

Daniel war kein Mann, den eine Frau von der Bettkante stieß. Und das hatte Nathalie ja schließlich auch nicht getan. Bei diesem Gedanken zog sie eine spöttische Grimasse, was immerhin dazu beitrug, ihre Anspannung zu lösen.

Das kam gerade im richtigen Augenblick, denn Daniel hatte sie entdeckt. Unsicher schaute er von Rose zu Nathalie und wieder zurück, und Nathalie verstand, dass er nichts von ihrer wiedererlangten Sehkraft wusste.

»Hallo, Daniel«, sagte sie.

Hörbar sog Daniel Luft in seine Lungen. »Ich hätte wissen müssen, dass du meine Stimme erkannt hast.«

Nathalie lächelte wortlos.

»Ihr zwei solltet euch ins Wohnzimmer setzen, da ist es gemütlicher. Mich entschuldigt ihr am besten«, ließ sich Rose vernehmen, die Nathalie im Vorbeigehen zuzwinkerte.

Daniel seufzte, als wäre ihm lieber gewesen, nicht mit Nathalie allein zu sein. Doch dann ging er auf sie zu, nahm ihren Arm und führte sie hinüber auf das geblümte Sofa. Nathalie tat nichts, um ihm zu bedeuten, dass das inzwischen unnötig geworden war.

»Wie kommst du hierher?«, eröffnete sie das Gespräch und sah ganz bewusst an ihm vorbei.

»Was für eine überschwängliche Begrüßung.« Gleich darauf wurde sich Daniel bewusst, wie feindselig er klang, und schüttelte den Kopf. »Entschuldige. Darf ich nochmal von vorn anfangen?«

»Natürlich.« Nathalie nahm seine Gegenwart nun mit dem ganzen Körper wahr, und sie konnte sich kaum zurückhalten, ihn zu berühren. Außerdem bemerkte sie noch etwas, das ihr aus der Entfernung entgangen war: Daniels Augen waren tatsächlich von einem intensiven Grau, wie sie es damals am Saint's Harbour gesehen hatte.

»Es gibt da was, das du wissen solltest. Ich hab's mitgebracht«, sagte Daniel in ihre Gedanken hinein, zögerte dann jedoch.

Verwundert vergaß Nathalie für einen Moment ihre Tarnung und schaute Daniel direkt an, der das aber gar nicht registrierte, weil er an ihr vorbei zum Fenster starrte.

»Und was ist das?«, fragte sie neugierig. Aus den Augenwinkeln sah sie, dass Daniel etwas aus seinem Rucksack holte. Er griff nach ihrer Hand und legte es hinein. Ein Foto.

»Was ist das?«, wiederholte sie, ohne hinzusehen.

»Das Hochzeitsfoto. Ich weiß, du hast nicht viel davon, aber ich kann es dir beschreiben, besser als damals. Und wenn du mir nicht glaubst, kannst du Rose fragen.«

»Wie kommst du darauf, dass ich bezweifeln sollte, was du sagst?«

»Weil ich schon mal gelogen habe, was das Bild da betrifft.«

»Das kann aber doch kaum das Foto sein, das du verloren hast, als du mich am Icart Point davor bewahrt hast, von den Klippen zu stürzen. Rose hat gesagt, es wäre das einzige, das sie besitzt. Wie bist du an einen zweiten Abzug gekommen?«

»Gar nicht, es ist nie weg gewesen. Ich sag doch, ich hab gelogen.«

»Aber ...«

»Warum? Ganz einfach«, sagte Daniel. »Du musst bedenken, dass das vor deinem denkwürdigen Tripp in die Vergangenheit war, und ich hatte gerade vorher selbst auf dem kleinen Foto gesehen, dass mein Vater drauf war. Das war nämlich mein erster Gedanke, und du kannst dir meinen Schreck bestimmt vorstellen. Ich wollte nicht, dass jemand anders es bei genauerem Hinsehen auch bemerkt, nämlich Raymond, der meinen alten Herrn von diesem Porträt in der Bibliothek kannte. Da lagen natürlich Jahrzehnte dazwischen, und die Chance wäre relativ gering gewesen. Aber ich dachte eben, sicher ist sicher, auch wenn ich natürlich noch nicht verstand, wie mein Vater gleichzeitig umgekommen und später in London aufgetaucht sein sollte. Als du dann erzählt hast, dass es zwei Männer gab, schien das die logische Erklärung zu sein, und zuerst war ich bloß erleichtert, weil es bedeutete, dass der Mann auf dem Foto nicht identisch mit meinem Vater war. Dachte ich damals. Dann wurde mir klar, dass ich ihn deswegen für einen Mörder halten musste. Trotzdem hätte ich natürlich das Foto zurückgeben können.«

»Aber du hast es nicht getan, weil du dich geschämt hast?«

Daniel nickte. »Richtig. Vor dir als Lügner dazustehen

fand ich nicht sehr verlockend. Später dachte ich dann, ich könnte es von dir unbemerkt Rose zustecken, doch sie war ja nicht zu Hause, als wir uns verabschieden wollten, also habe ich es mit nach London genommen.«

Eine Weile schwiegen beide. Dann räusperte sich Nathalie. »Und was ist nun so wichtig an dem Bild, dass du es dir anders überlegt hast?«

»Nachdem du weg warst, habe ich mich noch mehr als vorher in die Idee verrannt, dass Raymond den Ruf meines Vaters ruinieren und damit nicht nur mir, sondern auch ein paar anderen Leuten in unserem Königreich mächtig auf die Füße treten könnte. Es hat etwas gedauert, bis ...«

»Hat Raymond mit dir gesprochen?«, unterbrach Nathalie Daniels Erklärung. Plötzlich fiel ihr ein, dass das der wahre Grund sein könnte, weshalb Daniel sich wieder an sie erinnerte, nun, wo die Gefahr gebannt war.

»Raymond? Von dem habe ich seit seinem Auftritt in London nichts mehr gehört, und ich kann auch nicht behaupten, dass ich allzu wild darauf wäre. Auch wenn mir inzwischen egal ist, was er treibt oder mit seinem Wissen anfängt.«

Nathalies Kopf ruckte hoch, und sie schaffte es gerade noch rechtzeitig, Daniels Blick auszuweichen. »Seit wann ist dir das egal?«

»Ich habe ziemlich lange vor mich hin gebrütet, bin in Selbstmitleid zerflossen und dachte, ich muss die Welt im Allgemeinen und meinen Vater im Besonderen schützen. Bis ich kapiert habe, dass es nichts und niemanden gibt, wofür ich das tue. Jack ist tot. Und was interessieren mich andere Leute? Ich lasse mir nicht von irgendwelchen Pseudo-VIPs drohen. Es ist deren Angelegenheit, wenn sie in der Vergangenheit wie auch immer geartete Geschäfte mit meinem Vater gemacht haben, nicht meine. Susan sind Firma und Familienruf sowieso egal. Es gibt also nichts, was sich wirklich zu retten lohnt.«

»Außer Homes for the Homeless«, sagte Nathalie. »Du hast doch gesagt, die meisten ... Freiheiten hätte sich Jack dabei rausgenommen.«

»Stimmt, man könnte durchaus die Bedingungen, unter denen einige Projekte entstanden sind, in Frage stellen. Auf der anderen Seite sind da sehr viele äußerst rechtschaffene Menschen involviert, die sowohl finanziell als auch juristisch gesehen alle Möglichkeiten ausschöpfen werden, damit diese Projekte genau wie die anderen weiterbestehen. Ein gemeinnütziger Verband von diesen Ausmaßen wird immer überleben, egal, was man über seinen Gründer erfährt. Ich bin sicher, Jack hat das einkalkuliert.«

»Wahrscheinlich«, stimmte Nathalie nachdenklich zu. Dann schaute sie wieder auf das Foto hinunter, das sie noch immer in der Hand hielt. Es war zu dunkel in dieser Ecke des Zimmers, um die Personen darauf auseinander halten zu können. »Aber was hat das alles hiermit zu tun?«

»Nachdem mir aufgegangen war, dass ich den Kopf nicht für andere hinhalten wollte, dachte ich, ich sollte es wenigstens für mich tun, und fand, es sei ein guter Anfang, wenn ich Rose das Foto zurückbringe. Ich saß in der Bibliothek, das Foto lag auf dem Schreibtisch, und ich spürte Jacks verdammte Augen in meinem Rücken, während ich auf das Bild schaute und überlegte, wie ich Rose das am besten klar mache, ohne dass sie mich auffrisst. Und dann habe ich es gesehen.« Daniel machte eine dramatische Pause.

»Würdest du jetzt bitte zum Punkt kommen?«, forderte

Nathalie ungeduldig. Es machte sie verrückt, dass sie das Foto nicht genauestens studieren durfte, ohne sich zu verraten.

»Eigentlich ist es mir schon viel früher aufgefallen, aber zu dem Zeitpunkt war ich betrunken und habe geglaubt, ich litte an Paranoia, Halluzinationen oder sonst was.« Er lächelte in sich hinein. »Weißt du noch, wer auf dem Foto abgebildet ist?«

»Eileen, Jack, Mr und Mrs Pierce, Tante May und Eileens Cousine.«

»Exakt.« Daniel schwieg abwartend, doch Nathalie sagte nichts weiter. »Wie genau erinnerst du dich an die Hochzeit und die Feier?«

»Sehr gut, jedenfalls seit ich durch Jack sozusagen alles zum zweiten Mal erlebt habe.«

»Und dir ist nichts aufgefallen?«

»Nein«, bestätigte Nathalie. »Was hätte mir denn auffallen sollen?«

»Zum Beispiel, dass diese Cousine dir ziemlich ähnlich sieht.«

»Mir?« Entgeistert starrte Nathalie nun doch hinunter auf das Foto in ihrer Hand. Daniel schien das nicht wahrzunehmen.

»Dir, allerdings. Rose hatte ihren Namen vergessen. Weißt du ihn noch?«

Nathalie hob den Kopf und biss nachdenklich auf ihre Lippen. »Gabrielle«, sagte sie schließlich.

»Und weiter?«

So sehr sie auch versuchte, sich daran zu erinnern, es fiel ihr nicht ein. »Den Nachnamen hat nie jemand genannt«, entschied sie. »War wahrscheinlich auch unnötig, jeder wird gewusst haben, wie er lautete.«

Zufrieden lehnte Daniel sich zurück, ließ dabei aber Nathalie nicht aus den Augen, die sich jetzt bemühte, gleichzeitig herauszufinden, worauf er hinauswollte, und nicht schon wieder auf das Bild zu sehen, auf dem sie sowieso ohne Licht nichts würde erkennen können.

»Bei meiner Recherchetour über Jack bin ich unter anderem über die Pierces gestolpert, die tatsächlich nach England gegangen sind, genauer gesagt nach Salisbury, weil dort ein Neffe von Mr Pierce lebte. Natürlich waren sie mittlerweile längst gestorben, also fuhr ich damals nicht extra hin. Erst als mir bewusst wurde, dass Gabrielle möglicherweise wichtig sein könnte, habe ich mich nachträglich auf den Weg gemacht und ein bisschen tiefer gegraben. Der Neffe hat ein paar Erinnerungsstücke an seinen Onkel und seine Tante aufbewahrt, unter anderem einen Karton mit Fotos, und dabei waren auch zwei Bilder von Eileens und Jacks Hochzeit. Nicht dieses ...« Daniel zeigte auf das Bild in Nathalies Hand, »... aber zum Glück eins, auf dem Gabrielle zu sehen ist. Mrs Pierce war eine sehr ordentliche Frau, sie hat auf der Rückseite des Fotos genau notiert, wer abgebildet ist.«

Irgendeine Saite in Nathalie begann zu klingen. Seltsamerweise hatte sie das Gefühl zu wissen, was Daniel gleich sagen würde, konnte es aber nicht richtig fassen. Nervös drehten ihre Finger das Foto hin und her.

»Eileens Cousine kam aus Frankreich und hieß Gabrielle Briand«, sagte Daniel.

»Gabrielle Briand?« Nathalies Kopf ruckte wieder hoch. »Kein Zweifel?«

»Keiner. Leider ist es mir noch nicht gelungen, sie ausfindig zu machen, aber ich halte es schon für einen bemerkenswerten Zufall, dass sie dir nicht nur so ähnlich sieht, sondern auch noch Französin ist. Sagt dir der Name irgendwas?«

Geschockt saß Nathalie da und verdaute die Neuigkeiten, unfähig, sich zu rühren oder zu sprechen.

»Was sagst du dazu?«, fragte Daniel nach.

»Das gibt's nicht«, stellte sie leise fest. Dann stand sie auf und ging mit dem Foto in der Hand ans Fenster, damit sie es besser betrachten konnte. Angestrengt versuchte sie die Gesichter auf dem kleinen Bild zu erkennen, obwohl sie jetzt Gabrielle wieder deutlich vor sich sah und das Foto nicht brauchte, um zu wissen, dass Daniel Recht hatte. Zweifellos bestand eine Ähnlichkeit zwischen ihr und Gabrielle Briand.

»Nathalie?« Daniels Stimme klang ungläubig. Er war ihr gefolgt und legte seine Hand auf ihre Schulter, um sie zu sich herumzudrehen. »Nathalie!« Mehr brachte er nicht heraus, nur ihren Namen.

Nathalie dachte gar nicht darüber nach, was sich ihm gerade eben enthüllt hatte. Gedankenverloren murmelte sie stattdessen: »Du wirst Gabrielle auch nicht finden. Die Halbschwester meiner Mutter starb irgendwann Mitte der fünfziger Jahre, noch sehr jung. Ich hab sie nie kennen gelernt.«

»Allmächtiger«, entfuhr es Daniel. Es war nicht ganz klar, ob er damit die neueste unglaubliche Enthüllung meinte oder Nathalies zurückgekehrte Sehkraft.

Endlich wandte Nathalie sich um und sah Daniel direkt in die Augen. Zum ersten Mal trafen sich ihre Blicke, und Nathalie drohte beinah in dem tiefen Grau zu versinken, das mit jeder Sekunde die Schattierung zu ändern schien, je nachdem, was in Daniel vorging. Schock, Erstaunen, Freude – und schließlich Unsicherheit.

Nathalie lachte, schlang die Arme um Daniel und küsste ihn auf den Mund. »Danke! Ich kann schon seit ein paar Tagen wieder sehen, aber erst jetzt habe ich endgültig das

Gefühl, nicht mehr blind zu sein, weil ich nicht mehr weitersuchen muss. Danke«, wiederholte sie und wollte ihn loslassen, doch Daniel hielt sie fest.

»Nicht so schnell, Liebes«, sagte er und zog sie wieder an sich. Der zweite Kuss dauerte wesentlich länger.

Erst ein Geräusch an der Tür veranlasste Daniel und Nathalie, sich zögernd voneinander zu lösen.

»Verzeihung«, hüstelte Rose verlegen und wollte sich zurückziehen.

»Nein, bleiben Sie!«, rief Nathalie ihr hinterher und versicherte sich mit einem Blick bei Daniel, dass ihm Roses Anwesenheit recht war.

Er nickte und sagte halblaut: »Aber dann will ich wissen, wie es zu dieser Wunderheilung gekommen ist!«

Das Foto war Nathalie vorhin aus der Hand gefallen, jetzt hob sie es vom Boden auf und hielt es Rose entgegen. »Eileens Cousine Gabrielle«, begann sie. »Sie war die Halbschwester meiner Mutter.«

Rose nahm das Foto entgegen, zeigte aber keinerlei Erstaunen, weder darüber, dass das verloren geglaubte Bild plötzlich wieder aufgetaucht war, noch über Nathalies Verwandtschaftsverhältnis zu Eileen.

»Das war es also. So was Ähnliches habe ich mir gedacht, als ich Sie vor ein paar Jahren auf dem Friedhof sah«, sagte sie.

»Wie bitte?« Nathalie glaubte sich verhört zu haben.

»Ich kenne dieses Foto in- und auswendig, Nathalie. Sie können sich nicht vorstellen, wie oft ich es angesehen habe, eigentlich müsste es ganz zerfleddert sein. Außerdem ist mir Eileens letzter Tag ins Gedächtnis gebrannt wie nichts anderes in meinem Leben, und damit meine ich wirklich alles, auch die Menschen. Auch Gabrielle Briand.«

»Sie wussten, wie ihr Name lautet? Aber Sie haben behauptet, sie hätten das vergessen!«, stellte Daniel fassungslos fest.

»Ich glaube, ich bin nicht die Einzige, die gelegentlich zu einer kleinen Notlüge greift, oder?«, fragte Rose lächelnd.

»Aber ...«, fing Nathalie an.

»Sie standen an Eileens Grab und sahen aus wie ihre Cousine, also nahm ich natürlich an, Sie wären eine verschollene Verwandte. Deshalb habe ich Sie angesprochen, aber dann sehr schnell verstanden, dass sie keine Ahnung hatten, wer da in dem Grab liegt. Trotzdem hab ich mir gedacht, dass diese Ähnlichkeit kein Zufall sein kann, aber als Sie eher abweisend reagierten, beschloss ich, meinen Mund zu halten. Man kann nichts erzwingen, wissen Sie, und offensichtlich war damals der falsche Zeitpunkt. Sie wollten nichts über Eileen hören, sondern einfach später irgendein gutes Foto verkaufen, es hätte nicht viel Sinn gehabt nachzuhaken.«

»Aber wieso haben Sie geschwiegen, als wir uns wieder begegneten? Warum musste Daniel erst seine ganze Geschichte erzählen, bis Sie überhaupt etwas preisgaben?«

»Weil ich wissen wollte, ob Sie diesmal zuhören würden. Und bevor sie weiterfragen: Ich habe nichts von Gabrielle erwähnt, weil ich etwas gelernt hatte. Man muss warten, bis die Geschichten und die Wahrheiten zu einem kommen, und sie entscheiden für sich, wann sie das tun, auch wenn man es selbst furchtbar eilig hat. Hätte ich alles erzählt, was ich wusste, wären Sie längst nicht mehr hier. Sie hätten Guernsey verlassen und wären auch nicht wiedergekommen, weil kein Rätsel mehr zu lösen gewesen wäre, weil es keine offenen Fragen mehr gegeben hätte. Schimpfen Sie mich meinetwegen eine närrische alte Frau, ich glaube einfach, dass Sie nur hier ihre Sehkraft zurückgewinnen konnten, weil Sie auf dieser Insel die eigentliche Wahrheit entdeckt haben, die hinter allem liegt: Es gibt Dinge, die können Sie nur sehen, wenn Sie die Augen verschließen vor all dem, was in unseren Zeiten angeblich so wichtig ist. Haben Sie aber erst mal erfasst, was wirklich zählt, vergessen Sie es nie wieder – und Sie müssen nicht mehr blind durchs Leben gehen.«

»Glaubst du an das, was Rose gesagt hat?«, fragte Daniel.

Nathalie schaute über den Abgrund am Icart Point hinweg, genau an der Stelle, an der Eileen damals ins Meer gestürzt war und sie selbst vor ein paar Wochen beinah dasselbe Schicksal erlitten hätte. In der Tiefe schlugen die Wellen ruhig und gleichmäßig an die Felsen.

»Ich weiß nicht, was ich glauben soll«, gab sie zu. Die Klippen leuchteten in warmem Grün und Braun über dem türkisfarbenen Meer, das eher an die Karibik als an den Kanal erinnerte. Langsam kündigte sich der Herbst an, und Nathalie wurde schmerzhaft bewusst, wie lange sie schon hier war. Sie musste nach Hause zurück, wenn sie nicht alle ihre Kunden verlieren oder wenn sie sich alternativ um einen Job als Fotografin bemühen wollte. Sie hatte sich noch nicht entschieden, was sicher auch damit zu tun hatte, dass sie auf diese Weise den Abschied von Guernsey etwas länger hinausschieben konnte. Und den Abschied von Daniel. Denn obwohl sie ihn nach wie vor liebte und alles danach aussah, als hege er dieselben Gefühle für sie, hatten sie kein einziges Mal über ihre Zukunft gesprochen. Seine lag in England, ihre in Frankreich. In London zu leben, selbst im vergleichbar ruhigen Hampstead, lag jenseits ihrer Vorstellungskraft, und obwohl es Daniel damals in St. Malo gefallen hatte, schien er nicht recht dorthin zu passen.

»Und was sagt dir dein Gefühl?«, versuchte Daniel seine Frage anders zu formulieren.

Noch einmal ließ Nathalie ihren Blick über das Meer schweifen, dann schaute sie den Pfad zurück, über den sie gekommen waren. Hinter dem Weg hatte einst Eileens und Jacks Haus gestanden. »Wenn Rose Recht hätte, würde das bedeuten, dass alles von Anfang an einen tieferen Sinn hatte. Es würde heißen, ich war schon damals nicht zufällig hier, sondern die Macht des Schicksals, oder vielleicht sogar Eileen selbst, hat mich über die Jahrzehnte hinweg hergerufen. Es würde sogar in letzter Konsequenz heißen, dass ich erblinden musste und ...«

»Was und?«, erkundigte sich Daniel, weil Nathalie plötzlich stockte.

»Mir ist nur gerade was eingefallen«, murmelte sie. Sie war mit ihren Gedanken bei dem Tag des Segelunfalls angekommen, als sie sich an etwas erinnerte, das all die Jahre irgendwo in ihrem Unterbewusstsein vergraben gewesen sein musste. »Da war diese Wolkenformation«, sagte sie mehr zu sich selbst als zu Daniel. »Ich lag auf dem Boot und schaute in den Himmel, und die Wolke über mir sah aus wie eine Frau in einem langen weißen Kleid, die mir zuwinkte.« Nathalies Stimme war ganz leise geworden. Stille senkte sich auf sie beide herab, die erst durch das Tuten eines kleinen Fischkutters weit unter ihnen durchbrochen wurde.

»Du hast Roses Meinung gehört«, nahm Daniel den Faden wieder auf. »Man muss lernen, das Wesentliche zu erkennen, manchmal offenbar auf Umwegen. Dein Umweg, wenn du so willst, war Eileen – meiner war Jack.«

»Und was ist wirklich wesentlich?« Es kostete Nathalie einige Mühe, Daniel bei diesen Worten anzusehen und seinen Blick auch nicht loszulassen, als er sie ebenso eindringlich musterte und sich mit einer Antwort Zeit ließ. Schließlich schaute er zuerst weg. Er wandte sich um, sah wie vorhin Nathalie über das Meer und breitete die Arme aus.

»Das hier«, sagte er. »Der Ort auf der Welt, an dem man sich wohl fühlt, mit dem Menschen an der Seite, mit dem man leben möchte.«

Nathalie wollte etwas sagen, doch er ließ sie nicht zu Wort kommen. »Ich habe viel nachgedacht, Nathalie. Mayfair Estates war nie meine Berufung, mit Homes for the Homeless hatte ich wenig zu tun, und es gibt Leute, die den Verband im Sinne meines Vaters besser weiterführen können als ich. London ist schmutzig und hektisch, niemand, der bei Trost ist, kann wirklich da leben wollen. Guernsey ist das genaue Gegenteil, und ich glaube, nur deshalb hat Jack es letzten Endes geschafft, diesen Trennstrich in seinem Leben zu ziehen. Nur in zwei komplett verschiedenen Welten konnte er zwei so extreme Persönlichkeiten entwickeln.« Er machte eine Pause, dann drehte er sich wieder zu Nathalie um. »Als er starb, bat er um Verzeihung. Erst dachte ich, er meinte mich. Später glaubte ich, dass er Eileen getötet und sie gemeint hat.«

»Und jetzt? Denkst du, er meinte Richard?«

Daniels Lächeln wirkte beinah boshaft. »Nein, ganz bestimmt nicht. Mein Vater hat eine Menge getan, das ich keinesfalls billige, und möglicherweise hatte er am Ende seines Lebens viel zu bereuen. Rein gefühlsmäßig würde ich sagen, Richards Tod ist davon ausgeschlossen, und auch, wenn ich eine Weile dazu brauchte, kann ich das jetzt nachvollziehen.«

»Er hat damit viel Schuld auf sich geladen, das muss ihm sehr wohl klar gewesen sein.«

»Ich bestreite weder das eine noch das andere. Aber die Schuld hat er mit jedem Tag seines Lebens abbezahlt.

Weißt du, ich glaube mittlerweile, dass er tatsächlich *mich* meinte. Noch kurz bevor er starb, hat er mir vorgeworfen, ich würde immer davonlaufen. Ich habe das vehement abgestritten, aber es stimmte. Ich bin vor meiner eigenen Verantwortung weggelaufen. Ich hätte ihm viel früher sagen sollen, dass ich meine eigenen Entscheidungen treffen will, dazu hatte ich nie den Mut. Vielleicht hat er mir diesen Mut mit aller Macht eintrichtern wollen, indem er mich so hart rannahm. Was zum Gegenteil führte. Erst an jenem Abend habe ich es geschafft, ihn zum Teufel zu schicken.«

»Und deshalb konnte er dich um Verzeihung bitten – und endlich sterben?«

Daniel zuckte mit den Schultern. »Schon möglich. Mein Vater war ein großer Stratege, er hat die Schachzüge seiner Partner und seiner Gegner immer weit im Voraus gesehen. Genauso hat er geplant, dass ich seinen Tresor durchforste und den Zeitschriftenausschnitt mit deinem Foto fand. Mein Vater und ich waren uns in einem sehr ähnlich: Wir besaßen beide Ausdauer. Wenn wir uns hinter etwas klemmten, dann so lange, bis wir erreichten, was wir wollten. Er konnte also davon ausgehen, dass ich mich an diesem Abschiedsrätsel festbeißen würde. Und ich glaube inzwischen, dass er mich besser kannte als ich mich selbst. Ich bin sein Sohn, ich bin Jack Wilsons Sohn. Jack hat diese Insel geliebt, er wollte seine Zukunft hier verbringen. Und genau das will ich auch. Mit dir.«

Nathalie musste schlucken und sich anschließend räuspern, bevor sie antwortete, was ihr einen winzigen Aufschub bescherte. »Das wird nicht so einfach sein, Daniel.«

Mit gerunzelter Stirn wartete er, dass sie weitersprach.

»Ich meine, die lassen einen hier nicht ohne weiteres ins Paradies. Der Eintritt ist an gewisse Regeln geknüpft, die wichtigste davon betrifft – Immobilien.«

»Sie betrifft *Immobilien*?«, wiederholte Daniel ungläubig. »Also, wenn es darum geht, davon versteh ich nun wirklich was ...«

»Das ist leider ein bisschen komplexer«, räumte Nathalie ein. »Weil Guernsey klein, dicht bevölkert und trotzdem äußerst beliebt ist, hat sich die Regierung was Besonderes einfallen lassen, um potenziellen Einwanderern die Sache zu erschweren. Wenn du hier dauerhaft leben und arbeiten willst, musst du nachweisen, dass du eine Bleibe hast. Das heißt, du brauchst Geld, um ein Haus oder eine Wohnung zu kaufen, und damit wir uns richtig verstehen, das hier ist nicht England, nicht mal London, es ist Guernsey. Die Grundstücks- und Häuserpreise auf dem offenen Markt sind dermaßen hoch, dass selbst dir die Luft wegbleiben dürfte.«

Daniel starrte hinunter in den Abgrund. »Es fällt mir immer noch schwer, auf meinen Vater uneingeschränkt stolz zu sein, aber ich kann nicht behaupten, er wäre in seinem Testament geizig gewesen.« Daniel zuckte die Schultern. »Falls andererseits Raymond mit seiner Story an die Öffentlichkeit geht, könnte mir mein Erbe abgesprochen werden. Immerhin liegt der Ursprung von Jacks Vermögen in einer Firma, die er unrechtmäßig geführt hat – auch wenn Mayfair Estates vor seiner Übernahme kaum der Rede wert war. Was das für juristische Konsequenzen für mich hat, würde sicher eine Menge Fachanwälte für Wirtschaftsrecht monatelang beschäftigen. Wäre interessant, was Susan dazu einfiele, immerhin kennt sie sich in Gesetzbüchern aus. Mir ist das alles gelegentlich durch den Kopf gegangen, bloß konnte ich schlecht Erkundigungen einziehen, ohne dass sich jemand – besonders meine Schwester – gewundert hätte, weshalb ich so komische Fragen stelle. Wenn die ganze Geschichte ans

Tageslicht kommt, schön, soll sie. Nur nicht ausgerechnet durch mich.«

Nathalie verstand sehr gut, was Daniel meinte. Kurz überlegte sie, ob sie ihn darüber aufklären sollte, dass Raymond dichthalten würde, doch bevor sie dazu kam, sprach er schon weiter.

»Ich hab allerdings im Laufe der Jahre ganz ordentlich verdient und ein paar Pfund zur Seite gelegt. Wär also möglich, dass es auch ohne mein Erbe für ein Ein-Zimmer-Apartment reicht, wenn es denn sonst keine Alternative gibt.«

»Doch, die gäbe es vielleicht«, erklärte Nathalie bereitwillig. »Sollten die Leute hier finden, dass du einen Job machst, der wichtig für Guernseys Gemeinwohl ist, kriegst du eine Lizenz für den lokalen Markt, da sind die Häuserpreise erschwinglicher.«

Daniels Augen begannen zu funkeln. »Das ist alles? Da ich nicht vorhabe, mich jetzt schon zur Ruhe zu setzen, sondern endlich mal das tun will, was ich mir selbst aussuche, wird mir da schon was einfallen.« Dann verblasste das Funkeln langsam wieder. »Viel wesentlicher als diese ganze Theorie ist aber doch wohl, ob du auch hier leben willst. Mit mir.«

»Na ja«, sagte Nathalie zögernd, »ich denke, ich könnte hier ebenso gut Speckstein bekommen wie in St. Malo. Und Fotomotive gibt es auch reichlich.«

»Heißt das ja?«

Daniels Gesicht war ganz nah an Nathalies, sie spürte, wie seine Arme sie umfingen. Sie schloss die Augen, und ihr wurde schwindelig. Die Zeit schien sich zurückzudrehen, sie war Eileen und Nathalie zugleich, unsicher, ob Jack bei ihr stand oder Daniel. Eine Welle der Leidenschaft, der Sehnsucht und der Liebe rollte über ihren Körper hinweg. Als sie die Augen öffnete und in die braunen vor ihr sah, war es richtig.

»Jack«, hauchte sie.

»Ja, Liebes. Es ist Zeit für uns zu gehen.«

»Schon?«, murmelte Eileen selbstvergessen.

»Die Ewigkeit wartet auf uns, und ich will sie auf keinen Fall mit jemand anderem verbringen als mit dir!«

Eileen legte den Kopf schief und schaute verschmitzt zu Jack auf. »Es wird dir auch gar nichts anderes übrig bleiben. Mitgefangen, mitgehangen, du weißt ja!«

Jack lachte und zwinkerte ihr zu. »Dann nichts wie weg hier!«

»Nur noch einen Kuss«, verlangte Eileen, und Jack tat ihr den Gefallen.

Benommen löste sich Nathalie von Daniel, der weitaus verwirrter aussah, als sie sich fühlte.

»Was um alles in der Welt war das?«, fragte er.

»Das war dein Vater, Daniel. Und ich sage dir, er küsst beinah so gut wie du.«

»Mein Vater? Du meinst, ich war ... irgendwie ... für kurze Zeit mein eigener Vater? Ich war Jack?«

Nathalie nickte versonnen. »So wie ich Eileen war.« Sie horchte in sich hinein und lächelte schließlich. »Aber jetzt sind sie fort, und ich glaube nicht, dass sie je zurückkommen.«

EPILOG

Wow«, sagte Florence und schaute Daniel hinterher, der sich zwischen den Tischen hindurch den Weg zur Bar bahnte.

»Ist das ein zustimmendes Wow?«, fragte Nathalie.

Es fiel Florence sichtlich schwer, ihren Blick von Daniels Rücken zu nehmen. »Kann man wohl sagen. Das ist besser als dieser Kellner. Weißt du noch?«

Nathalie erinnerte sich gut an den Abend, an dem sie mit ihrer Freundin beim Italiener gesessen und darüber spekuliert hatte, ob sie die Pasta mit Knoblauch riskieren oder lieber abwarten sollte, ob der Mann fürs Leben noch auftauchte. Es schien sehr lange her und gleichzeitig erst gestern gewesen zu sein. Tatsächlich lagen anderthalb Jahre dazwischen.

»Und er ist wirklich Immobilienmakler?«, fragte Florence, noch immer ganz fasziniert von Daniel.

Nathalie nickte vergnügt.

»Passt überhaupt nicht zu ihm«, urteilte Florence. »Ich meine, du hast mir das ja alles erzählt, aber wenn ich ihn so sehe ... Er müsste irgendwie was anderes machen. Was Aufregenderes.«

Nathalie lachte auf. »Das hat er selbst auch gedacht. Nachdem er die Firma seines Vaters in London verkauft hatte, wollte er nie wieder was mit Immobilien zu tun haben.«

Daniel war es gleichgültig gewesen, ob er nun rechtmäßiger Erbe war und damit Mayfair Estates überhaupt legal verkaufen durfte. Stattdessen überließ er den Gewinn vollständig Homes for the Homeless und hoffte, dass es im Zweifelsfall schwerer sein würde, dem Verband dieses Kapital wieder streitig zu machen als ihm selbst. Das Haus in Hampstead hatte er Susan überschrieben, die von seiner Motivation und dem Vorleben ihres Vaters nach wie vor nichts ahnte. Das Geld, über das er noch verfügte, das, was er im Laufe der Jahre als Angestellter seines Vaters verdient hatte, war mehr als nur ein paar Pfund, und zusammen mit Nathalies wenigem Ersparten reichte es gerade eben, um damit auf Guernsey von vorn anzufangen.

»Und warum hat er dann seine Meinung geändert?«, fragte Florence mittlerweile, die die wahren Zusammenhänge der ganzen Sache nicht kannte. Sie wusste nur, dass Nathalie Daniel über Raymond kennen gelernt und sich in ihn verliebt hatte und dass es deswegen zum Bruch mit Raymond gekommen war. Dieses Wenige erfuhr sie, während Nathalie in St. Malo ihre Wohnung auflöste und alles Weitere regelte, um in Zukunft auf Guernsey zu leben. Danach wurde der Kontakt lockerer, auch wenn sie hin und wieder miteinander telefonierten.

»Als wir uns auf Guernsey nach einer Wohnung umsahen, kam Daniel in St. Peter Port am Schaufenster eines Immobilienmaklers vorbei, der ein hübsches kleines Haus anbot.«

Wieder musste Nathalie einiges auslassen, denn tatsächlich war es nicht irgendein Haus gewesen, sondern ausgerechnet die Icart Tearooms & Gardens. Offenbar hatte Mrs Le Guen sich entschlossen, das Geschäft aus Altersgründen aufzugeben, und Daniel und Nathalie griffen zu.

Sie konnten der Versuchung nicht widerstehen, gerade dort zu leben, wo Jack und Eileen ihre Zukunft geplant hatten.

»Wir haben es schließlich gekauft und noch angebaut – ich hab dir ja ein Foto davon geschickt.« Nathalie unterbrach sich und schaute Florence vorwurfsvoll an. »Du musst uns übrigens endlich mal besuchen, ich weiß gar nicht, wie oft ich dir das schon gesagt habe. Wären wir nicht nach St. Malo gekommen, hätte ich dich wahrscheinlich erst in zwanzig Jahren wiedergesehen.«

»Wenn ich geahnt hätte, was ich verpasse«, grinste Florence, »wäre ich längst da gewesen.«

»Haha«, machte Nathalie. »Bisher habe ich immer nur was von Terminproblemen gehört, mal waren es deine, dann die von deinem Freund. Wobei mir einfällt: Siehst du eigentlich Stéphane noch manchmal?«

Florences Augen verdüsterten sich. »Nein. Es ist mir damals schwer gefallen, Schluss zu machen, das kannst du mir glauben, aber ich hatte einfach keine Lust mehr, nach seinem Job immer die zweite Geige zu spielen.«

»Und wie ist dein Neuer?«

»Kann mich nicht beklagen«, sagte Florence lächelnd. »Er ist süß.«

»Süß?« Gespielt entsetzt hob Nathalie die Brauen. »Also, auf den Typ bin ich wirklich gespannt.«

»Er ist natürlich nicht so spektakulär wie dein Daniel. Du warst übrigens gerade dabei, mir zu verraten, wieso er nun doch Immobilienmakler werden wollte. Wo er es doch vorher überhaupt nicht wollte, meine ich.«

»Während der Kaufverhandlungen stellte der Makler fest, dass Daniel sich gut auskennt und sich nichts vormachen lässt – das Haus war nicht gerade in Topzustand. Sie kamen ins Gespräch, und der Mann erzählte, dass sein

Seniorpartner vor kurzem gestorben sei und er allein mit dem Geschäft nicht klar komme. Er bot Daniel an, als Nachfolger einzusteigen.«

Was sie nie geglaubt hätte, traf ein. Daniel schlief eine Nacht darüber. Am nächsten Morgen meinte er, er müsse schließlich erst mal irgendeinen Job annehmen, und so lange er noch überlegte, was er in Zukunft tun wollte, könnte er ebenso gut den Job machen, den er aus dem Effeff beherrscht.

Die ersten Verkäufe, die er abschloss, waren sehr erfolgreich und brachten enormen Gewinn, der es Daniel ermöglichte, ein Doppelhaus in St. Sampson's anzukaufen, es sanieren und renovieren zu lassen und die Wohnungen zu äußerst günstigen Mieten zur Verfügung zu stellen. Das Leben auf Guernsey war kostspielig, und es gab viele ältere Menschen, die sich nicht leisten konnten, dort zu bleiben, wenn sie in Rente gingen, obwohl sie auf der Insel geboren waren.

»Ist dir eigentlich klar, was du da tust?«, hatte Nathalie eines Abends gefragt, als Daniel ihr von dem Projekt erzählte.

Daniel hatte gestutzt und dann gelächelt. »Ich bin eben Jacks Sohn. Was soll ich machen?«

Und dabei blieb es.

Das meiste davon ließ Nathalie aus, sie hatte ohnehin den Eindruck, dass Florence nur mit halbem Ohr zuhörte. Sie schaute dauernd auf die Uhr.

»Jetzt sei nicht so nervös«, versuchte sie ihre Freundin zu beruhigen. »Dein Freund wird im Verkehr stecken geblieben sein.«

Daniel kam mit den Drinks und setzte sich neben Nathalie. »Habt ihr alte Erinnerungen aufgefrischt?«

»Ein paar«, nickte Florence vielsagend. »Zum Beispiel

die von dem italienischen Kellner, auf den Nathalie so wild war. Hat sie dir davon erzählt?«

Daniel schüttelte den Kopf. »Nicht dass ich wüsste. Das musst du gelegentlich nachholen.«

»Ach, Männer können alles essen, aber nicht alles wissen«, wich Nathalie aus. »Dabei fällt mir ein, ich hab dir was mitgebracht, Florence.« Aus ihrem Shopper holte Nathalie ein Päckchen hervor und reichte es hinüber.

»Hey, danke! Ist es das, was ich glaube, dass es ist?«

»Pack's aus!«

Mit einer Handbewegung zog Florence die Schleife von ihrem Geschenk und riss ungeduldig das Papier auf. Zum Vorschein kam ein großformatiges Buch, ein Fotoband mit Hochglanzabbildungen.

»*Lichtpunkte* von Nathalie Vincent«, las Florence andächtig vor. Sie klappte das Buch auf und begann zu blättern. Was sie sah, waren ausdrucksstarke Schwarzweißfotos: ein gleißender Vollmond am dunklen Himmel verlieh selbst dem Bunkerturm von Fort Saumarez an Guernseys Nordwestküste etwas Mystisches; die Silhouette einer alten Frau vor dem erleuchteten Fenster eines einsamen Hauses hatte etwas Anrührendes und Trauriges zugleich; der Schatten eines Mannes vor den Scheinwerfern eines Busses signalisierte Gefahr; die untergehende Sonne mit der majestätisch anmutenden Möwe davor hätte eigentlich Kitsch pur sein müssen, doch stattdessen wartete man gebannt darauf, dass der Vogel jeden Moment die Flügel ausbreiten und davonfliegen würde.

Schließlich klappte Florence das Buch zu. »Ich wusste immer, dass du genial bist«, sagte sie. Dann plötzlich richtete sich ihre Aufmerksamkeit auf einen Punkt jenseits ihres kleinen Tisches. Sie hob ihren Arm und winkte.

»Aha«, flüsterte derweil Nathalie Daniel zu. »Da werden

wir jetzt wohl den sagenumwobenen Mann mit den vielen Terminen kennen lernen. Pünktlichkeit scheint nicht seine Stärke zu sein.« Offenbar war sie doch zu laut gewesen, denn jemand anders als Daniel antwortete ihr darauf.

»Das war es noch nie«, sagte Raymond. »Ich hoffe, ihr entschuldigt meine Verspätung.« Zögernd streckte er Daniel die Hand hin, als erwartete er nicht, die Geste erwidert zu finden.

Sprachlos starrte Nathalie von Raymond zu Florence, gerade lange genug, um in deren Blick die Bitte um Verzeihung zu lesen. Eine Bewegung Daniels lenkte sie ab. Er hatte sich erhoben und stand Raymond jetzt gegenüber. Sie selbst hatte Raymond seit ihrem Abschied auf Guernsey nicht wiedergesehen, obwohl sie sich gelegentlich E-Mails schrieben. Florences Name tauchte darin kein einziges Mal auf.

Nathalie fragte sich, wie Daniel auf die Begegnung reagieren würde. Im Laufe der Zeit hatte sie ihn davon zu überzeugen versucht, dass Raymond nie wirklich vorgehabt habe, Jacks Geschichte breitzutreten, was Daniel gewöhnlich mit einem Schulterzucken abtat. Vielleicht glaubte er ihr, vielleicht nicht. Vielleicht fand er es einfach nicht mehr wichtig.

»Bonsoir, mon vieux«, sagte Daniel nach endlos lang erscheinendem Zögern. Er ergriff Raymonds Hand und fuhr auf Französisch fort: »Schön, dich zu sehen.«

Raymond entspannte sich. »Deine Aussprache ist besser geworden«, stellte er fest. »Ich nehme an, das ist Nathalies Verdienst?«

»Voll und ganz«, lächelte Daniel. »Sie zwingt mich tatsächlich dazu, die Hälfte der Zeit mit ihr Französisch zu reden. Das prägt.«

»Learning by doing«, sagte Raymond schmunzelnd und

sah dabei zum ersten Mal Nathalie an. »Kluge Strategie. Tag, Nathalie.« Er beugte sich zu ihr hinunter und begrüßte sie.

Raymond hatte Nathalie damals Freundschaft angeboten, und das war es, was sie jetzt füreinander empfanden. Sie lächelte zurück, während ihr erneut der Abend in dem italienischen Restaurant einfiel. Florence hatte damals schon Schwierigkeiten mit ihrem Freund gehabt und ziemlich ungeniert mit Raymond geflirtet. Offenbar war sie geduldig gewesen und belohnt worden. Nathalie sah die beiden nebeneinander sitzen, und dabei schien es ihr, als hätte es immer schon so sein müssen. Im selben Moment schoss ihr ein aberwitziger Gedanke durch den Kopf. Bestand die Möglichkeit, dass auch das von Anfang an bestimmt gewesen war? Und falls ja, wer hatte dann wohl die Hand im Spiel gehabt?

Unwillkürlich drehte sich Nathalie zu Daniel um, der ihr zuzwinkerte. Offensichtlich wusste er genau, was sie dachte, denn seine Lippen formten lautlos einen Namen: Eileen.

DANKSAGUNG

Dieses Buch hätte nicht geschrieben werden können ohne jede Menge Unterstützung. Mein Dank gilt daher besonders meinem Mann Jörg und meinen Eltern Ursula und Horst Koch für ihre Geduld und die beständige Ermutigung, nicht aufzugeben; meinem Agenten Roman Hocke für seine Hartnäckigkeit und den Glauben an meine Geschichten, für hilfreiche Tipps und konstruktive Kritik; Louise Kämmerer für viele, viele Diskussionen über literarische und andere Probleme bei ebenso vielen Cappuccini und für das großartige Testlesen; und schließlich Ines Schumann (»Hilde« lässt grüßen!), Susanne Rase, Gerit Stenitzer und Peter Sedlmaier für das klaglose Ertragen, dauernd über den neuesten Stand der Dinge informiert zu werden.

Schreiben ist ein Abenteuer, eine geheimnisvolle Reise in ein unbekanntes Land, in dem alles möglich und nichts unmöglich ist – aber wie bei jeder Reise kehrt man irgendwann nach Hause zurück, und da ist es gut zu wissen, dass es in der »echten Welt« Menschen gibt, die auf einen warten.